W0225345

Monika E. Neumann

Alles für die Liebe

Alles für die Liebe

Eine autobiografische Erzählung

von

Monika E. Neumann

atemwort

Copyright 2017 atemwort verlag, Linz am Rhein
1. Auflage 2017

Verlag: atemwort, www.atemwort-verlag.de
Titelbild: Monika E. Neumann, „Feelings“
Druck: Hundt Druck, Köln

Druckausgabe ISBN: 978-3-944276-22-9
E-Book ISBN: 978-3-94427623-6

Das Werk, einschließlich seiner Teile, ist urheberrechtlich geschützt. Jede Verwertung ist ohne Zustimmung des Verlages und der Autorin unzulässig. Dies gilt insbesondere für die elektronische oder sonstige Vervielfältigung, Übersetzung, Verbreitung und öffentliche Zugänglichmachung.

Bibliografische Information der Deutschen Nationalbibliothek:
Die Deutsche Nationalbibliothek verzeichnet diese Publikation in der Deutschen Nationalbibliografie; detaillierte bibliografische Daten sind im Internet über http://dnb.d-nb.de abrufbar.

Die Namen der handelnden Personen wurden geändert.

4. März 2013, Montag

Das blankgeputzte Messingschild reflektiert die kalte Märzsonne, es blitzt geradezu. Blitz – da gibt es doch ein Sprichwort: Für eine Frau von über 40 ist es wahrscheinlicher, vom Blitz getroffen zu werden als einen Mann zu finden. Nun, das mit dem Blitz habe ich schon hinter mir, sogar zweimal, geht es mir durch den Kopf.

Ich bin drei Jahre alt, sitze auf der Toilette, ein Gewitter zieht auf. Plötzlich schlägt der Blitz ins Haus ein und fährt hinter mir am Wasserrohr entlang nach unten. Die Tapete über dem Rohr verfärbt sich erst bräunlich, fängt dann an zu qualmen und widerlich zu stinken. Ich schreie entsetzlich. Selbst höre ich es nicht, meine Mutter erzählt es mir später. Mein Gehör kommt in den folgenden Tagen nach und nach wieder, sonst ist mir nichts passiert. Der zweite Blitz etwa 30 Jahre später: Er nimmt die hohe TV-Hausantenne ins Visier. Dieses Mal komme ich unversehrt davon – das Fernsehgerät opfert sein Leben für mich.

Also, was soll mir da noch passieren, denke ich mit einem Anflug von Belustigung, denn auf dem Messingschild steht:

ZU ZWEIT
Partnervermittlung

Neben dem Schild der Eingang des Geschäftshauses – wieder schweifen meine Gedanken ab. Zum ersten Mal in meinem Leben scheint sich für mich eine lang verschlossene Tür zu öffnen: Eine kleine Erbschaft gewährt mir die Erfüllung eines Wunsches. Ach, wie habe ich mich die ganzen Jahre danach gesehnt: Eine eigene Familie gründen! In deinem Alter, du spinnst wohl! Das war mein Verstand, und natürlich hat er recht, aber vielleicht einen lieben Partner kennenlernen, mit ihm schöne Reisen unternehmen. Von der Welt habe ich ja so gut wie noch nichts gesehen. Den Anschluss an die Gesellschaft wiederfinden, aus der ich komplett herausgerutscht bin.

Mein Biologiediplom habe ich in der Hand. Die Umweltbewegung hat mich sehr beeindruckt. Mich auch beruflich für den Umweltschutz zu engagieren – das ist mein Ziel. Da werden beide Eltern fast gleichzeitig krank. Eine Pflegekraft oder ein Pflegeheim übersteigt unsere Geldmittel, also übernehme ich die Betreuung. Der Traum von Karriere, einer eigenen Familie – geplatzt. Ich nehme einen Brotjob in einer Behörde an, um finanziell auf eigenen Füßen zu stehen und den Anschluss an das ‚normale' Leben nicht ganz zu verlieren. Jahrzehntelang hetze ich nun zwischen Arbeitsplatz, Hausarbeit und Krankenpflege hin und her. Ein 20-Stunden-Tag ist für mich normal. Dann bleibt mir für beide nur noch das Pflegeheim, eine Versorgung der jetzt Schwerstkranken ist mir in unserer Mietwohnung nicht mehr möglich. Aber frei bin ich immer noch nicht. Zwei befreundete Nachbarinnen haben mich die ganze Zeit unterstützt, ein Auge auf die Eltern gehabt, wenn ich tagsüber abwesend war, dringend benötigte Medikamente aus der Apotheke geholt und anderes – ohne sie hätte ich das alles nicht geschafft. Nun sind auch diese hilfsbereiten, alleinstehenden Damen alt und krank. Ich kann sie einfach nicht im Stich lassen …

Nur – wie einen Partner finden? Die Zeiten, wo ein edler Ritter auf weißem Ross vorbeigeritten kommt und um die Hand des Burgfräuleins anhält, sind nun einmal vorbei. Partnerbörsen im Internet? Zu riskant für mich völligen Neuling auf dem Gebiet der Partnersuche, ich bräuchte jemanden mit Erfahrung, so eine Art Partnervermittlung. Gibt's das in Internetzeiten überhaupt noch? In meiner Heimatstadt Bonn bestimmt nicht, aber ich hatte doch irgendwo ein Branchen-Telefonbuch von Köln, der Großstadt. Und es gibt dort tatsächlich noch ein Partnervermittlungsinstitut, sogar deren mehrere. Welches jetzt wählen? Mir kam eine grandiose Idee: Im Zentrum einer Stadt sind die Mieten am höchsten, wer sich dort Geschäftsräume leisten kann, muss einen guten Umsatz haben, also erfolgreich sein. Also her mit dem Stadtplan.

Du spinnst, mit 58! Das war wieder mein Verstand. Aber wenigstens einmal anrufen, fragen, ob in meinem Alter überhaupt noch Aussichten bestehen – was soll schon passieren, mehr als mich ablehnen können sie ja nicht. Dann neue Zweifel: Wenn die Sache aussichtslos ist, bedeutet das in meinem Fall endgültige Einsamkeit bis zum Tod. Will ich das überhaupt so genau wissen?

Aber auf einmal – die erste positive Wendung meines Lebens hatte mir wohl ungeahnten Mut verliehen – hielt ich den Telefonhörer in der Hand, wählte die Nummer, lauschte atemlos in den Hörer. Vielleicht meldet sich ja niemand, vielleicht gibt es die Partneragentur überhaupt nicht mehr, vielleicht besser so. Nein, es wurde abgehoben, ein netter, der Stimme nach jüngerer Mitarbeiter war am Telefon. Meine eigene Stimme, vor Aufregung ganz rau. Die bewusste Frage, das Alter – ich sehe noch ganz passabel aus, beeile ich mich zu versichern. Kein Problem, sagte mein Gesprächspartner freundlich, sie nähmen Kunden bis 70 Jahre an. Und schon hatte ich einen Termin – keine peinlichen Fragen; das Ganze war wohltuend sachlich über die Bühne gegangen.

Und heute – genauer gesagt jetzt – ist dieser Termin. Hilfe, wie lange stehe ich schon vor dem Türschild? Vor Schreck drücke ich schnell auf den zugehörigen Klingelknopf, nun gibt es kein Zurück mehr. Der Türöffner wird betätigt, ich betrete ein großzügiges, sauberes Treppenhaus, eine junge Mitarbeiterin erwartet mich am Eingang der Geschäftsräume im ersten Stock, führt mich in eines der Besucherzimmer und bittet mich freundlich, kurz zu warten. Ich werde mutiger, sehe mich um: Die Einrichtung ist freundlich und modern, keine Spur eines von mir befürchteten Plüsch-Ensembles. Ich sitze auf dem bequemen Sofa einer eleganten Sitzecke, unter meinen Füßen ein Designer-Teppich. Aber kaum hat sich eine Befürchtung zerstreut, erhebt die nächste ihr skeptisches Haupt: Würde ich den hier gestellten Ansprüchen genügen? Die Altersfrage war zwar geklärt, jedoch … Im Geiste gehe ich eine regelrechte Mängelliste durch. Haupt-Knackpunkt: meine für eine Frau etwas ungewöhnliche Körperlänge von fast ein Meter achtzig. Die nette Angestellte von eben kommt wieder; ein angebotenes Mineralwasser lehne ich höflich ab, vor Aufregung brächte ich keinen Schluck herunter.

Etwas anderes kann ich nicht ablehnen, ohne unangenehm aufzufallen: Die junge Frau schleppt zwei dicke Kladden herbei, sozusagen die ‚Gästebücher' des Hauses. In ihnen haben alle von der Agentur vermittelten Paare einige Dankeszeilen hinterlassen und ich könne darin blättern. Ich bin viel zu nervös, um das Geschriebene zu erfassen, ich versuche es trotzdem. Pflichtschuldigst wende ich die Seiten, Dankesschreiben um Dankesschreiben, alle in goldener

Schrift. So viele Erfolge, vielleicht habe ja auch ich noch eine Chance. Und wie mag wohl ein Füller mit goldener Tinte aussehen. Irgendetwas ist seltsam, ich komme und komme nicht darauf – vielleicht, nein bestimmt die Aufregung.

Das Eintreten der offenbar für das ‚Examinieren' von Neuzugängen zuständigen Mitarbeiterin unterbricht meine Gedankengänge. Die Dame ist schlank und – welch eine Beruhigung – fast so groß wie ich. Ihre Stimme klingt angenehm, verrät aber, dass auch sie nicht mehr ganz jung ist. Ihre Miene: Ein aufmunterndes Lächeln steht in seltsamem Gegensatz zu völlig starren Gesichtszügen – ach, vielleicht sehe ich auch jetzt vor Aufregung etwas falsch. Oder vielleicht nicht nur vor Aufregung, denn ich gebe mir einen Ruck und gestehe meinen zweiten Knackpunkt: Ich habe keinen Führerschein! So, nun ist es raus.

Nein, ich bin keine Alkoholikerin, sondern bei mir wurde als Kind eine Sehschwäche des rechten Auges festgestellt – angeboren und leider nicht behandelbar, wie der Augenarzt sagte. Mein Vermögen, Entfernungen richtig abzuschätzen sei dadurch beeinträchtigt und die zum Führerscheinerwerb erforderliche Sehprüfung würde ich nicht schaffen. Meine Eltern nahmen es gelassen.

„Man merkt dem Auge von außen nichts an", sagt meine Mutter, „es entstellt dein hübsches Gesicht doch nicht. Du siehst aus wie die junge Romy Schneider und das ist schließlich das Wichtigste." Das mit der Romy Schneider sagt sie nicht nur mir, sondern allen, bei jeder passenden und unpassenden Gelegenheit. Ich lerne, mit der Sehschwäche zu leben. Entfernungen lassen sich auch an den Licht-Schatten-Verhältnissen grob abschätzen – das erkenne ich früh und entwickle darin mit der Zeit eine erstaunliche Fertigkeit. Häufig wiederkehrende Bewegungsabläufe schnell ‚auswendig' lernen und perfektionieren – für mich ebenfalls kein Problem. Gelegentliche kleine Missgeschicke nehme ich mit Selbstironie. So ist mir man mir meist nicht böse - oder vielleicht wegen des Romy-Schneider-Gesichts?

„Ohne Führerschein – ist das schlimm?" höre ich mich bang fragen. Aber nein, sagt die ‚Verhörspezialistin', wenn man sich wirklich liebe, sei so etwas völlig nebensächlich; außerdem sähe ich noch sehr gut aus und hätte eine tolle Figur.

Nächste ‚Verhörpunkte': meine Wünsche und Vorstellungen in Bezug auf meinen zukünftigen Partner. Was ich dazu sagen will, hatte ich mir bereits überlegt. Ich erwähne zunächst beiläufig meinen Hochschulabschluss (eine dezente Andeutung, dass ich einen Partner mit ähnlichem Bildungsniveau suche), dann meine lange Zeit mit doppelter Belastung durch Berufs- und Pflegetätigkeit, die mir jedes Privatleben unmöglich machte (sie sollen merken, dass ich ‚Anfängerin' bin und mir keinen ‚komplizierten' Fall aussuchen). Dass mein zukünftiger Partner größenmäßig zu mir passt, setze ich voraus, denn meine Körperlänge ist ja kaum zu übersehen und sie wurde mir bis jetzt auch nicht als Vermittlungshindernis vorgehalten. Ein bestimmter Typ Mann? Eher nicht, für mich ist jeder Mensch eine einmalige Persönlichkeit, die man entweder sympathisch findet oder eben nicht. Halt! Da ist doch etwas: Seit so vielen Jahren muss ich alles völlig alleine tun, entscheiden, organisieren, und bis vor kurzem nicht nur für mich, sondern immer für andere mit. Immer war ich verantwortlich. Dass mir mal etwas abgenommen wird, eine helfende Hand gereicht wird, dass eine starke Schulter zum Anlehnen da ist – das wäre schön. Kurzentschlossen sage ich: Er soll eine beschützende Art haben. Die Dame guckt sehr wohlwollend; sie habe genau den Richtigen für mich im Visier, verkündet sie geradezu herzlich.

Natürlich wird der für mich richtige Herr nicht kostenlos herausgerückt, sondern ein Honorar ist zu bezahlen – Glück ist eben doch käuflich, es kostet in meinem Fall 3.570 Euro (mittels welcher Berechnungen man wohl auf genau diese Summe gekommen ist?). Man legt mir den zugehörigen Vertrag vor, meine Nervosität ist inzwischen so weit abgeklungen, dass ich ihn einigermaßen ruhig und sorgfältig durchlesen kann. Der Text klingt vernünftig und die berühmte Waschmaschine scheint auch nicht zwischen den Zeilen verborgen zu sein. An einem Satz des Einleitungsschreibens bleiben meine Augen hängen: „... unser Ziel ist Ihr persönliches Glück. Dafür setzen wir unser ganzes Können ein." Sie sind um mich bemüht, ich scheine zum ersten Mal in meinem Leben jemandem nicht ganz gleichgültig zu sein – das tropft wie Balsam auf meine einsamkeits-vertrocknete Seele. Ein Zusatzformular: Per Unterschrift muss man versichern, an einer wirklichen Partnerschaft interessiert zu sein und kein Abenteuer zu suchen. Genau in diesem Punkt hatte ich noch leise Zweifel gehabt, wollte aber niemandem etwas Böses unterstellen und wagte daher nicht zu fragen. Damit hat die Partnervermittlung endgültig mein Herz gewonnen – ich unterschreibe. Der Partnervorschlag werde mir in Kürze schriftlich in einem neutralen Umschlag zugesandt und die erste telefonische Kontaktaufnahme erfolge stets durch den Herrn, sagt die Dame noch freundlich, dann bin ich in Ehren entlassen.

Wieder vorbei an dem Türschild mit der Aufschrift ZU ZWEIT. Träume – vielleicht bin ich ja wirklich bald zu zweit. Heimfahrt; ich muss mich geradezu zusammenreißen, um nicht irgendwelchen fremden Menschen voll Stolz zu erzählen, wie wacker ich mich doch auf diesem mir völlig unbekannten Terrain geschlagen habe – bin ich nicht toll?

7. März 2013, Donnerstag

In der Nachmittagspost der angekündigte Partnervorschlag: ein ehemaliger Arzt, laut Kurzbeschreibung nur wenige Jahre älter und auch etwas größer als ich. Abends ruft er auch wirklich an, eine tiefe Stimme – vielleicht ein Anzeichen für den Beschützertyp, den ich gesucht habe. Nimm dich jetzt bloß zusammen, befehle ich mir selbst, denn in den mit Schwerkranken und kaum Ansprechbaren verbrachten Jahren habe ich eine Eigenart entwickelt, die nicht überall gut ankommt: Sobald ich auf einen halbwegs normalen Menschen treffe, überschütte ich ihn sofort mit einem Redeschwall, als wenn sich meine Gedanken, die ich sonst niemandem mitteilen kann, alle auf einmal Bahn brechen wollen. Er scheint jedoch nicht völlig abgeschreckt zu sein, will sich mit mir treffen. Ich teile ihm meine Führerscheinlosigkeit mit – ist da auf seiner Seite nicht eine etwas längere Pause? Überlegt er sich die Sache jetzt etwa noch einmal? Nein, er schlägt ein Café vor, das ich gut zu Fuß erreichen kann, weitere Fragen stellt er nicht. Ob er diesbezüglich von der Partnervermittlung bestimmte Instruktionen erhalten hat? Noch einige Höflichkeitsfloskeln, dann ist das Gespräch beendet. Später, ich sortiere meine Eindrücke. War das jetzt positiv verlaufen oder weniger gut, habe ich gar einen schlimmen Fehler gemacht? Niemand, den ich fragen könnte.

10. März 2013, Sonntag

Heute ist es soweit, das erste Rendezvous meines Lebens! Das Wetter hat kein Mitleid mit mir Date-Neuling: Regenschauer machen die Kälte noch unangenehmer. Trotzdem ziehe ich mich hübsch an, ein dezent-buntes Ensemble; es stehe mir gut und betone mein jugendliches Aussehen, hatte man mir schon gesagt. Ich bin als Erste am Treffpunkt, versuche meine Nerven durch Hin- und Hergehen zu beruhigen. Kurz nach mir erscheint auch er. Ich bin, was bei mir äußerst selten vorkommt, für einen Augenblick sprachlos, leider nicht vor Glück. Er ist etwas kleiner als ich (die Partnervermittlerin kann Maße offensichtlich noch schlechter abschätzen als ich), dafür dem Aussehen nach erheblich älter. Zu ausgebeulten Cordhosen trägt er einen zerknitterten Parka, ein Kranz langer, ungekämmter grauer Haare umrahmt seine Glatze. Meine Date-Erfahrungen sind ja gleich null, aber *so* zum ersten Treffen mit dem vielleicht zukünftigen Lebenspartner zu erscheinen – auf diese Idee wäre ich niemals gekommen. Ich gefalle ihm offenbar auch nicht, er mustert mich mit enttäuschtem Blick, in seinen Begrüßungsworten nicht die geringste Spur von Herzlichkeit.

Wir gehen in ein nahes Café. Aus dem Mantel hilft er mir nicht; als er seinen Parka auszieht, kommt ein labbriger Norwegerpulli mit Lederflicken über den Ellbogen zum Vorschein, der einen deutlichen Bauchansatz verhüllt. Ich lasse mir nichts anmerken, wer A sagt, muss auch B sagen. Nach einem sichtbar schweren inneren Kampf entschließt er sich, mir eine Tasse Kaffee zu spendieren. Ich versuche tapfer, eine Unterhaltung in Gang zu bringen, aber angesichts dieses Gegenübers hat sich mein sonst nie versiegender Redeschwall unauffindbar versteckt. Die Gesprächsbeiträge des ‚für mich richtigen Herrn' bestehen überwiegend aus ‚witzigen' Bemerkungen über meine Kleidung und meinen Regenschirm – beides ist ihm zu bunt – sowie über meine Körperlänge. Nach etwa einer halben Stunde scheint er endgültig genug von mir zu haben. Er sucht mühsam die Geldstücke zum Bezahlen meines Kaffees zusammen (ob ich ihm anbieten soll, das angesichts seiner offensichtlichen finanziellen Schwierigkeiten selbst zu übernehmen, überlege ich), dann verschwindet er sehr schnell und, wie mir scheint, erleichtert.

Auf einmal sehe ich die alte abgeschabte Tür der Universitäts-Damentoilette vor mir; jemand hatte in den schadhaften Lack geritzt: „Männer sind wie Toiletten, entweder besetzt oder beschissen."

An meinen Heimweg kann ich mich kaum erinnern, ich bin den restlichen Abend wie in Schockstarre – unter solchen Männern muss ich mich jetzt für einen Partner entscheiden oder für immer allein bleiben wie die älteren Cousinen meiner Mutter, die nach dem Krieg ‚übrig blieben', weil sie den wenigen kriegsüberlebenden Männern wohl schon zu alt waren. Verurteilt zum Alte-Jungfrau-Dasein.

Lange Bahnfahrten, fremde Straßen, fremde Wohnungen; Frauen, zu denen ich Tante sagen soll, es gibt Kuchen. Die Frauen haben vergrämte Gesichter, benehmen sich sonderbar. Meine Mutter verbringt die Hinfahrt damit, mir Verhaltensmaßregeln einzubläuen, und die Rückfahrt, mich auszuschimpfen, weil ich auf die Macken der Tanten falsch reagiert habe. Aber wie soll ich – ein Kind – reagieren, wenn das Sofa und die Sessel mit Dutzenden selbstgenähter Kissen überhäuft sind und wir auf Küchenstühlen daneben sitzen, oder wenn Schichten von Häkeldeckchen die Tische bedecken und wir die Teller auf den Knien balancieren müssen. Ich nehme mir vor: So will ich auf absolut gar keinen Fall enden!

Lange nach Mitternacht, ich wälze mich immer noch ruhelos im Bett herum, verklemme meinen Arm unter der rechten Brust – da plötzlich: Was ist das? Ich fühle nach. Tatsächlich, ein etwa kirschgroßer harter Knoten, ziemlich tief. Ich weiß sofort, es ist Krebs, ich werde sterben. Ich werde sterben, ohne jemals die Liebe kennengelernt zu haben.

11. März 2013, Montag

Ich wache abrupt auf. Was habe ich da nur Schreckliches geträumt – ein Krebsgeschwür in der Brust. Unwillkürlich taste ich – das war kein Traum, der Knoten. Er ist Wirklichkeit! Die Gedanken rotieren. Wenn ich schon als scheinbar gesunde Frau nur solche Typen als Partner zu erwarten hatte – dann sind meine Aussichten jetzt auf null gesunken. Und ausgerechnet auch noch Brustkrebs, wo die Brust doch das Symbol der Weiblichkeit ist. Das mit einem Partner kann ich unter diesen Umständen endgültig vergessen – und dafür habe ich fast 4.000 Euro bezahlt, das Geld hätte ich nun sicher für andere Dinge so viel nötiger brauchen können.

Aber halt, vielleicht ist das Geld ja doch noch nicht verloren. Mein an einem schwierigen Leben gestähltes Gehirn hat offenbar seine gewohnte präzise Tätigkeit wieder aufgenommen, denn mir fällt ein, dass Privatpersonen jeden Vertrag innerhalb der ersten 14 Tage nach Abschluss kündigen können. Den Partnervermittlungs-Vertrag habe ich ja erst vor acht Tagen geschlossen, ich liege also noch innerhalb der Frist – nur muss ich schnell etwas unternehmen. Und schon greife ich wieder zum Telefon: Vertragsauflösung wegen schwerer Erkrankung, das Katastrophen-Date erwähne ich lieber nicht. Am anderen Ende der Leitung Bedauern und offensichtlich völlige Ratlosigkeit, einen derartigen Fall haben sie noch nicht erlebt. So komme ich nicht weiter, ich muss wohl oder übel noch einmal persönlich hin.

12. März 2013, Dienstag

Der Winter scheint jetzt richtig Anlauf zu nehmen, bereits morgens fängt es an zu schneien. Egal, ich will die Angelegenheit mit der Partnervermittlung so schnell wie möglich über die Bühne bringen. Die Fahrt nach Köln, ein weißes Leichentuch bedeckt die erstarrte Landschaft, schwarze Punkte darauf – Krähen. Tief verschneite Großstadtstraßen, ich komme nur mühsam vorwärts, kaum Menschen. Dann stehe ich vor dem Geschäftshaus. Wieder das Schild „ZU ZWEIT“, heute glänzt es nicht, und heute drücke ich wie eine ferngesteuerte Marionette sofort auf den Klingelknopf. Die Tür zu den Geschäftsräumen wird mir sofort geöffnet – von der Chefin persönlich! Trotz des terminlosen ‚Überfalls‘ ist sie sehr freundlich. Der Mitarbeiter habe sie schon informiert, sagt sie. Ich sollte andere Sorgen haben, aber ich ertappe mich, wie ich die Dame neugierig mustere – so also sieht die Chefin eines Partnervermittlungsinstituts aus: klein, etwas korpulent und auch nicht mehr ganz jung, aber ein relativ hübsches Gesicht und gut proportioniert. Ein tief ausgeschnittenes Dekolleté wird von einem Halstuch ‚entschärft'. Vielleicht zeigt sie sich ja den männlichen Besuchern ‚unbetucht', vielleicht will sie sich selbst den ‚dicksten Fisch' angeln, vielleicht hat sie die Agentur ja überhaupt nur zu diesem Zweck gegründet. Vielleicht habe ich auch schon in meinem Kopf einen Tumor, sonst könnte ich in meiner Situation doch nicht solche Gedanken entwickeln.

Und dann sitze ich im gleichen Beratungszimmer wie vor einer Woche. Sechseinhalb Tage Hoffnung. 58 Jahre Leben für sechseinhalb Tage Hoffnung, schießt es mir durch den Kopf. Frau Nielsson, die Chefin, hat auf der anderen Seite der Couchecke Platz genommen und sieht mich mitfühlend an. Und dann erzähle ich ihr alles, das schreckliche Date und meine schreckliche Entdeckung, erste Tränen kommen. Reiß dich bloß zusammen und heul hier nicht los, ermahne ich mich selbst. Sie tröstet mich, auch eine ihrer Mitarbeiterinnen habe Brustkrebs gehabt und es gut überstanden. Menschliche Zuwendung – ach wie gut mir das tut. Auf das verkorkste Date geht sie nicht näher ein, aber ihre netten Worte haben mich so für sie eingenommen, dass ich das nicht weiter tragisch nehme – es war ja ein erster Versuch, und erste Versuche gehen oft schief. Für meinen Wunsch, unter diesen Umständen den Vertrag aufzulösen, zeigt sie Verständnis, gibt aber zu bedenken, dass sich gerade eine schwere Erkrankung mit Hilfe eines Partners so viel leichter überstehen lässt. Natürlich, das weiß ich auch, aber wer will denn schon eine Frau mit Brustkrebs?

Ob sie mir einen Vorschlag machen dürfe, fragt Frau Nielsson. Sie hätte da jemanden, sagt sie geheimnisvoll, ein ganz toller Herr, er würde mich umhauen – ob ich noch einmal einen Versuch wagen würde? Ein toller Typ kann doch jede Frau haben, was soll er mit einer Krebskranken? Gedanken und Worte kommen fast gleichzeitig, aber Frau Nielsson scheint es mir nicht übel zu nehmen. Der Herr hätte eine eigene Firma aufgebaut und daher wenig Zeit für ein Privatleben gehabt; jetzt habe er die Geschäfte weitgehend seinem Sohn übergeben, arbeite gelegentlich noch etwas mit und möchte ansonsten seinen Ruhestand mit einer netten niveauvollen Partnerin genießen, erklärt sie geduldig. Unwillkürlich sehe ich wieder den kleinen unansehnlichen Datepartner vor mir – das wiederum sieht die Chefin offensichtlich mir an, denn sie sagt schnell, der Herr sei noch etwas größer als ich und sie werde ihn über meine Körperlänge informieren – sie scheint über den ersten Fehlgriff erstaunlich gut

Bescheid zu wissen, auch ohne dass ich Einzelheiten erwähnt hatte – seltsam. Aber andererseits – das allererste Mal in meinem Leben, dass sich jemand Gedanken darüber macht, ob ich mich so völlig alleine wohl fühle oder nicht. Außerdem – ist das nicht der wahrscheinlich letzte Strohhalm, den mir das Schicksal hinhält? Und als Frau Nielsson mir versichert, den Vertrag aufzulösen und das Honorar zurückzuzahlen, falls es nicht klappt, verschlucke ich letzte Tränen und erkläre mich einverstanden.

Und noch etwas sieht Frau Nielsson mir an: meine Ehrlichkeit. Ich bin innerlich fest entschlossen, den ‚tollen Herrn' sofort über meine Erkrankung zu informieren und ihm die Gelegenheit zum Rückzug zu geben, falls er mit dieser schwierigen Situation nicht klar kommt. „Es ist besser, Sie warten damit noch etwas", rät die Chefin. Na gut, sie hat in diesen Dingen mehr Erfahrung als ich. Ich werde ihren Rat befolgen, nehme ich mir vor.

Ziemlich eingeschneit erreiche ich den Eingang zum U-Bahnhof, dann die Heimfahrt, wieder starre ich in die Schneelandschaft. Eigentlich möchte ich überhaupt keinen Herrn mehr kennenlernen, möchte mich nur noch in einem Winkel verkriechen. Habe ich das Richtige getan?

13. März 2013, Mittwoch

Komische Reihenfolge: Jeder, der bei sich Krebs zu entdecken meint, geht als erstes zum Arzt – ich bin als erstes zur Partnervermittlung gegangen – Stoff für einen Sketch. Aber heute Morgen ist jetzt wirklich der Arzt dran. Gynäkologen habe ich nach einigen enttäuschenden Versuchen keinen mehr, also muss mein langjähriger guter ‚Hausdoc' ran. Er hatte auch meine Eltern betreut, kennt mein bisheriges graues Leben – was er wohl denkt, als jetzt ich so vor ihm sitze. Er redet nicht viel, sondern greift sofort zum Telefon und vereinbart für mich kurzfristig einen Termin zur Mammographie und Ultraschalluntersuchung. Anschließend zapft er mir persönlich Blut für eine eingehende Untersuchung auf krebsanzeigende Veränderungen ab – sobald das Laborergebnis vorliege, werde er mich umgehend informieren, verspricht er, dann bin ich entlassen.

Wieder zuhause; ein seltsames Gefühl, eine Art Enttäuschung – als ob ich erwartet hätte, dass der ‚Hausdoc' den Knoten sofort entfernt und alles wieder gut ist. Nun sitze ich herum, zur Untätigkeit verurteilt, während der Krebs von Minute zu Minute weiter wuchert.

Später Nachmittag, das Telefon läutet. Nanu, ist das Ergebnis der Blutuntersuchung schon so schnell da? Dann muss es besonders schlimm um mich stehen. Nein, es ist die unangenehm tief dröhnende Altmännerstimme, mein Katastrophen-Date, den hatte ich schon fast vergessen. Ich weiß sofort, er wird mich ‚abservieren' – diesen Triumph werde ich ihm nicht gönnen, ich werde ihm zuvorkommen! Ich sei nicht die richtige Frau für ihn, sage ich blitzschnell und denke, er ist nicht der richtige Mann für mich. Ach, diese verdammte Erziehung zur Höflichkeit! Erleichtert stimmt er mir zu – eine Frage habe er noch, sagt er abschließend, ob ich auch schon als Jugendliche so groß gewesen sei? Diesmal glaube ich an Krebsmetastasen im Ohr. Nein, „auch schon als Kind?", fragt er weiter. Ich lege wortlos auf. Und so was war mal Facharzt – die armen Patienten.

14. März 2013, Donnerstag

Immer noch wuchert das Geschwür in meiner Brust, und ich kann nichts dagegen tun, muss auf den Facharzttermin warten. Das Gefühl von Hilfslosigkeit wird plötzlich übermächtig. Ablenkung verzweifelt gesucht. Mein Blick fällt auf einen kleinen Karton. Als ich mich zur Partnersuche entschlossen hatte (das muss vor gefühlten hundert Jahren gewesen sein), hatte ich auch beschlossen, mein Methusalem-Tastentelefon durch einen modernen Nachfolger zu ersetzen, einen mit Anrufbeantworter, damit ich nicht etwa einen entscheidenden Anruf verpasse. Dann die Ereignisse der letzten Tage – ich hatte das neue Telefon einfach vergessen. Aber jetzt – die rettende Ablenkung! Ich werde einfach mal versuchen, es anzuschließen; so schwer kann das doch nicht sein. Da bin ich mir nicht mehr ganz so sicher, als ich den Karton öffne: Als erstes fällt mir die Gebrauchsanweisung entgegen – dick wie ein Buch! Ach ja, anderen Frauen werden solche Sachen von ihren Partnern abgenommen, ich muss wieder einmal alles allein machen, wie immer. Andererseits, je länger ich damit beschäftigt bin, umso besser.

Tapfer schlage ich das Anleitungsheft auf – und mein Mut wird belohnt: Ein Großteil der Seiten enthält Anleitungen in fast allen Sprachen der Welt bzw. Beschreibungen von Zusatzfunktionen, die ich nicht benötige – der Rest ist übersichtlich und ganz gut verständlich. Und tatsächlich, ich schaffe es, das Telefon zu programmieren und anzuschließen – das erste selbst angeschlossene Telefon meines Lebens! Ich bin richtig stolz auf mich. Leider ist niemand da, der sich mit mir freut. Und wozu freue ich mich eigentlich? Ich werde doch sowieso sterben, das hatte ich jetzt im Eifer des Gefechts völlig vergessen. Text für den Anrufbeantworter: Bin vorübergehend tot, bitte sprechen Sie nach dem letzten Schlag der Sterbeglocke!

Vielleicht bin ich ja wirklich schon im Jenseits, denn als ich abends noch einmal nach dem neuen Telefon sehe, leuchtet sein Display plötzlich auf, richtig überirdisch. Fast bin ich enttäuscht, als es kurz darauf läutet – also doch nur ein ganz irdisches Telefon. Ich bin plötzlich auf Krawall gebürstet: Wenn das wieder der Psycho-Tattergreis ist, wenn er vielleicht wissen will, ob ich schon als Baby so groß gewesen sei – der kann was erleben. Es ist die vertraute Stimme des lieben ‚Hausdoc' – Erleichterung, dann vor Panik angehaltener Atem: Die Ergebnisse der Blutuntersuchung seien da, auf Krebs hinweisende Veränderungen konnten nicht festgestellt werden, sagt er. Ach der Gute, er hat bestimmt all seinen Einfluss geltend gemacht, um die Untersuchung zu beschleunigen und ruft mich noch jetzt abends, lange nach Praxisschluss, an, um mich zu beruhigen. Man hört seiner Stimme an, wie abgespannt er nach einem langen, anstrengenden Arbeitstag ist – am liebsten hätte ich ihn durchs Telefon hindurch umarmt.

Später, ich laufe ruhelos durchs Zimmer. Vielleicht doch noch nicht das Ende, vielleicht doch nur ein gutartiger Tumor. Kann, soll ich hoffen? Doch da, schon wieder blinkt das Display des Telefons auf – meine Eingeweide krampfen sich zusammen. Das ist bestimmt wieder der Hausarzt, Ergebnisse wurden verwechselt, ich habe doch Krebs, unheilbar. Nein, es ist eine andere, mir unbekannte Männerstimme, freundlich, sympathisch, fast noch jugendlich und sofort vertraut. Es dauert einige Sekunden, bis sich meine Gedanken von den Höhen der Glückseligkeit und den Abgründen der Panik wieder auf Normalniveau eingependelt haben. Das kann nur der angekündigte ‚tolle Typ' von der

Partnervermittlung sein! Wie soll ich mich verhalten? Höflich, aber distanziert – das wird das Beste sein. Leider macht mir der ‚tolle Typ' einen Strich durch die Rechnung. Auf eine unnachahmlich charmante Art verwickelt er mich sofort ins Gespräch. Wie ich ausgerechnet an die Partnervermittlung ZU ZWEIT geraten sei, möchte er auf seine nette Art wissen. Ich erkläre ihm meine ‚Auswahlkriterien': zentral gelegene Geschäftsräume = hohe Mieten = erfolgreiche Vermittlungstätigkeit. Er lacht von ganzem Herzen – meine innere Abwehr kapituliert. Jetzt reiß dich zusammen, bloß nicht wieder dein Einsamkeits-Redeschwall, ermahne ich mich selbst, aber auch er ist sehr lebhaft und gesprächig. Tagespolitik, Historisches – er hat kluge Ansichten und ein umfangreiches Wissen; wir diskutieren, als ob wir uns schon ewig kennen würden. Die Zeit verfliegt nur so, und ich fühle mich auf einmal richtig wohl – oder fast, denn da ist ja noch die Kleinigkeit meines nicht vorhandenen Führerscheins. Ach, warum können wir uns nicht einfach ewig so weiter unterhalten? Keine Chance, der ‚tolle Typ' möchte mich persönlich kennenlernen. Ein Treffpunkt muss her – aber einer, den ich auch mit öffentlichen Verkehrsmitteln erreichen kann. Die Sicherheit verlässt mich, ich stottere herum. Kein Problem, sagt er sofort und schlägt eine Teestube in der Innenstadt vor. Ich bin erleichtert, da komme ich mit Bus oder Bahn problemlos hin, auch an einem Sonntag – denn schon am kommenden Sonntag will er sich mit mir treffen.

15. März 2013, Freitag

Beim Aufwachen eine seltsame Diskrepanz zwischen Gehirn und Körper: Das Gehirn erinnert mich wieder mal daran, dass ich sterben muss (mein Krebs hat sich eben so gut versteckt, dass er sich nicht einmal im Blut nachweisen lässt), aber der Körper wird von einem wohligen Gefühl durchzogen – was ist los? Mühsam sortiere ich die Gedanken, und dann fällt es mir wieder ein, das Telefongespräch mit dem ‚tollen Typ'. Und dann fällt mir noch etwas ein: Übermorgen will er sich mit mir treffen – habe ich das alles nur geträumt? Nein, in der Nachmittagspost wieder mal ein diskret-neutraler Umschlag: die Partnerbeschreibung. Bereits auf der Treppe öffne ich den Umschlag. Auf den Familiennamen des ‚tollen Typs' hatte ich gestern im Eifer des Gefechts überhaupt nicht geachtet. Der Name ist der gleiche wie der eines Schauspielers, den ich gerne mag – ein gutes Omen? Weniger gut gefällt mir, dass der ‚tolle Typ' getrenntlebend, also noch verheiratet ist – etwa jemand, der sich gerne alle Türen offen hält? Das muss ich unbedingt herausfinden. Vielleicht brauche ich es ja auch gar nicht mehr herauszufinden, vielleicht habe ich den ‚tollen Typ' schon telefonisch verschreckt. Warum sind im Vermittlungsvertrag keine Verhaltenshinweise für das erste Telefonat mit dem eventuell zukünftigen Partner enthalten?

Das Aufleuchten des Telefon-Displays reißt mich aus den Gedanken. Es ist der ‚tolle Typ'! Vielleicht hat er es sich anders überlegt, will das Date mit mir autolosem und völlig unerfahrenem Wesen absagen. Gott sei Dank nein, er möchte sich nur mit mir unterhalten – wieder diese sympathische Stimme, die mir auf seltsame Weise so gut tut. Irgendwann schlägt er mir das Du vor, gerne nehme ich an. Woran kann ich dich denn bei unserem Treffen erkennen, frage ich. Nun, daran dass er zwei Ohren und dazwischen noch einige Haare habe, antwortet er – wann habe ich zum letzten Mal so gelacht. Hoffentlich hört sich mein ungeübtes Lachen nicht zu schrecklich an. Er scheint nichts zu merken, wir reden und reden, wieder vergehen die Stunden. Seit dem Morgen habe ich überhaupt nicht mehr an den Knoten in der Brust gedacht – das fällt mir kurz nach Mitternacht ein. Er wird sich bestimmt ganz fürchterlich rächen. Komisch, im Moment macht mir das überhaupt nichts aus.

16. März 2013, Samstag

Abends: Ich lasse mich im Fernsehsessel nieder, ein bedauernder Blick zum Telefon – heute wird der ‚tolle Typ' sicher nicht anrufen, denn schon morgen werden wir uns ja sehen. Ach, ich habe mich in der kurzen Zeit so an die interessanten Diskussionen mit ihm gewöhnt. Mit einem innerlichen Seufzer versuche ich der Handlung des Spielfilms zu folgen. Auf einmal ein seltsamer Lichtschein, der gehört sicher nicht zum Spielfilm, nanu – tatsächlich, das Telefon-Display, kurz darauf das Läuten – *er* ist es, wie schön! Wieder quatschen wir über dies und das, wieder vergeht die Zeit wie im Flug. Ich erzähle meine lustigsten Tier-Erlebnisse.

‚Meine' Tiere … meine Mutter, tierlieb und weichherzig wie sie ist, lässt sich trotz ihres eigenen schlechten Gesundheitszustandes immer wieder kranke, verunglückte oder lästig gewordene Tiere aufschwatzen. Und wer darf sie betreuen? Richtig, ich – aber sie ‚wegzuschmeißen', das bringe ich auch nicht übers Herz. Da ist der ausgesetzte Dingomischling, der Igel mit dem gebrochenen Fuß, die vielen verkrüppelten Tauben, die wir aufpäppeln.

Nein, ein Pferd war nicht dabei. Der ‚tolle Typ' kriegt sich vor Lachen kaum noch ein.

Für morgen ist leider wieder sehr unfreundliches Wetter angesagt: Schneeregenschauer und saukalt. Das scheint wohl zu meinem Date-Wetter zu werden, denke ich im Stillen. „Weißt du was", sagt der ‚tolle Typ' spontan, „ich hole dich einfach mit dem Auto ab." Wie schön! Später, ich liege mit einem ruhig-wohligen Gefühl im Bett: Vielleicht wird doch noch alles gut. Vielleicht.

17. März 2013, Sonntag

Erster Gedanke beim Aufwachen: das Date mit dem ‚tollen Typ'. Aber die gestrige Euphorie ist banger Skepsis gewichen. Der ‚tolle Typ' hat Niveau, das habe ich bei den Telefongesprächen längst bemerkt – ich bin gesellschaftlich völlig unerfahren. Was, wenn ihn das abstößt? Dann die Sache mit den Augen. Immerhin, dass ich kein Auto habe, schien ihn schon mal nicht verschreckt zu haben. Für meinen Arbeitsplatz hatte ich vor einiger Zeit eine Lesebrille verschrieben bekommen – eine große Verbesserung brachte sie nicht, die Sache scheint wirklich nicht behebbar zu sein. Aber im Nahbereich kann ich mit ihr doch etwas genauer sehen. Bebrillt erscheinen? Da gibt es doch auch so einen Spruch: ‚Mein letzter Wille – eine mit Brille.' Nein, ich muss versuchen, ‚oben ohne' zurechtzukommen. Hoffentlich stelle ich nichts an. Wenn ich mir diese Chance durch eine Ungeschicklichkeit vermassele – das überlebe ich nicht! Witzig: Ich werde sowieso nicht überleben, und wieso bin ich mir so sicher, dass ich bei dem ‚tollen Typ' überhaupt eine Chance habe? Aber wenigstens mit Stil untergehen, das kann ich, denke ich trotzig. Apropos Stil: Was ziehe ich überhaupt an? Dem ‚Psycho-Tattergreis' war ich zu bunt – also etwas noch

Dezenteres. Niemand da, den ich fragen könnte. Dem Partnervorschlag müsste auch noch eine Stilberatung beigefügt sein.

Später Nachmittag – gleich muss der ‚tolle Typ' da sein. ‚Klamottenmäßig' habe ich mich inzwischen für einen dezent gemusterten kurzen Blazer und schwarze Hosen entschieden, damit mache ich bestimmt nichts falsch. Etwas mehr Bammel habe ich bezüglich meiner Wohnung. Die von meinen Eltern aus Nostalgiegründen gehegten Nachkriegsmöbel Marke Gelsenkirchener Barock sind zwar längst entfernt, jedoch die Tapeten bereiten mir Sorge: ein schreckliches Blümchenmuster – eben der altmodische Geschmack meiner Eltern. Leider bin ich in diesem Fall machtlos, für eine Renovierung müsste ich ganze Zimmer ausräumen – alleine schaffe ich das nicht, auch die Körperkräfte von mir ‚unkaputtbarer Pflegekraft' sind begrenzt.

Inzwischen schlägt mir das Herz bis zum Halse. Um mich abzulenken, lege ich mich hinter der Gardine auf die Lauer. Regenfeuchte Straße, beginnende Dämmerung; einzelne Autos kommen vorbei, eines hält – er etwa? Nein, eine Frau, sie geht zum Eingang des gegenüberliegenden Hauses. Dann hält wieder ein Wagen, ein ziemlich großer. Und wirklich, ein Herr steigt aus, geht schnellen Schrittes auf meinen Hauseingang zu – und ich eile ebenfalls schnellen Schrittes zum Türöffner – gerade noch rechtzeitig genug, es schellt. Ich drücke auf, er stürmt die Treppen hoch, immer zwei Stufen auf einmal. Groß, schlank, dunkler, vornehm aussehender Mantel, graumeliertes Haar, schmales, gut geschnittenes, leicht gebräuntes Gesicht, männlich und zugleich sensibel wirkend, fast wie das eines Künstlers.

Meine Betrachtungen werden abrupt beendet, denn der ‚tolle Typ' küsst mich zur Begrüßung auf beide Wangen. Ich erstarre kurz – wir kennen uns doch überhaupt noch nicht – aber das ist in vornehmen Kreisen wohl so üblich, in Fernsehfilmen habe ich es gesehen. Dann seine sympathische Stimme, das herzliche Lachen – das ist mir von unseren Marathon-Telefonaten schon so vertraut und nimmt mir die Scheu. Er hilft mir in den Mantel, hält die Autotür auf – auch das kannte ich bisher nur aus dem Film, dort verhalten sich die Herren den Damen gegenüber so. Der ‚Herr' ist ja auch da, nur wo ist die zugehörige ‚Dame'? Ich blicke mich unwillkürlich um, dann registriere ich: Die ‚Dame' bin ja ich selbst. Bin ich schon jemals in meinem ganzen Leben als Dame behandelt worden? Büromaus, Pflegekraft, Putzfrau, Tierbändigerin, ja – aber Dame? Das ist ja ein richtiger Karrieresprung!

Und dann sitze ich neben dem ‚tollen Typ' in seinem großen Geländewagen – das erste Mal, dass ich beim Einsteigen in ein Auto keine Knoten in meine langen Beine machen muss, denke ich im Stillen – und höre es mich zu meinem großen Schreck auch laut sagen (die lange Einsamkeit hat mich wirklich total verkorkst). Aber er nimmt es mir nicht übel. Auch er habe lange Beine und fahre deshalb gern geräumigere Autos, sagt er lachend. Wir kommen an einer ehemaligen Bundeswehrkaserne vorbei – er erzählt von seinem eigenen Wehrdienst, parallel dazu hatte er das Abitur nachgeholt, monatelang so gut wie keine Freizeit gehabt – ich finde das eine ganz tolle Leistung, sage es ihm auch. Ich glaube, er freut sich und ist auch ein wenig stolz. Zu Recht.

Am liebsten würde ich ewig so sitzen bleiben, neben ihm fühle ich mich sicher, beschützt. Auch ein Gefühl, das ich bisher nicht kannte, ich musste immer die anderen beschützen. Aber irgendwann geht es hinaus ins feindliche Leben, sprich in die vereinbarte Teestube. Sie ist gut besetzt – dafür hat das winterlich-nasskalte Wetter gesorgt, aber wir finden einen Zweiertisch und sofort werden auch die Getränkekarten gebracht. Da ist er – der befürchtete ‚Augenstreich': Die Karte erinnert mich an eine Telefonbuchseite – eine Liste engzeiliger Wörter, aus sehr kleinen Buchstaben bestehend – für mich ohne Brille unlesbar! Dass es so viele verschiedene Teesorten gibt, wusste ich gar nicht, und mein Entsetzen wächst, als ich mich auch das laut sagen höre, aber das Schicksal hat ein Einsehen mit mir – der ‚tolle Typ' fühlt sich bei seiner Ehre als ‚Tee-Experte' gepackt und berät mich bei der Auswahl. Puh, noch einmal gut gegangen! Der Tee, den er mir empfiehlt, habe die gleiche schöne goldblonde Farbe wie meine Haare, sagt er.

Mein Blick wird von seinen Händen angezogen: Sie sind groß und kräftig, wirken aber nicht derb, sondern elegant und sensibel, und an einem Mittelfinger funkelt ein wunderschöner Herrenring von schlicht-edlem Design. Keine Ahnung, ob sich so etwas für eine Frau ‚schickt', aber ich muss das Schmuckstück einfach bewundern. Er hat es nach einem eigenen Entwurf fertigen lassen, stellt sich heraus – wieder scheint er sich über meine Bewunderung sehr zu freuen. Mein einziger Ring – ein Geschenk meines lieben Opas zu meinem

14. Geburtstag – trotz meiner immer noch schlanken Finger passt er mir inzwischen doch nicht mehr so richtig und liegt im Schließfach. Seufzend erzähle ich es – und spontan nimmt der ‚tolle Typ' seinen Ring vom Finger und steckt ihn mir an. Natürlich ist er mir viel zu groß, aber er sieht einfach toll aus. Ich frage ihn zum Spaß, was er machen würde, wenn ich jetzt mit dem sicher sehr wertvollen Schmuckstück ‚durchbrennen' würde, wo er mich ja kaum kenne. Wieder sein herzliches Lachen, es geht mir durch und durch.

Mein Begleiter schlägt einen Lokalwechsel vor, lädt mich zum Essen ein – den ersten Test habe ich damit wohl bestanden, schießt es mir kurz durch den Kopf, Glücksgefühl, aber sofort rutscht mir das Herz in die Hose, denn vor das Essen ist ja die für meine Augen offensichtlich unüberwindbare Hürde ‚Speisekarte' gesetzt. Aber vielleicht klappt der ‚Trick' von eben ja noch einmal. Ich gestehe – nein, nicht meine Sehschwäche, sondern meine völlige Unerfahrenheit in Punkto Essenseinladungen – und tatsächlich, wieder habe ich Glück, wieder scheint sich der ‚tolle Typ' in seiner Rolle als der gesellschaftlich Erfahrene zu gefallen und macht Vorschläge. Mir fällt ein kleiner Steinbruch vom Herz. Das Essen wird gebracht, es duftet lecker – und auf einmal spüre ich Hunger, richtigen Hunger. Habe ich in den letzten acht Tagen überhaupt etwas gegessen?

Eine unerwartete Begrüßung lässt uns aufblicken: An unserem Tisch steht ein gut angezogenes Paar mittleren Alters, sie kennen den ‚tollen Typ' offenbar. Ich erwidere den Gruß freundlich – aber, warum sieht sein Gesicht auf einmal so seltsam aus, fast wie verzerrt, und warum klingt seine Stimme plötzlich ganz anders? Blicken mich nicht die beiden, vor allem die Dame, komisch an? Ach, bestimmt nur das gedämpfte Licht und das Stimmengewirr im Gastraum – an ein solches Ambiente muss ich mich eben erst noch gewöhnen. Der ‚tolle Typ' wechselt einige kurze belanglose Worte mit dem Paar, das sich schnell verabschiedet. Schon hat die Stimme des ‚tollen Typs' wieder ihren vertrauten herzlichen Klang. Wir erzählen uns gegenseitig aus unserem Leben; das meinige war ja leider nicht sehr abwechslungsreich und Angehörige habe ich auch keine mehr. Der ‚tolle Typ' dagegen berichtet auf seine nette, unterhaltsame Art viel Interessantes von seinem Beruf und seiner Familie. Langsam dämmert mir auch, dass er ziemlich wohlhabend sein muss, ein leiser Stich – dann wird das wohl nichts mit uns, denke ich enttäuscht. Ach, es wird ja sowieso nichts mit uns, ich werde ja sterben.

Schließlich brechen wir auf, es ist noch kälter geworden und regnet leicht, auf dem Weg zur Tiefgarage hakt er mich unter, ich spüre die Körperwärme eines mir freundlich gesonnenen menschlichen Wesens – für mich etwas völlig Neues. Er bringt mich mit dem Wagen nach Hause; unterwegs wollen wir noch einen kleinen Absacker trinken. Plötzlich fährt er rechts ran – nanu, da ist doch überhaupt kein Lokal, will ich noch sagen, komme aber nicht mehr dazu. Der allererste richtige Kuss meines Lebens! Später sitzen wir vor zwei Gläsern Wein, er hält meine Hand. Der Alkohol macht mich mutig: Ich muss es jetzt unbedingt fragen, das mit der noch bestehenden Ehe, bevor ich mich endgültig in ihn verliebe. Er nimmt es mir nicht übel; sie lebten schon seit langem völlig getrennt, und demnächst werde er auch die rechtlichen Schritte einleiten, sagt er – klang das nicht ein wenig zu routiniert, so, als ob er auf diese Frage gewartet hätte? Unsinn, auch an das Weintrinken muss ich mich erst noch gewöhnen.

Kurz nach Mitternacht; Er muss morgen – äh heute – zu einer mehrtägigen Geschäftsreise ins Ausland aufbrechen, will mich aber trotzdem noch bis zur Haustür fahren. Dankend lehne ich ab – „es ist besser, wenn du so schnell wie möglich nach Hause kommst, damit du einigermaßen ausgeruht starten kannst", sage ich – in Wirklichkeit möchte ich jetzt lieber noch etwas zu Fuß gehen, allein sein, meine Gedanken sortieren, denn in meinem Kopf geht es inzwischen zu wie in einem Bienenkorb. Wir verabschieden uns, ich winke ihm nach, dann gehe ich, laufe fast durch die kalte Nachtluft nach Hause, in meinem Kopf dreht sich alles, wenn ich stehenbleibe, falle ich bestimmt um.

Lange nach Mitternacht, aber ich liege immer noch wach im Bett. In meinem Bauch ist ein seltsames Kribbeln, lässt mich nicht schlafen. So etwas hatte ich ja noch nie, vielleicht auch dort schon Metastasen. Das mit dem Krebs (komisch, trotz der Aussage des ‚Hausdocs' ist der Knoten in meiner Brust für mich Krebs) – war es nicht doch unfair von mir, es ihm zu verschweigen? Aber ich wollte einfach nur einmal in meinem Leben zauberhafte Stunden zu zweit genießen – habe ich nicht ein Recht darauf, nach so freudlosen Jahrzehnten? Wenn er die Wahrheit erfährt, wird er sich sowieso von mir trennen – trotzdem, ich muss es ihm unbedingt sagen, beim nächsten Mal, alles andere wäre Betrug.

18. März 2013, Montag

Irgendwann war ich wohl doch eingeschlafen, denn ich wache abrupt auf. Das seltsame Kribbeln im Bauch – es ist immer noch da. Verschwinde endlich, befiehlt ihm mein Verstand; die Sache ist doch völlig aussichtslos. Und bestimmt brauche ich dem ‚tollen Typ' das mit dem Krebs gar nicht erst zu sagen, bestimmt will er sowieso nichts mehr von mir wissen. Bestimmt ist ihm als erkennbar weltläufigem Mann meine Unsicherheit und Unerfahrenheit, womöglich sogar meine Sehschwäche nicht verborgen geblieben. Bestimmt hat er mich nur aus Höflichkeit ertragen oder sich insgeheim über mich amüsiert.

Ich bin dann eben wieder alleine. Bisher war ich mit den Krankheiten meiner ‚Pfleglinge' alleine, jetzt bin ich mit meiner eigenen Krankheit alleine – da komme ich wenigstens nicht aus der Übung. Und plötzlich sehe ich vor meinem inneren Auge die Bücher und Filme, in denen Krebskranke über ihr Leben berichten – ‚Krebsbücher' und ‚Krebsfilme' hatte ich sie insgeheim etwas herablassend genannt und mich über ihre geradezu inflationäre Vermehrung amüsiert. Jedoch – so unterschiedlich die Schicksale auch waren, eine Gemeinsamkeit gab es: Die Betroffenen hatten Verwandte oder Freunde, die sich um sie kümmerten und ohne die sie, wie immer wieder betont wurde, die schwere Zeit nicht überstanden hätten. Wo ist das ‚Krebsbuch' von jemandem, der absolut allein, so wie ich, den Kampf mit der Krankheit aufnimmt? Das muss ich dann wohl selbst schreiben, denke ich mit einem Anflug von Sarkasmus.

Abends: Ich sitze wie gelähmt vor dem Fernseher, sehe auf den flimmernden Bildschirm und sehe ihn doch nicht. Auf einmal blinkt das Display des Telefons auf, eine Sekunde später klingelt es: der ‚tolle Typ'! Er würde mich gern wiedersehen, sagt er; am kommenden Sonntag sei er von der Geschäftsreise wieder zurück, er würde sich dann melden. Mein Herz macht völlig unerlaubterweise einen Hüpfer, das Kribbeln im Bauch wird zu einem richtigen Zwicken. Und dann auf einmal überfällt mich ein eiskalter Schwall Wut, erstickt alle anderen Gefühle. Nicht der Krebs selbst macht mich so wütend, das ist schließlich eine der häufigsten Erkrankungen und Todesursachen überhaupt, warum sollte ausgerechnet ich verschont bleiben? Was mich so wütend macht, ist der Zeitpunkt, an dem diese heimtückische Krankheit bei mir zuschlägt. Immer, bis zuletzt, musste ich mich um andere kümmern – jetzt endlich wäre die Chance da, das Leben zu genießen, vielleicht sogar zu zweit – und nun das! Hätte mir nicht eine etwas längere Atempause vergönnt sein können? Es ist, als ob mir das Schicksal einen kurzen Blick ins Paradies erlaubt hat und mir dann höhnisch lachend die Tür vor der Nase zuschlägt.

19. März 2013, Dienstag

Abends wieder das tröstliche Aufblinken des Telefon-Displays: *Er* ruft wirklich sogar aus dem Ausland jeden Tag an! Ach, heute kann ich seine lieben Worte besonders gut brauchen, denn morgen ist die Facharzt-Untersuchung.

20. März 2013, Mittwoch

Vormittags, die Radiologiepraxis. Kurzer ‚Hoffnungsschimmer' bei der Mammographie – es ist überhaupt nichts zu sehen, ich habe zu dichtes Brustgewebe, dann aber der Ultraschall – und der Arzt mit ernster Miene: Ja, es ist eindeutig ein Tumor, und ja, es könnte Krebs sein. Absolute Gewissheit soll eine Gewebebiopsie erbringen, ich bekomme auch sofort einen Termin, heute in einer Woche.

Wieder der abendliche Anruf des ‚tollen Typ', wieder sage ich nichts von dem Krebs, möchte einfach nur jede Sekunde des interessanten Gesprächs, seine liebevollen Worte genießen. Männer wollen keine krebskranken Frauen, und schon gar nicht Frauen mit Brustkrebs – das habe ich als Teenager erlebt.

> *Eine Bekannte meiner Eltern ist an Brustkrebs erkrankt. Ihr langjähriger Ehemann, Vater ihrer beiden Kinder, zieht sofort aus der Wohnung aus, zu einer Jüngeren. Wie das Leben so spielt: Die Zeit vergeht, plötzlich ist der Mann seiner Geliebten zu alt und wird seinerseits gegen ein neueres Modell ausgetauscht. Reumütig kehrt er zu seiner krebskranken Exfrau zurück – sie nimmt ihn in Gnaden auf. „Das hätte ich nie gemacht!", kommentiert meine Mutter im Brustton der Überzeugung.*

21. März 2013, Donnerstag

Der Todestag einer der beiden von mir betreuten Nachbarinnen hatte sich vor einigen Tagen gejährt; ich treffe mich nachmittags mit Frau Ludwig, einer gemeinsamen Bekannten, an ihrem Grab. Eine Rose und eine Kerze. Auch die Verstorbene war krebskrank, sie hatte furchtbar gelitten, tapfer gekämpft und doch verloren – ob es mir genauso gehen wird? Frau Ludwig bringt mich mit dem Auto nach Hause, wir bleiben noch eine Weile sitzen und reden. Bei ihrer langjährigen Freundin sei gerade ebenfalls Krebs festgestellt worden, leider schon ziemlich ausgedehnt – ‚mein' Knoten dagegen könne durchaus gutartig sein; gerade in und kurz nach den Wechseljahren hätten viele Frauen Zysten in der Brust, auch die von mir erwähnte rundliche Form spräche dafür. Ich fühle ich mich etwas getröstet, denn Frau Ludwig ist im medizinischen Bereich tätig und hat bestimmt Erfahrung. Dann wieder schlechtes Gewissen wegen ihrer so viel kränkeren Freundin. Frau Ludwigs' Mittagspause ist um, sie muss wieder zur Arbeit, wir verabschieden uns.

Der abendliche Anruf des ‚tollen Typs'; er will seine Reise meinetwegen um einen Tag verkürzen, schon Samstag käme er zurück und würde mich abends gern besuchen! Ich schwebe geradezu ins Bett und schlafe sofort ein.

22. März 2013, Freitag

Die Verdrängungsphase setzt mit voller Wucht ein: Ich rufe in der Radiologiepraxis an und sage den Termin für die Gewebebiopsie ab. Eines Tages werde ich mir den Knoten entfernen lassen, egal ob er bösartig oder gutartig ist, aber noch nicht gleich. Diese einmalige Chance auf Liebes- und Lebensglück werde ich mir doch nicht von einem Scheißtumor zerstören lassen. Die Praxismitarbeiterin am Telefon macht mir keine Vorwürfe, versucht auch nicht, mich zu überreden, sie wünscht mir nur alles Gute.

So, dieses Kapitel wäre zunächst einmal abgeschlossen – jetzt zu wichtigeren Überlegungen. Der ‚tolle Typ' kommt extra meinetwegen einen Tag früher von seiner Geschäftsreise zurück – da muss ich ihm auch etwas Tolles bieten, und ich weiß auch schon was. Beim morgendlichen Kampf meines Kammes gegen die schlafzerzausten Haare ist es mir eingefallen: ein Friseurbesuch! Meine langen Haare sind von Natur aus goldblond, dicht und leicht gewellt, ab und zu habe ich selbst die Spitzen etwas gekürzt, ansonsten sahen sie immer fast von alleine ganz gut aus. Aber ‚ganz gut' – reicht das für das zweite Date mit jemandem, der extra meinetwegen einen Tag früher von seiner Geschäftsreise zurückkommt? Wann war ich zum letzten Mal bei einem Friseur? Kenne ich überhaupt einen guten Friseur? Ich glaube nicht. Aber halt, da ist doch sozusagen das letzte meiner ‚Pflegekinder', Emmi, eine liebe alte Dame, der ich einmal wöchentlich beim Einkaufen helfe. Schon oft hat sie mir von ihrem benachbarten Friseur vorgeschwärmt, und ihre Frisur ist auch wirklich immer sehr schick, überhaupt nicht omahaft. Allerdings gibt es eine Schwierigkeit – auch das weiß ich von der alten Dame: Telefonanrufe werden oft nicht entgegengenommen; Chef und Angestellte sind einfach zu beschäftigt – dann ist der Salon wirklich gut, hatte ich mir im Stillen gedacht.

Aber kein Problem: Ich weiß, wo das Geschäft ist, fahre schnell mit dem Bus hin, frage nach einem kurzfristigen Termin und habe Glück: Am frühen Nachmittag hat jemand abgesagt. Wieder per Bus nach Hause zurück; ich esse schnell eine Kleinigkeit und mache mich erneut auf den Weg. Die Friseurin bewundert zuerst meine ‚Haarpracht', dann leistet sie ganze Arbeit; schließlich sehe ich fast wie ein Rauschgoldengel aus. Ich werde Emmi direkt mal meine neue Frisur zeigen, beschließe ich. Wie erwartet ist Emmi zuhause; alleine verlässt sie ihre Wohnung nur noch ungern – leider zeigen sich bei ihr seit einiger Zeit erste Anzeichen von Altersdemenz. Aber noch behält ihre liebenswürdige und aufgeschlossene Natur meistens die Oberhand – meistens, denn die Gute guckt verschreckt, als sie meinen ‚veränderten' Kopf sieht; Ungewohntes macht ihr zunehmend Angst. So gerne hätte ich ihr von dem ‚tollen Typ' erzählt, aber ich will sie nicht noch mehr verstören. So gemein: Ich platze fast vor Glück und kann es mit niemandem teilen. „Dann bis Morgen", sage ich stattdessen, denn unser gemeinsamer ‚Einkaufsbummel' findet immer samstagnachmittags statt.

23. März 2013, Samstag

Ich wache sozusagen direkt im siebten Himmel auf: Heute Abend werde ich den ‚tollen Typ' wiedersehen! Dass er sein Versprechen hält, davon bin ich beim morgendlichen Lüften fest überzeugt. Nach dem gestrigen trockenen, relativ schönen Tag heute wieder Eiseskälte und Schneeschauer – genau mein ‚Datewetter'! Vor der nachmittäglichen Einkaufsrunde mit Emmi begebe ich mich auf einen eigenen Einkaufsgang, schließlich muss ich dem ‚tollen Typ' ja etwas anbieten. Überlegend stehe ich vor den Supermarktregalen: Mag er lieber Süßes oder Pikantes, Zucker in den Kaffee oder nicht? Ach ich weiß noch so wenig von ihm. Wieder zu Hause, die Sorgen wachsen: Wird ihm meine Junggesellinnenwohnung überhaupt gefallen? Sie ist sauber und aufgeräumt, aber die schrecklichen Tapeten. Auch mit Geschirr bin ich alles andere als üppig bestückt. Für mich allein – wozu? Die Einkaufsrunde mit Emmi: Normalerweise machen mir die wortreichen Beratungen mit der alten Dame immer großen Spaß – heute muss ich mich mühsam zur Konzentration zwingen. Ob sie etwas gemerkt hat? Auf dem Nachhauseweg ist sie ungewohnt grantig – wegen der teilweise ungeräumten und vereisten Gehsteige ihres Stadtviertels sagt sie – ob das stimmt? Ich trage die schweren Taschen in ihre Wohnung im zweiten Stock eines aufzuglosen Hauses und helfe beim Verstauen der Einkäufe. Nach der ‚Arbeit' ein gemütliches Kaffeestündchen. Emmi freut sich immer so darauf, es ist der Höhepunkt ihrer Woche – auch sie steht völlig allein, hat alle ihre Bekannten überlebt. Die gewohnte Routine bessert die Stimmung der alten Dame wieder. Leider muss ich ihr den nächsten ‚Tiefschlag' verpassen: Ich gehe etwas früher als sonst, schütze wetterbedingte Ausfälle bei den Bussen vor. Emmi guckt wieder skeptisch, fragt jedoch nicht.

Draußen ist es schon dunkel, auch hat es wieder einmal geschneit, und – kleine Sünden straft der liebe Gott sofort – der Bus kommt wirklich nicht. Ausgerechnet heute! Schreckensvision: Der ‚tolle Typ' steht vor verschlossener Tür, will daraufhin nichts mehr von mir wissen. Es scheint sich aber auch alles gegen mich verschworen zu haben. Der nächste Bus fährt in einer halben Stunde, da bin ich zu Fuß vielleicht schneller. Ich renne los, Wasserpfützen, Schneematsch – die Kälte spüre ich überhaupt nicht mehr. Ich habe gerade die nächste Bushaltestelle erreicht, als der Bus mich einholt, ich steige ein – gerettet!

Gerettet in letzter Minute: Kaum bin ich zu Hause, kommt der ‚tolle Typ' – mit einem blühenden italienischen Azaleenzweig, den er, wie er sagt, eigenhändig gepflückt hat. Es gibt also zumindest noch eine Gegend in Europa, wo es nicht so saukalt ist wie hier – wie tröstlich. Meine Freude wandelt sich in Entsetzen: Er packt Nudeln, Pasta, Olivenöl und Gewürze aus, will mit mir Spaghetti mit Pasta kochen. Jetzt ist es aus, er wird merken wie wenig Geschirr ich besitze. Aber kann man Spaghetti nicht auch von Kuchentellern essen? Ich hole meine beiden einzigen Töpfe – der ‚tolle Typ' lässt sich nichts anmerken. Für den ebenfalls mitgebrachten Rotwein habe ich leider nur blaue Wassergläser; jetzt ist er doch etwas irritiert, lacht dann aber. Wir essen – das heißt, zuvor muss er mir noch beibringen, wie man Spaghetti isst, er nimmt auch das gelassen.

Meine Panik weicht langsam, meine Schlagfertigkeit kehrt zurück. Ich wäre bei seinem Eintreffen etwas außer Atem gewesen, weil ich noch schnell meine anderen Liebhaber in den Kleiderschränken hätte verstecken müssen, sage ich. Er steht sofort lachend auf und sieht zum Spaß nach. Wieder berührt mich seine herzliche Art zutiefst, trotz meiner Unerfahrenheit merke ich, dass ich wirklich dabei bin, mich total in ihn zu verlieben. Ich muss ihm das mit meiner Krebserkrankung gestehen, alles andere wäre Betrug. Er wird die Flucht ergreifen, bestimmt, aber ich werde auf gar keinen Fall ihm, sondern nur meinem mir so übel gesinnten Schicksal böse sein. Ich sage es ihm, lege ihm nahe, sich doch lieber eine andere, gesunde Partnerin zu suchen – und bin völlig geplättet: Er läuft keineswegs schreiend weg, tröstet mich, versichert, alles gemeinsam mit mir durchstehen zu wollen. Er wird mir Glück bringen, da bin ich mir in diesem Augenblick völlig sicher, und ich beschließe, ihn Felix zu nennen.

24. März 2013, Sonntag

Wieder nasskaltes ‚Datewetter' – und richtig, Felix holt mich nachmittags ab, zu einer ‚Bergtour' auf den Drachenfels. Ich versuche, mir die Verwunderung nicht anmerken zu lassen: Eine Wanderung – wann habe ich zuletzt eine Wanderung gemacht? Ich glaube, das war während meines Biologiestudiums, die zum Studienplan gehörenden Exkursionen. Warum ausgerechnet eine Wanderung – bei dem Wetter? Bestimmt glaubt er, dass Bewegung und frische Luft mir gut täten, rührend – Männer eben. Immerhin, die frische, vor allem kühle Luft haben wir fast ganz für uns allein, kaum ein Mensch zu sehen. Felix mit seinen langen Beinen hat einen ziemlich schnellen Schritt, ich versuche mitzuhalten – er soll doch nicht glauben, dass ich schon hinfällig und schlapp bin. Ich bemühe mich, so leise wie möglich zu schnaufen. Er macht mich auf besondere Merkmale und Wuchsformen der Bäume aufmerksam; Forstwirtschaft scheint eine Art Hobby von ihm zu sein und bestimmt will er mich ablenken. Das gelingt ihm auch: Mit einem Mal fühle ich mich wieder wie damals als junge Studentin auf einer der Exkursionen, und der Weg ist ja auch gar nicht so steil.

Der Berggipfel, die Aussichtsplattform mit Blick über das Rheintal; Felix zeigt mir dieses und jenes, ich blicke tapfer in die jeweils angegebene Richtung, aber keine Chance. Panik: Wenn er es merkt? Krebskrank und ‚sehbehindert' – ich glaube, das wäre zu viel, dann würde er bestimmt endgültig flüchten. Allein bei diesem Gedanken krampft sich mein Herz zusammen, tut richtig weh. Felix merkt nichts von meinen inneren Nöten, oder er lässt es sich nicht anmerken. Wir drehen eine kleine Runde um die noch im Bau befindlichen Außenanlagen des neuen Restaurants und beginnen dann mit dem Abstieg – ‚runter geht es bekanntlich leichter als ‚rauf, aber anstelle des Schnaufens muss ich jetzt mein Zittern verbergen. Es scheint immer kälter zu werden, dazu Nieselregen, meine Hände erstarren. Ich hatte mich einfach geweigert, Ende März noch Handschuhe mitzunehmen. Wieder lenkt Felix mich durch interessante Gespräche ab, erzählt Spannendes und Wissenswertes von seinem früheren Beruf. Endlich im Auto, Felix dreht die Heizung hoch, wir tauen langsam auf.

Nanu, da ist Felix jetzt aber falsch abgebogen, zu meiner Wohnung geht es doch in die andere Richtung. „Wir fahren zu mir", sagt er. Ist das nicht zu früh, wir kennen uns doch erst so kurz? Das ist die konservativ erzogene ‚höhere Tochter' in mir. Willst du warten, bis du gestorben bist? Das ist die Krebskranke in mir. Ich beschließe, auf Letztere zu hören.

Dann sind wir da, so ein großes Haus – und hier wohnt wirklich nur ein einziger Mensch? Kurzer Verzweiflungsanfall: Wer so wohlhabend ist, kann doch gesunde Frauen haben, was will er mit einer Kranken? Dann höre ich im

Geiste wieder seine Stimme: ‚Wir stehen das gemeinsam durch' – wenn man so etwas freiwillig sagt, muss man es doch ernst meinen. So viele Zimmer, ich verlaufe mich ständig. Felix amüsiert sich köstlich. Ich glaube, ich brauche den berühmten Ariadnefaden. Neue ‚Sorgen': Der Knoten in der Brust ist noch nicht sehr groß und liegt tief; wird er ihn trotzdem fühlen? Und schon wieder eine Beichte: Ich hatte noch nie einen Partner – mit 58 Jahren! Felix ergreift auch jetzt nicht die Flucht, keine Spur von Ekel vor meiner Brust, ich taumele wie durch einen Traum. In meinem Inneren ein Feuerball, er explodiert. Etwas Glühendes steigt hoch. Meine Schädeldecke – ich habe das Gefühl, sie fliegt gleich weg. Das kann doch nur, muss doch einfach Liebe sein.

25. März 2013, Montag

Bin ich wach? Träume ich? Nein, ich bin doch schon wach. Und dann, das erste Mal in meinem Leben bekomme ich den Morgenkaffee im Bett serviert. Später, Felix bringt mich nach Hause. Er hat mir ein Goldkettchen mit einem hübschen Anhänger geschenkt – ein kleiner Glückselefant mit erhobenem Rüssel – ich könne ihn brauchen, sagt Felix. Er fährt weiter in sein Büro – ich winke ihm lange nach. Wie auf Watte gehe ich die Treppe hoch in meine Wohnung, in mir reift ein Entschluss: Ich muss schnellstmöglich die Behandlung des Tumors aufnehmen! Noch bin ich äußerlich gesund und fit; wenn ich erst richtig krank werde – das kann ich Felix nicht zumuten, das hat er einfach nicht verdient. Ob es schon einmal eine Krebskranke gegeben hat, bei der die Verleugnungs-Phase durch Liebe beendet wurde?

In der Universitätsklinik gibt es eine Brustkrebs-Sprechstunde, dort werde ich mich beraten lassen. Das Telefon bremst meinen Tatendrang: ununterbrochen besetzt. Viel Zeit habe ich nicht, in drei Tagen beginnt das lange Osterwochenende und ich möchte die Sache vorher klären. Also ab in den Bus und hin zur Universitäts-Frauenklinik. Ich irre eine Weile umher, frage mich zur Brustkrebs-Beratung durch und finde das Zimmer – niemand da. Erschöpft setze ich mich auf einen der beiden Stühle vor dem Arztschreibtisch und warte das Weitere ab.

Das tritt kurz darauf ein, und zwar in Gestalt der Beraterin, einer jungen Ärztin, die etwas verblüfft auf mich unangemeldeten ‚Eindringling' blickt. Ich schildere kurz meine Situation und – oh Wunder, sie nimmt sich spontan Zeit für mich. Ich bin entschlossen, den Tumor auf jeden Fall sofort, ohne den ‚Umweg' einer Gewebeuntersuchung, entfernen zu lassen. Die Ärztin dagegen hält eine Biopsie für unumgänglich; die Operationsmethoden seien unterschiedlich, je nachdem ob der Knoten gut- oder bösartig sei, und nur eine Gewebe-Feinuntersuchung könne das klären. Dieses Argument leuchtet mir ein. Mist, den Biopsietermin in der Radiologie-Fachpraxis hatte ich ja abgesagt, aber vielleicht kann man da noch etwas machen. Ich bedanke mich, renne los, ich will doch versuchen, meinen Biopsie-Termin zu ‚retten'. Leider Pech gehabt, der Termin ist schon weg, war ja auch zu erwarten. Ich bekomme einen neuen Termin am Mittwoch nach Ostern, muss mich eben noch gedulden, selbst ‚schuld'.

26. März 2013, Dienstag

Felix lädt mich zum Essen ein. Wir gehen in ein Innenstadtlokal, urige und gemütliche Atmosphäre – genau das Richtige an einem so winterlich-unfreundlichen Tag. Ich stelle entzückt fest, dass die Speisekarte erstaunlich groß geschrieben ist, ich kann sie ohne Brille lesen! Ob Felix doch etwas gemerkt hat? Mich fasziniert sofort ein Gericht: Pfälzer Saumagen – bekannterweise Ex-Kanzler Kohls Leibspeise, aber was genau man sich darunter vorzustellen hat, war mir nie ganz klar. Ich frage Felix, er ordert es sofort für mich. Nun liegt sie also vor mir, umgeben von einer riesigen Portion Bratkartoffeln: eine große dicke Scheibe Pfälzer Saumagen. Sieht aus wie eine Kreuzung aus Sülz- und Blutwurst, duftet und schmeckt aber sehr lecker. „Aha, deswegen also ist Kohl so dick geworden" sage ich, Felix bemüht sich, nicht zu laut zu lachen. Als wir später das Lokal verlassen, fällt mir auf, wie gut Felix mich schon ‚erzogen' hat: Ich lasse mir ‚widerstandslos' von ihm meinen Mantel holen und mir hinein helfen.

Wir bummeln durch die nächtliche Altstadt. Das offene Portal einer großen Barockkirche, warmes Licht scheint heraus, Leute sind um den Altar versammelt. Wir stehen eine Weile Arm in Arm vor der Tür, sehen zu. Ich fühle mich tief berührt.

28. März.2013, Gründonnerstag

Kalt, Regenschauer – dann habe ich heute bestimmt wieder ein Date. Und in der Tat: Felix holt mich am frühen Nachmittag ab, eine weitere Wanderung – er hat sich offenbar wirklich vorgenommen, mich in einer Art Crash-Kurs für die unweigerlich bevorstehende Krankenzeit körperlich fit zu machen. Heute ist, passend zum Tag, der Oelberg dran – nein, nicht der Ölberg aus der Bibel, sondern ganz unspektakulär der fast gleichnamige höchste Berg des rheinischen Siebengebirges. Der Aufstieg ist auch diesmal nicht ohne, aber ich glaube, ich schnaufe schon bedeutend weniger – ein erster Erfolg des ,Trainings' oder habe ich einfach nur gelernt, leiser zu schnaufen?

Dann sind wir oben, wieder erklärt Felix mir die Aussicht, wieder will ich in die angegebene Richtung blicken und pflichtschuldigst nicken, aber – ach was, er wird es ja doch irgendwann merken und dann bestimmt die Flucht ergreifen, und je später, umso mehr tut es weh. Also ein weiteres ,Geständnis'. Das wievielte ist das jetzt? Der arme Felix, anstelle einer normalen Frau hat ihm Frau Nielsson eine totale Fehlkonstruktion angedreht – als Geschäftsmann, der er ja ist, müsste er eigentlich reklamieren. Aber wenn ich schon untergehe, dann wenigstens mit einem Knalleffekt – und den kann ich dank meiner ,Sehbehinderung' bieten, das habe ich schon als Kind herausgefunden und damit ,Leute erschrecken' gespielt. Ich beginne also mit meiner ,Demonstration am lebenden Objekt', halte mir den Zeigefinger in Augenhöhe vor die Gesichtsmitte und bewege ihn langsam auf die Nase zu, während ich versuche, die Fingerspitze mit beiden Augen zu fixieren. Dann besagter Knalleffekt: Sobald der Finger eine bestimmte Nähe zum Gesicht erreicht, rutscht die Pupille meines rechten, sehschwachen Auges völlig nach außen weg – jedes Mal lustig, die Schrecksekunde beim Publikum zu beobachten. Auch Felix zuckt zusammen, fasst sich aber schnell wieder und macht einen Vorschlag: Er kenne einen sehr guten Optiker, der mir mit einer Spezialbrille vielleicht helfen könne. Meine erste innere Reaktion: totale Abwehr. Warum ausgerechnet jetzt, ich habe doch im Moment wirklich andere Sorgen, es geht bei mir ja quasi um Leben und Tod. Aber Felix guckt mich so lieb und besorgt an, ich will ihn einfach nicht vor den Kopf stoßen. Ich versuche also, einen begeisterten Gesichtsausdruck aufzusetzen und erkläre mich einverstanden – in der heimlichen ,Hoffnung', dass er die Angelegenheit vergisst.

Auch der Oelberg hat ein Gipfel-Restaurant, wir gehen hinein – ach wie gut die Wärme tut! Es gibt Kaffee, einen ganz frischen, leckeren Mohnkuchen sowie zum bevorstehenden Osterfest für jeden Gast ein buntes, hartgekochtes Ei. Ich bestaune die riesige Funkantenne auf der Bergspitze; dann der lange Rückweg; es wird dämmrig und noch kälter – aber eine Ankündigung von Felix lässt mich die Kälte sofort vergessen: Er wird demnächst einige Urlaubstage in Portugal verbringen – und er will mich mitnehmen! Ich schwebe fast über den matschigen Boden, bin in Gedanken schon in einem schönen, warmen Land.

Später wieder in Felix' Haus; er hat die Treppe zum oberen Stockwerk mit Teelichtern geschmückt. Jetzt bin ich wirklich in einem Hollywood-Film.

29. März 2013, Karfreitag

Ein seltsames, bleiches Licht dringt durch die Jalousien, Felix ist schon auf, ruft mich zum großen Wohnzimmer-Panoramafenster, wir stehen nebeneinander und staunen: alles tief verschneit, gegenüber die Berge, düster-drohend, darüber ein grauer Schnee-Himmel – zu Ostern! Frühstück mit Aussicht auf die Winterlandschaft, dann bringt Felix mich nach Hause. Auf den Straßen Schneemassen, ein einsamer Linienbus kämpft sich mühsam vorwärts; ‚mein' Sträßchen mit den verschneiten Bäumen sieht wie ein Wintermärchen aus. Wieder winke ich Felix' Wagen lange nach, und als ich später meinen Rucksack ausräume, merke ich, dass ein etwas verfrühter ‚Osterhase' eine Flasche teuren Parfüms und ein Jade-Ei darin ‚vergessen' hat.

Draußen ist es unwahrscheinlich ruhig, der Schnee scheint jedes Geräusch zu schlucken. Dafür in meinem Kopf das totale Chaos – und plötzlich durchzuckt ein Gedanke das Chaos: Ich hatte ja Emmi versprochen, mit ihr zusammen ein ‚Karfreitagsmenü' zu kochen. Den öffentlichen Personennahverkehr kann man bei diesem Wetter sicher vergessen. Also per pedes los; der Weg ist lang, das wieder einmal mühsame Fortkommen durch den Schnee lässt ihn noch länger erscheinen, aber die kalte Luft tut meinem überreizten Gehirn gut. Was sich in den letzten knapp zwei Wochen ereignet hat – so viel habe ich in meinem ganzen bisherigen Leben noch nicht erlebt.

30. März 2013, Ostersamstag

Ein kleiner Stich in der Magengegend: Felix besucht Tochter und Enkel, will aber Ostermontag wieder zurück sein. Ich rufe mich selbst energisch zur Ordnung: Es ist ja schließlich seine Familie und wir kennen uns erst so kurz.

Das Wetter ist endlich besser geworden, etwas wärmer und tatsächlich kein Schnee mehr. Ich fahre vormittags in die Stadt, kaufe Wein für Emmi und ein kleines Ostergeschenk für Felix. Mittags düse ich wieder los, helfe Emmi erneut beim Einkaufen und Kochen.

31. März 2013, Ostersonntag

Hausputz – das muss auch mal wieder dringend sein. Mein anfangs gemächliches Putztempo wird erheblich schneller, als Felix anruft, er ist vorzeitig von seinem Familienbesuch zurückgekehrt und kündigt sich für den Nachmittag an. Mittags kann ich vor Aufregung kaum etwas essen und lauere dann wieder am Fenster. Er stürmt die Treppe hoch, wie immer zwei Stufen auf einmal – und hat für mich ein ganzes ‚Ostereiernest' dabei: ein niedliches Zimmerlaternchen für Teelichter, eine ganz entzückende Karikatur von Janosch und belgische Pralinen (woher weiß Felix, dass belgische Pralinen meine ‚Leib- und Magenspeise sind?). Und, das Schönste von allem: ein Ring, dezentes, elegantes Design. Er sieht an meinem Finger einfach toll aus. In dem Schmucketui ist noch Platz für einen zweiten Ring, vielleicht käme der auch noch dazu, meint Felix geheimnisvoll. Ich bin wie im siebten Himmel. Vielleicht tut es dem Schicksal ja doch leid, dass es mich bisher so stiefmütterlich behandelt hat, und es betreibt ‚Wiedergutmachung'. Fast hätte ich vergessen, mein eigenes Geschenk zu überreichen, ein niedliches kleines Osterhasen-Pärchen aus Marzipan – er guckt es verlegen an. Natürlich, mit seinen Geschenken kann man es nicht vergleichen, ich verstehe seinen Blick.

Wir fahren in ein etwas außerhalb gelegenes, kleines spanisches Restaurant. Ein gemütlicher Ecktisch, immer wieder hält Felix meine Hand. Später, in seinem Haus, bekommt er noch ein weiteres ‚Ostergeschenk': Feierlich übergebe ich meine Wohnungs-Zweitschlüssel, für den Fall des Falles – ins Krankenhaus muss ich ja auf jeden Fall, die jetzigen Nachbarn – junge Pärchen wechselnder Zusammensetzung. Felix ist total gerührt über mein Vertrauen nach so kurzer Bekanntschaft.

1. April 2013, Ostermontag

Vormittags ‚lädt' mich Felix wieder bei meiner Wohnung ab; das Wetter ist erstmals in diesem Jahr frühlingshaft, die feiertäglich leeren Straßen liegen in hellem Sonnenschein, eine einsame Straßenbahn biegt um die Kurve. Der Nachmittag verspricht richtig warm zu werden. So gern hätte ich mit Felix einen Spaziergang gemacht. Leider geht das nicht, Felix trifft sich mit Bekannten. Er rät mir, den schönen Tag zu nutzen und allein etwas zu unternehmen – das müsse ich lernen, sagt er. Ich verstehe es nicht, ich kann das doch, musste doch bis jetzt immer alles allein unternehmen, wenn das so schön wäre, hätte ich wohl kaum einen Partner gesucht. Aber ich verstehe im Augenblick manches nicht, es ist alles so neu und verwirrend. Diese herrliche, milde Luft, ich reiße die Fenster weit auf. Die niedliche und so treffende Janosch-Karikatur findet einen Platz an der Pinnwand, wo ich sie immer im Auge habe. Dann die leckeren belgischen Pralinen. Außerdem – ganz allein bin ich ja nicht, mein zweiter neuer ‚Freund', der Krebs, ist auch noch da.

2. April 2013, Dienstag

Vormittags schnell zum Hausarzt: Ich brauche eine Überweisung – morgen ist die Brustgewebe-Biopsie. Beschließe dann, die restlichen belgischen Pralinen zu verspeisen, Schokolade soll ja angeblich beruhigen.

3. April 2013, Mittwoch

Ich muss nüchtern bleiben; kein Frühstück, das fällt mir nicht schwer, ich esse morgens nie viel, aber keinen Kaffee – das ist wirklich schlimm. Frierend mache ich mich auf den Weg. Im Wartezimmer eine nette Frau, die fast genauso heißt wie ich – wir werden zunächst verwechselt, jedoch schnell wieder ‚auseinanderdividiert'. Sie nimmt es mit Humor, ich muss auch lachen – dabei ist mir gerade danach überhaupt nicht zumute, aber vielleicht die Überreizung. Die kurze Galgenfrist ist zu Ende, ich werde aufgerufen, die Tortur beginnt. Ich muss auf einer schmalen, harten Liege Platz nehmen; der Arzt sieht nett aus – die Spritze, mit der er sich meiner Brust nähert, weniger. Die sprichwörtliche ‚angestochene Sau' – genauso fühle ich mich. Während wir auf die Wirkung der Betäubung warten, erklärt mir der Arzt die weitere Prozedur: In verschiedenen Bereiche des Tumors werden fünf kleine Kapseln geschossen, und, mit winzigen Gewebeproben versehen, wieder herausgezogen. Warum erschießen sie mich nicht gleich, denke ich. Jeder ‚Schuss' knallt wirklich ganz laut, wird aber immerhin vom Arzt vorher angekündigt. Die Schmerzen sind auch nicht ohne. Als sie unerträglich werden, spritzt man noch etwas Betäubungsmittel nach. Vielleicht ist das ja ein kleiner Vorgeschmack auf die Qualen, die mich noch erwarten, also ganz gut, wenn ich mich schon mal daran gewöhne. Endlich ist es überstanden, noch ein Pflaster drauf – fertig. Übermorgen soll ich wiederkommen, dann läge das Ergebnis vor. Ich schleppe mich zur Bushaltestelle.

Wieder in meiner Wohnung; die Betäubung lässt nach, die Schmerzen werden schlimmer. Verrückter Gedanke: Nach dieser Prozedur kann ja vom Tumor nichts mehr übrig sein. Als ich mich etwas erholt habe, taste ich vorsichtig – Pustekuchen, der Knoten ist hartnäckig. Abendanruf von Felix, mit lustigen Erzählungen versucht er mich abzulenken.

5. April 2013, Freitag

Die Stunde der Entscheidung naht. Mein Gefühl ist nicht gut, für mich, den geborenen Pechvogel, kann, darf es einfach kein Glück geben. Die Bekanntschaft mit Felix, die wunderschönen Momente – damit habe ich dem Schicksal sozusagen ein Schnippchen geschlagen und jetzt holt es zum Gegenschlag aus. Aber vielleicht, wenn ich den schönen Ring, den Felix mir geschenkt hat, trage, als Talisman. Es nutzt nichts. Als ich dem Arzt gegenüber sitze und seine Miene sehe, weiß ich Bescheid. Also wirklich Krebs. An die weiteren Worte des Arztes kann ich mich nicht mehr erinnern. Irgendwie komme ich nach Hause.

‚Abendgespräch' mit Felix, er versucht mich zu trösten, ich höre seine liebe Stimme, kann den Sinn der Worte aber nicht erfassen.

6. April 2013, Samstag

Übermorgen wird Felix seinen kurzen Portugal-Urlaub antreten – allein, mich hat er kurzerhand ausgeladen. Er sagt zwar nichts, aber ich kann mir den Grund denken: Er möchte nicht, dass ich die Operation deswegen hinausschiebe, dass es dann vielleicht zu spät ist. Diese Stiche im Herzen – nein, im Magen – andere können das Leben genießen, ich muss leiden – warum immer ich?

Nachmittags gehen Felix und ich im Rheinauenpark spazieren. Erste Blumen zeigen sich schüchtern, aber die Bäume sind noch winterlich kahl. Auch das Wetter – wie dieses Frühjahr üblich trüb und kühl. Felix' große, kräftige Hände wärmen die meinigen. Auf dem See eine ganze Armada von Enten und zwei Schwäne; sie kommen näher, erhoffen sich vielleicht von uns Essbares, denn es sind nur wenige Spaziergänger unterwegs – schlecht für das verwöhnte Wassergeflügel. Weiter draußen schwimmt noch etwas Kleines, Schwärzliches. Abfall? „Ein Teichhuhn", stellt Felix scharfäugig fest; er macht erstaunlich gekonnt seinen Ruf nach, erregt aber kein Interesse – vielleicht ist es ein männliches Tier. In einem nahegelegenen Restaurant wärmen wir uns auf; ich bekomme das erste ‚japanische' Essen meines Lebens. Es ist sicher gut, nur leider verdirbt mir der Gedanke daran, Felix jetzt über eine Woche nicht sehen zu können, den Appetit.

8. April 2013, Montag

Morgens stehe ich wieder bei meinem Hausarzt auf der Matte, die schlimme Diagnose ‚im Gepäck'. In der Stadt gibt es drei Krankenhäuser mit ‚Brustkrebsstationen', das weiß ich von der Beratungsstelle der Uni-Klinik; ich frage nach dem schnellstmöglichen OP-Termin. Der gute Doc sieht, dass ich mit den Nerven am Ende bin, greift sofort zum Telefon und handelt alles aus. Übermorgen Nachmittag Vorbesprechung, nächste Woche Dienstag Aufnahme und Voruntersuchungen, Mittwoch dann die OP. Mittwoch ist der 17. April. Genau an diesem Tag vor einem Monat war das erste Date mit Felix. Ob das Datum Glück bringt? Seltsam, ein ganz vages Gefühl von Erleichterung breitet sich in mir aus: Ein Zeitplan, es geschieht etwas, endlich kommt das Ding aus der Brust 'raus.

Dann wieder zu Hause, eine Sache muss ich noch erledigen – die Entsorgung der eigenen Leiche. Das Beerdigungsinstitut, bei dem mein letztes ‚Pflegekind', die Nachbarin, ‚Kundin' war, hatte die Bestattung doch ganz ordentlich organisiert, und sie kennen mich von damals – dort werde ich mir mal einen Termin geben lassen.

9. April 2013, Dienstag

Wieder ein Tag allein mit dem Krebs. Menschliche Wärme und Nähe, wie sehr könnte ich das jetzt brauchen. Wenigstens ein paar tröstende Worte – schon damit wäre ich ja zufrieden. Felix anrufen? Ihn nach einer so kurzen Bekanntschaft schon im Urlaub stören? Nein, das bringe ich einfach nicht übers Herz. Auch die liebe Frau Ludwig will ich nicht belasten, sie hat schon ein krebskrankes ‚Sorgenkind' – aber da gibt es ja noch meine wenigen Freundinnen. Immer habe ich mir geduldig deren Sorgen und Probleme angehört, habe ihnen gut zugeredet, wenn ich konnte, auch geholfen. Wenn ich sie jetzt anrufe, werden sie sicher das gleiche für mich tun. Von wegen! Keine Zeit, keine Lust, eine – natürlich mit Partner und Familie – erteilt mir pädagogische Ratschläge („Mit einer solchen Situation allein fertig zu werden stärkt das Selbstbewusstsein."), eine andere fürchtet tatsächlich, sich bei mir anzustecken. Nun habe ich so gut wie niemanden mehr, aber komischerweise ist die Verzweiflung weg, dafür werde ich richtig trotzig: Hallo, hier bin ich – wo ist die nächste Katastrophe?

10. April 2013, Mittwoch

Das mit der Katastrophe wurde an höherer Stelle sofort wörtlich genommen. Als ich morgens die Tageszeitung aus dem Briefkasten holen will, bricht der Briefkastenschlüssel ab, das abgebrochene Stück blockiert das Schloss! Ausgerechnet jetzt, wo ich wegen meiner Erkrankung in der nächsten Zeit bestimmt mehr Post als jemals zuvor im Leben bekommen werde: Schreiben und Rechnungen von Krankenkasse, Klinik usw. Nachmittags der Vorbesprechungstermin im Krankenhaus, vielleicht behalten sie mich ja gleich dort. Ich muss die Sache also sofort regeln und mich in die Niederungen der ‚Schlüsseldienst-Mafia' begeben. Her mit den Gelben Seiten; entsprechend den von der Verbraucherberatung immer wieder veröffentlichten Ratschlägen suche und finde ich einen lokalen Schlüsseldienst – und bin trotzdem in den mafiösen Strukturen gefangen. Der Preis: 363 Euro für das Aufbrechen des Briefkastens und ein neues Schloss zu einer normalen Werktagszeit. Immerhin muss sich der Handwerker diesen Wucherlohn im Schweiße seines Angesichts ‚verdienen', der Briefkasten leistet erbitterten Widerstand – erst will er sich nicht gewaltsam öffnen lassen, dann wehrt er sich gegen den Einbau des neuen Schlosses.

Das Vormittags-Unterhaltungsprogramm ist damit beendet, es folgt die nachmittägliche Fortsetzung: der Besprechungstermin im Krankenhaus. Eine sehr nette junge Ärztin ist mir ‚zugeteilt'; erste einleitende Untersuchungen, Erläuterung der weiteren Behandlung: Strahlentherapie und je nach Beschaffenheit des Tumors auch Chemotherapie – oh Gott, bitte nicht! Wie soll ich Felix, der meine blonde Mähne so mag, ohne Haare unter die Augen treten? Dennoch habe ich zu der jungen Ärztin Vertrauen gefasst. Sie verschweigt auch Unangenehmes nicht, sagt es aber auf eine sympathische, trotz allem Mut machende Art. Ich wage kaum zu fragen: Wird meine Brust sehr verunstaltet werden? Der Tumor sei noch nicht sehr groß, man werde auf jeden Fall versuchen, brusterhaltend zu operieren. Zum Schluss bekomme ich einen Stapel Informationsblätter in die Hand gedrückt. Bei Risiken und Nebenwirkungen essen Sie die Packungsbeilage und erschlagen Sie Ihren Arzt oder Apotheker!

Ich unterbreche die Heimfahrt bei einem Lebensmittelgeschäft und kaufe eine Flasche Höherprozentiges.

11. April 2013, Donnerstag

Vormittags mein Besprechungstermin beim Beerdigungsinstitut, ich bringe – ohne den aktuellen Anlass zu erwähnen – meinen Wunsch nach gänzlich ‚rückstandsfreier' Beseitigung meiner Leiche vor. Sie guckt irritiert, wahrscheinlich tippt sie auf Gehirntumor. Ich entschließe mich, ihr ein Horrorerlebnis aus meiner Jugend zu erzählen, das sich mir unauslöschlich ins Gedächtnis eingebrannt hat.

Sommer, eine Hitzeperiode. Meine Mutter und ich gehen in aller Frühe zum Grab der Großeltern, um die Morgenkühle zum Gießen der Bepflanzung zu nutzen, ich helfe beim Tragen der schweren Gießkannen. In der Nähe schachten zwei junge Männer, vermutlich Azubis des Friedhofsamtes, ein Grab für eine neue Beisetzung aus. Auf einmal befördert einer mit seiner Schaufel eine alte Urne ans Tageslicht. Und jetzt? Die beiden Jungs klettern aus dem Grab, sehen sich um, ob die Luft rein ist – und spielen unter lautem Gelächter mit der Urne Fußball.

Die Bestatterin sieht jetzt schon verständnisvoller aus, aber leider: Der deutsche Staat entlässt nicht einmal die Toten aus der Pflicht des Abgabenzahlens und hat hierzu u. a. den ‚Friedhofszwang' erfunden. Die einzige Möglichkeit in dieser Stadt, die Asche ohne Urne beizusetzen, besteht auf einem Rasenfeld des weitab liegenden, mir nicht sehr sympathischen Nordfriedhofs – und für dieses ‚Entgegenkommen' wird die ‚öffentliche Hand' auch noch weit aufgehalten: Der Preis ist der gleiche wie für ein normales Grab!

Ich trete den geordneten Rückzug an; aus Höflichkeit erkläre ich mich mit der Zusendung von Informationsmaterial einverstanden, bin aber fest entschlossen, die ‚rückstandslose Entsorgung' zuerst an diesen Papieren zu erproben. Felix kann mich ja in seinem großem Garten verbuddeln, ich wäre bestimmt ein guter Pflanzendünger. Oder vielleicht passe ich in seinen Grünzeugcontainer.

Der Inhalt meiner Wohnung wird nach meinem Tod auf jeden Fall in einem Müllcontainer landen. Die noch vorhandenen Möbel sind Allerweltsware, aber der Inhalt: gute Bücher, nicht ganz wertlose Reisemitbringsel früherer netter Nachbarn als Dank fürs Wohnungshüten, Vasen, einige Bilder, ein schöner Seiden-Wandteppich – das Geschenk einer Bekannten meiner Mutter, die beiden Tierfreundinnen hatten sich über den örtlichen Tierschutzverein kennengelernt. Moment, der Verein veranstaltet doch einmal monatlich einen Flohmarkt, wo gespendeter Krimskrams zu Gunsten der ‚Insassen' des Tierheims verkauft wird – das ist es! Ich werde die Sachen dem Tierheim spenden, dann entsteht wenigstens noch etwas Gutes daraus! Und schon fange ich an zusammenzusuchen und zu packen; abends falle ich richtig müde ins Bett und schlafe sofort ein.

12. April 2013, Freitag

Die Tierheim-Expedition: Es ist ein weiter Weg zu Fuß bis fast zur nördlichen Stadtgrenze, aber in den Bus kann ich den schwer bepackten Einkaufswagen nicht alleine heben und um Hilfe bitten möchte ich nicht. Wieder einmal nasskaltes Wetter, immerhin eine Abwechslung: Anstelle von Schnee oder Regen gibt es heute Graupelschauer. Die wenigen Menschen, denen ich begegne, machen einen Bogen um mich – sehe ich schon so entstellt aus? Das kann doch nicht sein. Irgendwann kommt mir die Erleuchtung: Sie halten mich für eine Obdachlose, die mit ihren Habseligkeiten angezuckelt kommt!

Im Tierheim nimmt man die Spende dankbar entgegen; „Viel wird es wohl nicht einbringen", sage ich zaghaft. „Wir können jeden Cent brauchen", antwortet die freundliche Dame im Büro und drückt mir quasi als Dankeschön ein Gratisexemplar der monatlichen Tierschutz-Zeitschrift in die Hand. Rückweg, diesmal mit leichtem Gepäck und per Bus. Wieder zu Hause; ich überfliege einige Seiten der Tierschutz-Zeitschrift, eine Rubrik fesselt meine Aufmerksamkeit: Tierheim-Mitarbeiter schildern ihre skurrilsten Erlebnisse des Monats, Beispiel: Kommt eine Familie mit Kindern und dem Familienhund ins Anmeldezimmer: Der Hund wäre alt und krank, ob sie ihn gegen ein junges, gesundes Tier umtauschen könnten? Nachts ein schlimmer Traum: ich anstelle des Hundes.

13. April 2013, Samstag

Im Packen habe ich ja jetzt Übung, also mache ich direkt weiter und packe die Tasche fürs Krankenhaus. Ich darf nichts vergessen, denn wer würde mir etwas bringen oder besorgen. Wieder der übliche nachmittägliche Einkaufsbummel mit Emmi; beim anschließenden Kaffeestündchen sage ich ihr endlich das mit der Krankheit, versuche, sie behutsam darauf vorzubereiten, dass sie die nächste Zeit leider nicht mit mir rechnen kann. „Aber Samstag kommst du doch wie immer?", fragt sie – ich gebe auf.

14. April 2013, Sonntag

Die Horror-Woche ist fast zu Ende, Felix' allabendliche Telefonanrufe mit Berichten über seinen tollen Portugal-Urlaub haben meine Laune zusätzlich ‚gehoben'. Sind alle Männer solche ‚Elefanten im Porzellanladen'? Andererseits aber auch rührend, dass er jeden Tag an mich denkt.

15. April 2013, Montag

Der Count-Down läuft. Ergebnis einer nächtlichen Grübelei: Ich möchte lieber ein Einzel-Krankenzimmer, auch wenn ich die Kosten selbst tragen muss; Mitpatientinnen mit jeder Menge Familienbesuch – ich fürchte, dann würde ich aus dem Fenster springen. Also frühmorgens Anruf im Krankenhaus, ich bitte, flehe fast – weiß natürlich, dass meine ‚Erkenntnis' sehr spät gekommen ist. Man ist freundlich, verspricht das Möglichste zu tun – eine solche Zusatzeinnahme will man sich wohl nicht entgehen lassen. Dann in die Stadt zu meiner Bank; ich deponiere das wenige Wichtige und Wertvolle, das ich besitze, in meinem Schließfach.

Wieder der Abendanruf von Felix: Morgen fliegt er nach Deutschland zurück und wird mich wahrscheinlich abends im Krankenhaus besuchen, noch fast 24 Stunden bis dahin, endlos.

16. April 2013, Dienstag

Ganz früh – und wieder mal nüchtern – muss ich mich auf den Weg machen. Noch ein letzter Blick durch die Wohnung. Habe ich nichts vergessen? Werde ich die Wohnung überhaupt wiedersehen? Der kurze Weg zur Bushaltestelle, nachts hat endlich südliche Warmluft unsere Gegend erreicht – wie ein Gruß von Felix. Im Krankenhausaufzug ziehe ich das Einweisungs-Informationsblatt hervor; eine mitfahrende Schwester sieht das, sie gehört zu ‚meiner' Frauenstation und nimmt mich ins ‚Schlepptau'. Mein Zimmer – ich habe Glück gehabt, es ist wirklich ein Einzelzimmer! Das Krankenhaus liegt am Berghang, vom Fenster habe man bei gutem Wetter einen ganz tollen Fernblick, erfahre ich. Noch ist es leicht dämmrig, die milder gewordene Luft auf der kalten Erde lässt dicke Nebelschwaden aufsteigen.
Das Krankenhaus wird allmählich lebendig, die Untersuchungsmaschinerie setzt sich in Gang, die ‚Brustschwester' erscheint. Wir Brustkrebs-Patientinnen haben eine ‚eigene' Krankenschwester, sie nennt sich wirklich ‚Brustschwester/Breast Nurse' – so steht es auf ihrem zweisprachigen Namensschild, mit ihrem enormen Busen macht sie ihrem Namen auch alle Ehre. Als erstes teilt sie mir mit, dass die Anmeldeformalitäten schon erledigt sind – das war bestimmt mein guter Hausarzt. Jetzt beginnt ein ‚strenges' Verhör über meinen Gesundheitszustand, auch nach der ‚Familiengeschichte' meines Brustkrebses wird gefragt – bei mir gibt es keine, ich bin die ‚Erste'. Dann geht es weiter: Blutabnahme, Sonografie, MRT. Die Gänge des durch zahlreiche Anbauten auf verschiedenen Ebenen erweiterten Krankenhauses sind labyrinthartig verwinkelt, die mir mitgegebenen Beschreibungen (einmal links, zweimal rechts, dann eine Treppe, dann wieder rechts, zehn Meter geradeaus, nochmal links usw.) kann ich mir vor Aufregung nicht merken, immer wieder

verlaufe ich mich, in den Untersuchungsräumen werde ich vorwurfsvoll empfangen: „Wo bleiben Sie denn?“

Irgendwann endlich wieder auf meinem Zimmer – gestern Abend habe ich vor Aufregung kaum etwas gegessen, heute früh durfte ich nicht, nun regt sich doch etwas Hunger. Aber da, wie schön, das Mittagessen kommt! Die Freude ist kurz: Nach dem zweiten Bissen erscheint die Oberärztin, sie wird mich morgen operieren und stellt sich kurz vor, ernste, fast strenge Miene. Ich flehe sie an, fast auf Knien: Bitte meine Brust nicht entstellen, ich habe gerade einen so tollen Mann kennengelernt. Sie lächelt etwas – später wird mir die Assistenzschwester sagen, das würde nur äußerst selten vorkommen. Kaum ist die Visite fort, beordert man mich zum EKG. Ich werfe einen bedauernden Blick auf das Mittagessen und mache mich auf den Weg. Auch den EKG-Raum finde ich erst nach mehreren Anläufen, dann muss ich warten; als ich wieder in meinem Zimmer bin, ist das nicht gegessene Mittagessen bereits wieder abgetragen – so gemein! Mein Protest wird im Keim erstickt: Man teilt mir nämlich mit, dass man im MRT einen winzigen ‚Ableger‘ des Tumors entdeckt habe, Gott sei Dank sehr nahe am ‚Hauptknoten‘; er müsse mit Draht markiert werden, damit ihn die Operateure richtig sehen und entfernen können.

Bevor ich endgültig zusammenbreche, werde ich zusammen mit einer Mitpatientin in ein Taxi verfrachtet und zu einer Lymphknotenmarkierung in ein Spezialinstitut außer Haus gebracht. Wieder lange Warterei, Kontrastmittel werden gespritzt und müssen wirken – ich denke an Felix, ob er sein Versprechen hält und mich abends wirklich besucht? Inzwischen mache ich mich mit meiner Leidensgefährtin näher bekannt, sie ist anfangs sehr verschlossen, taut allmählich aber etwas auf. Sie ist nur wenig älter als ich, ihre Brüste seit Jahren voller Knoten – harmlose Zysten, hat ihre Gynäkologin gesagt. Dann stellte sich heraus: doch alles Krebs. Sie wird wohl beide Brüste verlieren. Ich bin entsetzt und habe gleichzeitig ein schlechtes Gewissen: meine Panik und Jammerei wegen nur einem Knoten. Schließlich ist die Lage des der befallenen Brust benachbarten so genannten Wächter-Lymphknotens in einer Kontrastaufnahme festgehalten, er wird nämlich bei der OP sicherheitshalber auch entfernt. Bei mir hat sich eine kleine Anomalie herausgestellt, ich besitze gleich drei dieser Lymphknoten – ein Fünkchen Hoffnung: Vielleicht haben sie ja zu dritt den Krebs an der Ausbreitung über die Lymphbahnen gehindert. Zurück ins Krankenhaus. Nun ‚verdrahtet' man mich; das heißt, macht unter einem Spezialgerät die Lage des winzigen ‚Tochtertumors' durch das Einziehen von Drahtfäden sichtbar. Wenigstens spüre ich vor Aufregung die Schmerzen nicht so stark. Dann wird alles zugepflastert und mir eingeschärft, ja nicht an die herausstehenden Drahtenden zu kommen. Kaum bin ich zurück auf der Station, ruft man schon wieder nach mir: Beim EKG hat etwas nicht geklappt, es muss wiederholt werden. Also nochmal los. Wo war jetzt gleich der EKG-Raum?

Das Abendessen: Zwei riesige feucht-klitschige Graubrotscheiben, zwei steinhart gefrorene Butterwürfelchen, eine kleine, dünne Scheibe Käse, zwei noch kleinere, dünne Scheiben Wurst. Ich versuche, die Butter aufs Brot zu streichen – geht nicht. Dann einige Bissen des Brotes trocken hinunter zu würgen – geht auch nicht. Schließlich esse ich die Käse- und Wurstscheiben solo – in der allergrößten Not schmeckt die Wurst bekanntlich auch ohne Brot! Zu trinken gibt es das krankenhausübliche zartrosa und lauwarme Spülwasser namens Hagebuttentee. So – das war also die ‚Henkersmahlzeit' vor der morgigen OP.

Die Schwester, die das Abendessen abräumt, wirft einen Blick auf meine lackierten Fingernägel. „Das muss für die OP entfernt werden", sagt sie. Ja richtig, an einige Finger werden mit Klammern die Kabel der Überwachungsmonitore angeschlossen. Hätte ich als Biologin wissen müssen, aber ich wollte mich doch für Felix etwas schön machen. Erschöpft sitze ich auf dem Bett – da geht die Tür auf und Felix guckt strahlend um die Ecke, kommt mit seinen Riesenschritten herein, braungebrannt, lacht, küsst mich. Meine Erschöpfung und Angst sind auf einmal wie weggezaubert, der Tumor hat sich ‚in Luft aufgelöst' und sogar der Hunger ist vergessen. Wir machen Dinge, die in einem Krankenhaus normalerweise eher nicht gemacht werden, das Einzelzimmer besteht seine ‚Bewährungsprobe'. Gegen Ende von Felix' Besuch erscheint die Schwester und bringt eine Flasche Aceton zum Entfernen des Nagellacks – hu, das war knapp. Die letzte Nacht vor der OP – ich lasse mir sicherheitshalber ein Schlafmittel geben und schlafe tief und traumlos.

17. April 2013, Mittwoch

Die Morgenschwester scheucht mich hoch. Ich sollte angesichts der bevorstehenden Operation entweder in Panik ausbrechen oder mich über die Entfernung des Tumors freuen, statt dessen fühle ich nichts, gar nichts – vielleicht das Schlafmittel. Fiebermessen, Puls und dann: warten. Warten. Langsam fühle ich doch etwas: brüllenden Hunger. Vor zwei Tagen habe ich zum letzten Mal richtig gegessen. Gestern Abend war ich so glücklich über Felix' Besuch, die Freude hat das Hungergefühl wohl betäubt. Aber jetzt krampft sich mein Magen zusammen, ein ‚OP-Vorbereitungstrunk', den ich bekomme, hilft nur wenig. Dazu bohrende Kopfschmerzen, einer meiner seltenen Migräneanfälle kündigt sich an, vielleicht der fehlende Morgenkaffee oder das Schlafmittel. Ich versuche zu lesen, zu schlafen, dann wieder gehe ich auf dem Flur auf und ab. Die OP war für Mittag angekündigt worden, aber Mittag ist schon vorbei. Kopf- und Magenschmerzen werden schlimmer, ich frage immer wieder die Schwestern, aber sie können oder wollen nichts sagen, gucken mich schon richtig böse an – Verständnis für unmittelbar vor einer lebensentscheidenden Operation stehende und psychisch etwas derangierte Patienten wird in ihrer Ausbildung wohl nicht gelehrt. Schließlich begegne ich auf dem Gang einer netten Mitpatientin. Sie ist entlassen worden und wartet noch auf eine Bekannte, die sie abholt. Sie tröstet mich, wie lieb.

Nun ist es soweit, eine Schwester kommt – ich glaube, sie ist erleichtert, mich Quälgeist endlich los zu sein. Ich muss die OP-Tracht anziehen – Strümpfe, Leichenhemd, Häubchen – und ein Sedativum schlucken, dann karrt man mich im Bett von dannen. Die kurvenreichen Gänge – teilweise mit Steigungen – werden in rasantem Tempo genommen; obwohl ich liege, dreht sich mir der Kopf – bestimmt das Sedativum. Im Vorraum des Operationssaales wartet schon das OP-Team; ein junger Assistenzarzt verabreicht mir das Narkosemittel mit den ironischen Worten „Nun gibt es einen Cocktail auf Kosten des Hauses" – „Ich schmeiße eine Lokalrunde" antworte ich. Erst verblüffte Stille, dann schallendes Gelächter. Dann reißt mein Erinnerungsfaden ab.

Das ist doch ein Kuss. Nein, bestimmt nur ein Traum. Doch, da küsst mich jemand. Mühsam bekomme ich die Augen auf – und fasse es nicht: Felix sitzt neben meinem Bett, beugt sich über mich und küsst mich. So ungefähr muss sich Dornröschen gefühlt haben, als es vom Prinzen wach geküsst wurde. Dann bei mir sicher eine Nach-Narkose-Halluzination, denn ich höre mich murmeln: „Bitte nicht, ich habe bestimmt schrecklichen Mundgeruch."

Felix lacht, meint, so schlimm wäre es nicht, und küsst mich wieder. Meine geistige ‚Höchstleistung' hat mich jedoch leider völlig erschöpft, die Augen fallen mir wieder zu.

Als ich das nächste Mal aufwache, ist es draußen Nacht und ich bin allein. Vorsichtig taste ich – Gott sei Dank, die rechte Brust ist noch da, fühlt sich auch einigermaßen normal an, nur etwas flacher als vorher – und ein seltsames Gebilde ragt aus ihr heraus: Ein Drainageschlauch, ahne ich sofort. Langsam breiten sich dumpfe Schmerzen aus – wahrscheinlich lässt die Betäubung nach. Dazu verheddert sich der Drainageschlauch ständig, und jeder geringste Zug ‚ziept' fürchterlich. Trotzdem halte ich diese Probleme nicht für so gravierend, um die Nachtschwester herbeizuklingeln; irgendwann kommt sie dann von alleine („Man hört ja überhaupt nichts von Ihnen, leben Sie noch?"), sie bietet mir Schmerzmittel an, aber die Schmerzen sind so schlimm auch wieder nicht – ich lehne dankend ab. Kopfschüttelnd tritt die Schwester den Rückzug an – keine Schmerzmittel nach einer schweren OP, das hat sie wohl noch nie erlebt „Aber Sie melden sich, wenn es nicht mehr geht, versprochen?" Irgendwann schlafe ich wieder ein.

18. April 2013, Donnerstag

Ich wache auf, im Fenster bleiche Morgendämmerung. Mein erster Gedanke: Erleichterung – jetzt bin ich ‚tumorlos'. Die Schmerzen haben sich erstaunlicherweise schon ziemlich beruhigt, ich muss mich nur wieder mal aus den Verwicklungen des Drainageschlauches befreien. Auch das Krankenhaus wacht auf, die ‚Morgenprozedur' – Fiebermessen, Puls fühlen, und es gibt schon eine Vorspeise: Tabletten und Globuli gegen eine eventuelle Entzündung der Operationswunde.

Dann das Frühstück: Nach meinen bisherigen Essens-Erfahrungen in diesem Krankenhaus rechne ich mit dem Schlimmsten, aber alles sieht ganz genießbar aus, und die Hauptsache – endlich Kaffee. Allein schon der Duft!

Erstmals nach so langer Zeit bin ich wieder richtig satt; schon geht es mir wesentlich besser. Es gibt sogar eine Morgenzeitung, aber das Lesen fällt mir noch schwer, die Augen rutschen immer wieder auseinander. Das Telefon läutet, für seine komplizierte Bedienung bin ich ebenfalls noch etwas zu dusselig, ich drücke auf den falschen Knopf, das Gespräch ist weg. Aber schon läutet es wieder, diesmal mache ich alles richtig und höre die liebe Stimme von Felix. Ich entschuldige mich für mein Ungeschick, er lacht nur und freut sich, dass es mir schon wieder so gut geht. Das Schönste: Abends will er mich wieder besuchen.

Meine Stimmung ist geradezu euphorisch – dabei schwebt noch ein Damoklesschwert über meinem Haupt: die Feinuntersuchungen des entfernten Gewebes. Wenn sich der Krebs schon auf den Brust-Lymphknoten ausgebreitet hat, müssen weitere Lymphknoten des Armes herausoperiert werden. Auch wenn die um den Tumor herum entfernte ‚Sicherheitszone' nicht in Ordnung ist, muss ich nochmal unters Messer. Und schließlich hängt es von der Beschaffenheit des Tumors selbst ab, ob als Nachbehandlung die gefürchtete Chemotherapie erforderlich ist. Das alles dringt gar nicht bis in meinen Verstand – natürlicher Schutzmechanismus oder haben die mir etwa Haschisch in die Narkose getan?

Das Abendessen – heute erstaunlich genießbar. Noch besser der ‚Nachtisch': die Oberärztin mit der Nachricht, dass die Untersuchung der herausoperierten Lymphknoten keinen krankhaften Befund ergeben hat. Ich hüpfe vor Freude im Bett auf und ab – wieder erscheint in ihrem ernsten Gesicht ein kleines Lächeln. Das Timing ist perfekt: Kurz darauf klopft es wieder, und Felix stürmt mit seinen mir nun schon so vertrauten Riesenschritten durchs Zimmer auf mich zu, bringt eine Geschenkpackung mit fünf Fläschchen legendärer Parfum-Kreationen – ich bin hin und weg. Als ich mich von der Überraschung erholt habe, ‚überfalle' ich ihn sofort mit der guten Nachricht; er strahlt. Darauf müsste man mit Sekt anstoßen, meine ich zum Spaß, natürlich weiß ich, das geht nicht – wo sollte es in einem Krankenhaus auch Sekt geben, höchstens vielleicht in der Cafeteria, und die ist um diese Zeit längst geschlossen. Zu meiner Verblüffung verschwindet Felix und kommt nach kurzer Zeit wieder – mit einer Piccolo-Flasche Sekt und zwei Gläsern! Ich wage schon gar nicht mehr zu fragen, wie er das wieder angestellt hat; wir stoßen an – ich genieße es einfach.

19. April 2013, Freitag

Geradezu gemütliches Frühstück; meine Augen gehorchen mir heute schon besser, ich lese die Zeitung, danach in einem mitgebrachten Magazin – nicht ahnend, dass das Gesundheitssystem einen Großangriff auf mich plant. Dann, es klopft. Zunächst erscheint wieder die Brustschwester; ich werde erneut, diesmal noch ausführlicher, über Brustkrebs- und sonstige Krebserkrankungen in meiner Familie ausgequetscht. Danach – sie geben sich die Klinke fast in die Hand – eine andere Schwester; diesmal geht es um eine zurzeit bundesweit laufende allgemeine Befragung von Patienten zur Bewertung ihres Krankenhausaufenthalts. Der nächste ‚Besucher' steht bereits Schlange: Ein mir bis dahin nicht bekannter Arzt teilt mir mit, dass als Nachbehandlung auf jeden Fall eine Strahlentherapie erforderlich ist; hierfür gebe es in der Stadt zurzeit nur zwei Möglichkeiten, nämlich an der Universitätsklinik und in einem Privatinstitut, ich müsse mich entscheiden, und zwar sofort. Ich entscheide mich für das private Institut. Ich weiß zwar, dass die Uniklinik technisch hervorragend ausgestattet ist, aber von der dortigen Organisation hatte ich schon tolle Dinge gehört. Sofort erhalte ich einen Vorbesprechungstermin für die Strahlenbehandlung.

Die Zimmertür könnte gleich offen bleiben, denn es erscheint eine Physiotherapeutin, die eine Lymphdrainage an mir vornimmt. Sie wiederum, eine fast schon wohltuend schweigsame ältere Frau, wird von einem weiteren mir unbekannten Arzt ‚abgelöst'. Das Untersuchungsergebnis des Tumorgewebes liegt vor. Eine Chemotherapie sei nicht erforderlich; ich freue mich – zu früh, der Hammer kommt sofort: Das Wachstum des Tumors war vom körpereigenen Östrogen angeregt worden; um einer erneuten Tumorbildung vorzubeugen, müsse ich fünf Jahre lang ein Anti-Östrogen-Präparat einnehmen, mit so ‚geringfügigen' Nebenwirkungen wie einem erneuten Einsetzen der Wechseljahre und einer Beschleunigung der natürlichen Alterungsprozesse – im Klartext: Ich werde im Zeitraffertempo zu einer Tattergreisin. Liebe, eine glückliche Zukunft mit Felix – das alles zerfließt binnen Sekunden vor meinem inneren Auge, löst sich ins Nichts auf.

Ich breche in Tränen aus; passend dazu erscheint der nächste Besuch: Eine junge Psychologin will sich von meinem seelischen Zustand ein Bild machen.

Sie befragt mich, kommt jedoch anscheinend zu dem Schluss, dass ich noch nicht akut selbstmordgefährdet bin. Sie hinterlässt Adressen von psychologischen Beratungsstellen und geht. Die ‚Wachablösung' naht. Diesmal nur eine Schwesternhelferin mit dem Mittagessen. Trotz allem habe ich Hunger bekommen. Ich will gerade den ersten Bissen zum Mund führen, als man mich ins ärztliche Behandlungszimmer holt: Der Drainage-Schlauch soll gezogen werden. Ich muss noch einige Zeit im Vorraum warten, dann ist es soweit: Die diensthabende Ärztin kommandiert: einatmen – Luft anhalten – ausatmen – zack! Ein kurzer, heftiger Schmerz, und das Ding ist draußen. Sonst scheint alles in Ordnung zu sein, ich bekomme einen neuen Verband, dann darf ich in mein Zimmer zurück. Dort – ich kenne das schon – ist mein ungegessenes Mittagessen bereits wieder abgeräumt, und – das ist neu – auch mein Zeitschriftenmagazin ist verschwunden. Zum Ärgern lässt man mir keine Zeit, die Visite kommt. Das Ergebnis der Feinuntersuchung des Gewebes aus der herausoperierten Sicherheitszone um den Tumor herum sei noch nicht da, erfahre ich, vielleicht käme es noch am späten Nachmittag, sonst müsse ich bis kommenden Montag warten. Nun hat die Ärztemaschinerie anscheinend ihr Pulver verschossen und ist ins Wochenende entschwunden, der restliche Freitagnachmittag verläuft ruhig – ich habe genug Zeit, über meine auf einmal wieder so düster gewordene Zukunft zu grübeln. Meinen Lesestoff hat man mir geklaut, das Fernsehprogramm ist auch nicht so prickelnd, Mensch gesucht, der mich einfach mal liebevoll in die Arme nimmt. Felix tagsüber anzurufen traue ich mich nicht, will nicht lästig fallen – ob schon jemals ein Partnervermittlungsinstitut einem seiner Kunden eine schwerkranke Partnerin angedreht hat? Eine Weile unterhalte ich mich mit der Mitpatientin von der Lymphknotenuntersuchung. Sie ist im Nebenzimmer untergebracht und ihr mussten wirklich beide Brüste entfernt werden. Außerdem leidet sie unter ihrer Bettnachbarin, einer ausgesprochen redseligen alten Dame.

Dann das Abendessen – und fast zusammen mit ihm die Nachricht, dass das Ergebnis der Gewebeuntersuchung doch noch eingetroffen sei. Ich halte den Atem an – kein Krebsbefall! Der tägliche Besuch von Felix – heute ziemlich spät; er habe in der Firma sehr viel zu tun gehabt, sagt er. Warum arbeitet er denn noch so viel? Er und seine Familie sind schon wohlhabend, er könnte sich das Leben doch angenehmer machen. Dann wieder Rührung: Obwohl er bestimmt dringend einen erholsamen Feierabend braucht, verbringt er Zeit mit mir Kranken. Diesmal bekomme ich einen wunderschöner Blumenstrauß und er als ‚Gegengeschenk' die erfreuliche Nachricht.

20. April 2013, Samstag

Bis kommenden Montag dürfte ich im Krankenhaus bleiben, aber ich fühle mich gesund, die Untersuchungsergebnisse habe ich bereits, die wohltuende Lymphdrainage wird am Wochenende nicht durchgeführt, irgendeine sonstige Behandlung ist im Moment nicht erforderlich – wozu also soll ich das ganze Wochenende hier herumliegen? Als ich bei der Morgenvisite meinen Wunsch nach baldmöglichster Entlassung vortrage, werde ich etwas komisch angeguckt, aber sie wollen die Papiere fertig machen. Kurz darauf ruft Felix an; abholen kann er mich leider nicht – das Übliche: Arbeit, Arbeit. Wieder steigt leise Enttäuschung in mir hoch, wieder rufe ich mich zur Ordnung. Wir kennen uns erst so kurz, wie kann ich da von ihm verlangen, dass er meinetwegen sofort sein ganzes Leben umkrempelt?

Man holt mich zu einer letzten Kontrolle ins Untersuchungszimmer: Alles in Ordnung, kommenden Mittwoch muss ich nochmals wiederkommen, dann werden die Fäden gezogen. Zum Mittagessen bleibe ich noch, beschließe ich. Man hat mich dreimal ums Essen ‚betrogen', dafür werde ich mich schadlos halten. Bis dahin ist noch Zeit, ich besuche meine arme Mitpatientin im Nachbarzimmer. Die redselige Bettnachbarin scheint in ein Buch vertieft – aber ich kann die ‚spitzen' Ohren förmlich sehen.

Abmelden muss ich mich auch noch, ebenfalls die Telefonkarte zurückgeben. Erdgeschoss, der Telefonkarten-Automat, die Kartenrückgabe nach dem Motto: Warum einfach, wenn es auch kompliziert geht. Ich probiere so lange herum, bis es klappt. Schließlich spuckt der Automat das Restgeld aus – in lauter kleinen Münzen, leider habe ich kein Auffanggefäß. Leute sind aufmerksam geworden, helfen mir beim Aufsammeln der Münzen; ich sage: Das ist bestimmt ein ‚Einarmiger Bandit' aus Las Vegas – allgemeines Gelächter.

Ich verdrücke das Mittagessen in Rekordzeit. Und jetzt: nichts wie weg – bepackt mit Tasche, Tüte, Blumenstrauß. Für die kurze Strecke nach Hause ein Taxi bestellen – nein, so schwächlich bin ich doch noch nicht, also auf zur Bushaltestelle. Die kurze Fahrt im überfüllten Bus überstehen ich, Tasche, Tüte und sogar der Blumenstrauß unbeschadet.

Kaum zuhause, läutet das Telefon: Felix ruft aus seinem Büro an, kündigt seinen Besuch für den späteren Nachmittag an. Die Zeit bis dahin vertreibe ich mir mit dem Auspacken der Taschen. Ich muss schmunzeln: Aus Rache für die ‚gestohlenen' Mittagessen habe ich meinerseits dem Krankenhaus drei Kaffeetassen und mehrere Kugelschreiber entwendet.

Ach, wie freue ich mich, Felix' liebes Gesicht zu sehen, wir küssen uns lange. Endlich kann ich ihm wieder als ‚normaler' Mensch gegenübertreten, bin nicht mehr die bedauernswerte, bettlägerige Kranke. Ob er bemerkt hat, dass die Wohnung noch leerer geworden ist? Immerhin scheint er zu ahnen, dass ich in Erwartung meines baldigen Todes auch alle Lebensmittel verbraucht hatte- „Hast du überhaupt etwas zu essen im Haus", fragt er streng. Ich druckse herum, Felix guckt kurzerhand in meinen Kühlschrank – gähnende Leere. „Dann gehen wir jetzt einkaufen", entscheidet er und wir machen uns zu Fuß auf den Weg zum nahen Supermarkt. Bald ist der Einkaufswagen gefüllt und ehe ich es erfassen kann, hat Felix alles bezahlt – dabei will ich mich doch auf gar keinen Fall ‚aushalten' lassen.

Nachdem wir alles in der Küche verstaut haben, gehen wir zu Felix' Auto. Er hat diesmal seinen ‚Wagenpark' geplündert und einen seiner Oldtimer genommen. Es geht auf die andere Rheinseite. Es ist kühl, aber das Ufer wird von der gegenüberstehenden Abendsonne beschienen und etwas erwärmt – bestimmt hat Felix deswegen diese Rheinseite ausgesucht, denke ich – wie rücksichtsvoll. Wir machen Hand in Hand einen längeren Spaziergang; vor und hinter uns zahlreiche Menschen, andere kommen uns entgegen, alle scheinen den ersten einigermaßen schönen Wochenendabend des Jahres bis zum letzten Sonnenstrahl auskosten zu wollen.

Nach einer Weile fragt Felix, ob ich schon müde sei. Wirklich fühle ich mich etwas schlapp – dabei habe ich doch tagelang nur im Bett herumgelegen, seltsam. Ich bin einverstanden, dass wir uns auf eine Bank setzen, ich finde seine Besorgnis so rührend – noch nie in meinem Leben hat es irgendjemanden interessiert, wie es mir geht und ob ich vielleicht erschöpft sein könnte. In der Nähe der Bank ist ein Schiffsanleger, und tatsächlich nähert sich nach einiger Zeit ein größeres Ausflugsschiff. Nach einem komplizierten Anlegemanöver ist das Schiff schließlich vertäut – und es steigt genau ein Mann aus; Felix macht eine gutmütig-ironische Bemerkung über die Relation zwischen Treibstoffverbrauch/-kosten und dem ‚Nutzen' der Aktion, ich muss lachen.

Die Sonne ist fast untergegangen, es wird noch kühler – wir treten den Rückweg an. Um Felix' geparkten Oldtimer hat sich eine kleine Fangruppe versammelt; kurze Fachsimpelei, dann können wir starten. Während der Fahrt sehe ich im letzten Sonnenlicht, dass die Bäume inzwischen fast voll belaubt sind. Als ich ins Krankenhaus ging, zeigte sich gerade zaghaft das erste Grün. Innerhalb weniger Tage ist der Frühling ‚ausgebrochen' – und ich hätte es überhaupt nicht mitbekommen, stellt Felix mitfühlend fest. Er liefert mich bei mir zuhause ab; die erste Nacht außerhalb des Krankenhauses solle ich in meinem eigenen Bett und ‚ungestört' verbringen, meint er.

21. April 2013, Sonntag

Ich erwache aus einem tiefen, traumlosen Schlaf, sortiere meine Gedanken. Die unmittelbare ‚Todesgefahr' ist zwar vorerst beseitigt, trotzdem wird der Krebs immer im Hintergrund lauern, kann jederzeit wieder zuschlagen. Damit muss ich jetzt leben – werde ich das können?

Ein Anruf von Felix reißt mich aus dem Grübeln, und am späten Nachmittag holt er mich ab, wir fahren zu ihm. Wie gut mir seine Gegenwart tut. Eine lebhafte Diskussion über das politische Tagesgeschehen entbrennt; seine so sympathische Stimme, seine lebhafte und witzige Redeweise – die Zeit vergeht wie im Flug. Dann sind wir da, die große Eingangshalle – und da hängt doch etwas an einer Wandsteckdose und leuchtet. Felix nimmt es ab und überreicht es mir – ein kleines Handy! Mit Entsetzen hatte er festgestellt, dass ich kommunikationstechnisch ein richtiger Dinosaurier bin; jemand ohne Mobiltelefon – so etwas gibt es in seinen Kreisen wohl nicht. Wahrscheinlich denkt er, ich bin zu dumm oder zu faul oder beides – ach, wenn er wüsste.

Das ‚analoge' Leben habe ich trotz Sehfehler im Großen und Ganzen recht gut gemeistert – ich kannte es ja nicht anders. Oft hatte ich sogar völlig vergessen, dass ich überhaupt einen Sehfehler habe – das hat mir der Sehfehler furchtbar übel genommen und dafür gesorgt, dass ich ihn nicht mehr vergesse. Wichtigster Bestandteil jedes modernen Kommunikationsmediums ist ein Bildschirm oder Display mit Schrift – und diese Schrift zerlegt mein Sehfehler heimtückisch in wild tanzende Punkte und Striche. Das Schriftbild eines Computers lässt sich mittels bestimmter Einstellungen vergrößern und ändern, so dass ich es – wenn auch mit Anstrengung – lesen kann; aber das kleine Handy-Display – keine Chance. Wie erklärt man so etwas einem Normalsichtigen?

Ich beschließe, dieses Problem zunächst ‚auf die lange Bank zu schieben'. Allein die Tatsache, dass ich etwas geschenkt bekomme, ist immer noch so ungewohnt und rührt mich wieder einmal zutiefst. Ich kann Felix einfach nicht enttäuschen, also ‚freue' ich mich auch. Werde ich das Handy je benutzen können? Ich will jetzt einfach nicht darüber nachdenken. Im Schlafzimmer steht ein kleiner Imbiss bereit, lauter feine Sachen. Felix trägt jetzt einen Seiden-Kimono, wie elegant er aussieht – und ich in meinem Sport-BH, den ich für einige Zeit leider auch nachts tragen muss, damit die Form der operierten Brust erhalten bleibt – sexy ist das wahrscheinlich nicht gerade. Wieder einmal hadere ich mit meinem Schicksal, aber Felix lässt mir nicht lange Zeit dazu.

24. April 2013, Mittwoch

Heute Mittag ist der ‚Fadenzieh-Termin'; also nochmal auf ins Krankenhaus. Als ich vor dem Untersuchungszimmer warte, kommt die ‚Visite' an mir vorbei, vorneweg die ernst blickende Oberärztin, die meine Brust wieder so schön ‚hingebastelt' hat. Nach kurzem Zögern fasse ich mir ein Herz, spreche sie an und bedanke mich herzlich. Wieder lächelt sie ein wenig, die anderen gucken leicht irritiert.

Das Fädenziehen geht schnell und tut kaum weh; sonst ist alles in Ordnung, ich bin nun endgültig entlassen. Aber ich hatte mir ja vorgenommen, meine Leidensgefährtin aus dem Nachbarzimmer zu besuchen. Wie mag es ihr gehen, kann sie überhaupt Besuch empfangen? Ich klopfe an die Zimmertür und sehe zunächst vorsichtig um die Ecke, sie sitzt im Bett mit zwei bandagierten Armen. Auch die redselige alte Zimmergenossin ist noch da, ebenfalls mit bandagiertem Arm. Am Montag sind beiden die Arm-Lymphknoten entfernt worden –das Schicksal scheint diese so unterschiedlichen Frauen ‚aneinanderzuketten'. Die Stimmung ist jedoch friedlich, beide scheinen sich über mein Erscheinen zu freuen, vielleicht lenkt es sie etwas ab.

25. April 2013, Donnerstag

Ein schöner, sonniger Tag, am Nachmittag steigt das Thermometer auf ‚sagenhafte' 25 Grad. Abends holt Felix mich ab, er will mit mir einen kleinen Ausflug an die Sieg machen. Endlich kann ich die Sommergarderobe aus dem Schrank holen. Dann ist Felix da – und beäugt mich kritisch, meine Jeans sind normal geschnitten, er würde mich aber lieber in ganz engen Röhrenhosen sehen, mit meiner Figur könne ich mir das auf jeden Fall leisten, meint er. Ich protestiere; lange schlanke Beine habe ich zwar wirklich, leider aber auch ein etwas breites Becken – Erbteil meiner Mutter, die wiederum väterlicherseits von einer Gebirgsbauernfamilie abstammte; dort hatte in den früheren Generationen nur überleben können, wer kräftig und stämmig gebaut war. „Ich habe eben bäuerliche Hüften", sage ich, Felix bricht vor Lachen fast zusammen.

Wir fahren an die Siegfähre, Felix bestellt im dortigen Gartenrestaurant ein kleines Abendessen. Die Luft ist immer noch herrlich mild, um uns herum viele Menschen. Anschließend gehen wir noch etwas am Siegufer spazieren; die laue Luft riecht nach Wasser – ich liebe diesen Geruch. Riesige Weiden und Zitterpappeln rauschen leise im lauen Abendwind. Und dann, der Wahnsinn: Anfang Mai will Felix für einige Tage Urlaub am Comer See machen und mich mitnehmen – noch wage ich es kaum zu glauben. Nein, diesmal steht mir kein dringend notwendiger Krankenhausaufenthalt bevor. Es muss, es wird klappen. Heimfahrt der tiefstehenden Abendsonne entgegen, die Landschaft ist wie mit Rotgold überzogen, alles flirrt.

26. April 2013, Freitag

Der Italien-Urlaub wirft seine ‚Schatten' voraus. Nicht nur kommunikationstechnisch, sondern auch bekleidungsmäßig bin ich offenbar auf ‚Steinzeitniveau'. Nach einem Blick in meinen Kleiderschrank hatte Felix einen etwas besorgten Gesichtsausdruck – ich fand die Dackelfalten auf seiner Stirn total niedlich. An meinem Behörden-Arbeitsplatz war ein sehr konservativer Bekleidungsstil vorgeschrieben, den ich mir mit der Zeit angewöhnte. Dazu die Hausarbeit und Pflegetätigkeit – meine Kleidung musste praktisch und strapazierfähig sein, im Prinzip so wie ich selbst. Ich muss dringend etwas unternehmen, will Felix am vornehmen Comer See auf keinen Fall blamieren, das hat er nicht verdient. Wenn ich nur nicht immer so schnell schlapp und müde würde. Egal, ich mache mich tapfer auf in die Stadt und stürze mich ins Gewühle der Damenbekleidungsabteilungen. Wann habe ich das zum letzten Mal gemacht? Das muss Ewigkeiten her sein. Vielleicht gibt es ja so etwas wie einen Mode-Schutzengel, der mich Anfängerin leitet, denn ich finde tatsächlich drei enge Sommerjeans in hellen, fröhlichen Farben. Beim Aussuchen einiger dazu passender T-Shirts muss ich unwillkürlich lächeln: Felix hätte mich gerne tief dekolletiert, er meint, das könne ich mir auf jeden Fall leisten – in meinem Alter ein tolles Kompliment –, leider sind größere Ausschnitte im Moment für mich tabu (der Sport-BH!), Felix muss sich also noch etwas gedulden.

Ich schaffe es gerade noch nach Hause, dann wird die Erschöpfung übermächtig, ich muss mich hinlegen – aber ich bin richtig stolz auf mich: Der erste Einstieg ins ‚Jet-Set-Leben' ist gelungen!

27. April 2013, Samstag

Heute ist Felix den Klauen seiner Firma schon am Nachmittag entkommen. Ich habe in meinem Wohnzimmer stolz meine Kleiderausbeute vom Vortag drapiert, er nickt anerkennend; „Hast du denn überhaupt etwas zum Schwimmen dabei?", fragt er dann. Ich habe erstaunlicherweise einen Badeanzug, sogar ganz neu, vor einem halben Jahr gekauft. Felix findet ihn nicht schlecht, würde mich aber lieber im Bikini sehen, das wäre genau das richtige für meine tolle

Figur, meint er – wieder so ein Kompliment, das mir durch und durch geht. Aber allein einen Bikini auszusuchen, traue ich mich nicht, ich bitte Felix um Hilfe und kann ihn zu einem gemeinsamen Einkaufsbummel überreden.

Wir fahren also in die Stadt. Der zunächst trübe und kühle Tag ist etwas freundlicher geworden; die schon tiefstehende Sonne scheint über den Parkplatz, sie blendet etwas, aber wärmt. Dann auf in den Kampf; Felix harrt geduldig vor den Umkleidekabinen aus, während ich mehrere Bikinis anprobiere. Schließlich kommt er zu mir hinein, um mich einer fachmännischen Begutachtung zu unterziehen – nun bin ich schon so ‚alt', aber zusammen mit einem Mann war ich noch nie in einer Umkleidekabine. Felix findet sofort zwei Bikinis heraus, die mir – wie er meint – am besten stehen. „Richtig süß sehen sie an dir aus", sagt er. Woher kennt er sich in solchen Sachen so gut aus? Natürlich hat er seit der lange zurückliegenden Trennung von seiner Frau sicher nicht völlig asketisch gelebt, das wäre auch etwas viel verlangt. In meinem Kopf ein ganz alter Schlagertext: ‚Ich weiß, dass ich nicht deine Erste bin, aber deine Letzte möcht' ich sein' – so in etwa.

28. April 2013, Sonntag

Felix holt mich ab – mit einem ‚Befehl': „Nimm einen der neuen Bikinis mit!" Warum, das erfahre ich in seinem Garten: „Für das sonnige Italien musst du dir eine leichte Grundbräune zulegen", erklärt er und dirigiert mich auf einen im Sonnenlicht stehenden Gartenstuhl. Na gut, dann drapiere ich mich also malerisch und genieße einfach die Wärme – der lange schreckliche Winter liegt wie ein Alptraum hinter mir. Jedoch – für den Anfang und bei meiner sehr hellen Haut reichen wenige Minuten, bestimmt Felix und beobachtet mich ganz genau. Er unterbricht sogar ein geschäftliches Telefonat, um mich nach Ablauf dieser Zeit aus der Sonne zu scheuchen.

Für den Abend hat Felix noch eine ganz besondere Überraschung für mich – es gibt den ersten frischen Spargel des Jahres, dazu als Nachtisch die ersten richtig süßen Erdbeeren! In meinem Kopf das totale Chaos: Glücksgefühle explodieren, kurz darauf umklammern mich eisige Panikattacken: Wie wird das mit meiner Krankheit weitergehen, kann ich überhaupt eine vollwertige Frau bleiben? Dann wieder das unbeschreibliche Gefühl, einen geliebten Menschen in der Nähe zu haben.

30. April 2013, Dienstag

Die Nacht zum 1. Mai – Felix will sie mit mir verbringen! Er holt mich abends ab, wir wandern am nächtlichen Rheinufer entlang. Auf der Terrasse eines Gasthofs soll es studentisches ‚Mai-Ansingen' geben, Felix weiß das noch von früher. Aber leider – auch diese schöne Tradition ist im Zeitalter von iPhone und iPod wohl nicht mehr erhaltenswert. Alles dunkel und still. „Dann muss ich eben selber singen" sagt Felix und tut es auch. Er hat einen richtig wohlklingenden Bariton. In einem Chor könnte er bestimmt Karriere machen, gute Männerstimmen sind rar und werden bisweilen sogar per Tageszeitung gesucht, da die meisten Laienchöre an ‚Frauenüberschuss' leiden. Ich sage Felix das und füge hinzu: „Dann wärst du bestimmt Hahn im Korb und könntest dir eine tolle Frau aussuchen." Wir lachen beide. Die Nachtluft ist kühl, aber Felix hat vorgesorgt und zwei Piccoloflaschen Sekt eingepackt.

2. Mai 2013, Donnerstag

Heute Vormittag ist mein Vorbesprechungstermin in der Bestrahlungsklinik, ich habe ein mulmiges Gefühl. Die Klinik hatte sich vor Jahrzehnten als eine der ersten überhaupt auf die Strahlentherapie von Krebstumoren spezialisiert. Ich kenne sie.

> *Opa muss in die Klinik. Die Erwachsenen wollen es so. Es muss alles versucht werden, um den Krebs zu besiegen. Die radioaktiven Kobaltstrahlen hinterlassen schreckliche Brandwunden. Ein halbes Jahr geschenktes Leben, ein halbes Jahr voll Leiden. Opa nimmt es tapfer und klaglos, ich mit meinen fast 15 Jahren dagegen kann es kaum ertragen.*

Die ältere Dame an der Anmeldung ist nett, aber etwas langsam. Es dauert ewig, bis sie meine Daten aufgenommen hat. Aber dann Erstaunen: Der leitende Professor der Abteilung selbst führt das Vorgespräch mit mir. Er ist noch recht jung, macht einen sympathischen, kompetenten und vor allem einfühlsamen Eindruck. Ich fasse mir ein Herz und trage meine Befürchtungen vor. Er zeigt Verständnis, gibt aber zu bedenken, dass die damaligen Patienten oft schon im Endstadium der Erkrankung waren, weil es die heutigen Möglichkeiten einer rechtzeitigen Erkennung seinerzeit nicht gab. Werde ich auch mit radioaktiven Strahlen behandelt? Wenn ich nun verseucht werde? Ich bin fest entschlossen, mich dann von Felix zu trennen, damit er sich nicht bei mir ‚ansteckt' und die Verstrahlung womöglich an seine Enkelkinder weitergibt. Aber auch in diesem Punkt beruhigt mich der Professor; man arbeite heutzutage nicht mehr mit Radioaktivität, sondern einer Art Röntgenstrahlen. Trotzdem, auch hierbei gibt es Nebenwirkungen, man ist verpflichtet, mich darüber schriftlich zu informieren. Die Liste, die ich ausgehändigt bekomme, ist beängstigend lang. Ich verweise auf meine sehr empfindliche Haut; der Professor ordnet daraufhin an, dass die Strahlendosis pro Tag reduziert wird. Nachteil: Die Behandlung dauert für mich statt sechs nun acht Wochen. Ich bekomme einen weiteren Termin in zehn Tagen, dann wird eine Kernspintomographie angefertigt und nach ihr per Computer die Bestrahlungstherapie berechnet.

Zum Schluss empfiehlt man mir zur vorbeugenden Stärkung der Haut von außen und innen ein Pflegeöl und einen Aloe-Vera-Biosaft – dann stehe ich wieder vor dem Klinikgebäude. Es sieht im Sonnenschein so harmlos aus, richtig idyllisch gelegen, mit dem bewaldeten Höhenrücken im Hintergrund. Hier also muss ich bald jeden Tag hin, acht Wochen lang. Ein komisches Gefühl.

3. Mai 2013, Freitag

Ich studiere den engbeschriebenen ‚Patienten-Aufklärungsbogen': „Häufige Sofortreaktionen auf die Bestrahlung sind Müdigkeit, Abgeschlagenheit, Lustlosigkeit, Appetitlosigkeit, Übelkeit, Hautentzündungen, Haarausfall." Ob Felix mich dann noch will? Aber die Bestrahlung muss unbedingt sein; die weibliche Brust ist ein gut durchblutetes Organ, und es lässt sich nicht ausschließen, dass durch die Operation Krebszellen mit dem Blut in benachbartes Gewebe geschwemmt wurden, sich festsetzen und einen neuen Tumor bilden. Ich beschließe, mich erst einmal zu besaufen, und zwar an dem Aloe-Vera-Saft. Iiih, schmeckt der grässlich – also Nase zuhalten und runter damit. Diese Prozedur jetzt dreimal täglich. Ich glaube, mir wird schon *vor* der Bestrahlung übel.

4. Mai 2013, Samstag

Heute Abend ist „Rhein in Flammen", Felix will mit mir hingehen. Wie ich mich freue, etwas Ablenkung kann ich gut brauchen. Es ist schon dunkel, als wir uns auf den Weg zum Rheinufer machen. Am Ufersaum, nahe dem Wasser, stehen zwei fest verankerte Heißluftballons mit voll aufgedrehten Brennern – sie sehen wie riesige Glühbirnen aus. Auf der Rheinpromenade viele Menschen, an den Schiffsanlegestellen wird das Gedränge besonders dicht, hier sind Würstchen- und Bierbuden aufgebaut, mit Glühbirnenketten geschmückt, fast wie kleine Jahrmärkte. Wir haben uns in den Menschenstrom eingereiht, gehen Hand in Hand langsam stromabwärts. Laute Böllerschüsse kündigen ein nahes Feuerwerk an, leider ist nicht viel zu sehen – die dichtbelaubten Kronen der großen Uferbäume nehmen die Sicht. Felix sieht etwas verärgert aus, er scheint sich geradezu die Schuld daran zu geben, dass mir dieser schöne Anblick vorenthalten wird. „Du kannst doch nichts dafür", beruhige ich ihn.

Die Hauptattraktion des Abends nähert sich: der Schiffskonvoi. Wir bleiben an einer etwas ruhigeren Stelle der Uferpromenade stehen, Felix zaubert wieder zwei Piccolofläschchen Sekt hervor, dazu eine kleine Stärkung. Am gegenüberliegenden Ufer flammen Lichter auf – bengalische Feuer, sagt Felix. In einem ruhigen, gleichmäßigen Rhythmus – wie Perlen an einer Schnur – gleiten die Ausflugsschiffe der benachbarten Rheinorte an uns vorbei, die meisten mit weißen, manche auch mit roten oder blauen Glühbirnen illuminiert. Felix entziffert die Namen, erkennt die Schiffe unserer Stadt wieder – ach, wenn ich seine scharfen Augen hätte. Seltsamerweise höre ich keine Schiffsmotoren, nur Musikfetzen – es gibt anscheinend spezielle ‚Techno-Schiffe', ‚Volksmusik-Schiffe', ‚Schlager-Schiffe'. Die vielen ungewohnte Eindrücke, die seltsame Schwäche oder der Sekt – ich schwanke etwas, Felix stützt mich liebevoll.

5. Mai 2013, Sonntag

Wache mit leichten Kopfschmerzen auf – vielleicht die gestrige Überreizung meines Gehirns, so viel ‚Action' ist es ja überhaupt nicht gewöhnt. Felix bringt mir wieder eine Tasse guten, starken Kaffee ans Bett – die Kopfschmerzen verflüchtigen sich. Die Sonne scheint, es wird heute sicher schön und warm. Felix ist vormittags mit Freunden zum Sport verabredet – völlig in Ordnung, dass er mich an der U-Bahn-Station ablädt und dann sofort weiterfährt; er hat mir gestern so viel Schönes gezeigt, nun soll auch er seinen Freizeitspaß haben. Aber erst noch ein gemütliches Frühstück mit wunderschönem Blick aus dem großen Wohnzimmer-Panoramafenster. ‚Sicherheitshalber' begleitet Felix mich noch hinunter auf den Bahnsteig, dann verabschieden wir uns.

Am frühen Nachmittag Anruf von Felix: Sport beendet, aber er findet, ich müsse für Italien noch etwas mehr Grundbräune haben – also weitere Sonnen-Stunden in seinem Garten. Jetzt steht es auch fest: Mittwoch früh fahren wir und bleiben bis Anfang nächster Woche – ich kann es immer noch nicht fassen: mein erster Auslandsaufenthalt seit der Abiturfahrt nach Frankreich. So etwas in der heutigen Zeit – das darf ich niemandem sagen, ich habe es Felix gegenüber auch noch nicht so direkt erwähnt. Kaffee und Kuchen stehen auf dem Gartentischchen bereit, ein leichter Duft nach Zitronen durchzieht die warme Luft. Ich schnuppere der Duftquelle nach und sehe, dass Felix seine geliebten Topf-Zitronenbäumchen um meinen Stuhl drapiert hat, zur Einstimmung auf Italien. Wieder einmal denke ich, das kann nur ein Traum sein und ich muss doch jetzt gleich aufwachen.

Später ein guter ‚Abendtropfen'; Felix hat von einem befreundeten Winzer einige unetikettierte Weißweinflaschen geschenkt bekommen – also ein ‚schwarzer Weißwein', sage ich. Inzwischen habe ich ja nun auch sozusagen die ‚Lizenz', mich ‚hemmungslos' besaufen zu dürfen. Im Wissenschaftsteil eines Nachrichtenmagazins habe ich nämlich vor einigen Tagen gelesen, dass laut einer US-amerikanischen Studie brustkrebskranke Frauen, die mäßig Alkohol trinken, eine um 20 % höhere Überlebensrate haben als ihre ‚abstinenten' Leidensgenossinnen; sogar bei ‚Säuferinnen' ist die Chance, den Tumor zu besiegen, immer noch leicht erhöht. Als ideal wird ca. eine Flasche Weißwein pro Woche empfohlen. Felix lacht und fängt sofort an, die tägliche ‚Dosis' auszurechnen.

6. Mai 2013, Montag

Bin wieder einmal ‚aus dem siebten Himmel der Liebe' unsanft auf den Boden der ‚Krebs-Tatsachen' zurückgeholt worden: mir ist nämlich siedend heiß eingefallen: Wir sind ja bis Montag nächster Woche verreist – aber genau an diesem Tag habe ich meine Voruntersuchung in der ‚Strahlenklinik'. So ein Mist – aber vielleicht kann man den Termin noch verlegen. Es ist bestimmt besser, diese so kurzfristige Bitte persönlich vorzutragen, denke ich; außerdem – eine gute Übung für den bald täglichen Weg zur Klinik. Ich habe Glück, die Dame an der Anmeldung zeigt Verständnis für meinen Wunsch nach wenigstens einigen Tagen Erholung und verlegt den Termin auf Mittwoch. Gut, dass ich selbst vorbeigekommen bin, denn ich erfahre noch etwas Wichtiges: Die Krankenkasse ‚spendiert' mir Taxifahrten zu den Behandlungen und wieder nach Hause! Meine erste Reaktion: kostenlose ‚Privatchauffeure' für ganze acht Wochen, welch ein Luxus! Dann aber werde ich nachdenklich: Wenn die sonst eher sparsame Krankenkasse so großzügig ist – wie sehr wird mir dann wohl die Strahlentherapie körperlich zusetzen?

Ich muss mich dringend ablenken. Schon mal meine Reisegarderobe zusammenzustellen, das wäre nicht verkehrt – eine neue, größere Reisetasche könnte ich auch brauchen, vielleicht werde ich ja jetzt öfters verreisen. Träume. Ich beschließe wieder einmal, die Krankheit einfach zu vergessen.

7. Mai 2013, Dienstag

Leider will die Krankheit mich nicht vergessen: Mit der Post um vier Uhr nachmittags ein Brief vom Krankenhaus; bestimmt die Rechnung über den Einzelzimmerzuschlag. Nicht schlimm, denke ich, das kann ich auch nach der Rückkehr vom Kurzurlaub bezahlen. Aber von wegen – es ist direkt eine Mahnung, gerichtliche Schritte werden angedroht, Fristablauf in drei Tagen! Auf eine zuvor verschickte ‚normale' Rechnung wird kein Bezug genommen, ich habe auch nie eine solche erhalten. Raffiniert, auf diese Weise spart das Krankenhaus pro Person ein Schreiben und ein Mal Porto. Gleichzeitig werden die ehemaligen Patienten so verschreckt, dass sie bestimmt sofort zahlen. Ein wirklich tolles Timing. Jetzt ist es schon nach vier, um fünf Uhr schließen die Banken, um sechs Uhr will Felix mich abholen, bei Fristablauf bin ich in Italien!

Ich fülle in rasender Eile ein Überweisungsformular aus; draußen zieht nach einem schwül-warmen Tag gerade ein heftiger Gewitterschauer ab. Der Regen hat etwas nachgelassen, aber über Straßen und Gehsteige fließen noch Wasserbäche. Wenn man sich bei einer solchen Wetterlage auf unseren Bus verlässt, ist man verlassen – das habe ich schon öfters erlebt. Deshalb gehe ich lieber sofort den etwas längeren Weg zur Haltestelle der Straßenbahn, die ist normalerweise zuverlässiger. Normalerweise, aber nicht heute; „unwetterbedingte Ausfälle" ist auf der elektronischen Anzeigentafel zu lesen. Scheiße! In knapp einer halben Stunde schließt die Bank! Also Dauerlauf in die Stadt – aber vielleicht ist das ja Absicht und gehört mit zur Anti-Krebs-Therapie. Ich erreiche die Bank gerade noch rechtzeitig, stürze laut japsend in den Schalterraum, stopfe den Überweisungsträger in den Automaten – geschafft, dem ‚Schuldturm' entronnen!

Inzwischen hat sich der öffentliche Personennahverkehr vom Regenschauer erholt, erste Busse fahren wieder – kurz darauf bin ich zurück in meiner Wohnung. Als Felix kommt, habe ich auch einigermaßen meinen Atem wiedergewonnen und sitze brav auf den fertig gepackten Koffern bzw. meiner Reisetasche. Er trägt mein Gepäck zum Auto – auch das ist völlig neu für mich, noch niemals zuvor hat mir jemand eine schwere Tasche abgenommen, alle dachten wohl: die ist ja groß, die schafft das schon alleine. Leider habe ich nicht viel Zeit, diese für andere Frauen selbstverständliche, für mich so kostbare Aufmerksamkeit zu genießen; schnell noch ein letzter Rundgang durch die Zimmer. Fenster alle zu – Licht und Ofen aus – Wasserhähne geschlossen – habe ich auch nichts vergessen, so ‚lange' war ich ja noch nie verreist. Dann ziehe ich die Wohnungstür zu und schließe ab.

8. Mai 2013, Mittwoch

Endlich ist der ‚große' Tag da, ich bin schon zeitig wach, lausche dem Vogelkonzert im Garten – und kann es immer noch nicht fassen: Herrliche Tage liegen vor mir, mein ganzes Leben lang habe ich von so etwas geträumt, nun ist es Wirklichkeit geworden – die Krebserkrankung scheint zu einer kleinen hässlichen Randdelle geschrumpft. Eine andere Sorge ist im Moment größer: Werde ich weltunerfahrenes Wesen mich nicht zu ungeschickt benehmen, Felix blamieren? Felix. In meinen schlimmsten Stunden hat er mich nicht allein gelassen, jetzt soll auch er einen ungetrübten Urlaub haben. Du musst dich eben zusammenreißen, ermahne ich mich selbst.

Ein kurzes Frühstück, noch den Proviant im Auto verstauen, dann fahren wir los, in einen kühlen, aber sonnigen Morgen hinein. Ich habe mir fest vorgenommen, so viele Eindrücke wie möglich aufzunehmen und abzuspeichern – denn ob ich das alles noch einmal zu sehen bekomme? Die Bestrahlung, das Medikament, wer weiß, wie lange ich von diesen Erinnerungen zehren muss. Der Limburger Dom, der riesige Rhein-Main-Flughafen, die Frankfurter Bankentürme, die imposanten, bisweilen burgengekrönten Bergrücken des Odenwalds – das alles kannte ich bisher nur von Abbildungen und aus dem Fernsehen, jetzt sehe ich es ‚live'. Aber vielleicht ist das alles ja auch nur ein Film. Immer wieder blicke ich Felix von der Seite an, nein, er ist noch da, lenkt ruhig das Auto, erklärt ab und zu. Es muss die Realität sein.

Bei Karlsruhe geraten wir in einen kleinen Stau – und ich spüre wieder diese verdammte Müdigkeit in mir hochkriechen. Endlich geht es weiter. „Wir sind gleich an der Autobahnraststätte bei Rastatt, dort machen wir eine kurze Pause" – wie durch Watte höre ich Felix' Worte – hat er gemerkt, wie erschöpft ich bin? Ich habe mir doch solche Mühe gegeben.

An der frischen Luft werde ich wieder etwas munterer; und – wie schön – es ist richtig warm geworden, ich kann endlich meine Jacke ausziehen. Vielleicht schon ein Vorgeschmack auf Italien? Felix will mir die bekannte pyramidenförmige Autobahnkirche zeigen; auf dem Weg dorthin erzähle ich von meinem gestrigen ‚Kampf' gegen eine drohende Pfändung – so schnell kann ein unbescholtener Mensch zum ‚Verbrecher' werden, finden wir. Nach dem lebhaften Betrieb auf dem Rastplatz tut die Stille in der Kirche tut gut; durch die schmalen Fenster stechen einzelne flirrende Lichtstrahlen in den dämmrigen Raum. Wieder das Gefühl, ich bin in einem Film.

Basel – und für mich ein feierlicher Moment: Das erste Mal seit über 40 Jahren ‚betrete' ich ausländischen Boden! Für die Zollbeamten sind wir wohl kein lohnendes Objekt, sie beachten uns kaum. Ich hoffe, einen Blick auf die historische Baseler Altstadt erhaschen zu können, aber daraus wird leider nichts – die Autobahn durchquert die Stadt teils durch Tunnel, teils an Lärmschutzwänden vorbei; nur einige höhere Bürogebäude sind sichtbar – uninteressante Kästen. Die Berge der Voralpen – eher Hügel. Trotz Sonnenschein ist es deutlich kühler geworden; an den Bäumen zartgrüne Schatten – so wie bei uns vor drei Wochen. Doch da, im Hintergrund vor uns ‚tut' sich etwas: der erste richtig hohe Gebirgszug, mit einer weiß leuchtenden Schneekappe! Nach einer Kurve verschwindet er, taucht nach der nächsten wieder auf. Noch eine letzte landschaftliche ‚Atempause', die Straße führt teilweise am Vierwaldstätter See vorbei – dann auf einmal sind sie von allen Seiten da – die Hochalpen. Sie haben auch etwas ‚mitgebracht': Tunnel, einen nach dem anderen, alle fein säuberlich mit Namen beschriftet – die Schweiz ist offenbar ein sehr ordentliches Land. Felix bittet mich, ihm bei der Bedienung der Wagenbelüftung behilflich zu sein – sie muss vor jedem Tunnel ausgeschaltet werden, damit die abgasgeschwängerte Tunnelluft nicht ins Wageninnere gelangt. Das mache ich doch gern – endlich eine Chance für mich Nichtautofahrerin, meinen ‚Chauffeur' etwas zu entlasten. Aber mein Versprechen war etwas voreilig: Dieser Ansturm von Sinneseindrücken – in den letzten paar Stunden habe ich bestimmt zehnmal so viel Neues gesehen wie in den letzten 30 Lebensjahren. Und schon wieder: Hier, die dramatische Gesteinsformation, dort, der Bergstock mit dem besonders skurrilem Aussehen – dazu diese verdammte Schlappheit – und schon habe ich wieder vergessen, die Wagenbelüftung aus- oder einzuschalten. Natürlich entschuldige ich mich jedes Mal sofort – guckt Felix etwas seltsam oder spielen mir meine erschöpften Nerven einen Streich. Wenn nicht, ich könnte es ihm nicht verdenken. Ach, das mit dem Zusammenreißen, ich hatte es mir so einfach vorgestellt. Warum macht mein Körper nicht einfach das, was ich will?

Die Fahrt geht nun weiter durch den St. Gotthard-Tunnel, durch Bellinzona, der „Stadt der Burgen", wie Felix mir erklärt, zum Luganer See. Das Gewässer ist seltsam ‚verzweigt': immer wenn man denkt, jetzt ist der See ‚zu Ende', taucht ein weiterer Arm auf. In Lugano machen wir ein letztes Mal Pause und bummeln durch die Innenstadt: schmale Straßenschluchten, ein Mode-, Schuh- und Schmuckgeschäft neben dem anderen. Hand in Hand mit meinem ersten Freund durch meine erste fast-italienische Stadt – ich schwebe fast oder kippe gleich aus den ‚Pantinen'.

Ob Felix das gemerkt hat – jedenfalls: „Wir sind bald da", verspricht er. Wieder Zoll/Douane/Dogana – dreisprachig, die Straße geht durch kleine Dörfer, Häuser in italienischem Stil, die ersten Pinien und Palmen. Ein weiterer See, er scheint nicht besonders groß zu sein, das fällt sogar meinem apathischen Gehirn auf. „Ist das etwa der Comer See?", frage ich richtig erschrocken. „Nein", beruhigt mich Felix mich, „Das ist nur ein kleiner ‚Zwischensee' zwischen dem Luganer und dem Comer See" – und wirklich, noch einige Kurven und Serpentinen, und dann biegen wir auf die Uferstraße des Comer Sees. Inzwischen haben sich meine Augen, Gehör und Gehirn voneinander getrennt; ich kann zwar noch sehen, höre Felix' Stimme, wie er die Namen der Seeorte nennt, durch die wir fahren, aber in meinem Gehirn scheint Watte zu sein, nichts dringt mehr richtig durch.

Wir sind da – und doch noch nicht da, das Ferienhäuschen liegt an einem steilen Berghang, nur zu Fuß über einen schmalen, holprigen Hohlweg erreichbar. Felix geht munter voran, ich versuche, Schritt zu halten, taumele immer wieder vor Müdigkeit. Aus der Felswand auf der einen Seite plätschern kleine Quellen, die Schatten hoher Bäume verbreiten Dämmerlicht, der Weg ist mit glatten Kieseln gepflastert, die durch das Quellwasser glitschig sind – ständig habe ich das Gefühl, gleich zu fallen. Das darf nicht geschehen, ich darf mir nichts verstauchen oder brechen. Felix um Hilfe bitten? Nein, ich bin doch kein Weichei!

Das Häuschen sieht von außen sauber und niedlich aus, idyllisch inmitten von Palmen und hohen Pinien gelegen, aus dem Inneren schlägt uns kalte, modrig riechende Luft entgegen. Meine Erschöpfung? Nein, auch Felix merkt es. Wahrscheinlich sind wir die ersten Gäste des Jahres, außerdem hat der Verwalter wohl vergessen, rechtzeitig zu lüften und etwas zu heizen, und zu guter Letzt war kurz vor unserer Ankunft eine Kaltfront mit Regen über Norditalien hinweg gezogen – wirklich eine Verkettung unglücklicher Umstände.

Felix reißt sofort alle Fenster auf, und zur Ablenkung verspricht er mir einen wunderschönen Panoramablick auf den See und die gegenüberliegenden Berge, den man von weiter oberhalb habe. Also wieder der steilen Hang – und der nächste Schwierigkeitsgrad: Weg gibt es keinen mehr, nur einen kaum erkennbaren Trampelpfad. Felix rennt hinauf wie eine Gämse, ich klettere mühsam hinterher, aber jammern oder gar aufgeben, an unserem ersten Urlaubstag – das kommt nicht in Frage. Schließlich bleibt Felix stehen – ich auch, mit zitternden Knien. Er sieht mich erwartungsvoll an, ich ahne: Der Blick auf den See und die gegenüberliegenden Berge muss atemberaubend sein.

Aber um etwas atemberaubend zu finden ist mein Gehirn einfach zu erschöpft, ich bin froh, mich überhaupt noch in der Senkrechten halten zu können. Trotzdem will ich Felix nicht enttäuschen, also ‚bewundere' ich ausgiebig.

Dann der Abstieg, ich befürchte das Schlimmste, aber mein Körper rafft sich zu einer letzten Höchstleistung auf: Ich überlebe ohne Knochenbrüche. Wir kommen an einem lauschigen Plätzchen vorbei, hier kann man sogar einige Schritte waagerecht gehen und es gibt eine kleine Hollywoodschaukel. Wahrscheinlich ist mir meine Erschöpfung jetzt doch deutlich anzusehen, denn Felix schlägt mir vor, mich auszuruhen, während er sich um unser Gepäck kümmern will. Ich setze mich. Um mich herum Grün, konturloses Grün – vom zarten Hellgrün bis zu silbrig-bläulichen Tönen. Ich wusste gar nicht, dass es so viele verschiedene Grüntöne gibt. Irgendwann fange ich an, wieder ‚in ganzen Pflanzen zu sehen', also scheine ich mich etwas zu erholen. Zumindest die Biologin in mir regt sich, denn ich mache mich unwillkürlich daran, die Pflanzenarten zu bestimmen. Von Zeit zu Zeit klingt der scheppernde Glockenschlag eines Kirchturms herauf und unterbricht meine ‚Tätigkeit'. Schließlich steigt Abendkühle vom See hoch, ich stehe auf und gehe vorsichtig die letzten steilen Meter hinunter zum Haus.

Das Gepäck ist inzwischen da und die Luft in den oberen Räumen auch etwas besser geworden; aber das im Untergeschoss liegende Schlafzimmer riecht immer noch seltsam. Ich stimme erleichtert zu, als Felix vorschlägt, auf der ausklappbaren Bettcouch im Wohnzimmer zu übernachten. Außerdem stellt er in Aussicht, den kleinen Kaminofen anzuheizen. Wie schön, durch die verglaste Ofentür kann man bestimmt die Flammen sehen. Bei flackerndem Kaminfeuer einzuschlafen – das muss toll sein. Im Gefrierfach des Kühlschranks wartet eine Flasche Sekt auf die richtige Temperatur.

Vorher möchte Felix mit mir einen Spaziergang auf der nächtlichen Seepromenade machen, bestimmt sehr romantisch und auf jeden Fall total lieb gedacht – aber nochmal diesen steilen, steinigen Weg hinunter zur

Uferstraße – ich würde das nicht mehr schaffen. Ob er es versteht?

Als wir (viel) später den Sekt trinken wollen, ist er gefroren.

9. Mai 2013, Donnerstag (Christi Himmelfahrt)

Die Morgensonne scheint durch die Fensterläden. Nach einem zwar kurzen, aber tiefen Schlaf fühle ich mich wesentlich besser. Beim Frühstück schlägt Felix das Vormittagsprogramm vor: den Besuch eines malerischen Örtchens am gegenüberliegenden Ufer. Seine an einem steilen Berghang klebenden Häuser kann man von hier aus sehen. Im hellen Tageslicht hat auch der Hohlweg zur Seepromenade etwas von seinem Schrecken verloren, und ich staune über die vielen Menschen auf der Uferstraße: Touristen, aber auch erstaunlich viele Italiener. Richtig, heute ist ja Feiertag.

Wir schlängeln uns durch die Menschenmassen zur Fähranlegestelle. Am Kassenhäuschen eine lange Schlange – bis wir an der Reihe sind, ist die Fähre weg. Also warten, bis sie vom anderen Ufer zurückkommt – wir sitzen Hand in Hand auf einer Bank. Auf dem Wasser zischen Motorboote vorbei, ein größerer Katamaran produziert eine imposante Heckwelle. Es tutet, die Fähre ist wieder da, und jetzt bin ich erstmals auf dem Comer See, sehe von der Reling auf sein unergründlich blaugraues Wasser – er soll, wie alle großen Alpenseen, sehr tief sein, hatte ich in der Schule gelernt. Es ist warm geworden, und die Luft – wie Seide.

Dann sind wir drüben. Noch bin ich fit und bewältige die schmalen, steilen Gassen, ohne allzu sehr außer Atem zu geraten. Wir durchstreifen das Örtchen, schlängeln uns durch Touristenströme. Links und rechts hohe alte Häuser im typischen Baustil der Gegend und in unterschiedlichen Stadien malerischen Verfalls (vielleicht lässt man sie ja absichtlich verfallen, damit sie malerischer aussehen, denke ich im Stillen). Die Farbtöne der Fassaden – von zart cremefarben bis dunkelrosa und ocker – bilden den dezenten Hintergrund für andere, knallbunte ‚Farbkleckse': unzählige blühende Azaleensträucher; die oft riesigen Büsche sehen wie farbige Gebirge aus – und dann der Duft! Felix macht Fotos von den Häusern, den Azaleen und mir. „Damit du eine schöne Erinnerung an mich hast", sagt er. Ich stutze kurz: eine Erinnerung? Warum eine Erinnerung? Wir wollen doch zusammenbleiben. Ach, bestimmt habe ich etwas falsch verstanden. Meine angeschlagene Gesundheit, dazu der ungewohnte Menschentrubel – ja, das wird es sein!

Wir haben die Uferpromenade wieder erreicht; dicht an dicht die Geschäfte und Boutiquen mit Reisemitbringseln; Felix steuert einen Laden an, welcher keinen Touristenramsch, sondern eine Vielzahl erstaunlich geschmackvoller und gar nicht einmal so teurer Seidenkrawatten und -tücher in allen Größen und Farben bietet. Ich sehe mich um: Hier muss ein Farbkasten explodiert sein. Felix mit seinem scharfen Blick peilt sofort zwei Krawatten an, beide mit lustigen Häschenmotiven verziert. „Sieh dir mal die eine genauer an", sagt er, ich tue es, und – das gibt es doch nicht – auf ihr ist eine Art ‚Hasenkamasutra' abgebildet – und das im sittenstrengen Italien! Ich bestehe darauf, Felix diese Krawatte zu schenken.

Kurze Mittagspause im unteren Schlafzimmer unseres Häuschens – ich empfinde seine Kühle jetzt als wohltuend, nachdem es draußen inzwischen richtig heiß geworden ist. Für mich etwas Zeit zum Nachdenken. Felix bietet mir eine so schöne Reise; dass ich sie wegen meiner Krankheit nicht ungetrübt genießen kann, ist nicht seine Schuld. Wenn ich ihm auf jugendlich gestylt besser gefalle – dann tue ich ihm eben diesen Gefallen, er hat es verdient. Und so trage ich jetzt eine der neuen, modisch-engen Jeans, die rosafarbene – rosa scheint seine Lieblingsfarbe zu sein. Der Stoff drückt, ein unangenehmes Gefühl, denn der Nachteil meiner noch jugendlich-glatten Haut ist ihre Empfindlichkeit. Seufzend denke ich an meine bequemen Hosen zurück. Auch andere Wünsche hatte Felix geäußert: ein Push-Up-BH soll es sein. Das ist mit der frischen Operationsnarbe im Moment noch nicht möglich. Er scheint es einzusehen.

Aufbruch; wieder geht es die Uferpromenade entlang, diesmal in die andere Richtung. Irre ich mich, oder sieht mir tatsächlich der eine und andere Italiener nach? Felix ist ausgesprochen gut gelaunt – vielleicht deshalb? Malerische Altstadthäuser wechseln sich mit ehemaligen Herrschaftsvillen im typischem Comer-See-Stil ab – die meisten geschmackvoll restauriert, einzelne auch hier im Zustand malerischen Verfalls. Manche haben eigene Brücken zur zugehörigen

Schiffsanlegestelle, damit sich ihre früheren vornehmen Bewohner nicht unter das einfache Volk auf der Uferpromenade zu begeben brauchten, erklärt Felix.

Schließlich haben wir die Marina des Ortes erreicht; an mehreren langen Bohlen-Pontons liegen zahlreiche Motor- und Segelboote – mit einem davon werden wir eine kleine Rundfahrt über den See machen, verkündet Felix. Er hat tatsächlich auch den Bootsführerschein. Was kann er eigentlich nicht? Und ich, nutzlos und krank. Mit sicherem Schritt geht er über den schwankenden Ponton; ich stolpere ungeschickt hinterher, fühle mich dem ‚Jet-Set-Leben' wieder einmal überhaupt nicht gewachsen. Felix ist inzwischen wie ein gelernter Matrose auf das Boot gesprungen und macht es startklar. Wie kraftvoll und geschickt er sich bewegt! Eben als ich gelernt habe, einigermaßen gerade zu stehen, ist er fertig – und jetzt muss ich aufs Boot, der breite Wasserspalt zwischen Ponton und Bordwand scheint mich höhnisch anzugrinsen. Aber mich zu weigern wäre noch blamabler. ‚Wenigstens kann ich schwimmen' ist mein letzter Gedanke, bevor ich zum Sprung ansetze – und schon packen mich Felix' starke Arme. Hurra! Ich liege nicht im Wasser, sondern stehe auf dem Schiff und kann mich an der Reling festhalten. Felix startet, das Boot nimmt Fahrt auf, die Gischt sprüht nur so. Dafür haben sich die Schrecksekunden gelohnt!

Felix dreht eine Kurve am Ufer entlang, zeigt mir weitere hochherrschaftlichen Seevillen mit ihren oft riesigen Gartenanlagen und berichtet Interessantes über ihre Geschichte und die jetzigen Besitzer. Etwas fällt mir immer wieder auf: die teils riesigen und sehr hohen Pinien in den Herrschaftsgärten haben eine ungewöhnlich ‚glatte' Oberfläche. Ach, bestimmt meine schlechten Augen. Nein: „die Pinien werden nicht mit der Gartenschere geschnitten, sondern von eigens hierfür zuständigen Gartenspezialisten mit einer Art Rasierapparat geschoren", erläutert Felix. Ich fasse es nicht. Pinienfriseure – tja, das ist dann wohl die Welt der wirklich Reichen und Vornehmen.

10. Mai 2013, Freitag

Trüber Himmel und es schüttet! So ein Mist – die mild-würzige Regenluft, die hereinströmt, entschädigt da wenig. Aber der unermüdliche Felix hat schon einen Plan: ein Besuch des ältesten, berühmtesten und schönsten Herrenhaus am Comer See, der Villa Carlotta. Am Kassenhäuschen versucht Felix, ‚Rentnerrabatt' zu bekommen. ‚Leider' sieht er nicht wie ein Rentner aus, seinen Ausweis hat er nicht dabei, also keine Chance, er muss den vollen Preis zahlen. Mit äußerster Anstrengung gelingt es mir, mich zusammenzureißen und nicht laut loszulachen. Wir besichtigen zuerst das Haus, dann die Gartenanlage. Felix zeigt mir die verschiedenen Abteilungen des Gartens. Es gibt eine speziell für Kamelien, nicht-blühende grüne Gewächse, Felspflanzen. Azaleen und Rhododendren wachsen hier in Baumform und bilden richtige kleine Wälder, so etwas habe ich noch nicht gesehen. Dann der ‚Bambusgarten' – eher ein Dschungel. Dass es so viele Bambus-Arten gibt – auch das wusste ich nicht. Felix erklärt mir ihre charakteristischen Merkmale – verflixt, warum kann ich geringfügige Unterschiede einfach nicht im Kopf behalten? Die Operation ist doch jetzt schon fast drei Wochen her. Ist wirklich alles noch zu viel für mich? Felix darf nichts merken, er strahlt richtig vor Freude, jemandem sein Wissen zeigen zu können.

Immer wieder kommen wir an einzeln stehenden gewaltigen Bäumen vorbei: Magnolien, Araukarien, Zedern, Pinien, Ginkgobäume, Sequoien, Mittelmeereichen. Und dann, wirklich toll, das ‚Tal der Farne' – ein richtiger Taleinschnitt, von einem gedämpft rauschenden Bach durchflossen. Der Boden vollkommen bedeckt mit den unterschiedlichsten Farnsorten, darüber formen riesige Bäume ein Blätterdach – Dämmerlicht und Stille, gelegentlich unterbrochen durch die weit entfernte, glockenartige Stimme eines mir unbekannten Vogels. Ich fühle mich wie in einer Kathedrale.

Als wir jetzt wieder ans ‚Tageslicht' treten, merken wir, dass es fast aufgehört hat zu regnen. Der Himmel ist zwar noch immer trübe, aber schon wesentlich heller geworden. „Heute Nachmittag machen wir einen Ausflug nach Como", verkündet Felix. Wie schön, eine so ‚vornehme' Stadt, dann werde ich mich auch ganz vornehm anziehen, das wird Felix freuen. Meine Haut muss sich eben an die enganliegenden Hosen gewöhnen.

Wir fahren die Straße nahe dem Ufer entlang. Malerische Örtchen, die Häuser kleben teilweise hoch im steilen Berghang (wie kommen die Bewohner da überhaupt hin); dann wieder reichverzierte schmiedeeiserne Tore, hinter denen Pinienalleen zu Herrschaftsvillen führen. Wie immer liefert Felix unermüdlich interessante Informationen zur Geschichte der Anwesen und wie immer kämpfe ich gegen Erschöpfung und nachlassende Konzentration, dazu kommt inzwischen Wut: Mir wird so viel Schönes präsentiert wie noch nie in meinem Leben – wieso kann ich es nicht als Gesunde genießen, wieso bin ich ausgerechnet jetzt krank? Ein Stichwort zerreißt meine Gedanken: ‚Die Villa von George Clooney', sagt Felix – schade, schon vorbei. Richtig, ich hatte schon mehrfach in meiner Tageszeitung, Rubrik ‚Vermischtes', von Clooneys ‚Orgien' in seinem Ferienhaus am Comer See gelesen – hier ist es jetzt, und ich habe nicht aufgepasst! Man könne von der Straße aus sowieso kaum etwas erkennen, das Haus läge hinter Bäumen versteckt, meint Felix, aber George Clooney habe die Spitzen des Zaunes mit echtem Gold belegen lassen. Ich tröste mich: Auf der Rückfahrt müssen wir ja wieder hier vorbeikommen, dann werde ich aufpassen wie ein Luchs.

Wir fahren ins Stadtzentrum von Como und wandern durch die Altstadt. In einem Straßencafé bestellt Felix für uns etwas zu trinken, endlich kann ich sitzen, mich etwas ausruhen. „Die Einwohner von Como heißen Comasken", sagt Felix. Und ich dachte schon, es sind Comoer oder gar Comanchen. Überall lauern Stadttauben, laufen sogar unter den Cafétischen herum auf ihrer ewigen Suche nach Essbarem. Seltsamerweise sind diese ‚geflügelten Comasken' gar nicht taubengrau, sondern fast schwarz, wie kleine Raben.

Auch meine Fußbekleidung hat Felix' Missfallen erregt, ich bräuchte unbedingt modischere Schuhe, meint er. Ach, wenn er wüsste.

Seit 30 Jahren bin ich nun fast ununterbrochen auf den Beinen. Wie oft schleppe ich für mich, meine Eltern, meine Nachbarn und ‚Sorgenkinder' Lasten? Mein linker Fuß rebelliert. Der Arzt verschreibt orthopädische Schuhe. Wie High Heels sehen sie nicht gerade aus, nur der Preis ist der gleiche. Aber Eitelkeit, die kann ich mir nicht leisten, ich brauche beide Füße! Und wirklich, mit den Schuhen geht es dem Fuß allmählich besser.

Es Felix sagen? Noch eine ‚Krankheit' gestehen und meine Sorge, dass durch das zu frühe Tragen normaler Schuhe dieser Erfolg wieder zunichte gemacht wird? Ich glaube, das wäre dann endgültig zu viel. Widerspruchslos folge ich ihm also in ein Schuhgeschäft – und wirklich, mit ‚geschultem' Blick entdeckt er ein Paar Sportschuhe, aber von eleganter Form und aus hellem, sehr weichem Wildleder. Ich probiere sie an, sie passen und tragen sich angenehm. Felix kniet vor mir nieder und hilft mir beim Zubinden der Schnürsenkel – ich bin wieder einmal völlig fassungslos: Da kniet doch wirklich ein gutaussehender Mann vor mir! Irre ich mich oder hat die junge hübsche Verkäuferin, die neben uns steht, einen etwas neidischen Blick?

Ein anderes Geschäft: Felix sucht und findet einen eleganten Seidenschal für mich. In der Nähe eine Gelateria, ich esse das erste echt italienische Eis meines Lebens. Heimweg, wir kommen wieder an George Clooneys Comer-See-'Orgien-Zentrale' vorbei. Ich habe sicherheitshalber schon lange vorher die Augen ganz weit aufgerissen – aber man sieht wirklich nicht viel, dichtes Grün verbirgt die Orgien. Aber da ist ja der Zaun. Ich bitte Felix zum Spaß, doch einmal anzuhalten und mir sein Taschenmesser zu leihen, damit ich mir als Andenken etwas von den vergoldeten Zaunspitzen abschaben kann. Er – Felix, nicht George Clooney – bricht in schallendes Gelächter aus.

Der Abend ist trocken und mild, Felix will den Spaziergang auf der nächtliche Seepromenade nachholen. Am liebsten wäre ich nur noch ins Bett gefallen, aber ihn noch einmal so enttäuschen – kommt nicht in Frage. In den hell erleuchteten Hotelbars und Cafés herrscht Hochbetrieb; wir schlendern händchenhaltend an ihnen vorbei. Von Felix' Hand scheint eine Kraft auf mich überzugehen, ich fühle mich etwas besser. Schließlich kehren wir in einer kleinen Trattoria ein; dort gibt es ein besonderes Angebot: Pro Getränk kann man sich an der riesigen elektronischen Musikbox einen Song bestellen. Ich würde ja gerne, traue mich aber nicht so recht. Felix überredet mich, ich gehe ganz aufgeregt nach vorne; mein absolutes Liebeslied ist ‚Nights in White Satin' von den Moody Blues, eine schon etwas ältere Rockballade – na ja, ich bin ja auch schon etwas älter. Werden sie dieses Stück auf Lager haben? Sie haben – wir müssen noch etwas warten, andere Gäste sind vor mir ‚dran', aber dann ist es soweit. Ich glaube – nein, ich bin mir sicher – das ist der absolute Höhepunkt meines Lebens. Mit einem geliebten Menschen, der meine Hand hält und mich zärtlich ansieht, dieses melancholisch-zauberhafte Liebeslied zu hören.

Die Kellner sind inzwischen aufmerksam geworden: einmal etwas ganz anderes als die ewigen ‚O sole mio'– und ‚Santa Lucia'-Wünsche der Touristen.

Als der Song zu Ende ist, darf ich noch mal ‚ran – ich wähle diesmal ‚The Show must go on' von den Queens – auch ein Lied, das mir immer wieder unter die Haut geht. Freddy Mercury hat es geschrieben und gesungen, als er schon wusste, dass er bald sterben würde. Jetzt kommt man schon aus der Restaurantküche gucken. Später der Heimweg – bei mir hat sich lähmende Erschöpfung mit höchster Glückseligkeit zu einem merkwürdigen Zustand verbunden: Eigentlich müsste ich zusammenbrechen, aber ich schwebe geradezu über den ‚Trampelpfad' zu unserem Häuschen.

11. Mai 2013, Samstag

Heute ist die Sonne wieder brav und scheint seit dem frühen Morgen. Am Vormittag muss mal ein Einkauf sein, denn morgen geht's weiter in die Schweiz. Einige Ortschaften weiter befindet sich eine Art Konsum, dort fahren wir hin. Wir passieren die Stelle, an der ich vor einigen Tagen das erste Mal den Comer See gesehen, bzw. vor Erschöpfung nicht gesehen habe. Bestimmt war Felix von mir enttäuscht. Heute sind mir die Umstände gnädiger gesonnen. So früh am Tag bin ich noch aufnahmefähig – und wirklich, das Panorama ist einfach atemberaubend: die gewaltigen, zum See hin oft steil abfallenden Uferberge und die wieder von zahlreiche kleinen weißen Bötchen durchpflügte riesige blaugraue Wasserfläche. Ich spare nicht mit bewundernden Worten. Ich glaube, Felix ist erleichtert und freut sich.

Zuerst hat er etwas zu erledigen, ich gehe inzwischen auf der Uferstraße spazieren. Ein auf der Uferpromenade aufgebockter alter Kahn stoppt meinen Schritt. Es handelt sich um ein restauriertes typisches Comer-See-Schiff des 19. Jahrhunderts. Es hat einen Aufbau aus halbkreisförmig gebogene Eisenreifen, darüber wurde wohl zum Schutz der Bootsleute eine Plane gezogen. An irgendetwas erinnert mich diese Konstruktion, nur an was? Aha, da ist ja eine Erklärungstafel, auch in Englisch, und ich finde Folgendes heraus: Viele der ersten Pioniere des amerikanischen Westens stammten aus der damals bitterarmen Region am Comer See. Aus Gewohnheit verpassten sie ihren Wagen den gleichen Aufbau, der sich bei ihren heimatlichen Booten bewährt hat. Fertig war der Planwagen und wurde schon bald zum ‚Standardmodell'. Natürlich, die TV-Westernfilme meiner Jugend – ein richtiges Déjà-vu-Erlebnis!

Nachmittags steht wieder eine Schiffstour auf dem Programm; Felix steuert einen der malerischen Orte am gegenüberliegenden Ufer an, diesmal müssen wir über das schräg abfallende Kajütendach an Land springen. Felix schafft das natürlich mit links; er bemüht sich, das Boot so dicht wie möglich an den Steg zu ziehen, um mir den Sprung zu erleichtern. Neben uns macht ein anderes Boot mit zwei jungen Pärchen an Bord fest, die Frauen turnen fast elegant an Land, trotz enger Röcke und Stöckelschuhen – meine Stimmung sinkt auf den Nullpunkt. Und nun ist es soweit, Felix streckt mir wieder seine kräftigen Arme entgegen, aber erst einmal bis dorthin kommen. Ich rutsche mit dem Hinterteil auf dem Kabinendach nach vorne – und der Gedanke, wie das wohl aussieht, lenkt mich kurz ab, mechanisch springe ich – und schaffe es, Felix packt zu und hält mich fest.

Wir schlendern Hand in Hand durch den Ort – ich anfangs noch mit zitternden Knien. Wieder alte Häuser mit ihren schönen Fassaden in allen nur erdenklichen Ocker-, Altrosa- und Beige-Tönen. Von der Terrasse eines Hotels aus soll man einen tollen Blick über den See haben. Sie ist nur durch das Hotelrestaurant zu erreichen, aber der Portier lässt uns eintreten. Lorbeerbäume bilden ein dichtes dunkelgrünes Dach über der Terrasse, weiße Lampions hängen herunter, bereit für einen romantischen Abend – und dann das Panorama: eine gewaltige Bergkette ragt in den See, sie scheint zum Greifen nahe zu sein – oder täuscht das flirrende Licht.

Wir beenden unseren Rundgang wieder an der Hafenmole; es ist jetzt richtig heiß geworden, fast schwül. Ein Außentischchen im gut besuchten Cafè del Molo wird gerade frei, wir setzen uns, bestellen eine Kleinigkeit zu Essen und zu trinken. Felix macht mich auf ein jüngeres Paar am Nachbartisch aufmerksam; andere Menschen beobachten – etwas, das ich noch lernen muss, dazu hatte ich in meinem früheren Leben keine Zeit. Die junge Frau sitzt mit dem Rücken zu mir, schlank, gut proportioniert, figurbetontes schickes Kleid und halblange blonde Haare. Ihren Begleiter kann ich von vorn sehen: schmal, in einen hellsilbergrauen Sommeranzug gekleidet – sicher Armani, weißes Seidenhemd, Hals- und Armkette aus Gold, pechschwarze nackenlange Haare, Dreitagebart, bleiche Gesichtsfarbe, undurchdringliche Miene und tiefliegende Augen mit geradezu dämonischem Blick. Felix hält ihn für einen eiskalten und erfolgreichen Geschäftsmann, ich denke eher an einen Edelvampir und starre ihn fasziniert an – wenn er nur einmal seinen Mund richtig aufmachen und die Eckzähne zeigen würde. Der Vampir merkt Gott sei Dank nichts, ist mit seiner Tischdame ins Gespräch vertieft, aber Felix beobachtet mich. Nun wird dem Nebentisch die Bestellung gebracht: eine Platte mit einer Auswahl süßer Spezialitäten des Hauses. Felix winkt dem Kellner – und ordert für uns das Gleiche. Etwa ein Anflug von Eifersucht? Auch wieder so etwas, wovon ich nicht die geringste Ahnung habe.

Plötzlich verändert sich das vor uns liegende Seepanorama, die bewaldeten Berge sind auf einmal dunkelblau statt grün. Ich drehe mich um, und – Schreck! Über den Bergen hinter uns steht eine dunkle Gewitterwand! Felix kennt das örtliche Klima und meint beruhigend, das Wetter zöge bestimmt südlich in Richtung Lenno weiter, aber wir brechen doch lieber auf. Felix legt einen wahren Kavaliersstart mit aufheulendem Motor und schäumender Bugwelle hin – „das hat man bestimmt bis oben auf der Mole gehört", stellt er zufrieden fest. Ich kann mir denken, wer mit ‚man' gemeint ist.

Unser letzter Abend am Comer See – der Himmel ist wieder klar, Felix hat mit seiner Wettervorhersage recht behalten. Noch einmal bummeln wir die Seepromenade entlang, biegen dann aber in eine der steilen Altstadtgassen ein – Felix kennt ein gutes Weinlokal in einem der alten Häuser. Die Häuser sind schmal, aber erstaunlich hoch – zwischen dem See und den steilen Bergen ist nicht viel Platz, also musste man sich in die Vertikale ‚ausdehnen'. Leider fehlt ein Aufzug; wir steigen endlose, schmale Treppen empor – immer wieder warnt Felix mich vor heimtückischen Türschwellen und -stürzen. Endlich haben wir die obere Terrasse erreicht und sitzen bald vor einem Glas Wein, Felix hält wieder meine Hand, mein Herz klopft. Vor Anstrengung? Aber es hört nicht auf zu klopfen.

12. Mai 2013, Sonntag

Muttertag – la festa della mama – in Italien ein hoher Feiertag. Mittags gibt es von allen Kirchtürmen der Umgebung ein besonderes Glockenspiel, erzählt Felix. Leider sind wir mittags nicht mehr da, fahren bereits am Vormittag weiter in die Schweiz. Die Sonne durchbricht gerade den feinen Morgendunst. Beim Einladen des Gepäcks ins Auto noch ein letzter wehmütiger Blick über den in feinem Morgendunst liegenden Comer See. Ob ich ihn noch einmal wiedersehe? Letzte Atemzüge in dieser seidigen Luft. Es geht los.

Um mir eine Abwechslung zu bieten, will Felix die Alpen diesmal ‚oberirdisch' überqueren, und zwar auf dem Lukmanierpass, einer kleinen, aber, wie er sagt, sehr schönen Passstraße im Gotthardmassiv. Die Straße steigt allmählich an, die schroffen, immer noch teilweise schneebedeckten Berge zu beiden Seiten rücken bedrohlich nahe, manche Felswände fast senkrecht. Wo ist ihr oberes Ende? Unwillkürlich blicke ich hoch, mir wird schwindlig. Ein Stausee, er sieht milchig-trübe aus, Gletscherwasser, sagt Felix. Das Gebirgspanorama ist wirklich atemberaubend, trotz des trüb gewordenen Himmels glitzern und leuchten die Schneefelder auf den Bergen. Ich bin begeistert und Felix freut sich sichtlich, mir einen so schönen Anblick bieten zu können. Auf und neben der Straße liegen noch richtige große Schneebrocken – der Pass war erst wenige Tage zuvor für den Verkehr freigegeben worden.

Es geht nun sanft ‚abwärts'. Die senkrechten Felsmauern neben der Straße werden seltener. An ihre Stelle treten grüne Bergwiesen, auf ihnen braune Würfel, einzeln oder in Gruppen, dazu rote Flecke. Holzhäuser, sagt Felix. Aber die Niederschläge, die Schneeschmelze – fault denn das Holz nicht? „Nein", erklärt er „das Holz kann in dieser Höhe sogar völlig unbehandelt verbaut werden, in der reinen Bergluft gibt es keine Fäulniserreger." Und das Rätsel der roten Flecken klärt sich auch auf: Vor fast jedem bewohnten Gehöft und Haus weht die Schweizer Fahne – es muss die Schweizer Fahne sein, auch wenn ich das weiße Kreuz nicht immer erkennen kann, aber ich glaube, Kommunisten sind hier eher selten.

An einem Berghang plötzlich ein gewaltiges Gebäude – ein Schloss im Hochgebirge? „Das ist das Kloster Disentis, seinem Abt und dem Bischof von Chur war früher das gesamte Gebiet untertan", sagt Felix und bietet an, hinzufahren, damit ich mir das Riesenkloster näher ansehen kann: Ich würde ja so gerne, aber bin einfach zu erschöpft, ich lehne ab. Bestimmt habe ich ihn wieder einmal schrecklich enttäuscht. Aber er gibt nicht auf, schon kündigt er die nächste Attraktion an: das Städtchen Flims. Bei mir klingelt etwas: Gymnasium. Geografieunterricht. Ja richtig, der so genannte ‚Flimser Felssturz', eine gigantische Naturkatastrophe in der Frühzeit der Menschheitsgeschichte: Ein ganzes Bergmassiv hat sich längs des Gebirgskamms regelrecht gespalten und eine Seite ist einfach weggesackt, zu einer gewaltigen Geröllhalde zerschmettert. Und da kommt er in Sicht, der Schauplatz dieses prähistorischen Ereignisses – der halbierte grüne Bergrücken, davor die riesige graue Gesteinshalde – als wäre es gestern passiert! Nur dass in der Nähe einige Hotels stehen, die sicher nicht aus der Steinzeit stammen.

Ich muss vor Müdigkeit wieder kurz eingenickt sein; Felix' Ankündigung: „Bald sind wir da" weckt mich auf. Dann halten wir vor unserer Unterkunft. Zum Eingang führt eine Art Hühnerleiter. ‚Auf allen vieren' krieche ich nach oben, freue mich, es geschafft zu haben – zu früh: Im Inneren geht es weiter, auch zwischen den einzelnen Stockwerken sind hühnerleiterartig steile Wendeltreppen, dazu heimtückische Türschwellen und sehr niedrige Türstürze. Meine bleierne Erschöpfung lähmt die Aufmerksamkeit: Kaum habe ich eine Schwelle rechtzeitig erspäht – rums – renne ich gegen den Türsturz. Immerhin dämpft die Erschöpfung auch den Schmerz.

Es ist Nachmittag geworden, ich betrachte sehnsüchtig das rustikale Bauernbett, Felix schlägt einen Ausflug in die Umgebung vor. Meinen lieben Reiseführer enttäuschen – kommt nicht in Frage; ich täusche freudige Zustimmung vor. Wir fahren ein Stück, dann machen wir eine kleine Wanderung – durch die zwar kühle, aber kräftige und würzige Bergluft werde ich wirklich wieder etwas munterer. Wir gehen an steilen Wiesenhängen vorbei, weidende Kühe läuten mit ihren Glocken. Dann ein Stück durch einen Wald, schließlich geben die Bäume den Blick frei auf die Ruine einer Burg, das Ziel unserer Wanderung. Die teils schroffen Abhänge waren begehrte Orte für den Burgenbau der mittelalterlichen Feudalherren, entnehme ich einer Informationstafel – Felix scheint sich über mein wiedererwachtes Interesse zu freuen.

Wieder ‚zu Hause', diesmal schaffe ich den Aufstieg in den ersten Stock ohne größere Unfälle. Die kräftige Bergluft hat mich offensichtlich wirklich etwas gestärkt, denn ich kann einen lustigen Gedanken entwickeln: Vielleicht hat Felix extra Ferienhäuser mit etwas schwierigen Zugängen ausgesucht, damit er mich nicht über die Schwelle tragen muss. Erstaunlicherweise bringe ich sogar noch genug Energie auf, die Räume zu inspizieren: Wände und Decken sind holzvertäfelt, alte Bilder, alte Bauernmöbel. Im Wohnraum ein großer, aus grauen Steinplatten konstruierter Ofen, sogar mit eingemeißeltem Wappen. Die Steinplatten strahlen eine wohlige Wärme aus. Felix, der Gute, hatte vor unserem Ausflug noch eingeheizt. Als obere Abdeckung des Ofens dient eine besonders große Steinplatte, auf ihr wurde früher Fleisch geräuchert, erfahre ich. Ich lege meine Hand darauf, der Stein fühlt sich fast wie glatte Seide an, dazu die wohlige Wärme. Irgendwann merke ich, dass Felix hinter mir steht und mich beobachtet; er verschwindet kurz und kommt mit einer weichen Decke wieder.

13. Mai 2013, Montag

Wunderschönes Aufwachen mit einem herrlichen Alpenpanorama-Blick aus dem Fenster; die Morgensonne beleuchtet den gegenüberliegenden Bergkamm, verstreute Häuschen, ein kleines Kirchlein. Felix will heute wieder nach Hause fahren – ich bearbeite ihn, wenigstens noch einen Tag zu bleiben. Nicht allzu weit von hier ist nämlich die berühmte Via Mala, und nachdem ich über diesen uralten Alpenübergang schon vieles gelesen und Filmdokumentationen gesehen habe – auch die Verfilmung des gleichnamigen Romans –, möchte ich ihn so gerne einmal in Natura kennenlernen. Wer weiß, ob ich noch einmal in meinem Leben hierher komme. Wer weiß, wie lange ich überhaupt noch lebe. Felix lässt sich erweichen; als ‚Gegenleistung' versichere ich, dass ich nichts gegen einen sehr frühen morgigen Aufbruch habe.

Nach einem guten Frühstück aus unseren Lebensmittelvorräten starten wir, ‚Reiseleiter' Felix waltet wieder treu und brav seines Amtes: „Dort, der Zusammenfluss von Vorder- und Hinterrhein", „Auf dem Bergrücken da drüben stehen mehrere Burgen", er ist einfach unermüdlich. Und dann haben wir die Via Mala erreicht. Früher verlangten die Raubritter einen Wegezoll, heute das Schweizer Fremdenverkehrsamt. Für die Touristen ist ein Teil der Schlucht zugänglich gemacht; eine Art viereckiger Wendeltreppe führt in die Tiefe, sie nimmt und nimmt kein Ende. Hand in Hand steigen wir hinab, ich japse leise. Und hier muss ich nachher wieder hoch – lieber nicht daran denken. Und vor allem sich nichts anmerken lassen, schließlich wollte ich ja hierher. Meine plötzliche Schweigsamkeit zumindest fällt nicht auf, denn je tiefer wir kommen, umso lauter wird ein eigentümlich hohl klingendes Rauschen.

Dann sind wir unten – und plötzlich fängt mein Gleichgewichtssinn an zu rotieren. Mein ganzes bisheriges Leben war ich gewohnt, dass die obere Hälfte meines Gesichtsfeldes heller und die untere dunkler war, jetzt ist es genau umgekehrt: oben alles fast schwarz und unten weiß. Allmählich gelingt es mir, die Welt wieder zu sortieren: Das ‚Schwarze' sind Felswände aus dunkelgrauem Gestein, die rechts und links neben uns über hundert Meter senkrecht aufragen und an manchen Stellen hoch oben regelrecht ‚zusammenwachsen'. Und das ‚Weiße' ist ein wild schäumender Sturzbach zu unseren Füßen, der durch die Schneeschmelze gut gefüllte Hinterrhein, zugleich auch die Schallquelle des inzwischen ohrenbetäubend gewordenen Rauschens mit seinem unheimlich klingenden Echo.

Neben dem in wilden Kurven dahin schießenden Wasser ist ein schmaler Steig angelegt, auf dem man einen kleinen Rundgang machen kann. Vorsichtig tappe ich hinter Felix her, an manchen Stellen wird das hohle Rauschen von einem gurgelnden Schmatzen abgelöst, in großen Strudellöchern drehen sich Wasserwirbel. Diese unheimlichen Geräusche, die fast schwarzen Felswände, in Tausenden von Jahren vom Hinterrhein durchschnitten und geschliffen – ich kann jetzt verstehen, warum die Menschen der vergangenen Zeit, den Naturgewalten viel hilfloser ausgeliefert als wir heute, diesem Alpenpass den Namen ‚Böse Straße' gegeben haben.

Felix zeigt nach oben – in schwindelerregender Höhe kleben zwei filigrane Bogenbrücken zwischen den Felswänden. Dann führt der Weg durch einen kurzen Tunnel. Im Inneren glitzern kleine Quarzkristalle aus dem dunklen Gestein. Ich versuche, ein Stückchen abzubrechen – keine Chance. Felix gelingt es schließlich; der ‚Minikristall' ist nur knapp einen Zentimeter groß – aber immerhin: ein Andenken an die Via Mala.

Schließlich wieder die Endlos-Treppe nach oben, schon beim bloßen Anblick fangen meine Beine von ganz alleine an zu zittern. Beim Hinuntersteigen hatte ich es bereits gesehen: an jedem Treppenabsatz ist eine Informationstafel aufgestellt; jetzt will ich sie mal lesen – und damit meine immer länger werdenden Verschnaufpausen kaschieren. Die Tafeln stellen eine Art Chronik dar, berichten über frühere spektakuläre Unfälle in der Schlucht. Manchmal verloren die Kaufleute und Reisenden ‚nur' Pferd, Wagen, Hab und Gut, oft aber auch ihr Leben – erstaunlicherweise vor allem dann, wenn sie vor der Via-Mala-Durchquerung nicht genug gebetet hatten; die Einzelteile ihrer Leichen wurden meist erst Wochen später gefunden.

Kurz bevor meine Beine endgültig den Dienst quittieren, sind wir wieder in der ‚Oberwelt' und beim Auto. Felix hat noch eine Überraschung für mich, er will mir den größten Flusscanyon Europas zeigen. Auch ihn hat der Hinterrhein geschaffen. Die flachen Uferbänke bestehen aus lauter Kieseln in den unterschiedlichsten Größen, Formen und Farben. Felix macht einfach ein paar lange Schritte – meinen Beinen dagegen steckt immer noch die Via-Mala-Treppe in den Knochen, ich muss wahre Schwerstarbeit leisten, um nicht von einem der feuchten Steine abzurutschen.

Und dann stehen wir direkt am Wasser. Schon eigenartig: Ein so schmales Bächlein wird einige hundert Kilometer weiter zur Haupt-Wasserstraße Westeuropas. Wie viele Tage das Wasser wohl von hier bis in unsere Stadt braucht?

Auch für das ‚Abendprogramm' hat der gute Felix schon gesorgt, er lädt mich zum Essen ein. Am Nachbartisch hat sich die Lokalprominenz zum Abendumtrunk eingefunden. Ein Typ mit Cowboyhut – vielleicht der Dorfcasanova – sieht immer wieder zu mir herüber. Ausgerechnet als ich von der Toilette auf der anderen Seite des Hausflures komme, treffe ich den ‚Cowboy' wieder, er will gerade vor die Tür gehen und eine Zigarette rauchen. „Schöne Frau, sexy!", sagt er auf Deutsch und nickt mir anerkennend zu. „Schlagfertigkeit ist das, was einem 24 Stunden später einfällt." Ich glaube, das sagte Mark Twain, und es stimmt wirklich, ich ‚flüchte' wortlos zu Felix zurück.

Später, auf dem Heimweg, erzähle ich es ihm, er lacht und wiederholt die Worte mehrmals. Ich grübele, warum mich jemand in meiner dicken Wolljacke sexy fand.

14. Mai 2013, Dienstag

Meine letzten Urlaubsstunden brechen an. Ich bin früh wach und erstaunlich gut erholt. Durchs Schlafzimmerfenster sehe ich noch einmal dem gegenüberliegenden Bergpanorama beim ‚Erwachen' zu, die einsamen Lichter der verstreuten Häuschen verlöschen, die Konturen werden schärfer. Die Koffer sind gepackt, ein letztes Frühstück beim Rauschen des Bergbaches – ja, ein solcher fließt am Haus vorbei, heute Morgen habe ich ihn ‚entdeckt', bis jetzt war ich für solche Wahrnehmungen einfach zu müde –, dann ist alles ist im Auto verstaut. Ich versorge noch schnell meine Lunge mit ein paar Atemzügen guter Bergluft, es geht los.

Wolkenloser Himmel, die Sonne blendet. Um mir Abwechslung zu bieten, will der liebe Felix einen Umweg machen – er möchte mir die schöne Stadt Lindau zeigen. Eigenartig, ausgerechnet Lindau.

Tante Milli, die jüngste Cousine meiner Mutter – der Krieg hat sie in ein abgelegenes Dörfchen bei Lindau verschlagen. Besuche ohne Auto – unmöglich, uns bleiben nur lange Telefonate. Dann, die letzte der von mir betreuten Nachbarinnen ist gerade gestorben, eine weitere Todesnachricht: Tante Milli. Sie hatte eine anonyme Bestattung in Lindau gewünscht und mir eine kleine Erbschaft hinterlassen. Das erste Mal in meinem Leben, dass ich wirklich unabhängig bin. Keine Pflegekinder mehr, keine Geldsorgen. Die Erbschaft werde ich nutzen, zu einer Partnervermittlung gehen und mir meinen Lebenstraum erfüllen: einen lieben Partner finden.

Das habe ich Felix bis jetzt nicht erzählt, zu viele andere Sorgen. Nach einem kurzen Abstecher durch mein drittes Land auf dieser Urlaubsreise, Österreich, erreichen wir den Bodensee und Lindau. Ich muss an Tante Milli denken. Wo sie wohl liegt, ob wir vielleicht durch Zufall in der Nähe des Friedhofs vorbeikommen, ob Lindau mehrere Friedhöfe hat? Wir gehen in die auf einer Insel gelegene Altstadt. Felix macht ein Foto von einem wirklich barocken Barockbrunnen. Eine der Brunnenfiguren, eine barbusige Dame, hat es ihm besonders angetan. Ich suche angestrengt, finde aber leider kein an einer gewissen Stelle ebenfalls unbekleidetes männliches Gegenstück – wir Frauen kommen eben nie auf unsere Kosten.

Wir schlendern durch die Altstadt-Fußgängerzone, herrliche Fachwerk-Fassaden. Ein Bäckerei-Bistro lockt. In wehmütiger Erinnerung an meine Tante bestelle ich mir ein Stück Mohnkuchen – Mohn war in der ursprünglichen Heimat meiner Familie ‚Nahrungs-Hauptbestandteil' – Felix probiert ‚Schuhsohlen', eine regionale Spezialität. Gestärkt geht's weiter, zum Hafen. Wir gehen die Mole entlang; mein Blick streift eine müllübersäte Ecke des Hafenbeckens direkt an der Kaimauer, aber was ist das – schon jetzt eine Erschöpfungs-Halluzination? Mitten in all dem Unrat sitzt ein wunderschöner weißer Schwan auf seinem Nest. Ich kämpfe mit mir selbst, dann wende ich mich doch fragend an Felix, vielleicht lacht er mich ja aus – nein, es ist keine Fata Morgana, da sitzt wirklich ein Schwan im Müll und brütet. Felix zückt sein Handy und fotografiert dieses seltsame Bild, der Schwan rührt sich nicht, guckt aber weg, zu Boden, so als schäme er sich.

Früher Nachmittag, die Gegend wird heimatlicher. Leichter Regen, kühle Luft kommt durch das einen Spaltbreit geöffnete Autofenster. Dann sind wir da, ‚mein' Haus steht sogar noch. Felix trägt mein Gepäck in die Wohnung, verabschiedet sich liebevoll. Dennoch steigt ein flaues Gefühl in mir hoch: Mein so häufig erschöpfter Körper, mein ‚Geist' – aus Panik vor dem Kommenden zeitweise völlig neben der Spur. Hoffentlich habe ich ihm den Urlaub nicht allzu sehr vermiest. Vielleicht will er mit einer so Kranken doch lieber nichts mehr zu tun haben. Und dann wieder diese Wut: Wunderschöne Urlaubstage mit einem geliebten Menschen, es hätte der Höhepunkt meines Lebens sein können, die ‚Belohnung' für all die arbeits- und entbehrungsreichen Jahre – und ich bin todkrank!

Der AB des Telefons blinkt heftig, ich sehe nach: sieben Anrufe! Es ist Frau Ludwig, ich hatte völlig vergessen, ihr wegen meiner Abwesenheit Bescheid zu sagen – die Erschöpfung, der Ärger mit dem Krankenhaus. So ein Mist! Und nun hat die Gute wirklich jeden Tag angerufen, jedes Mal klang die Stimme besorgter. Das muss ich heute Abend unbedingt in Ordnung bringen.

Tiefer, traumloser Erschöpfungsschlaf und beim Aufwachen der Gedanke: So, jetzt beginnt mein neues, von Krebs bestimmtes Leben. Schon wieder diese Wut. Mein Lebensmittelpunkt für die nächsten Wochen wird die Bestrahlungsklinik sein, und genau dort habe ich heute den ersten Termin für die einleitende Kernspintomografie. Und man bereitet meine Brust auf die erste Bestrahlung am kommenden Dienstag vor: ein netter weiblicher Picasso tobt sich an mir aus und versieht die Brust mit einer Art abstrakten Zeichnung. Zum Schluss werden die einer zielgenauen Einstellung der ‚Strahlenkanone' dienenden Markierungen mit Schutzfolie überklebt. Man ermahnt mich, nicht zu heiß zu duschen oder zu baden, und entlässt mich dann in eine letzte ‚Galgenfrist'. Wieder zu Hause greife ich als erstes zum Telefonhörer: Felix hatte um sofortigen Rückruf nach dem Kliniktermin gebeten. Ich kann ihn beruhigen, noch bin ich am Stück. Wir verabreden uns für den späten Nachmittag.

Ein kleines Restaurant in ‚meinem' Stadtviertel, wir sitzen im Gärtchen vor dem Lokal, die Abendsonne scheint, aber es ist kühl – oder kommt es mir italienverwöhntem Wesen nur so vor? Auf dem Rückweg zu meiner Wohnung lotse ich Felix ich durch eine bestimmte Straße; hier sind kurz nacheinander gleich zwei Häuser ausgebrannt – während des ersten Brandes war ich noch im Krankenhaus und habe von dort die Sirenen der Feuerwehrautos gehört. Menschen sind Gott sei Dank bei beiden Bränden nicht zu Schaden gekommen; deswegen kann ich ohne schlechtes Gewissen mal etwas Katastrophentourismus betreiben. Auch auf die Gefahr hin, dass Felix denkt, die haust ja in der Bronx – aber so etwas ist in den fast 45 Jahren, die ich in diesem Stadtteil wohne, wirklich noch nie passiert.

Wir stehen Hand in Hand vor den Häusern, ein richtig gruseliger Anblick: leere schwarze Fensterhöhlen, verrußte Fassaden und ein ekelhafter Gestank nach Verbranntem, obwohl die Feuer schon einige Wochen her sind und es zwischenzeitlich auch geregnet hat. „Die Ruinen werden wohl noch einige Zeit so bleiben", sagt der erfahrene Geschäftsmann Felix, „in solchen Fällen gibt es immer erst einmal ein längeres Hickhack mit den Versicherungen." Wenn das so ist – den Wiederaufbau erlebe ich ja dann vielleicht gar nicht mehr. Dieses könnte ich noch erleben. Jenes nicht mehr. So muss ich mir mein künftiges

Leben jetzt wohl einteilen, das haben mir die rauchgeschwärzten Häuser zu verstehen gegeben.

16. Mai 2013, Donnerstag

Noch etwas Wichtiges ist zu erledigen: Ich muss bei meiner Krankenkasse die Übernahme der täglichen Fahrtkosten in die Klinik beantragen. Wieder einmal steht ein langes Wochenende bevor – Pfingsten. Ich werde am besten persönlich in der hiesigen Geschäftsstelle vorsprechen. Als ich am Anmeldeschalter sage, worum es geht – Krebserkrankung – wird man sofort ausgesprochen freundlich, behandelt mich geradezu wie ein rohes Ei.

Nun bin ich schon einmal in der Stadt, also mache ich einen kleinen Einkaufsbummel – bestimmt der letzte für längere Zeit. Ich komme etwas verspätet nach Hause, der Anrufbeantworter blinkt. Felix' liebe Stimme – er hat für mich einen Termin bei ‚seinem' Augenspezialisten vereinbart. Ich rufe sofort zurück, bedanke mich und verspreche, brav hinzugehen – Felix freut sich hörbar, dass er für mich etwas tun, etwas in Bewegung setzen konnte. Nach dem Telefonat bin ich richtig in Hochstimmung, vielleicht kann dieser Wunder-Optiker wirklich helfen, vielleicht brauche ich nach einer Übergangsphase mit Übungsbrillen überhaupt keine Brille mehr, ich werde mein hübsches Aussehen behalten – für Felix behalten. Träume. Darf ich überhaupt träumen?

17. Mai 2013, Freitag

Wie von der Krankenkasse versprochen, trifft die schriftliche Bewilligung der Fahrtkosten-Übernahme ein. Ich rufe sofort bei der Taxizentrale an, man ist sehr freundlich – immerhin biete ich ja für die nächsten acht Wochen eine gesicherte ‚Einnahmequelle'. Oder wieder mal nur Mitleid? Aus der Grübelei erlöst mich ein Anruf von Felix, er will mich am späten Nachmittag abholen – wie schön, wieder für einige Stunden Frau, keine Krebskranke, einfach nur Frau!

18. Mai 2013, Samstag

Felix setzt mich morgens an der U-Bahn-Station ab; den restlichen Tag will er mit seiner Tochter und deren Familie verbringen. Natürlich möchte ich sie gerne einmal kennenlernen – vor allem die drei wohlgeratenen, sehr lebhaften Enkelchen, von denen Felix mir schon oft vorgeschwärmt und zahlreiche Bilder gezeigt hat. Aber er sieht bestimmt, wie angeschlagen ich bin, dazu die Nervosität wegen der bevorstehenden Strahlentherapie – er will mir einfach im Moment jeden zusätzlichen Stress ersparen. Wieder dieses wohlige Gefühl: Zum ersten Mal in meinem Leben nimmt jemand Rücksicht auf mich.

Inzwischen hatte ich mich auch bei Emmi zurückgemeldet; am Nachmittag will ich meine alte Dame besuchen – wer weiß, wie es mir nächstes Wochenende geht. Sie freut sich sehr, mich ‚unbeschadet' wiederzusehen, scheint mir aber auch etwas neidisch darauf zu sein, dass ich eine Urlaubsreise machen konnte und sie nicht. Schade, ich wollte sie mit meinen Urlaubserlebnissen etwas aufheitern. Von Felix erzähle ich daraufhin lieber weiterhin nichts. Womöglich schlägt sonst der leise Neid in flammende Eifersucht um. Auch Veränderungen kann Emmi inzwischen kaum noch verarbeiten, unser gewohnter Nachmittags-Einkaufsbummel – schon ist für sie die Welt wieder in Ordnung und alles so wie immer. Sie tut mir wirklich leid, aber ich muss ihr diese Illusion nehmen; wann wir uns das nächste Mal sehen, kann ich nicht voraussagen – in ein paar Tagen leide ich vielleicht schon unter den Bestrahlungsfolgen. Ich versuche, ihr das so behutsam wie möglich beizubringen, als ich endlich denke, ich habe es geschafft, fragt sie: „Aber du kommst doch nächsten Samstag wie immer?"

19. Mai 2013, Pfingstsonntag

Kühles, aber trockenes Wetter; nachmittags fährt Felix mit mir nach Rhöndorf, zeigt mir das Haus des ersten deutschen Bundeskanzlers, Konrad Adenauer. Felix steuert den großen Wagen geschickt durch die engen Gassen des Ortes, ich sehe bewundernd zu – und muss etwas lächeln bei der Vorstellung: Säße ich am Steuer, hätte das Auto bestimmt in kürzester Zeit absolut keine Kanten mehr. Links und rechts ein gepflegtes altes Fachwerkhaus neben dem anderen, Felix macht mich auf die schönsten Exemplare aufmerksam, ach mein lieber ‚Reiseleiter'. Und der ‚Reiseleiter lädt mich zum Schluss noch in eine Weinstube ein!

Abends: Schon wieder bekomme ich ein Geschenk: Felix zeigt mir eine schöne Bernsteinkette, probiert sie an – der Verschluss muss noch etwas geändert werden, stellt er fest, seine Hände gleiten tiefer. Felix ist wirklich ein toller Typ, geht es mir durch den Kopf. Jeder andere Mann würde beim Anblick meiner schutzfolienverpackten Picasso-Brust wahrscheinlich schreiend weglaufen, er streichelt sie so unendlich liebevoll.

21. Mai 2013, Dienstag

Heute Nachmittag ist die erste Bestrahlung, ich muss dem Taxifahrer nicht viel sagen, Patientenfahrten zur Bestrahlungsklinik sind wohl ein wichtiger Eckpfeiler im Geschäft der hiesigen Taxi-Unternehmen. Ich werde bis zum Haupteingang der Klinik gebracht – das ist auch gut so, denn meine Knie zittern nun doch ein bisschen.

Dann liege ich auf dem ‚Seziertisch'. Als erstes stellt man fest, dass meine Haut wohl allergisch auf die Schutzpflaster reagiert hat – ach, deswegen schon die ganze Zeit diese lästige Juckerei. Man befreit mich von den ‚Störenfrieden'; dann bin ich allein mit der ‚Strahlenkanone', das Personal steuert sie vom Nebenraum aus per Computer. Ein kurzes Alarmsignal ertönt – es geht los. Ich spüre nichts, bemühe mich, möglichst flach zu atmen und meinen Körper ruhig zu halten – aber gerade dann will da und dort immer wieder ein Muskel zucken. Bevor ich entlassen werde, bekomme ich einen festen täglichen Termin: vormittags 9.10 Uhr. Dann ist es vorbei. Ich warte im Patientenaufenthaltsraum auf das Taxi. Als ich in den trüben Himmel blicke, wird mir etwas schwummerig – Einbildung oder schon die Nachwirkung der Bestrahlung?

Abends Felix besorgt am Telefon, er freut sich, meine Stimme zu hören.

22. Mai 2013, Mittwoch

Beginn der ‚Bestrahlungsroutine‘: heute der erste ‚normale‘ Vormittagstermin. Sehr kühles Wetter, ich wähle ein warmes Sweatshirt mit Reißverschluss – das ist schnell an- und ausgezogen. In der Klinik muss man sich beeilen, Patienten werden wie am Fließband durch die Bestrahlungen geschleust. Ende Mai mit Winterpulli – ein verrücktes Jahr. Das Taxi ist wieder pünktlich zur Stelle, und nun sitze ich mit meinen Leidensgefährten im Wartebereich; hinter den gegenüberliegenden Türen lauern die ‚Strahlenkanonen‘. Die Runde kennt sich schon von den täglichen ‚Sitzungen‘, man unterhält sich, begrüßt mich Neue freundlich. Verstohlene Blicke: Ich bin braungebrannt, sehe gesund aus – ich passe überhaupt nicht hierher. Andererseits verspüre auch ich bald einen leichten Anflug von Neid: Wie ich den Gesprächen entnehme, haben fast alle schon über die Hälfte ihrer Strahlentherapie geschafft, machen Pläne für die Zeit danach – und vor mir liegen acht Wochen, acht endlos lange Wochen. Die nette ‚Pfortendame‘ bestellt mir wieder das Taxi für die Rückfahrt, dann bin ich zu Hause. Mir tut nichts weh und schlecht ist mir auch nicht – dennoch kann ich mich zu nichts aufraffen, sitze stundenlang herum und starre die Wände an. Das also ist der berüchtigte ‚Strahlenkater‘, er scheint mich zu mögen und bleibt bis Mittag bei mir; dann schleicht er langsam von dannen.

Am späten Nachmittag kommt der liebe Felix, er ist sichtbar erleichtert, dass es mir einigermaßen gut geht, und küsst mich zärtlich. Ganz unbeschädigt fühle ich mich allerdings nicht; die bestrahlte Brust tut etwas weh, das Tragen eines BHs ist unangenehm, also muss es ohne gehen – und das, wo Felix so gerne ein hübsches Dekolleté sieht. Auf dem Weg zu mir hat er ein uns noch unbekanntes Lokal entdeckt, wir gehen zu Fuß dorthin. Der Weg ist nicht weit, aber es ist trübe und richtig kalt – die Eisheiligen sind doch vorbei, vielleicht schon die ‚Schafskälte‘?

In dem Lokal fast nur junge Leute – na ja, wir beide sehen ja auch noch ziemlich ‚jugendlich‘ aus – ich zurzeit allerdings nur äußerlich – wir fallen kaum auf. Ein originelles Geschäftskonzept: Es gibt keine Speisekarte, sondern in einer Glasvitrine ist ein ‚Exemplar‘ eines jeden Tagesgerichts mit Vorspeisen und Beilagen ausgestellt, und jedem Gast wird vom Chef persönlich ‚Anschauungsunterricht‘ und Beratung zuteil – so etwas habe ich noch nie erlebt, aber gar nicht so schlecht; böse Überraschungen sind hierbei zumindest ausgeschlossen. Aber was ist das? Ich habe plötzlich Schwierigkeiten, mir die Namen der Speisen zu merken, so etwas kenne ich überhaupt nicht – der Anfang von Ende? Mit Felix' Hilfe klappt die Bestellung dann doch, wir haben unterschiedliche Gerichte gewählt und kosten gegenseitig; alles schmeckt gut. Meine Panik weicht langsam, ich erzähle meine Erlebnisse bei den ersten Bestrahlungen, Felix hört zu, versucht, sein ‚unmännliches' Mitgefühl zu verbergen, aber ich kann es seinem Gesicht ganz deutlich ansehen.

24. Mai 2013, Freitag

Früher Nachmittag: die U-Bahn ruckelt, ich schrecke zusammen. Nächste Station muss ich ja schon aussteigen. Am liebsten würde ich sitzen bleiben, phlegmatisch und müde, wie ich nach der Bestrahlung bin, das scheint jedes Mal schlimmer zu werden. Aber heute ist ein wichtiger Tag, mein Termin bei Felix' Augenspezialist! Warum zum Teufel muss das Ganze unbedingt jetzt sein? Hätte es nicht Zeit gehabt, bis die Strahlentherapie beendet ist? Nun habe ich mein Leben bis jetzt auch so ganz gut gemeistert – was spielen da acht Wochen mehr oder weniger für eine Rolle. Aber Felix ist wirklich der Allererste in meinem Leben, der sich für meine Gesundheit interessiert, ich kann und will ihn einfach nicht enttäuschen. Außerdem, lange wird es sowieso nicht dauern. Man wird schnell feststellen, dass die Sache angeboren ist, sich nicht mehr ändern lässt. Sofort nach dem Termin werde ich Felix in seinem nahegelegenen Stadtbüro besuchen und Bericht erstatten, das habe ich versprochen; eine halbe Stunde – dann bin ich sicher mit der Untersuchung fertig.

Ich eiere richtig auf dem kurzen Weg von der U-Bahn-Station zum Geschäft. Sieht von außen eher aus wie ein Laden für Designerbrillen. Eine freundliche junge Mitarbeiterin führt mich in ein ‚Hinterzimmer', bietet mir einen Stuhl an und bittet mich, einen Augenblick zu warten. Die Tür geht wieder auf, ein jüngerer Mann betritt schwungvoll den Raum, modisch-leger gekleidet, modische Kurzhaarfrisur, modische Brille, er stellt sich vor, Herr Clairon – sieht freundlich und sympathisch aus – aber so jung. Vielleicht ist es nur ein weiterer Angestellter, der mich erstmal in die Kartei aufnehmen soll. Nein, wird mir sofort klar, denn er fängt an, mich zur Vorgeschichte meiner ‚Sehbehinderung' zu befragen. Seine wachen, klugen Augen, seine ruhige gelassene Autorität – das kann nur der Chef sein. Das ‚Verhör' wird ‚strenger', es geht jetzt nicht mehr nur um meine Augen, sondern um meinen gesundheitlichen Zustand insgesamt, denn dieser habe großen Einfluss auf die Sehfähigkeit. Ich stehe tapfer Rede und Antwort, versuche mich trotz des ‚Strahlenkaters' zu konzentrieren. Kurz streift mich die Versuchung, meine Krebserkrankung zu verschweigen – nach den Erfahrungen mit meinen ‚Freundinnen', aber die Vernunft siegt. Herr Clairon kennt Felix, würde es doch erfahren – besser, ich ‚gestehe' alles.

Jetzt kommen Geräte zum Einsatz, o je, das sieht nach einer länger dauernden Sache aus. Es fällt mir immer schwerer, mich zu konzentrieren, Felix wartet doch. Das war das Stichwort: die nette junge Mitarbeiterin von vorhin erscheint wieder, Felix sei am Geschäftstelefon und ließe fragen, wann ich fertig sei – irre ich mich, oder guckt Herr Clairon etwas irritiert.

Und dann – nach einer gefühlten Ewigkeit (der arme Felix) – beschließt Herr Clairon, mich vorerst zu erlösen. Die ersten Untersuchungen seien abgeschlossen und er wolle mir jetzt den Behandlungsplan erläutern. Es gibt einen Behandlungsplan. Das bedeutet also, es ist nicht hoffnungslos, man kann etwas machen. Dann kann ich Felix ja mit einem Erfolgsbericht fürs lange Warten entschädigen. Der Dämpfer kommt sofort: Nach den vielen Jahrzehnten der Fehlsichtigkeit werde die Augenkorrektur lange dauern und nicht einfach sein. Niemand könne voraussagen, ob mein ‚altes' Gehirn überhaupt noch umdenken kann bzw. will, wie viel Zeit es dafür braucht und ob es nicht gar irgendwann vor Erreichen des Zieles ‚das Handtuch wirft'. Und, nicht so ganz unwichtig: Es käme auch einiges an Kosten auf mich zu.

Mir schwirrt der Kopf. Ob mir Herr Clairon etwas angemerkt hat? Fürs erste schlägt er jedenfalls nicht ganz so teure Übergangsgläser vor, die man in ein bereits vorhandenes Brillengestell einsetzen könne; die endgültige Brille solle ich mir etwa vier Wochen nach Ende der Strahlenbehandlung anpassen lassen, denn dann hätten sich meine Augen von dieser zusätzlichen Belastung wieder erholt.

In meinem Kopf das reinste Karussell. Zusagen? Absagen? Auf einmal sehe ich mich im Krankenhausbett liegen, kurz nach der OP, Felix küsst mich zärtlich wach. Felix! Beim Gedanken an ihn ist alles klar. Ich erkläre mich mit allem einverstanden. Der nächste Termin: kommenden Montag.

Jetzt aber schnell zu Felix, sein Stadtbüro ist ganz in der Nähe. Er hatte mir den Weg geduldig und genauestens beschrieben, für Doofe sozusagen. Ich bin offensichtlich noch ‚dööfer', mein Kopf ist nur unter größten Mühen in der Lage, die Wegbeschreibung zu rekapitulieren, dazu diese herumeiernden Beine. Ich schaffe es dann doch, ohne mich zu verirren. Felix begrüßt mich schon an der Tür, küsst mich liebevoll, dann ‚kocht der Chef persönlich': Ich bekomme einen guten starken Kaffee serviert – meine Lebensgeister regen sich wieder. Ich erzähle, er hört zu – aus seinen Augen leuchtet Freude und auch Stolz, etwas Gutes für mich bewirkt zu haben. Wie lange die ‚Augenumschulung' dauert und wie mühsam sie eventuell werden kann, erwähne ich lieber nicht, will ihm nicht schon wieder weitere Sorgen machen. Ich werde das schon hinkriegen und ihn dann mit dem Ergebnis überraschen.

Felix muss noch einige Stunden arbeiten, dann will er mich abholen. Meine lange Bahnfahrt nach Hause; wieder Zweifel: Werde ich es wirklich schaffen? Tue ich überhaupt das Richtige? Ich habe doch bis jetzt trotz meiner kleinen Seh-Macke ein ganz normales, wenn auch führerscheinloses Leben geführt. Zu einer Frau mit Niveau gehöre unbedingt der Führerschein, hatte Felix mal nebenbei, wie zufällig, erwähnt. Bestimmt ein Wink mit dem Zaunpfahl. Aber vielleicht hat er ja recht, auf jeden Fall will ich alles tun, um seinen Ansprüchen zu genügen. Ich glaube, ich liebe ihn wirklich. „Wenn man sich wirklich liebt, ist das mit dem Führerschein nicht so wichtig." – Die Stimme der Dame von der Partnervermittlung.

25. Mai 2013, Samstag

Bestrahlungsfrei – wie schön! Gemütliches Frühstück zu zweit mit Sicht auf das herrliche, von der Morgensonne beschienene Bergpanorama. Etwa noch ein Traum? Nein, dafür schmeckt die tolle Kaviar-Creme, die der liebe Felix besorgt hat, zu realistisch. Dann Aufbruch, für mich wird es wieder einmal eine Expedition ins Unbekannte: Ein Baumarktbesuch steht auf dem Programm. Baumärkte kenne ich nur von den Werbeprospekten in der Tageszeitung – live gesehen habe ich bis jetzt noch keinen. Leichtsinnigerweise biete ich an, schon mal einen Einkaufswagen zu holen – die Dinger sind riesig, ich kann das Gefährt kaum steuern. Bin ich nach gerade mal vier Tagen Bestrahlung schon so geschwächt? Na, das kann ja heiter werden. Wir gehen an riesigen Regalen entlang, wie bekommt man die Ware aus den höchsten Etagen nach unten – und schon hat der Einkaufswagen meine kurze Abgelenktheit gemerkt und bockt heimtückisch. O je, hoffentlich merkt Felix nichts: ‚Nicht mal einen Einkaufswagen kann sie fahren'.

Felix hat seine Einkäufe erledigt, ich bin auch erledigt, obwohl ich ja fast nichts getan habe. Aber es gibt eine unverdiente Belohnung für mich alltagsuntaugliches Wesen: ein zweites Frühstück im dem Baumarkt angeschlossenen Bäckerei-Bistro. Der Kaffee ist gut, dazu ganz frische, leckere Blechkuchen; wir nehmen zwei verschiedene Sorten und teilen. Ich schiebe ihm die größeren Hälften zu. „Du hast ja auch schwerer gearbeitet", sage ich, er lacht.

Felix muss in seinem ‚Home Office' noch einiges vorarbeiten. Wegen einer Familienfeier ist er morgen und Montag nicht da. Ich soll mir unterdessen mit Fernsehen die Zeit vertreiben, liege auf dem bequemen Sofa in seinem Fernsehzimmer – meine ganze Wohnung würde allein in dieses Zimmer passen, denke ich. Eine Weile versuche ich, die Fernsehbilder zu verfolgen, aber meine Konzentration lässt immer mehr nach, die Bilder rutschen auseinander. Vielleicht eine Nachwirkung der gestrigen Augenuntersuchung oder der Strahlenkater oder beides. Schließlich gebe ich es auf, drehe mich auf dem Sofa um und betrachte durch das große Panoramafenster die gegenüberliegenden Berge. Irgendwann döse ich ein. Felix' Schritte wecken mich auf, der Gute hat Kaffee und einige Häppchen vorbereitet.

26. Mai 2013, Sonntag

Der Morgen: düsterer Himmel, Regen und wieder einmal ‚saukalt'. Felix bringt mich zur U-Bahn-Station, begleitet mich wieder nach unten zu den Gleisen (o je, vielleicht hat er meine gestrigen Koordinationsschwierigkeiten doch bemerkt). Noch ein zärtlicher Abschiedskuss, dann fährt er weiter zu seiner Familienfeier. Im U-Bahnhof ist es wärmer als draußen, ich setze mich auf die

Wartebank und denke über den ‚unanständigen' Spruch nach, den Felix mir als ‚Wegzehrung' mitgegeben hat: „Sie duftete nach Rosmarin und Veilchen, und wenn sie frisch gevögelt war, dann zuckt sie noch ein Weilchen." Unwillkürlich muss ich grinsen. Was mögen die anderen Wartenden denken? Sitzt da so eine komische Alte und grinst dämlich vor sich hin. Die U-Bahn ist fast leer. Eine Allee kräftiger alter Bäume neben den Gleisen des oberirdischen Streckenabschnitts. Am Stamm des einen eine auffallend große Narbe, sie hat exakt die Form eines Herzens. Oder sehe ich jetzt schon überall Herzen?

Zurück in meiner Wohnung – zwar wieder allein, aber trotzdem geht es mir gut – keine Müdigkeit, keine Antriebslosigkeit – natürlich: die letzte Bestrahlung ist ja auch schon zwei Tage her. Das muss ich ausnutzen, ‚Vorputzen' für nächste Woche ist angesagt. Außerdem: Wer weiß, wann ich das nächste Mal wieder bei ‚klarem' Verstand bin – ein klein wenig Grübeln über die ‚Augensache' kann auch nicht schaden.

Das mit dem Führerschein – ich glaube, da hat Felix nicht so ganz unrecht. Ich wünsche mir doch so sehr weitere schöne Reisen mit ihm – und kann ihn am Steuer nicht mal ablösen. Aber dann die Andeutung von Herrn Clairon, es würde schwierig. Natürlich hat er recht, ein altersstarrsinniges Gehirn wie das meine wird sich nicht so ohne weiteres umerziehen lassen, mit vorübergehenden Schmerzen und Beschwerden rechne ich auf jeden Fall. Wäre Felix bereit, schon wieder eine ‚neue Krankheit' bei mir zu akzeptieren, mich noch einmal moralisch zu unterstützen? Mit dem Wohnungsputz bin ich abends fertig, und neue Erkenntnisse habe ich auch gewonnen: Wenn mir trotz Alter und Krankheit das Schicksal einen lieben Partner präsentiert – etwas, auf das viele Frauen, sogar wesentlich jüngere Frauen, ihr Leben lang vergeblich warten –, dann muss ich auch etwas dafür tun, muss mich dieser Chance als würdig erweisen. Und eventuelle Beschwerden? Ach was, ich muss mich eben zusammenreißen. Unkraut vergeht nicht!

27. Mai 2013, Montag

Ich liege wieder auf dem ‚Seziertisch'; die nette Assistenzärztin und ihre Helferin gucken erstaunt: ihr am vergangenen Freitag so mühsam auf meine Brust

‚gepinseltes' Gemälde – kaum noch zu erkennen. Ich entschuldige mich, natürlich ohne näher auf die Ursachen einzugehen; sie lachen und holen einen dicken Filzstift. Ob sie etwas ahnen?

Am frühen Nachmittag dann die nun schon etwas vertrautere lange Fahrt zu Herrn Clairon. Nach dem bestrahlungsfreien Wochenende fühle ich mich noch relativ fit und kann mich den weiteren Untersuchungen voll konzentriert stellen. Heute lenkt auch kein Felix ab, kein ungeduldiger Anruf von ihm. Schön war es doch, das Gefühl: Jemand vermisst mich. Schließlich stehen die Werte für die Brillengläser fest, ein freundlicher Mitarbeiter vermisst das von mir mitgebrachte Gestell einer nicht mehr benötigten Zweitbrille. In einigen Tagen könne ich die Brille abholen, heißt es. Auf dem Weg zurück zur U-Bahn ein sehnsüchtiger Blick in die Richtung von Felix' Büro. Wie gerne würde ich ihm wieder ‚Bericht erstatten', aber er ist ja nicht da.

28. Mai 2013, Dienstag

Die erste Woche der Strahlenbehandlung ist um, inzwischen hat sich etwas Routine eingestellt. Meine ‚Leidensgefährten' aus der Warteecke habe ich inzwischen auch näher kennengelernt und mich mit der einen Patientin etwas angefreundet – eine gutaussehende Frau, vielleicht etwas jünger als ich, lebhaft, sportlicher Typ, immer freundlich und gut gelaunt. Ich werde sie mir zum Vorbild nehmen – das nehme ich mir fest vor.

Nach Hause schaffe ich es immer noch einigermaßen in der Senkrechten, dann überfällt mich der ‚Strahlenkater'. Ich muss mich hinlegen, kann aber nicht schlafen, sondern starre wie gelähmt an die Zimmerdecke. Erst nachmittags bin ich wieder soweit fit, dass ich die nötigsten Einkäufe erledigen kann. Dennoch rutschen mir die Augen ständig auseinander –wie nach einem Besäufnis, und bis ich in der Lage bin, einen Gedanken zu fassen oder auf irgendetwas zu reagieren – das dauert ewig und ist eine richtige Qual. Wenigstens habe ich bis jetzt kaum Schmerzen, aber wer weiß, wie lange noch.

Abend. Felix müsste jetzt von der Familienfeier wieder zurück sein. Ich werde mal versuchen, ihn anzurufen – und tatsächlich, seine vertraute liebe Stimme. Wir erzählen uns gegenseitig unsere Erlebnisse.

30. Mai 2013, Donnerstag (Fronleichnam)

Heute noch mal bestrahlungsfrei, eine letzte ‚Galgenfrist'. Felix und ich machen einen langen Spaziergang am Rheinufer entlang, Richtung Remagen. Die Luft am Wasser tut mir gut, die geistige Mattscheibe lichtet sich etwas. Kurz vor Remagen liegen in Rheinnähe die so genannten „Geheimen Gärten Rolandswerth", ein riesiger, ehemals zu einem herrschaftlichen Anwesen gehörender Park, der aber jetzt erstaunlicherweise für jedermann frei zugänglich ist. Von seiner Existenz habe ich Hinterwäldlerin noch nie etwas gehört. Malerisch verwildert ist alles, wir tauchen in eine grüne Hölle ein: uralte Bäume, darunter viele Exoten – gewaltige Stämme, riesige Kronen. An der Wand eines halbverfallenen Gewächshauses eine Informationstafel über die wechselvolle Geschichte des Parks und des ehemals zugehörigen Herrenhauses. Ich kann sie bei dem trüben Tag und im ‚Urwald'-Dämmerlicht nur schlecht entziffern. Felix liest mir das Wichtigste vor. Etwas schafft es, sich in meinem Mattscheiben-Gehirn festzusetzen: Es wurde verfügt, dass der Park – nunmehr im Eigentum der Stadt Remagen – sich selbst überlassen bleibt, nicht verändert wird. ‚Macher' Felix findet das nicht gut, er entwickelt Pläne: Man könne ihn zu einer Art Volkspark mit Touristenattraktionen herrichten, wäre eine gute Einnahmequelle.

In der Nacht ein Traum: Ich sehe Felix, wie er persönlich mitten in den ‚Geheimen Gärten' steht und sie rodet. War das nun die halbe Flasche Champagner vor dem Schlafengehen oder sind es schon erste ‚Strahlen-Halluzinationen'?

31. Mai 2013, Freitag

Morgens bringt mir Felix wieder die ‚obligatorische' Tasse Kaffee ans Bett; dann gibt es ein leckeres Frühstück – und ganz wichtig: Ich muss das ‚Krankenkassen-Taxi' abbestellen, Felix will mich höchstpersönlich zur Klinik bringen. Hoffentlich sind die in der Taxizentrale nicht sauer. Ein freundlicher Herr nimmt meinen Anruf entgegen, verspricht, die Sache zu regeln. Und dann fährt Felix' großer Wagen vor dem Klinikeingang vor. Einige abgezehrte Krebspatienten in Bademänteln und Hausanzügen, die etwas Luft schnappen, staunen, als ich braungebrannte ‚elegante' Frau dem Auto entsteige. Und doch haben wir alle die gleiche heimtückische Krankheit, vielleicht sterbe ich ja sogar früher als die anderen. Die beiden netten Damen ‚meines' Bestrahlungsteams stehen diesmal bereits ‚Markierungsstift bei Fuß' – sie kennen mich anscheinend inzwischen.

1. Juni 2013, Samstag

Ein großes dunkles Loch – da stecke ich heute drin. Die beiden bereits hinter mich gebrachten ‚Bestrahlungswochen' bestanden ja jeweils nur aus vier Tagen – mit den Feiertagen Pfingstmontag und Fronleichnam als kleine ‚Ruhepausen'. Nun aber stehen mir noch sechs ‚normale' Fünf-Tage-Bestrahlungswochen bevor. Ich glaube, danach bin ich tot! Wie sehr könnte ich die Nähe eines lieben Menschen brauchen, einfach nur ein paar aufmunternde Worte. Aber am Wochenende ist Felix wieder mal zum Sport verabredet.

Unser abendliches Telefonat mündet in einen fast zweistündigen ‚Ehekrach'. Ein Wort ergibt das andere. Ich müsse eben lernen, auch allein etwas zu unternehmen, sagt Felix. „Das muss ich nicht lernen, darin habe ich bereits langjährige Erfahrung", entgegne ich. „Wenn das so toll wäre, hätte ich wohl kaum einen Partner gesucht." Er scheint es nicht zu verstehen (fast genau wie meine so genannten Freundinnen, natürlich selbst alle mit Familie – geht es mir kurz durch den Kopf). Ob ich mich nicht wenigstens schon mal in der Fahrschule anmelden könne, fragt er.

Und dann, wie sähe meine Wohnung überhaupt aus? Die schrecklichen Tapeten, das einfache Badezimmer – ich solle nächste Woche sofort meinen Vermieter anrufen und eine Renovierung verlangen, sagt Felix. Ich glaube, ich habe mich verhört, ich kann mich nur verhört haben. Nach den Bestrahlungen fühle ich mich oft so schwach, dass ich mir nicht sicher bin, ob ich den Abend noch erlebe – und ich soll eine Wohnungsrenovierung auf mich nehmen! Mein Problem ist, glaube ich, dass ich einfach immer noch zu gesund und gut aussehe. Außerdem haben mich die Jahre der Krankenpflege Selbstdisziplin gelehrt. Ich musste einfach immer funktionieren und bin es nicht gewohnt, über meine eigenen Befindlichkeiten zu jammern und zu klagen. Dazu meine Körperlänge – alle halten mich offenbar für unbegrenzt belastbar.

Der nächste Streitpunkt: Ich hätte zu wenige Freunde. Gerade habe ich durch meine Krankheit die wenigen Freundinnen und Bekannten, die mir in all den Jahren der Pflege noch treu geblieben waren, verloren. Einer der schwärzesten Momente meines Lebens. Da kann ich doch nicht einfach so, als ob nichts gewesen wäre, wieder losziehen und neue Freunde suchen. Woher weiß ich denn, ob die mich in einer Notsituation nicht auch wieder im Stich lassen? Ich habe zusätzlich zu meiner körperlichen Erkrankung ein seelisches Trauma erlitten, so etwas heilt nicht einfach in wenigen Wochen. Aber ich verstehe schon, auch psychisch hält man mich, die immer freundlich Lächelnde, für ‚unkaputtbar'.

Kurz vor Mitternacht geben wir auf.

2. Juni 2013, Sonntag

Nach einer schlaflosen, durchweinten Nacht quäle ich mich mühsam aus dem Bett. War ich schon zu glücklich gewesen, glücklicher als es mir offenbar erlaubt ist? Ich liebe Felix, würde alles für ihn tun – auch die Bestrahlung mache ich doch nur für ihn. Für ihn will ich wieder gesund werden. Ohne ihn hätte ich die ganze Tortur überhaupt nicht auf mich genommen, der Krebstod wäre für mich die Rettung vor einem Alter in Einsamkeit gewesen. Aber vielleicht lasse ich mich wirklich zu sehr hängen, anderen Krebskranken geht es viel schlechter als mir. Die Bestrahlungsklinik. Die geschrumpften, ausgemergelten Körper, die in Rollstühlen oder auf Bahren in die Behandlungsräume gefahren werden. Vielleicht überlebe ich einen kleinen Solo-Ausflug ja doch, und wenn nicht – auch egal.

In der Zeitung hatte ich gelesen, das Drachenfels-Gipfelplateau sei jetzt endgültig fertiggestellt und werde heute eingeweiht. Als Felix und ich im März oben waren, befanden sich die Außenanlagen noch im Bau. Mal sehen, wie alles geworden ist. Und nostalgische Erinnerungen an damals. Ach Herz, halt den Mund. Ein ganz schöner Tag: Sonne, Wolken – dazu fast 20 Grad – ideales Wanderwetter. Also dann los. Schon auf der Fahrt nach Königswinter kann ich mein Abenteuer ‚in vollen Zügen' genießen. Beim Aussteigen sehe ich: Die vielen Regenfälle der letzten Zeit haben den Rhein gewaltig anschwellen lassen. Hoffentlich komme ich nachher hier wieder weg, denke ich, denn bei Überflutung der Uferpromenade wird der Bahnverkehr eingestellt. Anderes Problem: Finde ich vom Bahnhof aus allein den Weg zum Fuß des Berges?

Als erstes fällt mir auf: Die schmalen Altstadtgassen sind sehr sauber, aber fast völlig ‚leer' – kaum ein Passant. Bilder von früher huschen mir durch den Kopf: einige Kindheitsausflüge mit Mutter oder Opa, ein Tanzlokal und ein Andenkenladen neben dem anderen, Menschenmassen schoben sich vorbei, Musikfetzen, Stimmengewirr, Gelächter, Geruch nach Popcorn und gebrannten Mandeln – Jahrmarktsatmosphäre. Nichts mehr davon da, ich fühle mich eher in eine Art Freilichtmuseum für schön restaurierte Fachwerkhäuser versetzt. Bei der Talstation der Zahnradbahn füllt sich die Straße doch noch, der große Parkplatz auf der rechten Seite spuckt immer mehr Menschen aus. Kurz erwäge ich, mit der Zahnradbahn nach oben zu fahren – keine Chance: eine Warteschlange bis weit auf die Straße hinaus. Also das Ganze per pedes. Das erste, besonders steile Stück des Anstiegs; ich reihe mich in den bergwärts strebenden Menschenstrom ein, versuche tapfer, mit den anderen mitzuhalten. Ob noch andere Krebskranke darunter sind?

Allmählich lässt die Steigung – und mein Keuchen – etwas nach, Schloss Drachenburg kommt in Sicht. Wenig später ist das Gipfelplateau erreicht. Auf uns Ankommende wartet eine Art ‚Empfangskomitee': Bedienstete der Stadt Königswinter führen Strichlisten. Hoffentlich bin nicht gerade ich diejenige, die wegen Überfüllung nicht mehr hinein darf.

Auf dem Plateau sind in der Tat unzählige Menschen. Ich brauche einige Zeit, bis ich mich nach vorne durchgeschlängelt habe. Und dann staune ich: Der Rhein ist gelb! Das Hochwasser muss gewaltige Mengen Lehm mit sich gerissen haben.

Über dem Gipfelplateau thront die Burgruine, malerisch von der Sonne beleuchtet. Bei meinen wenigen Kindheitsausflügen waren wir jedes Mal bis ganz oben, ich erinnere mich an einen sehr steilen, felsigen Weg. Ob ich das schaffe? Aber vielleicht bin ich ja zum letzten Mal hier, da möchte ich schon ganz hinauf. Das Erfolgserlebnis des bisherigen Aufstiegs hat mir neue Kraft gegeben, ich schaffe auch das letzte Stück. Von oben wieder Aussicht auf den

‚Gelben Fluss'. Von allen Seiten werden Fotoapparate und Handys gezückt. Ich betrachte die Ruine des Bergfrieds und stelle fest, dass auch sie in den Dienst der modernen Zeit gestellt wurde: Man hat ihr eine große Mobilfunkantenne verpasst, immerhin nicht auf die Spitze gesetzt, sondern seitlich versteckt am Mauerwerk befestigt.

Rückweg. Ich reihe ich mich in die Karawane der Absteigenden ein. Und dann eine Blamage: An einer besonders steilen Stelle muss ich kurz die Hände zu Hilfe nehmen. Aber auch sonst fühle ich mich zunehmend schlapp, habe ständig das Gefühl zu stolpern, zu fallen, die vor mir Gehenden womöglich umzureißen. War dieser Ausflug doch zu viel für mich? Ein größerer Hund überholt mich, läuft eine Weile vor mir her. Er sieht exakt aus wie eine Tüpfelhyäne, Fellfarbe und -zeichnung, Kopf- und Körperform – alles stimmt. So etwas habe ich noch nie gesehen. Die ‚Tüpfelhyäne' ist nicht angeleint, trägt aber eines dieser ‚modernen' Hundegeschirre mit witzigen Sprüchen drauf. Der ihrige lautet – ich glaube es nicht – ‚Abfalleimer'!

Wieder unten, die Haltestelle ist in Sicht – und eine abfahrbereite Straßenbahn! Kurzentschlossen begehe ich eine ‚Untat' und eile bei Rot über die Straße (anwesende Kinder bitte mal in die andere Richtung sehen). Weit und breit kein Auto, sonst hätte ich das auch nicht gemacht, aber die Bahn klingelt mich ‚wütend' an. Egal, ich steige ein, lasse mich erschöpft auf einen freien Platz fallen und sehe durchs Fenster: Erste Wellen schwappen schon über die Rheinpromenade.

Endlich zu Hause. Aus meinen Überlegungen ‚Bett oder nicht Bett' reißt mich das Telefon: Felix erkundigt sich besorgt, wo ich gewesen wäre. Nach der Rückkehr vom Sport hatte er schon einmal angerufen, mich immer noch ‚handyloses' Wesen aber nicht erreicht. Ob ihm unser mitternächtlicher ‚Krach' leid tut? Er ist sehr freundlich, findet meinen kleinen Ausflug gut und lädt mich zum Essen ein. Meine Müdigkeit ist schlagartig verflogen, ich schwebe mehrere Zentimeter über dem Boden durch meine Wohnung, tausche meine Wander- gegen Ausgehklamotten, dann die gewohnte ‚Lauerstellung' hinter der Gardine.

Das Wetter ist schön und warm, wir gehen Hand in Hand durch die abendlichen Straßen ‚meines' Stadtviertels, sitzen im ‚Vorgarten' eines Studentenlokals. Felix streichelt mich, ich fühle mich rundum wohl. Hatte unser nächtlicher ‚Telefonstreit' überhaupt stattgefunden? Felix beobachtet ein junges Paar an einem Nachbartisch. Der junge Mann flirte heftig mit seiner Begleiterin, sie würde aber nicht so recht reagieren, erklärt er mir. Warum kann ich so etwas nicht selbst ‚sehen'? Eigenartig, aber jetzt will ich darüber nicht nachdenken.

3. Juni 2013, Montag

Wieder erholt trete ich zur ersten ‚mörderischen' Fünf-Tages-Woche in der Strahlenklinik an. Meine beiden netten Betreuerinnen bemerken meine so gar nicht zum Ort des Geschehens passende gute Laune und fragen. Ich erzähle von meiner Drachenfelstour, „ganz hinauf bis zur Ruine und wieder herunter – zu Fuß", versichere ich auf ihr ungläubiges Staunen hin. Es muss ihnen ja auch wirklich komisch vorkommen: die schwachen, ausgemergelten Menschen, mit denen sie es sonst zu tun haben, und dann so etwas wie mich.

4. Juni 2013, Dienstag

Der Streit von Samstagnacht kommt mir immer mehr wie ein böser Alptraum vor. Vielleicht war Felix gereizt gewesen, vielleicht hatte es in der Firma Ärger gegeben. Er hat mich in den schwersten Stunden meines Lebens nicht im Stich gelassen, mich, eine ihm damals noch fast Unbekannte. Mein Entschluss steht fest: Ich will tun was ich kann, um ihm eine gleichwertige Partnerin zu werden. Sicher, die Bestrahlungsfolgen und die ebenfalls anstrengende ‚Augenumschulung' – das alles ist etwas viel auf einmal, aber andererseits: Was habe ich in den letzten Wochen nicht alles überlebt? Ich scheine wirklich recht zäh zu sein, oder die Liebe verleiht mir Flügel. Vielleicht ist die neue Brille ja schon fertig. Trotz des ‚Strahlenkaters' raffe ich mich auf und frage nach. Leider nein, ich muss mich noch gedulden.

6. Juni 2013, Donnerstag

Seit gestern ist es zum ersten Mal in diesem Jahr richtig warm. Statt im dicken Sweatshirt kann ich mit Sommerbluse zur Bestrahlung fahren. Am Nachmittag holt mich Felix ab, er küsst mich lange und verspricht eine Überraschung: Ich darf seinen großen Swimmingpool benutzen! Natürlich habe ich längst gesehen, dass es in seinem Garten so etwas gibt, aber jetzt hat die Sonne der beiden letzten Tage das Wasser endlich auf eine angenehme Temperatur gebracht.

Schwimmen – das ist mein Sport. Im Wasser fühle ich mich wohl, und ich bin schnell. Bei den Ballspielen sind die Kinder mit zwei normalen Augen im Vorteil, beim Schwimmen mache ich ihnen was vor. Der Erfolg ist nur von kurzer Dauer, das Wasser in den öffentlichen Schwimmbädern wird immer stärker gechlort. Meine empfindliche Haut verträgt das nicht, die Schwimmbadbesuche enden.

In mir kämpft die Freude mit Panik – kann ich überhaupt noch schwimmen? Zumindest die Angst um meine Haut kann Felix mir nehmen, das Wasser sei nur ganz schwach gechlort, versichert er. Aber dann. Der Wassergeruch, das leise Plätschern, das ‚Schmatzen' des Überlaufs – Augen zu und rein! Es klappt, ich bleibe oben! Erste noch etwas unsichere Schwimmzüge, aber dann finde ich meinen Rhythmus wieder – nach so vielen Jahren! Ich sage es Felix, er lächelt höflich, scheint es aber nicht so recht zu glauben.

7. Juni 2013, Freitag

Wieder mein großer ‚Neun-Uhr-Auftritt' vor der Bestrahlungsklinik: Die ‚gutaussehende', braungebrannte und nunmehr auch fast durchtrainierte Blondine entsteigt dem ‚Luxusschlitten mit Chauffeur' und schreitet unter den neidisch-bewundernden Blicken der anderen Patienten durch den Haupteingang. Leider ist mein ‚Brust-Gemälde' auch wieder fast verschwunden. Gut, dass die geduldigen Damen von der ‚Strahlenkanonen-Bedienmannschaft' bei mir inzwischen ‚Kummer gewohnt' sind.

8. Juni 2013, Samstag

Nachmittags, als ich von einigen Einkäufen in der Stadt zurückkomme, blinkt der Anrufbeantworter – die Brille ist fertig! Ich rufe sofort zurück; wir vereinbaren einen Termin zum Anpassen des Gestells. Meine Freude wird etwas getrübt: die Gläser mussten aus einem ganz speziellen Kunststoff angefertigt werden und sind erheblich teurer geworden als der Kostenvoranschlag. Aber vielleicht steuert Felix ja etwas bei; ich mache es schließlich für ihn, damit ich ihm bald eine gesellschaftsfähige Partnerin mit Führerschein sein kann.

Abends: Wir gehen essen. Das mit den Kosten erwähne ich lieber noch nicht. Und dann wieder der Swimmingpool, das herrliche schwerelose Gleiten im Wasser.

10. Juni 2013, Montag

Vor mir liegt die nächste ‚Fünf-Tages-Bestrahlungswoche'. Ich bin nicht mehr ganz so ängstlich – die erste habe ich ja auch überlebt –, unterhalte mich mit der netten Mitpatientin. Sie leidet an einem so genannten ‚Sterntumor', einer besonders heimtückischen Krebsart, und muss nun schon ihre soundsovielte Bestrahlungs- und Chemotherapie durchmachen. Trotzdem sieht sie toll aus, ist fröhlich, mitteilsam, voller Zuversicht. Immer wieder erzählt sie vom liebevollen Rückhalt durch Ehemann und Familie. Kommenden Freitag ist ihr Bestrahlungszyklus zu Ende – sie und ihr Mann wollen dann in Urlaub fahren, die Vorfreude leuchtet ihr buchstäblich aus den Augen. Natürlich freue ich mich für sie mit, obwohl – schade, sie wird mir sehr fehlen. Wir planen eine gewaltige ‚Abschiedsorgie' mit einer Piccoloflasche Sekt.

11. Juni 2013, Dienstag

Der große Tag ist da. Am frühen Nachmittag hole ich meine neue Brille ab, sozusagen mein erster Schritt in Richtung gesellschaftsfähige Partnerin für

Felix. Angesichts meiner Vorfreude hat sogar der heutige Strahlenkater ungewöhnlich schnell das Weite gesucht. ‚Sicherheitshalber' habe ich meine alte Lesebrille dabei, ich will sie für die Dritte Welt spenden und mir selbst im Falle von Anfangsschwierigkeiten einen bequemen Ausweg verbauen. Dann der lang erwartete Moment: Mir wird die neue Brille aufgesetzt und angepasst. Ich sehe mich im Geschäft um – und stehe mitten in einem surrealistischen Bild von Dalí. Überall an den Wänden fließen – nein, keine Uhren, sondern die Brillengestelle aus den Wandregalen herunter, nicht gerade, sondern schräg. Um meine Augen umzugewöhnen, müsse ich die Brille von jetzt an den ganzen Tag tragen, ermahnt mich Herr Clairon zum Abschied noch, dann werde ich ‚auf freier Wildbahn ausgesetzt'. Felix wollte mich ‚neubebrilltes Kätzchen', wie er sagte, unbedingt sofort sehen, auch wenn er wenig Zeit hat, denn ab morgen will er mit seiner Familie einige Urlaubstage verbringen. Der kurze Weg zu seinem Büro – besser ohne Brille, die freie Wildbahn ist gefährlich. Felix öffnet, bittet mich in den Wartebereich und um etwas Geduld, er hat Geschäftsbesuch. Ich nutze die Zeit und setze die Brille auf, sehe ein an der Wand hängendes Bild an. Auch das muss von Dalí sein, denn wieder fließt alles, allerdings wieder nicht senkrecht nach unten, sondern mit einer Krümmung nach links. Ich drehe und wende den Kopf, die Krümmung ‚wandert' mit, verschiebt sich.

Der Besucher hat sich verabschiedet und Felix steht vor mir – aber wie sieht bloß sein Kopf aus? Auf der rechten Seite eingedellt, fast die Form einer Banane, sein Lachen – völlig verzerrt. Erstaunlich, dass zumindest der Begrüßungskuss ‚klappt'. Ein Anruf. Felix geht ans Telefon. Inzwischen weiß ich nicht mehr, schwankt der Raum oder schwanke ich. Sicherheitshalber setze ich mich auf das Besuchersofa. Langsam ‚beruhigt' sich meine Umgebung wieder und ich bekomme eine Ahnung, was auf mich zukommt. Kurzer, sehnsüchtiger Gedanke an mein früheres gewohntes Leben. Aber für seine große Liebe muss man eben Opfer bringen. Beim Abschiedskuss nehme ich die Brille lieber ab, ich will Felix so in Erinnerung behalten, wie ich ihn kenne.

Die Heimfahrt – besser auch unbebrillt, ich möchte nicht unbedingt, dass die U-Bahn zerfließt. Umsteigen am Busbahnhof, ich muss kurz warten, setze spaßeshalber die Brille auf und betrachte die ankommenden und abfahrenden Busse. Sie scheinen sich wie Kaugummis in alle Richtungen zu verbiegen. Dann in meiner Wohnung – so, jetzt keine Ausreden mehr – die Brille wird endgültig aufgesetzt und bis zum Schlafengehen getragen, in der vertrauten Umgebung kann ja nichts passieren. Der gewohnte Blick durchs Küchenfenster, um nach dem Wetter Ausschau zu halten: Blauer Himmel, schönster Sonnenschein – und die Bäume biegen sich, als würde ein Tornado toben! In einer solchen Welt soll ich jetzt leben? Es ist wirklich schwer, eine Frau mit Niveau zu werden!

Was gibt es denn heute Abend im Fernsehen? Ich angele nach der TV-Beilage – und bin erschrocken: Ich kann nicht mehr lesen! Die Buchstaben bewegen sich wie von Geisterhand, ganze Partien scheinen plötzlich aus den Zeilen zu springen, dann wieder verändern Wörter ihre Farbe, sind auf einmal nicht mehr schwarz, sondern grau. Was habe ich leidenschaftlicher ‚Bücherwurm' mir da bloß eingebrockt? Auf das Fernsehbild bin ich nun wirklich neugierig – wahrscheinlich die nächste Katastrophe. Es wird nicht ganz so schlimm wie befürchtet: Im relativ kleinen Format des Bildschirms fallen die Verzerrungen nicht so stark auf. Erleichtert folge ich der Handlung des Films, da schleicht sich ganz heimtückisch etwas an: leichte Kopfschmerzen. Im Grunde keine Überraschung, was haben meine Augen und mein Gehirn heute nicht schon alles geleistet. Ein erholsamer Schlaf, und morgen ist sicher alles wieder gut.

12. Juni 2013, Mittwoch

Das erste morgendliche Zeitungholen mit der neuen Brille. Die Treppenstufen schwanken, krümmen sich. Ich halte mich verzweifelt am Geländer fest – wenn mich jemand so sieht? Aha, die einsame Alte hat sich jetzt endgültig dem Suff ergeben. ‚Zeitunglesen': Ich schaffe unter Mühen die erste und die letzte Seite. Die ganze gemütliche Frühstücksroutine ist mir abhanden gekommen. Ein Trost: Zumindest der Kaffee schmeckt noch so wie sonst. Nun ja, Herr Clairon hat mir ja gesagt, dass es nicht ganz einfach werden würde.

Dann warte ich am Fenster aufs Taxi, die Fahrt in die Klinik trete ich unbebrillt an. Das Ein- und Aussteigen, dann dort das Umziehen – alles muss fix gehen, und das würde ich mit der Brille nicht schaffen, außerdem könnten die teuren Gläser vielleicht beschädigt werden. Wieder zurück in meiner Wohnung, die übliche Mattigkeit. Egal, heute ist schönes warmes Wetter. Also drapiere ich mich kurz vor dem offenen Fenster auf dem sonnenbeschienenen Küchentisch, meinem Ersatz für den leider nicht vorhandenen Garten oder Balkon.

Nachmittags wage ich mich erstmals mit Brille aus dem Haus, um einige dringende Einkäufe zu erledigen. Es fällt mir schwer: Bleigewichte scheinen an meinen Armen und Beinen zu hängen, ich habe das Gefühl, leicht zu schwanken. Konzentration ist Pustekuchen und auch die Reaktionsfähigkeit auf ein Minimum reduziert. Mehrmals renne ich fast in andere Menschen hinein. Hoffentlich renne ich nicht auch noch vor ein Auto. Immerhin finde ich auf Anhieb unseren kleinen Supermarkt und seine Tür, gehe hinein – und sehe auf einmal doppelt, zwei voneinander völlig getrennte Bilder! Nicht durchdrehen, rede ich mir selbst zu, du weißt doch ‚auswendig', was wo steht. Ich tappe an den Regalen entlang. Hoffentlich sieht mich niemand Bekanntes, sonst werden womöglich die Männer mit der weißen Jacke gerufen.

Endlich abends im Fernsehsessel. Das Fernsehbild ist noch am ‚normalsten' geblieben. Kurzer Seitenblick aufs Telefon. Wie gerne würde ich Felix anrufen, aber ich will ihn nicht stören, er hat mir schon so viel Zeit geopfert, Termine meinetwegen verschoben, ich gönne ihm seinen Familienurlaub von Herzen. Wenigstens sind die Doppelbilder wieder verschwinden – Erleichterung. Trotzdem fühle ich mich nicht so ganz wohl. Warum nur? Ach ja, die Kopfschmerzen – sie sind wieder da. Und sogar etwas stärker als gestern.

13. Juni 2013, Donnerstag

Heute hat meine ‚Einkaufsbegleiterin' Emmi ihren 93. Geburtstag. Das mit der 13 ist nicht schlimm, sagt sie immer, denn sie sei an einem Sonntag zur Welt gekommen. Ihr norddeutscher Großneffe und seine Frau sind für einige Tage zu Besuch. In einem vornehmen Hotelrestaurant mit Rheinblick ist ein Tisch für das Geburtstagsessen bestellt, auch ich bin eingeladen. Ich sollte mich freuen, aber der ‚Strahlenkater'. Und wenn alles schwankt, die Doppelbilder wiederkommen? Wird schon schiefgehen, tröste ich mich schließlich.

Leider ist der 13. Juni in diesem Jahr kein Sonntag. Zunächst in die Klinik. Ich merke sofort: Meine nette Mitpatientin ist ungewohnt still. Lange kämpfe ich mit mir selbst, dann fasse ich mir ein Herz und frage nach. Sie erzählt, in ihrem Nacken habe sich eine Beule gebildet, nach der Bestrahlung werde sie untersucht. Ich tröste sie, ahne aber Schlimmes.

Wieder zu Hause. Ich lege mich eine halbe Stunde hin, dann fahre ich zu Emmi. Das morgendliche Zeitungholen mit Brille hat heute schon etwas besser geklappt, ich glaube, ich wage es ‚mit'. Emmis Verwandte begrüßen mich herzlich, aber die alte Dame wirkt verstört; so viele Leute in ihrer kleinen Wohnung – das kann ihr armes Gehirn wahrscheinlich gar nicht mehr richtig sortieren. Dann geht's in das vornehme Hotelrestaurant. Wir müssen ziemlich lange auf unsere Bestellungen warten – bei dem fast leeren Restaurant erstaunlich. Endlich kommen die Gerichte – die anderen sagen später, sie seien nicht gerade schlecht gewesen, aber von einem Spitzenrestaurant hätte man etwas mehr ‚Pfiff' erwartet. Ich war mit der Bändigung von Messer, Gabel, Löffel und zwei auseinanderrutschende Augen so beschäftigt, dass ich überhaupt nicht weiß, was ich gegessen habe.

Zurück in Emmis Wohnung. Dort gibt es noch Kaffee und Kuchen. Den Kaffee koche ich, damit das Geburtstagskind und seine Verwandten sich unterhalten können – sie sehen sich ja so selten. Aber da stehen ja auf einmal ‚zwei' völlig gleich aussehende Kaffeemaschinen. Vor Schreck verschütte ich etwas Kaffee – und löse eine ungeahnte Kettenreaktion aus: Emmi beschimpft mich, seltsamerweise aber auch ihre völlig perplexen Verwandten, sie rastet richtig aus. Meine Augen sind wieder zusammengerutscht und ich beseitige das Malheur schnell. Großneffe und -nichte beruhigen ihre tobende Tante mit vereinten Kräften, und es kommt doch noch eine friedliche Kaffeerunde zustande. Trotzdem ist die Stimmung dahin, die Verwandten verabschieden sich bald, sie wollen zurück in ihr Hotel. Emmi hofft, mit ihrem Großneffen und seiner Frau morgen noch etwas Zeit verbringen zu können, aber die beiden planen einen Besuch des Kölner Doms. Wahrheit oder Ausrede? „Wenn euch der Kölner Dom wichtiger ist als ich", grollt Emmi unter Tränen. Vom Fenster aus sehen wir den beiden nach. Es hat angefangen leicht zu regnen, sie ziehen Sommeranoraks über, drehen sich nicht mehr um.

Ich hole Gläser und eine der beiden Rotweinflaschen, die ich Emmi geschenkt hatte, schlage einen ‚Versöhnungsschluck' vor – die alte Dame will nicht, sieht mich feindselig an und sagt: „Du brauchst auch nicht mehr wiederzukommen.“ Es hat keinen Zweck, ich gehe. Der Regen ist stärker geworden, geradezu Herbststimmung, düster und kühl. So, das wären jetzt die ersten Freunde, die die neue Brille verscheucht hat. Erschöpft sinke ich zu Hause in den Fernsehsessel, durch mein Gehirn fräst sich ein Bohrer, das Telefon schweigt und auch das Fernsehen kann mich nicht so recht ablenken.

14. Juni 2013, Freitag

Sonnenschein und wieder etwas wärmer, leider aber in der Klinik ‚schlechtes Wetter‘: meine liebe Mitpatientin, die heute ihre letzte Bestrahlung bekommen sollte, ist verschwunden. Ich versuche, an der Anmeldung etwas herauszubekommen, will ja keine medizinischen Einzelheiten erfahren, sondern nur wissen, wie es ihr geht – keine Chance, sie dürfen nichts sagen. Ich habe ein ganz mieses Gefühl.

16. Juni 2013, Sonntag

Felix ist wieder im Lande, er kündigt sich telefonisch für den späten Vormittag an. Heute will er mir den Laacher See zeigen. Zu seinem Entsetzen kenne ich auch diese berühmte Sehenswürdigkeit der Region bis jetzt nur von Bildern und Dokumentarfilmen. Wie hätte ich mich normalerweise gefreut. Jetzt bin ich erschrocken: zwar schon seltener, aber immer noch fängt meine Umgebung an sich zu ‚verbiegen‘ und zu zerfließen, oder ich sehe doppelt. Werde ich damit einen Tagesausflug ‚überleben‘? Dann die Kopfschmerzen. Sind meine schauspielerischen Fähigkeiten gut genug, eine muntere und interessierte Begleiterin vorzutäuschen? Aber ohne Brille – geht auch nicht, ich kann Felix nicht enttäuschen.

Fahrt durch die Eifel. Wälder – aus ihnen ist konturloses Giftgrün geworden. Dann auf einmal sonnenbeschienenes, leuchtend-rotbraunes Mauerwerk, den Gesamtumriss kann ich jedoch nicht erfassen. Es ist eine kleine Burg, erklärt Felix geduldig. Das Kloster Maria Laach, sagt er schließlich. Nanu: viele rote, gelbe und blaue Flecken tanzen herum – aber nein, das ist ein Campingplatz nahe der Klosteranlage. Zum See selbst führt nur ein Fußweg. Zuerst geht es längere Zeit durch klostereigene Wiesen, Obstplantagen und Felder. Der schmale Weg ist sandig, vereinzelt begegnen wir anderen Wanderern. Einmal kommt uns ein Mann mit gleich zwei finster blickenden Dobermännern entgegen. Felix stellt sich schützend vor mich, wie rührend. Mir wird ganz warm ums Herz. Das hat noch nie jemand für mich getan. Andererseits birgt die Situation auch einige Ironie: Ich, aus dem ‚Tierhaushalt' meiner Eltern, habe bestimmt schon mehr Hunde ‚gebändigt' als er. Der Hund, der mich beißt, muss quasi noch erfunden werden. Aber das sage ich natürlich nicht.

Wir nähern uns einem Wald, dahinter soll der See liegen. Der Boden wird uneben, teilweise geht es steil bergab, dazu Wurzeln, Steine, Felsen, und im Dämmerlicht kann ich kaum bis vor meine Füße sehen. Durchs Laubdach fallende einzelne Sonnenstrahlen verwirren meine Augen zusätzlich. Ich bemühe mich, alles im Blick zu behalten, nicht zu stolpern oder umzuknicken, die stechenden Kopfschmerzen zu ignorieren – und mich gleichzeitig weiter mit Felix zu unterhalten.

Dann blinkt der See durch die Bäume; die letzten, besonders steilen Meter hinab zum Ufer bewältige ich doch lieber auf dem ‚Hosenboden' rutschend. Das Gewässer ist wirklich fast kreisrund – eben ein wassergefüllter ehemaliger Krater – aber riesig, so groß hatte ich es mir nicht vorgestellt. Wir gehen ein Stück am Ufer entlang, der ‚Strand' ist schwarz, Sand aus Lavagestein. Felix zeigt mir die Stelle mit den ‚berühmten' Gasblasen; in ihnen steigt Kohlendioxid vulkanischen Ursprungs zur Wasseroberfläche auf. Mir geht eine vor einiger Zeit gesehene TV-Dokumentation durch den Kopf, laut der unter der Eifel ein so genannter ‚Supervulkan' schlummern soll. Leider kann ich die Gasblasen nicht sehen, so eine Gemeinheit – das Ziel des Ausflugs, und ich kann es nicht sehen. Ich mobilisiere alle meine schauspielerischen Fähigkeiten und tue so als ob.

Der Rückweg, meine Kopfschmerzen sind noch schlimmer geworden. Hoffentlich merkt Felix es nicht. Er erzählt jetzt von seiner Familie. Ich kann mich kaum noch konzentrieren, bemühe mich aber, an den passenden Stellen ‚ja' oder ‚nein' zu sagen. Heimfahrt, auf einmal habe ich – einfach so! – das Gefühl, dass die einen Bäume näher, die anderen weiter entfernt stehen, ich muss die Entfernungen nicht wie bisher mühsam anhand von Größe, Perspektive und Licht-Schatten-Verhältnis ermitteln. Ein erster Erfolg oder nur eine trügerische Fata Morgana? Ich will das unbedingt ausprobieren, am besten vor der Fensterfront in Felix' Wohnzimmer mit dem gegenüberliegenden Bergpanorama. Nach dem Abendessen ist die Gelegenheit günstig, die Sonne scheint immer noch. Und wirklich: Einige Berge stehen näher, andere weiter weg – das weiß ich sofort. Und da, der graubraune Fleck an der Flanke des einen Berges – das ist gar kein Fleck, sondern ein hoch aufragender Fels! Die Kopfschmerzen habe ich im Moment vergessen, so überwältigend ist dieses Seherlebnis – und ohne es zu merken brabbele ich vor mich hin, wie ein Kleinkind. Irgendwann merke ich, dass Felix mir gefolgt ist. Bestimmt hält er mich jetzt endgültig für übergeschnappt. Aber als ich ihn von der Seite beobachte, sehe ich einen Ausdruck tiefer Rührung in seinem Gesicht und ich meine sogar, bin mir fast sicher, in seinen Augen Tränen erkennen zu können.

17. Juni 2013, Montag

Über Nacht hat sich mein geschundener Kopf etwas erholt. Mein üblicher ‚Morgenauftritt mit Privatchauffeur' vor der Strahlenklinik – aber seit der Sache mit meiner armen Mitpatientin kann ich ihn nicht mehr so recht genießen. Die ‚Bestrahlungsassistentinnen' scheinen auf die Schilderung meines aktuellen Wochenendausfluges bereits gewartet zu haben. Dafür zeichnen sie klaglos die wieder einmal fast vollständig verschwundene Brustmarkierung nach. „So etwas wie Sie habe ich noch nie erlebt!", sagt die nette junge Ärztin.

Die Rückfahrt lege ich heute per Straßenbahn zurück. Ich muss dringend etwas zu Essen einkaufen, bevor mich Strahlenkater und Brillenteufel wieder umhauen. Für so etwas bezahlt die Krankenkasse keine Taxifahrt, vielleicht weil sich verhungerte Patienten kostensenkend auswirken. In der Bahn starrt mich ein Mann an, ich gucke verstohlen zurück, er ist mir nicht ganz unbekannt. Er spricht mich an, es ist unser früherer Hausverwalter. Nach all den Jahren hat er mich noch wiedererkannt. Es entwickelt sich ein angeregtes Gespräch, das heißt, meistens spricht er. Seine Frau ist, wie ich mich erinnere, zwar herzensgut, aber sehr redselig. Vielleicht kommt er zu Hause nicht zu Wort. Dieses ‚Erlebnis' hat mir Auftrieb gegeben. Die Schmerzen haben zumindest meine Gesichtszüge noch nicht verunstaltet.

18. Juni 2013, Dienstag

Der bisher heißeste Tag des Jahres. Wie sieht wohl mein armes Gehirn aus – gekocht, bestrahlungsgegrillt, durchzuckt von den Kurzschlüssen der Sehnerven? Ausgerechnet heute habe ich einen Friseurtermin am frühen Nachmittag. Meine blonden Haare sind durch den Italienurlaub ausgebleicht und durch die Strahlentherapie spröde geworden. Ich will Felix auf keinen Fall einen verwahrlosten Anblick bieten und außerdem wird eine kleine ‚Verwöhnung' mir gut tun. Ich entscheide mich für einen ‚Biofriseur', bei dem angeblich mit milden, naturnahen Mitteln gearbeitet wird. Bestimmt das Richtige für meine strapazierten Haare!

Schlapp und schwitzend hänge ich im Friseurstuhl, auch die Friseurin plagt sich ersichtlich mit der Hitze und meinen immer noch zahlreichen Haaren ab. Nach gefühlten Stunden bin ich endlich fertig – und breche fast zusammen: Sie hat mir die Haare braun getönt und behauptet frech, das wäre blond! Ich schwanke einen Moment, ob ich überhaupt bezahlen soll, aber in meiner desolaten Verfassung würde ich eine Auseinandersetzung mit der Polizei bestimmt nicht überstehen. Oder ist das Ganze vielleicht doch nur eine Fehlzündung meiner Augen?

Ich eile nach Hause, betrachte das Machwerk im Spiegel – mit Brille, ohne Brille – es ist und bleibt braun. Der Standardspruch einer früheren jungen Kollegin fällt mir ein: „No panic, count to ten – and then panic." Bei mir ist es jetzt soweit. Felix hat mich für morgen Abend eingeladen. Er fällt bestimmt vor Schreck um. Ich bin völlig schlapp, raffe mich aber trotzdem noch einmal auf, renne durch den glühendheißen Spätnachmittag zum Drogeriemarkt und kaufe eine Packung Haarblondierung, dann begebe ich mich ans Werk. Die Panik hat wohl nicht nur meine Restkräfte mobilisiert, sondern hält auch meine Augen vorm Auseinanderrutschen ab. Ich bekomme wirklich so etwas wie wieder erblondete Haare hin, einzelne verbliebene dunklere Strähnen sehen gar nicht mal so schlecht aus. Jetzt, im Nachhinein, zittern Arme und Beine, dazu die Angst: Werden meine Haare diese Dreifachtortur, Bestrahlung und zweimaliges Färben, überstehen?

19. Juni 2013, Mittwoch

Meine Haare sind erstaunlicherweise noch alle auf dem Kopf. Fahrt in die Klinik, ich glaube, es ist noch heißer als gestern. Die Warteecke: Meine Mitpatientin ist schon ‚ersetzt' worden, der ‚Neue' – ein schmaler jüngerer Mann exotischen Aussehens, südamerikanisch-indianisch. Wahrscheinlich macht der Ärmste zusätzlich eine Chemotherapie, denn seine braune Haut wirkt fahl, er trägt bei dieser Hitze eine Baseballkappe und scheint ständig zu frieren.
Abends: Ach, wie habe ich mich auf Felix – und seinen Swimmingpool – gefreut. Kurz denke ich an meine beiden armen ‚Privatpicassos', dann denke ich an überhaupt nichts mehr, nicht einmal mehr an die Kopfschmerzen.

20. Juni 2013, Donnerstag

Frühmorgens wieder Sonne und schon ziemlich warm. Bevor ich in die Klinik muss, drehe ich noch einige Runden im Swimmingpool. Für abends stellt Felix eine weitere ‚Schwimmstunde' in Aussicht. Das aber wird für einige Tage leider die letzte sein, ab morgen verbringt er nochmals eine Urlaubswoche bei seiner Familie. Wieder Shuttleservice mit ‚Privatchauffeur' zur Klinik, meine geduldigen ‚Privatpicassos' stehen schon mit gezückten Filzstiften bereit. Ich denke, dass ich ihnen eine Erklärung schuldig bin: „Ich habe heute Morgen schon ein einstündiges Schwimmtraining absolviert", sage ich. Sie gucken ungläubig.

Später die wenigen Schritte vom Taxi zu meinem Hauseingang – die Sonne ist weg, es donnert leise. Die zu kurze Nachtruhe und die Hitze haben mich müde gemacht, auch der Strahlenkater meldet sich. Ich lege mich hin, heute Abend will ich ja wieder fit sein. Vom Bett aus beobachte ich durchs Fenster noch eine Weile den grauen Himmel, lausche dem fernen Donnergrollen, dann schlafe ich ein.

Ein lautes Krachen weckt mich, die Fensterscheiben vibrieren, ich fahre hoch. Der Himmel ist nicht mehr grau, sondern giftgelb. Dann gleißendes Licht, wieder dieses Krachen. Langsam realisiere ich: Das sind diesmal keine Kurzschlüsse in meinem Gehirn, sondern ein ganz reales, fürchterliches Unwetter. An Schlaf ist nicht mehr zu denken, sogar der Strahlenkater hat erschrocken die Flucht ergriffen. Ich stürze ans Fenster, die ganze Umgebung ist ‚weg', von einem dichten Vorhang aus Regen und Hagel einfach verschluckt. Dazu das grünlichgelbe Licht, dann wieder Blitze und fast ununterbrochenes Donnern – ich bin zwar kein Angsthase, aber jetzt gerate ich doch langsam in Panik. Ich versuche, Felix anzurufen – keine Verbindung. Ich schalte das Radio ein – stumm. Ich laufe ins andere Zimmer zu den Fenstern der Straßenseite – am Haus vorbei rauschen braune schäumende Wassermassen; sie kommen wahrscheinlich vom nahen Berghang. Ich bin allein im Haus, die anderen sind berufstätig. Ich komme mir auf einmal völlig hilflos vor. Schließlich setze ich mich an den Küchentisch, schalte die Tischlampe ein – wenigstens sie funktioniert noch – und versuche, in liegen gebliebenen Zeitungen zu lesen.

Nach Stunden – so fühlt es sich an – nimmt der Himmel wieder eine normale Farbe an und die Konturen der Umgebung tauchen hinter dem dünner werdenden Regenschleier auf. Das Radio funktioniert wieder, überall landunter, am schlimmsten ist es in Felix' Stadtviertel. Das Läuten des Telefons reißt mich aus düsteren Gedanken. Felix, er lebt, und sein Haus steht auch noch! Aber sein Stadtteil ist wirklich schlimm betroffen, Großeinsatz der Feuerwehr, überall Sperrungen; eine Fahrt zu mir wäre sehr zeitaufwändig, trotzdem würde er mich natürlich abholen. Das ist wirklich nicht nötig, versichere ich spontan, ich kann ihm mit Bus und Bahn zu einem Treffpunkt auf halber Strecke entgegenfahren. Er staunt und freut sich. Sofort nach Beendigung des Telefonats überfällt mich Angst vor der eigenen Courage, aber jetzt kann ich nicht mehr zurück, Felix wäre sicher sehr enttäuscht.

Ich muss mich beeilen, greife hastig nach meiner Tasche. Kurzes Schwanken: mit Brille – ohne? Ich entscheide mich für ‚mit', möchte Felix nicht ärgern. Ich laufe zur Bushaltestelle, überall liegen große Äste herum. Da kommt auch schon der Bus – erstaunlich pünktlich, denke ich, steige erleichtert ein und erfahre, es ist der vorvorige. Auf den Straßen immer wieder Staus und lange Schlangen an den Ampeln, der ‚Unwetterverkehr' mischt sich mit dem beginnenden Feierabendverkehr. Dann, oh Schreck: Der Bus biegt in eine ganz andere Straße ein. Der normale Linienweg ist unpassierbar, bald stauen sich auf der Umleitungsstrecke Autos und andere Busse, es geht nicht mehr weiter. Ich werde immer nervöser, muss doch zur vereinbarten Zeit am Treffpunkt sein. Schließlich fasse ich mir ein Herz und bitte den Busfahrer, mich ‚außerplanmäßig' aussteigen zu lassen. Er zeigt sich einsichtig, andere Fahrgäste schließen sich mir an.

Ich renne jetzt zu Fuß durch eine abkürzende Seitenstraße zum U-Bahnhof – das Schwimmtraining scheint bereits zu wirken, denn ich bin erstaunlich schnell, obwohl ich ständig die Brille festhalten muss, damit sie mir nicht von der Nase rutscht. Was für einen Anblick ich wohl biete? Dann nochmal Glück: Die U-Bahn trifft kurz nach mir ein, wieder ist es die ‚vorvorige'. Ich lasse mich erleichtert auf den Sitz fallen, die Puste kommt langsam wieder. Am Ende des U-Bahn-Tunnels strömen von außen gewaltige Wassermassen herein, die Bahn fährt mit Bugwelle durch eine Art See, alle Fahrgäste starren fasziniert aus den Fenstern.

Ich bin rechtzeitig am vereinbarten Treffpunkt, wenig später kommt Felix. Ihm meine Erlebnisse erzählen? Ach lieber nicht, für Gesunde und Normalsichtige ist das alles sicher selbstverständlich. Auf dem Weg zu seinem Haus halten wir bei einem großen Supermarkt; als ich den Einkaufswagen hole, höre ich eine Frau zu einer anderen sagen: „Wie schön das Wetter wieder geworden ist, so, als wäre absolut nichts gewesen." Ich finde, sie hat recht, der Spätnachmittagshimmel sieht total unschuldig aus, blau mit kleinen weißen Wölkchen. Aber die Sonne scheint merkwürdig grell – oder sehe nur ich das so?

Dann sind wir im Supermarkt, gehen an den Regalen entlang, und ausgerechnet diesen Augenblick suchen sich meine Augen aus, um eine neue Marotte zu entwickeln: Ich will natürlich den Einkaufswagen in der Mitte des Ganges halten. Verflixt, warum gelingt mir das nicht? Immer komme ich der linken Regalwand zu nahe. Das kann doch nicht so schwer sein! Energisch lenke ich gegen – und rums, bin ich in die Regale der rechten Wand gefahren, der Wagen verkantet sich und der Haltegriff stößt unsanft ausgerechnet gegen meine operierte Brust. Ich unterdrücke einen Schmerzensschrei, hoffentlich hat Felix nichts gemerkt. (Auch mit Brille kann sie nicht mal einen Einkaufswagen steuern.)

Den weiteren Verlauf der ‚Shopping Tour' überleben der Supermarkt und ich unbeschädigt, und zum Schluss spendiert Felix mir sogar noch eine Flasche Ananas-Bowle. Auf der Fahrt zu seinem Haus kommen wir an einem wahren Horrorszenario vorbei: Ein kleiner Bach hat sich in eine Art Niagarafall verwandelt und eine Geschäftsstraße überflutet; aus den Schaufenstern schießen Wasserfontänen. Menschen laufen umher und versuchen zu retten, was noch zu retten ist. Lehmmatsch auf Straße und Bürgersteigen, ein Gewirr von Schläuchen, unzählige Feuerwehrautos. Felix entziffert einige Aufschriften: Sie kommen sogar aus weit entfernten Ortschaften des Umlandes. Das Ganze durch meine Brille betrachtet sieht geradezu expressionistisch aus: der orangefarbene Lehm, die neongelben Warnwesten, die knallroten Rettungswagen, die frühsommergrünen Bäume. Anhalten dürfen wir nicht, die Polizei winkt uns weiter.

Dann in Felix' Haus, draußen immer noch Sonnenschein, und jetzt weiß ich auch, wohin sich das Gewitter so schnell verzogen hat: ins Innere meines Kopfes! Trotzdem gelingt es mir, das Abendessen ohne größere Katastrophe auf die Teller zu verteilen. Felix bekommt natürlich den größten Teil, ‚weil er mehr gearbeitet hat'. Er kennt meinen Spruch inzwischen schon und lacht. Spät abends bringt er meine Ananas-Bowle und mich nach Hause. Wir verabschieden uns mit einem langen Kuss, ich winke ihm nach, er winkt zurück. Wieder eine ganze Woche ohne ihn. Aber zunächst falle ich todmüde ins Bett.

21. Juni 2013, Freitag

Felix meldet sich aus seinem Urlaubsort, er beschreibt einen riesigen Vollmond am Himmel, wunderbare Nachtluft. Wieder steigt ein ganz leichter Neid in mir hoch, warum darf *ich* so etwas Schönes nicht erleben. Ach, wenn ich mich von der Strahlenbehandlung und der Augenumschulung erholt habe, werden wir gemeinsam viel Schönes erleben, ganz bestimmt. Und außerdem: Die ‚felixlose' Woche ist auch eine Chance für mich. Ich kann mich in aller Ruhe weiter an die neue Brille gewöhnen, frei von Angst, Felix zu enttäuschen oder gar zu blamieren. Wenn er dann zurückkommt, ist bestimmt alles schon viel besser. Ich trinke auf sein Wohl ein Glas Ananasbowle – nein, die ganze Flasche. Alkohol soll ja gut gegen Brustkrebs sein.

22. Juni 2013, Samstag

Trübes, aber immer noch sehr schwüles Wetter, dazu sind heute die Kopfschmerzen besonders schlimm. Ein ‚richtiger' Alkoholkater nach der Ananasbowlen-Orgie von gestern Abend? Das kann nicht sein, so hochprozentig war der Fruchtwein nicht. Wenigstens ist heute keine Bestrahlung, ich kann also noch etwas im Bett bleiben. Einschlafen geht aber auch nicht mehr, mein Gehirn arbeitet trotz Schmerzen weiter. Wie kann ich die ‚felixlosen' Tage am besten nutzen? Womit könnte ich ihm eine Freude machen, ihm beweisen, dass ich an meiner Gesellschaftsfähigkeit arbeite? Da fällt es mir ein: Ich habe ja noch das bis jetzt unbenutzte Handy, sein Geschenk. Vielleicht kann ich ja das Display schon etwas besser lesen. Ein Versuch ist es jedenfalls wert. Wäre doch schön, wenn ich ihn demnächst mit der ersten eigenhändig verschickten SMS überraschen könnte. Morgen werde ich weitersehen, dann geht es mir bestimmt besser.

23. Juni 2013, Sonntag

Der zweite bestrahlungslose Tag und endlich etwas kühleres Wetter – sogar die Kopfschmerzen sind sonntäglich friedlich: die Operation ‚Handy' kann starten. Dann also erst einmal her mit der Gebrauchsanweisung. Sie ist sehr klein gedruckt und nur ‚mit der Nase' lesbar. Viel steht aber auch nicht drin; einige Zusatzfunktionen werden erläutert, zum Beispiel die Benutzung des Handys als Taschenlampe und zum Musikhören – die Grundbedienung ist wohl allgemein schon so geläufig, dass sie keiner weiteren Erklärung bedarf. Solche IT-Dinosaurier wie ich sind herstellerseits nicht vorgesehen. Auf jeden Fall muss ich eine SIM-Karte besorgen. Felix hatte mir damals einen günstigen Anbieter vorgeschlagen. Auch für meine ‚Handy-Schulung' wusste er Rat. Er hatte in meiner Nähe einen ‚iPhone-Doktor' entdeckt und sein eigenes Gerät dort bereits einmal reparieren lassen. Die Mitarbeiter seien sehr nett und würden mir bestimmt weiterhelfen, sagte er. Na, dann weiß ich ja, was ich die kommende Woche zu tun habe.

24. Juni 2013, Montag

Die Klinik sieht heute seltsam aus, auf den Gängen Chaos: Rollwagen, Kartons, Besen, Eimer, Aufnehmer, Angestellte hasten hin und her. Etwa so früh schon erste Kurzschlüsse in meinem Sehzentrum? Nein, ausnahmsweise nicht, ich erfahre Folgendes: Kaum hatte ich nach meiner ‚Freitagsbestrahlung' das Gebäude verlassen, war ein oberhalb am Berghang befindliches, völlig überfülltes Rückstaubecken geborsten. Die Wassermassen hatten das Gebäude überschwemmt und die Kabelschächte geflutet, die gesamte Elektrik fiel aus und auch die Bestrahlungsgeräte funktionierten nicht mehr. Alle Patienten nach mir mussten abbestellt werden. Da hatte ich ja richtig Glück gehabt. Ich und Glück, das ist ja etwas ganz Neues!

Sehtechnisch ebenfalls erste Erfolge: die Augen rutschen so gut wie nicht mehr auseinander. Dafür habe ich festgestellt, dass sich in den äußeren Randbereichen der Gläser die Strukturen verzerren und die Farben in ihre Spektralbestandteile aufzulösen scheinen – ein ruhiger ‚Tunnelblick' durch die Glasmitte ist am besten. Wenn ich jetzt auch noch wüsste, wie man die Kopfschmerzen am besten erträgt. Egal, heute erfolgt auf jeden Fall der zweite Schritt der ‚Operation Handy'. Also, sobald sich der Strahlenkater verzogen hat, die SIM-Karte besorgen.

An der Bushaltestelle treffe ich eine Nachbarin. „Nanu, mit Brille?", fragt sie. Höre ich eine Spur Erleichterung in ihrer Stimme? Endlich eine erste Spur des Alterns bei mir alterslosem Wesen!

25. Juni 2013, Dienstag

Die Klinik sieht wieder normal aus, dafür bietet sich vom Taxi aus ein ungewohntes Bild: Quasi über Nacht sind überall Sperrmüllberge emporgeschossen – die städtische Müllabfuhr hat Sonderschichten zur Abholung verdorbenen Mobiliars in den überschwemmungsgeschädigten Stadtteilen angekündigt. Nachmittags: ‚Operation Handy', Schritt 3: Ich gehe zum ‚iPhone-Doktor'. Der ‚Doktor' ist sehr nett, setzt die SIM-Karte ein und erläutert mir den Zweck der Pin-Nummer. Vielleicht bricht er innerlich vor Lachen zusammen, aber anmerken lässt er sich zumindest nichts. Ich belohne ihn mit einem kleinen Obolus für die Kaffeekasse.

26. Juni 2013, Mittwoch

‚Operation Handy', Schritt 4: Ich will mal versuchen, eine erste einfache Probe-SMS zu schreiben – das müsste trotz Kopfschmerzen doch zu schaffen sein. Die Buchstaben auf dem Display kann ich schon ganz gut lesen, stelle ich erfreut fest. Dass ab und zu einer der Balken ‚fehlt' – nicht so schlimm. Aber etwas anderes ist komisch: Ich habe doch die richtigen Tasten jeweils entsprechend dem gewünschten Buchstaben ein-, zwei- oder dreimal gedrückt – warum bekomme ich nur Buchstabensalat? Totalausfall meines Gehirns? So schlimm kann es doch nicht sein. Also wieder hin zum netten ‚iPhone-Doktor'. Diesmal muss er wirklich lachen. Das Handy habe ein Worterkennungsprogramm, er erklärt es geduldig. Aha.

Wieder zuhause, nächster Versuch: Es klappt, nur an der Geschwindigkeit muss ich noch arbeiten. Aber jetzt ist erst einmal Schluss, die Kopfschmerzen sagen mir, das war für heute genug Einführung in die moderne Informationstechnologie.

28. Juni 2013, Freitag

Die Müllberge rechts und links des Weges zur Klinik sind lebendige Wesen, sie wachsen, verändern ihre Gestalt – das können keine Halluzinationen meiner Augen sein. Bestimmt wird bei dieser günstigen Gelegenheit nicht nur wassergeschädigtes Mobiliar, sondern auch einiges andere entsorgt. Später lese ich in der Zeitung, dass bereits ‚Müllologen' eingesetzt werden, die normalen und überschwemmungsproduzierten Sperrmüll auseinanderklamüsern sollen – ein ganz neues Berufsbild!

In der Klinik gibt man mir schon mal ‚das Wort zum Sonntag' mit: Ab kommenden Montag beginnt der ‚Bestrahlungs-Endspurt', das heißt, die letzten acht Bestrahlungen bestehen in einem hochdosierten ‚Beschuss' der Tumorstelle selbst. Panik: Die Haut der bestrahlten Brust ist sowieso schon gerötet, obwohl ich sie vorschriftsmäßig mit Babypuder und Heilöl behandle. Vielleicht wird sie dann schwarz. Felix läuft bestimmt schreiend weg, wenn er mich so sieht.

29. Juni 2013, Samstag

Ein großer Tag, ich wage meine erste SMS an Felix! Bloß aufpassen, dass ich keine Fehler mache, es wäre einfach zu peinlich. Wo doch sicher auch der US-Geheimdienst mithört – Berichte über dessen illegale Lauschaktivitäten auch in Deutschland füllen gerade das Medien-Sommerloch. Jetzt die SMS abschicken – na, dann bin ich mal gespannt. Ich erwarte, warum auch immer, einen Telefonanruf als Reaktion. Auf einmal – was war das für ein Geräusch? Hat in meiner ‚Schrottwohnung' wieder etwas den Geist aufgegeben? Heizungstherme? Kühlschrank? Nein, alles in Ordnung. Woher kam das Geräusch überhaupt? Ich renne ins Wohnzimmer – der Fernseher? Der ist gar nicht eingeschaltet – doch halt, da blinkt das Handy! Ich fixiere das Display: „1 Mitteilung erhalten" ist da zu lesen. Aber was nun? Jetzt könnte ich den iPhone-Doktor brauchen. Schnell zum Geschäft laufen? Nein, diese Blamage. Da gibt es doch eine Option: ‚Zeigen'. Das werde ich mal ausprobieren, schiefer als schief kann es nicht gehen. Es klappt: Felix hat mir eine liebe Antwort-SMS geschickt! Morgen werden wir uns wiedersehen, wie schön. Und mein Geräusche-Repertoire hat sich erweitert, und zwar um den Handy-Signalton für eine eingehende SMS. Ein ‚lehrreicher' Tag!

30. Juni 2013, Sonntag

Felix holt mich am frühen Nachmittag ab. Seine wohltuende Nähe, wie habe ich sie vermisst! Was wird er zu meiner ‚appetitlich gegrillten' Brust sagen, wird er sich vor ihr ekeln? In seinem Gesicht jedoch wieder der Ausdruck tiefen Mitgefühls. Da hängt etwas an der Klinke der Schlafzimmertür. „Ich habe dir eine Bademütze mitgebracht", sagt Felix verschmitzt. Stimmt, ich hatte vor einiger Zeit bedauert, dass meine langen Haare nach dem Schwimmen ewig zum Trocknen brauchen. Trotzdem, das Ding sieht seltsam aus, es stellt sich heraus: Die Bademütze ist eine schicke Handtasche. Ich bin – was bei mir äußerst selten vorkommt – sprachlos.

Felix kündigt an, mich zur Vernissage eines mit ihm befreundeten Künstlerpaares mitzunehmen. Ach, wie hätte ich mich normalerweise gefreut, erstmals Freunde von Felix kennenzulernen – aber jetzt? Mein strahlenzermatschtes und kopfschmerzgequältes Gehirn, die ständigen Fehlzündungen in meinem Sehzentrum, meine verlangsamte Reaktionsfähigkeit. Warum verdammt noch mal kommt immer alles zum völlig falschen Zeitpunkt?

Das Künstlerpaar – eine Malerin und ein Bildhauer – hat im Drachenfelser Ländchen einen alten Bauernhof restauriert und zu einem Wohnhaus mit Atelier umgestaltet. Das Wetter ist sonnig und warm, wir fahren im Cabrio durch kleine, malerische Örtchen, Felder und Wiesen, am Horizont die dunkelgrüne, leicht gewellte Silhouette der Voreifel – zur Feier des Tages alles fast unverzerrt. Felix parkt am Künstleranwesen. Die großen Plastiken des Bildhauers – abstrakte, geschwungene und gedrehte Formen – stehen im Hof, kleinere, filigranere sind in der umgebauten Scheune aufgereiht. Ich gehe, vielmehr eiere, mit angehaltenem Atem hinter Felix her durch die Reihen der Kunstwerke. Bloß ja nicht anstoßen. Manche Skulpturen scheinen sich mir geradezu in den Weg zu stellen.

Im Wohntrakt werden wir vom Künstlerpaar freundlich begrüßt und herumgeführt. An den Wänden hängen die Bilder der Malerin. Na, dort sind sie wenigstens vor mir sicher. In einem der Zimmer ist ein Kuchenbuffet aufgebaut, und schließlich sitzen Felix und ich an einem Tisch mit dem Künstlerpaar und einem Journalisten; eine angeregte Unterhaltung entspinnt sich. Ach wie gerne würde ich mich beteiligen. Was für eine interessante Gesprächspartnerin war ich früher, man hatte mir das oft gesagt. Noch zu Beginn meiner Bekanntschaft mit Felix unsere langen lebhaften telefonischen Diskussionen. Und jetzt? Ich habe geradezu Angst, den Mund aufzumachen. Bestimmt kommt nur Unsinn heraus. Oder Schmerzgewimmer. Immerhin gelingt es mir – glaube ich zumindest – interessiert zu gucken und verstehend zu nicken.

Zum Abschied bekomme ich von der netten Malerin ein Küsschen auf jede Wange. Wir sitzen wieder im Auto. Ob ich wohl einen schlimmen Eindruck hinterlassen habe, überlege ich und schiele Felix vorsichtig von der Seite an, aber er scheint kein wütendes Gesicht zu machen. Und dann fällt mir ein, dass ich gar nicht mitbekommen habe, aus welchem Material die Skulpturen waren und was die Bilder darstellen sollten. „Holzplastiken“, sagt Felix. O je! Ich habe wieder einmal laut gedacht. „Und die Gemälde zeigen abstrakte Pflanzendarstellungen“, fährt der Gute geduldig fort.

1. Juli 2013, Montag

Seltsamer Gegensatz: Eine bestrahlungsmäßige ‚Schreckenswoche‘ liegt vor mir, und sie beginnt so schön. ‚Kaffeeservice‘ ans Bett, dann erfrischende Morgenrunden im Swimmingpool, ein gemütliches Frühstück mit Panoramablick, denn heute muss ich erst nachmittags in der Klinik ‚antreten‘. Felix bringt mich und mein ‚Gepäck‘, inklusive der neuen Handtasche und eines Blumenstraußes zur U-Bahn. Wieder ein zärtlicher Abschiedskuss, ich winke ihm nach. Dann gehe ich die Treppen zur Haltestelle hinunter. Unten hält mich eine junge Frau mit Zwillings-Kinderwagen an, stellt sich mir in den Weg, bittet – nein, fordert geradezu, dass ich ihr den schweren Wagen hinauftrage. Ich bin zwar grundsätzlich hilfsbereit, aber im Moment gönne ich meiner Hilfsbereitschaft eine Auszeit und lehne ab. Es sind so viele andere Leute um uns herum, warum ausgerechnet ich. Wieder einmal wegen meiner Körperlänge, meines gesunden Aussehens? Die Frau beschimpft mich mit lauter, kreischender Stimme; sie wendet sich sogar an andere Passanten, um sich bei ihnen über mich fiesen Menschen zu beklagen. Tja, leicht gebräunt, mit langen blonden Haaren, ‚schwimmtrainiertem‘ Körper, modischer Sommerbekleidung und schicker Handtasche – so sieht keine Kranke aus.

Die Stunden mit Felix haben mir so gut getan, die Kopfschmerzen halten sich bis jetzt zurück und der unangenehme Zwischenfall von vorhin – vergessen, ich gehe für meine Verfassung geradezu beschwingt nach Hause. Ein langjähriger Nachbar kommt mir entgegen, ein alter, gehbehinderter Herr. Er ist in Begleitung eines mir unbekannten Helfers; blondes gegeltes Haar, Ray-Ban-Sonnenbrille, braungebrannt, bloße muskulöse Oberarme, Jeansweste und enge Hosen – im ‚Pantoffelkino' sehen so immer die Zuhälter aus. Ich grüße, der alte Herr mustert mich stumm und missbilligend von oben bis unten, der ‚Zuhälter' dagegen erwidert meinen Gruß ausgesprochen freundlich.

Nachmittags, Fahrt zur Klinik. Die ‚Bestrahlung' dauert ungewöhnlich lange, denn das Gerät muss neu eingestellt, auf den ehemaligen Tumorbereich konzentriert werden. Immer wieder fährt die Strahlenkanone um mich herum; die in meinem Kopf ständig lauernde Angst vor einer Rückkehr des Krebses macht sich bemerkbar – stimmt vielleicht etwas nicht? Dann endlich bin ich erlöst. Heimfahrt; die Straßen nicht wie sonst von der Morgensonne beschienen, sondern in nachmittäglichem Licht, die Schatten auf der anderen Seite. Wie verändert alles zu sein scheint, sogar die ‚hartnäckigen' Sperrmüllberge.

3. Juli 2013, Mittwoch

Ungeplant ‚bestrahlungsfrei'. Gestern kam ein Anruf von der Klinik, eine Routinewartung der Geräte würde länger als geplant dauern. Die ‚verlorene' Bestrahlung wird ‚angehängt'. Noch ein Tag länger! Ich bekomme einen Ungeduldsanfall. Aber es ist nun mal nicht zu ändern. Zumindest nutzen kann ich die ‚Bestrahlungsferien'. Felix hatte mich am Wochenende auf einen Zeitungsprospekt aufmerksam gemacht: hübsche preisreduzierte Sommersachen – mein Kleiderschrank ist immer noch etwas mager bestückt. Meine Brille, meine Kopfschmerzen und ich machen uns also auf den Weg. Wieder habe ich den Eindruck, völlig schräg zu gehen, mich vor der mir immer näher kommenden rechten Seite nach links biegen zu müssen. Haarscharf schramme ich am linken Türrahmen des Kaufhauseingangs vorbei und kippe fast über den Handlauf der Rolltreppe, dann stehe ich in der Damenoberbekleidungsabteilung. Wie um alles in der Welt soll ich in meinem Zustand aus dieser Fülle von Textilien etwas Geeignetes herausfinden?

Ich irre umher, neben den Anprobekabinen der Ständer für ‚zurückgehende' Sachen – leer bis auf ein einsames Kleidungsstück. Ein Sommerkleid. Jemand hatte es also bereits in die engere Wahl gezogen, denke ich mir, dann ist es bestimmt nicht ganz hässlich. Könnte auch die richtige Größe sein. Ich weiß, dass Felix mich eingefleischten ‚Hosenmenschen' so gerne einmal in einem Kleid sehen möchte. „Wenn ich es erlebe, dass du ein Kleid trägst, trinke ich einen Schnaps", hatte er schließlich schon fast verzweifelt angekündigt. Warum also sollte ich dieses Kleid nicht wenigstens mal anprobieren? Mehr als dass es nicht passt, kann nicht passieren, und in der Kabine sieht das ja niemand. Gesagt, getan – und ein Wunder: Es passt wie angegossen und sieht an mir – wenn ich meinen Augen diesbezüglich schon trauen darf – sehr gut aus. Na dann, lieber Felix, du wirst dich wundern. Ich ‚erlaube' ihm per SMS schon mal den Schnaps. Den will er lieber gemeinsam mit mir trinken, schreibt er zurück.

Abends langes Telefonat mit Felix; er versucht mich zu überreden, nach Beendigung der Strahlentherapie eine Kur zu machen – als Krebskranke habe ich einen Anspruch darauf, darüber wurde ich bereits informiert. Dennoch bin ich skeptisch: Drei Wochen mit lauter anderen Brustkrebspatientinnen zusammen, brustkrebsbezogene Behandlungen, Gesprächsthema bestimmt nichts anderes als Brustkrebs, Brustkrebs, Brustkrebs. Ich glaube – nein, bin mir sicher: Das wäre mein psychischer Zusammenbruch und ich nach der Kur kränker als vorher. Ich möchte den Alptraum Krebs einfach nur vergessen. Felix scheint das nicht zu verstehen. Schließlich verspreche ich, mich bei meiner Krankenkasse zu erkundigen. Nach dem Gespräch überfallen mich Zweifel: War ich, von meinem strahlenzermatschten Gehirn gesteuert, vielleicht zu abweisend? Er meint es doch nur gut, ist um meine Gesundheit besorgt.

4. Juli 2013, Donnerstag

Ich muss ungewöhnlich lange auf meine Strahlenbehandlung warten, der gestrige ‚Geräteausfall' hat wohl einiges Chaos verursacht. Mehrere Schwerstkranke werden in ihren Betten und auf Bahren herbei gerollt. Bis auf die Knochen abgemagert liegen sie apathisch da. Ob ihnen die Bestrahlung überhaupt noch helfen kann? Nach der Behandlung treffe ich doch tatsächlich meine arme

Zimmernachbarin aus dem Krankenhaus. Ich erkenne sie kaum wieder: abgemagertes Gesicht, rote Flecken auf den Wangen, unnatürlich glänzende Augen, stumpf und schütter gewordenes Haar. Sie hat bereits mit der Einnahme des östrogenreduzierenden Medikaments begonnen, welches auch ich nehmen soll. Ob das die von mir so gefürchteten Nebenwirkungen sind? Ich wage nicht, sie darauf anzusprechen, wir begrüßen uns, freuen uns, dass wir beide wenigstens noch leben – dann muss sie weiter.

Zu Hause sitze ich deprimiert herum, versuche, die Bilder der ‚Skelette' auf den Bahren und den erschreckenden Anblick der ehemaligen Mitpatientin aus dem Kopf zu kriegen – vergeblich. Schließlich reißt mich ein Gedanke aus der Lethargie: Ich hatte Felix doch versprochen, mich bei meiner Krankenkasse nach Kurmöglichkeiten zu erkundigen. Also ran ans Telefon. Die Dame am Telefon wird nach Nennung meiner Mitgliedsnummer – und dem vermutlichen Aufruf meiner Krankendaten am Computer – ausgesprochen freundlich. Aha, wohl wieder der ‚Krebs-Bonus'. Leider habe der zuständige Sachbearbeiter heute Außentermine, wäre aber morgen wieder erreichbar, erklärt sie und gibt mir Durchwahlnummern. Ich versinke erneut in Grübelei, sehe mich als haarloses Knochenbündel im Krankenhausbett.

Das Handy macht ping-ping, „1 Mitteilung erhalten." Felix lädt mich zu einer weiteren ‚Schwimmstunde' ein, außerdem möchte er mich endlich im Kleid sehen. Der Gute kommt mich abholen und bewundert mein neues Outfit. Sobald die Strahlentherapie vorbei ist und es mir wieder besser geht, werde ich versuchen, eine Busverbindung zu ihm herauszufinden, nehme ich mir vor. Warum soll er seine Zeit opfern, wenn ich noch keinen Führerschein habe. Den versprochenen Schnaps gibt es heute auch, und am späteren Abend lösen sich die Krebs-Schreckensvisionen in meinem Gehirn endgültig auf.

5. Juli 2013, Freitag

Wieder mal ein Abbestell-Anruf bei der Taxi-Zentrale. Vielleicht basteln sie dort inzwischen schon eine Bombe für mich. Und wieder mit ‚Luxuskarosse' und ‚Privatchauffeur' zur Klinik, aber dieses ‚Jet-Set-Girl'-Gefühl von anfangs, es stellt sich nicht wieder ein – ich habe inzwischen zu viele schlimme Schicksale kennengelernt.

Nachmittags, der zuständige Krankenkassenmitarbeiter nimmt sich für meinen Anruf Zeit. Grundsätzlich sei das mit Reha und Kur überhaupt kein Problem und ginge relativ schnell. Er nennt mir die für mich in Frage kommenden Kurorte, einige davon würden mich landschaftlich wirklich reizen, zum Beispiel die an Nord- und Ostsee gelegenen – ich bin und bleibe nun mal ein Wassermensch. Aber meine Befürchtungen bestätigen sich: Häuser mit jeweils über hundert brustkrebskranken Frauen, die Anwendungen ausschließlich auf Brustkrebs bezogen, 24-stündiger ‚Brustkrebsbeschuss'. Nein danke! Ich frage nach einer Kur zum allgemeinen und vor allem psychischen Aufbau, das könnte ich dringend brauchen, ist aber leider nicht vorgesehen. Schließlich beende ich das Telefonat mit der höflichen Versicherung, mir die Sache überlegen zu wollen, aber in Wirklichkeit habe ich mich längst entschieden.

Abends telefonische Diskussion mit Felix, er scheint über meinen Entschluss enttäuscht zu sein. Dass mein schlimmstes Problem die Angst vor einer Wiederkehr des Krebses ist und dass dagegen weder Kur noch Reha-Maßnahme hilft, sondern nur die Ablenkung durch das Zusammensein mit einem geliebten Menschen – er versteht es nicht. Vielleicht verstehen ja alle Männer so etwas nicht.

6. Juli 2013, Samstag

Felix holt mich abends ab. O Schreck, wie sieht die Heckfront seines Wagens aus – richtig eingedrückt. Nein, meine Augen spielen mir keinen Streich, es ist wirklich so. Auch die Tür zum Kofferraum ließe sich nicht mehr öffnen, sagt Felix betrübt. Gestern, auf dem Rückweg von meiner Klinik, hatte er in einer engen Straße gestoppt, um einen Linienbus durchzulassen – prompt fuhr ihm ein Lastwagen hinten auf. Mir bleibt fast das Herz stehen. Wenn Felix etwas passiert wäre. Meinetwegen. Ich glaube, das hätte ich nicht überlebt. Warum hat er am Telefon nichts erwähnt. Er habe mich nicht beunruhigen wollen, meint er. Ich muss ihn einfach noch einmal umarmen. Er hätte sowieso vorgehabt, sich in nächster Zeit einen neuen Wagen zuzulegen, tröstet er mich, nun werde er den Autokauf eben etwas vorziehen, das sei aber absolut nicht schlimm. Trotzdem, ich habe ein total schlechtes Gewissen.

7. Juli 2013, Sonntag

Herrliches warmes Wetter; Felix kündigt einen Ausflug an die Ahr an. Auch diese Gegend habe ich noch nie ‚live' gesehen – ich glaube, bei mir wundert ihn jetzt nichts mehr. Freudige Spannung und dann sofort wieder die Zweifel: Werde ich alles richtig genießen können – mit *den* Kopfschmerzen. Die Augen haben inzwischen manchmal schon etwas bessere Tage, Tage, an denen sich das Gesehene fast überhaupt nicht mehr krümmt oder in Spektralfarben auflöst. Ich hoffe so sehr, dass heute einer dieser besseren Tage ist.

Am späteren Vormittag geht es los, zunächst nach Ahrweiler. Wir wollen gerade durch das markante Stadttor gehen, als auf einmal lautes Tuckern ertönt: ein Oldtimer-Korso biegt langsam um die Ecke. Jedes Auto trägt eine große Startnummernplakette – fast wie Sportler. ‚Oldtimer-Fan' Felix guckt interessiert, bei mir plötzlich die Vorstellung: Jetzt ein Startschuss und alle Autos schwingen ihre Räder und rennen los. Wahrscheinlich köchelt mein Gehirn von der Freitagsbestrahlung her immer noch leise vor sich hin.

Auch in der Ahrweiler Altstadt ist einiges los, anscheinend eine Art Stadtfest. Fast alle Geschäfte haben geöffnet und in den Gassen drängen sich viele Menschen. Auf dem Platz vor der Kirche werden gerade zahlreiche Fressbuden aufgebaut. Zu beiden Seiten der Gassen wunderschöne Fachwerkhäuser, Butzenglasscheiben, Verzierungen, Erker, manche Häuser tragen sogar Namen, kunstvoll aufgepinselt. Ich kann alles erstaunlich gut sehen, also heute doch ein besserer Tag meiner Augen. Die Kopfschmerzen plagen mich wie üblich – aber seltsam ist dieses Schwächegefühl im ganzen Körper, so, als ob ich gerade von der Bestrahlung käme. Dabei ist doch heute schon der zweite ‚strahlenfreie' Tag. Felix bloß nichts merken lassen, nehme ich mir fest vor, der Gute freut sich doch so, mir etwas Schönes bieten zu können – und außerdem: Nur noch eine Woche, dann habe ich es ja überstanden.

Kurz darauf bin ich mir nicht mehr so sicher, überhaupt die nächsten Minuten zu überstehen: vor uns erhebt sich die alte, guterhaltene Stadtmauer. Man kann über eine schmale, steile Holztreppe hinaufklettern und ein Stück des Wehrgangs entlang gehen – ‚auf eigene Gefahr', wie ein Schild verkündet. „Sollen wir?", fragt Felix. Auf den Drachenfels habe ich es ja auch geschafft, denke ich auf einmal trotzig – also los. Es klappt – na gut, mit krampfhaftem

Festhalten am Geländer. Dann oben auf dem Wehrgang; die Beine zittern, ich lehne mich an die Brüstung. Hoffentlich merkt Felix nichts. Als es mir etwas besser geht, sehe ich auf die zu unseren Füßen liegenden Straßen hinunter – und stelle erstaunt fest, dass ich die Häuser und sogar einzelne Menschen gut erkennen kann. Aber ein Körperteil streikt eben immer; jetzt sind es die Beine. Der Abstieg wird zur Tortur. Die steile Holztreppe – an was erinnert sie mich nur? Ach ja, die Schweizer ‚Hühnerleitern'.

Wir fahren das sommerliche Ahrtal hinauf; Walporzheim, Marienthal, Dernau, Rech, Mayschoß – Felix nennt mir die Namen der Winzerorte. Lauter Fachwerkhäuser, Winzergüter und Weinlokale, aber alle sehen gleich aus. Welches wo war – ich könnte es schon nach kurzer Zeit nicht mehr sagen, bin einfach zu erschöpft. Die immer wieder im Sonnenschein aufblitzende Ahr wird schmaler, und schließlich ragt vor uns ein bewaldeter Berg auf, er trägt die Ruinen der ehemaligen Burg Are. Der Name ist mir ‚Hobbyhistorikerin' bekannt. Mehrere hohe kirchliche Würdenträger des Mittelalters entstammten dem Geschlecht der Burgherren. Zurück nach Rech, Felix will mit mir durch die Weinberge wandern. Das ist sicher sehr schön, und er meint es so gut – leider bin ich inzwischen wieder fest in den Klauen der Kopfschmerzen, dazu diese wackligen Beine. Trotzdem spiele ich Begeisterung. Ich will ihn auf keinen Fall enttäuschen und vielleicht lenkt mich die kleine Wanderung ja ab.

Hinter den letzten Häusern des Örtchens führt der Weg ziemlich steil nach oben, Schotter- und schließlich Schiefersteine lösen den Asphalt ab. Ich ringe meinem kopfschmerzgeplagten Kopf höchste Konzentration ab. Es ist ein Zwei-Fronten-Kampf, denn auch meine Pudding-Beine führen ein seltsames Eigenleben. Nicht auszudenken, wenn ich abrutsche, umknicke. Mitten in meinen Bemühungen, in der Senkrechten zu bleiben, fällt mir siedend heiß ein: Ich habe ja schon eine ganze Weile überhaupt nicht mehr auf Felix' Erklärungen reagiert, war einfach verstummt. Hoffentlich ist er nicht beleidigt. Wenigstens bin ich noch rechtzeitig ‚wach' geworden, um seinen Hinweis auf einen ‚Baby-Weinberg' zu würdigen. So etwas sehe ich wirklich auch zum ersten Mal in meinem Leben: ganz zarte, frisch gepflanzte Weinstöcke. Dann haben wir den höchsten Punkt erreicht, Felix zeigt mir die sicher wunderschöne Aussicht über das Ahrtal – mir ist vor Schwäche fast schwarz vor Augen, trotzdem bringe ich einige bewundernde Worte hervor.

Felix lädt mich zu Kaffee und Kuchen ein. Ich täusche Appetit vor, will kein Spielverderber sein. Endlich wieder im Auto, allmählich hören meine Beine auf zu zittern. Wir fahren nun ein Stück den Höhenweg entlang, Felix hat mir noch eine ‚Überraschung' versprochen: Ein Restaurant, inmitten der Weinberge gelegen, aber kein romantisches Winzerhaus, wie man vielleicht erwartet hätte, sondern wie von einer Architektengemeinschaft aus Hundertwasser und Gaudí entworfen: runde, geschwungene Formen, abstrakte Mosaike, surrealistische Außenlampen – einen größeren Kontrast zur ‚altdeutschen Weinromantik' der Umgebung kann man sich nicht vorstellen. Beim Betrachten der wellenförmigen Strukturen fühle ich mich sofort an die ersten Momente mit der neuen Brille erinnert, damals, vor jetzt schon fast vier Wochen.

Es geht weiter, in einem der Winzerorte kennt Felix einen Weinausschank in einem alten, romantischen Hinterhof. Man sitzt richtig urig, aber erstaunlich bequem auf echten Strohballen. Wein – ob das in meinem momentanen ‚Zustand' das richtige ist? Andererseits – es ist ja nur *ein* Glas. Schlimmer können die Schmerzen kaum noch werden, Felix will mir doch eine Freude machen. Er schlägt einen ‚weißen Rotwein' vor, gewonnen aus roten Trauben mit weißem Fruchtfleisch. Dass es so etwas gibt, habe ich auch noch nicht gewusst. Der Wein ist wirklich gut, und sitzend geht es mir auch wieder besser. Ich lobe den Wein, Felix freut sich. Wenigstens einmal würdigt sie das, was ich ihr biete, denkt er wahrscheinlich.

Nachts. Ich kann nicht einschlafen und grübele: noch nie habe ich so viel Interessantes erlebt wie jetzt. Ich habe bis jetzt überhaupt noch nichts Interessantes erlebt. Warum müssen mir die verdammten Schmerzen alles vermiesen. Das ist total ungerecht! Bestrahlung, Augenumstellung, dazu die Panik vor einem Wiederausbruch des Krebses. Ich bin nicht mehr so, wie ich früher war: lebhaft, aktiv, kommunikativ. Genau die Eigenschaften, die Felix selbst hat und auch von seiner Partnerin erwartet. Wird er irgendwann die Geduld mit mir verlieren? Soll ich ihm das mit den ständigen Schmerzen nicht doch sagen? Lieber nicht, Männer mögen bestimmt keine jammernden Frauen.

9. Juli 2013, Dienstag

Ich habe mich wieder in meinem Zweifrontenkrieg eingerichtet. Die verstärkten ‚Abschlussbestrahlungen' haben den Strahlenkater richtig gemästet, aber die Kopfschmerzen halten problemlos mit. Dazu extreme Hitze. Wie sehr könnte ich einfach nur die Nähe eines geliebten Menschen brauchen – aber die Woche ist wieder einmal ‚felixlos', er verbringt sie bei seiner Tochter und deren Familie. „In Wirklichkeit hast du bestimmt zwei bis drei weitere Freundinnen", hatte ich ihn aufgezogen, er hatte gelacht.

Und ach – wie sieht nur meine Brust aus: appetitlich durchgegart, die Brustwarze fast schwarz angekokelt. Vielleicht kann Felix mich einfach nur nicht so leiden sehen.

11. Juli 2013, Donnerstag

Das Taxi kommt heute zum endgültig letzten Mal um 8.40 Uhr. In der Warteecke sehe ich mir ‚Abschied nehmend' meine mir nun schon so vertrauten Mitpatienten an: den schmächtigen ‚Indio', eine ältere, gut angezogene und immer höflich grüßende Frau, eine ausgemergelte, sehr verschlossene Frau unbestimmten, wohl etwas jüngeren Alters, eine andere, sehr dicke junge Frau im Rollstuhl, dann der Herr mittleren Alters in Jeanskluft, noch eine Frau, mit der ich über den Erfolg einer anschließenden Kur diskutiert hatte. Sie sind alle freundlich, aber zu niemandem hat sich wieder ein so herzliches Verhältnis eingestellt wie zu der netten Mitpatientin mit dem ‚Sterntumor'. Wie mag es ihr jetzt gehen?

Meinen lieben ‚Bestrahlungshelferinnen' haben sich für ihre unermüdlichen und klaglosen ‚Malaktionen' wirklich eine Belohnung verdient: eine Dose mit einer Konfektmischung. Die nette junge Ärztin versichert mir nochmals, sie habe so etwas wie mich noch nie erlebt und werde mich nicht so schnell vergessen, ich lächle höflich. Vielleicht sehen wir uns ja doch noch einmal wieder, sie, ich und der Krebs. Auch die freundlichen Damen von der Rezeption bekommen eine kleine Gabe, schließlich haben sie – oft geradezu belagert von Patienten und deren Angehörigen – jedes Mal geduldig mein Rückfahrt-Taxi bestellt und mir immer einige aufmunternde Worte auf den Weg gegeben.

Wieder zu Hause, der Strahlenkater nähert sich. Auf einmal fällt mir ein: Heute ist ja ‚Jubiläum': Ein Monat mit neuer Brille und ich lebe noch. Die Kopfschmerzen werden schlimmer, sie feiern wahrscheinlich auf ihre Weise. Ich lege mich hin und schließe die Augen, träume vor mich hin. Morgen um diese Zeit kann ich dem Strahlenkater endgültig adieu sagen. Vielleicht ist ja der ‚Brillenteufel' ohne seinen Genossen auch nicht mehr so frech. Und dann durchzuckt jäh ein Erkenntnisblitz das Schmerzgewölk – ab morgen bin ich frei. Frei! Das erste Mal seit vier Monaten frei, keine ‚krebsbezogenen' Termine mehr. Ich habe endlich mehr Zeit für Felix, wir können vielleicht zusammen einen längeren Urlaub machen. Ein wunderbares Leben beginnt.

12. Juli 2013, Freitag

Der große Tag ist da, passend dazu heller Sonnenschein. Noch einmal die gewohnten Straßen zur Klinik, die vertrauten Sperrmüllberge, der Weg ins Untergeschoss zu den Bestrahlungsräumen, die Mitpatienten, die netten Helferinnen. Noch einmal bin ich der Strahlenkanone ausgeliefert. Dann ist es vorbei. Nein, noch nicht ganz; ich muss der ‚Klinikprominenz' meine Aufwartung machen. Der Professor begutachtet meine lädierte Brust – den Umständen entsprechend ist alles okay, keine offenen Wunden, starke Schmerzen habe ich auch nicht. Aber dann: Mein Traum von einem Leben ohne ‚Krebstermine' bekommt eine erste Delle: in vier Wochen muss der Heilungsprozess der Brust nochmals begutachtet werden.

Die nächste ‚Station': der Onkologe. Ich teile ihm meinen Entschluss mit, auf die fünfjährige Einnahme eines Östrogenhemmers verzichten zu wollen, verweise auf die häufig auftretenden schweren und vor allem irreversiblen Nebenwirkungen, eine davon eine Verschlechterung der Sehfähigkeit, genau das, was ich im Moment ‚brauchen kann'. Dabei fällt mir etwas sehr Seltsames ein: Zu den nur vorübergehenden Beeinträchtigungen durch die achtwöchige Strahlentherapie bekam ich eine mehrseitige Liste ausgehändigt und musste eine Einverständniserklärung unterschreiben. Die Antihormontherapie dagegen dauert fünf Jahre und ihre starken Nebenwirkungen sind unumkehrbar – ärztliche Hinweise darauf: keine. Stattdessen fragt der Onkologe: „Wozu wollen Sie in Ihrem Alter überhaupt noch gut sehen können?" Dann tippt er eine Notiz in seinen Computer ein – wahrscheinlich steht da jetzt: renitente Patientin.

Ich möchte wissen, wie lange der Tumor gebraucht hatte, um auf das Format einer kleinen Kirsche anzuwachsen. Tumore werden in Wachstumsklassen eingeteilt, erklärt der Arzt, mein Tumor hätte der zweitlangsamsten Wachstumsklasse angehört und für seine Endgröße etwa zehn Jahre gebraucht. Zehn Jahre habe ich dieses Ding schon mit mir herumgeschleppt – ich glaube, mir wird schlecht. Wie durch Watte höre ich noch den Hinweis des Onkologen, es sei für die nächsten Jahre alle drei Monate eine gynäkologische Brust-Kontrolluntersuchung erforderlich, außerdem halbjährlich eine Mammographie und eine Ultraschall-Untersuchung. Hört das denn nie auf? Ich verabschiede mich hastig und flüchte.

Erleichtert schaue ich am frühen Nachmittag dem diesmal endgültig entschwindenden Strahlenkater nach – hoffentlich sehe ich ihn nie wieder. Nur schade, den ‚Brillenteufel' hat er nicht mitgenommen. Na ja – ein ‚Untier' kann ich vor Felix sicher besser verbergen als zwei. Das Handy hat wahrscheinlich mitgehört, es antwortet ping-ping: „1 Mitteilung erhalten." Felix ist wieder im Lande, er will das erste bestrahlungsfreie Wochenende mit mir verbringen. Ich schwebe mehrere Zentimeter über dem Boden, dann nehme ich meine Augen ins Gebet: reißt euch zusammen, keine Totalausfälle! Auch die Kopfschmerzen werden beschworen: Haltet euch bitte, bitte zurück.

Wir fahren zu einem kleinen, idyllisch am Rheinufer gelegenen Campingplatz; im Zentrum des Platzes eine Art Imbissbude mit rustikaler, aber angeblich guter Küche; der ‚Freiluft-Speisesaal' besteht aus mehreren Reihen Biertischgarnituren. Mehrmals fahren Ruderboote vorbei, eines ist ein Vierer mit Steuermann, in diesem Fall eine ‚Steuerfrau', die über vier kräftige Männer ‚gebietet'. Ich glaube, solche Feinheiten hätte ich früher nicht wahrgenommen. Dann wieder knattert ein Jet-Ski-Boot vorbei. Ach du Schreck, von den vielen neuen Eindrücken überwältigt habe ich den armen Felix glatt vergessen. Im Augenblick bin ich als Gesellschafterin wirklich eine komplette Niete!

Später. Wir sitzen noch lange in Felix' Küche zusammen und unterhalten uns bei etwas Eis und ‚einem' Glas guten Weißweins. Ich erzähle von meinem heutigen ‚letzten' Kliniktag und auch, dass der Tumor schon seit zehn Jahren bei mir ‚Untermieter' war. Wieder einmal bemerke ich bei einem Blick in Felix' Gesicht mühsam unterdrückte Rührung.

14. Juli 2013, Sonntag

Tolles Wetter: Sonnen, Schwimmen, Faulenzen. Nachmittags ein Ausflug mit dem Oldtimer-Cabrio durch das schöne Drachenfelser Ländchen. Fahr langsamer, so schnell kann ich visuelle Eindrücke noch nicht verarbeiten, möchte ich Felix am liebsten sagen – tue es aber nicht. Ein Normalsichtiger versteht so etwas bestimmt nicht.

Wir fahren an einer Koppel vorbei. Nahe am Zaun stehen schöne Pferde, mehrere lustig gefleckte Appaloosa und ein herrlicher Friese, schwarz glänzend, die kräftigen Hufe mit dem rassetypischen ‚Behang' – jetzt mache ich richtige Stielaugen. Felix bemerkt es und hält, damit ich die Pferde in Ruhe bewundern kann. Die Kombination – großes Auto + wohlhabend aussehender älterer Herr + ‚junge' Blondine – hat offenbar das Geschäftsinteresse des Besitzers geweckt. Er kommt zu uns, preist seine Pferde an – „alle aus eigener Zucht." Der Friese wäre ein besonders gutes Tier, er stünde zum Verkauf. Ich muss inwendig lachen. Am Brillenglas vorbei schiele ich zu Felix, ihm geht es genauso. Wir wechseln mit dem ‚Pferdehändler' einige Worte, dann verabschieden wir uns höflich. Die Stimme des Pferdehändlers klingt enttäuscht – wer weiß, wann das nächste Luxusauto in diese abgelegene Gegend kommt. Trotz der Kopfschmerzen gelingt es mir, Felix etwas aufzuziehen: Das mit dem Pferd wäre doch keine schlechte Idee, es könnte ja in seinem großen Garten grasen und er bräuchte dann den Rasen nie mehr zu mähen und zu düngen.

Für den Rückweg wählt der gute Felix eine Strecke, auf der wir an gleich drei Wasserburgen vorbeikommen; zwei werden fast völlig von hohen Bäumen verborgen, die dritte, größte und bekannteste ist Burg Adendorf, auf sie hat man freie Sicht. Ich sehe zum ersten Mal in meinem Leben eine Wasserburg ‚in natura': sandfarben-hellbraune Gebäude und Türme leuchten im Sonnenlicht auf – schon vorbei. Die nächste ‚Attraktion' kündigt sich schon von weitem an und wird beharrlich immer größer: das ‚Wahrzeichen' der Region, die weiße

Weltraum-Lauschkugel des Fraunhofer-Instituts für Radartechnik. Ich bitte Felix, doch einmal langsam und so nahe wie möglich vorbeizufahren. Er tut mir den Gefallen. Das Ding ist wirklich riesig. Von der hohen, mit Natodraht bestückten Mauer, die das Gelände umgibt, richten sich mehrere vermutlich von Bewegungsmeldern gesteuerte Videokameras auf uns. Wir fahren lieber weiter.

Zu Hause, auf Felix' antikem Schreibsekretär, liegt ein dicker Auktionskatalog. Angeboten werden unter anderem zwei Tierfiguren, angeblich aus einer früher in unserer Stadt befindlichen kurfürstlichen Porzellanmanufaktur. Bei uns eine Porzellanmanufaktur – das ist uns beiden neu. Ich merke, dass Felix gerne mehr darüber wissen möchte, und schlage vor, mich zu erkundigen. Ich habe mehr Zeit als er, und außerdem hat er schon so viel für mich getan, da ist es doch das Mindeste, dass ich auch einmal etwas für ihn tue.

15. Juli 2013, Montag

Der durch die Klinikfahrten vorgegebene Tagesrhythmus fehlt mir. Kopfschmerzen und geistige Mattscheibe dagegen sind mir treu geblieben, das war dann doch keine Bestrahlungsfolge, sondern ist ein Dauerprotest meiner lernunwilligen Augen. Betrübt betrachte ich mich im Spiegel: Die rechte Brust sieht aus wie ein Grillhähnchen und die linke Körperseite wird langsam blau vor Blutergüssen, denn ständig habe ich das nicht zu unterdrückende Gefühl, nach links ausweichen zu müssen, um nicht rechts irgendwo anzustoßen. Und rums, stoße ich links an, lasse keinen Türrahmen und keine Möbelkante aus. Was für einen Anblick ich auf der Straße biete, will ich lieber gar nicht wissen. Fast sehne ich mich nach meinem früheren ‚sehbehinderten' Leben zurück!

Ich muss mich ablenken – und vor allem raus. Da war doch die Sache mit der angeblichen hiesigen Porzellanmanufaktur. Im Stadtarchiv wird es darüber sicher Informationen geben, ich war dort schon öfter. Also: Auf, auf, sprach der Fuchs zum Hasen. Die diensthabende Mitarbeiterin erkennt mich sogar wieder, sie hilft freundlich bei der Suche im Stichwörterkatalog und bringt die schließlich ausgewählten Bücher sofort aus dem Magazin. Ich lese mühsam, kämpfe gegen ‚springende' Buchstaben und Zeilen und meine Kopfschmerzen, aber die Freude, Felix auch einmal einen Gefallen tun zu können, verleiht mir ungeahnte Kräfte.

Das mit der Porzellanmanufaktur stimmt wirklich – fast. Die Porzellanherstellung wollte nicht gelingen, es kamen nur Fayencen zustande, darunter allerdings einige sehr schöne Services für die Hoftafel. Mehrere Jahrzehnte nach Ende der kurfürstlichen Ära nahm ein bürgerlicher Geschäftsmann die Fayenherstellung vorübergehend wieder auf, produzierte aber eher dem Zeitgeschmack angepasste Massenware. Und genau aus dieser Zeit (1. Hälfte des 19. Jahrhunderts) stammen auch die im Auktionskatalog angebotenen Tierfiguren – die ‚Porzellanmarken' lassen es eindeutig erkennen. Ha, trotz Mattscheibe ein kleiner Triumph für mich: Das Auktionshaus, das die Figuren als aus Porzellan bestehend und in der 2. Hälfte des 18. Jahrhunderts hergestellt beschrieben hatte, hat geschwindelt! Ich kopiere die wichtigsten Seiten der Dokumentationen und ziehe mit rebellierendem Kopf, aber stolz auf meinen Erfolg von dannen. Abends teile ich Felix eine Kurzform der Ergebnisse per SMS mit, er ist erstaunt und sehr interessiert.

16. Juli 2013, Dienstag

Wie lenke ich mich heute von den Kopfschmerzen ab? Da wäre wirklich etwas: Ich hatte mir ja schon seit längerem vorgenommen, mal nachzuforschen, ob es auch eine Busverbindung zu Felix' Haus gibt, damit der Arme mich (noch) führerscheinloses Wesen nicht immer abholen oder zur U-Bahn bringen muss. Ich vertiefe mich also in die Fahrpläne – ohne Brille, denn hin- und herspringende Abfahrtszeiten kann ich jetzt wirklich nicht brauchen. Es gibt tatsächlich eine Verbindung, eine ziemlich lange Fahrt, – erst mit der Straßenbahn, dann umsteigen in einen Bus. Am frühen Nachmittag probiere ich die ‚Reise' mal aus. Ziemlich am Anfang der Busfahrt erspähe ich etwas Rührendes: ein älteres Einfamilienhaus; die Farbe des Verputzes irgendetwas zwischen hellbraun und altrosa, dazu himmelblaue Fensterläden und ein haubenförmiges Walmdach, der Garten romantisch verwildert. Die kleine Villa hat sogar einen Namen: in Jugendstilschrift ist aus dem Mauerwerk herausgearbeitet: Haus Adele – wie passend, das Haus sieht wirklich wie ein ältliches Madämchen aus. Ich halte inne: dass ich die Stimmung dieses ‚Ensembles' so erfassen kann – einfach nur durchs Ansehen. Eigenartig.

Es geht weiter, durch Straßen, die ich bis jetzt noch nie gesehen habe. Das wusste ich ja von vorne herein, nur – warum gerate ich auf einmal in Panik? In welche Richtung fahren wir überhaupt? Mühsam unterdrücke ich das jähe Verlangen, aus dem Bus zu springen, rede mir selbst gut zu: Der Busfahrer wird seine Strecke ja wohl kennen. Einmal, ganz kurz, ist die Orientierung wieder da, aber dann biegt der Bus erneut ab. Eine neue Richtung, neue Straßen. Wie lange dauert die Fahrt noch? Die automatische Stationsansage hat endlich Mitleid mit mir, verkündet den Namen der Haltestelle, an der ich aussteigen müsste, nur das hätte um diese Tageszeit keinen Zweck, Felix ist im Büro oder unterwegs.

Ich fahre weiter, zur Endhaltestelle in der Nähe des Rheinufers. Nach einem kurzen Spaziergang durch die schattige Uferallee kehre ich zur Bushaltestelle zurück. Diesmal steige ich in der Nähe von Felix' Büro aus, denn ich habe den Umschlag mit meinen Rechercheergebnissen dabei. Zweifel: Soll ich läuten, werde ich stören? Im Parterre unterhalten sich zwei jüngere Frauen, netterweise lassen sie mich ein, ich gehe hinauf und lehne das Kuvert an Felix' Bürotür. Am Abend bedankt er sich am Telefon herzlich für das Informationsmaterial. Eine kleine geschichtliche Diskussion schließt sich an – hoffentlich rede ich nicht allzu viel Unsinn.

17. Juli 2013, Mittwoch

Sehr warm – das mögen meine Kopfschmerzen wirklich besonders. Die Brille rutscht nach wie vor, also steht ein Trip in Herrn Clairons Geschäft auf dem Programm. Ein netter Mitarbeiter behebt die ‚Abwärtstendenz' des Nasenfahrrads, dann bin ich wieder entlassen – was könnte ich noch unternehmen? Da war doch nahe beim U-Bahn-Aufgang ein 1-Euro-Shop. Ob sich im Einzelhandel während meiner achtwöchigen ‚Abwesenheit' irgendetwas Neues getan hat? In einen Kaufrausch kann ich eh nicht verfallen, da ich mein Portemonnaie nicht dabei habe. Also nur gucken, und dabei auch das kollisionsfreie vorbeigehen an Regalwänden üben. Ich streife durch den schmalen, schlauchförmigen Laden. Plötzlich bleibt mein Blick ungewohnt ‚zielstrebig' an etwas Interessantem kleben: eine Wanduhr mit Tierstimmen anstelle normaler Stundenschläge.

Die Tiere sind auf dem Ziffernblatt abgebildet: Um sechs Uhr soll ein Hahn krähen, um sieben Uhr eine Ente schnattern, um acht Uhr eine Katze miauen usw. Das wäre doch ein Hingucker bzw. ‚Hinhörer' für die Wohnung einer Ex-Biologin wie mich. Was kostet der Spaß denn überhaupt? Nicht einen, sondern 4,99 Euro. Trotzdem, das muss ich unbedingt haben. Nur wie, ganz ohne Geld? Anbieten, den Boden aufzuwischen? Mein schmerzgeplagtes Gehirn spuckt erstaunlich schnell eine brauchbare Idee aus: Felix' Büro ist in der Nähe, vielleicht kann ich mir ausnahmsweise von ihm etwas Geld leihen. Ich stürme also in sein Büro. Als er sich von seinem Lachanfall erholt hat, zückt er seine Geldbörse und gibt mir sogar zehn Euro, er möchte diese ‚Wunderuhr' nämlich auch haben. Ich ergattere wirklich noch zwei originalverpackte Exemplare. Stolz trage ich die Beute wieder ins Büro. Felix ist gut gelaunt. Das Ergebnis meiner Recherchen hat ihm gefallen und dass ich mit der Brille anscheinend immer besser zurechtkomme, freut ihn. Von den Schmerzen weiß er ja nichts. Wir verabreden uns für den späten Nachmittag.

Als er in seinem lädierten Auto vorfährt, bekomme ich wieder ein total schlechtes Gewissen. Felix beruhigt mich wieder, der Kauf eines neuen Wagens sei sowieso längst geplant gewesen, ein gutes Angebot für den ‚alten' läge vor, erzählt er. Natürlich freut mich das für ihn, aber ich kann wehmütige Gefühle nicht ganz unterdrücken. In diesem Auto habe ich meinen ersten Kuss bekommen. Den allerersten Kuss meines Lebens. Er werde den Kuss nicht mit verkaufen, sondern zuvor ganz vorsichtig in Sicherheit bringen, meint Felix.

18. Juli 2013, Donnerstag

Gemeinsame morgendliche Zeitungslektüre: wieder mal Mord und Totschlag in Felix' Stadtteil. Ich ziehe ihn damit auf: ‚Klein Chicago'. Er lacht. Viel zu schnell sind die schönen Stunden zu zweit vorbei, er muss ins Büro. Liebevoller Abschied, dann bin ich wieder alleine – nicht ganz, die Kopfschmerzen leisten mir Gesellschaft. Kopfschmerzen hin, Kopfschmerzen her – ich will die Kontrolluntersuchungen organisieren, wenn ich schon die Antihormontabletten nicht nehme. Da war doch die nette junge Frauenärztin aus dem Krankenhaus. Sie hatte gesagt, in Kürze einer Gynäkologiepraxis beitreten zu wollen.

Ich schnappe mir das Branchen-Telefonbuch. Zum Entziffern der engen Zeilen und der winzigen Schrift brauche ich gefühlte Stunden. Aber ich finde die Praxis und bekomme sofort einen Termin für die erste der nun alle Vierteljahre erforderlichen Brustuntersuchungen. So, das wäre geschafft!

21. Juli 2013, Sonntag

Am frühen Vormittag Anruf von Felix, er will mit mir zu den ‚Rheinbach Classics' fahren! Über dieses einmal jährlich stattfindende bekannte Treffen für Oldtimer hatte ich schon viel in der Zeitung gelesen. Jetzt werde ich es live erleben, mit einem geliebten Partner an der Seite – einfach nur ein Traum. Ich werde mich für ihn schön machen, das neue Kleid anziehen. Kopfschmerzen, ihr könnt mich mal!

Wir fahren los – stilecht im Oldtimer-Cabrio. Sonnenschein, warm – schon sind wir in Rheinbach. Hand in Hand gehen wir durch die Innenstadt. Vom Korso der vierrädrigen Antiquitäten bekommen wir leider nur noch den Schluss mit. Aber die Oldtimer sind nicht verschwunden, sondern zur Besichtigung am Straßenrand aufgereiht. Ich betrachte die vorbeidefilierenden Menschen, sie unterhalten sich, sind gut gelaunt, manche entsprechend der Entstehungszeit ihres Autos kostümiert. Sie haben bestimmt keine Schmerzen. Ich fühle mich wieder einmal so ausgeschlossen. Doch da, zwischen all den chromglänzenden Karosserien ein amerikanischer Pickup-Methusalem, der aussieht, als fiele er gleich auseinander – ein ‚kranker' Außenseiter, wie ich.

Felix erklärt mir unermüdlich seltene Automarken, wirklich interessante Exemplare: Mustangs, zwei alte Bugattis sowie mehrere Fiat-Sportwagen, in einer Seitenstraße vor einem Gebäude mit einem großen Tor geparkt; der zugehörige Fanclub ‚residiert' in der Toreinfahrt. Felix begutachtet die Fiats sehr interessiert und unterhält sich dann mit einigen der Besitzer. Ich bleibe stumm lächelnd im Hintergrund, denn wenn ich meinen Mund zum Sprechen bewege, zerbröckelt bestimmt meine zur Tarnung aufgesetzte Maske der Sorte ‚Dauerlächeln' und qualverzerrte Gesichtszüge treten zutage.

Wir kehren zur Hauptstraße zurück. Die Geschäfte haben offen, sogar ein Beerdigungsinstitut, das zur Feier des Tages einen Sarg in der Optik eines US-

Oldtimers ausgestellt hat – wie passend. Durch eine weitere baum- und oldtimergesäumte Straße geht es zu einem großen Platz, er ist offensichtlich fest in ‚amerikanischer' Hand: lange Reihen von US-Riesenschlitten, Bonbonfarben explodieren. Inmitten der schrillfarbenen Schlachtschiffe wieder ein unscheinbares ‚Außenseiter'-Wägelchen, ein khakibrauner 2.-Weltkriegs-US-Jeep, die Urmutter aller SUVs. Die ‚Besatzung' des Jeeps: ein Mann und eine Frau, er in der Original-Ausgehuniform eines damaligen GIs inklusive ‚Schiffchen' auf dem Kopf, sie in Uniformjacke und -rock einer Angehörigen des weiblichen US-Hilfskorps. Die Frisur, sogar die Nylon-Strümpfe mit rückwärtiger Naht und die flachen, etwas klobigen Pumps – einfach alles stimmt. Ich starre sie an, fühle mich einen Moment lang in eine TV-Dokusendung über das Kriegsende 1945 versetzt.

Es ist Spätnachmittag geworden, die ersten Oldtimer rücken ab. Auch wir machen uns auf die Heimfahrt. Dem fürsorglichen Felix ist meine Erschöpfung bestimmt nicht verborgen geblieben. Der kühlende Fahrtwind ist angenehm, und jetzt merke ich auch, wie geschafft ich nach dem stundenlangen Umhergehen bin. Felix bringt mich nach Hause und fährt dann weiter. Den Abend will er mit seinem Sohn verbringen. Bei mir ein kurzer Anflug von Enttäuschung, ich schäme mich sofort dafür.

22. Juli 2014, Montag

Sehr heiß, ich hänge und grübele herum, denke an den gestrigen Tag, dieses seltsame Sammelsurium von intensiven Seheindrücken und wahrnehmungslosem Dahertrotten. Und die Schmerzen – wenn ich wenigstens wüsste, wann sie endlich aufhören. Dann wieder Stolz: Bestimmt gibt es nicht viele, die für einen geliebten Menschen so viel auf sich nehmen wie ich.

25. Juli 2013, Donnerstag

Immer noch schwül heiß, die Kopfschmerzen fühlen sich so richtig wohl. Phlegmatisch sitze ich herum. Am frühen Nachmittag per SMS die ‚Erlösung':

Ich darf in Felix' Swimmingpool einige Runden drehen. Leider muss Felix noch arbeiten und kann mich nicht abholen. „Kein Problem", höre ich mich sagen, „ich nehme den Bus." Ich werde es diesmal bestimmt besser schaffen, mache ich mir Mut. Und ich habe sogar ein ‚Geschenk' dabei: seine nunmehr richtig eingestellte ‚Tieruhr'. Die Inbetriebnahme war etwas kompliziert – zwei verschiedene Zeitzyklen, damit die ‚Tiere' nicht auch nachts schreien und die Nachbarn einen Nervenkollaps bekommen. Ich habe ja Zeit und diese ‚Tüftelarbeit' daher gerne übernommen, erstaunlicherweise sogar mit Erfolg.

Der Bus schaukelt mich durch ferienmäßig leere Straßen, weit und breit kein anderes Fahrzeug in Sicht. Auf einem Gehsteig sitzt eine schwarze Katze und putzt sich. Als wir fast auf gleicher Höhe mit der Katze sind, entschließt sie sich auf einmal, noch vor dem Bus die Straße zu überqueren. Der Fahrer steigt in die Eisen, Vollbremsung. Uns Fahrgäste reißt es fast von den Sitzen, dann steht der Bus – die Katze springt unversehrt davon. Im Bus zunächst Totenstille, alle sind vor Schreck wie gelähmt. Und dann – in die Stille hinein auf einmal das laute Muhen einer Kuh – Felix' ‚Tieruhr' in meiner Tasche ‚schlägt' ausgerechnet jetzt eine volle Stunde! Ich suche hektisch nach dem Abstellknopf, verfalle unwillkürlich in den ‚Mäuschenmodus', mache mich immer kleiner, sehe mich nach den zugehörigen Loch um. Leider sind Mauselöcher in Bussen ziemlich selten. Doch dann: Ein Fahrgast lacht, weitere stimmen ein, schließlich allgemeines Gelächter. Schuldbewusst packe ich die Uhr aus und zeige den ‚Übeltäter', man staunt amüsiert.

Ein wunderschöner milder Sommerabend beschließt den heißen Tag. Wir sitzen in Felix' Garten, er hat wieder seine duftenden Topf-Zitronenbäume um meinen Stuhl drapiert. Ein kleines Essen, eine Flasche guten Wein. Über mein ‚Uhrenerlebnis' hat sich Felix vor Lachen fast ausgeschüttet und ist jetzt ausgesprochen gut gelaunt. Das muss ich ausnutzen und überrede ihn, mit mir einmal die Greifvogelstation im Eifelort Hellenthal zu besuchen. Felix ist erstaunlich schnell einverstanden, es interessiert ihn wohl auch.

Inzwischen ist es dunkel geworden, meine Kopfschmerzen streben ihrem üblichen Höhepunkt entgegen. Diese komischen Halluzinationen, jetzt tanzen mir sogar schon kleine helle Punkte vor den Augen. Was kommt wohl als nächstes? Ich schließe die Augen einen Augenblick, mache sie wieder auf – die

Lichtpunkte sind immer noch da, sie wuseln im Gras herum. In meiner Panik vertraue ich mich Felix an. Wieder einmal bricht er vor Lachen fast zusammen. „Das sind Glühwürmchen, du Biologin", sagt er. O je, da bin ich jetzt richtig blamiert, aber die Abbildungen in meinen Biologiebüchern konnten leider nicht leuchten. Ich beuge mich über das Gras, versuche, die Tierchen zu erkennen. Sie wollen aber offenbar nicht gesehen werden und ‚knipsen' sofort ihr Licht aus, dafür leuchten weiter weg neue Punkte auf. Jetzt bin ich 58 Jahre alt und sehe zum ersten Mal lebende Glühwürmchen ‚in Aktion'!

28. Juli 2013, Sonntag

Es ist soweit: Heute geht es ‚zu den Geiern' nach Hellenthal. Wir fahren in einen schönen, sehr warmen Vormittag hinein, in der Ferne allerdings wabert eine Art Dunst – ob das die vom Wetterbericht angekündigten Gewitter sind? Hoffentlich nicht. Ach, vielleicht nur wieder eine Fehlzündung meiner Augen. Wir nähern uns Euskirchen, ich sehe erstmals in meinem Leben eine Zuckerfabrik – kastenförmige Gebäude, hohe Silos. Albern, aber insgeheim hatte ich erwartet, dass sie die Form eines riesigen Zuckerhuts hat. Das mit meinen geistigen Kurzschlüssen nimmt ja langsam bedenkliche Formen an.

Die Autobahn ist sonntäglich leer, links und rechts eine sanft-hügelige Landschaft, Wiesen und Felder, immer wieder kleine Ortschaften, hübsche, teils auch ‚historisch' aussehende Fachwerkhäuschen. Eigentlich müsste hier doch alles Alte zerstört sein, denn durch diese Gegend verlief im Winter 1944/45 wochenlang die Westfront; zwischen den vorrückenden Alliierten und dem sich ein letztes Mal aufbäumenden Nazideutschland kam es zu furchtbaren Kämpfen. Komisch, wieder so ein intensiver Seheindruck, der eine ganze Gedankenketten in Gang setzt. Das hatte ich doch früher nicht.

Wir sind in Hellenthal angelangt, die Vogelstation liegt sicher außerhalb, aber wo? Die Touristeninformation im Zentrum hat geöffnet, wir gehen hin. Der gepflasterte Dorfplatz steigt leicht an, und da plötzlich habe ich das Gefühl, dass die Steigung wie eine sich auftürmende ‚Pflastersteinwelle' immer steiler wird, seitlich auf mich zurollt! Unwillkürlich will ich ausweichen, stolpere fast und tappe schließlich unbeholfen hinter Felix her. Hoffentlich hat er nichts gemerkt. Was ist nur mit mir los?

Die Vogelstation liegt malerisch im Wald. Um eine große Rasenfläche herum sind die Vogelgehege gruppiert. Die Insassen bekommen Kost und Logis natürlich nicht umsonst, sondern sie müssen dafür arbeiten, das heißt: drei Mal täglich auf Kommandos eines Falkners hin ihre Flugkünste demonstrieren. Bis zur Elf-Uhr-Vorstellung ist noch etwas Zeit. Felix und ich gehen Hand in Hand an den Käfigen entlang: Eulen, Falken, Bussarde, Geier, verschiedene Adlerarten, darunter mehrere imposante Exemplare des Bald Eagle, des Weißkopfseeadlers. Meine Augen bleiben brav, ob sie ihren Fauxpas von vorhin wieder gutmachen wollen?

Und dann gibt es da noch ‚Santiago', einen echten Anden-Kondor. Er wurde von den Fachleuten der Vogelstation nach allen Regeln der Kunst zu einem körperlich völlig gesunden Vogel aufgezogen, allerdings einem Vogel mit ‚Macke': Er will nicht fliegen, nicht für Geld und nicht für gute Worte. Wahrscheinlich denkt er sich, wozu, mein Futter bekomme ich ja sowieso. Immerhin hat er es mit dieser Macke zum Held einer Fernsehdokumentation gebracht. Und nun sitzt Santiago mit einem missmutigen Zug um den Schnabel auf dem Boden in einer Ecke seines großen Geheges. Ich hatte mir einen TV-Star etwas imposanter vorgestellt.

Die Zuschauer versammeln sich um die große Rasenfläche, eine Schleiereule eröffnet die Flugshow – die Harry-Potter-Fans unter den Kindern kreischen begeistert. An beiden Enden des Rasens steht je ein Falkner, die Eule fliegt auf Zuruf zwischen ihnen hin und her. Dann ist die Eule ‚erlöst', Falken und Bussarde zeigen ihr Können. Einem Falken wird ‚befohlen', sich auf die Spitze einer hohen Tanne am gegenüberliegenden Berghang zu setzen – gehorsam tut er es. Er könnte sich doch jetzt in die Freiheit davonmachen. Aber nein, brav fliegt er wieder zurück zu seinem Falkner. Die sicheren ‚Fleischtöpfe' haben eben auch ihren Reiz.

Schließlich sind die ‚größten Kaliber' an der Reihe: Adler. Ihre riesigen Schatten über uns, das Klatschen der gewaltigen Schwingen – ich bin sehr beeindruckt, der welterfahrene Felix auch, wie ich mit einem verstohlenen Seitenblick feststelle. Ein Adler verliert eine Feder, Felix hebt sie auf und überreicht sie mir, ich bin total gerührt. Auf dem Rasen sitzt auf einmal ein gefiederter ‚Bruchpilot' – Show oder tatsächlicher Absturz? Der Adler will sich wieder in die Luft erheben, aber das ist gar nicht so einfach. Wie ein Jumbo-Jet braucht er dazu eine sehr lange Startbahn, er breitet die Flügel aus, rennt und rennt. Und schafft es schließlich, kurz vor dem niedrigen Randzaun des Rasens.

Wir Zuschauer werden an den Rand einer anderen Grasfläche gebeten. Von hier aus kann man in der Ferne den Olefstausee sehen. Ein Falkner hätte bereits zwei Adler zum Seeufer gebracht, erklärt man uns, sie kämen trotz der großen Entfernung auf kürzestem Weg wieder zurückgeflogen. Und wirklich, über den Bäumen des gegenüberliegenden Waldrandes leuchtet etwas Helles auf, es muss das weiße Kopfgefieder eines ‚Bald Eagle' sein. Und da kommt er schon, fliegt mit klatschenden Schwingen ganz dicht über unsere Köpfe hinweg. Die Kinder und einige Frauen kreischen, schließlich landet er neben seinem Falkner auf dem Zaunbalken.

Aber wo bleibt sein Kollege? Wir warten und warten. Die Kinder entdecken ihn zuerst und Gelächter breitet sich aus. Etwas Braunes kommt aus dem Wald gewatschelt. Bei der Schwüle hatte sich dieser Adler wohl von Anfang an gegen die Fliegerei entschieden und eine Fortbewegung auf Schusters Rappen vorgezogen. Man stelle sich vor, den ganzen Weg vom Stausee durch den Wald bis hierher zu Fuß – oder greifvogelgemäß ‚zu Fang'. Und nun stapft er über die Wiese zu seinem ‚Herrn', erträgt stolz den Spott und die auf ihn gerichteten Zeigefinger. Jetzt könnte ich ein Fotohandy brauchen.

Mit dieser ‚Bodeneinlage' ist die Show beendet – angesichts eines drohenden Gewitters und der Mittagszeit beschließen wir, in der Waldschenke einzukehren – keine Minute zu früh, es beginnt heftig zu regnen. Das Gewitter ist höflich, als wir mit dem Essen fertig sind, verzieht es sich. Wir gehen durch die Anlage zurück zum Parkplatz, eine frische, wunderbar duftende Waldluft umweht uns. Sogar meine Kopfschmerzen lösen ihren Klammergriff etwas. Ich wage es, an Felix eine Bitte zu richten: Ganz in der Nähe befindet sich die berüchtigte NS-‘Ordensburg' Vogelsang, auf Befehl Himmlers als ‚Schulungsstätte' für den SS-Nachwuchs errichtet. Sie lag seit Kriegsende in einem Sperrgebiet des belgischen Militärs, wurde aber vor einiger Zeit an Deutschland zurückgegeben und kann jetzt besichtigt werden. Das hatte ich in der Zeitung gelesen, in Dokumentationsbüchern auch Bilder von dem ‚malerisch' in die Berglandschaft eingepassten Gebäudeensemble gesehen. Felix willigt ein, vielleicht ist auch er neugierig, außerdem scheint die Sonne wieder – also auf zur ‚Naziburg'!

Die Annäherung ist relativ unspektakulär: eine Sperrschranke mit Wachhäuschen. Jetzt ‚wacht' allerdings nur noch ein Parkschein-Automat. Dahinter eine schnurgerade, breite Chaussee, der man ihre Vergangenheit als Truppenaufmarschstraße ansieht. Ein Torgebäude, fast wie das eines KZs, dann Relikte der belgischen Besatzer: Panzergaragen und -lafetten. Endlich die ‚Naziburg' selbst; von einem pseudomittelalterlichen Wehrgang aus können wir sie in ihrer ganzen Ausdehnung sehen. Der vor uns zum Urfttal abfallende Berghang ist raffiniert in das Ensemble einbezogen, die Mannschaftsgebäude liegen wie die Sitzreihen eines antiken Amphitheaters um einen Versammlungsplatz fast am Talgrund. Die Bauten selbst sind eher einfach, keine Spur der typischen NS-Monumentalarchitektur. War hier die Landschaft, der wirklich atemberaubende Ausblick auf Stausee und Urfttal, als beeindruckende ‚Propagandakulisse' gedacht?

Auf einem schmalen asphaltierten Weg umrunden wir schließlich einen Teil der Anlage. „Da, ein junger Laubfrosch", sagt plötzlich der scharfäugige Felix. Ich bücke mich hinunter, kneife die Augen zusammen, die auf dem Asphalt spielenden Schattenflecke erschweren die Sicht – wirklich, da sitzt ein kleines braungrünes Wesen, schon richtige Froschgestalt, aber unwahrscheinlich dünne Ärmchen und Beinchen. Das Miniaturfröschlein sieht total rührend aus, macht einige Hüpfer. Vorsichtig gehe ich um das Tierchen herum. „Dort ist wieder einer", warnt Felix. Und dann kommen sie auf einmal in Scharen aus dem Gras am Straßenrand herausgekrochen. Vielleicht waren die Feuchtigkeit des Gewitterschauers und der jetzige warme Sonnenschein genau die richtige Kombination und haben das Startsignal für eine Massenwanderung gegeben. Alle wollen auf die jeweils andere Straßenseite, also die einen von rechts nach links, die anderen von links nach rechts. Gerade so, als ob auf der gegenüberliegenden Seite das Paradies winken würde. Leider gibt es weder ‚Froschampeln' noch eine ‚Frosch-Verkehrspolizei'. Sie rempeln sich an, wuseln übereinander hinweg, behalten aber unbeirrbar ihre Richtung bei.

Felix umkurvt die Frösche geschickt, ich versuche, möglichst dort hinzutreten, wo ich die graue Farbe des Asphalts sehe, eine Lücke im Froschgewimmel vermute. Ich beschwöre meine Augen, mich jetzt ausnahmsweise bitte, bitte nicht im Stich zu lassen. Schließlich, nach gefühlt endlos langer Zeit sind wir offenbar am Rand der tierischen Völkerwanderung angelangt, Letzte einzelne braungrüne Farbtupfer, dann nur noch Asphalt. Ich bin völlig fertig, die Kopfschmerzen hämmern, vor meinen Augen flimmert es, die Beine zittern. Kaum wage ich auf meine Schuhsohlen zu sehen, ob etwa ein armes zertretenes Fröschlein daran klebt. Felix versteht meine Panik nicht: „Man konnte sie doch gut sehen." Tja, die Welt der Normalsichtigen.

Heimfahrt. Die Eifel liegt fast hinter uns, rechts erhebt sich ein markantes Gebäude, wir hatten es schon auf der Hinfahrt gesehen: Burg Satzvey – diesmal eine wirkliche Burg, und zwar eine mittelalterliche Wasserburg, fast noch im Originalzustand. Vor einigen Jahren war dem gräflichen ‚Burgherrenpaar', geplagt von den immensen Instandhaltungskosten für das historische Gebäude, die zündende Idee gekommen, allsommerliche Ritterfestspiele zu organisieren. Dieses Spektakel hat sich inzwischen zu einer regionalen Attraktion und einem wahren Zuschauermagneten gemausert – die Burgsanierung dürfte damit gesichert sein.

Felix möchte sich die Burg gerne einmal ansehen, historische Gebäude, aus denen ‚etwas gemacht wurde', interessieren ihn immer sehr. Vom Parkplatz aus sieht man auf einer Koppel die ersten ‚Schauspieler': einige ‚Schlachtrösser' mit bunten Schabracken, aber ohne Sättel. Sie haben offensichtlich gerade Mittagspause und grasen hingebungsvoll. Die Zugbrücke ist durch einen steinernen Zufahrtsweg ersetzt, zu beiden Seiten der Burggraben, sein Wasser – nicht wie in der Zeitungswerbung glänzend blau, sondern grünlich-trüb. Etwa wieder meine Augen? Nein, diesmal eher digitale Bildbearbeitungstechnik als ‚Kläranlage'. Wir gehen durch die Vorburg und am Hauptgebäude vorbei in den Burghof. Uns schlägt ein ohrenbetäubender Lärm entgegen. Oder haben mich die Kopfschmerzen so empfindlich gemacht? Dann sehe ich: Fast jeder Quadratmeter zwischen den Burgmauern und umliegenden ehemaligen Wirtschaftsgebäuden ist mit Verkaufsständen zugestellt. Ständer mit Kleidern, Gürteln, Tüchern, Taschen und Modeschmuck – ich fühle mich in ein Bild von Hieronymus Bosch versetzt. Es werden Plastikhelme, -schilde und -schwerter, Arm- und Beinschienen, Bögen, Pfeile und ähnliches ‚Ritterzubehör' angeboten. Kinder wuseln mit hochroten Wangen umher oder zerren ihre Eltern herbei: „Kaufst du mir das? Ich will das haben!", höre ich von allen Seiten.

Plötzlich sind alle Familien mit Kindern schlagartig verschwunden: Auf der etwas weiter weg befindlichen Freilichtbühne beginnen die ‚Ritterspiele'. Die Geräuschkulisse im Burghof hat um gefühlte hundert Dezibel abgenommen, eine Unterhaltung wird wieder möglich. Sehnsüchtig betrachte ich das romantische alte Burghof-Restaurant, Felix lädt mich sofort zu einem kleinen Imbiss ein. Ach wie schön könnte das Leben sein, hätte der ganze so erlebnisreiche Tag sein können, wenn diese ständig pochenden Kopfschmerzen nicht wären. Aber trotzdem, was habe ich heute nicht alles Neues gesehen, mehr als in ganzen Jahren meines früheren Lebens. Und trotz der Schmerzen habe ich mich doch ganz gut geschlagen. Es ist, als ob die Nähe eines liebenden und geliebten Menschen Kraft verleiht.

29. Juli 2013, Montag

Den gestrigen Abend musste ich allein verbringen, Felix war bei Freunden zum Grillen eingeladen. Wieder Kampf zwischen Enttäuschung und Verständnis. Ich wünsche mir so sehr, dass Felix mich mehr in sein Leben integriert. Aber ‚ich', was bin ich im Moment überhaupt, wie sehen mich die anderen? Sicher als ein seltsames Wesen, das sich immer ‚komischer' benimmt, manchmal überhaupt nicht reagiert, wenn es angesprochen wird, lethargisch und antriebsschwach, oft mit maskenhaft erstarrtem Gesicht. Und dann dieser seltsame, nach links eiernde Gang. Kann man sich mit so jemandem überhaupt in der ‚Öffentlichkeit' blicken lassen? Felix ist Geschäftsmann, auf gute Beziehungen angewiesen, die anderen würden sicher hinter seinem Rücken tuscheln: Was ist denn das für eine, wen hat er sich da bloß angelacht? Dass mich die Krebsbehandlung geschwächt hat, wäre verständlich gewesen und hätte mir bestimmt auch Sympathien eingebracht, aber das jetzt …

Ich betrachte wieder einmal meinen Körper: die linke Seite ist inzwischen mit blauen Flecken geradezu übersät. Kein Wunder, ich nehme beim Vorbeigehen inzwischen alles mit, was links von mir steht: Türrahmen, Schränke, Tische. Ständig das Gefühl, zu weit rechts zu gehen, rechts anzustoßen, eine innere Kraft schiebt mich sozusagen ‚zurück' in die angebliche Mitte – und rums! Schon gibt es einen Zusammenstoß, und zwar auf der linken Seite. Wieder ein blauer Fleck mehr. Und dann meine Beine. Ständig machen sie sehr komische Sachen, und ich stolpere fast über meine eigenen Füße. Kurze Versuchung: Das mit der Brille abbrechen? Aber dann wäre alles bisher Erlittene umsonst gewesen. Im Geiste sehe ich Felix' enttäuschtes Gesicht vor mir.

Schließlich gebe ich mir einen kräftigen Ruck: Ich sollte froh sein, dass ich überhaupt lebe, dass der ‚Krebskelch' bis jetzt so gnädig an mir vorübergegangen ist und kaum Spuren hinterlassen hat. Wie viele schwer krebskranke Menschen würden alles darum geben, um mit mir tauschen zu können.

31. Juli 2013, Mittwoch

Morgen ist der Todestag meiner Mutter. Am Familiengrab war ich schon seit Monaten nicht mehr. Ich hatte meinen Kopf einfach woanders. Bestimmt sieht es schlimm aus. Zwar wunderschön unter Linden auf dem nahen Bergfriedhof gelegen, aber von den Linden tropft im Sommer Blütennektar, der Grabstein und -platte mit einer schmutzig-klebrigen Schicht überzieht. Putzmittelbewaffnet mache ich mich also auf den Weg; der teilweise recht steile Aufstieg zum Friedhof fällt mir leichter als ich gedacht hatte. Da haben sich das ‚Schwimmtraining' und die anderen ‚gymnastischen Übungen' doch bereits positiv auf meine Fitness ausgewirkt. Die kleine Seitentür des Friedhofs kommt in Sicht, noch ein letztes steiles Stück und ich stehe vor dem Grab. Erleichterung: Es ist nicht ganz so schmutzig wie befürchtet, vielleicht der Regenguss vom Sonntag. Trotzdem, ran an den Schmutz. Ich scheuere, wische und poliere etwas nach. Fertig. Ich richte mich wieder auf, sehe mich um – ich kenne eigentlich nur die Nachbargräber, den Rest zu besichtigen fehlte mir bis jetzt einfach die Zeit. Die habe ich ja nun, im Schatten ist es noch angenehm kühl und meine Kopfschmerzen befinden sich erst in der ‚Anfangsphase'. Ich beschließe, einmal den übrigen Friedhof in Augenschein zu nehmen – und entdecke ein Grab nach dem anderen mit dem gleichen Todesdatum.

In den letzten Kriegsmonaten durchschlug eine Luftmine den Bunker des Stadtteils, fast alle Insassen starben und wurden in den Gräbern ihrer Familien beigesetzt. So viele! Das war mir nie bewusst. Mir wird auf einmal ganz komisch. Allein mit diesen vielen Opfern menschlichen Wahnsinns. Ich verlasse den Friedhof fluchtartig, aber auch auf dem Heimweg entkomme ich diesem schrecklichen Geschehnis nicht. Er führt nämlich an unserem Seniorenzentrum vorbei. Hier wohnte zuletzt eine der wenigen Überlebenden des Bunkers. Meine Eltern kannten sie und ihre Geschichte: Um sie aus den Trümmern zu ziehen, musste man ihr, dem damals noch jungen Mädchen, ein Bein amputieren. Was für ein Schicksal! Auch ich habe die inzwischen alte Frau öfters gesehen, aber in letzter Zeit nicht mehr, fällt mir ein. Pflegeheim oder Tod.

Wieder in meiner Wohnung. Ich kann mich auf nichts konzentrieren. Die wieder heftiger gewordenen Kopfschmerzen oder einfach nur die Hitze. Ein alter amerikanischer Spielfilm spukt mir durch den Kopf: Dem blinden Helden wurde durch ein neues medizinisches Verfahren das Augenlicht geschenkt, aber er kam mit dem, was er nun sah, überhaupt nicht zurecht und brach die Behandlung ab, um wieder in seine vertraute Blinden-Welt zurückzukehren. Vielleicht ergeht es mir genauso. Ping-ping – das Handy. Der liebe Felix, als ob er meine düsteren Gedanken erraten hätte. Er holt mich ab. Während der Fahrt die übliche Diskussion über das Tagesgeschehen, ich beteilige mich fast so lebhaft wie früher. Die Freude, nach den vielen Toten mit einem Lebenden sprechen zu können, lässt mich die Kopfschmerzen vergessen. Felix wiederum freut sich offenbar über meine ‚gute' Laune und lädt mich in das kleine spanische Restaurant ein, in dem wir schon einmal zu Abend gegessen hatten. Ich bekomme die erste Sangria meines Lebens – schmeckt gut. Die sanfte Kühle nach dem heißen Tag, die lauschigen Bäume, Lichterketten im Laub, die Abendstimmung am Wasser, ein leichter Schwips. Ich beschließe, die Toten ruhen zu lassen und die Gegenwart zu genießen.

2. August 2013, Freitag

Noch wärmer als gestern. Matt und schlapp hänge ich herum, die Augen rutschen völlig auseinander, die Kopfschmerzen feiern eine Party. Verstohlen schiele ich immer wieder aufs Handy, wage kaum zu hoffen. Doch tatsächlich, am frühen Nachmittag: ping-ping. Felix lädt mich wieder für den Abend ein. Wie schön, aber o je, die lange ‚Reise' zu ihm. Soll ich ihn bitten, mich abzuholen? Ich verwerfe diesen Gedanken sofort. Welcher Mann mag schon eine Partnerin, die ständig an seinem ‚Rockzipfel' hängt. Ich mache mich also auf den Weg, schaffe es zur Straßenbahnhaltestelle, in die Straßenbahn hinein, und an der Endhaltestelle wieder heraus. Dann Warten auf den Anschlussbus, erschöpft setze ich mich auf die Bank – zum ersten Mal in meinem Leben sitze ich an einer Haltestelle auf der Wartebank, fällt mir ein. Jetzt bin ich wohl endgültig zur alten Frau geworden. Am Himmel Mauersegler – hin und her schießende kleine Pfeilspitzen. Ich beobachte sie, das lenkt ab.

Felix, der Gute – er kommt mir schon auf der Treppe entgegen, sieht abgespannt aus, der heiße Tag war für ihn sicher anstrengend, trotzdem küsst er mich liebevoll. Ich darf ihn jetzt nicht auch noch nerven, muss mich zusammennehmen, entspannte, gute Laune bieten. Liebe Kopfschmerzen, vielleicht ausnahmsweise mal eine kleine Pause? Aber ich glaube, für ‚Liebesnöte' haben sie kein Verständnis. Wir sitzen im Garten unter den duftenden Zitronenbäumen, es ist inzwischen dunkel geworden. Doch schon merklich früher als Ende Juni, fällt mir trotz Schmerzen auf. Vielleicht könnte ich ja nochmal Glühwürmchen sehen, hoffe ich im Stillen – leider nein, ihre Zeit ist schon vorbei. Dafür hält der Sommerabend ein anderes ‚Highlight' für mich bereit: Felix will übernächste Woche noch einmal einige Urlaubstage in Italien verbringen – und er will mich mitnehmen! Am liebsten würde ich mich über den Tisch hinweg auf ihn stürzen und ihn umarmen.

Der sternklare Nachthimmel, funkelnde Diamanten auf dunkelblauem Samt – wie kitschig das klingt, aber so sieht es wirklich aus, so sehe ich es zumindest. Es ist so intensiv, unwillkürlich schließe ich die Augen.

6. August 2013, Dienstag

Die Italienreise – trotz meiner wahnsinnigen Freude meldet sich die ‚Stimme der Vernunft': Was muss ich zuvor noch alles erledigen? Die abschließende Kontrolluntersuchung in der Strahlenklinik ist am Freitag, da brauche ich nichts zu verlegen. Und dann das für mich zurzeit Wichtigste: die ‚endgültige' Brille. Etwa vier bis sechs Wochen nach Ende der Strahlentherapie hätten sich die Augen soweit wieder erholt, dass man die Sache in Angriff nehmen könne, hat der nette Herr Clairon gesagt. Und ich will die Sache auch in Angriff nehmen, mehr denn je. Ich bin mir nämlich ganz sicher, dass Felix meine kopfschmerzbedingten geistigen ‚Abwesenheiten', mein verlangsamtes Reaktionsvermögen und meine Antriebslosigkeit doch nicht so tragisch nimmt, wie ich manchmal befürchte. Würde er sonst mit mir Urlaub machen wollen? Trotzdem will ich an mir ‚arbeiten'. Durch besseres Aufpassen lassen sich bestimmt viele Ungeschicklichkeiten vermeiden. Außerdem müsste es doch möglich sein, trotz der Schmerzen einigermaßen zu ‚funktionieren'. Viele Menschen leiden an chronischen Schmerzen und können das auch. Und vielleicht wird mit der neuen Brille ja alles besser. Kurzentschlossen greife ich zum Telefonhörer und vereinbare mit einem von Herrn Clairons Mitarbeitern einen Termin.

7. August 2013, Mittwoch

Felix hat wenig Zeit, er muss für die Urlaubswoche vorarbeiten. Trotzdem möchte er mich sehen. Mein Herz macht einen kleinen Hüpfer. Wir verabreden uns zum Mittagessen in der Stadt, ich bin etwas früher da – aber nicht schlimm, ich beobachte die Menschen auf dem sonnenbeschienenen, sehr belebten Platz, sie eilen oder schlendern vorüber, sitzen an den Außentischen der Restaurants. Große und kleine, dicke und dünne, hübsche und weniger hübsche. Die ist aber schick angezogen. Und die dort drüben, bei den dicken Beinen ein kurzer Rock, schrecklich. Das ‚Menschen-Gucken' – jetzt kann ich es auf einmal, und es macht richtig Spaß. Felix' vertraute Stimme reißt mich aus meinen Betrachtungen. Er steht hinter mir, ich drehe mich um, frage: „Wie hast du mich so schnell gefunden?" „Ich bin deinen ‚bäuerlichen Hüften' gefolgt", lacht er.

Nach dem Essen eilt Felix zu seinem nächsten Termin weiter, und auch ich habe plötzlich einen wichtigen Termin – mit einem Bekleidungsgeschäft. Meiner bestrahlten Brust geht es inzwischen bedeutend besser und vielleicht kann ich ja schon einen schicken BH tragen. Nachdem Felix so lange den unerfreulichen Anblick meiner lädierten Brust ertragen hat, möchte ich ihm endlich einmal etwas Schönes bieten, ich weiß ja, wie viel ihm das bedeutet.

9. August 2013, Freitag

Kontrolluntersuchung in der Bestrahlungsklinik. Inzwischen bin ich offenbar schon auf dem besten Weg zurück zu einer ‚normalen' Frau – die weiblichste Frage aller Fragen beschäftigt mich: Was ziehe ich an? Warum nicht kleidermäßig mal etwas Neues wagen – ich hatte gestern auch noch einen schicken engen Jeansrock gekauft.

Dann ab in die Straßenbahn und zur Klinik – hoffentlich zum letzten Mal. Die nette Dame vom Informationsschalter erkennt mich auch ohne ‚Luxusschlitten' sofort wieder und begrüßt mich freundlich. Sie hat etwas Zeit – wir unterhalten uns. Sie findet, ich sähe toll aus, fragt, ob ich eine Kur gemacht habe, ich verneine. Ich erwarte, dass sie, ein Mitglied der ‚Gesundheitsmaschinerie', meine Entscheidung missbilligt. Aber, o Wunder, sie zeigt sofort Verständnis und erzählt mir von einer meiner Mitpatientinnen, die zur Kur gefahren war und diese nach nur einer Woche völlig entnervt abgebrochen hatte. Den ganzen Tag mit dem Thema ‚Krebs' bombardiert – das konnte sie nicht mehr ertragen.

Im Aufzug werde ich von einer Frau angesprochen: „Machen Sie auch einen Krankenbesuch?" „Nein, die Kranke bin ich selbst." Ihr Unterkiefer klappt herunter. Dann sitze ich vor dem Schreibtisch des netten jungen Professors, es scheint ihn zu freuen, dass ich nun gynäkologisch ‚versorgt' bin und die Kontrolltermine wahrnehmen werde. Alles ist gut verheilt, stellt er zufrieden fest und gibt mir ein kleines ‚Abschiedsgeschenk': ein Informationsblatt, ein Wegweiser für die ersten Monate nach der Strahlentherapie. O je, kommen da etwa noch mehr schlimme Sachen auf mich zu? Aber meine Lesekünste mit Brille lassen sowieso noch stark zu wünschen übrig, also stecke ich das Blatt erst einmal ungelesen ein und vertage den Schreck auf später.

Für einen Augenblick hat mich das Informationsschreiben aus dem Konzept gebracht, gerade rechtzeitig fällt mir ein: Auch ich habe ja noch ein Anliegen. Mir steht wieder vor Augen, wie schrecklich meine Brust zum Ende der

Bestrahlung aussah (ist das wirklich erst vier Wochen her) die Haut knallrot verbrannt, die Brustwarze fast schwarz angekokelt. Trotzdem hat sich der liebe Felix vor mir nicht geekelt, den Anblick tapfer ertragen. Noch einmal kann ich ihm so etwas einfach nicht zumuten. Deshalb möchte ich es mit dem Anti-Östrogen-Medikament versuchen, vielleicht habe ich ja zu schwarz gesehen, vielleicht sind die Nebenwirkungen doch nicht so schlimm. Der Professor ist geradezu entzückt und telefoniert sofort mit der Onkologieabteilung. Ich habe Glück, ein kurzer Termin für mich kann eingeschoben werden. Jetzt bin ich wirklich ‚in Ehren entlassen'.

Ein anderes Wartezimmer am anderen Ende der Klinik, dann sitze ich wieder dem Onkologen gegenüber. Er stellt mir das Rezept aus, macht eine kurze Notiz in meiner Krankenakte – vielleicht hat er den Vermerk ‚renitente Patientin' gestrichen. Ich nehme allen Mut zusammen und frage nochmal wegen der Nebenwirkungen, vor allem die ‚Aussicht' auf eine beschleunigte Alterung macht mir zu schaffen. Der Arzt sieht mich völlig verständnislos an. Eine Frau meines Alters hat offenbar nicht mehr das Recht, hübsch aussehen zu wollen. Will sie das trotzdem, ist sie wohl geistig nicht ganz in Ordnung. Im Hinausgehen sehe ich, dass er wieder etwas schreibt. Bestimmt diesmal den Vermerk ‚besonders renitente Patientin'.

Wieder zu Hause greife ich zur ‚Tageslektüre', dem Informationsblatt aus der Klinik, gerichtet an die ‚sehr geehrte Patientin'. Das Immunsystem sei durch die Strahlentherapie geschwächt worden und die Lunge angegriffen – leider unvermeidbare Nebenwirkungen – beides brauche etwa ein halbes Jahr, um sich wieder zu erholen, lese ich. Deshalb solle die sehr geehrte Patientin vor allem in der Erkältungszeit den Kontakt zu Menschen meiden und sich Besorgungen etc. möglichst von Angehörigen erledigen lassen. Die herbstliche Erkältungszeit fällt genau im ‚mein' halbes Jahr – was nun? Ich habe keine Angehörigen mehr – aber nein, ich habe doch jetzt Felix!

10. August 2013, Samstag

Morgen beginnt meine bereits zweite ‚Weltreise'. Heute schon, am frühen Nachmittag, will Felix mich abholen. Das Packen meiner Reisetasche ging jetzt schon etwas schneller als letztes Mal – die ‚brillenverstärkten' Augen oder mehr Routine, vielleicht beides. Außer meinen Sachen habe ich auch meine ganzen guten Vorsätze eingepackt. Dann ist Felix da, küsst mich. Ich zeige ihm die krankenhäusliche ‚Gebrauchsanleitung' für mein ‚Nachkrebsleben', er studiert sie aufmerksam. Wir brechen auf, und wieder: Jemand trägt meine Reisetasche – für mich noch immer ein sehr kostbarer Augenblick.

Der arme Felix hat noch nichts zu Mittag gegessen, für mich die Chance, einen meiner guten Vorsätze in die Tat umzusetzen und Eigeninitiative zu entwickeln. Zur Feier meiner ‚Genesung' lade ich einmal ihn zum Essen ein. Es soll zur Abwechslung in ein chinesisches Restaurant gehen. Dass ich mich an dem dortigen All-you-can-eat-Buffet ‚unfallfrei' bedienen kann – auch das soll Felix meine ‚Fortschritte' zeigen. (Na ja, ein bisschen geschummelt ist es schon, ich war bereits einmal mit der lieben Frau Ludwig hier und habe ‚geübt').

Nächster Halt an einer Tankstelle. Abends ist das Benzin etwas preiswerter als morgens, sagt Felix. Ich sehe vom Auto aus den Kassierer: ein kleiner alter Mann, der fleißig herum wuselt. Er sei bereits drei Mal überfallen, beim letzten Mal sogar schwer misshandelt worden, erzählt Felix, trotzdem arbeite er unbeirrt weiter. Was für ein Schicksal manche Menschen haben, und wie sie ihm trotzen – und ich beklage mich über meine Kopfschmerzen! Wir sind in Felix' Haus angekommen; während er letzte Telefonate führt, drehe ich einige Runden im Schwimmbad. Dann, vor dem Abendessen, gibt es zur Einstimmung auf Italien etwas Limoncello, den berühmten italienischen Zitronenlikör. „Jetzt saufe ich dir auch noch den letzten Rest Limoncello weg", sage ich. „In Italien kaufen wir neuen", lacht Felix.

Meinen neuen BH betrachtet er anerkennend sozusagen als ersten Schritt in die richtige Richtung, und auch er hat eine Überraschung: Die Bernsteinkette ist fertig, er legt sie mir um den Hals. Ich betrachte sie im Spiegel, die honiggelben Perlen schimmern seidig im Kerzenlicht, das sehe ich sogar ohne Brille. Wunderschön.

11. August 2013, Sonntag

Frühstück, Proviant vorbereiten, Gepäck verstauen und los geht's. Diesmal im Oldtimer-Cabrio, der ‚meinetwegen' geschrottete Geländewagen ist bereits verkauft. Kurzer wehmütiger Gedanke an meinen ersten Kuss. Der Morgen ist kühl, letzte Nebelschwaden versinken zwischen den Bergen, darüber die Sonne an einem blauen Himmel. Die Türme des Limburger Doms ziehen vorbei, dann der Frankfurter Flughafen mit seinem regen Luftverkehr, in der Ferne glitzert die berühmte Skyline des Frankfurter Bankenviertels. Dann wieder der Odenwald, die Oberrheinische Tiefebene, die Gelb- und Brauntöne bereits abgeernteter Felder beherrschen das Bild. Und da, was ist das? Da sitzt doch ein Storch, mein erster ‚Live-Storch'. Ich sage besser nichts, vielleicht wieder ein Seh-Blackout. Aber da ist noch einer und noch einer – ich verdrehe den Kopf. Nein, keine Halluzination, sondern wirklich Störche, und dort auf dem großen Feld das ‚Hauptheer', bestimmt über sechzig dieses schönen Vögel – jetzt mache ich Felix doch darauf aufmerksam, er sagt, so etwas habe er auch noch nie gesehen. Die ‚Sommerabschlussversammlung' der Störche macht mich etwas wehmütig. Jetzt beginnt bald die dunkle und kalte Jahreszeit. Aber bestimmt ist sie dieses Jahr – zum ersten Mal in meinem Leben – nicht mehr dunkel und kalt, sondern schön, denn ich bin ja nicht mehr allein. Aber komisch, auf einmal erfasst mich das seltsame, völlig irrationale Gefühl, dass wir von Süden nach Norden fahren. Was ist nur in meinem Gehirn los?

Die Kopfschmerzen versammeln sich zum gewohnten mittäglichen Großangriff. Die Silhouette des Schwarzwaldes taucht auf, und jetzt bin ich fest davon überzeugt, dass sich die Berge rechts von uns befinden. Verzweifelt kämpft mein Verstand gegen diese völlig abartigen Wahrnehmungen an. Hoffentlich merkt Felix nichts von meinen inneren Nöten. Basel und der Schweizer Zoll – werden wir diesmal mit unserem vornehmen Oldtimer-Cabrio das Interesse der Zollbeamten erregen? Nein, ein schwarzer Porsche ist uns zuvorgekommen, er hatte uns kurz zuvor mit rasantem Spurt überholt – nun steht er da, mit hilflos geöffneten Türen, von mehreren Zollbeamten umringt. Wir werden durchgewunken.

Die ersten hohen Alpenberge – sie scheinen meine innere Kompassnadel geradezurücken. Auch ‚gefühlsmäßig' weiß ich auf einmal wieder: Es geht nach Süden. Gebirgstannen klammern sich in den abenteuerlichsten Verrenkungen auf kleinsten

Felsvorsprüngen fest, Häuser kleben auf schrägen Bergwiesen. In den Blumenkästen vor den Fenstern blüht es farbenprächtig. Aber wie kommen die Bewohner zu ihrem Haus oder ins Tal hinunter? Hubschrauberlandeplätze kann ich keine entdecken. Wieder diese intensiven Gedanken zu allem, das war doch früher nicht.

Wir werden diesmal zuerst einen Tag in der Schweiz verbringen und dann weiter nach Italien fahren. Felix macht eine geheimnisvolle Ankündigung: Die nächste Rast würden wir an einem sehr schönen Ort einlegen. Und die Überraschung gelingt perfekt. Das Rasthaus befindet sich am Ufer des Walensees. Von der Existenz dieses etwas kleineren Schweizer Alpensees wusste ich bis jetzt überhaupt nichts. Im klaren Wasser spiegelt sich der blaue Himmel, kleine weiße Segelbötchen. Und genau gegenüber eine gewaltige, atemberaubend steile Felswand, die aus dem See scheinbar bis fast zum Himmel ragt. Unwillkürlich mache ich nach einem kurzen Blick die Augen zu. Meine Angst, dass einem solchen fantastischen Blick wieder ein totales ‚Blackout' folgt, hat sich bereits zu sehr verfestigt. Felix redet schon die ganze Zeit mit mir, das merke ich auf einmal. Ich mache die Augen wieder auf, er zeigt auf etwas und jetzt sehe ich es selbst: Ein Paraglider umkurvt die Spitze der Felswand. Mal scheint ihn eine Felsspalte zu verschlucken, dann taucht er wieder auf. Ein Schmerzanfall knautscht meinen Kopf zusammen, dann ist er vorbei und ich kann wieder klar denken. Mensch, ich habe den auf diese Entfernung winzig kleinen Paraglider wirklich richtig gut gesehen. Nicht zu fassen!

Auf dem Weg zurück zum Wagen schaue ich mich noch etwas um und stelle fest: Die hohe Politik verschont selbst so idyllische Flecken wie diesen hier nicht. Demnächst sind Kantonatswahlen, überall Plakate, auf ihnen die typischen Politikerköpfe. Aber nicht auf allen, einige zeigen eine große, fetttriefende Bratwurst. Ein Seh-Blackout? Nein, es ist wirklich so. Der zugehörige Text fordert die Eidgenossen auf: Wählt die Schweizer Bratwurst! Dahinter steht eine Bürgeriniative, wie weiter unten zu lesen ist. So viel Humor hätte ich den doch eher als konservativ und ‚sittenstreng' bekannten Schweizern überhaupt nicht zugetraut. Immerhin, *mein* Humor ist in den Kopfschmerzen noch nicht untergegangen: „Ja ja", sage ich, „Wahlen am Walensee", Felix lacht. Es geht weiter. Ob die Schweizer Bratwurst gewonnen hat, werde ich wohl nie erfahren.

Dann haben wir das Ferienhaus erreicht. ‚Alte Bekannte' begrüßen mich: die ‚Hühnerleitern', tückischen Schwellen und niedrigen Türstürze, aber sie sind heute relativ friedlich gestimmt. Und während Felix zu einem kurzen Besorgungsgang aufbricht, schaffe ich es sogar bis auf den Balkon im obersten Stockwerk, wo ich mich erschöpft auf einem Stuhl niederlasse. Mein Kopf befindet sich wieder im üblichen Schmerzschraubstock, und von was bin ich nur so kaputt, ich wurde doch den ganzen Tag nur durch die Gegend kutschiert. Sonnenschein, blauer Himmel mit kleinen weißen Wölkchen, gegenüber der mit Wiesen bedeckte Berghang, ein paar kleine braune Flecken ‚kriechen' über das Grün – sicher Kühe – und um die Bergecke lugt das Türmchen eines Kirchleins. Wenn nur die Schmerzen nicht wären! Warum kann für mich die Welt nicht einmal einfach nur schön sein? Ist das denn zu viel verlangt? Vollkommene Stille, nur das leise Plätschern des Gebirgsbaches neben dem Haus. Auf einmal habe ich das Gefühl, meinen schmerzenden Körper zu verlassen und neben ihm zu sitzen, alles ganz ohne Schmerzen zu genießen …

Da pfeift doch jemand. Ich schrecke aus dem Halbschlaf empor. Das habe ich vielleicht nur geträumt. Aber schon wieder pfeift es, von unten, von der Straße her – Felix, er kommt mit seinen Einkäufen zurück. Wir machen uns an die Zubereitung des Abendessens. Vor Schmerzen kann ich mich kaum noch konzentrieren, dazu immer diese Panik im Nacken. Felix darf es nicht merken, er denkt wahrscheinlich, mit dem Aufsetzen der Brille wäre automatisch alles gut, und jetzt bin ich immer noch eine völlig ‚unfähige' Hausfrau. Ich flehe innerlich um ein Wunder, und zwar möglichst schnell, dann fällt mir ein: Mit dem Wunder, das wird nix, ich bin ja schon vor langer Zeit aus der Kirche ausgetreten! Das ‚rächt sich' jetzt. Ich will ein Glas ergreifen, greife daneben, stoße es um, es geht auf der gefliesten Arbeitsfläche zu Bruch. Felix sagt nichts, eben ‚Kavalier alter Schule', aber was mag er wohl denken? Zu meiner großen Erleichterung gelingt die Fertigstellung des Essens ohne weitere Katastrophen. Vielleicht stuft mich Felix jetzt wieder von der Kategorie ‚hoffnungsloser Fall' in die Kategorie ‚nicht ganz hoffnungsloser Fall' hoch. Leider will sich der kleine Fernseher trotz gutem Zuredens kein Bild entlocken lassen – Sonntagabend ohne Tatort! Dann ‚basteln' wir uns eben mit Hilfe einiger Gläser Wein einen eigenen Tatort …

12. August 2013, Montag

Vom Bett aus sehe ich den im Licht der aufgehenden Sonne liegenden Gebirgszug jenseits des Tales, die gezackten Felsspitzen, die welligen grünen Bergwiesen, die vereinzelten Häuschen, das Kirchlein, nur die Kühe schlafen wahrscheinlich noch. Wir machen uns wieder reisefertig, es geht weiter nach Italien. Felix bringt zuerst sein Gepäck nach unten, danach will er meines holen. Aber ich bin doch jetzt nicht mehr ganz so schwach wie damals, und etwas Stolz habe ich auch. Ich schaffe es tatsächlich, meine Reisetasche selbst die steilen ‚Hühnerleitern' nach unten zu bugsieren. Felix guckt etwas vorwurfsvoll, Ob ich ihn jetzt in seiner ‚Kavaliersehre' beleidigt habe? Wir starten, ein letzter Blick auf das kleine Dörfchen. Die Kirchturmuhr geht falsch, stellen meine brillenverstärkten Augen fest, wir haben erst frühen Vormittag, nicht ‚High Noon' – und ich dachte, die Schweiz wäre das Land der Präzisionsuhren. Wir kaufen einige Lebensmittelvorräte für Italien, etwas Wegzehrung und ich bekomme meine erste echt Schweizer Schokolade.

Der liebe Felix hat sich für die diesmalige Alpenüberquerung eine besondere Attraktion ausgedacht: Es geht über den Splügen-Pass, einen der schönsten Alpenpässe überhaupt, wie Felix sagt. Ich bin total gespannt. Sogar die Kopfschmerzen scheinen zu merken, dass sie im Moment nicht genügend ‚Beachtung' finden und halten sich – noch – im Hintergrund. Zunächst kommt die ‚Namensgeberin' des Passes in Sicht, die Ortschaft Splügen; schon von weitem sind alte, hohe, herrschaftliche Steinhäuser zu sehen, sie erscheinen mir ‚zu groß' für ein so kleines Dörfchen. Splügen muss früher, zur Zeit des regen Warenverkehrs über den nahen Splügen- und San-Bernardino-Pass, bedeutender und wohlhabender gewesen sein als heute.

Auch die Kirche – ‚zu groß'. Innen die übliche Teilung zwischen reichen und armen Gläubigen. Für erstere gab es ‚ganz nah bei Gott', das heißt, um den Altarraum herum angebrachte, mit üppigem Schnitzwerk versehene Kirchenstühle; die anderen mussten sich mit einfach gezimmerten Bänken begnügen. In der ‚Luxusabteilung' entdecke ich anhand der in jeden Stuhl fein säuberlich eingeschnitzten Namen des Inhabers, dass der Ort von nur zwei Familien ‚beherrscht' wurde (wird?), die auch immer wieder untereinander heirateten – offenbar reinste ‚Inzucht'! In der ‚Holzklasse' macht mich Felix auf eine witzige

Besonderheit aufmerksam: Die Bänke schließen auf jeweils einer Seite dicht mit der Wand ab. Niemand kann sich also während des Gottesdienstes einfach so seitlich davonstehlen. Raffiniert!

Der Splügen-Pass – zunächst harmlose Serpentinen, dann geht es immer rasanter bergab. Ein Verkehrsschild kündigt an: ATTENZIONE GALLERIAS! Ich wundere mich. Zuerst, dass ich es im Vorbeifahren überhaupt lesen konnte, dann über das, was ich gelesen habe: Nanu, Kunstausstellungen auf einem Alpenpass? Felix fragen? Lieber nicht, sonst hält er mich endgültig für eine Hinterwäldlerin. Inzwischen hat sich die Landschaft verändert, aus leicht geneigten Bergwiesen sind schroff abfallende Felswände geworden und harmlose Serpentinenkurven haben sich in Spitzkehren verwandelt. Da, wieder ein Verkehrsschild: GALLERIA 1: 100 m. Aha, die ‚Kunstausstellung' scheint zu beginnen. Und dann geht es plötzlich auf den Abgrund zu – nein, die Straße führt durch eine Art überdachten Steinbalkon, der seitlich an ein gewaltiges Felsmassiv ‚angeklebt' ist, unter uns geht es vielleicht tausend Meter in die Tiefe. Das also ist eine ‚Galleria'. Ich schnappe nach Luft, Felix grinst. Da, schon wieder: GALLERIA 2.

Und dann, kurz nach GALLERIA 8, der ultimative Schock: Genau in einer Spitzkehre biegt ein Postbus um die Ecke! Vollbremsung auf beiden Seiten. Ich glaube, mein Herz macht auch eine Vollbremsung, aber dann setzt Felix vorsichtig zurück und manövriert sein Auto geschickt um das große Fahrzeug herum. Noch mal ‚dem Tode entronnen'! Ich gebe es auf, die Gallerias zu zählen. Als ich mich einmal umdrehe, sehe ich die von uns gerade zuletzt durchquerte Galleria schon in schwindelerregender Höhe über uns ‚schweben'. Einfach Wahnsinn. Irgendwann ein letztes Verkehrsschild: GALLERIAS FINITO. Ende des Abenteuers. Kurz danach sind wir auf der Talsohle angelangt, erste Dörfer, aber von beiden Seiten drohen immer noch wilde, steil aufragende Felsen. Mein Kopf wird jetzt von den Schmerzen geradezu geknautscht; doch es gelingt mir – hoffe ich zumindest – meinem Gesicht einen staunenden Ausdruck zu geben. Das zumindest hat der gute Felix verdient, denn atemberaubend schön ist es ja wirklich.

Apropos Felix, er hat doch gerade etwas gesagt; ein Wort schafft es, den Schmerznebel zu durchdringen: Chiavenna! Die alte lombardische ‚Stauferstadt' ist also unser nächstes Ziel. Da wird es sicher wieder viel Schönes zu sehen geben. Und wieder hadere ich mit meinem Schicksal: Warum dürfen alle anderen Menschen Schönes einfach unbeschwert genießen, nur ich anscheinend nicht, nie. Wieder die Versuchung: die Sache mit der Brille einfach abbrechen? Aber dann bleibe ich ja ‚fehlsichtig', werde nie den Führerschein machen, nie Felix eine gleichwertige Partnerin sein können. Nein, dieses Glück will ich mir nicht verscherzen und auch Felix nicht enttäuschen. Ohne seinen Beistand hätte ich meine Krankheit wahrscheinlich überhaupt nicht überlebt. Praktisch verdanke ich alles, was ich im Moment habe, ihm. Also: standhaft bleiben, die Schmerzen werden ja wohl irgendwann einmal aufhören. Vielleicht mit der neuen Brille, vielleicht bin ich ja einfach nur müde.

In Chiavenna entdecke ich überall das uralte Wappen mit dem staufischen Adler. Fast jedes Haus trägt es, in Form einer Plakette oder einer kleinen Fahne. Aus dem Geschichtsunterricht weiß ich, dass Chiavenna dem deutschen Kaiser Friedrich Barbarossa im Krieg gegen das aufständische Mailand treu zur Seite stand. Zum Dank dafür verlieh der Staufer der kleinen Stadtrepublik das Recht, sein Hauswappen zu tragen. Wie rührend: Noch nach so langer Zeit ist das Städtchen stolz auf seine frühere Verbundenheit mit dem damaligen deutschen Herrscherhaus, obwohl die Deutschen mit Italien in späteren Jahrhunderten nicht gerade zimperlich umgegangen sind.

Die Gegend wird vertrauter. Der kleine ‚Zwischensee' – an seinem Ufer liegt ein uralter Dampfer. War der letztes Mal noch nicht da oder habe ich ihn ‚übersehen'? Die Serpentinen hinunter zum Comer See, die Uferpromenade, dann sind wir da. Diesmal ein anderes, größeres Haus. Ich ‚fische' im Sumpf meiner Kopfschmerzen nach dem inneren Navigator, finde ihn nicht und zack bin ich mit der linken Seite gegen einen Türrahmen gelaufen, es poltert. Felix guckt erstaunt um die Ecke, ich beiße die Lippen zusammen. Bloß kein Mitleid, ich will doch Partnerin und kein Pflegefall sein! Aber ich fühle mich fast wie ein solcher, wieder einmal total erschöpft. Wovon nur? Ich habe doch wieder fast den ganzen Tag nur im Auto gesessen, und körperlich krank bin ich jetzt auch nicht mehr. Irgendwo habe ich einmal gelesen, dass Dauerschmerz den Körper in kräftezehrenden Stress versetzt. Wahrscheinlich stimmt das.

Für den frühen Abend hat der gute Felix etwas Besonderes geplant: mein erstes Bad im Comer See. Damals, Anfang Mai, war das Wasser noch zu kalt.

Wir packen unsere Badesachen ein – ich nehme den einteiligen Badeanzug. Nicht auszudenken, wenn sich beim Schwimmen die Einzelteile des Bikinis selbstständig machen würden. Auf geht's zum bagno popolare, dem Volksbad.

Wir lassen die anderen Badenden hinter uns und schwimmen etwas weiter hinaus. Was ist das? Auf einmal scheint etwas meinen Fuß zu umklammern. Achtung, ein Fischernetz, sagt Felix und jetzt sehe ich auch die kleine Markierungsboje. Also schneller Rückzug, sonst lande ich vielleicht noch auf der Speisekarte eines der Hotels. Jetzt geht es am Ufer entlang, unter den herabhängenden Zweigen weidenartiger Bäume, durch einige ‚Monsterwellen' eines vorbeifahrenden Ausflugsdampfers. Wieder an Land, unsere Sachen sind noch alle da. Aber dann das große Desaster: Im Kopfschmerznebel habe ich total vergessen, die Badetücher einzupacken – offensichtlich wieder einmal der ‚Fluch des ersten Urlaubstages'. Felix sagt nichts – eben wieder ‚Kavalier alter Schule' –, aber was wird er jetzt von mir denken? ‚Die ist wirklich zu überhaupt nichts nutze' wahrscheinlich. Es hilft nichts, wir müssen die Badesachen und uns an der Luft trocknen lassen und setzen uns auf das von der Hitze des Tages durchglühte Steingeländer der Uferpromenade.

Spätabends, das Missgeschick ist längst vergessen. Ich stehe auf der kleinen Terrasse, ein bebrillter weiblicher Hans-Guck-in-die-Luft, der am samtigschwarzen Nachthimmel große Diamanten betrachtet. Die unbeschreibliche Schönheit dieses Anblicks – ich starre wie hypnotisiert. Und kämpfe mit dem übermächtigen Gefühl, wegsehen zu müssen, weil meine Augen sonst sofort wieder ein Blackout haben.

13. August 2013, Dienstag

Ein seltsamer, mir völlig unbekannter Vogelruf weckt mich, hört sich an wie „pitschi-pitschi-pitschi." Ich grübele. Peinlich, peinlich für mich ‚Biologin'. Im Zimmer wird es langsam heller, über dem Rahmen der zweiflügeligen Tür kann ich etwas erkennen. Bilder? Ohne Brille wird das nichts. Ich angele auf meinem Nachttischchen herum. Da passiert es: Ich stoße gegen ein Glas, es rutscht weg und zerschellt klirrend auf den Bodenfliesen. Felix sitzt senkrecht im Bett, o je, jetzt gibt es bestimmt gleich ein Donnerwetter. Aber ich bin schneller. In

Windeseile habe ich durch die Brille erkannt, dass es sich bei der Strukturen über dem Türrahmen um ein schönes Wandrelief handelt, bewundere es und frage nach weiteren Einzelheiten und der arme, so plötzlich aus dem Schlaf Gerissene erklärt mir, dass solche Wandreliefs Supraporten heißen und in alten italienischen Häusern häufig zu finden seien.

Gemütliches Frühstück auf der Terrasse? Schön wär's! Infernalischer Lärm erhebt sich. Die Gemeindeverwaltung hat beschlossen, ausgerechnet heute Morgen die Vegetation zu beiden Seiten des Hohlweges kürzen zu lassen. Felix unterhält sich mit den Arbeitern; als ich mit Kaffee-Nachschub wieder an den Frühstückstisch trete, sitzt neben meinem Teller ein riesiger Käfer. Fasziniert betrachte ich das Tier; wahrscheinlich mache ich damit schon wieder etwas falsch, denn von einer richtigen Frau wird ja wohl erwartet, dass sie bei einem solchen Anblick kreischt. Doch, bestimmt habe ich etwas falsch gemacht, denn auch ich werde fasziniert beobachtet: Giuseppe, der italienische Verwalter des Anwesens, ein kleiner, lebhafter, jüngerer Mann, ist plötzlich aufgetaucht.

Als ich immer noch nicht kreische und auch nicht in Ohnmacht falle, fühlt sich Giuseppe verpflichtet, eine Unterhaltung in Gang zu bringen: „Buon giorno", sagt er freundlich, „Buon giorno", antworte ich. „Va bene?" „Si, tutto perfetto." Damit sind meine Italienischkenntnisse fast erschöpft. Guiseppe jedoch nimmt Fahrt auf: „Ah, uno grillo." Das kann ich als ehemalige Biologin so nicht stehen lassen: „No grillo", sage ich. Giuseppe überlegt sichtbar angestrengt. In diesem Augenblick erscheint Felix wieder. Die beiden Männer unterhalten sich: „studente della biologia", verstehe ich und dass der Name des Käfers verhandelt wird. Inzwischen habe ich meine Artbestimmung abgeschlossen und das Tier als weiblichen Hirschkäfer klassifiziert. Felix versucht, das auf Italienisch zu erklären, zunächst erfolglos, aber dann hellt sich Giuseppes Gesicht plötzlich auf: „Uno cervo volante", verkündet er stolz. Genau das ist es, ein ‚fliegender Hirsch', ich glaube, diese italienische Vokabel werde ich so schnell nicht vergessen. Fliegen kann der Hirsch allerdings nicht mehr. Felix hatte das tote, aber äußerlich völlig unversehrte Tier gefunden und, um mir einen kleinen Streich zu spielen, neben meinen Teller gelegt.

Felix möchte mit dem Boot auf den See hinausfahren, den Nachmittag dort verbringen. Ich ‚Wassermensch' bin schon ganz verrückt vor Freude. Die Brille lasse ich zu Hause, Wasserspritzer auf den Gläsern würden die Sicht behindern. Das teure Nasenfahrrad könnte beschädigt werden oder gar in den See fallen. Felix zeigt Verständnis. Trotz Kopfschmerzen – die Badetücher vergesse ich heute nicht, dann Proviant, Sonnencreme. Alles eingepackt; wir machen uns auf den Weg zur Marina. Wieder der schwankende Ponton, böse Erinnerung an damals. Aber erstaunlicherweise kann ich diesmal fast sicher auf den Holzplanken stehen, ihre Bewegungen ausbalancieren. Sollte sich meine Körperkoordination doch schon so verbessert haben? Felix springt elegant an Bord, ich etwas weniger elegant hinterher, aber immerhin noch bevor er mir den Arm reichen kann!

An einer ruhigen Stelle gegenüber einem einsamen, bewaldeten Uferabschnitt auf der gegenüberliegenden Seite stellt Felix den Motor ab und klappt die Schwimmleiter aus. Wir steigen ins Wasser. Ins selbe Wasser wie George Clooney, fällt mir ein, nur dass dieser sich – wie ich der Zeitung entnommen hatte – im Smoking in die Fluten zu stürzen pflegt. Seinen Smoking hat Felix nicht dabei, aber er macht auch in Badeshorts eine gute Figur. Ich schaue mich auf dem Boot um, entdecke eine kleine Kajüte und stecke den Kopf durch die niedrige Tür. Der Kajütenboden ist mit großen Matratzen in cremefarbenen Kunstlederbezügen belegt. Sieht fast wie ein richtiges Lotterbett aus, geht es mir durch den Kopf. Ich muss mir noch angewöhnen, meine Gedanken besser zu verbergen, sonst … Zu weiteren Überlegungen lässt Felix mir keine Zeit mehr.

Später breite ich meinen ‚Luxuskörper' auf der sonnenbeschienenen Heckbank aus, aber bald wird mir langweilig. Sonnen kann ich mich schließlich überall, im Comer See schwimmen aber eben nur im Comer See. Felix hatte mir eingeschärft, nicht ohne ihm Bescheid zu sagen von Bord zu gehen und vor allem an der Schwimmleine zu bleiben. Aber er ruht sich in der Kajüte aus, die Luft ist ‚rein'. Möglichst lautlos gleite ich ins Wasser. Ich peile ungefähr die Richtung an, in der Como liegt, die ‚paar' Kilometer müssten doch zu schaffen sein. Sonnengewärmtes Wassers, es schwimmt sich ausgesprochen angenehm. Dazu der Nervenkitzel, dass es unter mir Hunderte Meter in die Tiefe geht. Achtung, Konzentration, immer schön die Motorboote im Auge behalten – ich will ja nicht von einer Schiffsschraube zu Hackfleisch verarbeitet werden!

Ich schwimme und schwimme, werde überhaupt nicht müde. Manchmal lege ich mich auf den Rücken und ruhe mich etwas aus, dann geht es weiter. Ganz bis Como komme ich aber doch nicht, drehe vorher um. Als ich wieder beim Boot bin, erlaube ich mir noch einen kleinen Scherz und klopfe von außen an die Kajütenwand. Felix kommt aus der Kajüte ‚geschossen', sucht: Heckbank leer, auch an der Schwimmleine niemand. Ich glaube, jetzt mache ich mich lieber doch bemerkbar. „Wo bist du gewesen", fragt er streng. „Ich komme gerade von Como zurück", antworte ich mit unschuldiger Miene und klettere an Bord. Sein Gesicht spricht Bände, das muss ich schnell ändern.

Spätabends auf der Terrasse unseres Hauses bitte ich Felix, in Zukunft nicht mehr ganz so viel zu arbeiten, sich mehr Zeit für die schönen Dinge des Lebens zu nehmen. Ich will doch ihn, nicht sein Geld. Er zeigt sich einsichtig, aber ob man einem Workaholic das glauben kann?

14. August 2013, Mittwoch

Zur Abwechslung gibt es heute etwas ‚Kultur'. In einem kleinen, aber vornehmen Seehotel hat ein regional bekannter Künstler seine Bilder ausgestellt, wir fahren hin. Ich bin gespannt, denn auch Felix besitzt eines seiner Bilder. Der Maler ist offenbar eine Art Chamäleon. Einige Bilder scheinen ‚Picassos' zu sein, andere könnten von Dalí, Margritte, Mirò, Munch oder Max Ernst stammen. Aber es ist alles nur der eine Künstler, versichert Felix. Und dieser Künstler wird zudem offensichtlich von extremen Stimmungsschwankungen heimgesucht: Manche Darstellungen sind ‚harmonisch': friedliche Gesichtszüge, schöne Körperformen und freundliche, warme Farben. Auf anderen Gemälden dagegen sind die Gesichter qualvoll verzerrt, die Münder aufgerissen, die Körper zersplittern oder zerbröckeln. Wie intensiv ich das alles sehe, manchmal habe ich fast das Gefühl, als würden sich die Dargestellten bewegen, mich um Hilfe anflehen, vor mir ängstlich zurückweichen, mir einladend zuwinken. Wir gehen wieder zum Ausgang, ich trabe etwas benommen hinter Felix her, er warnt mich gerade noch rechtzeitig vor der kleinen Türschwelle.

Zu ‚Hause' packen wir wieder unsere Utensilien für den ‚Urlaub auf dem Wasser' zusammen, ich beschließe, heute einmal doch die Brille mitzunehmen

– sie wird schon nicht gleich kaputtgehen. Das Wasser hat eine eigenartige bleigraue Farbe und wird von zahllosen kleinen, kreuz und quer verlaufenden Wellen zerfurcht, offenbar sehr kräftigen, sie produzieren richtige Schaumkronen. Kurze Freude, dass ich auch das aus dieser Entfernung so deutlich sehen kann, dann Besorgnis: Wird unser Nachmittag auf dem Wasser ins Wasser fallen? Das Wetter ändere sich hier schnell, meint Felix, also gehen wir aufs Boot und warten ab.

Wir richten uns auf dem noch vertäuten Boot ein; ich setze mich auf den niedrigen Heck-Umlauf und lasse die Beine ins Wasser baumeln. An meine treuen Begleiter, die Kopfschmerzen, habe ich mich ja inzwischen fast gewöhnt, aber was ist das? Ein leichter Anflug von Übelkeit steigt in mir hoch, ist dann wieder weg, kommt erneut, diesmal stärker. Irgendwann kann ich es nicht mehr ignorieren: Ich glaube, ich bin seekrank! Seltsam. Als zu lang aufgeschossenes, dünnes und blasses Kind wurde ich mehrmals in ein Kindererholungsheim auf eine Nordseeinsel geschickt, inklusive Überfahrten in einem kleinen Fährschiff bei manchmal richtig hohen Meereswellen, trotzdem war ich fast die einzige, die nicht seekrank wurde. Und jetzt das!

Sagen will ich auf keinen Fall etwas. So ein Jammerlappen, würde Felix dann wahrscheinlich denken. Ich beschließe, mit meinen physikalischen Kenntnissen gegen die Sache anzugehen, und als Erstes den Schwerpunkt des Bootes aufzusuchen, wo die Schwankungen am geringsten sind. Hier auf dem Boden sitzend bin ich auch vor dem böigen Wind geschützt, es fällt also nicht auf. Dann versuche ich, mit meinem Körper die Schaukelbewegung des Bodens etwas ‚abzufangen'. Dazu ‚ablenkende' Grübelei: Wieso werde ich jetzt, mit Brille, seekrank? Was ist Seekrankheit überhaupt? Ich glaube, sie entsteht, wenn das Gleichgewichtsorgan bestimmte visuelle Reize, zum Beispiel die ununterbrochen ‚wackelnde' Umgebung auf einem schlingernden Schiff, nicht mehr richtig auswertet. Aber damit diese ‚Fehlreaktion' stattfinden kann, muss man ja überhaupt erst einmal eine dreidimensionale Umgebung sehen können. Genau das konnte ich wegen der ‚Sehschwäche' des einen Auges nicht! Felix spricht schließlich die erlösenden Worte: „Es hat keinen Zweck, bei diesem Wetter hinauszufahren", meint er, „wir treten den Rückzug an." Kaum habe ich festen Boden unter den Füßen, ist die Übelkeit weg – also wirklich die Seekrankheit. So fühlt sich das an. Wieder eine ganz neue Erfahrung für mich.

Ein Stadtbummel ist auch bei nicht ganz so schönem Wetter und notfalls sogar mit Regenschirm möglich. Wir machen uns also ‚stadtfein', dann geht es los nach Como. Melancholisch blicke ich aus dem Autofenster. Letztes Mal operationsgeschwächt, diesmal kopfschmerzgeplagt, ach ja, ich armes Schwein. Da, an diese große Herrschaftsvilla kann ich mich erinnern, jene dort mit der Pinienallee kommt mir auch bekannt vor. Felix hatte mir damals so viel von ihren Geschichten und Besitzern erzählt und ich war zu erschöpft, um etwas behalten zu können. Jetzt wage ich nicht, ein zweites Mal um diese Erklärungen zu bitten, sonst hält er mich nicht nur für zickig, sondern auch noch für dement. Wirklich schade!

Auch an die Innenstadt habe ich vage Erinnerungen. Aber war sie damals wirklich schon so farbig, so voller Leben gewesen? Der Dom – wir gehen hinein. Die Fenster müssen wunderschön sein, leider überstrahlen für mich die unwahrscheinlich leuchtenden Farben jede Bildstruktur. Vor uns der gewaltige Hauptaltar, säulen- und figurengeschmückt – auch hier ‚schluckt' für mich das Funkeln der überreichen Goldverzierungen die Umrisse der riesigen Altaraufbauten, ich kann sie nur erahnen.

Nach dem dämmerigen Inneren des Domes bohrt sich das Tageslicht in die Augen. Die äußeren Glasränder meiner Brille fühlen sich offenbar durch die Kirchenfenster animiert und produzieren lauter wunderschöne bunte Spektralfarben. Nur leider stört es sehr beim Sehen. Felix' hohe Gestalt kann ich gerade noch erkennen und taumele hinterher. Nach einer Weile beruhigen sich die Augen wieder, nur die Kopfschmerzen sind unermüdlich tätig. Ich beobachte die Menschen um uns herum; sie lachen, plaudern miteinander, scherzen mit ihren Kindern, fotografieren, sehen sich die Schaufenster an, essen Eis – ob sie das alles auch so ungezwungen tun würden, wenn sie rasende Kopfschmerzen hätten? Ich unterdrücke den Anflug von Neid. Vielleicht haben sie ja andere Krankheiten, jeder hat sein Päckchen zu tragen.

Langsam wird es Zeit für den Heimweg. Bis jetzt war das Wetter gnädig, aber da – hinter der hoch über der Stadt aufragenden Burg von Como ballen sich dunkle Wolken. Der Himmel wird auf einmal zu einem düsteren Kerker, darin eine Frauengestalt. Hier wurde die Königin und spätere Kaiserin Adelheid, eine der großen Persönlichkeiten des deutschen Mittelalters, eine Zeit lang gefangen gehalten. Ich schüttle leicht den Kopf, die Halluzination verschwindet.

Unterwegs kaufen wir in einem Supermarkt noch einige Lebensmittel ein, morgen ist Mariä Himmelfahrt, ein Feiertag in Italien. Während Felix die Einkäufe im Kofferraum verstaut, will ich den leeren Einkaufswagen zurückbringen und stehe an der ‚Wagenstation' des Supermarktes vor einem Chaos. Ein Wagen war nicht richtig ‚eingeparkt' worden, die nachfolgenden haben sich verkantet. Ich versuche sie auseinanderzuziehen, schaffe es aber nicht. Vor meinen Augen ein Gewirr flirrender Gitter. Schließlich muss ich Felix zu Hilfe holen, er bringt die Sache mit ein paar Handgriffen in Ordnung, aber war da nicht ein etwas entnervter Blick? Ich hätte vollstes Verständnis. Es ist ja auch total peinlich. Selbst zu den einfachsten Sachen bin ich offenbar nicht mehr in der Lage.

15. August 2013, Donnerstag

Morgens kein ‚Pitschi-pitschi-pitschi', mir fehlt richtig etwas. Ob auch Vögel mal verschlafen? Dann fällt mir der hohe Feiertag ein, Assunzione. Italienische Vögel wissen das bestimmt. Felix will heute mit mir noch einmal einen schönen Urlaubstag auf dem Wasser verbringen – das Wetter ist wieder besser gelaunt, die Sonne scheint. Für den Abend hat Felix eine besondere Überraschung versprochen – und seine Überraschungen sind immer ‚durchschlagend', das weiß ich inzwischen. Noch einmal herrlicher Badespaß und erneut eine ‚Schwimmwanderung', dann fahren wir zurück. Felix vertäut das Boot an der Bootsanlegestelle, zieht jedoch die Schutzplane nicht über. Seltsam. Jetzt frage ich doch, und er rückt mit der ‚Überraschung' heraus: Heute Abend werden wir eine Nachtfahrt über den See machen! Ich springe vor Freude hoch und lande tatsächlich mit beiden Beinen wieder auf dem schaukelnden Ponton. Das hätte noch vor einem viertel Jahr eine richtige Bruchlandung gegeben, denke ich.

Nach einer kleinen ‚Ruhepause' fahren wir in einen Nachbarort; Felix will sich dort nach etwas erkundigen und setzt mich völlig allein auf der belebten Uferpromenade aus. Im Wasser: Enten über Enten, dazwischen zwei einsame

Schwäne, die verächtlich auf das ‚niedere Volk' um sie herum hinabzublicken scheinen. So eine riesige Entenversammlung habe ich auch noch nie gesehen. Ich schlendere dahin, ganz in die intensiven Seheindrücke versunken und auf einmal, ohne jeden Grund, überfällt mich eine Panikattacke: Ich werde nie mehr zu meinem Ausgangspunkt zurückfinden! Du brauchst dich doch nur einfach nur umzudrehen und auf der breiten Promenade den gleichen Weg zurückzugehen, sagt mein Verstand. Trotzdem: Das Wasser ist jetzt auf der ‚anderen' Seite. Bin ich hier überhaupt schon mal gegangen? Vor wenigen Minuten. Das war wieder der Verstand. Warum glaube ich ihm nicht? Ich schaue mich hilfesuchend um. Erleichterung – dort hinten kommt Felix. Er ist gut gelaunt, lädt mich in eines der Promenadencafés zu einem Eis ein. Ich vergesse mein ‚Blackout' und frage nach den Entengeschwadern. Vielleicht war das ja auch eine Halluzination. „Sie sind noch in der Mauser und warten hier ab, bis sie wieder fliegen können", sagt er.

Nach dem Abendessen beginnt mein letztes ‚Abenteuer' dieses Urlaubs. Der Weg zur Marina in der beginnenden Dämmerung – die vornehmeren Hotels sind schon festlich beleuchtet, und jetzt gehen die Uferlaternen an – wie eine Lichtergirlande. Wir sind da, Felix macht das Boot startklar, ich schaffe ohne Schwierigkeiten den Sprung an Bord. Und dann geht es los – Wahnsinn! Lichter, Lichter, Lichter: Die Uferlaternen und ihre Spiegelungen im See, die mit Scheinwerfern angestrahlten Palazzi – teilweise sind auch die zugehörigen Gartenanlagen illuminiert, mit Glühbirnenketten geschmückte Schiffe. Am schwarzsamtenen Himmel hängt ein halber Mond. Leider – wie immer – gibt es für mich nichts ohne den üblichen ‚Wermutstropfen': In den äußeren Randbereichen meiner Brillengläser treten wieder einmal Reflektionen auf, produzieren Spektralfarben. Egal, es ist so atemberaubend schön. Ich muss unwillkürlich laut juchzen und Felix einfach umarmen. Gut, dass er das Boot auch mit einer Hand sicher steuern kann. Später – meine Bewunderung für Felix wächst nochmal um einiges, als ich sehe, wie geschickt er selbst in der Dunkelheit das Boot an seinem Liegeplatz verankert, vertäut und mit der Schutzplane ‚verpackt'. Und ich stehe so nutzlos daneben. Noch einmal werfe ich einen Blick über das Wahnsinnspanorama. Bestimmt sehe ich das alles wieder, dann mit neuer, besserer Brille und ohne Kopfschmerzen!

Am Seeufer eine Trattoria neben der anderen, nach längerem Suchen finden wir zwei freie Plätze und erlauben uns ein Glas Wein. Ich greife wieder einmal zu meinem ‚Schizophrenie-Trick' und spalte den von Kopfschmerzen geplagten Teil meiner Persönlichkeit einfach vom Rest ab. Zumindest für den Moment hilft das tatsächlich etwas. Auf der nächtlichen Uferpromenade richtige Jahrmarktstimmung: Ich teste direkt mal meine neue Fähigkeit, das ‚Leute-Beobachten'. Besonders die Paare interessieren mich. Es sind viele seltsame dabei: Die Frau sorgfältig aufgerüscht und herausgeputzt, der Mann in der Männer-‚Einheitsuniform': Jeans, T-Shirt und ausgelatschte Sandalen. Dazu meist ein ungepflegter Dreitagebart. Wieso gehen hübsche und toll gekleidete Frauen mit so ungepflegten Typen aus? Aber das sind wahrscheinlich Mechanismen, von denen ich nichts verstehe. Auf jeden Fall sehe ich jedoch ganz deutlich, dass ‚mein' Felix der bestangezogene, gepflegteste, überhaupt der bestaussehende Mann weit und breit ist. Ach du meine Güte, wie lange war ich jetzt schon wieder völlig in Gedanken versunken? Wenn man mit einer Frau ausgeht, möchte man mit ihr doch auch interessante Gespräche führen. Na, um das wieder gut zu machen, muss ich mir einiges einfallen lassen.

16. August 2013, Freitag

Unser Abreisemorgen – so schade. Kleiner Trost: Der Pitschi-Vogel ist wieder im Dienst, sein letztes Konzert - sogar mit Zugabe. Bei der Abfahrt fällt mir ein Sprichwort ein: Wenn man einen Ort wiedersehen will, darf man sich beim Abschied nicht umdrehen. Das Wetter ist heute eh dunstig-trübe, da behalte ich lieber das schöne Bild vom See in strahlendem Sonnenschein in Erinnerung. Aber mein heutiges ‚Tages-Blackout' bewirkt, dass ich doch noch einmal zurücklaufen muss: Ich habe den Verursacher meiner Kopfschmerzen, die Brille, auf dem Nachttisch liegengelassen. Im Geiste höre ich Freud lachen. Aus Langeweile fange ich während der Heimfahrt an, die Autos um uns herum zu beobachten. Mir fallen immer wieder die Lastwagen eines offenbar großen Schweizer Speditionsunternehmens auf, der Firmenname ist wirklich ausgesprochen komisch: Murpff – klingt typisch nach Schweiz. Dann ein Ortsschild: Horgen. Auch das so richtig schweizerisch. Ich fange aus Spaß an laut zu kombinieren: ‚Murpff aus Horgen, Murpff aus Horgen.‘ Felix macht es mir nach, er kann es viel besser, bringt den original Schweizer Akzent hinein: ‚Murrrpff aus Horrrgen‘. Felix hält noch eine Überraschung für mich bereit: Er will mir Alt-Heidelberg zeigen. Am liebsten würde ich ihm um den Hals fallen, traue mich aber nicht, er sitzt schließlich am Steuer. Dann die übliche Wehmut: Um wie viel schöner könnte alles sein, wenn diese verdammten Schmerzen nicht wären. Ich beschließe wieder, trotzdem so viel wie möglich im Gedächtnis zu speichern. Vielleicht, bestimmt bin ich irgendwann wieder schmerzfrei und kann mich dann daran erinnern. Und egal wie schlecht es mir geht – immer Interesse und Begeisterung zeigen. Felix gibt sich so viel Mühe – eine freudige Reaktion hat er mehr als verdient.

So von mir selbst ‚zusammengestaucht‘ gehe ich neben ihm durch die berühmte Altstadt mit ihren stattlichen Renaissancebauten. Dann nehmen wir das Heidelberger Schloss in Angriff. Eine Seilbahn führt hinauf. “Sollen wir fahren?“, fragt Felix. „Nach der langen Autofahrt ist etwas Bewegung nicht schlecht“, höre ich mich sagen, und das war sehr leichtsinnig: Stufen, endlos viele Stufen – dagegen war die Via Mala ein Sonntagsspaziergang. Felix mit seinen langen kräftigen Beinen läuft munter los; einige Zeit kann ich mit ihm Schritt halten, aber dann fangen meine Beine an, sich langsam in Pudding zu verwandeln. Schließlich oben, ein riesiges Kassenhäuschen, äh, modernes Informationszentrum, dann stehen wir ‚mit Lizenz zum Gucken‘ im Innenhof. Ein imposantes, fünfstöckiges und zweigiebliges Gebäude im Renaissancestil beherrscht ihn, seine hell-rötlichbraunen Mauern leuchten im Sonnenlicht. Irgendetwas ist komisch. Ich brauche eine Weile, bis ich darauf komme: Die Fassade des ‚Haupthauses‘ sieht völlig unbeschädigt aus, geradezu neu, aber hinter den Kassettenfensterscheiben leblose Schwärze. Es ist dieser Kontrast, der mir durch und durch geht. Wenn die Fenster die ‚Augen‘ eines Hauses sind, dann habe ich also hier ein ‚blindes‘ Haus vor mir. Die Renaissancefassade starrt mich aus ihren schwarzen Augenhöhlen an, ich starre zurück. Dann wird der visuelle Eindruck zu stark, ich muss mich abwenden.

Wir wandern Hand in Hand an der Vorderseite des Schlosses entlang. Die schon etwas tiefer stehende Nachmittagssonne lässt unter uns die Dächer der Altstadthäuser rot aufleuchten, dahinter der Neckar. Der alte Schlager „Ich hab mein Herz in Heidelberg verloren“ – ich hatte es schon vorher verloren. Und wieder einmal diese unerklärliche Angst, ich dürfe etwas besonders Schönes nicht lange ansehen, sonst passiert etwas ganz Schreckliches.

Felix verwickelt einen am Ausgang stehenden ‚Aufseher' in eine Diskussion. Er ist für den Wiederaufbau des Schlosses, dann wäre es eine noch größere Touristenattraktion, meint er. Trotz meiner geistigen ‚Abwesenheit' muss ich unwillkürlich lächeln: ‚Kaputte' Sachen kann Felix nun einmal nicht ertragen, er hatte ja auch sofort die ‚Reparatur' meiner Augen in die Wege geleitet. Der Museumswärter ist anderer Ansicht: Intakte Schlösser gäbe es allein in Baden-Württemberg genug. Diesem Argument stimme ich trotz aller Liebe innerlich zu: Gerade der morbide Touch der Zerstörung macht das Heidelberger Schloss so einzigartig. Über eine andere Sache aber sind sich Felix, der Museumswärter und ich einig: Das neugebaute Informationszentrum sieht wirklich schrecklich aus.

Rückweg. Diesmal nehmen wir die Seilbahn: Wir schweben durch uralte, malerisch beleuchtete Kellergewölbe, sie gehören offenbar zu der unter dem Schloss befindlichen ‚Bastion'. Ein richtiger Nervenkitzel.

18. August 2013, Sonntag

Wieder Alltag, wieder Zweifel und wieder Selbstvorwürfe: War ich zu abwesend, zu wortkarg, habe ich Felix enttäuscht? Ich kann von einem Normalsichtigen nicht verlangen, dass er meine Nöte und Ausfälle versteht. Das darf ich einfach nicht vergessen.

‚Ping-Ping' – eine SMS von Felix. Er will mich zu einem kleinen spätnachmittäglichen Ausflug abholen. Die trüben Gedanken sind sofort verflogen und sogar die Kopfschmerzen – offenbar beleidigt durch meine momentane Nichtbeachtung. Nach nächtlichem Regen und einem kühlen Morgen ist das Wetter wieder sonniger und wärmer geworden. Ich werde die neue bunte enge Hose anziehen, die hat Felix noch nicht gesehen. „Na hör mal", sagt er anerkennend, obwohl es ja eher etwas zu sehen gibt, dann küssen wir uns. Schließlich waren wir ja sooo lange voneinander getrennt.

Wie immer schweigt Felix sich zunächst über das Ziel des Ausflugs aus, meine Neugier beim Raten und dann meine Freude scheint ihm zu gefallen.

Und ich freue mich wirklich, denn es geht zur romantischen Rheininsel Grafenwerth. Eine Steinbogenbrücke führt von Bad Honnef zur Insel – sie führt mich geradewegs in ein Gemälde des berühmten englischen Landschaftsmalers William Turner. Das klare Wasser des Altrheinarms spiegelt den fast neonorangefarbenen Abendhimmel wider, im Hintergrund die imposante lilablaue Silhouette des Drachenfelses. Nahe der Brücke ist ein restaurierter alter Aalschokker vertäut, er hebt sich scherenschnittartig-schwarz von der rosa scheinenden Wasserfläche ab. Die modernen Motorboote an den Ufern stören etwas.

Heimfahrt. Mein Kopfschmerz vermischt sich mit dem Motorbrummen zu einem Hintergrund-Dauergegrummel. Halt! Hat Felix gerade etwas von einem neuen Auto gesagt? Es sei inzwischen bestellt, höre ich, kommenden Mittwoch will er es beim Händler in Karlsruhe abholen und ich darf ihn begleiten. Er will mit mir einen Urlaubstag in der Südpfalz verbringen! Es dauert etwas länger, bis mein schmerzzerfressenes Gehirn diese wundervolle Nachricht erfasst hat, aber dann schwebe ich im siebten Himmel. Also bin ich ihm doch nicht peinlich oder allzu sehr auf den Geist gegangen. Würde er mich sonst freiwillig mitnehmen?

20. August 2013, Dienstag

Seit dem frühen Morgen trage ich außer meiner eigenen auch noch eine rosarote Brille. Ein Fehler, klirr, schon habe ich eine der geklauten Krankenhaustassen geschrottet. Na ja, unrecht Gut … Wenigstens der Frühstückskaffee war schon ausgetrunken. Schnell wird alles zusammengefegt, anderes ist wichtiger: Was ziehe ich auf der ‚Kurz-Reise' an, was nehme ich mit? Die große Reisetasche ist in diesem Fall wirklich etwas zu groß, eine andere besitze ich ‚Hinterwälderin' nicht – oder doch. Da ist noch irgendwo eine Computertasche. Sie wird kurzerhand zweckentfremdet. So schlimm sieht sie gar nicht aus. Und später, wenn Felix und ich öfter verreisen, werde ich mir einen schicken modernen Rollkoffer kaufen. Träume.

Die Firma nimmt Felix wieder einmal bis zum späten Nachmittag in Beschlag. Aber kein Problem, ich habe ja diesmal nicht so viel Gepäck, also mache ich mich auf die Socken und nehme den Bus. Ungeduld und Panik wechseln sich ab. Ob er es sich doch anders überlegt hat, mich nicht dabei haben will? Dann bin ich endlich da, die Kopfschmerzen leider auch, aber Felix küsst mich zärtlich – schon geht es mir besser. Nach dem Abendessen gibt es Eiswein. „Eine kleine Einstimmung auf morgen", sagt Felix. Auf jeden Fall das Beste, was ich je getrunken habe. Die Augen rutschen mir wieder einmal auseinander, aber das ist jetzt überhaupt nicht mehr schlimm.

21. August 2013, Mittwoch

Fahrt mit der S-Bahn zum ICE-Bahnhof in Siegburg, dann stehen wir auf dem Bahnsteig, um uns herum lauter ‚Business-Menschen' in dunklen Anzügen oder Kostümen. Ein richtiger ICE – auch das eine Premiere für mich – und sogar erster Klasse, wow! Von der Hochgeschwindigkeitsstrecke nach Frankfurt habe ich schon wahre Wunderdinge gehört, unwillkürlich verkrampfe ich die Hände um die Armlehnen – aber nichts passiert, ich fühle mich nur sanft in den Sitz gedrückt. Felix bekommt einen leuchtenden Blick. „Jetzt über 300", liest er von der Geschwindigkeitsanzeige über der Abteiltür ab. Wir sausen neben der Autobahn dahin, überholen die Autos und dann sind wir auch schon in Frankfurt. Die Business-Menschen springen hoch und rennen aus der Bahn.

Karlsruhe, Taxifahrt zum Autohaus. Felix ist richtig aufgeregt, auch wenn er sich das nicht anmerken lässt. Formalitäten sind zu erledigen – meine Kopfschmerzen machen gerade eine kleine Pause, ich kann alles genau verfolgen. Dass ein Autokauf so kompliziert ist. Ein kleiner Wermutstropfen beim Einsteigen in den ‚Neuen': eine sittsam breite Mittelkonsole.

So, der ‚geschäftliche' Teil des Tages wäre erledigt, jetzt beginnt der Kurzurlaub. Als erstes machen wir einen kleinen Abstecher nach Frankreich, Wissembourg. Ein altes Stadttor, schöne alte Häuser – ich sehe Felix bewundernd zu, wie er den sicher auch für ihn noch ungewohnten großen Wagen geschickt durch die engen Altstadtgassen lenkt.

Dann geht es durch die Südpfalz, warmes, sonniges Wetter, wie im Hochsommer. Ein Winzerörtchen nach dem anderen, eines entzückender als das andere, die hübschen Fachwerkhäuschen mit bunten Blumenkästen vor den Fenstern; immer wieder kleine Kirchlein mit üppig blühenden Pfarrgärten; weinlaubbögen-überrankte Dorfstraßen, teilweise so schmal, dass ich mit aus dem Autofenster gestreckter Hand die Hauswände berühren könnte. Die Häuser sind alle sehr gepflegt, aber einige sehen unbewohnt aus. Seltsam, dass ich solche Nuancen erfassen kann (ich nehme mir wieder einmal vor, den Kopfschmerzen gegenüber etwas toleranter zu sein). Unsere erste Station ist das Dörfchen Leinsweiler; oberhalb des Ortes liegt der berühmte „Slevogthof", Sommerresidenz des Malers Max Slevogt, eines der bedeutendsten deutschen Impressionisten. Von Slevogt habe ich schon gehört, von seiner Villa noch nicht. Sie liegt inmitten eines prächtigen grünen Kastanienwaldes, wirkt aber etwas verwahrlost. Das Neueste an ihr ist ein Schild: „Leider geschlossen."

Immerhin können wir die gleiche tolle Aussicht wie seinerzeit der Maler genießen. Felix erscheint mir über diesen ‚misslungenen' Reiseauftakt etwas geknickt, aber das ist doch nicht seine Schuld. Ich tröste ihn, versuche ihm zu erklären, was es für mich bedeutet hat, diesen Wahnsinns-Fernblick wirklich räumlich, mit näheren und weiter entfernten Strukturen gesehen zu haben, aber wieder das alte Problem: Kann man einem Normalsichtigen so etwas überhaupt erklären?

Das nächste ‚Haus' ist ein kleines Schloss: die Villa Ludwigshöhe bei Edenkoben. Unmittelbar vor uns startet gerade eine Führung. Wenn wir uns beeilen, könnten wir uns ihr noch anschließen, sagt der Kassierer. Schnell hinterher; die große Flügeltür des Eingangs ist noch offen, ich kann bereits das prächtige Treppenhaus sehen, an den Wänden riesige Ölbilder, ein gewaltiger Kronleuchter glitzert und – paff! – liege ich der Länge lang auf dem Kokosläufer des Treppenhauses. Die Türschwelle! Ich habe sie überhaupt nicht wahrgenommen! Felix guckt ganz erschrocken, dann hilft er mir besorgt auf. Meine Knochen scheinen noch alle ganz zu sein, auch die Kleider sind weder zerrissen noch verschmutzt; der Teppich hat den Sturz abgemildert. Die Kopfschmerzen setzen vor Schreck kurz aus, mein Gehirn nutzt die Feuerpause und entwickelt erstaunlich schnell einen lustigen Gedanken: Nun kann ich für den Rest meines Lebens erzählen, ich bin in die berühmte Villa Ludwigshöhe nicht hineingegangen, sondern hineingefallen – das kann nicht jeder von sich sagen.

Filzpantoffel-Zwang – ich passe jetzt auf wie ein Luchs. Noch ein Missgeschick, diese Blamage – das darf nicht sein! Die Ölgemälde an den Wänden werden erklärt. Es sind Darstellungen von Mitgliedern und Vorfahren der weitverzweigten Königsfamilie. Sie sehen alle gleich aus: dieselben, damals ‚üblichen' Posen, verwandtschaftliche Ähnlichkeit, immer wiederkehrende Namen. Aber da: Lieselotte von der Pfalz. Sie ‚kenne' ich, ihren Briefwechsel mit den teilweise deftigen und sehr lustigen Schilderungen des Lebens am französischen Königshof hatte ich mit großem Vergnügen gelesen. Die stattliche Dame ist lebensgroß und lebensecht dargestellt, aber mit eindeutig missmutigem Gesichtsausdruck. Sie war wohl gerade schlecht gelaunt, erklärt unser Schlossführer. Kein Wunder, flüstere ich Felix zu, ihr Gemahl Philippe von Orléans, der jüngere Bruder Ludwigs XIV., stand nicht so auf Frauen. Felix staunt. Der Schlossführer hat es gehört: Das stimmt, sagt er ebenfalls leise, aber für Besuchergruppen mit Kindern, so wie die unsrige, würde er immer die ‚entschärfte' Erklärungsversion wählen.

Edenkoben ist unser Übernachtungsort. In einem Restaurant im Zentrum des kleinen Städtchens essen wir eine etwas verspätete Mittagsmahlzeit. Schräg gegenüber beginnt offenbar gerade die Renovierung eines alten Fachwerkhauses. Ein Transportwagen verursacht einen kleinen Verkehrsstau, Autos hupen, ein Bus bleibt stecken, unbeirrt laden die Arbeiter Gerüstteile ab und stapeln sie ausgerechnet mitten auf der Straße. Wieder so ein kleiner ‚Seh-Roman'. Leider vergesse ich dabei auch wieder einmal alles andere um mich herum, mein Essen wird kalt und Felix hat etwas gesagt, was ich nicht mitbekommen habe. Der inzwischen Kummer gewohnte Ärmste sagt es noch mal ‚für mich zum Mitschreiben'.

Das heutige ‚Kulturprogramm' ist noch nicht beendet. Felix will mir auch das nicht weit von hier gelegene berühmte Hambacher Schloss zeigen. Vor meinem ‚inneren' Auge erscheint mein Schul-Geschichtsbuch und darin ein bekanntes Bild: das so genannte Hambacher Fest von 1832, dargestellt in einer zeitgenössischen Lithographie. Und diese ‚Wiege' unserer Demokratie werde ich gleich mit meinen eigenen Augen sehen können. Das lasse ich mir auch von den blöden Kopfschmerzen nicht vermiesen.

Berg und Gebäude sehen in natura nicht ganz so imposant aus wie auf der Abbildung. Warum eigentlich? Etwa schon wieder meine Augen? Sie protestieren und ‚zeigen' mir des Rätsels Lösung: Hinter dem Schlossberg erheben sich weitere, noch etwas höhere bewaldete Bergrücken – die hatte der damalige Zeichner einfach weggelassen; offenbar sollte nichts den Betrachter von der Schlossruine selbst und dem Geschehen um sie herum ablenken – ‚Bildfälschung' anno dazumal!

Ein Teil der Außenanlagen wird gerade renoviert. Ich halte mich krampfhaft am Geländer fest. Ausgerechnet hier möchte ich meine ‚Fallkünste' auf keinen Fall vorführen. Dann stehen wir auf einem Plateau vor der Schlossruine und sie ist keineswegs, wie auf dem Bild dargestellt, eine Ruine, sondern ein ziemlich intaktes Gebäude, manche Wände sehen sogar erstaunlich neu aus. Das kann einfach kein Seh-Blackout sein. Felix, der ja keine kaputten Gebäude mag, freut sich jetzt bestimmt, ich grübele wieder einmal. Im Schloss gibt es eine Ausstellung zu besichtigen, und das Rätsel löst sich. Die Wiege der deutschen Demokratie – eine Ruine? Das darf nicht sein, hatte man gedacht und immer wieder ‚nachgebessert', Modelle zeigen es.

Nach der Ausstellung geht's auf die ‚Burgterrasse'. Auch hier ein toller Fernblick, aber leider bricht sich die schon tiefer stehende Sonne in den Randbereichen meiner Brillengläser und produziert wieder einmal Spektralfarben – was den Kopfschmerzen richtig gut tut, mir allerdings gar nicht. Dann wieder über die Metallstege und -treppen – höchste Konzentration – alles flirrt vor meinen Augen, aber mein Katastrophen-Soll ist für heute wohl erfüllt, ich komme heil unten an. Erschöpft lasse ich mich wenig später in den Autositz sinken, aber ich bin so froh, dass ich das alles sehen durfte. Ein wichtiges Kapitel der deutschen Geschichte ist für mich ab jetzt mit einer konkreten Vorstellung verbunden, quasi mit ‚Leben' erfüllt. Habe ich mich bei meinem lieben ‚Reiseleiter' überhaupt schon richtig bedankt?

Zum Abschluss des schönen Tages spendiert mir Felix in einer Straußenwirtschaft noch etwas ganz Tolles: ein Glas Gewürztraminer. So einen guten Wein habe ich wirklich noch nie getrunken – oder doch. Der Eiswein gestern Abend. Welcher war besser? Ich überlege hin und her, Felix lächelt gerührt. Ich nutze die ‚Gunst der Stunde' und bitte ihn wieder einmal, doch in Zukunft beruflich etwas kürzer zu treten, die schönen Seiten des Lebens zu genießen. Wieder einmal zeigt er sich einsichtig – für den Moment.

22. August 2013, Donnerstag

Wir packen unsere Sachen zusammen. Dabei eine kleine Auseinandersetzung: Ich möchte Felix meinen Anteil an den Urlaubskosten erstatten – das ist für mich einfach eine Frage der Ehre. Felix sträubt sich zunächst, dann schließen wir einen Kompromiss.

Wehmut auf der Rückreise. Warum ist alles Schöne immer so schnell vorbei? Plötzlich habe ich eine Idee, wie ich Felix‘ Nähe doch noch ein wenig länger genießen könnte: Ich bitte ihn, einen kleinen Umweg zu machen und am Rhein entlang zu fahren. Die berühmten Rheinburgen zu sehen – das wäre doch ein schöner Abschluss unserer romantischen Reise. Felix ist sofort einverstanden.

Der elterliche Bücherschrank, die große Ziehharmonika-Faltkarte vom Rhein, Fotos geheimnisvoll verwitterter Ruinen. Ich träume mir tapfere Ritter und holde Burgfräulein hinein.

Die Burgen jetzt: tipptopp restaurierte Schmuckstücke moderner Denkmalpflege, viele zu Museen oder Hotels ausgebaut. Ach, wo ist die Romantik geblieben?

Irgendwann ist auch die letzte Urlaubs-Galgenfrist vorbei, wir nähern uns unerbittlich der Heimat. Der liebe Felix, er hat meinetwegen einen zeitaufwändigen Umweg gemacht. Er braucht mich nicht nach Hause zu bringen, biete ich an. Felix hält vereinbarungsgemäß nahe der U-Bahn-Station, hilft mir beim Ausladen des Gepäcks. Habe ich auch nichts vergessen? Nein, alles da, und dann packt mir der Gute noch je eine Flasche ‚Roten‘ und ‚Weißen‘ ein, Wein, den er in der Pfalz für sich selbst gekauft hatte. Er küsst mich zum Abschied. Ihm nachwinken kann ich leider nicht, zu bepackt. Traurig sehe ich seinem Wagen hinterher.

26. August 2013, Montag

Felix meldet sich, holt mich zu einer nachmittäglichen Spritztour ab. Sein neuer Wagen neben den Spießer-Mittelklasseautos in meiner Straße, was für ein Anblick, denke ich amüsiert. Felix, wieder mal ganz ‚Kavalier alter Schule‘, hält mir die Autotür auf. Hat sich da nicht im Haus gegenüber eine Gardine bewegt? Mist, durch die Brillenränder kann ich so schlecht sehen und den Kopf umwenden – dazu bin ich zu stolz. Aber jetzt werde ich es allen, die sonst noch so gucken, mal zeigen: Wie eine vornehme Dame von Welt steige ich in die ‚Luxuskarosse' ein. Allein dieser Augenblick ist einen, nein mehrere ‚Kopfschmerztage' wert!

Unterwegs fängt es an zu regnen, kühl wird es auch – und ich habe meine Jacke vergessen! Der gute Felix fährt nochmal an meiner Wohnung vorbei, ich eile schnell zur Eingangstür. Und da, jetzt bin ich mir absolut sicher: Der eine Nachbar steht missbilligenden Blickes am Fenster, tritt, als ich kurz hochblicke, schnell zurück! Früher hätte ich so etwas überhaupt nicht wahrgenommen, jetzt tue ich so, als würde ich es nicht wahrnehmen.

28. August 2013, Mittwoch

Heute endlich ‚Tag der neuen Brille'! Insgeheim hatte ich gehofft, dass sich die Augen inzwischen gebessert hätten und ich überhaupt keine Brille mehr bräuchte. Schmerzen hatte ich ja schließlich genug gehabt. Diesen ‚Zahn' zieht mir der nette Herr Clairon allerdings sofort: Ohne Brille geht es nun einmal nicht. Er hat längst gemerkt, wie ungern ich Brille trage, und das hat seinen Grund. Ich bin zwar schlank, aber mit 1.80 m Körperlänge für eine Frau nun einmal ziemlich groß und wirke allein schon dadurch stark und belastbar.

Mir geht mein früheres Leben durch den Kopf: allein, zwei pflegebedürftige Eltern betreuend und gleichzeitig ganztags berufstätig. Auch wenn ich erkennbar am Rande des körperlichen Zusammenbruchs stand, ist es niemandem auch nur im Traum eingefallen, mir Hilfe anzubieten. Wenn ich schließlich selbst darum bat, bekam ich – meist indirekt, manchmal aber auch ganz direkt – zu hören: Sie sind ja so groß, Sie schaffen das schon! Auch Brillen sind ‚Autoritätssymbole' – ein Zopf aus früheren Zeiten, als sich nur Leute gehobener Schichten solche Sehhilfen leisten konnten. Körperlänge und Brille zusammen – sehe ich dann nicht noch ‚stärker', noch mehr nach ‚Autoritätsperson' aus, nach etwas, das ich überhaupt nicht bin? Herr Clairon scheint meine Gedanken erraten zu haben, denn er präsentiert mir ein kleines, leichtes, randloses

Brillchen. Ich bin total fasziniert: Man sieht und spürt es wirklich kaum. Alles klar, das nehme ich. Dann geht es wieder ins Untersuchungszimmer, wieder endlose Messungen – ich lasse sie geduldig über mich ergehen. Und mitten darin, auf einmal, einfach so, habe ich das ganz sichere Gefühl: Ich schaffe das, schließlich habe ich ja das Ziel, Felix eine gleichwertige Partnerin zu werden. Und die scheiß Kopfschmerzen – irgendwann geben sie auf. Vielleicht ja schon bald, mit der neuen Brille.

31. August 2013, Samstag

Morgens, das Wetter ist trüb und deutlich kühler. Dunstschwaden – die gegenüberliegenden Berge sind kaum zu erkennen. Ich hole meine Brille, aber diesmal hilft sie auch nicht. Gemütliches spätes Frühstück, gemeinsames Lesen der dicken Samstagszeitung. Felix will meine Allgemeinbildung noch etwas erweitern, für den Nachmittag kündigt er einen Ausflug in den für unsere Region ‚zuständigen' Ikea-Markt an. Auch dort war ich noch nie, das Geschäft ist ohne Auto nicht erreichbar. Aber schon immer habe ich sehnsüchtig den alljährlich im Briefkasten liegenden Katalog durchgeblättert. Zusammen mit einem lieben Partner die schönsten dieser hellen, modernen Möbel aussuchen und damit eine gemeinsame Wohnung gemütlich einrichten – ‚zweidimensionale' Wunschträume.

In der Realität gehe ich mit einem lieben ‚Bestimmt-bald-Partner' über den riesigen Parkplatz auf das blaugelbe Möbelhaus vor mir zu, ein moderner, aber sehr verschachtelter Flachbau. In der Eingangshalle Pfeile, Schilder, Geländer, zahlreiche Menschen, die Neonbeleuchtung flimmert, die Ränder meiner Brille produzieren wieder einmal Spektralfarben, die Kopfschmerzen orgeln. Trotzdem scheint zumindest ein Teil meines Gehirns noch gut beobachten zu können, denn nach einiger Zeit wird für mich in dem ‚Chaos' eine gewisse Ordnung sichtbar: die Pfeile, Schilder, Geländer dienen dazu, den Menschenstrom in eine bestimmte Richtung zu lenken. Wir reihen uns ein und bald merke ich, dass wir wie auf einer Einbahnstraße durch alle Abteilungen des Möbelhauses geschleust werden.

Felix hat inzwischen einen Gutschein gezückt und will ihn einlösen, ich darf mir etwas aussuchen. Was könnte ich denn brauchen? Ein zu meinem Fernsehsessel passender Fußschemel wäre nicht schlecht, dann könnte ich endlich mal im wahrsten Sinne des Wortes die Füße hochlegen. Und wirklich, dort steht so ein Schemelchen. Ich ‚Ikea-Neuling' will es direkt mitnehmen, Felix kann es gerade noch verhindern. „Das ist nur ein Ausstellungsstück", sagt er, „merke dir die Nummer." Was für eine Nummer? Aha, auf der Rückseite klebt ein Zettel mit einer 42. Na gut, Felix wird schon wissen, wie das blaugelbe Möbelhaus funktioniert. Jetzt sind wir in der Büromöbelabteilung. Eine neue Schreibtischlampe vielleicht? Meine derzeitige pflegt immer im unpassendsten Moment zusammenzubrechen. Das moderne Lämpchen da vorne, man kann es originalverpackt sogar direkt mitnehmen.

Die Umgebung hat sich inzwischen verändert; anstelle der Ausstellungsmöbel und begehbaren Musterzimmer befinden sich jetzt rechts und links von uns riesige, meterhohe Regale mit Paketen. Wir finden ‚unser' Fußschemelchen auf einem etwa in Augenhöhe befindlichen Regalbrett. Was mögen wohl die Kunden machen, deren Ware ganz oben, in geradezu schwindelerregender Höhe liegt? Freeclimbing? Ich frage besser nicht. An den Kassen lange Schlangen. Vor uns eine nicht mehr ganz junge Frau, die auf ihrem Einkaufswagen fast einen gesamten Haushaltsbedarf an Geschirr und Küchenutensilien balanciert. „Sie ist bestimmt gerade bei ihrem Mann ausgezogen und muss nun ihre neue Wohnung mit dem Notwendigsten ausstatten", vermutet Felix ‚fachkundig'. Woher er so etwas weiß?

Eine Imbissecke, die steuern wir jetzt an. Über dem Tresen hängt die ‚Speisekarte' in Form großer Tafeln – ich kann sie lesen, stelle ich erfreut fest. Aber was steht da: ‚Köttbullar'. Ich habe dieses Wort schon einmal irgendwo gesehen, es aber für die schwedische Bezeichnung für ‚Elchköttel' gehalten. Jetzt bin ich neugierig geworden, ich muss unbedingt diese ‚Köttbullar' haben. Sie entpuppen sich als Hackfleischbällchen mit Soße. Enttäuschend normal, aber bestimmt besser schmeckend als Elchköttel.

1. September 2013, Sonntag

Morgenkaffeegestärkt und imbusschlüsselbewaffnet stehe ich vor den Einzelteilen des Fußschemels, sie lassen sich widerstandslos zusammenschrauben. Dann setze ich die Schreibtischlampe in Gang – worauf ihre ‚Vorgängerin' in sich geht und das Zusammenbrechen vorerst einstellt. Ich kämpfe mit mir: Soll ich Felix meinen ‚Erfolg' mitteilen oder würde ihn das nur nerven? Für Menschen mit ‚normaler' Lebenserfahrung ist das erfolgreiche Zusammenbauen eines Kleinmöbels doch keiner Erwähnung wert. Schließlich entscheide ich mich für eine SMS und meine Möbelzusammenbau-Fähigkeiten werden belohnt: Felix lädt mich ein, ihn kommenden Mittwoch auf eine kleine ‚Tagesreise' zu begleiten. Sein Sohn hat bei einem Händler in Eisleben ein neues Auto bestellt, aber keine Zeit, es abzuholen, das werden jetzt wir machen.

3. September 2013, Dienstag

Bei der gestrigen Kontrolluntersuchung war alles in Ordnung. Ein Steinbruch ist mir vom Herzen gepurzelt. Na, dann steht ja unserem ostdeutschen Ausflug nichts mehr im Weg. Beim Abendessen liegt Felix' Tageszeitung auf dem Tisch, die aufgeschlagenen Seite zeigt einen Bericht über eine Baumaßnahme in der Straße, wo sich vor Jahrzehnten ‚meine' armselige Flüchtlingssiedlung befand, dazu ein Foto.

„Siehst du, dort bin ich aufgewachsen", sage ich zu Felix. Wieder einmal diese Rührung in seinem Gesicht: „Vergiss es, das hast du hinter dir", sagt er.

4. September 2013, Mittwoch

Der Weckton von Felix' Handy meldet sich bestialisch früh. Dass es sich dabei um sanfte Harfenklänge handelt, macht die Sache nicht besser. „Um Gottes Willen, nach Eisleben – ans Ende der Welt", murmelt Felix schlaftrunken. Es hilft nichts, wir müssen aus den Federn. Ein schnelles Frühstück, pünktlich stehen wir auf dem Bahnsteig des kleinen Stadtteilbahnhofs. Unser Zug ist schon angekündigt, sehe ich auf der Anzeigentafel und bin richtig stolz auf meine Augen. Ach, wenn ich wüsste, was sie mir kurz darauf antun werden.

In Koblenz müssen wir umsteigen. ‚Koblenz-Mitte' ist auf der Haltestellenanzeige über der Abteiltür zu lesen. Seltsam! Früher hieß es doch immer Koblenz Hbf, das weiß ich genau. Aber ich bin diese Bahnstrecke jetzt schon so lange nicht mehr gefahren, da hat sich sicher einiges verändert. Felix als Autofahrer kennt sich noch weniger aus als ich, er verlässt sich auf mich. Von damals ist mir der Koblenzer Hauptbahnhof bekannt, hinter ihm erheben sich markante Befestigungswerke aus früheren Garnisonsstadt-Zeiten. Ich starre durchs Wagenfenster, versuche, etwas zu erkennen. In den Rändern der Brillengläser spiegelt sich die Innenbeleuchtung, draußen dagegen ist es noch fast dunkel. Sind das da im Hintergrund die Festungsbauten oder nicht? Wenn ich bloß besser sehen könnte! Aber irgendwelche Strukturen sind ohne Zweifel da. Doch, das können nur die Befestigungswerke sein, entscheide ich, wir müssen raus. Dann stehen wir auf dem Bahnsteig, und meine nun nicht mehr durch Lichtreflexe abgelenkten Augen melden mir einen furchtbaren Irrtum: Es handelt sich um eine kleine, ersichtlich neu angelegte und mir daher unbekannte Zwischenstation. Die dunklen Strukturen im Hintergrund sind moderne Bürohäuser. Wie zum Hohn lässt der davonfahrende Zug noch einmal seine Rücklichter sehen, bevor ihn eine Kurve unserem Blickfeld entzieht. Was haben meine Augen da nur angerichtet!

Felix zeigt wahre Größe: Er schimpft nicht, sondern überlegt blitzschnell, was nun am besten zu tun sei. Wir rennen auf die Straße, ein Stück weiter stehen Taxis, wir springen in eines hinein. Der Taxifahrer ist nett und gibt sein Bestes, aber im beginnenden Berufsverkehr ist schnelles Durchkommen nicht so einfach. Schaffen wir es noch, den Zug einzuholen? Nach zu Ewigkeiten gedehnten Minuten erreichen wir den Hauptbahnhof. Weitere kostbare Minuten verrinnen, bis wir uns in dem sehr seltsamen Gleisnummern-System zurechtgefunden haben. Dann haben wir das richtige Gleis gefunden, stürzen auf den Bahnsteig. Er ist verdächtig leer, das verheißt nichts Gutes – und wirklich, auch von unserem Anschlusszug sehen wir nur noch die Rücklichter.

Jetzt ist die gesamte von Felix per Internet ausgetüftelte und gebuchte Reiseroute Makulatur; wir müssen zum Reisebüro der Bahn, neue Fahrkarten kaufen. Während Felix mit der Dame am Schalter verhandelt, mache ich meinen unfähigen Augen bittere Vorwürfe. Bis jetzt hatte immer nur ich selbst unter den von ihnen verursachten Katastrophen zu leiden, nun habe ich erstmals auch jemand anderen in den Schlamassel mit hineingezogen. Vielleicht sollte ich doch besser allein bleiben, bin ja überhaupt niemandem zumutbar. Felix kommt von Schalter zurück, sein Lagebericht tröstet mich zumindest etwas: Der neue Nebenbahnhof ‚Koblenz Mitte' ist schon oft mit dem Hauptbahnhof verwechselt worden. Für die Bahnbedienstete war unser (mein) Missgeschick so ungewöhnlich also nicht und sie gab einen guten Rat: Felix solle einen Antrag auf Erstattung der zusätzlich entstandenen Fahrtkosten stellen. Was man uns allerdings nicht erstatten kann, ist die verlorene Zeit. Der nächste Zug geht erst in einer Stunde.

Ein Becher Kaffee und ein mit Felix geteiltes Kuchenstückchen im Bahnhofsbistro – dann sitzen wir wieder im Zug, leider entgegen der Fahrtrichtung. Bisher ist mir dabei immer fürchterlich übel geworden, und auch jetzt rechne ich mit dem Schlimmsten. Ich ergebe mich in mein Schicksal, starre aus dem Wagenfenster. Hinter Frankfurt merke ich: Zwar haben sich die ‚üblichen' Kopfschmerzen inzwischen langsam breitgemacht, aber o Wunder – trotz ‚verkehrter' Fahrtrichtung ist mir überhaupt nicht schlecht. Die Augenumstellung oder einfach nur die Nähe eines geliebten Menschen?

Meine Augen haben sich jetzt auch noch zu der Einsicht durchgerungen, etwas gutmachen zu müssen. Ich sehe zwei Rehe, die beim Herannahen der Zuges aus dem Gebüsch des Bahndamms in ein Feld flüchten! Ich mache Felix sofort darauf aufmerksam, er entdeckt sie jetzt ebenfalls, aber ich habe sie zuerst gesehen. Mein immer noch geknicktes Selbstbewusstsein richtet sich ein klein wenig auf.

Eisleben, wieder einmal ein Autokauf, dann der ‚kulturelle Teil' des Ausflugs, wir besichtigen Luthers Geburts- und Sterbehaus. Im Sterbehaus eine kleine Ausstellung, Luthers letzte Aufzeichnungen sind zu lesen. Erstaunlich nüchtern und mit beachtenswerten medizinischen Kenntnissen beschreibt der plötzlich schwer Erkrankte seinen Zustand – kein Jammern und Klagen. Ich bin tief beeindruckt (und ein bisschen beschämt).

Rückfahrt mit dem neuen Auto. Wir sind schon im Ruhrgebiet, es ist inzwischen dämmrig – da liegt doch etwas Größeres leblos auf dem Standstreifen, sieht aus wie ein – nein, das kann nicht sein. „Ein überfahrener Hund", sagt Felix. Genau das hatte ich mir auch gedacht, und ich glaube sogar, gesehen zu haben, dass es ein Boxer war. Wieder fällt mir der alte Spielfilm ein, der Mann, der freiwillig in die Blindheit zurückkehrt.

6. September 2013, Freitag

Wieder einmal stehe ich aufgeregt vor Herrn Clairons Geschäft. Die neue Brille ist fertig! Vielleicht kann ich durch sie ja besser sehen, vielleicht gibt es dann endlich keine visuellen Katastrophen mehr, vielleicht hören ja auch die Kopfschmerzen auf. So viele Erwartungen. Auch Felix ist gespannt, er hat mich danach in sein Büro ‚bestellt', um mich in Augenschein zu nehmen. Und dann habe ich die Brille zum ersten Mal auf, spüre sie wirklich kaum. Vielleicht werden sie und ich ja doch noch ‚Freunde'. Ich wage es nun, mich im Geschäft umzusehen, noch habe ich die Dalí-artige Farbexplosion von damals in lebhafter Erinnerung – aber alles sieht normal aus, nichts krümmt sich oder fließt auseinander. Und die lästigen Verzerrungen und Spektralfarben in den äußeren Randbereichen der Gläser – fast verschwunden, wie schön. „Begleitendes Sehtraining", höre ich, das wäre nach einer ersten Gewöhnungszeit in meinem speziellen Fall sehr wichtig, sagt Herr Clairon.

Nicht verschwunden sind leider die Kopfschmerzen, das merke ich auf dem Weg zu Felix' Büro. Ihm gefällt mein neuer ‚Look', er küsst mich und schon muss ich die Brille zum ersten Mal putzen. Aber vorübergehend sind die Kopfschmerzen doch ‚weg'.

7. September 2013, Samstag

Laut Wetterbericht soll heute noch einmal ein schöner, warmer Tag werden und Felix will mit mir wieder an den Laacher See fahren. Vor knapp drei Monaten waren wir schon einmal dort, ich damals gerade ‚neubebrillt', mein ‚Sehapparat' völlig in Aufruhr. Wird es diesmal besser sein, kann ich schon mehr von der sicher sehr schönen Landschaft sehen? Und vielleicht bin ich ja auch im

Umgang mit den täglichen Kopfschmerzen inzwischen routinierter geworden, werde besser funktionieren.

Zunächst geht es am Rhein entlang durch kleine Ortschaften mit alten, schönen Gründerzeitvillen im damals beliebten ‚Palazzostil'. Manche sehen leer stehend, verwahrlost, aus, ich erkenne sogar den abblätternden Putz. Dann geht es in die Eifel. Bergkuppen gekappt oder wie riesige Kuchen angeschnitten, große Geröllhalden – es wird Vulkangestein gewonnen. Komisch, dass mir das alles neulich so komplett entgangen ist. Und dann sind wir wieder in Maria Laach.

Die gewaltige Abteikirche, Dämmerlicht umfängt uns. Offenbar findet gerade eine Andacht statt – viele Menschen im Kirchenraum, um den Altar sind Mönche versammelt, einer rezitiert Lateinisches. Wir wollen nicht stören und bleiben ziemlich weit hinten stehen. Ich sehe mich in der Kirche um – und etwas zieht meinen Blick geradezu magisch an: Hoch über dem Altar befindet sich ein Mosaik in byzantinischer Art, es zeigt eine Christ-König-Darstellung mit einem aufgeschlagenen Buch in der einen Hand. Die Buchseiten leuchten hell weiß, und auf ihnen steht mit schwarzen Buchstaben klar und deutlich etwas in Latein geschrieben, ich kann es auf Anhieb fließend lesen: ‚Ego sum via, veritas et vita'– und fasse es nicht: Es ist der Anfang meines eigenen Konfirmationsspruchs: ‚Ich bin der Weg, die Wahrheit und das Leben, niemand kommt zum Herrn denn durch mich'. Konfirmation? Religion? Damit habe ich schon lange nichts mehr zu tun …

Unser evangelischen Gemeindekindergarten – mein erster Tag. Ich plötzlich inmitten einer Horde von 50 Kindern. Eine einzige, ältliche Diakonisse beaufsichtigt uns, versucht es zumindest. Frühstückspause, es gibt Kakao. Ich stoße versehentlich einen Becher um. Die Diakonisse stürzt auf mich zu. Ohrfeigen, Schläge, dann zerrt sie mich an den langen Haaren in die Besenkammer und sperrt mich ein. In der dunklen Kammer bleibe ich bis zum Abend, bis meine Mutter mich abholt. Entsetzt meldet sie mich sofort aus dem Kindergarten ab.

Sobald ich volljährig war, verließ ich die Kirche. Ein Schlussstrich, er löschte gleichsam die Erinnerung. Jetzt bin ich doch seltsam berührt: mein ‚evangelischer' Konfirmationsspruch über dem Altar einer berühmten katholischen Kirche! Ganz aufgeregt berichte ich Felix im Flüsterton von meiner ‚Entdeckung'. Er guckt hoch, dann sieht er mich schweigend und sehr eigenartig an. Ich sehe noch einmal hin – das Bild ist noch da, das Buch auch, aber das Leuchten verschwunden und die Buchstaben auf den aufgeschlagenen Buchseiten – viel zu klein, um sie bei dem Dämmerlicht aus dieser Entfernung lesen zu können! Meine Knie zittern. Die Andacht ist beendet, die Mönche verlassen den Altarraum, die Gottesdienstbesucher wenden sich zum Gehen. Wir schlängeln uns zwischen ihnen durch, einen Seitengang entlang nach vorn, ich mit weit aufgerissenen Augen, bloß ja nicht stolpern. Schließlich stehen wir ziemlich nahe vor dem Chor. Jetzt kann ich die Worte auf den Buchseiten auch ganz normal, wegen dem dämmrigen Licht ein wenig mühsam, lesen: Alles stimmt genau mit dem vorhin ‚Gesehenen' überein, sogar die lateinische Schreibweise ‚SVM' für das Wort ‚SUM'. Ich schwöre Felix, zum allerersten Mal in der Abteikirche von Maria Laach zu sein, weder von der Existenz des Spruches noch der des Bildes überhaupt etwas gewusst zu haben. Vielleicht hält er mich für verrückt, vielleicht bin ich es ja auch.

Wir gehen zurück zum Parkplatz, an seinem Ausgang ist eine Imbissbude, im Angebot unter anderem Currywurst. Ich habe wirklich noch nie in meinem Leben Currywurst gegessen, stelle ich für mich fest, sage es laut – und bekomme daraufhin meine erste Currywurst überhaupt. Sie schmeckt ungewohnt zwar, aber lecker.

Nach der kleinen Stärkung wollen wir jetzt zum Ufer der anderen Seeseite. Ob ich heute die ‚berühmten' Gasblasen endlich auch selbst sehen kann? Das wäre die ‚Krönung' des Tages!

Ich erkenne die Stelle anhand eines umgeknickten, halb im Wasser liegenden Baumes wieder, wage mich näher ans Ufer heran – und da: Zwar kein spektakuläres Sprudeln, aber eine Art träges Blubbern – quasi der langsame Atem des tief unter uns schlummernden Supervulkans. Und ich kann es sehen!

8. September 2013, Sonntag

Der Morgen ist trüb und sehr kühl. Ausgerechnet heute will Felix einen seiner Oldtimer bei einer Autoshow vorführen. Ich darf sogar mit – hoffentlich enttäusche ich ihn nicht. Ein Boxenluder ist doch bestimmt tief dekolletiert und hat wehende Haare. Würde ich mein bestrahlungsgeschädigtes Haar offen tragen, sähe ich aus wie Struwwelpeter, und ein tiefes Dekolleté wäre bei der Kälte für mich sicher tödlich. Sogar aus dem Oldtimer kann man mehr machen als momentan aus mir, denke ich betrübt, als Felix sein Schätzchen zuvor noch in eine Waschanlage fährt und hingebungsvoll wienert.

Während die Jury die vierrädrigen Ausstellungsteilnehmer in Augenschein nimmt, tue ich dasselbe mit den zweibeinigen und stelle erleichtert fest, dass sich auch unter den anderen Frauen kein ‚Boxenluder' befindet. Vielleicht habe ich ja das feuchtkühle Wetter als Verbündeten. Die Jury ist mit der Beurteilung fertig, Felix hat die Endausscheidung erreicht! Er und sein Oldtimer werden namentlich aufgerufen, stolz geht er zu seinem Wagen und dann dreht er die Ehrenrunde, er und das Auto geben ersichtlich ihr Bestes. Aber jetzt – die Qual der Wahl. Die Jury berät und berät, dann schließlich die Erleuchtung: Es gibt einen Ehrenpreis – Konzertkarten, und Felix bekommt sie! Ach, wie ihm die Freude aus den Augen leuchtet – und wie ich mich für ihn – und mich – freue!

11. September 2013, Mittwoch

„Kevin allein zu Haus" – nein: „Monika allein in der Großstadt"! Felix verbringt den heutigen Tag bei seiner Tochter, aber er hat mich nicht ‚vergessen': Die Tochter und deren Familie wohnen in der Nähe von Frankfurt, er nimmt mich mit zum dortigen Vorortsbahnhof. Ich soll dann mit der S-Bahn weiter nach Frankfurt fahren, mir die Stadt ansehen und einige schöne Stunden machen. Für den Notfall hat er mir sogar die Adresse der Tochter und einen Straßenplan mit der Lage ihres Hauses mitgegeben. Ich darf zumindest schon mal in die Nähe seiner Familie, das ist doch ein erster Fortschritt! Nur, die ‚schönen Stunden' in Frankfurt, wie er sich das so vorstellt: allein in der riesigen Mainmetropole, mit meinen immer noch so unzuverlässigen Augen. Werde ich das schaffen? Aber ablehnen, nach diesem ersten kleinen ‚Erfolgserlebnis'? Auf gar keinen Fall! Und irgendwo ist da auch ein kleines Fünkchen Neugier. Frankfurt. Da gibt es eine ganz lose, indirekte Verbindung zwischen mir und dieser Stadt. Nach dem letzten Krieg befand sich hier kurzzeitig die gemeinsame Verwaltung der drei westlichen Besatzungszonen, mein Vater gehörte zu den deutschen Mitarbeitern dieser provisorischen ‚Regierung'. Meinen Eltern war in einem beschädigten Haus ein Zimmer zugewiesen worden. Ihr Alltag in der schrecklich zerstörten Stadt – schwierig, sie erzählten manchmal davon.

Stumm sitze ich neben Felix im Auto, ich spüre, wie die Panik mit eiskalten Armen nach mir greift. Jetzt sind wir bald am Ziel, noch ein kurzer Halt an einem Tankstellenshop, Felix kauft Frühstücksbrötchen für seine Familie, und auch ich bekomme etwas ‚Proviant' für meinen ‚Abenteuertrip'. Und dann ist der Vorortbahnhof erreicht, noch ein Abschiedskuss, jetzt bin ich auf mich selbst gestellt.

Bis zum Bahnsteig schaffe ich es ohne größere Katastrophen und ich finde am Fahrplan sogar heraus, mit welcher Linie ich nach Frankfurt-Mitte komme. Dann aber der Fahrkartenautomat – seine Bedienung ist genauso kompliziert wie bei denen in unserer Stadt, nur *anders* kompliziert. Komisch, für die meisten Gebrauchsgüter gibt es doch DIN-Normen, warum nicht für Fahrkartenautomaten? Eine nette Frau hilft mir schließlich – gerade rechtzeitig, der Zug kommt. Natürlich hat Felix mich nicht völlig ohne Orientierung in Frankfurt ‚ausgesetzt', sondern mir die Kopie eines Google-Maps-Plans der Innenstadt mitgegeben und mir als erste ‚Anlaufstelle' die Touristik-Informationsstelle im Römer empfohlen. Am ‚Willy-Brandt-Platz' steige ich aus. Die ‚Haltestelle' entpuppt sich als ein riesiger U-Bahnhof, mehrere Rolltreppen führen zu verschiedenen Ausgängen. Welcher ist der richtige? Ich setze mich erst einmal auf eine Bank und beiße in das belegte Proviant-Brötchen, Essen soll ja beruhigen.

Dann auf gut Glück zu einer der Rolltreppen. Es ist die falsche, ich lande am entgegengesetzten Ende des langgestreckten Platzes. Also einmal quer über den Platz, trübes Wetter, empfindlich kühl, ein unangenehmer Wind pfeift. Die Straßen entweder autobahnartig breit oder düstere Schluchten zwischen schwindelerregend hohen Häusern. Ich gehe am Stammhaus der bekannten Frankfurter Bankiersfamilie Bethmann vorbei und da – die berühmte Paulskirche! Ihr Bild in meinem Geschichtsbuch und hier das Original. Wieder einmal ein Gebäude, das auf dem alten Stich imposanter aussah. Klar, es war damals noch nicht von so vielen hohen Häusern umgeben.

Katholisches Gymnasium, Geschichtsunterricht. Die Lehrerin fragt: „Warum machte man ausgerechnet eine Kirche zum Sitz des ersten deutschen Gesamtparlaments von 1848?“ Frömmigkeit, Anerkennung Gottes als oberste staatliche Instanz – das wird als Antwort erwartet. Und was sage ich? „In dem großen, runden Kirchenschiff ließ sich die Parlamentsversammlung am besten unterbringen. Andere für einen solchen Zweck geeignete Hallen oder Gebäude gab es ja damals nicht.“ Die Lehrerin schnappt nach Luft, die Mitschülerinnen grinsen.

Gleich um die Ecke der Römer, ich betrete die Touristeninformation. Inzwischen habe ich mir überlegt, dass der beste Weg, eine große fremde Stadt erst einmal übersichtsweise kennenzulernen, eine Touristen-Stadtführung ist. Dafür stehen Sightseeing-Busse bereit, sagt man mir. Ich nehme einen Fensterplatz in einem der Doppeldeckerbusse – und ich sehe nichts, absolut nichts! Mir ist nicht schwarz vor Augen, aber ich habe einfach nicht den Eindruck, dass sich vor dem Fenster etwas tut, dass vor dem Fenster überhaupt irgendetwas ist! Eine automatische Lautsprecheransage weist auf die Sehenswürdigkeiten hin, ich kann sie mit absolut nichts Visuellem in Einklang bringen! Was ist das nur? Ich bin vor Panik wie gelähmt – für Minuten, Stunden. Ich habe jedes Zeitgefühl verloren.

Und dann geben offenbar auch meine Ohren den Geist auf, denn außer dem Motorengeräusch des Busses und den Worten der Lautsprecheransage ist da auf einmal noch ein weiteres seltsames Geräusch, es scheint direkt aus meinem Rucksack zu kommen. Es weckt mich aus meiner Erstarrung auf. Das Geräusch *kommt* aus meinem Rucksack, mein Handy läutet! Zum ersten Mal in meinem Leben bin ich mit Handy unterwegs. Felix hat darauf bestanden, damit ich ihn notfalls anrufen kann und nun ruft der Gute mich an, will wissen, ob ich noch lebe. Nur ganz knapp. Das sage ich natürlich nicht, sondern versichere, dass es mir gut geht und dass ich gerade eine Stadtrundfahrt mache. Das kurze Telefonat hat mich in die visuelle Realität zurückbefördert – passend dazu erreichen wir gerade die Endhaltestelle.

Ich hangele mich die schmale, steile Wendeltreppe von Oberdeck des Busses herunter, dann stehe ich wieder auf der Straße, das Leben normalisiert sich wieder, die ‚vertrauten' Kopfschmerzen sind auch wieder da. Etwas Großes hält vor mir, ich blicke auf. Es ist der Bus für die nächste Stadtrundfahrt. Warum das Ganze nicht noch mal, und diesmal hoffentlich ohne geistigen Totalausfall? Mein Ticket gilt für den ganzen Tag, und Zeit habe ich auch.

Erleichterung: Diesmal ‚kann ich sehen'! Die Innenstadt, das Commerzbank-'Hochgebirge', das Japan-Center, die Deutsche-Bank-Doppeltürme: Sie hätten im Volksmund den Namen ‚Soll und Haben' , sagt die Lautsprecheransage. Und ein Gruß aus der ‚Vergangenheit': An einem großem Gründerzeit-Eckhaus mit prächtig gestalteter, aber verwahrlost wirkender Fassade entdecke ich das Schild ‚Mainzer Landstraße'! In dieser Straße hatten damals meine Eltern gewohnt.

Dann ist auch diese zweite Rundfahrt zu Ende. Die zentrale Fußgängerzone kann natürlich nur zu Fuß besichtigt werden. Ich ‚besichtige' sie sogar auf Englisch – als einzige Deutsche mit einer Reisegruppe aus Washington. Auf dem Rückweg durchqueren wir die Kleinmarkthalle, eine riesige ‚Shopping Mall'. Die Fremdenführerin weist uns auf ein Schild hin, das an einem der Verkaufsstände hängt, und übersetzt den Amis den Text:„Aushilfen gesucht – 3 Männer oder 1 Frau." Vielleicht – hoffentlich – nur ein Gag für Touristen.

Das Vergnügen ist vorbei, jetzt beginnt der ‚Dienst'. Felix hat mir nämlich einen Auftrag erteilt: In Frankfurt gibt es einen Shop für die zu Felix' Luxus-Kaffeemaschine gehörenden exklusiven Kaffeepads. Hiervon soll ich Nachschub besorgen. Adresse, Name der gewünschten Kaffeesorten, Kundennummer – alles hat er aufgeschrieben, nur finden muss ich das Geschäft noch. Warum sieht auf dem Stadtplan alles so anders aus als in Wirklichkeit? Straßen haben andere Namen, führen in andere Richtungen. Ich konnte früher doch auch nach einem Stadtplan dorthin finden, wo ich hin wollte, was ist das jetzt schon wieder für ein Mist. Frankfurts größter Sohn Goethe ‚rettet' mich: da, sein riesiges Denkmal – das kann nur der Goetheplatz sein, und die Goethestraße, mein Ziel, zweigt von ihm ab. Dort betrete ich eine andere Welt: Links und rechts die schicksten Läden, bekannte Namen, die sogar mir ‚Hinterwäldlerin' ein Begriff sind: Bulgari, Giorgio Armani, Hermès. Durch die Schaufenster blicke ich in marmorverkleidete, kristalllüster-beleuchtete Innenräume und auf die Preisschilder – unter 200 Euro ist nicht einmal das kleinste Accessoire zu haben. Nicht meine finanzielle Kragenweite. Aussehensmäßig passe ich auch nicht hierher: Aus den Geschäften kommen todschicke Frauen mit Glanzpapier-Tragetüten – dagegen ich in meinem Ausflugs-Outfit. Aber da muss ich jetzt durch. Im Laden selbst gibt es eine Art Bar, draußen einige Tische und Stühle. Nachdem der Einkauf erfolgreich abgeschlossen ist, belohne ich mich damit, dass ich genau hier, in diesem Luxus-Schuppen, eine Tasse Kaffee trinke. Eis oder Kuchen verkneife ich mir besser, ich glaube, das würde meine Reisekasse sprengen.

Es ist inzwischen richtig warm geworden, ich lasse mich an einem der Außentische nieder. Sofort kommt ein freundliches junges Mädchen und fragt nach meinen Wünschen. Ich bestelle einen Kaffee, sie sieht mich etwas ratlos an. Was habe ich jetzt schon wieder falsch gemacht? Sie verweist auf die Speisekarte. Aber ich wollte doch nur einen Kaffee. Die junge Bedienung hat mich inzwischen wohl in die Kategorie ‚Analphabetin‘ oder ‚besonders doof‘ einsortiert, denn sie fängt an, mir geduldig zu erklären, dass es etwa zwanzig verschiedene Kaffeesorten gäbe, von mild bis sehr kräftig. Ich entscheide mich für etwas Mittelstarkes. Aber auch Milch ist nicht gleich Milch, sie gibt es in ‚normal‘, aufgeschäumt usw. Noch etwas, vielleicht dreißig Zuckersorten? Endlich, die junge Kellnerin geht, ich atme auf.

Der Kaffee schmeckt wirklich sehr gut, und sogar ein Keks ist im Preis inbegriffen. Ich sitze möglichst elegant in dem bequemen Sessel und fühle mich im Moment fast wie ein Mitglied des ‚Jet Set‘. Sie scheinen mich zumindest in ihrer Mitte zu dulden. Verstohlen beobachte ich die anderen Kunden. Am Nachbartisch sitzen drei junge Orientalinnen, schlank, tolle Figuren, mit einer Kombination aus westlichen Designerklamotten und Seidenkopftüchern bekleidet, neben sich zahlreiche der obligatorischen Luxusmarken-Einkaufstüten und, lustig, alle drei haben riesige Hakennasen. Bestimmt sind sie miteinander verwandt, denke ich. Und wahrscheinlich sind sie den Scheichs, denen sie als Ehefrauen zugedacht sind, zu mager, denn jetzt wird ihre Bestellung gebracht: für jede ein großes Stück Torte und ein Rieseneisbecher. Mein Magen fängt an zu knurren, ich sehe lieber weg.

Mit der U-Bahn geht es zurück zum S-Bahnhof von heute Morgen, wo Felix mich wieder ‚aufsammelt'. Ein liebevoller Kuss belohnt die ‚Überlebende des Großstadtdschungels', dann geht es Richtung Heimat. Ich lehne mich im bequemen Autositz zurück, spüre jetzt erst richtig, wie erschöpft ich bin. Er erzählt von seiner Familie. Werde auch ich jemals Teil seiner Familie sein, denke ich wehmütig.

13. September 2013, Freitag

Wieder mal ein Friseurtermin. Der letzte, so missglückte, ist mir noch lebhaft in Erinnerung, aber es musste einfach sein. Und nun werde ich ‚bearbeitet'. Es dauert mir viel zu lange. In einer der ausliegenden Zeitschriften entdecke ich eine lustige Karikatur über Felix' Autotyp. Die Zeitschrift ist von voriger Woche, kaufen geht also nicht mehr. Aber ich muss die Karikatur unbedingt haben, Felix hätte sicher seinen Spaß daran. In einem unbeobachteten Augenblick reiße ich das Blatt heraus. Der erste Schritt zu einer Verbrecherkarriere? Man bittet mich unter die Trockenhaube. Gottseidank, sie haben nichts bemerkt. Ich muss sofort Felix über meine wiedererlangte ‚Fast-Gesellschaftsfähigkeit' in Kenntnis setzen. Während der Heimfahrt im Bus schicke ich ihm eine SMS. Was habe ich da gerade gemacht? Im schwankenden Bus in aller Ruhe eine fehlerfreie SMS geschrieben und abgeschickt, das gibt es doch nicht. Wie neidisch habe ich noch vor einem Vierteljahr die anderen beobachtet, die das so ganz nebenbei konnten. Für mich unerreichbar, habe ich immer gedacht. Und jetzt – nicht zu fassen!

Felix will persönlich sein ‚fachmännisches Auge' auf meine Haare werfen, er lädt mich zu einem kleinen Spätnachmittags-Ausflug an die Remagener Rheinpromenade ein – eine Entschädigung dafür, dass er das Wochenende auswärts bei Freunden verbringt. Wir gehen Hand in Hand, und ich schwebe wieder einmal wie auf Wolken. In einem Promenadenkaffee kehren wir ein, ich gehe bestellen. Die Kuchentheke im Verkaufsraum ist schon ziemlich geleert, aber da – zwei etwas eigenartige Törtchen: halbkugelförmig, die Glasur rosa, fast fleischfarben, dazu auf jedem eine dicke Cocktailkirsche als Verzierung. Sieht zweideutig aus – oder eher eindeutig. Und außerdem total komisch in dieser biederen Caféhausumgebung. Mein erster Gedanke: Die werde ich nehmen, das ist mal etwas anderes, und Felix wird bestimmt zuerst staunen und dann schrecklich lachen, ich kenne ja inzwischen seinen Humor. Aber dann auf einmal – zum Teufel warum – muss ich an Brustkrebs denken, ich schaffe es einfach nicht, sondern suche etwas anderes aus. Kurz darauf finden auch die beiden ‚Busentörtchen' einen Käufer, die Kellnerin trägt sie an unserem Tisch vorbei und Felix staunt wirklich. Ich sage nichts, schließe nur kurz die Augen.

18. September 2013, Mittwoch

Heute vor einer Woche war ‚Monika allein gegen Großstadt', jetzt die Steigerung ‚Monika allein gegen Großkonzern'. Vorgestern wollte ich meinen Festnetzanschluss bei der Telekom kündigen, ich habe mich inzwischen an das Handy gewöhnt und finde es praktischer. Die erste Schlacht – eine Niederlage, der junge Verkäufer in der örtlichen Niederlassung erklärte pampig, mein Fristvertrag habe sich gerade um ein Jahr verlängert. Einen Fristvertrag habe ich nie geschlossen, ich bin in den 1990er Jahren wie Millionen andere mit dem gesamten Fernmeldewesen der Deutschen Bundespost von der damals neugegründete Telekom übernommen worden. Mein Recht durchsetzen – mit den wie üblich bohrenden Kopfschmerzen? Unmöglich. Na gut, dann eben ein Schreiben an den Konzern. Auf den Text bin ich richtig stolz: höflich-neutral, aber keinen Zweifel daran lassend, dass ich meine Rechte kenne und auch durchsetzen werde, sowie – auf den Rat der örtlichen Verbraucherberatung hin – mit dem Zusatz versehen, der Verbraucherzentrale des Landes NRW eine Kopie zukommen zu lassen. Dafür, dass ich so etwas zum ersten Mal mache, nicht schlecht. Aber dann doch wieder Zweifel: ob ich mir nicht zu viel auf einmal vorgenommen habe?

Für Reue ist es jetzt zu spät: das ‚Noch-Festnetz-Telefon' schellt, ein Telekom-Typ dran, wahrscheinlich einer von der schnellen Eingreiftruppe für aufmüpfige Kunden. Er versucht wortreich, mich zum Bleiben zu überreden und zwar mit einem ‚ganz tollen Angebot', das mich pro Monat etwa zehn Euro mehr kosten würde als mein bisheriger Tarif! Ich will ihm gehörig meine Meinung sagen, aber das alles ist zu skurril, ich muss einfach nur lachen. Jetzt habe ich es geschafft und ihn irritiert, er gibt auf.

Das Telefon läutet wieder. Die Reservetruppen der Telekom? Nein, nur Felix‘ liebe Stimme. Er lädt mich zu einem gemütlichen Abend zu sich ein. Ich nehme mir fest vor, nichts von meinem ‚Telefonkrieg‘ zu erzählen. In seinem Geschäftsleben wird ebenfalls nicht immer alles glatt verlaufen, trotzdem jammert er nicht dauernd herum. Ich habe ein kleines Geschenk für ihn, die inzwischen gerahmte Karikatur. Der ordnungsgemäße Kauf des Rahmens hat mein schlechtes Gewissen wegen des ‚Diebstahls‘ wieder etwas beruhigt. Felix freut sich sehr und ich freue mich, ihm eine Freude gemacht zu haben.

21. September 2013, Samstag

Felix schlägt einen Ausflug vor, es soll an die Ahr gehen. Das Ahrtal – vor zweieinhalb Monaten waren wir schon einmal dort, ich kann mich noch gut erinnern, wie schwach und mitgenommen ich damals, in der letzten Zeit der Strahlentherapie, war, dazu die Kopfschmerzen, die seltsamen ‚Halluzinationen‘. Körperlich geht es mir inzwischen besser und das hilft mir, auch die mir leider treu gebliebenen Kopfschmerzen besser zu ertragen.

Wir fahren durch die kleinen Ahr-Winzerdörfchen, in dem einen legen wir einen Zwischenstopp ein; Felix will bei der dortigen Winzergenossenschaft einige Flaschen Wein kaufen. Der Verkaufsraum ist ziemlich dunkel, ich erkenne Pyramiden von hoch gestapelten Weinflaschen der unterschiedlichsten Sorten und plötzlich entsteht in meinem Kopf wieder ein Roman, nein, eine Horrorgeschichte: Ich übersehe etwas, stolpere und falle genau in ein solches Flaschengebirge. Ich trippele am besten im ‚Gänsemarsch‘ genau hinter Felix her, dann kann bestimmt nichts passieren – oder doch, nämlich, dass mich die Leute für total bekloppt halten.

Ich schaffe es ohne ‚Bruchlandung‘ bis zur Theke, wo Felix bereits mit einem der Verkäufer spricht und sich dann für einen Rotwein entscheidet, der angeblich „fruchtig nach Erdbeere und Himbeere, mit einem Hauch Bitternis, die ausbalanciert wird durch die süßen Noten von Marmelade, Toffee und Milchschokolade“ schmeckt. Wir bekommen eine kleine Probe – ich weiß nicht, für mich schmeckt der Wein einfach nur sauer. Etwa auch schon Kurzschlüsse in meinen Geschmacksnerven?

Die ‚Schätze' werden erst einmal im Auto verstaut, dann machen wir einen Rundgang durch den kleinen Weinort. Ein wunderschöner warmer Spätsommer-Nachmittag, malerische Gassen, die weißen Flächen der Fachwerkhäuser leuchten geradezu im Sonnenlicht, ich kann alles wunderbar sehen. Zu früh gefreut – da ist es schon, das Seh-Blackout des Tages: Ich habe auf einmal überhaupt keine Ahnung mehr, aus welcher Richtung wir gekommen sind – in diesem kleinen Dörfchen mit den paar Straßen, das darf doch nicht wahr sein!

Zurück zum Auto – ohne Felix hätte ich es nie mehr gefunden, aber das behalte ich lieber für mich. Wir fahren weiter: Rech – hier waren wir auch damals gewesen, aber kamen aus einer anderen Richtung – ich erkenne die Straßen nicht wieder. Halt, das stimmt nicht ganz, das Gässchen dort. Schmal und ansteigend, und da links war doch der Weinausschank mit dem romantischen, weinlaubbewachsenen Hinterhof und den Strohballen-Sitzbänken. Auch heute kehren wir hier ein und gönnen uns diesmal eine ‚Schlachtplatte' – ich bekomme ein Glas Wein, Felix muss sich mit einem alkoholfreien Bier bescheiden. Ach, wenn das mit meinen Augen doch nur endlich besser würde. Dann könnte es ja vielleicht mit meinem Führerschein klappen und sich Felix auch einmal etwas anderes als immer nur alkoholfreies Bier oder Mineralwasser gönnen.

22. September 2013, Sonntag

Nach dem gemeinsamen Frühstück bringt mich Felix nach Hause; dort werde ich schon ‚erwartet': im Postkasten ein Brief der Telekom. Die nächste ‚Angriffswelle' erfolgt also auf dem Schriftwege, auch gut. Ich bürste mich auf Krawall, lese und staune: „Wie von Ihnen gewünscht, bestätigen wir Ihre Kündigung." Nanu, die Telekom streckt schon die Waffen? Nein, ganz hat sie noch nicht aufgegeben, ich lese weiter: „Wir möchten Sie gerne als Kunden behalten und Ihnen ein neues und exklusives Angebot unterbreiten." Was das wohl sein mag? Vielleicht diesmal pro Monat nicht zehn, sondern zwanzig Euro mehr? Ich mache mir erst gar nicht die Mühe, weiterzulesen.

24. September 2013, Dienstag

Wie schon vor fast 14 Tagen sitze ich neben Felix im Auto, und wieder geht es durch den morgendlichen Verkehr Richtung Frankfurt. Felix will wieder seine Tochter besuchen und ich habe noch einmal um Mitnahme wie neulich bis zum Vorortbahnhof gebeten, will mich noch einmal in den Frankfurter Großstadtdschungel stürzen. Man sieht, der ‚Sieg' über die Telekom hat mein Selbstbewusstsein etwas gestärkt. Ich habe diesmal sogar ganz konkrete Ziele: der Zoo, das Senckenberg-Naturkundemuseum und dann vielleicht noch der Palmengarten. Die Biologin in mir ist einfach nicht auszurotten. Felix scheint das zu gefallen, denn er hatte sich sofort einverstanden erklärt. Heute sitze ich auch nicht mehr stumm, halb gelähmt vor Panik, neben ihm, sondern wir unterhalten uns. Das Gespräch kommt auf einen weitläufigen Verwandten von ihm, Professor Berthold, ein sehr kultivierter alter Herr aus wohlhabendem Haus, aber das schützt nicht vor Unglück: Die Betreuung seiner hochgradig dementen Frau fällt ihm immer schwerer. Damit noch nicht genug – Einbrecher haben kürzlich seine Villa ausgeraubt und fast alle Wertgegenstände, teilweise alte Familienerbstücke, mitgehen lassen. Was für Schicksale es gibt – und da beklage ich das meine.

Wir sind da, ich halte die erforderlichen acht Euro in zwei-Euro-Stücken für ein Tagesticket bereit. Am Fahrkartenautomaten tippe ich auf dem Display das Feld ‚Tagesticket' an und werfe die Münzen ein. Der Automat schluckt das Geld und beendet damit seinen heutigen Arbeitstag, auf dem Display erscheint die Anzeige ‚außer Betrieb'. Ich starre die Maschine völlig entgeistert an. Vielleicht spielen mir auch nur meine Augen wieder einmal einen Streich, ich mache sie zu und wieder auf. Immer noch: ‚außer Betrieb'. Dann bearbeite ich wütend den Automaten, es lässt ihn völlig kalt. Er kennt das vielleicht. Ich sehe mich um und entdecke in einiger Entfernung einen intakten ‚Automatenkollegen'. Aber der nützt mir jetzt auch nichts, ich habe nämlich keine Münzen mehr.

Was nun? Felix ist längst weg, der Bahnhof menschenleer. Ich bin regelrecht ‚gestrandet'! Soll ich Felix per Handy um Hilfe bitten? Aber ich will ihm doch gerade beweisen, dass ich selbständiger werde, nicht mehr ständig auf seine Erklärungen und Hilfe angewiesen bin. Das kommt also nicht in Frage. Stattdessen kommt die U-Bahn nach Frankfurt. Ich überlege blitzschnell: Hier noch länger herumstehen bringt gar nichts, andererseits: Ohne Fahrausweis erwischt zu werden ist auch nicht so prickelnd. Dennoch entscheide ich mich für letzteres. Am zentralen U-Bahnhof ‚Hauptwache' müsste es doch eine Informationsstelle der Frankfurter Verkehrsbetriebe geben, an sie werde ich mich sofort wenden. Ich präge mir noch schnell die Nummer des ‚Keinarmigen Banditen' ein und springe in den Zug. Mein Verstand sagt mir, auch ein Kontrolleur müsste für meine Notlage Verständnis aufbringen. Aber wer weiß, was die wirklichen Schwarzfahrer für rührende Geschichten auftischen, man wird mir bestimmt nicht glauben. Ich habe Glück: keine Fahrscheinkontrolle.

Die Fahrt scheint ewig zu dauern, trotzdem bekomme ich vor Nervosität von der Gegend kaum etwas mit. Endlich ‚Hauptwache'; ich steige aus, nehme die Rolltreppe nach oben und wieder stehe ich nur auf einem Bahnsteig. Die U-Bahnen fahren hier nämlich auf zwei Stockwerken übereinander. So etwas habe ich ‚Hinterwäldlerin' auch noch nicht gesehen. Gehirn an Sehzentrum: kein Stress, in aller Ruhe Ausschau halten. Und tatsächlich, es wirkt: Ich finde die ‚Information der RMV' – das muss es sein.

An jedem Schalter steht ein Kunde, ich warte. Herzklopfen: Was wird man zu meiner ‚Schwarzfahrt' sagen? Ein Kunde ist fertig, jetzt geht es für mich ‚um die Wurst'. Schlauerweise sage ich als erstes, dass ich Touristin bin und mir gerne die schöne Stadt ansehen würde. Vielleicht haben die Mitarbeiter der Verkehrsbetriebe ja Order, zu Touristen besonders nett zu sein und den Ruf Frankfurts nicht aufs Spiel zu setzen. Die Dame am Schalter hört sich meine Erzählung ruhig an, weder schimpft sie noch droht sie mit Haft – im Gegenteil, sie bedauert mein ‚Malheur' ehrlich. Als sehr hilfreich erweist sich, dass ich die Nummer des ‚keinarmigen Banditen' im Gedächtnis behalten habe. Trotz Panik konnte ich relativ logisch denken, alle Achtung. Verständlicherweise muss ich meinen Personalausweis vorzeigen, eine Absicherung ist schließlich nötig. Und dann bekomme ich ein Tagesticket ausgestellt und bin mit den besten Wünschen für einen angenehmen Aufenthalt entlassen. So, das erste Großstadtabenteuer des heutigen Tages wäre heil überstanden.

Zoo oder Senckenberg-Museum, was zuerst? Der Zoo ‚siegt'. Ich verbringe Stunden zwischen all den exotischen Tieren, nehme an ihrem Gefangenenalltag teil. Fast zum Schluss der Robbensee, von künstlichen Felsklippen umgeben.

Ein Holzponton schwimmt auf dem Wasser, wahrscheinlich als Ersatz für eine der Polarmeer-Eisschollen gedacht, auf denen sich frei lebende Robben gerne ausruhen. Auf dem Holzfloß sitzt auch wirklich eine Robbe und spielt mit einem Aststück. Eine weitere Robbe nähert sich. Sie würde gerne mitspielen und versucht, auf das Holzfloß zu klettern. Die ‚Floßinhaberin' fletscht die Zähne und faucht, die andere muss den Rückzug antreten. Auch ich will weiterschlendern, aber da beginnt der nächste Waffengang: Die abgewiesene Robbe kehrt zurück – mit zwei Kollegen ihrer eigenen Art im Schlepptau. Was für eine Gedankenleistung, überlege ich, die Robbe hat gemerkt: ‚Allein kann ich nichts ausrichten, ich muss mir Verstärkung suchen – und zwar am besten unter meinen Artgenossen'. Das ist ja fast schon höhere Intelligenz! Die ‚Seeschlacht' geht weiter. Angesichts der Drei-Robben-Streitmacht flieht die ‚Floßinhaberin' mit einem empörten Grunzer und unter Zurücklassung des Astes. Nun sitzen die Sieger auf dem Holzponton und spielen gemeinsam mit dem Aststück. Aber die Einigkeit ist nicht von langer Dauer, schon bald gibt es wieder Faucher und gefletschte Zähne. Schließlich springen alle drei Robben nach verschiedenen Seiten vom Floß – zurück bleibt der verwaiste Ast.

Was für eine menschlich-tierische Komödie! Die anderen Besucher um das Robbenbecken herum müssten das doch auch mitbekommen haben, müssten gebannt zusehen. Offenbar nein, sie spazieren vorbei, essen Fastfood, unterhalten sich. Einige Kinder klettern auf den Felsen herum, ihre Mütter ermahnen sie. Grübelnd gehe ich langsam weiter. Wieder einmal diese eigenartige neue Fähigkeit, alles in Geschichten zu sehen. Soll ich mich darüber freuen oder nicht? Ich will doch einfach nur genauso werden wie alle und mich nicht schon wieder von ihnen unterscheiden!

Schluss mit der Grübelei! Meine Kopfschmerzen sind noch relativ friedlich – auf zu den Dinosauriern ins Museum: Fossilien aus den verschiedensten Erdzeitaltern, Amphibien, Reptilien, Säugetiere und vor allem Vögel der Gegenwart sowie Vor- und Urmenschenfunden – jetzt ist in meinem Kopf wirklich kein Platz mehr. Also zurück ins Stadtzentrum – wo war noch mal gleich die U-Bahn? Ah ja, da vorne an der Ecke bohrt sich gerade ein U-Bahn-Wagen in die Erde. Das kann doch nur wieder eine Seh-Halluzination sein, sie verschwindet bestimmt beim Näherkommen. Nein, sie verschwindet nicht, und schließlich erkenne ich, dass der Zugang zur U-Bahn-Station wie ein schräg in den Boden gerammter U-Bahn-Wagen gestaltet ist, Beschädigungen in der Kollisionszone inklusive. Wer wohl auf eine solche Idee gekommen ist? Na schön, dann werde ich diesen makabersten U-Bahn-Zugang meines Lebens auch mal benutzen.

Wie vor 14 Tagen ist auch heute das letzte Ziel meines Frankfurt-Trips der Luxus-Kaffee-Shop, aber diesmal nähere ich mich ihm zwangsweise aus der anderen Richtung. Auf einmal bin ich von riesigen Einkaufspalästen geradezu umzingelt, dazu Plattformen, unterirdische Ladenstraßen – das muss die berühmte Einkaufsstraße ‚Zeil' sein. Ich glaube, wenn ich in dieses Labyrinth hineingehe, verliere ich auch noch das letzte bisschen Orientierung. Die glitzernden Glasfassaden scheinen sich bedrohlich über mich zu beugen, ich verfalle unwillkürlich in einen Laufschritt und stehe dann plötzlich auf einem großen Platz mit einem riesigen Denkmal in der Mitte. Goethe sieht eben von allen Seiten aus wie Goethe – ich weiß auf einmal wieder, wo ich bin: auf dem Goetheplatz! Goethestraße und der Kaffee-Shop kommen mir jetzt fast schon vertraut vor; ich erledige Felix' heutigen ‚Kaffee-Auftrag' und genehmige mir selbst die jetzt schon ‚übliche' Tasse Luxus-Kaffee.

Dann wieder der Vorort-Bahnhof, ich werfe dem Fahrkartenautomaten einen vernichtenden Blick zu und setze mich auf eine Bank. Die Füße schmerzen und im Inneren meines Kopfes scheint der Fledermaus-Schwarm aus dem Frankfurter Zoo sein Unwesen zu treiben. Und dann will mich auch noch jemand belästigen. Ich blicke auf: Felix steht vor mir. Er habe mich schon längst da sitzen sehen und im Wagen auf mich gewartet, schließlich auch gehupt – aber ich hätte überhaupt nicht reagiert, sagt er. O je, was wird er jetzt von mir denken?

Heimfahrt; ich berichte Felix meinen ‚Zusammenstoß' mit dem ‚keinarmigen Banditen', er hört mitfühlend zu. Dann erzählt er von seinen Enkeln; ich denke, es ist schon richtig, dass er mich noch von seiner Familie fernhält, ich glaube, einen Tag mit den lebhaften Kindern hätte ich nicht überstanden. Später kommt Felix wieder auf Professor Berthold, den alten ‚ausgeraubten' Herrn, zu sprechen. Er hat eine Idee entwickelt: Vielleicht könnte ich ja stundenweise und gegen Bezahlung der kranken Frau Gesellschaft leisten, dadurch selbst etwas Geld verdienen und den geplagten Ehemann entlasten. Es seien vornehme, wohlhabende Leute, fügt er hinzu. Ich bin skeptisch, weiß ich doch nur zu gut, dass die Betreuung Dementer alles andere als einfach ist. Und wie geschwächt ich immer noch bin, habe ich ja gerade gemerkt. Dazu die ständigen Kopfschmerzen, der ‚Sehkrieg' in meinem Gehirn. Ich glaube nicht, dass ich einer solchen Aufgabe schon gewachsen bin. Felix scheint enttäuscht, gesunde Menschen verstehen so etwas eben nicht, ich hätte das früher vielleicht auch nicht verstanden.

1. Oktober 2013, Dienstag

Seit heute bin sozusagen für die moderne Welt nicht mehr existent. Vereinbarungsgemäß schweigt mein Festnetztelefon ab Mitternacht. Dann kann ich jetzt endlich zum neuen Telefonanbieter wechseln. Einen für mich geeigneten hatte ich mir schon aus einer mir von der Verbraucherberatung mitgegebenen Liste ausgesucht. Also auf in dessen Handy-Laden. Man ist dort sehr um mich bemüht – neue Kunden bringen bestimmt eine Provision –, und dann wird der Vertrag ausgedruckt. Ich fange an, ihn sorgfältig zu lesen, auf einmal, etwa in der Mitte des Textes, das heutige Seh-Blackout: Die Buchstaben sind weg, das Blatt ist weiß! Mir ist nicht etwa schwindlig und die Buchstaben verschwimmen, sondern ich halte ein klar umrissenes unbeschriebenes Blatt Papier in der Hand! Um Gottes Willen, niemand darf das merken, ist mein erster Gedanke. Dann unterschreibe ich schnell irgendwo unten auf dem Blatt. Na, jetzt habe ich sicher auch noch zusätzlich eine Wärmedecke und ein Zeitschriftenabo erworben!

3. Oktober 2013, Donnerstag (Wiedervereinigungstag)

Seit Neuestem jeden Morgen diese Übelkeit – mit was für unfairen Mitteln die Kopfschmerzen gegen den Gewöhnungseffekt ankämpfen! Und noch etwas Trauriges, Felix verbringt zwei Tage bei seiner Tochter und deren Familie. Nanu, Tränen? Jetzt reiß dich aber mal zusammen!

Aber vielleicht bietet die felixlose Zeit auch eine Chance, meine Körperkoordination zu trainieren. Da sind doch zwei bekannte Ausstellungen: „Die Frühgeschichte der Krim“ und „Farbfotografien aus der Zeit vor 1914 und von 1914-18.“ Früher Nachmittag: ich stehe erwartungsvoll vor dem Rheinischen Landesmuseum, meine Kopfschmerzen auch. Der Eingang: drei identische Glastüren. Bei normalem Museumsbetrieb ist nur die mittlere offen, ein Schild weist darauf hin. Ich strebe ‚zielsicher‘ auf die rechte Tür zu, sie leistet meinen Öffnungsversuchen hartnäckigen Widerstand. Irgendwann bin ich dann doch drin, ohne den Alarm ausgelöst zu haben.

Tische mit Modellen der Bebauung aus den verschiedenen Siedlungsepochen der Krim, Vitrinen mit Fundstücken. Jetzt trotz Kopfschmerzen äußerste Konzentration, ich darf nirgendwo anstoßen! Etwas schief umkurve ich die ‚Hindernisse‘. Was ich allerdings trotz größter Mühe nicht schaffe, ist das Lesen der neben den Fundstücken liegenden Erklärungskärtchen – die Schrift verschwimmt, dazu störende Spiegelungen durch das Vitrinenglas. Dann Grabstelen der skythischen Krim-Ureinwohner, ich gehe an ihnen entlang und betrachte die Symbole. Da ist eine Stele mit einer seltsamen Abbildung, etwas Längliches. Die Schrift auf den Texttafeln ist hier etwas größer, ich kann sie entziffern. Das in den Stein gehauene Symbol sei nicht eindeutig zuzuordnen, aber am wahrscheinlichsten ein Schwert und der Verstorbene ein Krieger gewesen, lese ich. Ich sehe wieder die Stele an, der dargestellte Gegenstand erinnert mich an etwas, aber nicht an ein Schwert, sondern an eine mongolische Pferdekopfgeige oder einen Vorläufer davon. Dann war der Tote also ein Musiker, damals ein sehr angesehener Beruf. Die Skythen stammten ja genauso wie später die Mongolen aus dem asiatischen Steppenland – vielleicht sind die Mongolen sogar teilweise Nachfahren der Skythen. Da wurden sicher kulturelle Errungenschaften weitergegeben und haben sich auf diese Weise erhalten. Mein erster Impuls ist: Ich muss auf den ‚Irrtum‘ hinweisen – aber wen? In Gedanken versunken gehe ich in den zweiten Stock hinauf, zu den alten Farbfotografien.

Für deren Präsentation hat sich das Museum eine Art Do-it-yourself-Verfahren ausgedacht: Die Fotoalben liegen auf großen Tischen und man kann selbst darin blättern. Leider ist die Beleuchtung schlecht – oder meine Augen sind es. Tapfer unterziehe ich die Bücher einer näheren Betrachtung: Aber die

Fotos sind sich zu ähnlich, ein parademäßig aufgebautes 1.Weltkriegs-Soldatenregiment nach dem anderen. Aufnahmen inmitten des Schlachtgetümmels – unmöglich bei *dem* zeitlichen Aufwand, der damals für ein Farbfoto notwendig war. Ich merke, wie in meinem Kopf wieder ein Seh-Roman beginnt, knipse ihn schnell aus. Trotz äußerster Konzentration: Wenn ich ein weiteres Bild betrachte, habe ich das vorige schon vergessen.

Aus einem Nebenraum ertönt ein ratterndes Geräusch, eine Art 3-D-Farbdias (Dioramen) laufen im Inneren eines litfaßsäulenförmigen Vorführgerätes an ‚Operngläsern' vorbei. Vor jedem Guckloch' stoppt die Maschinerie kurz, damit man das Bild betrachten kann, dann dreht sie sich ratternd weiter. Der Betrachter soll dreidimensionale Bilder sehen. Gespannt starre ich durch eines der ‚Operngläser'. Es sind sehr schöne, hochinteressante Aufnahmen vom Mittelrhein und dem Kölner Rheinpanorama, aber auch aus Mexiko, alles um 1900 – wirklich ausgesprochen faszinierend. Alle Bilder sind gut ausgeleuchtet, die Farben erstaunlich brillant. Wie hat man es nur geschafft, diese Leuchtkraft über hundert Jahre zu erhalten? Aber für mich gibt es leider keinen 3-D-Effekt, sie sehen nur wie ganz normale Dias aus.

Die Kopfschmerzen sagen mir inzwischen ganz eindeutig, dass sie für heute keine weiteren Seh-Erlebnisse wünschen; auch die Beine stehen kurz vor einem Warnstreik – also genug Museum, ich trete den Rückzug an, diesmal treffe ich sogar auf Anhieb die richtige Tür. Und ich bin an keiner einzigen Vitrine angestoßen, habe kein einziges Fundstück über den Haufen gerannt – vielleicht doch schon ein kleiner Fortschritt?

5. Oktober 2013, Samstag

Ich bin aus meinem Strohwitwendasein erlöst, Felix ist wieder im Lande – und er schlägt einen Ausflug zur Löwenburg vor. Sie ist ganze fünf Meter niedriger ist als der Oelberg, auf den mich Felix im Frühjahr ‚geschleppt' hatte. Wenn ich das damals geschafft habe, werde ich heute wohl auch nicht versagen – und das ‚bisschen' Kopfschmerzen, pah!

Felix mit seinen langen, kräftigen Beinen schreitet munter voran und macht mich auf interessant gewachsene Bäume und anderes Sehenswerte aufmerksam. „Kannst du noch", fragt er mich ab und zu besorgt. Natürlich will ich nicht zugeben, dass ich allmählich ‚auf dem letzten Loch pfeife', so schlimm war es doch damals im Frühjahr nicht. Ach ja, der Bestrahlungs-Beipackzettel: „u. a. Lungenschädigung möglich." Aber das muss Felix nicht wissen. Eine an allen Ecken und Enden kranke Partnerin – nein, das wäre nichts für ihn. Nur ganz leise keuchen ist also die Devise. Der Weg nimmt und nimmt kein Ende, windet sich in langgestreckten Kurven mal nach rechts, mal nach links. Auf dem Berggipfel gibt es neben der Burgruine eine Gastwirtschaft, sie ist unser Ziel. Ich starre angestrengt auf den Weg vor mir; Forstfahrzeuge haben tiefe Rillen in den Schotterbelag gefräst, dann wieder kommen mit morastigem Lehm bedeckte Stellen. Wenn ich hier falle, mir den Fuß verstauche oder Schlimmeres – nicht daran denken. Warum kann ich den Weg immer schlechter sehen? Wieder ein Blackout? Nein, es fängt an heftig zu regnen. Jede Lichtung weckt bei mir neue Hoffnung, jede Kurve signalisiert: Es ist die letzte. Immer wieder werde ich enttäuscht. Ach, wie beneide ich Felix um seine gesunden Lungen, seine kräftigen Beine und seinen breitkrempigen Hut. Wieder gehen wir auf eine kleine Lichtung zu, ich sehe schon gar nicht mehr auf, aber Felix ist sich diesmal sicher: Das ist eine der Streuobstwiesen, von denen das Löwenburg-Gasthaus umgeben ist. Er hat recht, noch eine Kurve, einige Stufen und wir sind endlich im Trockenen, in der Gaststube. Einige Tische sind besetzt: Wanderer, die ebenfalls vom Regen überrascht wurden; unter dem Stuhl eines von ihnen sieht ein sehr nasses und sehr missgelauntes Hundegesicht hervor. Ich lasse mich erschöpft auf eine Bank fallen, Felix setzt sich gegenüber. Meine Lungen atmen allmählich wieder normal, dafür melden sich die Kopfschmerzen zurück, die hatte ich angesichts des bevorstehenden Erstickungstodes doch glatt vergessen. Wir bestellen etwas zu trinken; trotz der Nässe ist uns durch den Aufstieg warm geworden. Von hier oben müsste man doch eine fantastische Aussicht haben, denke ich, sehe zum Fenster – und sehe nichts, aber diesmal sind ausnahmsweise nicht meine Augen schuld, sondern ein dichter Regenschleier, der alles verhüllt. Regenpause, wir machen uns auf den Rückweg. Bergab geht es etwas schneller. Aus dem Laubwerk der Bäume fallen dicke

Tropfen, sie schaffen es immer ausgerechnet auf die Innenseite der Brillengläser. Plötzlich muss ich an unseren Oster-Ausflug zum Oelberg denken: Der lange Weg, eine ähnliche Waldlandschaft, auch das gleiche feuchtkalte Wetter – ist das wirklich erst ein halbes Jahr her? Damals, oben auf der Aussichtsplattform des Oelbergs, hatte ich Felix meine Fehlsichtigkeit ‚gestanden' und er mir – als erster Mensch überhaupt – einen Lösungsweg geboten. Dass es so schwierig sein würde, wer konnte das ahnen?

13. Oktober 2013, Sonntag

Eine felixlose Woche liegt hinter mir und ein felixloses Wochenende vor mir: Der Gute hat eine starke Erkältung, wie er mir telefonisch mitteilt. Hoffentlich ist das nicht bei unserer Regen-Bergwanderung passiert. Wenn er nach allem, was er für mich getan hat, auch noch ‚meinetwegen' krank wird – schrecklich! Ich biete meine Hilfe an, er lehnt ab. Bestimmt will er mich nicht anstecken; er weiß ja, dass die Bestrahlung mein Immunsystem ramponiert hat. Nach dem Telefonat bei mir ein komisches Gefühl, irgendetwas war seltsam. Ach Unsinn, was sich da mein schmerzgeplagtes Gehirn wieder zusammenreimt.

18. Oktober 2013, Freitag:

Felix hat die Erkältung überstanden und er kündigt für den Abend einen Ausflug in ein Wellness-Bad an: Sauna, Solebecken, römisches Dampfbad, ein großes Außenschwimmbecken – geht das überhaupt, jetzt, im kühlen Herbst? Die nun schon so vertraute lange Busfahrt zu seinem Haus. Die Aufregung wächst. Bin ich für Sauna und Dampfbad überhaupt schon kräftig genug? Die wohl strahlengeschädigte rechte Lunge, ist sie wieder einigermaßen ausgeheilt? Aber absagen – auf keinen Fall, ich will Felix doch zeigen, dass ich wieder eine normale, gesunde Frau bin. Fahrt in der Dämmerung durch die Voreifellandschaft, die weißen ‚Vierecke' von Fachwerkhäusern kleiner Dörfchen leuchten im Scheinwerferlicht auf. Dann sind wir da, ein imposantes, modernes Gebäude ‚auf der grünen Wiese', ohne Auto kommt man hier nicht hin – schade.

Im Inneren zunächst das Ambiente eines ‚normalen' Schwimmbads, Kabinen, Duschen. Aber man trägt hier keine Badeanzüge, sondern ist nackt. Manche hüllen sich in Bademantel oder Badetuch. Auch meine Augen sind nackt. Die Brille würde bei der hohen Luftfeuchtigkeit beschlagen oder ich würde sie vielleicht verlieren, beschädigen. Der Ruhebereich – eine Strand-Landschaft mit Liegestuhlgruppen, von niedrigen, pflanzenbesetzten Wällen umgeben, dazwischen Palmen und andere Tropengewächse, aber leider Dämmerlicht. Das ist natürlich zur Entspannung gedacht, bei mir löst es höchste Anspannung aus: Felix geht lässig voran, ich stolpere verkrampft hinterher und leiste ‚Schwerstarbeit': Immer wieder flache Stufen, auf die ich achten muss, außerdem darf ich Felix nicht aus den Augen verlieren. Allein und ohne Brille würde ich mich in diesem Labyrinth hoffnungslos verirren. Ich darf nicht gegen die niedrigen Mauern laufen, nicht über meine Badeschlappen stolpern.

Jetzt ‚die Stunde der Wahrheit': mein erster Saunagang. Panik steigt hoch. Werden meine Lunge und mein ‚ungeübtes' Herz das überleben? Und auch – ich glaube allmählich, ich bin doch pervers – Neugier: In der Sauna sind ja alle nackt. Haben sie schönere Körper als Felix und ich? Felix gibt mir Tipps: Auf den unteren Bänken sei es nicht ganz so warm, das ist für Anfänger besser. Uns gegenüber sitzen zwei Männer. Da sieht Felix aber, obwohl er älter ist, besser aus. Lange kann ich jedoch keine ‚Fleischbeschau' betreiben, sondern muss ums ‚Überleben' kämpfen. Mein Herz hält sich wacker, aber die Lunge fühlt sich an, als würde bei jedem Atemzug geschmolzenes Eisen hineingegossen. Ich versuche, möglichst flach zu atmen, so geht es etwas besser. Die Sanduhr an der gegenüberliegenden Wand zeigt an, wie lange die ‚Folter' noch dauert, leider nicht für mich, ich kann sie nicht genau genug sehen. Etwas zu sagen traue ich mich nicht, bloß nicht schon wieder das jammernde Weichei. Jedes Zeitgefühl ist mir inzwischen abhanden gekommen, ich glaube, ich bin im Vorhof der Hölle gelandet. Da endlich, die Zeit ist um und die nächste Folterstufe beginnt: hinein ins eiskalte Wasser. Mein Herz schlägt erstaunlicherweise weiter, und allmählich kann ich auch wieder einigermaßen normal atmen.

Felix hat Mitleid mit mir, es gibt eine kleine Ruhepause – zwei nebeneinanderstehende Liegestühle sind frei. Zum ersten Mal bin ich über das Dämmerlicht froh. Wir können Händchen halten, ohne öffentliches Ärgernis zu erregen. Dann geht es weiter ins römische Dampfbad und von dort ins beleuchtete Außenbecken, zum Schluss die Becken mit der ‚hochprozentigen' Salzsole. Wir liegen ruhig in der ‚Lake', lassen uns ‚pökeln'. ‚Bestimmt waren wir hier die Ältesten, aber wir hatten die besterhaltenen Figuren, das konnte ich sogar ohne Brille und im Dämmerlicht sehen', denke ich und muss es wohl auch halblaut gesagt haben, denn Felix stimmt mir zu.

Es ist spät geworden, Heimfahrt durch die Nacht, dunkle, leere Landstraßen. Bis jetzt war ich durch die neuen Eindrücke abgelenkt, aber nun spüre ich die Kopfschmerzen wieder. Und warum bekomme ich auf einmal so schlecht Luft? Ob ich mir nicht doch zu viel zugemutet habe? Später, im Bett – meine Lunge gibt seltsame Geräusche von sich. Felix guckt verwundert, mir bleibt keine Wahl, ich muss es ihm sagen. Felix macht ein entsetztes Gesicht, dann kommen ihm die Tränen.

20. Oktober 2013, Sonntag

Der Lunge geht es wieder besser, und nach einer lieben SMS von Felix geht es auch dem Rest von mir sofort bedeutend besser.

26. Oktober 2013, Samstag

Felix hat mich für nachmittags eingeladen. Auf der langen Busfahrt zu seinem Haus tausend gute Vorsätze. Am wichtigsten das mit den Kopfschmerzen: Sie haben mich zu oft abgelenkt und unaufmerksam gemacht, von der liebenswerten und humorvollen Person, die ich zu Beginn unserer Bekanntschaft trotz meiner Krebserkrankung war, ist wohl nicht mehr viel übrig geblieben. Aber ich habe vorgebaut und heute erstmals Schmerztabletten genommen. Sie scheinen zu wirken, aus den heftigen Stichen, die sich normalerweise durch mein Gehirn bohren, ist ein leises, erträgliches Grummeln geworden.

Wir besuchen das Friedensmuseum in den Türmen der berühmten Brücke von Remagen. Dort sind keine spektakulären Kunstschätze zu besichtigen, sondern Alltagsgegenstände aus der Zeit des Kriegsendes von 1945, die aber gerade in ihrer Schlichtheit und Behelfsmäßigkeit jene schrecklichen Tage und Wochen widerspiegeln und zugleich mahnen sollen: ‚Nie wieder Krieg'. Ein furchtbar zerschossener Helm, letzte Propagandaparolen auf vergilbtem Papier – schon wieder denke ich über die auf mich so intensiv einwirkenden Seh- Eindrücke nach, dabei wollte ich Felix doch eine unterhaltsame und charmante Begleiterin sein! Und mich wie eine Dame, nicht wie ein Elefant bewegen, möchte ich auch. Aber die vielen Wendeltreppen in den Brückentürmen – schwierig, schwierig. Als wir das Museum wieder verlassen, bin ich noch in der Senkrechten und ich glaube, grobe Fehler sind mir auch nicht unterlaufen. Wir machen einen Spaziergang am Rheinufer entlang. Ein interessantes, lebhaftes Gespräch entwickelt sich, wir diskutieren wieder einmal über Politik. Wie ein Luchs passe ich auf, um richtig zu reagieren, witzige und intelligente Antworten zu geben, und es scheint zu funktionieren!

In Felix' Haus wartet eine Überraschung auf mich: Ich hatte mir vor einiger Zeit einmal ausgemalt, wie es wohl wäre, in Satinbettwäsche zu schlafen und jetzt hat Felix tatsächlich rote Satinbettwäsche besorgt! Und noch eine zweite ‚Überraschung': Passend zur roten Bettwäsche als Gag eine große Dose Red Bull. Total lieb, denn ich ‚Hinterwäldlerin' hatte neulich auch sinniert, wie das Zeug wohl schmeckt. Bestimmt bekomme ich gleich auch noch die Flügel, die Red Bull angeblich verleihen soll, jedenfalls könnte ich vor Glück wirklich abheben!

28. Oktober 2013, Montag

Wieder einmal liegt eine felixlose Woche vor mir, er macht in Begleitung seines Sohnes eine Geschäftsreise. Bestimmt will er noch möglichst alle Angelegenheiten regeln, damit er in den kommenden Wochen mehr Zeit für mich hat, denn die Erkältungssaison beginnt und er weiß ja, dass ich mit meinem geschwächten Immunsystem noch für einige Wochen seine Unterstützung brauche. Wie liebevoll er sich von mir verabschiedet hat. Ich möchte ihm so gerne eine Freude machen. Aber womit?

30. Oktober 2013, Mittwoch

Doch, da ist etwas, womit ich Felix eine Freude machen kann – wieso bin ich nicht schon früher darauf gekommen. Er hatte meinen normalen BH kritiklos akzeptiert, ich habe ihm jedoch angemerkt, dass ihm ein Push-up-BH lieber wäre. Aber das war im August. Inzwischen hat die Heilung bestimmt weitere Fortschritte gemacht, vielleicht kann ich einen Push-up-BH ja schon tragen. Also auf in die Stadt.

3. November 2013, Sonntag

Morgen ist der liebe Felix wieder da. Ich muss unbedingt noch etwas üben, um lebendiger, aufnahmefähiger zu werden. Der Frankfurter Zoo neulich, das war doch eine gute Übung und wir haben hier ja auch eine Art Unterwasserzoo, das Sealife-Center in Königswinter. Nasskaltes Wetter, eisiger Wind – egal. Ich reihe mich in den Besucherstrom ein - fast nur Familien mit Kindern. Dann geht es durch grottenartige Gänge mit neonfarben beleuchteten Aquarienbecken. Vermutlich soll diese Beleuchtung die schwimmenden Bewohner besser sichtbar machen, bei mir klappt das leider nicht so ganz, immer wieder verschwinden die Konturen im grellen Licht.

In einem Becken ein skurriler Anblick: ein Bündel Bleistifte schwebt langsam vorüber. Es ist eine Gruppe stiftförmiger, senkrecht im Wasser stehender Fische, so genannte Seenadeln. Plötzlich staut sich der Besucherstrom vor einem weiteren ziemlich großen Aquarium, darin – nichts. Oder doch, am Boden liegt eine rötliche, amphorenartige Vase, aus deren Öffnung ein dünnes Zipfelchen undefinierbarer Farbe hängt. Aus den an die Kinder weitergegebenen Erklärungen der Erwachsenen entnehme ich, das sei ein Oktopus. Wahrscheinlich sagt er sich gerade: lasst mich doch alle einfach mal in Ruhe. Schlimmer hat es einige Seesterne, Seeigel und Seeanemonen getroffen. Sie befinden sich in einem flachen offenen Becken und dürfen vorsichtig angefasst werden – ein Unter-Wasser-Streichelzoo sozusagen. Sie tun mir von Herzen leid. Ich hoffe mal, dass man wenigstens sehr robuste Arten ausgesucht hat.

Zumindest sind ‚Personenschützer' für sie abgestellt: Zwei Angestellte passen auf, dass die armen Tiere nicht zu ‚liebevoll' gedrückt werden. Ich habe Glück und wohl gerade eine Lücke im Besucherstrom erwischt – jedenfalls ist in der Grottennische mit dem Streichelbecken außer mir kein anderer Besucher. Die beiden Angestellten nutzen das für ein kleines Päuschen und auf einmal bin ich wirklich allein mit den ‚Streicheltieren'. Ich spüre ihre ängstlichen Blicke auf mir (ganz unbiologisch, ich weiß – Seesterne, -igel und -anemonen haben keine ‚Augen'). Aber ich bin neugierig, möchte sie doch gerne einmal anfassen. Sicherheitshalber flüstere ich ihnen beruhigend zu: ‚Ich bin ganz vorsichtig und tu euch bestimmt nicht weh', (wieder ganz unbiologisch, ‚Ohren' haben sie nämlich auch nicht), dann betaste ich ihre Körper vorsichtig mit den Fingerspitzen. Während Seeigel und Seesterne meine Annäherungen stoisch über sich ergehen lassen, versucht sich die von mir befühlte Seeanemone durch lustige – aus ihrer Sicht wohl eher verzweifelte – Verrenkungen ihres Körpers in Sicherheit zu bringen. Schon stürmt die nächste Kinderschar um die Ecke. Bilde ich es mir nur ein oder zucken die ‚Streicheltiere' zusammen?

Ein ‚Stockwerk' tiefer führt auf ‚Meeresbodenhöhe' ein gläserner Tunnel durch das große Ozean-Bassin. Man kann sich gleichsam trockenen Fußes auf einen Tauchgang begeben. Und da ist es schon, mein Tages-Blackout: Ich blicke auf die Haie und anderen großen Fische *über* mir und habe auf einmal das übermächtige Gefühl, die Welt ist verkehrt herum und ich müsse mich auf den Kopf stellen, um sie wieder ‚in Ordnung' zu bringen. Ich kämpfe dagegen an, gerate richtig ins Schwitzen.

Die Unterwasserwelt entlässt mich, eine höhnische Anzeigentafel an der Bahnhaltestelle erwartet mich: nächster Zug in 30 Minuten. Na toll! Ich schaue mir die umliegenden Straßen an, alles menschenleer. Und wieder scheint die Welt ‚verkehrt' herum zu sein, über mir auf einmal eine geräuschvolle Menschenmenge. Ein Blick nach oben: Nein, Kraniche auf ihrem Weg nach Süden! Dünne, zitternde Winkellinien kommen näher, dann werden die einzelnen Kraniche erkennbar – auf einmal setzt fast mein Herz aus: Ein Flugzeug nähert sich einer der Vogelketten, fliegt in gleicher Höhe auf die Vögel zu. Warum merken die Kraniche nichts, warum versuchen sie nicht zu fliehen? Unwillkürlich schließe ich die Augen. Als ich sie vorsichtig wieder aufmache, kann ich gerade noch sehen, dass das Flugzeug über die Vögel hinweg geflogen ist – sogar wesentlich höher. Zum ersten Mal bin ich froh, ‚nur' eines meiner Seh-Blackouts gehabt zu haben.

Ich mache mich auf dem Rückweg zur Haltestelle. Während der Fahrt laufen mir auf einmal Tränen übers Gesicht: Die Kraniche sind weggezogen, dann kommt jetzt endgültig der kalte, trostlose Winter. Was soll das, ständig diese verdammte Heulerei, so rührselig war ich doch noch nie? Außerdem sollten bebrillte Menschen sowieso niemals weinen. Immerhin, ich habe selbstständig etwas unternommen, das wird Felix freuen, ganz bestimmt!

4. November 2013, Montag

Immer noch kalt und regnerisch, es wird morgens gar nicht richtig hell – die Kraniche haben es genau richtig gemacht, dass sie abgehauen sind. Dafür ist jemand anderes wieder zurückgekommen: Felix! Er ruft an, möchte mich sehen, wir verabreden uns für den späten Nachmittag in einem Innenstadt-Café. Seine sympathische, liebe Stimme – sie geht mir durch und durch; gleich sieht der unfreundliche Tag bedeutend besser aus.

Zunächst wieder einmal die Frage aller Fragen: was ziehe ich an? Auf jeden Fall natürlich den Push-up-BH. Er tut an der operierten Stelle etwas weh, aber egal, es ist ja für Felix. Dann stehe ich vor dem Kleiderschrank und erteile meinem schmerzgeplagten Gehirn den strengen Befehl, beim Denken gefälligst einen Zahn zuzulegen. Halt, da hatte ich mir ja neulich einen hübschen, figurbetonten Pulli mit weitem Ausschnitt und Herzchenmuster gekauft, den kennt Felix noch nicht und er wird das Dekolleté gut zur Geltung bringen. Dazu enge Jeans. Dunkle Farben mag Felix nicht, also trotz des schlechten Wetters die etwas helleren. Die Haare auf jeden Fall offen tragen, das gefällt ihm besser. Was könnte ich noch tun? Ach ja, der schöne Ring, den er mir geschenkt hat. Und sein goldenes Kettchen mit dem Glückselefant. Jetzt aber los!

Felix und ich treffen fast gleichzeitig vor dem Café ein – war sein Begrüßungskuss nicht ungewöhnlich flüchtig? Ach, Einbildung; bei dem kalten Nieselregen will er schnell ins Warme – ich ja auch. Am Fenster sind Plätze frei, wir setzen uns, Felix bestellt Cappuccino. Auf den Schaum jeder Tasse ist aus Kakaopulver ein Muster gezeichnet, bei mir ein Tannenbaum, bei ihm ein Herz. Nach welchen Gesichtspunkten die Bedienung an der Kaffeemaschine das wohl ausgewählt hat, denke ich. Es hat bestimmt eine Vorbedeutung, weist auf einen schönen Abend zu zweit hin. Felix betrachtet das Herz auf seinem Cappuccino. Sein Gesicht – es sieht so seltsam aus. Bestimmt ist er nach der Geschäftsreise etwas abgespannt, dann die ungünstige Beleuchtung. Und hundertprozentig kann ich mich auf meine Augen ja immer noch nicht verlassen. Auf meine Ohren kann ich mich aber anscheinend auch nicht mehr verlassen, denn Felix hat etwas gesagt … Ich sei nicht die Richtige für ihn, die Einzelkind-Problematik. Ein seltsames Wort, es brennt sich in mein Gehirn: ‚Einzelkind-Problematik'. Einen Augenblick glaube ich noch an eines der üblichen ‚Blackouts'. Er kann mich doch nicht allein lassen, ich bin doch noch nicht gesund, mein ramponiertes Immunsystem, die geschädigte Lunge, er weiß das doch. Aber sein Gesicht, es hat jetzt ganz eindeutig den Ausdruck eines Geschäftsmannes, der eine unrentabel gewordene Investition abstößt. Er meint es ernst! Seltsamerweise bin ich zuerst ganz ruhig, wie erstarrt. Und dann fangen meine Hände auf einmal an, sich wie von selbst zu bewegen, ich nehme den Ring vom Finger, die Kette vom Hals und will ihm beides in die Brusttasche seines Jacketts stecken. Er ist schneller und hält meine Hand fest. Na schön, sage ich, dann werde ich den Schmuck eben verkaufen. Ob er etwas antwortet, wie ich überhaupt aus dem Café heraus- und nach Hause komme – alles verschwimmt. Ein einziger klarer Gedanke: Das gleich nasskalte Wetter wie damals im März, bei unserem ersten Date.

5. November 2013, Dienstag

Ich werde wach, mein Gehirn braucht einige Sekunden länger, bis es sich wieder eingeschaltet hat – da war so ein komischer Traum: Ich sah eine Art Jagdzimmer, an der Wand zahlreiche Jagdtrophäen, unter ihnen der Kopf der alten Emmi, daneben Felix' Kopf – und davor steht meine Brille, stolz, ein Gewehr in der Hand. Dann die jähe Erkenntnis: Das stimmt ja, die Brille hat wirklich ‚ganze Arbeit' geleistet, Felix vertrieben. Ich bin jetzt wieder ganz allein. Ich spüre, wie Tränen und Übelkeit hochsteigen. Mein erster Impuls, Felix anrufen, ihm das mit den Dauer-Kopfschmerzen sagen, ihm sagen, dass ich das ‚Brillenexperiment' abbreche, jetzt, sofort. Mich für mein ‚entgleistes' Verhalten der letzten Monate entschuldigen, noch einen letzten ‚Versuch mit mir' anbieten. Aber da regt sich noch etwas anderes: Trotz, richtiger Trotz! Diese dumme Ausrede: Er müsse sich von mir trennen, weil ich ein Einzelkind sei. Das wusste er doch von Anfang an. Wenn es eine Skala für die dämlichsten ‚Abservierungsprüche' gäbe, an welcher Stelle stünde dieser dann wohl? Wieder Tränen. Hat er mich nicht zum ‚Abservieren' in das gut besuchte Café bestellt, um sich einen tränenreichen Gefühlsausbruch meinerseits zu ersparen? Und dann soll ich jetzt den Eindruck, den er offenbar von mir hat, auch noch bestätigen? Das kommt überhaupt nicht in Frage, tapfer schlucke ich die Tränen herunter.

Und auf einmal setzt das katastrophengestählte Räderwerk in meinem Gehirn wieder ein. Da scheint es trotz aller Baustellen so eine Art Notaggregat zu geben. Ich überlege: die Augenumschulung abbrechen, auf die bisweilen wirklich ganz tollen, intensiven ‚Durchblicke', die ‚Seh-Romane' verzichten, die ich in den letzten Monaten hatte? Im Prinzip ist das ja das Einzige, was mir jetzt noch geblieben ist. Nein, ich werde die Brille erst einmal weitertragen, zumindest bis Jahresende. Wenn bis dann die widerlichen Kopfschmerzen nicht aufgehört haben, beende ich die Sache.

Die Wut ist immer noch da. Ich muss das ausnutzen – wenn sie verraucht ist, werde ich in Apathie verfallen, das spüre ich. Alleine bleiben – das kann ich nicht mehr, nachdem ich das Leben zu zweit kennengelernt habe. Die nette, mitfühlende Frau Nielsson – sie wird mir bestimmt noch einmal einen tollen Partner besorgen, bestimmt habe ich diesmal Glück, ich muss einfach Glück haben, sozusagen statistisch gesehen. Mein erster Impuls: telefonisch um einen neuen Termin bitten. Nein, keine so gute Idee. Meine seltsame Heultendenz der letzten Zeit. Wenn das im unpassendsten Augenblick wieder losgeht, was das dann wohl für einen Eindruck macht? Ein Brief ist besser – aber ihn per Post schicken, an eine solche Adresse? So mutig bin ich nicht. Ich werde ihn persönlich im Vermittlungsbüro abgeben. Ja, so ist es am besten. Gleich morgen werde ich diesen Brief verfassen, ich darf nicht in Apathie verfallen.

6. November 2013, Mittwoch

Der Brief an Frau Nielsson liegt vor mir. Wenn die Umstände nicht so traurig wären, ich glaube, ich könnte richtig stolz sein. Trotz meiner Wut und Enttäuschung kann ich nicht vergessen, wie Felix mir, einer ihm damals noch fast Unbekannten, in den schlimmsten Tagen meiner Erkrankung zur Seite stand, wie tapfer er den Anblick meiner frisch operierten und dann den der strahlengeschädigten Brust ertragen hat, mich getröstet und mir so viel geboten hat, die ersten Auslandsreisen meines Lebens, Ausflüge, sein Luxushaus. Und genauso habe ich es auch geschrieben, habe Felix nicht ‚angeschwärzt', sondern die ‚Schuld' auf mich genommen, meiner Unerfahrenheit und Krankheit zugerechnet. Und dann habe ich angedeutet, dass der vorgeschlagene Herr unbedingt so ähnlich wie Felix sein solle. Kurzer Zweifel: Ist es nicht zu früh, schon nach einem neuen Partner zu suchen, müsste ich die Trennung nicht erst richtig verarbeiten? Ach was, Trennung ist Trennung, was gibt es da zu verarbeiten. Das mit der sogenannten Trauerarbeit habe ich sowieso nie so recht verstanden. Als ob eine Wunde besser heilen würde, wenn man dauernd darin herumwühlt.

7. November 2013, Donnerstag

Mein nunmehr dritter ‚Ausflug' nach Köln in diesem Jahr; ich denke an den ersten, das Lampenfieber auf der Hinfahrt und die gespannte Erwartung auf der Rückfahrt; dann die Schnee-Expedition': meine völlige Verzweiflung und später doch ein leises Hoffnungsfünkchen. Und jetzt? Werde ich diesen Hoffnungsfunken noch einmal spüren?

Im Vermittlungsbüro läuft mir tatsächlich wieder die nette Frau Nielsson über den Weg, genau wie damals. Doch, es wird gut, es muss einfach gut werden. Seltsam, die nette Frau Nielsson ist gar nicht mehr so nett, als sie mich sieht. Sie habe keine Zeit, sagt sie ziemlich kurz angebunden. Ich informiere sie in einigen Stichworten, bitte sie, den Brief entgegenzunehmen, in welchem ich alles erklärt hätte. In den nächsten Tagen werde sie ihn mal lesen, sagt sie fast unwillig, nimmt ihn und eilt weiter. Auch ich gehe, mehr kann ich im Moment wohl nicht ausrichten. Heimfahrt; ich versuche, das Erlebte zu sortieren, kann mir aber keinen rechten Reim darauf machen. Und dann doch Tränen. Vom Zug aus kann man in der Ferne das große Gebäude des Baumarktes sehen, in dem ich damals mit Felix war. Vor meinen Augen tanzt das Informationsblatt der Bestrahlungsklinik: „Das Immunsystem ist durch die Bestrahlung geschwächt. In der Erkältungszeit so wenig wie möglich unter Menschen gehen. Besorgungen durch Angehörige erledigen lassen." Ich hatte es damals mit leichtem Mitleid für völlig alleinstehende Patienten gelesen. Jetzt bin ich selbst eine von ihnen – so schnell kann das gehen.

11. November 2013, Montag

Die erste endgültig felixlose Woche liegt hinter mir – nein, völlig felixlos war sie nicht, gestern von ihm ein Anruf. Ob er sich doch Sorgen gemacht hat? Vielleicht wollte er auch nur sein Gewissen beruhigen. Warum verdammt noch mal hat mein Herz beim Klang seiner Stimme einen kurzen Hüpfer getan? Jetzt habe ich zwei unbotmäßige Augen, ein unbotmäßiges Gehirn und auch noch ein unbotmäßiges Herz. Das kann ja heiter werden! An meinem Geburtstag will er abends mit mir essen gehen, hat er gesagt.

13. November 2013, Mittwoch

Die Kopfschmerzen haben eine wirklich ernstzunehmende Konkurrenz bekommen – auch mein Herz tut weh, richtig weh. Dass Liebeskummer so weh tun kann, habe ich nicht gewusst, ich dachte, das sei eine Erfindung aus Schlagern und Kitschromanen. Ach Felix! Ob es ihm leid tut, dass er mich abserviert hat? Diese seltsame, eines Menschen seiner Intelligenz unwürdige Begründung – vielleicht eine Kurzschlusshandlung, vielleicht stand er unter Stress. Vielleicht gibt mir ja das Schicksal eine Möglichkeit, die Sache doch noch zum Guten zu wenden.

Auf jeden Fall will ich nichts unversucht lassen. Würde ich diese letzte Chance nicht nutzen, das würde ich mir nie verzeihen. Was kann ich nur tun? Dass mein Badezimmer keine Dusche, sondern nur eine Handbrause besaß, hatte dem luxusgewohnten Felix sehr missfallen. Ein Brausekopf ist zwar inzwischen montiert, aber ich brauche noch wasserfeste Wandfarbe und einen Duschvorhang für die Duschecke – also los.

14. November 2013, Donnerstag

Wieder einmal eine Premiere: meine erste ‚Malerarbeit' nach der Augenumstellung – und sogar unbebrillt, denn Farbkleckse auf den Kunststoffgläsern – wahrscheinlich nicht mehr zu entfernen. Und trotz Sabotage durch die Kopfschmerzen halten sich die Augen wacker: Die Farbe – oder zumindest das meiste davon – landet wirklich da, wo ich es hinhaben will. Aber jeden Tag werde etwas früher so schwach, dass ich mich mit zitternden Beinen mühsam ins Bett schleppen muss.

15. November 2013, Freitag

Ich wache sehr früh auf – davon, dass ich mühsam nach Luft japse. Die Stirn glüht und mein Schädel scheint gleich zu platzen. Aber da sind ja noch die Renovierungsarbeiten und Sonntag kommt Felix. Mühsam quäle ich mich aus dem Bett. Die Wandfarbe ist inzwischen trocken – ich habe gestern ganz gute Arbeit geleistete, stelle ich befriedigt fest. Das gibt mir etwas Kraft und ich nehme das Anbringen des Duschvorhanges in Angriff. Plötzlich tanzen um mich herum Sterne und ich falle fast vom Leiterhocker. Zum Schluss streiche ich den schadhaften Boden der Badewanne mit zweckentfremdeter Heizungsfarbe. Das Ergebnis sieht gar nicht mal so schlecht aus, aber die Farbe entwickelt einen beißenden Geruch, Augen und Lungen protestieren heftig. Trotzdem halte ich eisern durch. Wenn die Farbe bis Sonntag nicht trocken wird oder immer noch bestialisch stinkt – nicht auszudenken! Und das Ganze hat ja auch etwas Positives: Kein Bakterium und kein Virus dürfte diese ‚Giftgasattacke' überlebt haben.

16. November 2013, Samstag

Bin wieder ziemlich früh wach. Meine Viren haben überlebt, das steht fest, ob ich überlebe, da bin ich mir ganz und gar nicht mehr sicher. Mir geht es von Minute zu Minute schlechter. Die Zeit wird knapp – wie soll ich morgen eine einigermaßen gute Figur abgeben? Der arme Felix –bis jetzt hat er mich nur als kranke Frau erlebt, und jetzt schon wieder. Ich brauche ein Antibiotikum – nur hat heute ja keine Arztpraxis offen. Da fällt mir ein, dass es da doch eine Art Notdienst für Kassenpatienten gibt, allerdings in einem Krankenhaus am anderen Ende der Stadt. Wie dorthin kommen? Krankenwagen? Nein, die lieben Nachbarn hinter den Gardinen. Taxi? Mich in das Auto quälen, mit dem Fahrer sprechen – dazu fühle ich mich einfach nicht mehr in der Lage, ich bekomme kaum noch Luft. Der Bus ist doch noch am besten. Ich kann bequem einsteigen und muss als Inhaberin einer Monatskarte mit niemandem sprechen.

Ich habe Glück: Gerade als ich mühsam zur Haltestelle geschlichen bin, kommt der Bus. Ich mache es mir auf einem der Sitze einigermaßen bequem. Aber das Leben ist unerbittlich, am Bahnhof muss ich umsteigen, also wieder raus. Der Anschlussbus steht schon da, ich sinke wieder auf einen Sitz. Der Bus setzt sich in Bewegung, mir wird immer komischer. Die Fahrt nimmt und nimmt kein Ende. Und dann sind wir doch da. Ach, jetzt wünsche ich fast, es ginge es noch weiter, denn ich komme kaum aus dem Sitz hoch. Irgendwann stehe ich dann doch draußen, das große Krankenhausgebäude kann ich auch ohne Brille (die habe ich zu Hause vergessen) gut erkennen – nur befindet sich zwischen ihm und mir ein riesiger Parkplatz! Ach hätte ich doch Taxi oder Krankenwagen gerufen. Zu spät, und auch das Handy habe ich vergessen. Also los, durch die Reihen der geparkten Autos, kein Mensch weit und breit. Immer wieder stütze ich mich auf eine Kühlerhaube oder lehne mich an eine Seitenfront. Ich scheine überhaupt nicht mehr vorwärts zu kommen. So also sieht mein Ende aus, zwischen geparkten Autos.

Aber auf einmal brauche ich überhaupt nicht mehr zu gehen, ich schwebe. Wie schön das ist, wie leicht ich mich fühle. Auch die Schmerzen sind weg, das erste Mal seit Wochen, Monaten. In der Ferne sehe ich ein Licht. Dort ist es bestimmt noch schöner. Ich möchte hin. Ich will meinen Körper in diese Richtung lenken. Es scheint zu funktionieren, das Licht wird heller. Und da, Menschen, schöne Menschen mit freundlichen Gesichtern und bunten, leuchtenden Körpern. Sie scheinen mir zuzuwinken: Komm zu uns, dann bist du nie mehr allein.

Ja, ich will zu ihnen, aber plötzlich zieht sich das Licht von mir zurück. Ich rudere mit Armen und Beinen. Umsonst, es flüchtet in eine Art Tunnel, an dessen Ende es schließlich verschwindet und eine eisige Kälte hinterlässt. Warum ist es so kalt geworden? Mühsam mache ich die Augen auf – und sehe genau auf ein Autorad. Mühsam drehe ich den Kopf – und sehe wieder auf ein Autorad. Und ganz langsam dämmert mir die Erkenntnis, dass ich genau zwischen zwei geparkten Autos auf dem Asphalt liege. Ich bin also wirklich umgefallen. Wie lange ich wohl schon so liege? Am liebsten würde ich liegenbleiben, ich bin einfach zu gleichgültig und zu müde um aufzustehen. Aber da ist die eisige Kälte, die vom Asphalt in meinen Körper kriecht. Irgendwann wird sie stärker als die Müdigkeit und treibt mich hoch. Verletzt scheine ich mich nicht zu haben, der dicke Anorak hat den Sturz wohl abgemildert. Ich ziehe mich am Außenspiegel des einen der neben mir stehenden Autos hoch. Hoffentlich bricht er nicht ab, denke ich. Und: Wenn ich mir über so etwas Sorgen mache, muss es mir wieder etwas besser gehen. Die ersten Schritte; zuerst sind sich die Beine noch etwas uneinig, aber dann setzen sie wieder brav Fuß vor Fuß.

Irgendwann ragt das Klinikgebäude unmittelbar vor mir auf, und da ist auch der Eingang. Dann stehe ich im Foyer. Eine Dame kommt hinter dem Informationsschalter hervor. Immer wieder Erinnerungslücken. Ich sitze der Notdienst-Ärztin gegenüber. Im Krankenhaus bleiben? Nein, das geht nicht. Felix – er hat mich doch morgen zum Essen eingeladen und will mich abholen. Ich muss meine Wohnung noch auf Vordermann bringen, will auf gar keinen Fall eine schlechte Hausfrau sein. Die Ärztin sieht mich seltsam an, vielleicht vermutet sie schon erste Viren in meinem Gehirn. Dann verschreibt sie mir kopfschüttelnd ein starkes Antibiotikum. „Eine häufige Nebenwirkung ist Durchfall", sagt sie. Genau, das wäre dann die einzige Krankheit, die ich dieses Jahr noch nicht hatte. Und eine eindringliche Mahnung: Ich müsse mich am Montag sofort bei meinem Hausarzt melden. Ich krächze etwas Zustimmendes und Verabschiedendes, dann bemühe ich mich um einigermaßen aufrechte Haltung – das Krankenhaus droht ja noch immer – und strebe dem Ausgang zu. Diesmal Taxi? Ohne Stimme das Ziel erklären? Und dann, ich muss ja noch in die Apotheke. Also wieder der Bus. Auch in der Apotheke sieht man mich seltsam an und bittet mich eindringlich, die erste Tablette sofort zu nehmen, ein Becher Wasser wird geholt. Dann endlich wieder zu Hause, keine Ahnung, wie spät es inzwischen ist, und warum sind es so viele Schritte bis zum Bett?

17. November 2013, Sonntag

Ich wache auf, Blick zum Wecker. Schon später Vormittag! Was war gestern nur los? Und heute ist doch auch irgendetwas, da bin ich mir sicher. Kleckerweise finden sich die Erinnerungen wieder ein. Krankenhaus. Geburtstag. Noch vor 14 Tagen hätte ich nicht im Traum gedacht, dass ich an meinem Geburtstag wieder allein bin. Aber halt, das stimmt nicht ganz, da ist ja ein kleiner Hoffnungsschimmer. Ich muss auf, die Wohnung – es ist noch einiges zu tun. Ganz so elend wie gestern fühle ich mich nicht mehr, das Antibiotikum scheint zu wirken. Aber ich bin sehr schlapp, bewege mich wie eine an Fäden hängende Marionette. Noch etwas Staubwischen, Saugen. So, jetzt sieht alles einigermaßen ordentlich aus. Ein guter Wein ist besorgt, es kann nichts mehr schief gehen – nur ich ‚gehe schief'. Meine Stimme macht, was sie will, mal ist sie tief und rau, mal kippt sie in höchste Lagen ab oder ist auf einmal völlig weg. Was, wenn mir das in Felix' Gegenwart passiert? Die vielleicht endgültig letzte Möglichkeit, mein Schicksal zu wenden – und ich bekomme keinen Ton heraus. Ein Alptraum!

Nachmittag, trübes Wetter, frühe Dämmerung. Vielleicht wird das mit der Stimme nach einem kurzen Ruhepäuschen besser. Felix meldet sich bestimmt erst abends. Bevor ich mich in die Horizontale begebe, lege ich das Handy auf den Nachttisch neben mein Bett –eine Gewohnheit aus besseren Zeiten. Und dann reißt mich tatsächlich das Klingeln des Handys aus dem Schlaf. Jemand hat an mich gedacht. Emmi meldet sich, die alte Dame, die mir vor Monaten die Freundschaft gekündigt hatte. Vielleicht tut es ihr ja leid. Der kurze Traum zerplatzt sofort. Dass ich heute Geburtstag habe, weiß sie nicht mehr, dafür aber ganz genau, dass ich ihr die Bedienungsanleitung ihrer Waschmaschine gestohlen habe. Humor ist, wenn man trotzdem lacht. Aber nicht einmal das kann ich, aus meiner Kehle kommt nur ein misstönendes Krächzen. Du lieber Himmel, das kann ja heiter werden. Viel Zeit zum Nachdenken bleibt mir nicht, das Handy läutet wieder. Im Gegensatz zu den letzten Tagen der reinste Hochbetrieb!

Diesmal ist es Felix. Mir wird heiß und kalt. Er gratuliert mir. Meine Stimme hat Mitleid mit mir und kommt für einen Moment wieder zum Vorschein. Ich erzähle ihm vom gerade erfolgten ‚Glückwunschanruf', er lacht herzlich. Fairerweise warne ich ihn vor meiner ‚Erkältung', er lacht wieder und sagt, das würde ihm nichts ausmachen, er habe eine stabile Gesundheit. „Bis später", verabschiedet er sich. Jetzt geht es um die Wurst, und auf einmal weiß ich in für meinen derzeitigen Zustand phänomenaler Klarheit, was ich zu tun habe. Ich muss bei dem ‚Geburtstagsessen' herausfinden, ob Felix doch noch etwas für mich empfindet, und wenn ja, werde ich ihm alles erklären, die ‚Augenumschulung' abbrechen und wieder zu einem ‚normalen' Menschen werden. Vielleicht ist es ja noch nicht zu spät.

Das Schicksal lässt mir nicht den Hauch einer Chance, meine Stimme versagt völlig. Alle meine wohlüberlegten Argumente – ich kann keines von ihnen anbringen. Felix ist charmant wie immer; das Restaurant, in das er mich einlädt, war auch der Schauplatz unseres ersten Dates gewesen. Wir sitzen am gleichen Fenstertisch wie damals. Er war gerade frei – so viele Zufälle. Oder eine besonders böse Ironie des Schicksals? Die Speisekarte. Vor einem halben Jahr konnte ich sie ohne Brille kaum entziffern. Meine Panik – Felix sollte mein Sehproblem ja nicht merken. Und jetzt kann ich sie wieder kaum lesen, immer wieder mühsam zurückgehaltene Tränen. Felix macht tapfer Konversation, ab und zu krächze oder kiekse ich eine Antwort. Während des Essens schiele ich zum Fenster; der gleiche Ausblick auf die nächtliche Innenstadt wie im März. Damals trotz aller Panik wegen meines Tumors mit einem Fünkchen Hoffnung auf eine bessere Zukunft. Heute erhebt im Hintergrund die Einsamkeit wieder ihr grässliches Antlitz. Felix bringt mich nach Hause und verabschiedet sich höflich. Ich unternehme einen letzten Anlauf, etwas Verständliches von mir zu geben. Vergeblich! Dem davonfahrenden Auto nicht nachsehen, nicht nachsehen, nicht nachsehen.

18. November 2013, Montag

Am liebsten würde ich im Bett bleiben, aber ich muss ja auf jeden Fall zum Hausarzt. Das Atmen in der kalten Luft fällt schwer. Ein freundliches ‚Guten Morgen' ertönt – ein langjähriger netter Nachbar steht vor mir. Er und seine Frau waren gute Bekannte meiner Eltern. Der alte Herr stammt von der Mosel, charmant, wortgewandt, nie um einen Witz verlegen und stets zu einem Flirt bereit – eben ein halber Franzose, habe ich zum Spaß immer gesagt. Er hat den gleichen Weg wie ich, braucht ein neues Rezept. Und er spürt wohl, wie schlecht es mir geht. Kein Witz, kein Flirt diesmal, er ergreift einfach nur meine Hand und führt mich. Die angenehme Wärme seiner erstaunlich kräftigen Hand tut meinen eiskalten Fingern richtig gut.

Kurze Wartezeit, dann sitze ich meinem lieben Hausdoc gegenüber. Er schreibt in den Unterlagen, füllt eine nachträgliche Überweisung aus. „Na, was war denn los?“, fragt er dabei. Ich berichte möglichst kurz und sachlich, ich kenne ihn, er mag kein umständliches Geschwafel. Und dann hebt er plötzlich den Kopf, sieht mich über den Goldrand seiner Lesebrille hinweg an: „Ja“, sagt er auf seine ruhige Art, „da haben Sie ins Jenseits geblickt!“

19. November 2013, Dienstag

Der erste Morgen, an dem es mir deutlich besser geht. Übelkeit und Kopfschmerzen wollen sich zwar partout nicht von mir trennen, aber die Heiserkeit verzieht sich langsam – hinterlässt allerdings einen bellenden Husten. Da war doch etwas. Felix' Geburtstagsgeschenk. Am Sonntag konnte ich es mit meinen tränenverschleierten Augen kaum erkennen, aber jetzt sehe ich: Es ist ein goldener Anhänger, mit kleinen Diamanten verziert. Seine Form … Aber ob ich Felix noch einmal wiedersehe, nach meinem vorgestrigen ‚Auftritt'. Da, wo bei einem Menschen normalerweise das Herz ist, klafft bei mir eine große, schmerzende Wunde. Ich will mein Gesicht in den Händen vergraben, aber nicht einmal das kann ich, die Brille ist im Weg. Ich setze sie ab, ein Blick in den Badezimmerspiegel und ich sehe Schreckliches: die Augenpartie – gerötet, geschwollen – natürlich, die anstrengende Augenumstellung und dann diese ständige Heulerei. Es muss etwas geschehen, nur was? Ich überlege. Da ist ja das Kosmetikinstitut, bei dem ich meine Hautpflegemittel kaufe, die einzigen, die meine sehr empfindliche Haut verträgt. Dort werden auch kleine ‚Hautreparaturen' vorgenommen. Mal nachfragen, ob mein Gesicht noch zu reparieren ist.

20. November 2013, Mittwoch

Die Abstände zwischen den Hustenanfällen sind etwas größer geworden. Ich glaube, ich kann wieder am ‚öffentlichen Leben' teilnehmen – sicherheitshalber erst mal nur per Telefon. Die Mini-Schönheits-OP – das ist keine schlechte Idee, ich habe Ablenkung und ein Ziel. Ich rufe an und vereinbare einen Termin. Dann wage ich mich zum Briefkasten. Darin ein Brief in einem neutralen Umschlag ohne Absender. Seltsam, ich kenne diese Art von Briefen, aber woher? So ganz auf der Höhe ist mein Gehirn noch nicht, denn erst mit ziemlicher Zeitverzögerung dämmert es mir: Das ist der erbetene neue Partnervorschlag. Und wirklich, noch am gleichen Abend ruft der vorgeschlagene Herr an. Wehmütige Erinnerung. Damals, anfangs, Felix' abendliche Anrufe. Und dann, ich glaube fast an ein Wunder. Die Stimme, die Sprechweise: jugendlich, sympathisch – fast genau wie die von Felix! Wunschdenken, sage ich mir. Aber nein, es ist wirklich so! Ein Hoffnungsschimmer, vielleicht passiert ja das Unwahrscheinliche und ich habe ein zweites Mal Glück.

Es stellt sich heraus, dass der Herr wirklich jünger ist als ich. Daraufhin möchte er, dass ich ihm per Internet ein Bild von mir zusende. Vermutlich will er überprüfen, ob ich überhaupt noch vorzeigbar bin. Ich lehne ab. Sind wir hier auf dem Viehmarkt? Dann meine Führerscheinlosigkeit, er wohnt in einem außerhalb gelegenen Vorort der benachbarten Großstadt. Meine guten Ohren haben sofort an einer Nuancenveränderung seiner Stimme gemerkt, dass das Interesse geschwunden ist. Er beendet das Gespräch mit der vagen Ankündigung, sich eventuell nochmals zu melden. Er wird es nicht tun, das weiß ich sofort.

25. November 2013, Montag

Heute komme ich unters Messer bzw. unter den Laser. Es klingt komisch, aber ich freue mich fast darauf. Die kurze Narkose, tiefer, traumloser Schlaf, einmal alles vergessen können – einfach wunderbar. Und dann, endlich, werde ich die hässlichen roten Überanstrengungs- und Heulränder um die Augen los sein, wieder attraktiv aussehen. Ersteres stimmt, letzteres nicht so ganz: Die Laserbehandlung hinterlässt Wundflächen, die abheilen müssen. „In ein paar Tagen sind Sie wieder vorzeigbar", werde ich getröstet, nachdem man mich zuerst wegen des Hustengebells, das ich immer noch ab und zu von mir gebe, etwas bedenklich angeschaut hat. Heimweg; ich verberge die Augen hinter einer großen Sonnenbrille, und das bei trübem Herbstwetter. Hoffentlich hält man mich nicht für eine Terroristin. Die anderen Fahrgäste in U-Bahn und Bus blicken geflissentlich an mir vorbei. Immerhin ruft keiner nach der Polizei.

29. November 2013, Freitag

Immer noch alles grau in grau. Wann hat eigentlich zum letzten Mal die Sonne geschienen? Die Wunden sind auf dem Weg der Besserung, aber die ständigen Kopfschmerzen. Bestimmt auch die Ursache für den wieder einmal leise vor sich hin revoltierenden Magen. Dem Tod bin ich ja noch einmal elegant von der Schippe gesprungen, aber etwas schlapp fühle ich mich immer noch. Ich beschließe einen kurzen Mittagsschlaf. Er wird wirklich nur sehr kurz – ‚ping-ping' weckt mich das Handy, eine SMS. Von Felix! Mein Herz macht einen Luftsprung – das habe ich ihm doch überhaupt nicht erlaubt. Ich ermahne es streng zur Ruhe.

Wie es mir bei diesem trübseligen Wetter ginge, will Felix wissen. Mein Gehirn legt einen Kaltstart hin und blitzartig wird aus einem schon so lange gehegten, wehmütigen Wunschtraum eine konkrete Idee: Einmal, wenigstens einmal in meinem Leben mit einem geliebten Partner über den Weihnachtsmarkt bummeln! Der Weihnachtsmarkt ist gerade eröffnet worden, das hatte ich in der Zeitung gelesen. Und dann verselbständigen sich meine Finger, per Antwort-SMS mache ich den Vorschlag: Vielleicht. Irgendwann. Felix bräuchte mich auch nicht abholen, ich weiß ja, seine vielen Termine. Und – ich fasse es nicht – er ruft sofort zurück. Das könnten wir ja direkt heute Abend machen, schlägt er vor. Jetzt habe ich fast Angst vor meiner eigenen Courage, und noch etwas fällt mir siedend heiß ein: meine kleine Schönheits-OP, die immer noch leichten Rötungen – das hatte ich ganz vergessen! Kleinlaut gestehe ich Felix den vorübergehenden ‚Schönheitsmakel'. Typisch er: Das mache ihm nichts aus, sagt er, im Gegenteil, er fände es gut, dass ich mal etwas für mich getan hätte. Komisch, wenn ich so verunstaltet bin, dass jeder andere Mann schreiend davonlaufen würde, das stört ihn nicht. Nie werde ich vergessen, wie zärtlich er damals meine strahlenverbrannte Brust berührt hatte. Aber sobald ich wieder ‚normal' werde, zieht er sich zurück.

Wir verabreden uns. Bis dahin sind es zwar noch einige Stunden, aber ob ich mich in so ‚kurzer' Zeit in ein halbwegs vorzeigbares Wesen verwandeln kann? Ich springe aus dem Bett und auf geht's.

Draußen ist es schon dämmrig, leichtes Nieseln. Auf dieses ‚Date-Wetter' scheine ich wirklich abonniert zu sein. Ich bin total aufgeregt. Vom Busbahnhof renne ich zum Weihnachtsmarkt – und renne zweimal in andere Fußgänger hinein. Ich habe sie überhaupt nicht gesehen. Ich erreiche den Treffpunkt – Felix ist noch nicht da.

In der Nähe steht der alte Pranger der Stadt – eine Steinsäule, von einer ebenfalls steinernen Kugel gekrönt. Ich betrachte ihn. Laut einer Legende würde die Steinkugel von der Säule stürzen und in tausend Scherben zerschellen, wenn einmal eine Jungfrau am Pranger vorbeiginge. Na ja, bei mir besteht diese Gefahr nun nicht mehr, aber vor einiger Zeit hatte ein wohl ‚jungfräulicher' Lieferwagen die Säule versehentlich umgefahren, und auch das mit den tausend Scherben hat er sehr gut hingekriegt, die Restaurierung dauerte endlos. Auf einmal legt jemand von hinten den Arm um mich. Es ist Felix, er küsst mich herzlich: „Na, woran hast du gerade gedacht?" Ich zeige auf die Säule, erzähle die Sage. „Trotz deines Frauenverschleißes hast du das nicht gewusst? Das kann ich einfach nicht glauben!" Er lacht, hakt mich unter. „Sehe ich auch wirklich nicht zu schlimm aus?", frage ich bange. „Ach was, überhaupt nicht", versichert er, ich gehe wie auf Watte neben ihm her. Mein Traum, einmal im Leben mit einem lieben Partner über den Weihnachtsmarkt zu gehen. Jetzt ist er doch wahr geworden.

Wir bummeln zunächst den breiten Hauptweg zwischen den Buden entlang. Die vielen Lichter, das Menschengewimmel – ich gucke und gucke. Und sehe nichts. Vielleicht – bestimmt die Aufregung. An einem ‚Rievkooche'-Stand machen wir halt. Der frische Reibekuchen schmeckt gut und wärmt. Nächste Station ist ein Glühwein-Ausschank; der gut gelaunte Felix kommt sofort mit einer Gruppe ausländischer Studenten ins Gespräch. Ich höre höflich lächelnd zu.

Wir beschließen den Abend in einem Café und ich beschließe, die Gunst der Stunde zu nutzen und alles auf eine Karte zu setzen. Ich muss unbedingt wissen, ob das mit Felix und mir noch eine Chance hat, wenn ich noch besser sehen, mich sicherer bewegen und verhalten könnte, ‚gesellschaftsfähiger' würde. Ich bräuchte nur ein wenig Zeit. Aber ich sehe sofort: Felix' Gesicht bekommt wieder diesen geschäftsmäßigen, höflich-abweisenden Ausdruck. Schon bevor er spricht, weiß ich: keine Chance! Auch Zurückweisungen sind offenbar lernbar. Ich kann meine Enttäuschung diesmal schon bedeutend besser verbergen. Es gelingt mir, wieder ein unverbindlich-plauderndes Gespräch in Gang zu bringen. Als wir gehen, begleite ich den diesmal glühweinbedingt ‚autolosen' Felix noch in die U-Bahn-Station. In dieser Welt der Fortbewegung nicht ganz so betuchter Bevölkerungsschichten kennt er sich überhaupt nicht aus. Er staunt über die übliche Obdachlosen-Ansammlung am Eingang und den überall herumliegenden Müll. Ich führe ihn zum richtigen Bahnsteig, wir sitzen einige Minuten auf einer halbwegs intakten und sauberen Bank, dann kommt die Bahn. Durchs Wagenfenster sehe ich ihn noch einmal kurz, ich winke. Ob er zurückwinkt, kann ich nicht mehr erkennen.

1. Dezember 2013, Sonntag (1. Advent)

Heute beginnt endgültig die Single-Horrorzeit und erst am 1. Januar ist sie vorbei. Werde ich sie überstehen? Dafür ist, wie zum Hohn, das Wetter besser geworden, sogar die Sonne lugt etwas hervor. Ach, wieso ist alles so gekommen, was ist geschehen? Wieder einmal sehe ich Felix vor mir, wie er mir den schönen Ring ansteckt, wie er mich zärtlich aus der Narkose wachküsst, wie mitfühlend und behutsam er meine strahlengeschädigte Brust behandelt, seine tiefe Rührung bei meinen ersten Sehfortschritten und dann sein unbewegtes, geschäftsmäßiges Gesicht, als er mich abserviert.

Dass ich krebskrank bin, hatte ich ihm sofort gesagt und ihm freigestellt, sich lieber eine gesunde Partnerin zu suchen. Krebs ist kein Schnupfen, das muss ein intelligenter Mensch wie er doch wissen. Auch meine völlige Unerfahrenheit hatte ich ihm ganz zu Anfang gestanden. Falls er eine solche Frau nicht will, hätte er sich ebenfalls ohne weiteres zurückziehen können. Schließlich die von ihm selbst in die Wege geleitete Augenumstellung – dass so etwas in meinem Alter nicht ohne Schwierigkeiten abläuft, war doch zu erwarten gewesen. Und dann: Wenn eine Beziehung in die Brüche geht – das merkt man doch, man streitet sich ständig oder hat sich überhaupt nichts mehr zu sagen. An meinem Arbeitsplatz hatte ich da aus den Erzählungen von Kolleginnen einiges mitbekommen. Aber einfach so, von einer Sekunde auf die andere, als ob ein Schalter umgelegt worden wäre? Nein, ich muss irgendeinen ganz schlimmen Fehler gemacht haben, nur welchen? Wieder einmal verfluche ich meine Unerfahrenheit, dann zwinge ich mein Gehirn, trotz Kopfschmerzen die letzten Wochen Revue passieren zu lassen – und da, da war etwas! Felix hatte mir von seinem weitläufigen Verwandten Professor Berthold erzählt, damals auf der Fahrt nach Frankfurt. Dem alten Herrn, den die Betreuung seiner seit Jahren demenzkranken Frau fast an den Rand der Kräfte bringt. Dazu noch der Einbruch in sein Haus. Ich könnte gegen gute Bezahlung stundenweise seiner Frau Gesellschaft leisten und ihn dadurch etwas entlasten, hatte Felix vorgeschlagen und hinzugefügt, es sei ein sehr kultivierter Haushalt, ich könne dort sicher viel lernen. Dann meine Ablehnung, er hatte es ohne Vorwurf hingenommen, aber sein enttäuschter Blick. Genau das war mein Fehler! Dieser Vorschlag war in Wirklichkeit als erster Schritt gedacht gewesen, mich in seine vornehme Familie zu integrieren, das ist mir auf einmal völlig klar. Und ich habe es nicht erkannt, habe es vermasselt! Aber vielleicht ist es ja noch nicht zu spät. Es würde zwar schon wieder eine Pflegetätigkeit bedeuten, und so etwas wollte ich nie, nie wieder tun. Aber für Felix würde ich alles tun.

Und auf einmal geht es wie von selbst: Die Nummer steht im Telefonbuch; ich rufe kurzentschlossen an und habe Glück. Professor Berthold meldet sich, die Stimme erkennbar die eines älteren Mannes, aber sehr sympathisch. Nur so unendlich müde. Ich berufe mich auf eine ‚lose Bekanntschaft' mit Felix (mehr erzähle ich nicht, petzen konnte ich noch nie) und biete an, ihn für einige Stunden pro Woche bei der Betreuung seiner Frau abzulösen. Für meine ‚Qualifikation' hat das Schicksal gesorgt: Meine Mutter und eine der von mir betreuten alleinstehenden Nachbarinnen litten vor ihrem Tode ebenfalls an Demenz. Das und die Erwähnung von Felix scheinen den Professor zu überzeugen, er lädt mich für kommenden Mittwoch zu einem ‚Probebesuch' ein.

2. Dezember 2013, Montag

Vor lauter Liebeskummer hatte ich es schon fast vergessen: Ich bin ja ‚hauptberuflich' Krebspatientin und heute ist der nächste Kontrolltermin. Gemischte Gefühle: die Praxis – zufällig im gleichen Stadtteil wie Felix' Haus. Meine Panikattacke während der ersten Fahrt, dann die Fahrten zu Felix, voll Vorfreude – und jetzt … Zu der netten jungen Ärztin habe ich inzwischen Vertrauen gefasst und stimme daher nach kurzem Zögern auch der angebotenen Unterleibsuntersuchung zu. Dann der Schock – klar, das Jahr 2013 ist ja noch nicht zu Ende: Da ist etwas, was nicht da sein dürfte. Immerhin ‚tröstlich': Um Krebs handelt es sich diesmal nicht. Von der Praxis aus wird sofort ein OP-Termin vereinbart. In 14 Tagen sind die Voruntersuchungen, tags darauf muss ich ‚unters Messer'. Ob ich mir vorsorglich schon mal eine Dauer-Dependance im Krankenhaus einrichten sollte? Kurzer Gedanke: Felix anrufen? Nein, lieber nicht – wozu auch?

3. Dezember 2015, Dienstag

Trübes Wetter, trübe Stimmung. Ich hätte schon längst mit dem mir von Herrn Clairon dringend empfohlenen ergänzenden Sehtraining beginnen sollen. Aber wozu brauche ich es jetzt noch? Etwa, damit ich unterwegs die anderen glücklichen Paare und Familien noch besser sehen kann? Erinnerungsbilder; ich versuche sofort, sie zu verscheuchen, aber es will nicht gelingen. Damals, als Felix und ich eines dieser glücklichen Paare waren. Unser Ausflug auf den Oelberg. Das Wetter, damals so wie heute: trüb, nasskalt. Die Aussichtsplattform auf der Bergspitze. Ich ‚gestand' meine Sehschwäche. Und Felix bot mir die Möglichkeit, etwas dagegen zu tun. Nach so vielen schlimmen Jahren eine Tür zu einer schönen bunten Zukunft. Felix' Stimme. Die gleiche Stimme, die mir dann erklärt hat, ich würde nicht zu ihm passen, weil ich ein Einzelkind bin. Schon wieder diese verdammten Tränen.

Aber ich muss mich zumindest mal bei dem netten Herrn Clairon melden, sonst denkt er noch, er hätte mich aus irgendeinem Grund verärgert. Telefonisch? Nein, die Gefahr, dass ich während des Gesprächs weinen muss, ist einfach zu groß. Lieber ein Brief. Langes Brüten: Der Text sollte auf jeden Fall sachlich und neutral sein, am besten auch nicht endgültig absagen, sondern eine eventuelle Möglichkeit offenhalten. Denn im Hintergrund ist immer noch ein winziges Fünkchen Hoffnung, unausrottbar, dass ich vielleicht doch einmal nicht mehr allein bin. Kaum bin ich fertig, fällt mir noch etwas siedend heiß ein: Morgen ist ja mein ‚Antrittsbesuch' bei den Bertholds! Ich muss der Dame des Hauses unbedingt etwas mitbringen. Aus Erfahrung weiß ich, dass sich Appetit und Geschmack bei Demenzkranken immer noch relativ lange erhält, also am besten eine vorweihnachtliche kleine Süßigkeit. Ich eile in die Stadt und dort in ein ‚einschlägiges' Geschäft, um das ich meiner Figur zuliebe normalerweise immer einen großem Bogen mache. Wie ‚befürchtet' werde ich von leckeren Düften umweht. Nicht schwach werden! Ich finde etwas Geeignetes und auch Felix soll zum bevorstehenden Nikolaustag eine Kleinigkeit bekommen. Der Weihnachtsmarkt-Besuch – es war doch nett von ihm. Jetzt aber nichts wie raus aus der Gefahrenzone!

4. Dezember 2013, Mittwoch

Pünktlich zur vereinbarten Zeit stehe ich ‚geschniegelt und gebügelt' vor der Bertholdschen Villa. Der Professor, ein noch erstaunlich gut aussehender, alter Herr in vollendeter Haltung, begrüßt mich freundlich. Der Sohn des Hauses ist ebenfalls anwesend, etwas jünger als ich, ebenfalls sympathisch (wahrscheinlich will auch er mich begutachten). Schließlich erscheint Frau Berthold, von ihrem Mann geführt. Ich bin total verblüfft: Dass eine Frau von fast Mitte neunzig noch so toll aussehen kann, hätte ich nicht gedacht. Relativ groß, etwas vollschlank, aufrechte Haltung, volles silberweißes Haar in modischem Kurzschnitt, fast faltenfreie Gesichtshaut. Der Professor hatte mich vorgewarnt. Seine Frau würde Fremden gegenüber bisweilen aggressiv, sagte er. Aber sie begrüßt mich höflich-reserviert, von Aggressivität keine Spur.

Der Kaffeetisch ist bereits für vier Personen gedeckt, ein Gespräch entwickelt sich. Zu meiner großen Erleichterung will niemand Näheres über die Art meiner Bekanntschaft zu Felix wissen, aber warum ich etwas Geld zuverdienen möchte – das interessiert schon. Ich erzähle von den hohen Ausgaben durch meine Spezialbrillen und von meiner ‚Sehbehinderung'. Alle lauschen mitfühlend, mein ‚Kampf' gegen die Sehbehinderung scheint ihnen zu imponieren. Das ist dann wohl wirklich die ‚bessere Gesellschaft', denke ich im Stillen. Auf lustige Art schildere ich schließlich die skurrilsten meiner zahllosen sehtechnisch bedingten Missgeschicke. Alle, sogar Frau Berthold, lachen herzlich. Die Zeit vergeht wie im Flug, schon ist es Abend. Der Sohn wird mich mit dem Wagen nach Hause bringen; ich verabschiede mich. Für den Professor scheine ich schon so etwas wie eine gute Bekannte geworden zu sein, und auch seine Frau gibt mir freundlich die Hand. Auf der Heimfahrt spricht der Sohn ganz offen zu mir, ich solle nicht enttäuscht sein, wenn aus der Sache nichts würde. Seine Mutter habe mich sicher längst vergessen und sie mag nun einmal keine Veränderungen. Ich versichere, dass mir dieses typische Verhalten von Dementen leider nur allzu vertraut ist und ich eine Absage nicht übel nehmen werde. Wir sind da, ich steige aus – sie hat schon wieder den nächsten reichen Freund, denken die Nachbarn sicher, denn der Wagen von Herrn Berthold ist auch nicht gerade Mittelklasse. Ich leiste mir jetzt mal ein ganz klein wenig diebische Schadenfreude!

5. Dezember 2013, Donnerstag

Am Nachmittag begebe ich mich auf eine kleine Rundreise: Ich stecke Felix den Nikolausgruß in den Hausbriefkasten und gebe dann das Absageschreiben in Herrn Clairons Geschäft ab. Erleichterung: Herr Clairon selbst ist nicht anwesend. Wer weiß, ob ich seinen Fragen hätte standhalten können. Ich blicke aus dem Wagenfenster der U-Bahn, warte auf den Baum mit der herzförmigen Narbe. Was in dieser Stadt erinnert mich nicht an Felix? Ich müsste die Stadt auswechseln. Und dann sehe ich in der beginnenden Dämmerung auf dem dunklen Schotteruntergrund des Nachbargleises das Skelett einer Taube, weiße, filigrane Knöchelchen, ein kleiner Schädel.

6. Dezember 2013, Freitag

Der Nikolaus hat sogar an mich unartiges atheistisches Kind gedacht: Felix bedankt sich per SMS herzlich für das kleine Geschenk.

10. Dezember 2013, Dienstag

Anruf des Professors: Aus der Betreuung seiner Frau wird leider nichts. Gegen meinen kurzen Besuch hatte sie nichts einzuwenden, aber eine Fremde für jeweils einige Stunden um sich, das möchte sie nicht. Der Professor bedauert zutiefst, er ist überzeugt, dass ich sehr gut in die Familie gepasst hätte. Aber etwas gegen den Willen seiner Frau durchsetzen – das bringt er nicht übers Herz. Das war's dann mit meinem Debut in der ‚besseren Gesellschaft', und damit ist wohl auch meine letzte Chance bei Felix dahin. Ich schreibe ihm eine kurze sachliche SMS. Er antwortet, dass er bedaure, dass ihm aber meine Eigeninitiative imponiert habe. Vielleicht doch ein Hoffnungsschimmer?

12. Dezember 2013, Donnerstag

Wieder einmal stehe ich vor dem Messing-Klingelschild mit der Aufschrift ZU ZWEIT – das Ergebnis einer aberwitzigen Gedankenkette. Im Prinzip bin ich ja in der gleichen Situation wie damals im März: Wieder habe ich einen völlig schiefgelaufenen Partnervorschlag hinter mir und wieder einmal steht mir eine Operation bevor. Damals hatte Frau Nielsson mich mit Felix, dem ‚tollen Typ', zusammengebracht. Vielleicht kann man dieses Glück ja noch einmal wiederholen. Es gibt doch da so ein Gesetz der Serie. Frau Nielsson. Ihr seltsames Verhalten, als ich ihr Anfang November den Brief mit dem Wunsch nach einem neuen Partnervorschlag überreicht hatte. Na ja, ich war wieder einmal völlig ohne Termin hereingeschneit, vielleicht hatte ich wirklich einen sehr ungünstigen Moment erwischt.

Diesmal kann ich einen ordnungsgemäßen Termin vorweisen, habe bekleidungsmäßig alles gegeben, was das ausnahmsweise schöne, aber sehr kalte Wetter zulässt, und bringe, um die ‚Chefin' gnädig zu stimmen, ein kleines vorweihnachtliches Präsent mit. Frau Nielsson ist heute wieder sehr höflich, aber diese mitfühlende Anteilnahme von damals – ich kann sie einfach nicht mehr spüren. Auf meine Schilderung des ultrakurzen ‚Telefondates' geht sie nicht näher ein. Als ich sie um einen neuen, diesmal aber vernünftigen Partnervorschlag bitte, ein Herr so ähnlich wie Felix, stellt sie mir mit missbilligendem Ton die seltsame Frage, ob ich denn mit Felix intim gewesen sei. (Aber *er* hatte mir doch das Gefühl gegeben, dass ich ihm nicht gleichgültig sei, dass aus uns etwas werden könnte!) Sie wisse schon, wer zu mir passen würde, sagt sie schließlich fast schnippisch, ich hätte gar nicht persönlich vorsprechen brauchen. Dann nur noch Small-Talk – wenn ich schon einmal hier sei, solle ich doch den hiesigen großen Weihnachtsmarkt besuchen, rät sie. (Na toll, allein über den Weihnachtsmarkt gehen, das ist genau das, was ich jetzt brauche!) Bestimmt hat sie eine Rhetorikschulung gemacht und dort auch gelernt, wie man Gespräche, ohne unhöflich zu sein, einfach im Sand verlaufen lässt. Aber verärgern darf ich sie nicht, sie sitzt nun einmal am längeren Hebel, entscheidet sozusagen über Glück oder Unglück meines weiteren Lebens. Also bewahre auch ich Haltung und verabschiede mich.

Heimfahrt. Warum nur haben alle Menschen ihr Verhalten mir gegenüber so verändert? Felix, Frau Nielsson. Ich habe doch niemandem etwas getan – oder vielleicht doch, und ich in meiner Unerfahrenheit erkenne es nur nicht.

15. Dezember 2013, Sonntag

Der endlose Sonntagnachmittag. Die schlimmste Zeit für Alleinstehende, hatte ich vor längerer Zeit einmal irgendwo gelesen und es damals nicht so recht verstanden. Klar, ich kannte ja auch nichts anderes – aber jetzt. Inzwischen bohren vier an mir herum: die Kopfschmerzen, die Übelkeit, die Einsamkeit und die Angst vor der Operation am Mittwoch. Wie könnte ich mich ablenken? Womit konnte ich mich immer am besten ablenken? Richtig, mit Lesen. Das ist in letzter Zeit wirklich etwas zu kurz gekommen. Die Krebsbehandlung, die Reisen und Ausflüge mit Felix, dann die erste Zeit mit der Brille – ich konnte kaum noch lesen, habe mich auf die Schlagzeilen und das TV-Programmheft beschränkt. Ich müsste mal wieder ein Buch, ein richtiges Buch lesen – nur wie komme ich heute an ein Buch? Die Stadtbücherei ist zu. Aber die Universitätsbibliothek hat seit einiger Zeit auch sonntags geöffnet – das werde ich einmal ausprobieren. In den Regalen mit den Neuerwerbungen entdecke ich ein interessantes Buch über ein mir unbekanntes archäologisches Thema – und schon sitze ich in einer Ecke und lese. Ich vergesse alles um mich herum.

18. Dezember 2013, Mittwoch

Morgens ins Krankenhaus. Diesmal bin ich völlig alleine, ich werde keinen Anruf, keinen Besuch, keine Blumen bekommen, kein Kuss wird mich aus der Narkose wecken. Wie es mir geht, wird niemanden interessieren. Wehmütige Erinnerung, wie ich damals um ein Einzelzimmer gefleht hatte – das brauche ich nun nicht mehr. Meine Bettnachbarinnen: zwei jüngere Frauen, davon die eine – meine ‚Leidensgenossin': ebenfalls Brustkrebs. Sie wurde vor einigen Tagen operiert und wartet jetzt auf die Ergebnisse der Gewebeuntersuchungen – wie nervzehrend das ist, habe ich ja selbst erlebt. Ich versuche sie zu beruhigen. Im anderen Bett: eine Muslimin. Sie kommt, wie ich, heute unters Messer, äußert aber in ihrem lustigen Deutsch Bedenken: Bei dem für ihr Gesundheitsproblem zuständigen Spezialisten handelt es sich um – einen Mann! Zumindest ihr Kopftuch will sie daher bei der OP aufbehalten. Darauf besteht sie auch, als sie von der OP-Helferin abgeholt wird. Nach einiger Zeit bringt man sie in ihrem Bett zurück ins Zimmer, noch halb in Narkose und ohne Kopftuch. Jetzt werde ich geholt.

Etwas weckt mich aus der Narkose. Nein, diesmal kein Kuss, aber jemand spricht beruhigend auf mich ein und hält mir ein Getränk an die Lippen – es ist meine Brustkrebs-Leidensgenossin. Sie hat mich aufgrund meiner tröstenden Worte von vorhin offenbar in ihr Herz geschlossen und – obwohl ich nichts gesagt habe – scheint sie meine desolate Situation instinktiv zu spüren. Nachdem ich getrunken habe, dämmere ich wieder weg. Ich bekomme noch mit, dass sie ein Telefonat mit ihrem Mann schnell beendet, um – wie sie ihm sagt – mich nicht zu stören.

19. Dezember 2013, Donnerstag

Der Schlaf war erstaunlich erholsam – beim Erwachen fühle ich mich zwar noch etwas schwach, aber sonst scheine ich mich wieder eingekriegt zu haben. Vor allem dieser ständige ‚Heulzwang' – wegen jeder Kleinigkeit, so abartig habe ich mich wirklich noch nie benommen – weg, einfach weg! Und gleich schon wieder das inzwischen angewöhnte Misstrauen: wer weiß, für wie lange. Aber auch ärztlicherseits findet man, dass ich alles gut überstanden habe und im Laufe des Tages entlassen werden könne. Der Vormittag vergeht mit Gesprächen. Ich gebe meiner ‚Brustkrebs-Kollegin' Tipps für die bevorstehende Strahlentherapie. Die Muslimin ist ziemlich still. Fürchtet sie, durch die kopftuchlose OP entehrt worden zu sein? Nach dem Mittagessen kümmere ich mich um die Entlassungsformalitäten. Diesmal ist es einfacher: Kein Telefon muss abgemeldet, kein Einzelzimmerzuschlag bezahlt werden, dann verabschiede ich mich. Ach damals, schwer bepackt mit Felix' Blumen und Geschenken hatte ich das Krankenhaus verlassen. Diesmal nur leichtes Gepäck. Kommen jetzt wieder die Tränen? Nein, ich schlucke nur einmal, und das war's.

Wie damals hat der Bus Verspätung. Ich warte, atme die für die Jahreszeit erstaunlich milde Luft tief ein. Trotz allem fühle ich mich richtig wohl – und dann auf einmal die jähe Erkenntnis: *Ich habe keine Kopfschmerzen!* Ich habe wirklich von morgens an bis jetzt keine Kopfschmerzen gehabt! Nicht zu fassen! Mein erster kopfschmerzfreier Tag. Seit wie vielen Tagen, Wochen, Monaten ? Am liebsten würde ich einen Luftsprung machen, aber: Vorsicht, sage ich mir selbst, nicht zu sehr freuen, sonst kommen sie wieder. Vielleicht wirken die in der Narkose sicher auch enthaltenen Schmerzmittel noch nach. Also besser erst einmal abwarten. Aber, eine Belohnung habe ich mir verdient.

Einen neuen Lippenstift könnte ich brauchen. Der alte, zuvor jahrelang fast nicht benutzte, ist in dem halben Jahr meiner Bekanntschaft mit Felix zu einem winzigen Stümpfchen geschrumpft. Ich deponiere erst einmal meine Sachen in der Wohnung, dann fahre ich mit dem nächsten Bus weiter. Bis in die Stadt traue ich mich nicht, vielleicht bekomme ich ja doch noch einen Schwächeanfall, aber ich werde mal die Kosmetikabteilung des nahen Drogeriemarktes unsicher machen.

23. Dezember 2013, Montag

Gespannt lausche ich nach dem Aufwachen in meinen Kopf hinein – Gottseidank, er ist friedlich. Da kann ich ja mein geplantes Vorhaben in die Tat umsetzen. In den letzten Tagen, an denen ich so klar denken konnte wie schon lange nicht mehr, haben nüchterne Überlegungen die Oberhand gewonnen. Dass Felix mir, die er damals erst wenige Tage kannte, bei meiner schweren Erkrankung trotz des zunächst völlig ungewissen Ausgangs zur Seite gestanden hat, das ist etwas Besonderes, was vielleicht nur wenige Frauen erleben dürfen. Da waren auch bei ihm Gefühle im Spiel, dessen bin ich mir sicher. Und dann mein großer Fehler, seinen Versuch, mich in seine Familie zu integrieren, einfach so abzutun. Ich wollte ihn wirklich nicht vor den Kopf stoßen, aber die ständigen Schmerzen hatten mich so unsensibel gegenüber allem und allen gemacht. Wer weiß, in welche Fettnäpfchen ich sonst noch getreten bin. Felix wusste, dass ich mich nicht absichtlich so verhalte, deswegen auch dieser dumme Verlegenheits-Abservierungsspruch. Es gibt nun einmal Fehler, die kann man nicht wieder ausbügeln, man kann sich nur vornehmen, es beim nächsten Mal besser zu machen. Wird es für mich überhaupt noch ein nächstes Mal geben?

Und irgendwie doch tragisch. Ich habe die Augenumstellung mit all ihren fast unerträglichen Folgen nur um Felix willen auf mich genommen. Ich wollte ihm eine vollwertige Partnerin werden, möglichst auch mit Führerschein, um ihn auf seinen vielen Fahrten am Steuer ablösen zu können. Meine letzten Lebensjahre weiterhin in Einsamkeit verbringen, das hätte ich auch mit Sehfehler gekonnt. Ausgerechnet meine ‚Investition' in eine schöne, bunte, gemeinsame Zukunft hat diese Zukunft zerstört.

Halt, nicht schon wieder melodramatisch werden! Ich sollte mir die Erinnerung an das Schöne bewahren und alles andere vergessen. Und Felix – er soll trotz allem eine kleine weihnachtliche Gabe erhalten. Die Besorgungen hatte ich schon am Freitag erledigt. Der letzte Eindruck von mir soll tadellos sein und heute scheine ich wirklich einen guten Tag zu haben. Sogar das Wetter spielt mit, die Sonne zeigt sich. Kurze Anfrage per SMS. Felix antwortet sofort und teilt mir mit, ab wann er in seinem Büro ist. Ich habe noch etwas Zeit, kann mich also in aller Ruhe richtig schön ‚aufputzen'. Und mein Outfit besteht auch direkt seine Bewährungsprobe: An der Bushaltestelle treffe ich den netten alten ‚französischen' Nachbarn – er erkennt mich erst überhaupt nicht, bekommt dann aber riesengroße Augen und fällt im wahrsten Sinne des Wortes fast um.

Dann stehe ich vor Felix' Büro. Beinahe will mich der Mut verlassen, aber ein kurzer Gedanke an das ‚umwerfende' Erlebnis von vorhin und ich drücke beherzt auf den Klingelknopf. Felix öffnet und lacht mich herzlich an, er hat wieder das freundliche, offene Gesicht, das ich so mag. Ach, warum gibt es für Gefühle keinen Schalter zum Ausknipsen? Da ist noch Forschungsbedarf.

Der graue Schleier aus Schmerzen und Depression, der meine Augen in den letzten Monaten regelrecht verhüllt hat, ist tatsächlich wie weggezogen. Klar und deutlich sehe ich, dass Felix mich sehr wohlwollend mustert. Und ist da nicht auch noch etwas mehr? Tut es ihm vielleicht leid? Aber wie immer in meinem Leben ist mir nur ein kurzer Hoffnungsschimmer vergönnt. Plötzlich steht Felix' Sohn und Firmenmitinhaber in der Tür. Innerhalb von Sekunden wird aus Felix wieder der höflich-distanzierte Geschäftsmann, kurz, mit unpersönlichen Worten stellt er mich seinem Sohn vor, und dieser mustert mich sehr kühl, oder spielen mir meine Augen jetzt doch wieder einen Streich? Aber ich spüre, meine ‚Audienz' ist beendet, ich überreiche Felix mein Geschenk und bekomme auch eins von ihm – dann verabschieden wir uns.

Heimfahrt, ich bin sehr nachdenklich. Habe ich das Richtige getan oder hat Felix mich vielleicht als aufdringlich empfunden? Und der seltsame Blick seines Sohnes. Aber trotzdem, für einen kurzen Moment durfte ich Felix noch einmal so sehen wie er damals war, als ich mich auf Anhieb in ihn verliebt habe, und genau dieses Bild werde ich in meiner Erinnerung aufbewahren.

31. Dezember 2013, Dienstag, Silvesterabend

Das Weihnachtsfest wäre überstanden. Ganz ehrlich: Ich hatte dabei ‚flüssige Hilfe'. Jetzt rüste ich mich zu meinem ‚Silvesterritual'. Familie und Bekannte habe ich ja keine mehr, aber völlig allein, während alle anderen um mich herum feiern? Seelisch unbegrenzt belastbar bin ich auch nicht. Deshalb hatte ich schon die vorige Silvesternacht in einem Hotel verbracht und das werde ich auch dieses Jahr. Ich packe dafür ein paar Kleinigkeiten zusammen, halte meinen Badeanzug in der Hand. Diesmal will ich nämlich auch das hoteleigene Schwimmbad benutzen. Das hatte ich mich bisher nicht getraut, ich wusste ja nicht, ob ich überhaupt noch schwimmen kann. Dank Felix weiß ich es nun. Ach Felix. Mir geht durch den Kopf, wie ich ihm damals, am Anfang unserer Bekanntschaft, das mit dem Hotel erzählt hatte. Ich sehe noch seinen völlig entsetzten Gesichtsausdruck. Dass ein Mensch so allein ist, dass er ins Hotel ziehen muss, um der Einsamkeit zu entfliehen, schien ihn wirklich geschockt zu haben. Ob er noch daran denkt?

Nicht weiter grübeln. Alles ist gepackt, ich ziehe die Wohnungstür hinter mir zu – das letzte Mal in diesem Jahr. Draußen wird es dämmrig. Kurz darauf stehe ich an der Hotelrezeption und bekomme meinen Zimmerschlüssel, im Foyer eine Ansammlung von Fräcken und Abendkleidern – die Silvesterparty des Hotels beginnt gleich. Ich nehme allen Mut zusammen und frage den Rezeptionisten, ob das Schwimmbad auch heute geöffnet ist. Ich glaube, er guckt etwas komisch – aber meine Frage an einem solchen Abend ist ja auch etwas komisch. Dennoch bleibt er höflich: Bis um 22.30 Uhr, sagt er. Wie ich bei der Reservierung gewünscht hatte, liegt mein Zimmer in einem der obersten Stockwerke, denn ich möchte auch das Feuerwerk gut sehen können. Ich fahre hinauf, richte mich etwas ein, dann geht es wieder nach unten, ins Schwimmbad. Es ist sogar mein ‚Privatschwimmbad', denn am heutigen Abend haben 99 % meiner Mitmenschen etwas anderes vor. Und jetzt leiste ich mir das schaurig-schöne Vergnügen, in dem großen Becken mit dem angenehm warmen Wasser ungestört meine Runden drehen zu können, während über mir, im Festsaal, die Silvesterparty tobt. Ich schwimme im Takt der Musik, Bahn um Bahn, durch das große Panoramafenster sehe ich den Schein erster Feuerwerksraketen. Halb elf ist längst vorbei – eigentlich müsste jetzt ein Hotelangestellter kommen und mich aus dem Wasser scheuchen, aber man hat die einsame Alte wohl vergessen. Die Decke der Schwimmhalle vibriert von den Schritten der Tanzenden, der Raketenbeschuss wird dichter. Es geht auf Mitternacht zu – Zeit, mich wieder nach oben auf mein Zimmer zu begeben. Ich stehe am großen Fenster, blicke auf die nächtliche Stadt hinab. 2013, das Jahr mit der Unglückszahl. Was hat es mir alles gebracht: Todesangst. Hoffnung. Bis dahin nie gekanntes Glück. Schmerzen. Einen Blick ins Jenseits. Verzweiflung. Es gab Momente, da hätte ich nicht im Traum daran gedacht, noch einmal hier zu stehen, allein. Und jetzt stehe ich wieder hier, wieder allein, wie voriges Jahr, wie in einer Zeitschleife gefangen. Nicht weinen, ich will doch das Feuerwerk sehen.

Und dann explodiert vor meinen Augen ein Farbenkasten – fast wie … Ja genau wie damals in Herrn Clairons Geschäft, die ersten Momente mit der Brille. Wie lange ist das her. Gestern. Monate. Jetzt weine ich doch, die Lichter und Funken verschwimmen. Aber ich weine ja überhaupt nicht, sondern Nebel ist aufgestiegen, vermischt sich mit dem Pulverdampf der Feuerwerkskörper zu einem dichten, immer noch hier und da von einem bunten Leuchten durchzuckten Schleier.

12. Januar 2014, Sonntag

In den vergangenen Tagen Sturm und Regen, heute scheint die Sonne und es ist erstaunlich mild. Dem Sturm sei am Rheinufer ein riesiger Baum zum Opfer gefallen, hatte ich in der Zeitung gelesen. Warum nicht einfach mal eine kleine Wanderung am Rheinufer unternehmen, mir sozusagen als ‚Katastrophentourist' den verunglückten Baum ansehen? Wenn ich müde werde, kann ich ja mit der U-Bahn nach Hause fahren. Dann ist auch der schreckliche Sonntagnachmittag vorbei.

Ich schlendere den Uferweg entlang, klettere auf eine Buhne, springe von Stein zu Stein. Die Buhne scheint wirklich fast in der Mitte des Flusses zu enden. Da möchte ich unbedingt hin. Der Geruch und das leise Glucksen des Wassers – ich stehe sozusagen trockenen Fußes mitten im Rhein. Wie lange? Ich weiß es nicht. Aber ewig kann ich natürlich nicht so stehen bleiben. Ich drehe mich um und will zurückgehen – o Schreck, die Buhne besteht aus einer aufgehäuften Ansammlung von riesigen fünfkantigen Basaltblöcken – schräge Oberflächen, große tückische Spalten zwischen den einzelnen Steinen. Wie um alles in der Welt bin ich bloß ohne gebrochene Beine bis zur Buhnenspitze gekommen? Ich fühle mich wie jemand, der schlafwandelnd einen Dachfirst entlangläuft, aufwacht – und abstürzt. Die Flächen der Basaltsteine schimmern matt im Sonnenlicht. Welche ist zu schräg, welche als Trittfläche geeigneter? Sie scheinen sich zu bewegen, ihre Größe zu verändern. Und wo genau sind jetzt die fiesen Spalten? Wenn ich in eine hineinrutsche, ist mir ein gebrochenes Bein so gut wie sicher, dazu noch die scharfen Kanten. Um Hilfe rufen? Man würde mich wahrscheinlich sofort in die Irrenanstalt bringen. Nach einer gefühlten Ewigkeit bin ich dann doch fast am uferseitigen Ende der Buhne angelangt. Die letzten Meter schenke ich mir, springe hinunter und liege fast der Länge lang im feuchten Sand, die vor Angst zitternden Knie knicken einfach weg.

Irgendwann kann ich wieder normal gehen – und da, im Asphalt vor mir plötzlich frische, tiefe Schrunden und Löcher, darin Holzsplitter. Ich befinde mich an der Stelle des Baum-Unglücks. Der Havarist – eine riesige Weide – liegt neben dem Weg, schon in große Stücke filetiert. Mit welcher Gewalt sich die Äste des stürzenden Riesen in den Asphalt gebohrt haben! Der Stumpf steht noch, der Stamm ist einfach umgeknickt – seltsam. Soweit ich sehen kann, ist das Kernholz intakt, keine innere Fäule. Warum hat es bei dem Sturm nur diesen einen Baum erwischt und keinen der entlang des Weges stehenden, gleichgroßen Kollegen? Offenbar werden nicht nur Menschen vom Pech verfolgt.

14. Januar 2014, Dienstag

Wieder ein Kontroll-Termin, diesmal die erste Ultraschalluntersuchung. Alles in Ordnung, aber trotzdem bin ich nicht richtig erleichtert. Das wird jetzt die nächsten Jahre so weitergehen: für die ‚Krebsmaschinerie‘ Routine und ein gesichertes Einkommen, für mich alle paar Wochen Panik. Und auf einmal ertappe ich mich, wie ich mein Handy heraushole und Felix‘ Nummer wähle. Bin ich wahnsinnig, ich betreibe ja geradezu Stalking! Schnell will ich die Nummer wegdrücken – zu spät, Felix meldet sich schon. Jetzt muss es ihm doch sagen – und er scheint mir nicht böse zu sein, sondern sich wirklich zu freuen.

18. Januar 2014, Samstag

Am späten Vormittag ein Anruf – ich erkenne die Stimme sofort wieder: es ist Professor Berthold. Er musste das Weihnachtsfest unter noch traurigeren Umständen verbringen als ich: Seine Frau – die alte Dame, die ich betreuen sollte – war kurz vor den Feiertagen gestürzt und hatte sich einen komplizierten Bruch zugezogen. Die schwer Demente allein in der Klinik lassen, das hatte er nicht übers Herz gebracht und daher auch seinen ‚Wohnsitz' in ihr Krankenzimmer verlegt. Inzwischen geht es der alten Dame etwas besser, kommende Woche wird sie entlassen. Jetzt ist eine stundenweise Beaufsichtigung dringendst nötig, damit der geplagte alte Herr wenigstens ab und zu Zeit für Erledigungen und Besorgungen außer Haus hat. Er bittet, fleht mich geradezu an, es nochmals zu versuchen. „Sie wird mich wieder ablehnen, das ist bei dieser Krankheit so", gebe ich zu bedenken. Darauf werde er jetzt keine Rücksicht mehr nehmen, er sei am Ende seiner Kraft, versichert er fast unter Tränen. Ich kann ihn einfach nicht im Stich lassen und wir vereinbaren den Termin meines ersten ‚Arbeitstages'.

Per SMS informiere ich Felix über diese neue Entwicklung. Er freue sich und wünsche mir Glück, schreibt er zurück. Ich glaube, Glück kann ich auch brauchen, ich weiß ja aus Erfahrung, wie schwierig der Umgang mit Demenzkranken ist. Dazu immer wieder meine seltsamen Seh-Blackouts, was, wenn ich etwas nicht rechtzeitig wahrnehme, nicht schnell genug reagiere, danebengreife? Es geht hier schließlich um eine Schwerkranke. Aber wie sehr hatte ich mir in den letzten Wochen eine Möglichkeit gewünscht, meinen schlimmen Fehler Felix gegenüber wieder gut zu machen – und da ist sie! Das Schicksal gibt mir noch eine zweite Chance!

22. Januar 2014, Mittwoch

Wieder stehe ich pünktlich vor der Villa des Professors, aber nicht er öffnet mir, sondern ein Mann in den Sechzigern. Das kann nur der ‚Fürst' sein. Ja, der erste, auf tragische Weise im Krieg ums Leben gekommene Mann der ‚Frau Professor' war hochadelig, das ist der Sohn aus dieser Ehe. Wie spricht man einen Fürsten an? Ich habe noch nie mit einem Fürsten gesprochen. „Der Nachname genügt", lacht er und bittet mich herein. Die Dame des Hauses ist etwas schmaler geworden, aber trotz allem immer noch sehr gut aussehend und tadellos gekleidet. Seit dem Unfall kann sie sich nur noch per Rollator fortbewegen. Sie fasst das offenbar als eine persönliche Beleidigung auf und wirft dem Gefährt giftige Blicke zu. Mich begrüßt sie wie damals, höflich-distanziert, aber wahrscheinlich, nein, bestimmt hat sie im nächsten Augenblick schon vergessen, wer ich bin.

Wir setzen uns an den Kaffeetisch, die alte Fürstin isst staunenswert manierlich und beteiligt sich ab und zu mit einigen völlig sinnentleerten Worten an der Konversation. Anschließend beginnt meine erste ‚Bewährungsprobe': Der Professor muss eine kurze Besorgungsfahrt zur Apotheke machen. Seine Frau ahnt etwas, klagend ruft sie den Namen ihres Mannes. Aber es hilft nichts, der Professor bricht auf. Mit vereinten Kräften gelingt es ihrem Sohn und mir, sie zu beruhigen. Heute bin ich relativ schnell ‚erlöst', der Professor bleibt wirklich nicht lange weg. Es gibt eine rührende Begrüßungsszene, die beiden geben sich einen liebevollen Kuss, so als ob sie wochenlang getrennt gewesen seien – und das nach einer fast sechzigjährigen Ehe. Fasziniert sehe ich zu.

Es ist Abend geworden und mein ‚Dienstende' naht. „Bis morgen", sagt der Professor – also bestanden. Heimfahrt im Dunkeln; wie anders alles aussieht, und doch sind es die gleichen Straßen wie heute Nachmittag. Manchmal weiß ich überhaupt nicht mehr, in welche Richtung wir fahren – fast so wie auf meiner allerersten Fahrt, damals im Sommer, zu Felix.

23. Januar 2014, Donnerstag

Mein zweiter ‚Arbeitstag' – die alte Fürstin sieht mich etwas erstaunt an, als ich sie begrüße, bleibt aber friedlich. Auf dem Wohnzimmertisch Kaffeetassen und eine Gebäckschale, aber heute wird es ernst: Der Professor plant eine etwas längere Abwesenheit und ich werde mit seiner Frau erstmals ganz allein sein. Kaum ist ihr Mann aus dem Haus, setzt die alte Fürstin ihren Hut auf und will weglaufen. Vergeblich versuche ich, sie zum Kaffeetrinken zu überreden, schließlich muss ich mich vor die Haustür stellen. Sie gibt auf. Grollend setzt sie sich – mit Hut – auf einen Stuhl neben die Tür. Ich nehme mir einen anderen Stuhl und beobachte sie aufmerksam, versuche, in der beginnenden

Dämmerung zu erkennen, ob sie sich zu einem zweiten ‚Ausbruchsversuch' entschließt. Ich habe Glück, die Fürstin hat wohl ihre Energien erschöpft, sie bleibt – zwar mit böser Miene, aber ruhig – sitzen. Endlich kommt der Professor zurück, er ist sichtbar erleichtert, dass wir beide noch leben, und der Anblick seiner Frau – mit Hut auf dem Stuhl neben der Tür – entlockt ihm sogar ein Schmunzeln. Auf mich wartet die Heimfahrt, und ich stelle fest, dass ich die nächtlichen Straßen heute nicht mehr als bedrohlich, sondern als eine Art spannende Abwechslung in meinem wieder so langweilig gewordenen Leben empfinde.

24. Januar 2014, Freitag

Ich hänge herum und schmiede ‚Pläne' für das Wochenende: Universitätsbibliothek oder Universitätsbibliothek? Auf einmal ping-ping – das Handy, eine SMS. Etwa der Professor, will er mir doch kündigen? Aber das kann nicht sein, der Professor verweigert sich standhaft solch neumodischem Kram wie einem Handy. Und dann starre ich wie hypnotisiert auf das Display. Etwa wieder ein Seh-Blackout? Nein, ganz eindeutig: Die SMS ist von Felix. Nicht zu fassen, er lädt mich für heute Abend zu sich ein! Groll, Hoffnung und immer noch diese verdammten Gefühle. Ich kann einen Moment lang kaum atmen. Dann wieder der übliche längere Aufenthalt vor dem Kleiderschrank. Gottseidank sehen die Haare noch einigermaßen aus, denn zum Waschen wäre keine Zeit mehr. Wo ist noch gleich der Nagellack? Während der Fahrt versuche ich, mich zu beruhigen. Es will nicht gelingen, mein Herz schlägt vor Aufregung bis zum Hals. Die Tür ist offen, ich trete leise in die Vorhalle und er kommt mir auf der Treppe entgegen, umarmt und küsst mich. Es ist, als ob die Trennung nie stattgefunden hätte.

Abend, Kerzenlicht. Eine wunderschöne Halskette aus dunkelmetallic-farbenen chinesischen Flussperlen liegt als Geschenk für mich bereit. In diesem Moment fällt meine Entscheidung: Ich werde das Sehtraining machen. Gleich Anfang der Woche will ich mir einen Termin geben lassen. Gut, dass ich noch nicht endgültig abgesagt hatte, und vielleicht klappt es dann sogar auch mit dem Führerschein. Ich spreche meine Gedanken laut aus. Er sei richtig stolz auf mich, sagt Felix. Das mit dem Führerschein scheint ihm also doch viel zu bedeuten. Und er bedeutet mir so unendlich viel.

29. Januar 2014, Mittwoch

Mein dritter Arbeitstag. Der Professor bricht zu seinen Besorgungen auf, und auch die alte Fürstin will sich wieder ‚reisefertig' machen. Ich habe mir heute eine andere Taktik ausgedacht: „Alle vornehmen Leute trinken vor dem Nachmittagsspaziergang erst einmal gemütlich Kaffee", erkläre ich ihr. Das scheint zu wirken, sie lässt sich von mir zu ihrem Lieblingssessel am Wohnzimmertisch führen. Sie sollte den Rollator benutzen, aber sie hat ihm nun einmal den Krieg erklärt, und ihre vorübergehend gebesserte Laune wieder verderben – zu riskant. Ich schenke ihr den Kaffee ein, verrühre Milch und Zucker in ihrer Tasse, reiche ihr das Gebäck. Brav isst und trinkt sie, scheint sich gerne bedienen zu lassen und lächelt mich bisweilen sogar etwas an. Dann schalte ich den Fernseher ein. Die Sendereihe ‚Zoo & Co.' mag sie besonders, hatte mir der Professor gesagt. Ich auch, das trifft sich gut. Die Fürstin verfolgt interessiert die Tierschicksale auf dem Bildschirm und gibt sogar den einen oder anderen relativ vernünftigen Kommentar ab.

Schon atme ich auf – zu früh, das Telefon klingelt. Der Professor hatte den schnurlosen Apparat auf den Tisch gelegt und mich beauftragt, die Namen eventueller Anrufer zu notieren. Ich will also nach dem Telefon greifen, aber die alte Dame kommt mir mit einer Schnelligkeit, die ich ihr nicht zugetraut hätte, zuvor, bemächtigt sich des Telefons und hält es sich stumm ans Ohr. Alle meine Bitten, es mir zu geben, meine Versuche, es ihr zu entwinden – umsonst. Schließlich ergreift sie mit ihrer ‚Beute' die Flucht. Vor der Garderobe bleibt sie stehen, überlegt. Den Hut aufsetzen? Mit dem Telefon am Ohr schwierig. Ohne Hut das Haus verlassen? Geht auch nicht. Sie flüchtet weiter, ins Schlafzimmer. Ich folge ihr, achte darauf, dass sie nicht stürzt. Schließlich setzt sie sich, das Telefon immer noch stumm am Ohr, auf ihr Bett und sieht mich bitterböse an. So findet uns der Professor, als er zurückkommt. Wieder ist er erleichtert, dass wir noch leben, und wieder muss er bei dem seltsamen Anblick lachen: „Wenn Blicke töten könnten", sagt er. Heimfahrt; heute nehme ich die nächtlichen Straßen kaum wahr, dafür besorgte Gedanken: Wenn die alte Fürstin mich doch nicht akzeptiert, oder noch schlimmer, wenn in der Abwesenheit des Professors etwas passiert? Ich bin schließlich keine ausgebildete Pflegekraft. Aber um meiner Liebe zu Felix willen darf ich auf keinen Fall aufgeben. Werde ich es schaffen?

30. Januar 2014, Donnerstag

Mit etwas bangen Gefühlen betrete ich die Bertholdsche Villa, aber heute scheint die alte Fürstin einen guten Tag zu haben: Als ich sie begrüße, lächelt sie und lässt sich sofort widerspruchslos zum Kaffeetisch führen. Diesmal passiert nur ein kleines Malheur: die Tablette, die sie nehmen soll, steckt sie – wieder mit atemberaubender Geschwindigkeit – in die Kaffeekanne statt in ihrem Mund. Als der Professor zurückkommt lächelt er nur milde. „Dann muss meine Frau jetzt eben den ganzen restlichen Kaffee austrinken", sagt er. Ein toller Typ, denke ich, trotz seines eigenen hohen Alters und der schwierigen Lage hat er sich seinen Humor bewahrt.

Die Fürstin betrachtet inzwischen wieder friedlich die Fernsehbilder, der Professor setzt sich zu uns. Sein Interesse wendet sich jetzt meiner Person zu. Wie ich Felix kennengelernt hätte und in welcher Beziehung ich zu ihm stünde, will er wissen. Mit solchen Fragen hatte ich insgeheim schon gerechnet und mir etwas ausgedacht. Felix habe mir den Tipp mit dem Spezialoptiker gegeben, sage ich, dass es so etwas überhaupt gibt, hätte ich nicht gewusst und ich sei ihm dafür zu großem Dank verpflichtet (das entspricht ja auch der Wahrheit). Dann hätte ich ihm immer mal wieder von meinen Sehfortschritten berichtet. Auf diese Weise seien wir in Kontakt geblieben. Die Frage, *wie* wir uns kennengelernt haben, ist damit ja nicht beantwortet, aber das scheint dem Professor zu meiner großen Erleichterung nicht weiter aufzufallen. Ergänzend zur Brille müsse ich jetzt noch ein Sehtraining machen, erkläre ich weiter, und um wiederum dieses Sehtraining bezahlen zu können, hätte ich die Stelle angetreten. Der Professor bringt es auf den Punkt: „Dann arbeiten Sie hier also quasi für Ihre Augen." Ich bin sicher, in seiner Stimme ein leichtes Zittern der Rührung gehört zu haben. (Ich tue es für die Liebe, denke ich still für mich.)

3. Februar 2014, Montag

Vorbesprechungstermin für das Sehtraining. Pünktlich um zehn Uhr stehe ich wieder einmal vor Herrn Clairons Geschäft, erwartungsvoll und voller Tatendrang. Ich glaube, voller Tatendrang bin ich noch nie vor seinem Geschäft gestanden. Und mir wird plötzlich klar, heute ist es ja auch das erste Mal, dass ich *in völlig gesundem Zustand* vor seinem Geschäft stehe – wenn man vom Damoklesschwert ‚Krebs' einmal absieht.
Wie immer führt mich ein freundlicher Mitarbeiter in das ‚geheime Hinterzimmer' mit den vielen Geräten, einen Kaffee lehne ich dankend ab, auch ohne Koffein bin ich aufgeregt genug. Ich sehe mich um, denke an meine erste ‚Bekanntschaft' mit diesem Raum vor einem dreiviertel Jahr. Ich hatte mit einer Fünf-Minuten-Untersuchung gerechnet, wie damals beim Augenarzt, und mich anschließend mit Felix in seinem Büro verabredet. Der Ärmste wartete und wartete. Plötzlich durchzuckt mich ein Schreck: Mein ‚Absagebrief' – hat Herr Clairon ihn mir vielleicht übel genommen?

Auf dieses ‚Stichwort' hin betritt Herr Clairon den Raum. Er lächelt, scheint mir also nicht böse zu sein. Aber erklären muss ich den deprimierten Brief vom Dezember doch. Ich habe mich auch hier zur Fast-Wahrheit entschlossen, erzähle, dass ich damals, mit den Folgen der Krebsbehandlung und der Augenumstellung kämpfend auch noch von meinem Partner verlassen worden war – natürlich ohne Namensnennung – und daraufhin vorübergehend jeden Lebensmut verloren hätte. Jetzt aber wäre ich wieder etwas zuversichtlicher geworden und wolle die Sache mit dem Sehtraining nun doch angehen. Herr Clairon hört mitfühlend zu, „was ist das nur für ein Mensch", sagt er. Wenn er wüsste!

Jetzt also das Sehtraining. Zunächst eine kleine Enttäuschung: Ich hatte fest damit gerechnet, schon in den nächsten Tagen ‚loslegen' zu können, aber der erste freie Termin ist erst in fünf Wochen. Das Training werde zunächst mit kurzen, einfachen Übungen beginnen und sich dann allmählich steigern. Manche Übungen kämen mir vielleicht seltsam vor, aber es hätte schon alles seinen Sinn. Und nicht immer sei die Art der Übungen voraussagbar. Abhängig vom Sehfortschritt würde er sich unter Umständen auch einmal spontan für einen ganz anderen Weg entscheiden, ‚warnt' mich Herr Clairon – das scheint ja richtig spannend zu werden!

Es geht weiter: die Sehübungen würden nicht nur die Augen, sondern den ganzen Körper umkrempeln, denn das gesamte vegetative Nervensystem sei an diesen Vorgängen beteiligt. Es könnte sein, dass die Verdauung besser funktioniert, der Schlaf tiefer wird – oder auch umgekehrt, aber nachdem, was das vegetative Nervensystem in den vergangenen Monaten mit mir alles angestellt hat, dürfte mich nichts mehr schocken. Und noch etwas: Ich solle während des Trainings eine Art Tagebuch führen, Beobachtungen notieren, auf veränderte Empfindungen achten. „Sie könnten auch schon über den bisherigen Verlauf Ihrer Augenumstellung etwas schreiben, Sie können sich sehr gut ausdrücken", schlägt Herr Clairon vor. Wenn er wüsste!

6. Februar 2014, Donnerstag

Die alte Fürstin scheint mich allmählich als ‚notwendiges Übel' zu betrachten und auf ihre verworrene Art sogar zu akzeptieren. Die Begrüßung fällt zunehmend freundlicher aus. Zum Spaß verbeuge ich mich jedes Mal vor ‚Ihrer fürstlichen Hoheit' – das belustigt sie und hebt ihre Laune. Der ablehnend-böse Gesichtsausdruck weicht immer häufiger einem Lächeln, und in lichten Momenten ist mit ihr sogar eine rudimentäre Unterhaltung möglich. Zwar glaubt die alte Dame immer noch, nachmittags eine dringende Verabredung außer Haus zu haben – vielleicht eine vage Erinnerung an frühere Nachmittagsspaziergänge, aber sie lässt sich inzwischen fast widerspruchslos von mir an den ‚Kaffeetisch' führen. Mein Argument ‚Alle vornehmen Leute trinken nachmittags Kaffee und essen dazu Kuchen oder Gebäck' hat wohl seine Wirkung nicht verfehlt. Besonders mag sie es, wenn ich ihr versichere, dass sie ja die Dame des Hauses ist und sich ruhig von mir ‚bedienen' lassen kann. Dem Professor wiederum scheint die unerschütterliche Freundlichkeit und Geduld, die ich im Umgang mit seiner Frau zeige, sehr zu imponieren, und er betrachtet mich zunehmend als Freundin der Familie.

Es ist Abend – und zu dieser Jahreszeit natürlich schon dunkel – geworden; ich verabschiede mich von der alten Dame. Sie sieht mich völlig konsterniert an und fragt mit vor Entsetzen zitternder Stimme: „Wie wollen Sie denn jetzt nach Hause kommen?" „Mit dem Bus, und dann muss ich in die Straßenbahn umsteigen", antworte ich wahrheitsgemäß. Sie darauf mit klagendem Unterton: „Aber es ist doch draußen dunkel!"

Im Bus; die ‚Abschiedsszene' von eben geht mir nicht aus dem Kopf. Ich habe ja schon einige Demente erlebt, und in allen Fällen war altruistisches Denken eine der ersten geistigen Fähigkeiten, die verschwand. Alles Sinnen und Trachten der Erkrankten kreiste nur noch um die eigene Person. Nicht so bei der alten Fürstin. Sie hat sich tatsächlich Gedanken um mich gemacht, zwar auf die krankheitstypisch chaotische Art, aber sie hat sich um einen anderen Menschen Gedanken gemacht und das in dem bei ihr schon sehr fortgeschrittenen Stadium dieses schrecklichen Leidens. Sie muss früher eine wirklich außergewöhnliche Person gewesen sein. Schade, dass ich sie erst jetzt kennengelernt habe.

19. Februar 2014, Mittwoch

Nun bin ich schon seit fast vier Wochen wieder ‚berufstätig' – und habe allmählich Routine im Umgang mit meiner neuen Aufgabe bekommen. Trotzdem, die Anspannung ist ständig da. Was, wenn etwas passiert, wenn die Fürstin etwas anstellt oder unsicher auf den Beinen steht? Was, wenn dem Professor auf seinen Besorgungsfahrten etwas zustößt? Wenn er, erschöpft von der Rund-um-die-Uhr-Krankenbetreuung, am Steuer einen Moment lang unachtsam ist und einen Unfall hat? An bestimmten Tagen ist diese Sorge besonders groß, dann nämlich, wenn ich nach ‚Dienstende' zu Felix weiterfahre und ihm, ganz so wie ich es dem Professor erzählt hatte, ‚Bericht über meine ‚Sehfortschritte erstatte' , und zwar persönlich. Ungeduldig warte ich dann auf das Surren der Garagentor-Automatik, das die Rückkehr des alten Herrn ankündigt. Hoffentlich verspätet er sich nicht ausgerechnet heute.

21. Februar 2014, Freitag

Schon lange kein Blackout mehr – da wird es aber Zeit. Der Professor hatte mich gebeten, diese Woche Freitag statt Donnerstag zu kommen, denn er habe einen wichtigen Termin. Natürlich war ich einverstanden und habe es auch nicht vergessen – dafür etwas anderes bzw. jemand anderen, den armen Felix. Sein besorgter Anruf, als ich schon auf der Heimfahrt bin: „Wo bleibst du?" O Schreck. Wir sind gerade an einer Haltestelle, schon will der Bus wieder abfahren, da stürze ich in wirklich letzter Sekunde noch aus der Tür. Die ‚Reaktionsbereiche' meines Gehirns immerhin scheinen noch nicht geschädigt zu sein. Der Gegenbus kommt gerade. Er ist sehr voll, aber ich finde noch ein Plätzchen – und da war doch die ebenfalls noch ziemlich neue Fähigkeit, während der schwankenden Busfahrt eine SMS fabrizieren zu können: „Bin gleich da."

11. März 2014, Dienstag

Bremsenkreischen, die U-Bahn hält, ich haste die Rolltreppe nach oben. Nur noch ein kurzer Weg trennt mich vom Beginn eines neuen Lebensabschnitts, an dessen Ende ich vielleicht – hoffentlich – doch noch das Glück finde. Herrn Clairons Geschäft – inzwischen fast schon so etwas wie meine zweite Heimat. Die erste Übung ist eine ganz einfach. Trotzdem bin ich bin total nervös, für mich geht es um mein Lebensglück. Und auf einmal ergreift Herr Clairon meine Hand, hält sie einfach nur fest. Es tut mir gut, ich werde ruhiger.

Wir werden ja nun ‚zwangsweise' einige Zeit miteinander verbringen, sagt Herr Clairon und bietet mir das Du an. Dann wieder meine bangen Fragen: Wird das Training bei mir überhaupt noch Wirkung zeigen? In meinem Alter? Natürlich habe er überwiegend Kinder und Jugendliche als Sehschüler, aber meine Augen hätten ja schon bewiesen, dass sie noch lernfähig seien, tröstet mich Herr Clairon – äh, André (jetzt duze ich schon zwei Männer, daran muss ich mich erst gewöhnen). Werde ich wieder Schmerzen haben? Wenn ja – ein zweites Mal würde ich das nicht durchstehen. Das dürfte nicht mehr der Fall sein, sagt André, aber er gibt mir seine private Handy-Nummer, ich könne ihn jederzeit erreichen.

Sicherheitshalber bekomme ich noch eine schriftliche Übungsanleitung ausgehändigt – bei mir leichte Panik: Werden in meinem Gehirn wieder so viele Synapsenkurzschlüsse stattfinden, dass ich mir die doch recht simplen und klaren mündlichen Anweisungen nicht merken kann? „Viel Erfolg, Monika", hat André handschriftlich darunter gesetzt – wie rührend!

Bevor ich nach Hause fahre, mache ich noch einen kurzen Abstecher zu Felix ins Büro. Über die rund einjährige Dauer des Sehtrainings scheint er nicht sehr begeistert zu sein. Klar, somit rückt auch der Führerschein und meine ‚Gesellschaftsfähigkeit' wieder in weitere Ferne. Aber richtig rührend sein Bemühen, es sich nicht anmerken zu lassen. Und spontan kommt mir eine Idee: „Ich werde mich schon mal für den vorgeschriebenen Erste-Hilfe-Kurs anmelden. Das hat ja mit der Sehfähigkeit nichts zu tun und dann kann ich nach Beendigung des Sehtrainings sofort ‚loslegen'", sage ich. Wie er strahlt.

17. März 2014, Montag

Heute haben Felix und ich unser ‚Einjähriges', er hat es wirklich nicht vergessen. Alle Achtung, bei deinen vielen Freundinnen, ärgere ich ihn ein wenig. Der schöne Abend in Felix' Haus endet in einem stilvollen Besäufnis mit gutem Wein, und da fühlen sich meine Augen doch ermutigt, alles bis jetzt Gelernte komplett zu vergessen: Sie rutschen völlig auseinander, und – autsch! – schon ist es passiert: Ich stoße mit den beiden äußeren Zehen des linken Fußes ‚mit Anlauf' gegen ein Möbelbein. Mühsam verbeiße ich mir einen Schmerzenstanz, Felix würden sonst sicher wieder Bedenken bezüglich meiner ‚Gesellschaftsfähigkeit' kommen.

18. März 2014, Dienstag

Eine ruhige Nacht vom 17. auf den 18. März ist mir auch in diesem Jahr nicht vergönnt. In den havarierten Zehen klopft es und morgens sind sie mit einem ordentlichen Bluterguss verziert. Und was ist das? Felix hat ein gemütliches Frühstück zu zweit geplant, aber da laden sich doch ganz ungeplant alte Bekannte von mir ein: die Kopfschmerzen! Ich kann beim besten Willen nichts essen und werde immer stiller. Der erschrockene Felix bringt mich schließlich nach Hause. Unterwegs bemüht er sich verzweifelt, mich durch eine Unterhaltung abzulenken – vergebens. „Ruf mich auf jeden Fall nachher an, ob es dir besser geht", beschwört er mich, bevor er zu einem seiner üblichen wichtigen Termine weiterfährt.

Erst gegen Abend lockert sich die Klammer um meinen Schädel allmählich. Ich rufe Felix an und gebe Entwarnung. Das war vielleicht etwas verfrüht, denn jetzt fängt es im linken Fuß gewaltig an zu puckern. Ich grübele hin und her: War der Wein schuld an den Kopfschmerzen – oder das Sehtraining? Oder beides?

23. März 2014, Sonntag

Die Kopfschmerzen sind Gott sei Dank nicht wiedergekommen, aber seit einigen Tagen verspüre ich eine leichte geistige ‚Mattscheibe'. Ich reagiere langsamer als gewöhnlich und auch die Konzentrationsfähigkeit ist herabgesetzt. Es ist nicht schlimm, aber bei mir sofort wieder Panik, schreckliche Erinnerung an die Bestrahlungszeit.

24. März 2014, Montag

Ein neuer Schreck: Ab übermorgen streiken die öffentlichen Verkehrsmittel zwei Tage lang – wie soll ich den weiten Weg zu meinem ‚Arbeitsplatz' schaffen? Felix bitten? Ach nein, soll er mich wieder als unselbständige Person erleben? Ich will das so mühsam wieder Erreichte um keinen Preis der Welt gefährden. Schließlich fasse ich mir ein Herz und rufe den Professor an; wir einigen uns, meine Arbeitszeit auf ‚streikfreie' Tage zu verlegen.

27. März 2014, Donnerstag

Zweiter Streiktag des öffentlichen Nahverkehrs – und ich bin für heute mit der lieben Frau Ludwig verabredet. Absagen geht nicht, ich hatte unser Treffen schon einmal verlegen müssen, wegen des fiesen Kopfschmerz-Überfalls. Also beschließe ich die erste größere Reise mit meinem ‚fahrbaren Untersatz'. Ja, so etwas besitze ich inzwischen, und zwar ein Tretrollerchen. Im Hinblick auf den Führerschein möchte ich schon einmal etwas höhere Geschwindigkeit ‚üben', aber falls meine Augen in brenzlichen Situationen unvorhersehbare Zicken machen, muss ich schnell wieder auf den ‚Boden der Tatsachen' zurückkehren können. Deshalb habe ich mich gegen ein Fahrrad und für den Tretroller entschieden. Heute ist herrliches Wetter, fast schon sommerlich warm, also kann die ‚Kamikaze-Fahrt' losgehen. Anfangs noch etwas unsicher und zögerlich. Bloß ja niemanden umnieten. Dann werde ich mutiger. Schließlich ertappe ich mich dabei, regelrechte ‚Übungen' zu machen: Ich versuche zum Beispiel, innerhalb einer Pflastersteinreihe möglichst in der Mitte zu bleiben oder genau mitten zwischen zwei Pollern durchzufahren. Erst will mein Gefährt nicht ganz so wie ich, nach und nach werden wir uns einig. Verflixt, ein langsames ‚Kinderwagengeschwader' auf dem Bürgersteig vor mir. Ich muss ‚verkehrsordnungswidrig' auf den Radweg ausweichen. Aber erst mal gucken, ob von hinten kein Radfahrer kommt – und dann wird mir klar, dass ich gerade den berühmten ‚Schulterblick' (zumindest ansatzweise) geschafft habe, ohne allzu sehr ins Schlingern zu geraten.

Frau Ludwig staunt anerkennend, als sie mich und meinen ‚Rolls Royce' erblickt. Zu ‚unserem' Chinesen mit dem verführerischen All-you-can-eat-Buffet fahren wir aber dann doch lieber mit ihrem Auto.

Heute vor genau einem Jahr. Felix hat es bestimmt schon längst vergessen. Nein, er hat es nicht vergessen …

1. April 2014, Dienstag

Erste ‚Kontrolle' der schulischen Fortschritte meiner Augen. Stolz berichte ich von meinen ‚Erfolgen', André lächelt freundlich. Habe ich nun seine Erwartungen erfüllt oder nicht? Zu fragen traue ich mich nicht. Jetzt muss ich aufpassen, die Übung wird erweitert. Ob sich mein von einer Art Watteschicht umhüllter Verstand das alles merken kann?

5. April 2014, Samstag

Ein weiterer Schritt auf dem Weg zu Felix' Anerkennung: der Erste-Hilfe-Kurs! Der Kursleiter fordert jeden einzelnen Teilnehmer auf, sich der Runde vorzustellen und sein Motiv für den Kursbesuch kurz darzulegen. Als ich meine bisherige ‚Sehbehinderung' schildere und der Hoffnung Ausdruck gebe, vielleicht doch noch, in meinem ‚hohen' Alter, den Führerschein machen zu können, werde ich mit anerkennendem Beifall bedacht.

Jedoch da sind noch zwei andere ‚Schicksale', die, wie ich finde, wesentlich ergreifender sind. Eine alte, aber noch sehr gut aussehende Dame ist mir sofort aufgefallen – ich bin also doch nicht, wie befürchtet, der Kurs-Dinosaurier. Sie hätte einen schweren Unfall nur überlebt, weil ihr jemand Erste Hilfe geleistet habe, erzählt sie, und das sehe sie nun als eine Verpflichtung an, in einer ähnlichen Situation ebenso handeln zu können. Wir sind sehr beeindruckt. Und dann ist da noch die verschleierte Muslimin – warum sie? In ihrem Freundinnenkreis war sie zufällig mit anwesend, als der Sohn der einer Freundin einen Herzinfarkt erlitt, erzählt sie in gutem Deutsch. Keine der Frauen wusste, was zu tun war, alle rangen verzweifelt die Hände und flehten Allah um Hilfe an, während der noch junge Mann starb. Mit ganz irdischen Hilfskenntnissen hätte er gerettet werden können, davon ist die Muslimin überzeugt. „Das passiert mir nicht noch einmal", hat sie sich vorgenommen. Der Beifall ist diesmal ganz besonders herzlich.

Nachmittags, fünf Uhr. Der Kurs ist überstanden und damit die Aussicht, in Felix' Leben integriert zu werden, wieder ein Stück näher gerückt. Trotzdem hoffe ich, nie in eine solche Situation zu kommen. Bei der Wiederbelebung Bewusstloser muss man unter Umständen Rippen brechen, um das Herz in Gang zu halten. Ob ich das könnte?

11. April 2014, Freitag

Felix nimmt mich mit zu einem kleinen Ausflug in ein Nachbarstädtchen – er will einen seiner Oldtimer von einer dortigen Spezialwerkstatt abholen. Ach wie gerne würde ich wieder mal einen richtigen Ausflug mit ihm machen, oder eine kleine Reise. So wie damals. Du verlangst vom Glück schon wieder zu viel, ermahne ich mich selbst, du musst dich erst noch bewähren. Außerdem, das Sehtraining – und wer sollte die alte Fürstin betreuen? Sie würde sich an niemand Neuen mehr gewöhnen.

Wegen mir (noch) führerscheinlosem Wesen müssen wir die Hinfahrt wieder einmal per Zug antreten. Uns schräg gegenüber sitzt eine ‚mittelalterliche', gut gekleidete Frau. Und – ich bin mir absolut sicher – sie himmelt Felix an! Immer wieder werfe ich ihr verstohlene Blicke zu. Tatsächlich, sie verschlingt ihn geradezu mit ihren Blicken. Vor meinem inneren Auge erscheint plötzlich das Studentenlokal in meinem Stadtviertel, wo Felix und ich im vorigen Sommer zu Abend aßen, am Nachbartisch eine heimliche ‚Liebesszene'. Felix machte mich darauf aufmerksam, ich selbst hätte das nie bemerkt – und jetzt: Ich kann die feinen Mimik- und Gestik-Signale dieser Frau von ganz alleine richtig interpretieren! Felix merkt nichts, hoffentlich. Aber ich bin so mit dem ‚Einordnen' dieser neuen Erfahrung beschäftigt, dass ich für irgendeine eifersüchtige Regung sowieso überhaupt keine Zeit hätte.

Rückfahrt, jetzt im Oldtimer. Links und rechts zahlreiche Obst-Plantagen, ein Spalier aus hunderten blühenden Obstbäumen. Ich könnte ewig so weiterfahren.

18. April 2014, Karfreitag

Felix schickt eine SMS: Ostern ist er nicht da – klar, seine Familie. Ich Sehtrainings-Anfängerin mit meinem ‚Watte-Gehirn' könnte mich dort auch wirklich immer noch nicht optimal präsentieren. Aber er möchte mich heute gern sehen, schlägt einen Treffpunkt in der Stadt vor. Ich bin etwas zu früh am Treffpunkt. Ein eigenartiges Gefühl: An einem Karfreitagvormittag war ich noch nie in der Stadt. Die leeren Straßen. Aber da sehe ich Felix' vertraute Gestalt schon von weitem, eile ihm entgegen, ein langer Kuss. Wir gehen in das Lokal direkt hinter uns. Etwas auf der Speisekarte reizt mich: Seeteufel. Angeblich ein Luxusfisch. Ich möchte ihn einmal probieren, ein wenig Luxus vor dem wieder einmal einsamen Osterfest habe ich mir verdient. Kurzerhand bestellt Felix für uns beide Seeteufel und dann liegt er vor mir, der ‚Seeteufel'. Du Schreck, er ist im Ganzen. Da hat mich wirklich der Teufel geritten! Fisch-Filetieren kam im Sehtraining bisher nicht vor. Heimlich beobachte ich Felix und mache alles genauso wie er, ‚besiege' den Seeteufel. Mein Teller sieht auch aus wie ein Schlachtfeld. Hoffentlich hat Felix nicht in diesem Augenblick entschieden, dass aus mir niemals eine gesellschaftsfähige Dame wird. Zu meiner großen Erleichterung sieht es zumindest im Moment nicht danach aus, er plaudert entspannt.

Wir sind mit dem Essen fertig, jetzt wird Felix mich sicher nach Hause bringen. Nein, er will seiner verstorbenen Mutter einen österlichen Blumengruß aufs Grab legen und nimmt mich zum Friedhof mit! Ich bin total gerührt. Er stellt mich seiner Mutter vor! Mein Herz hüpft wie ein Gummiball, und das Osterfest hat auf einmal seinen Schrecken verloren, es wird das letzte einsame sein, davon bin ich fest überzeugt.

26. April 2014, Samstag

Stadtbummel, am liebsten würde ich alles kaufen! Genau heute vor einem Jahr hatte ich auch eine Shopping-Tour unternommen, unser erster gemeinsamer Italien-Urlaub stand bevor. Schwankend vor Schwäche war ich Frischoperierte losgezogen. Es scheint mir viel länger als nur ein Jahr her zu sein.

29. April 2014, Dienstag

André versorgt mich mit neuen Trainingsgeräten und die Hausaufgaben werden noch schwieriger. Anschließend besuche ich Felix in seinem Büro und zeige ihm den ‚Gerätepark'; er schmunzelt und lädt mich für abends zu sich ein.

Wir stehen Arm in Arm vor dem großen Wohnzimmerfenster und betrachten das abendsonnen-beschienene Bergpanorama. „Da, eine Motte", höre ich mich auf einmal sagen. War das wirklich ich? Habe ich tatsächlich das an mir vorbeifliegende kleine Insekt gesehen, so schnell und in der beginnenden Dämmerung? Ich will schon richtig stolz auf mich sein, aber da zeigt mir Felix, was eine Harke bzw. wirklich gutes Sehen und Reaktionsvermögen ist: Er *fängt* die Motte im Flug, einfach so aus dem Stand. Das werde ich wohl nie können.

3. Mai 2014, Samstag

Heute Abend ist wieder „Rhein in Flammen". Ach ja, voriges Jahr, gemeinsam mit Felix. Die Volksfest-Atmosphäre am Rheinufer, die begeisterten Ausrufe der Menschen beim Anblick der beleuchteten Schiffe und des Feuerwerks, und ich mitten unter ihnen Arm in Arm mit einem geliebten Menschen – wie schön war das. Diesmal bin ich allein, Felix verbringt das Wochenende bei Bekannten. Aber ich muss ja die Sehübungen machen, inzwischen dreimal täglich, und kann nicht einfach mehrere Tage aussetzen, das weiß er.

Wenn ich allein zu ‚Rhein in Flammen' gehe? Damit könnte ich Felix meine Selbständigkeit beweisen, er würde sich bestimmt freuen. Und wenn ich wieder ein Seh-Blackout bekomme? Ach, ich probier' einfach mal, wird schon schiefgehen. Ich fahre bis Königswinter; von der dortigen Uferpromenade aus, so hatte ich mir gedacht, würde ich das Feuerwerk auf dem gegenüberliegenden Rheinufer gut sehen können. Ich suche mir einen Platz fast am südlichen Ende der Promenade, wo es keine störende Hintergrundbeleuchtung durch die Panoramafenster der großen Hotels gibt. Auf dem Weg dorthin kleine Stiche in der Magengegend: Die jungen Leute alle in Gruppen, die Älteren zu zweit, nur ich bin allein. Halt, da kommt ein einsames altes Frauchen mit Rollator angezuckelt. Zu dieser Fraktion gehöre ich jetzt also auch, aber bestimmt nur vorübergehend! Wenn ich erst das Sehtraining geschafft habe …

Ein leuchtender Schein am Nachthimmel kündigt den Schiffskonvoi an, dann beginnt das Spektakel. Und wirklich, ich kann auf den geschmückten Schiffen fast jede Glühbirne einzeln erkennen, sehe, dass sie zu Lichterketten vom Bug über den Mast bis zum Heck angeordnet sind, dann die fantastischen Spiegelungen auf dem Wasser. Und vor allem, wie ruhig und gleichmäßig die Lichter ‚vorbeiziehen'. Aber seltsamerweise höre ich die auf den Schiffen gespielte Musik nicht, sie war mir doch von vorigem Jahr noch so gut in Erinnerung geblieben. Ungünstiger Wind – oder ‚blockieren' die unglaublich starken visuellen Eindrücke alle anderen Sinne? Das Feuerwerk auf der gegenüberliegenden Rheinseite beginnt, ein zweites Feuerwerk etwas weiter flussabwärts folgt, dann ist die ‚Show' vorbei. Rückfahrt, der Zug fährt langsam über die Rheinbrücke. Polizei scheucht immer wieder Menschen von den Gleisen. Vor und unter der Brücke haben sich sämtliche Schiffe des Konvois versammelt, übersät von Lichtern, dicht an dicht, sie wenden, ordnen sich ein – das reinste Schiffsballett! Wir alle kleben geradezu an den Fensterscheiben, viele der jugendlichen Mitfahrer versuchen, vom fahrenden Zug aus mit ihren Handys Fotos zu machen, ärgern sich aber über die verwackelten Bilder. Man könnte ja die Notbremse ziehen, höre ich mich auf einmal sagen – brüllendes Gelächter im ganzen Waggon. Jemand reicht mir eine Flasche Wodka-Lemon, ich lehne dankend ab – ich muss ja noch nach Hause kommen!

Hauptbahnhof – umsteigen. Der Bus ist überfüllt, die Türen gehen nicht zu, verzweifelt und schimpfend rennt der Busfahrer um sein Fahrzeug herum. Ratschläge ertönen: „Bauch einziehen!“ Sardinenbüchsengefühl. Die ersten Haltestellen. Jedes Mal fragte der Busfahrer ängstlich in die Runde, ob jemand aussteigen wolle – Gott sei Dank nicht. Nun nähert sich ‚meine‘ Haltestelle. Ich melde mich tapfer und schwöre, in Zukunft immer ganz brav zu sein, wenn ich hier nur lebend herauskomme. Allgemeine Lachkrämpfe; man werde mich schon durchpressen, tröstet mich ein Herr.

11. Mai 2014, Sonntag

Das Sehtraining scheint mein gesamtes Verhalten zu verändern. Die Körperbewegungen – sie sind etwas verlangsamt, jedoch nicht mühsam, sondern leicht – fast wie in der Schwerelosigkeit. Ja genau, wie ein Astronaut, der im Weltraum schwebt, Arme und Beine nur im Zeitlupentempo bewegen kann, so komme ich mir vor. Sogar mein Gehirn hat sich offenbar angepasst. Ich muss nicht mehr – wie damals während der Strahlentherapie und der Gewöhnung an die Brille – in einem zähen Morast mühsam nach meinen Gedanken fischen, sondern sie steigen wie luftige Seifenblasen empor. Nur kann ich sie oft nicht erhaschen und in die richtige Richtung lenken.

13. Mai 2014, Dienstag

Wieder ein Kontrolltermin bei André, und es wird sehr interessant. Mein Gefühl, manchmal völlig schief durch die Gegend zu ‚eiern‘, vor allem während der ersten Zeit mit Brille – es hat mich nicht getrogen. Ich *bin* völlig schief durch die Gegend geeiert. André zeigt es mir per Kameraaufnahmen. Durch die Augenumstellung hätte sich auch meine Wahrnehmung des Körpermittelpunktes vorübergehend verschoben, erläutert er weiter. Aha, deshalb das ständige Gefühl, ich würde rechts überall anstoßen. Ich taumelte in die vermeintliche Mitte und schon gab es links einen tatsächlichen Zusammenstoß und wieder einen blauen Fleck mehr. Ach, warum habe ich das alles nicht schon voriges Jahr gewusst. Oder besser, dass ich es nicht gewusst habe?

Danach das übliche Treffen mit Felix in seinem Büro, er hört meinen Schilderungen aufmerksam zu und lädt mich dann für übermorgen Abend ein – wie schön!

16. Mai 2014, Freitag

Wieder Felix' fürsorglicher Shuttle-Service zur U-Bahn-Station. Als wir uns im Auto den Abschiedskuss geben, geht ein mir unbekanntes älteres Ehepaar auffallend langsam vorbei, von schlechter Laune hässlich verzogene Gesichter. Ich bin überzeugt, dass sie uns durch die Autofenster missbilligend ansehen. Wann haben *sie* sich wohl zum letzten Mal geküsst? Heimfahrt, ich bin so glücklich, der Baum mit der ‚Herznarbe' scheint mir zuzunicken. Und in mir reift ein Entschluss: Von der Partnervermittlung habe ich ja überhaupt nichts mehr gehört. Aber vielleicht hat Felix ihnen schon längst Bescheid gegeben, dass ich keinen Partnervorschlag mehr brauche. Na ja, sie haben zwei absolute Fehlgriffe hingelegt, mich aber eben auch mit Felix bekannt gemacht. Ich werde mir noch einmal einen Termin geben lassen, mich trotz allem bedanken und für immer verabschieden. Genau, das werde ich machen!

24. Mai 2014, Samstag

Heute haben André und ich unser ‚einjähriges Jubiläum'! Der liebe André wird es sicher nicht wissen, und das ist auch besser so. Wenn er mit jedem seiner Kunden und ‚Sehschüler' auf ein Jubiläum anstoßen müsste – nicht auszudenken. Aber ich werde mal eine Piccoloflasche Sekt köpfen.

Schade, dass Felix wieder einmal keine Zeit hat – aber sicher tut er nur so, er weiß ja, dass ich meine immer umfangreicher werdenden Übungen regelmäßig machen muss, damit die Sache Erfolg hat, und will mich nicht zu sehr ablenken.

25. Mai 2014, Sonntag

„Tag der Artenvielfalt“ im Botanischen Garten – dort war ich ja auch wirklich seit Ende meines eigenen Studiums nicht mehr. Wie er jetzt wohl aussieht? Und die Zeit zwischen den Mittags- und Abendübungen wäre genutzt. Also los! Das schöne Wetter hat nicht nur mich angelockt: Am Kassenhäuschen schiebt sich schon eine kleine Menschenschlange vorwärts.

Die grüne Pracht ‚sprengt‘ fast meine Augen, so viele Abstufungen und Töne einer einzigen Farbe. An was erinnert mich das? Ach ja, damals am Comer See, der Garten unseres Ferienhäuschens, ich völlig erschöpft nach Operation und Reise auf der Hollywoodschaukel. Aber heute verschwimmt mir nichts vor den Augen, sondern ich erkenne deutlich die verschiedensten Blattformen, nehme fast jede Blattäderung wahr. Da, ein der Stammdicke nach zu urteilen schon sehr alter Baum. Die Blätter – eindeutig Ginkgo, aber die Äste – in botanisch völlig ‚unmöglichen‘ Winkeln wild durcheinander gewachsen, fast wie verquirlt, und von Holzstützen gehalten. Etwa das schon längst überfällige Augen-Blackout? Das Informationsschild klärt auf: Man hat hier vor vielen Jahren einen männlichen Ginkgo-Baum auf einen weiblichen gepfropft. Daraufhin ist das normale Stammwachstum völlig außer Kontrolle geraten. Der arme Baum ist also das Relikt einer Zeit, in der die Wissenschaftler ‚Spaß‘ an Kuriositäten der Natur hatten – je abstruser, umso besser – und diese bei Bedarf auch selbst ‚produzierten‘.

Kurzer Abstecher zum Riesen-Mammutbaum, dann zieht es mich zu den Seerosenteichen. Lautes Gequake, die ‚Schallquellen‘ müssten ganz in der Nähe sein, aber durch dicke Schilfblätter und -stängel kann ich trotz Sehtraining nicht hindurch blicken. Ein anderer Teich: Nachbildung eines Moor-Habitats. Ich beuge mich darüber und kann durch das schwärzlich-trübe Wasser hindurch einen mit schlängelnden Bewegungen schwimmenden kleinen Molch erkennen. Einige Leute bemerken, dass ich auf etwas starre, gucken auch – aber wie ich ihren Äußerungen entnehme, vergeblich. Jetzt kann ich offenbar schon besser sehen als andere, das gibt es doch nicht!

1. Juni 2014, Sonntag

Der Nachmittag ist schön und warm. Was hatte ich vor einigen Tagen in der Zeitung gelesen: auf dem Drachenfels ist seit kurzem der alte Eselsweg zum Gipfelplateau wieder begehbar, nach einem großen Felssturz war er jahrelang gesperrt.

Ein Ausflug mit meiner Mutter zum Drachenfels. Wir gehen den Eselsweg, er führt an gewaltigen, senkrecht aufsteigenden grauen Felswänden vorbei. Da ein Schild mit einer Aufschrift. Ich lese: „Achtung Steinschlag, nicht laut rufen!" Ich wage kaum zu atmen.

Wie mag das alles jetzt, durch die Brille betrachtet, aussehen? Das kann ich nur feststellen, wenn ich es mir auch ansehe, also los. Mein letzter ‚Solo-Ausflug' zum Drachenfels war vor fast genau einem Jahr, während meiner Strahlenbehandlung. Damals dachte ich, mit Felix, das wäre vorbei. Am Vorabend bis spät in die Nacht unsere telefonische ‚Grundsatzdiskussion'. Aus Trotz hatte ich mich, damals noch ohne Handy, allein zur Neueröffnung der Gipfel-Aussichtsplattform aufgemacht. Und dann, als ich wieder zu Hause war, doch wieder ein besorgter Anruf von Felix. Wo ich gewesen sei, und eine erleichterte Einladung in ein Restaurant. Und am nächsten Tag die Bewunderung der diensthabenden Radiologin für mich ‚unkaputtbare' Krebskranke. Wenn ich damals gewusst hätte, was alles noch vor mir liegt.

Jetzt liegt die Aussicht auf eine doch noch hoffnungsvolle Zukunft vor mir – und das will ich dem Drachenfels zeigen. Eine verrückte Idee, ich weiß. Und hier nun der Eselsweg. Links türmen sich riesige Felswände auf, aber ich erkenne jetzt, dass es nicht die glatten grauen Wände meiner Erinnerung sind, sondern zahlreiche, dicht beieinander stehende Felssäulen. Deshalb sind sie wahrscheinlich auch so instabil. In meinem Kopf wieder einmal ein ‚Seh-Roman': der Ausbruch des Drachenfels-Vulkans vor Zehntausenden von Jahren. Die Lavafontänen schießen im Krater hoch und erstarren dann zu Trachytsäulen.

Da – die Stelle des Felssturzes. Sinnigerweise mehrere Meter *hinter* der Abbruchstelle dann das neue Steinschlag-Warnschild. Ich bin etwas enttäuscht: Von ‚nicht laut rufen' ist nichts mehr zu lesen.

Der Ehrgeiz hat mich gepackt: Vor einem Jahr hatte ich es bis hinauf zur Ruine geschafft. Das muss doch jetzt auch – und besser – gehen. An ein besonders steiles, über einen Felsrücken führendes Wegstück kann ich mich noch lebhaft erinnern. Eine Schwäche überfiel mich auf einmal, ich musste die Hände zu Hilfe nehmen. Diesmal sind die ‚vierfüßigen' Zeiten Vergangenheit und ich kann meinen Körper in der Balance halten. Zufall oder schon ein erster Erfolg des Sehtrainings?

9. Juni 2014, Pfingstmontag

Zu heiß und schwül, um etwas zu unternehmen. Ich hänge vor dem Laptop herum, möchte André ja einigermaßen geordnete ‚Tagebuchnotizen' vorlegen. Meine Gedanken schweifen ab. Wie musste ich mich früher plagen! Trotz der damaligen Lesebrille übersah ich ständig Fehler, musste jede Seite erst ausdrucken, dann lesen, dann am Bildschirm korrigieren, wieder ausdrucken, das Ganze von vorn. Wie viel Zeit ist dabei draufgegangen! Was haben meine Bürokollegen wohl über mich gedacht? Warum bin ich nicht wegen Unfähigkeit gekündigt worden? Leises Grummeln, diesmal nicht in meinem Kopf; am nördlichen Horizont eine schwarze Wolkenwand.

10. Juni 2014, Dienstag

Wie immer teile ich Felix den Augen-Kontrolltermin per SMS mit. Vormittags habe er leider keine Zeit, aber ich solle nachmittags in sein Büro kommen, antwortet er. Dann beim netten André. Mit meinen Fortschritten, besonders mit meiner doch schon etwas verbesserten Körper- und Gangkoordination, ist der ‚Herr der Geräte' offenbar zufrieden. Wieder neue ‚Hausaufgaben'. Es werden immer mehr, also bin ich wohl schon in eine ‚höhere Sehschulklasse' versetzt worden.

Ich ziehe ein Sommerkleid mit tiefem Ausschnitt an, aber das hübsche Kleid ist umsonst, das sehe ich sofort, als ich Felix in seinem Büro gegenübersitze. Er hat wieder sein ‚Kündigungsgesicht', ich kenne das inzwischen. Die Begründung dagegen ist neu: Er fühle sich psychisch überfordert, sagt er. Ich habe auf einmal eine Halluzination, sehe mich völlig allein und sterbend auf dem riesigen Krankenhausparkplatz. Mechanisch erhebe ich mich, die Bewegung verscheucht die Halluzination. Wie eine von unsichtbaren Fäden gezogene Marionette gehe ich dem Ausgang zu. Felix will mir einen Abschiedskuss geben – ich weiche zurück. Dann laufe ich schnell, ohne mich noch einmal umzudrehen, die Treppe hinunter.

11. Juni 2014, Mittwoch

Ein Uhr morgens, in meinem Kopf dreht sich ein Gedankenkarussell. Felix' Abservierungs-Begründungen werden wirklich immer dümmer. Psychisch überfordert! Das zu verstehen überfordert wiederum mich. *Ich* plage mich mit den ‚Nebenwirkungen' des für ihn begonnenen Sehtrainings ab und ertrage die manchmal schlimmen Launen der immer kränker werdenden alten Fürstin, deren Betreuung ich auch nur seinetwegen übernommen habe. Mit keinem Wort habe ich mich bei ihm beklagt – und *er* fühlt sich überfordert! Wieder das Gefühl, dass das nur eine Ausrede ist, dass da irgendetwas anderes, Schlimmes an mir ist, was ihn auch beim zweiten ‚Versuch' mit mir so abgestoßen hat, dass er es nicht mehr aushielt. Nur was?

Irgendwann bin ich wohl doch eingeschlafen, denn das Weckerläuten weckt mich. Warum habe ich den Wecker eingeschaltet, ich habe doch heute nichts Wichtiges vor, ich werde nie wieder etwas Wichtiges vorhaben. Doch, da war etwas. Der Termin bei ZU ZWEIT – ausgerechnet heute! Das ist ja wirklich das perfekte Timing! Ach, wie anders hatte ich mir seinen Verlauf vorgestellt. Ich hatte mich bedanken und verabschieden wollen, jetzt muss ich wieder um einen neuen Partnervorschlag bitten, wenn ich nicht für immer allein bleiben will. Einfach nur demütigend! Wie kann an einem solchen Tag überhaupt nur so schönes Wetter sein, warm, Sonnenschein, kein Wölkchen am Himmel? Und mein Trotz erwacht: Ich werde das schickste, gewagteste meiner neuen

Sommerkleider anziehen, mich ganz toll zurechtmachen. Frau Nielsson soll mal sehen, was für eine Frau Felix einfach wieder mal so abserviert hat.

Ich bin schon fast startklar, da habe ich eine geniale Idee: Das wäre doch auch *die* Chance, herauszufinden, warum Felix sich so verhält. Frau Nielsson ist die einzige Person, die ihn *und* mich kennt (abgesehen vom Professor). Wenn da etwas ist, was ich ändern könnte, ich würde es sofort tun. Ich muss Frau Nielsson beeindrucken, mit irgendetwas rühren – so wie damals, mit meiner Krebserkrankung. Ein normales Gespräch absolviert sie einfach zu routiniert, sie ist eben nach bestimmt vielen Berufsjahren richtig ‚abgebrüht'. Vielleicht sollte ich ihr den schönen Ring zeigen, den Felix mir damals kurz nach unserem Kennenlernen geschenkt hat, dazu das süße herzförmige Etui. Genau, das werde ich tun.

Wieder die lange Bahnfahrt nach Köln. Ob ich mir eine Monatskarte zulegen sollte? Und wie sieht es überhaupt neben den Geleisen aus? Äste und halbe Bäume liegen herum – das Gewitter von Pfingstmontag! Es ist wirklich, als ob sich die Landschaft bei jeder Fahrt meinem aktuellen Seelenleben anpasst. Damals, als ich mit meinem baldigen Tod rechnete, das Schnee-Leichentuch, jetzt: Chaos in meinem Kopf und Chaos draußen.

Frau Nielsson ist heute wieder sehr nett. Ich frage, ob sie das Unwetter gut überstanden habe. Der Garten habe sehr gelitten, sagt sie. Ich bedauere und tröste sie, das scheint sie zu freuen und sie wird noch netter. Ich gebe mir einen Ruck und erzähle von Felix' und meiner Wiederannäherung und der erneuten Trennung. Dann ziehe ich das Etui mit dem Ring hervor. Sie staunt und ist total gerührt – das kann doch einfach nicht gespielt sein. Wenn bei ihm keine Gefühle für mich dagewesen wären, hätte er mir doch nicht ein solches Geschenk gemacht, sage ich mit etwas schwankender Stimme, sie wirkt noch gerührter – und dann nehme ich allen Mut zusammen und frage, ob sie vielleicht zu Felix Kontakt aufnehmen, ihn nach dem Grund für sein Verhalten fragen könne, herausfinden könne, ob ich noch eine Chance habe. Ich weiß, sie ist Partnerschaftsvermittlerin und keine Partnerschaftsberaterin, aber ausnahmsweise. Und wirklich, sie verspricht es, will sich dann telefonisch melden. Zum Schluss bittet sie mich, mir den Ring doch mal an den Finger zu stecken. Er sähe toll aus, sagt sie und als ich ihn wieder abnehmen will: „Nein, tragen Sie ihn doch!“ Herzliche Verabschiedung, der Heimweg genauso wie damals mit einem Fünkchen Hoffnung im Herzen.

Ich fahre direkt weiter zu den Bertholds. Bei dem herrlichen Wetter können die alte Fürstin und ich unsere gewohnte Kaffeestunde auf der Terrasse der Villa abhalten. Die Fürstin findet mein Sommerkleid richtig süß und streicht immer wieder bewundernd über den Stoff. Dass sie sich trotz ihrer fortgeschrittenen Demenz das Empfinden für so etwas bewahrt hat – wieder einmal bin ich völlig hin und weg. Meine ‚Dienst-Zeit‘ vergeht heute schnell und angenehm, an der Bushaltestelle dann ein kurzer Wehmutsanfall. War das immer schön, die Weiterfahrt zu Felix. Jetzt warten nur eine langweilige Heimfahrt und eine leere Wohnung auf mich. Aber vielleicht …

12. Juni 2014, Donnerstag

Gestern habe ich das Sehtraining geschwänzt, aber ich darf es nicht vernachlässigen. Felix will mich bestimmt nur auf die Probe stellen, ob ich etwas auch allein durchziehen kann, schon selbstständiger bin als voriges Jahr. Nachmittags wieder ‚Dienst‘. Schönes, warmes Wetter – einer Kaffeestunde auf der Terrasse steht nichts im Weg. Die Fürstin sitzt bereits auf ihrem Stammplatz, ich decke den Tisch, da passiert es: Ich stelle eine Kaffeetasse einfach neben den Tisch, in der festen Überzeugung, sie *auf* den Tisch zu stellen! Ich versuche noch, die fallende Tasse aufzufangen, aber sie ist schneller und zerschellt auf dem steingepflasterten Terrassenboden. Wenigstens war noch kein Kaffee drin, versuche ich mich zu trösten, während ich Besen und Kehrblech hole. Der in häuslichen Krisensituationen mehr als erprobte Professor nimmt es gelassen. Meinen Vorschlag, den Wert der kaputten Tasse von meinem Honorar abzuziehen, lehnt er lächelnd ab. Bei der alten Dame hat die kleine Katastrophe sogar hellstes Entzücken ausgelöst, sie freut sich wie ein Honigkuchenpferd: Endlich ist sie nicht mehr die einzige, der alles misslingt! Mir ist nicht zum Lachen zumute. Wenn Felix das erfährt, o je.

13. Juni 2014, Freitag

Ich denke immer noch über mein gestriges Missgeschick nach. Schlimme Erinnerungen an die Blaue-Flecken-Zeit des vorigen Jahres werden wach. Abgesehen von den völligen Seh-Blackouts kann ich offenbar alles immer noch nicht dort sehen, wo es sich tatsächlich befindet. Andrés Worte: Mein Sehmittelpunkt und wahrgenommener Körpermittelpunkt habe sich früher vor dem linken, besseren Auge befunden und verlagere sich jetzt langsam an die normale Stelle in der Mitte zwischen beiden Augen. Er soll sich gefälligst schneller verlagern!

16. Juni 2014, Montag

Krebs-Kontrolluntersuchung und Erleichterung, die Gynäkologin hat nichts Bedrohliches entdeckt. Ich hatte zuvor mit dem Schicksal eine ‚Wette' abgeschlossen, die ich jetzt einlösen muss: Wenn alles gut geht, wollte ich es mit einem weiteren Partnervermittlungsinstitut versuchen, als ‚Notnagel' sozusagen. Ich liebe Felix zwar immer noch – mein Herz bzw. Magen tut richtig weh – aber ich könnte vielleicht ja auch jemanden anderen sympathisch finden, und vielleicht reicht das für eine Partnerschaft. Ich würde mir zumindest alle Mühe geben. Beim gründlichen Studium der Tageszeitung – ich musste mir das richtiggehend angewöhnen, will immer noch so wie früher nur hastig die Überschriften lesen – hatte ich die Annonce einer hiesigen Partnervermittlung entdeckt, gar nicht einmal so weit von meiner Wohnung entfernt. Der Name: ‚Kontaktbüro'. Klingt ja schon fast wie ‚Kontakthof', und was das ist, weiß sogar ich ‚Hinterwäldlerin'. Aber immerhin, es ist sachlich und weckt keine falschen Hoffnungen. Eine Wette mit dem Schicksal nicht einlösen – das kann ich ‚Pechvogel' mir einfach nicht leisten, also rufe ich kurzentschlossen an. Ein Anrufbeantworter meldet sich, ich bitte um Rückruf.

18. Juni 2014, Mittwoch

Nachmittags: der ‚Notnagel', äh das ‚Kontaktbüro' bzw. seine Chefin persönlich, ruft zurück. Eine freundliche Stimme, etwas zurückhaltender, sachlicher klingend als die von Frau Nielsson, Frau Wilhelmi, erfahre ich. Als erstes stelle ich wieder die ‚Altersfrage'. Sie habe vor kurzem einen – allerdings noch recht fitten – 75-jährigen vermittelt, sagt Frau Wilhelmi. Ich versichere, auch noch ganz passabel auszusehen, meine Körperlänge erwähne ich zunächst nicht, das wird sie schon selbst sehen. Und die Sache mit dem Krebs – dafür habe ich überhaupt noch keinen Plan. Wir vereinbaren einen Termin und verabschieden uns höflich. Seltsam, denke ich nach dem Telefonat, ich habe das jetzt so sachlich über die Bühne gebracht. Damals, bei ZU ZWEIT, dieses Herzklopfen, diese bangen Erwartungen und Befürchtungen. Ob mich das inzwischen Erlebte schon abgebrüht gemacht hat? Hoffentlich nicht, so will ich nicht werden. Und noch eine lustige Überlegung: Gibt es auch von Männern geleitete Partnervermittlungen? Bis in diesen Bereich ist die Emanzipation offenbar noch nicht vorgedrungen.

24. Juni 2014, Dienstag

Wieder einmal stehe ich vor dem Klingelschild einer Partnervermittlung, diesmal befindet es sich an einer schönen Gründerzeitvilla. Ich verscheuche die Erinnerungen und läute. Das ‚Kontaktbüro' ist eine modern möblierte Büroetage im ersten Stock. Frau Wilhelmi kommt mir entgegen und begrüßt mich freundlich. Sie ist mittelgroß, schlank, gut aussehend und gut gekleidet – Typ vornehme Dame. Meine Körperlänge hat Frau Wilhelmi offenbar schon mal nicht abgeschreckt, denn sie führt mich in ihr Büro, ein Ein-Mann-Betrieb, wie sie erklärt (wohl eher: Ein-Frau-Betrieb, denke ich).

Jetzt wird es wieder einmal ernst, sie beginnt mich auszufragen, immerhin, das Handicap ‚ohne Führerschein' kann ich jetzt abmildern zu ‚noch ohne Führerschein'. Ich erzähle von meinem Sehtraining, sie scheint beeindruckt. Dann der zweite Teil des ‚Verhörs': Was für eine Art Partner mir vorschwebe, will sie wissen. Und ich ertappe mich dabei, dass ich wieder einmal fast genau Felix beschreibe. Aber „jemand, der in seinem Leben auch Zeit und Platz für eine neue Partnerschaft hat und mich so akzeptiert, wie ich bin“, füge ich hinzu. Jetzt guckt sie wirklich seltsam, ich glaube, ich habe mich verraten. Und ich muss es einfach mal jemandem erzählen, natürlich ohne Namensnennung. „Das ist doch ein sehr schöner Vermittlungserfolg“, sagt Frau Wilhelmi. Nur leider von sehr kurzer Dauer – ein bisschen muss ich jetzt doch schniefen. Und tatsächlich, auch Frau Wilhelmi tröstet mich, sie erzählt von einem ihrer Kunden, wohlhabender Rechtsanwalt und schon vor Jahren von seiner Frau verlassen; sie habe ihm eine nette Partnerin vermittelt – da plötzlich sei das Interesse der eigenen Frau wieder erwacht und er zu ihr zurückgekehrt. Die neue Partnerin stand mit leeren Händen da. Was wohl aus ihr geworden ist? Ich traue mich nicht zu fragen.

Stattdessen frage ich etwas anderes, was ich bei meinem ‚ersten Versuch‘ niemals zu fragen gewagt hätte: Gibt es bei einer Partnervermittlung überhaupt niveauvolle, vorzeigbare Männer oder ist das eher ein Sammelbecken für die Mängelexemplare, die auf dem üblichen Weg keine Frau abbekommen? Das stimmt keineswegs, sagt Frau Wilhelmi mit milder Empörung, gerade geschäftlich erfolgreiche Herren aus gehobenen Kreisen hätten oft schlicht und einfach keine Zeit, eine Partnerin kennenzulernen. Und dann fragt sie etwas, nämlich wie es mit meinen Vermögensverhältnissen aussähe. Seltsam, das bin ich bei ZU ZWEIT nicht gefragt worden. Aber vielleicht soll es ja der Enttarnung von Heiratsschwindlerinnen dienen. Etwas ist vorhanden, ich bin unabhängig, halte ich mich vage. Und noch eine merkwürdige Frage: Ob es auch ein ganz andersartiger Partner sein dürfe, von dem sie glaube, dass er trotzdem gut zu mir passen würde. Ich überlege blitzschnell: Lehne ich ab, enge ich den Kreis möglicher Partner vielleicht zu sehr ein. Zögernd bejahe ich, zweifle aber innerlich: War das richtig?

Zum Schluss noch der finanzielle Teil, ich ‚kaufe‘ erst einmal einen kürzeren Vermittlungszeitraum. Sobald sie einen passenden Herrn gefunden habe, werde sie sich melden – mit diesen Worten verabschiedet mich Frau Wilhelmi freundlich. Ich denke an meine gespannte Erwartung, meine Hoffnung von damals – ich kann dieses Gefühl einfach nicht wiederholen.

Wieder zu Hause; in meinem Briefkasten ein absenderloser Brief. Ich reiße ihn sofort auf. Neuer Partnervorschlag, steht da, Vorname, Nachname und Telefonnummer, sonst nichts. Ich starre das Schreiben an, als ob es dadurch noch mehr preisgeben würde, aber es bleibt dabei: ein Vorname, ein Nachname und eine Telefonnummer. Das also ist das Ergebnis der von Frau Nielsson versprochenen Erkundigungen. Sie wollte doch anrufen, hatte sie auch versprochen. Hat mich Felix so negativ beurteilt, dass sie sich nicht traut, mir das persönlich zu sagen? Hat sie überhaupt bei ihm nachgefragt oder es mir nur zugesichert, um mich lästige Bittstellerin loszuwerden? Was ist überhaupt passiert? Warum geht einfach alles schief? Es ist, als ob ich in einen Sumpf greife und nichts zu fassen bekomme.

25. Juni 2014, Mittwoch

Bis jetzt hat der ‚neue Partnervorschlag' noch nicht angerufen, vielleicht war alles doch nur ein Irrtum, vielleicht meldet sich Felix wieder.

Früher Abend: Nein, kein Irrtum, das Telefon läutet. Eine mir unbekannte Männerstimme, unangenehm, tief, dröhnend und unpersönlich. Felix' sympathische Stimme damals, sie ging mir sofort zu Herzen. Der ‚Viehhandel' beginnt: Der Herr will genau wissen, wie groß ich bin, ob schlank oder dick, ob mit oder ohne Kurven. Mechanisch stehe ich Rede und Antwort. Da kommt auch schon der Knackpunkt: Er wohnt noch weiter entfernt als der letzte Partnervorschlag, dazu meine Führerscheinlosigkeit – das hatte sich der Herr wohl so nicht vorgestellt, seine Stimme wird noch unpersönlicher. Trotzdem schlägt er ein Treffen vor. Zögernd sage ich zu, ich will nicht unkooperativ erscheinen. Als Treffpunkt einigen wir uns auf die ‚goldene Mitte' – Köln. Das Gespräch endet mit steifen Höflichkeitsfloskeln auf beiden Seiten.

Ach – Felix, seine nette, humorvolle Art. Schon unser allererstes Gespräch dauerte fast zwei Stunden.

28. Juni 2014, Samstag

Heute ist also das Treffen mit dem ‚neuen Partnervorschlag' – dazu das auf mich abonnierte Date-Wetter: kühl, immer wieder Schauer. Am liebsten würde ich absagen. Damals, Felix' liebe Stimme: ‚Weißt du was, ich hole dich einfach ab'.

Reiß dich zusammen, ermahne ich mich selbst, du hast dich ja schließlich freiwillig in die ‚Fänge' der Partnervermittlung begeben. Ich ziehe wieder das hübsche, dekolletierte Sommerkleid an, auch wenn das Wetter gar nicht danach ist. Fröstelnd warte ich im U-Bahnhof auf den Zug nach Köln. Was hat sich Frau Nielsson nur dabei gedacht, mir wieder einen so unpassenden Partner vorzuschlagen? Sie müsste doch allein schon wegen ihres geschäftlichen Rufs auch an einer erfolgreichen Vermittlung interessiert sein. Ich verstehe das alles nicht.

Köln, Domvorplatz – unzählige Menschen, darunter bunt kostümierte Gruppen. Mir fällt ein: Morgen ist ja ‚Christopher-Street-Day', das sind wohl schon die ‚Voraustruppen'! Ich muss das Domportal mit der goldenen Stele, unseren Treffpunkt, finden. Das Menschengedränge um mich herum wird immer dichter, meine visuelle Wahrnehmung bricht wieder einmal völlig zusammen, dafür hat sie sich ja einen ganz fantastischen Zeitpunkt ausgesucht. Das Handy klingelt, mein Datepartner ist dran. Wo ich denn bliebe, fragt er. Es klingt ärgerlich. Der Anruf reißt mich aus dem Seh-Blackout – und die goldene Stele: Dort ist sie, zufällig hat sich in der Menschenmenge eine Lücke aufgetan. Ich eile die Stufen zum Portal hoch. Das da muss mein Datepartner sein, die Beschreibung passt – groß, relativ schlank, volle graue Haare, gepflegt. Schlecht sieht er nicht aus. Sehr formelle Begrüßung mit eisiger Stimme, meine geringfügige Verspätung hat ihn wirklich verärgert. Wir gehen in ein Café am Domplatz. Es sieht so aus, als wäre meine Date-Ausbeute diesmal wenigstens ein Stück Kuchen. Aber genau wie ich hat er wohl längst entschieden, dass aus der Sache nichts wird. Sein Blick geht an mir vorbei zum Fenster und dann immer häufiger zur Armbanduhr. Als der Kuchen aufgegessen ist, erhebt er sich sofort.

Immerhin begleitet er mich noch zum U-Bahnhof; wir nähern uns ihm aus einer anderen als der mir von meiner Ankunft bekannten Richtung – und bei mir das nächste Blackout: Ich finde den Eingang zu ‚meinem' U-Bahnsteig nicht wieder! Höflich zeigt er mir den richtigen Weg, aber unschwer zu erraten, was er jetzt über mich denkt. Wir verabschieden uns. In den nächsten vierzehn Tagen habe er wenig Zeit, die Fußball-WM, sagt er, ich müsse verstehen – ich verstehe vollkommen.

29. Juni 2014, Sonntag

‚Es ist ein Brauch von alters her: Wer Sorgen hat, hat auch Likör'. Gestern auf dem Nachhauseweg besorgt. Das ‚versiebte' Date – es wäre ja sowieso nichts draus geworden, aber es hat mir gezeigt, wie wenig belastbar mein ‚neues' Sehen immer noch ist. Vielleicht lässt sich das in meinem Alter ja überhaupt nicht mehr verbessern. Noch ein schlimmerer Gedanke: Vielleicht war das Ganze als Test gedacht, vielleicht hatte sich Frau Nielsson bei Felix für mich eingesetzt und dieser wollte ihr vor Augen führen, wie abartig ich mich benehme und dass ich für ihn wirklich nicht die richtige Partnerin bin. Ist die Flasche tatsächlich schon leer?

9. Juli 2014, Mittwoch

Das Sehtraining ist das Einzige, was meinen wieder so einsam gewordenen Tagen eine gewisse Struktur gibt, dazu die Niederschrift meiner Beobachtungen. Einer ist noch da, der sich für meine ‚Trainingsfortschritte' interessiert: der Professor. Wenn ich aufgebe, wäre er bestimmt sehr enttäuscht. Muss zu André ‚schwimmen' – schon den zweiten Tag ununterbrochen Regen. Mit meiner Körperhaltung ist er noch nicht zufrieden, sie sei immer noch etwas ‚verdreht', meint er und verdonnert mich zu einer ‚Gymnastikübung'. Ich glaube, ich bestelle schon mal den Krankenwagen. Dann kurze Überlegung: Soll ich wegen meiner peinlichen Seh-Blackouts fragen? Aber wenn ich die Antwort bekomme, dass da nichts mehr zu machen ist? Lieber die Hoffnung bewahren – oder ist das Vogel-Strauß-Politik?

Zurück zur U-Bahn, immer noch strömt der Regen. Nein, ich gucke jetzt nicht zu Felix' Büro hinüber.

15. Juli 2014, Dienstag

Deutschland Weltmeister. Die Menschen sind wieder normal, also wage ich mal einen kleinen Stadtbummel. „Sale!" lese ich an vielen Geschäften. Kaufhäuser scheinen also normalerweise etwas anderes zu machen als Waren zu verkaufen … Das Klingeln meines Handys reißt mich aus den Gedanken. Frau Wilhelmi vom ‚Kontaktbüro'! Ich hatte diese Sache schon bereut, durch das Tagebuch-Schreiben ist mir klargeworden, wie sehr ich Felix immer noch liebe. Ob man Liebe wie eine Zimmerlampe ausknipsen und bei einem anderen Mann wieder einschalten kann? Andererseits – den Rest meines Lebens völlig allein sein? Was ist die richtige Entscheidung?

Sie habe einen passenden Herrn für mich, sagt Frau Wilhelmi (klar, die Männer kommen wieder aus ihren ‚Fernsehlöchern'). Aber ein solches Gespräch hier in der belebten Fußgängerzone? Am späten Nachmittag telefonieren wir erneut. Sie beschreibt mir den ‚gut zu mir passenden' Herrn. Er sei noch berufstätig, sportlich, aber auch kulturell interessiert, er würde zum Beispiel abends gerne mal ausgehen. Das mit dem ‚noch berufstätig' ist nicht so gut, denn dann wäre ich noch einige Zeit lang wochentags wieder allein, denke ich. Aber jetzt bin ich ja immer allein. Und vielleicht kann man sich doch mehrmals verlieben. Also gut, ich bin einverstanden. Frau Wilhelmi gibt mir noch einen Rat: Der Herr sei etwa so groß wie ich, also beim ersten Date vielleicht keine Schuhe mit Absätzen tragen.

16. Juli 2014, Mittwoch

Abends, ich hänge vor dem Fernseher herum. Das Telefon klingelt – es ist der ‚gut zu mir passende' Herr. Diesmal keine bedrohlich tiefe Altmännerstimme, dafür aber eine sehr langsame, monotone, fast tranige Sprechweise. Wir tauschen erste persönliche Informationen aus und schnell wird mir klar – wieder voll daneben: Er ist weit unter meinem Niveau. Sein völliges Desinteresse an Kulturellem und Geschichtlichem gibt er sogar mehr oder weniger offen zu. Abends ausgehen – Fehlanzeige; er muss angeblich ein Medikament nehmen, das ihn früh müde macht. Zu allem Überfluss ist er fast zehn Zentimeter kleiner als ich! Was hat sich Frau Wilhelmi dabei nur gedacht?

Ich muss ihn loswerden, aber so, dass er es ist, der ‚aufgibt'. Ich lasse ihn meine geistige ‚Überlegenheit' mit feinen Stichen spüren. Er muss es doch merken und das Gespräch beenden, aber er hält es auf seine langsame tranige Sprechweise in Gang, und seine Hartnäckigkeit imponiert mir. Dann, ein Blick auf die Uhr: kurz vor Mitternacht. Ich verabschiede mich, er ist ja noch berufstätig, und um seinen Arbeitsplatz bringen will ich ihn nun auch nicht. Ich stelle bei mir etwas Seltsames fest: Trotz der Enttäuschung und der Aussichtslosigkeit des Ganzen fühle ich mich auf eine seltsame Weise wohl. Offenbar bin ich schon so tief in Einsamkeit versunken, dass mir sogar eine ganz niveaulose Unterhaltung mit einem Unbekannten gut tut.

17. Juli 2014, Donnerstag

Wieder hänge ich nach dem ‚Dienst' geschafft vor dem Fernseher herum, die Fürstin hatte heute keinen guten Tag. Und wieder läutet das Telefon. Das gibt's doch nicht. Diese langsame, tranige Stimme. Es ist der ‚gut zu mir passende Herr' – ich habe ihn also noch nicht ganz verschreckt. Das hat fast doch schon etwas wie Niveau. Aber worüber unterhält man sich mit einem eher einfach gestrickten Menschen? Ich erzähle etwas Lustiges, sogar sein Lachen ist langsam und tranig. Ach Felix, sein spontanes, herzliches Lachen, wie vermisse ich es.

Ich bekomme gerade noch mit, dass der Herr mich persönlich kennenlernen möchte. Ob das eine gute Idee ist? Aber ich will mich nicht unkooperativ zeigen, auch Frau Wilhelmi sitzt am längeren Hebel. Zögernd erkläre ich mich einverstanden, und wir verabreden ein Treffen. Seltsam, dass er am Wochenende keine Zeit hat, gerade wo er doch noch berufstätig ist. Aber egal, als Partner will ich ihn ja sowieso nicht, auf gar keinen Fall. Wir einigen uns auf kommenden Montag, er wird versuchen, etwas früher von seinem Arbeitsplatz wegzukommen. Na, da bin ich mal gespannt.

20. Juli 2014, Sonntag

Sonntag-Abend-Tradition: ‚Tatort' gucken – heute wird nichts draus, das Telefon klingelt. Der ‚gut zu mir passende Herr' möchte wissen, wie es mir geht und sich etwas mit mir unterhalten. Ich versuche den Spagat, den tonlos gestellten Tatort-Krimi zu verfolgen, aus den Gesten der Schauspieler zu erkennen, um was es geht, und mich gleichzeitig am Telefongespräch zu beteiligen. Aber damit ist das Multitasking-Zentrum in meinem Gehirn rettungslos überfordert. Irgendwann gebe ich den Krimi auf, er wird bestimmt noch mehrfach wiederholt.

21. Juli 2014, Montag

Es regnet Bindfäden – natürlich, ich habe ja auch wieder einmal ein Date, fast an der gleichen Stelle wie der meiner schrecklichen ‚Partnersuch-Premiere' – das kann nur ein besonders schlechtes Vorzeichen sein.

Der Regen treibt mich unter das Dach einer nahen Bushaltestelle. Plötzlich steht der ‚gut zu mir passende Herr' vor mir, stellt sich vor – und der ‚Fluch' des Date-Ortes: auch er hat Freizeitklamotten an, immerhin nicht ganz so ungepflegte wie der ‚Dicke'. Und dass er mir genau wie damals der Dicke nur bis zum Kinn reicht – darauf war ich diesmal vorbereitet. Aber dann, sein Gesicht – ich bemühe mich, meines nicht allzu sehr entgleisen zu lassen: fast wie der frühere Hausmeister ‚meiner Wohnsiedlung'! Verstohlen schiele ich immer wieder in seine Richtung, meinen Augen ist ja noch nicht hundertprozentig zu trauen, vor allem nicht in Stresssituationen. Nein, sein Aussehen bleibt unverändert.

Er schlägt vor, mit seinem Auto ein Stück in den Wald zu fahren. Dass der Parkplatz in der Nähe einer Bushaltestelle liegt, beruhigt mich ein wenig. Es stellt sich heraus, dass er doch ‚tiefergehende' Interessen hat, aber nicht an einer Partnerschaft, sondern an etwas ganz anderem. Und ganz kurz bin ich sogar wirklich in Versuchung. Diese Einsamkeit, eine demente alte Frau als einzige Gesprächspartnerin. Aber dann rufe ich mich energisch zur Ordnung: So tief bin ich noch nicht gesunken! Ich habe Glück, er bedrängt mich nicht weiter, aber die Enttäuschung ist ihm anzumerken. Wir verabschieden uns ohne jede weitere Verabredung – Zuwachs für meine Sammlung skurriler Dates!

22. Juli 2014, Dienstag

Ich rufe Frau Wilhelmi an: Aus der Sache wird nichts, der ‚Hausmeister' ist absolut nicht der Richtige für mich. Sie bedauert, gibt aber zu bedenken, dass ich mich auch mit einem ‚etwas andersartigen' Partner einverstanden erklärt hätte. Na, da habe ich ‚Hinterwäldlerin' wieder mal etwas gelernt, nämlich die Bedeutung des Wortes ‚andersartig' im Jargon der Partnervermittler. Den Vorschlag, Frau Wilhelmi solle mal ihre Längen-Wahrnehmungsfähigkeit testen lassen, verkneife ich mir so gerade. Und allmählich beginne ich die Taktik der Partnervermittlungsinstitute zu durchschauen: Bei Neukundinnen versucht man wohl immer als erstes, die kleinen unansehnlichen Männer voller Macken ‚an die Frau' zu bringen. Vielleicht ist die Kundin ja schon so einsam, dass ihr selbst so ein Typ wie ein Märchenprinz erscheint. Vielleicht bin ich doch noch nicht einsam genug.

24. Juli 2014, Donnerstag

Wieder eine Ultraschall-Kontrolluntersuchung geschafft, alles in Ordnung. Der Arzt ist sehr nett; er musste mir damals die Diagnose ‚Krebs' mitteilen und hat mich seitdem wohl etwas ins Herz geschlossen. Ihm fällt meine sehr gedämpfte Freude auf, er fragt nach und auf meine Erklärung hin sagt er auf eine unnachahmlich komisch-wurschtige Art: „Die Männer sind alles blöde Kerle!" Ich muss unwillkürlich lachen. „Ja, bis auf den Anwesenden", sage ich.

2. August 2014, Samstag

Auf den heutigen Tag habe ich mich unter den gegebenen Umständen gefreut wie noch nie: das alle zwei Jahre stattfindende Treffen mit Frau Eilers, einer lieben ehemaligen Kollegin und meinem netten, leider jetzt in Berlin lebenden Ex-Chef. Endlich wieder einmal mit ‚normalen' niveauvollen Menschen reden, einfach nur reden. Halt, ich muss aufpassen, dass ich nicht zu viel rede. Hoffentlich haben die Ereignisse mich nicht negativ verändert. Von der Krebserkrankung wissen sie, das weitere nicht, bange Erwartung. Im Restaurant des größten Kaufhauses am Platz essen wir zu Mittag – sehr lange, denn wir haben uns so viel zu erzählen.

Ach, wie wohl fühle ich mich in der Gegenwart dieser beiden mir so vertrauten Menschen, sie sind quasi Sendboten aus einer früheren Zeit, einer Zeit, als mein Leben trotz aller Widrigkeiten so viel überschaubarer war als jetzt, als ich noch Hoffnung auf eine vielleicht einmal bessere Zukunft hatte. Vorbei, für immer vorbei. Ein lautes Krachen reißt mich aus den Gedanken. Dass sich eine dunkle Wolkenwand näherte, hatte ich schon gesehen, aber der Schauer kam mit Blitz und Donner und der Blitz war in einen in der Nähe aufragenden großen Baukran eingeschlagen! Sozusagen ‚mein' dritter Blitzeinschlag! Aber Samstagnachmittag ist das Führerhaus unbesetzt, und auch der Kran hat standgehalten. Viel zu schnell vergeht die Zeit, als wir das Kaufhaus verlassen, hat sich das Wetter beruhigt, eine goldene Abendsonne spiegelt sich auf dem nassen Asphalt. Noch den ganzen restlichen Abend bin ich in jenem ‚Vor-2013-Leben', in dem ich – vielleicht – glücklicher war.

5. August 2014, Dienstag

Manchmal, mitten unter vielen Menschen in der Stadt, in Geschäften, im Bus diese Halluzination: Ich sterbend auf dem riesigen, menschenleeren Krankenhausparkplatz.

Mit dem ‚Hausmeister' bin ich in gelegentlichem telefonischem Kontakt. Ich weiß, ich sollte es nicht, er könnte es missverstehen, glauben, dass ich doch Interesse an einem Abenteuer habe. Aber dieses abendliche Aufblinken des Handy-Displays – es erinnert mich so an die erste schöne Zeit mit Felix. Ich genieße diese leise Wehmut.

13. August 2014, Mittwoch

Wieder ein Augen-Kontrolltermin – ich bin richtig hin- und hergerissen zwischen Depression und freudiger Erwartung. Nach dem Juni-Termin hatte mich Felix zum zweiten Mal abserviert, auch das ist jetzt untrennbar mit dieser Sache verbunden. Andererseits wieder einmal eine Gelegenheit zu einem niveauvollen Gespräch. Ich will André nicht mit meinen Problemen nerven, aber eine kleine interessante Diskussion über etwas anderes als das Thema ‚Sehen' tut schon gut. Mit meinen ‚Lernerfolgen' ist er offenbar zufrieden und gleich gibt es wieder neue ‚Hausaufgaben'.

Was ich anfangs manchmal als lästig empfunden habe – jetzt sehne ich die unterschiedlichen Übungen geradezu herbei. Ich muss einfach noch besser werden, werde es schon allen zeigen. Vor allem Felix.

14. August 2014, Donnerstag

Ein Gutes hat das Wieder-Alleinsein: niemand mehr, für den ich Push-up-BHs tragen muss. Natürlich hätte Felix mich niemals dazu gezwungen, aber es bedeutete ihm viel und ich nahm das leichte Ziehen und Zwicken in der operierten Brust auf mich, wollte ihn nicht verlieren.

Und meine ganzen modischen Sommersachen – auch sie hatte ich ‚für Felix' gekauft, aber sollen sie jetzt ungenutzt im Schrank hängen? Mein praktischer Hausfrauenverstand protestiert. Außerdem, der arme Professor, sein Leben ist zurzeit alles andere als erfreulich, da will wenigstens ich ihm einen schönen Anblick bieten. Und so habe ich angefangen, mich richtig schick anzuziehen, seine gelegentlichen wohlwollenden Seitenblicke sind Belohnung und Ansporn zugleich. Sogar die Fürstin lobt mich an ihren guten Tagen. Aber wo Bewunderer sind, da sind auch Neider: Auf dem Weg zum ‚Dienst' begegne ich heute einer Nachbarin, eine unsympathische Person. Trotzdem grüße ich höflich; „Ich erkenne Sie ja kaum noch wieder", kommt es leicht giftig zurück. Darauf ich: „Dafür habe ich mir auch viel Mühe gegeben." Ob sie das kapiert hat?

20. August 2014, Mittwoch

Nachmittags ‚Dienst', dabei ist mir heute gar nicht gut. Das Sehtraining, die vielen Fixier- und Geschicklichkeitsübungen, ich muss alle Kraft aufwenden, um mich zu konzentrieren. Immer wieder will mein Gehirn in eine Grübelei über mein so düster gewordenes Leben abschweifen. Dazu die ständige zermürbende Angst vor einer erneuten Krebserkrankung. Und die alte Fürstin, ihre Launen werden immer unberechenbarer. Ich habe auf einmal das Gefühl, das alles nicht mehr zu schaffen. Aber ich kann den Professor nicht im Stich lassen. Also auf zur Straßenbahnhaltestelle; am Himmel bedenkliche Wolken. Sie drehen sich auf einmal so komisch und alles andere dreht sich auch, die Gehwegplatten werden immer größer. Wieso bin ich plötzlich auf dem riesigen, menschenleeren Krankenhausparkplatz? Ein stechender Schmerz und ich realisiere, dass ich der Länge lang hingefallen bin. In Panik rappele ich mich auf. Ich muss doch zu den Bertholds. Meine Umgebung ist wieder zur Ruhe gekommen, und gebrochen scheine ich mir auch nichts zu haben, denn sonst hätte ich bestimmt nicht so einfach wieder aufstehen können. Eine ganz kleine Verschmutzung unten an der Hose, das dürfte man kaum sehen – sonst ist nichts dreckig oder zerrissen, Gott sei Dank! Ich haste weiter.

Später im Bertholdschen Haus. Im rechten Knie fängt es an zu puckern und bei jedem Luftholen spüre ich einen stechenden Schmerz im Brustkorb. Zu Hause untersuche ich das Knie. Erleichterung, nur eine oberflächliche Hautabschürfung. Das mit den Rippen ist bestimmt eine Prellung, aber ich kann nachts vor Schmerzen kaum schlafen. Ich versuche mich zu erinnern. Im Fallen hatte ich mich instinktiv mit der linken Hand abgestützt, daher auch eine kleine Schürfwunde am Handballen. Warum nicht auch mit der rechten Hand? Ja richtig, rechts trug ich die mir von Felix geschenkte Handtasche, ich wollte sie offenbar nicht loslassen. Jetzt freut sich Freud bestimmt!

30. August 2014, Samstag

Wieder steht mir ein langweiliges, einsames Wochenende bevor. Im Landesmuseum gibt es wieder eine große Ausstellung, dieses Jahr sind die Kelten dran. Mir fällt mein letzter Besuch ein, wie ich letztes Jahr an der falschen Eingangstür rüttelte. Diesmal schaffe ich es ohne größere Katastrophe ins Gebäude. Feierlicher Augenblick: ich nehme die ersten Fundstück-Beschreibungen ins Visier und kann sie lesen, aber nur mühsam. Sie sind sehr klein geschrieben und oft schlecht ausgeleuchtet. Es gibt doch auch andere Menschen, die nicht ganz so gut sehen, aber wahrscheinlich nicht unter den Museumskuratoren.

Ein rekonstruiertes Wagengrab eines keltischen Fürsten, Münzen, prunkvolle Grabbeigaben, Alltagsgegenstände, ein kleines Kinderschwert. Was mögen diese uralten Gegenstände erlebt haben? Ich bin ganz in meine ‚Seh-Romane' versunken – und laufe fast frontal in eine weitere Vitrine hinein! Na toll, dann habe ich demnächst die blauen Flecke nicht mehr an der linken Körperseite, sondern auf der Stirn!

15 000 Jahre weiter zurück. Ich sehe zum ersten Mal in meinem Leben die Originalskelette der berühmten Oberkasseler Menschen: die Überreste eines über 50-jährigen Mannes und einer etwas nur halb so alten Frau; in einer großen Vitrine fein säuberlich ausgebreitet liegen sie nebeneinander. Schneewittchen im Glassarg, praktischerweise ist der Prinz auch direkt dabei. Neben der Vitrine eine Hinweistafel mit Rekonstruktionen der Gesichter: Die junge Frau ist auch nach unseren heutigen Maßstäben recht hübsch, der Mann dagegen guckt sehr verkniffen drein. Hatte er vielleicht einen Rivalen? Und außerdem – sind die Köpfe nicht viel rundlicher ausgefallen als von der Form der Knochenschädel her möglich? Ach, meine ‚Seh-Romane'. Jetzt die Skelettreste des Neandertalers, daneben ebenfalls eine Gesichtsrekonstruktion. Der Typ sieht ganz ‚normal' aus, fast besser als einige meiner ‚Dates'.

Wieder eine andere Zeit: die so genannte ‚Silberkammer' eines Barockfürsten wird gezeigt. Das Silbergeschirr diente auch als ‚Notgroschen' für finanzielle Engpässe, sagt die Informationstafel. Daher also die Redensart über die Aktivitäten eines in finanzielle Schieflage geratenen Unternehmen: ‚Jetzt wird das Tafelsilber verscherbelt'!

Eine weitere Ausstellung hat die ‚Erinnerung' an Menschen zum Thema, die ja früher nur per gemaltem Porträt möglich war. Ich gehe von Gemälde zu Gemälde – und bleibe vor einem stehen: Es zeigt einen vornehmen Bürger von stattlicher Gestalt, jedoch mit bleichen, etwas gedunsenen Gesichtszügen. Der Ratsherr – um einen solchen handelt es sich laut Bildbeschreibung – umarmt seine kleine Tochter und blickt sie liebevoll-traurig an. Er weiß, dass er todkrank ist und das Kind alleine zurückbleiben wird, denn auch die Mutter lebt nicht mehr. Ihr mit einem Totenkränzchen geschmücktes Bild hängt hinter den beiden an der Wand. Der Gesichtsausdruck des Mädchens und seine auf den Vater gerichteten großen Kinderaugen zeigen unerschütterliches kindliches Urvertrauen. Papa wird's schon richten. Nur dass Papa es diesmal nicht mehr richten kann. Wie der Maler das Mienenspiel der Dargestellten eingefangen hat! Der Eindruck auf mich ist so stark, dass ich die Augen unwillkürlich abwenden muss und mich stattdessen mit dem Weiterlesen der Informationstafel befasse. Der Maler habe nach diesem Werk keine weiteren Aufträge mehr erhalten, steht da, das Bild sei den Leuten einfach ‚zu traurig' gewesen.

Etwas suche ich noch, und zwar den Dioramen-Vorführapparat von 1900. An ihm war ich ja bei meinem letzten Museumsbesuch vor knapp einem Jahr ‚gescheitert'. Würde das jetzt besser sein, hat das Sehtraining schon etwas erreicht? Tatsächlich, ich habe das Gefühl, in die Bilder räumlich hineinsehen zu können, ja sogar selbst mitten in den dargestellten Landschaften zu stehen! Allerdings, alle Umrisse erscheinen mir leicht unscharf, wie eine feine regenbogenfarbige Doppellinie. Also bekommt mein Gehirn das mit der 3-D-Bildverarbeitung immer noch nicht so ganz optimal hin. Aber doch schon ein toller Fortschritt. Vielleicht nächstes Jahr …

31. August 2014, Sonntag

Fortsetzung des ‚Bildungsmarathons' im Zoologischen Museum der Stadt. Es ist zum Lachen: Ich bin hier geboren, habe Biologie – sogar Zoologie – studiert und auch hier war ich noch kein einziges Mal, hatte einfach nie Zeit. Na, dann auf zu den ausgestopften Viechern!

Im Parterre sind die großen Klimazonen der Erde in Form lebensecht gestalteter Landschaftspanoramen dargestellt und die jeweils ‚zugehörigen' präparierten Tiere so gekonnt eingefügt, dass man den Eindruck hat, sie müssten einem gleich entgegenspringen. Direkt gegenüber der Eingangshalle die ‚Savanne' inklusive ausgestopftem Nashorn, ganz lebensecht – mit abgesägten Hörnern! Es kommt noch lustiger: Einer danebenstehenden Informationstafel entnehme ich, dass dem Tier zum Schutz vor Dieben schon längst Kunststoffhörner verpasst worden waren, aber auch diese vor kurzem gestohlen wurden – sachdienliche Hinweise bitte an die 110. Da steht sicher manch reichem Scheich oder Chinesen, der das wirkungslose Kunststoffhorn-Pulver als potenzsteigerndes Mittel erworben hat, eine böse Überraschung bevor. Am Rand des riesigen

Savannen-Panoramas liegen binokulare Ferngläser aus, mit deren Hilfe man auch kleinere und weiter im Hintergrund befindliche Tiere besser sehen kann. ‚Man', ich leider nicht. Alles erscheint mir auf einmal winzig klein. Ich drehe das Fernglas herum – dasselbe. Nächster Versuch ohne Brille: diesmal alles zwar vergrößert, aber völlig verschwommen. Ich gebe auf.

Der Regenwald ist zurzeit wegen Umbaus ‚außer Betrieb', also weiter in die Arktis. Die Erläuterungstafeln kann ich ganz gut lesen, und meine Stimmung hebt sich wieder etwas. Eine Information zum Wasserkreislauf auf der Erde fesselt mich: Ein Tropfen Wasser braucht ungefähr 1000 Jahre, bis er wieder an seinem Ausgangspunkt angelangt ist. Wie man das wohl ausgerechnet hat? Ah ja, da steht es: anhand der Geschwindigkeit von Meeresströmungen. Ich stelle mir den auf Wanderschaft befindlichen 1000-jährigen Wassertropfen vor und bleibe fast in den Rippen eines riesigen Walskeletts hängen, wo kam das nur so plötzlich her?

Von den mitteleuropäischen Tieren bin ich etwas enttäuscht. Fast alle Felle haben eine stumpf-bräunliche Einheitsfarbe. Vielleicht wieder ein Seh-Blackout oder aber die schon sehr alten Präparate sind früher mit zu starken Antimottenmitteln behandelt worden.

Der erste Stock beherbergt unter anderem die riesige Insektensammlung des Museums und ein Mikroskop. Mit ihm kann man sich selbst an der Bestimmung von kleinen Insekten versuchen. Ich sehe nur ein undefinierbares Gewirr von Linien! Während meines Studiums konnte ich doch auch mikroskopieren, sonst hätte ich das Studium überhaupt nicht geschafft. Was ist nur los, was ist in meinem Kopf kaputtgegangen?

Ein Stockwerk höher gibt es eine Ausstellung zur Gewinnung von Bodenschätzen. Eine Schautafel zeigt Fotos aus verschiedenen Bergwerken, die Bilder sind im 3-D-Verfahren hergestellt. Daneben hängen 3-D-Brillen, ich setze eine über meine eigene Brille, es bringt nichts, wirre Farbschlieren. Das Museum scheint mich trösten zu wollen, hält ein kleines Schluss-Highlight für mich bereit: Im Vivarienkeller sehe ich erstmals einen lebenden Axolotl, diesen geheimnisvollen weißen mexikanischen Grottenmolch, der nie erwachsen wird. Die Menschen wollen auch nicht altern; bestimmt entdecken sie bald die Axolotl als Produzenten von ‚Verjüngungsstoffen'. Erste Versuche in dieser Richtung sollen schon unternommen worden sein, die armen Axolotl.

8. September 2014, Montag

André kündigt an, dass er mir demnächst eine Schlagzeug-Unterrichtsstunde spendieren werde. Was er damit wohl beabsichtigt? Aber auf jeden Fall eine interessante Sache. Das mit den Seh-Blackouts – wieder traue ich mich nicht zu fragen. Dafür frage ich endlich etwas anderes: Warum immer wieder diese ‚Seh-Romane', diese intensiven, manchmal sogar fast unerträglich intensiven Seherlebnisse? Zuerst die Brille und jetzt das Sehtraining hätten nicht nur meine Augen völlig umgestellt, sondern auch Nervenblockaden gelöst, so dass die linke, für Gefühle ‚zuständige' Gehirnhälfte zunehmend aktiviert würde, erklärt André. Aha, da hat in all den Jahren meine linke Gehirnhälfte gar nicht richtig funktioniert! Zum ersten Mal begreife ich das Ausmaß der Umstellungsvorgänge in meinem Kopf.

Aber dieses neue Sehen – ich gehe im wahrsten Sinne des Wortes mit ganz anderen Augen durch die Welt – ist das nicht für mich zu spät gekommen? Werde ich noch etwas davon haben? Die anderen Menschen meiner Altersgruppe sind in Aussehen und Ansichten schon richtig ‚vergreist', festgefahren, das ist mir noch nie so deutlich aufgefallen wie jetzt. Felix war so ganz anders, schießt es mir durch den Kopf.

André widerspricht lebhaft. Auch jetzt würde noch eine tolle Zeit auf mich zukommen, meint er. Ich bin skeptisch. Damals, das zum Abschluss der Strahlenbehandlung geführte Gespräch mit dem Onkologen: Als ich das Antihormonmittel wegen der möglichen Augenschädigung ablehnte, die völlig verständnislose Frage des Arztes: „Wozu wollen Sie in Ihrem Alter noch gut sehen können?"

10. September 2014, Mittwoch

Das Gespräch mit André gibt mir viel zu denken: Mit dem teilweisen Ausfall der linken Gehirnhälfte waren dann ja auch meine Gefühle die meiste Zeit meines Lebens nicht voll entwickelt. Deshalb also meine immer so nüchterne, rationale Betrachtungsweise, mein zuverlässiges Funktionieren im Büro und bei der Angehörigenpflege. Und deshalb habe ich ja vielleicht auch ein naturwissenschaftliches Fach studiert.

12. September 2014, Freitag

Der ‚Hausmeister' hat schon seit Tagen nicht mehr angerufen. Bei unserem letzten Gespräch hatte er mir nochmals ein Treffen mit eindeutigen Absichten vorgeschlagen. Daraufhin habe ich ihm unmissverständlich klar gemacht, dass ich an einem Abenteuer nicht interessiert bin. Bei mir Erleichterung – und ein winziges bisschen Bedauern. Jetzt endgültig kein abendliches Aufblinken des Handys mehr, keine wehmütige Erinnerung an die erste, schöne Zeit mit Felix.

15. September 2014, Montag

Felix. Dass er irgendwann einfach keine Geduld und Kraft mehr hatte – ich kann es inzwischen verstehen. Auf einmal verspüre ich das Bedürfnis, ihm zu sagen, wie es mir jetzt geht, was ich inzwischen alles erlebt habe – einfach nur so, ohne irgendeine weitere Absicht. Ein Anruf? Besser nicht, vielleicht hat er gerade keine Zeit, vielleicht hat er inzwischen ja auch eine andere Frau kennengelernt, eine, die nicht so ‚schwierig' ist wie ich. Oder er könnte es als Belästigung auffassen. Für eine SMS ist das, was ich sagen möchte, doch etwas viel. Bleibt nur der Schriftweg. Per Post – auch nicht so gut, ich möchte nicht, dass der Absender eine eventuelle neue Freundin irritiert. Aber ich könnte das Schreiben in einem neutralen Umschlag selbst in seinen Briefkasten werfen und dabei gleichzeitig auch endgültig von seinem Haus und der mir so vertraut gewordenen Gegend Abschied nehmen – ohne Tränen, nehme ich mir fest vor. Den Brief kann er ja lesen, wenn er Zeit hat, das muss nicht sofort sein. Genau, so werde ich es machen!

Der Text. Er sollte herzlich, aber sachlich sein, absolut ohne jeden vorwurfsvollen oder klagenden Unterton. Und natürlich auch nicht zu lang, das könnte von vornherein abschreckend wirken. Wie lässt sich all das Erlebte so einfach zusammenfassen? Ich glaube, ich werde erst einmal eine Nacht darüber schlafen.

16. September 2014, Dienstag

Mit dem ‚Darüber-Schlafen' – das hat nicht so recht geklappt, ich habe die ganze Nacht auf meinem inneren ‚Bildschirm' den Text zusammengebastelt. Morgens ging es dann am realen Bildschirm weiter. Jetzt ist das Schreiben fertig und ich glaube, es ist ganz gut geworden. Ich habe die Erfolge des Sehtrainings beschrieben, mein Bemühen, gegen die noch vorhandenen Schwachstellen anzukämpfen, dass ich alleine schon so einiges unternommen habe, mein Tagebuch, aus dem vielleicht mal ein Buch wird, und der angekündigte ‚Trommelkurs'. Noch der Schlusssatz: beste Wünschen für Gesundheit und ein glückliches Leben im Kreis seiner Familie. So, fertig! Ich bin erleichtert – nein, ich fühle eine Ruhe und wohltuende Zufriedenheit in mir. Na, dann mache ich mich mal auf den Weg.

18. September 2014, Donnerstag

Abends sehr erschöpft und etwas geknickt: der alten Fürstin geht es immer schlechter; nach einem leichten Schlaganfall ist ihre rechte Körperseite teilweise gelähmt. Dazu ihre inzwischen hochgradige Demenz – wie lange werde ich das noch schaffen? Sie müsste rund um die Uhr professionelle Betreuung haben. Aber aufgeben? Irgendwie sind die beiden alten Leute meine einzige noch vorhandene Verbindung zu Felix.

23. September 2014, Dienstag

Frau Eilers, meine frühere Kollegin, ruft an – gerade noch rechtzeitig, bevor mein Handy Spinnweben ansetzt. Sie hat eine Einladung zur feierlichen Eröffnung der seit langem angekündigten großen Ausstellung über die Maler Macke und Marc, darf eine Begleitperson mitbringen und hat dabei an mich gedacht. Wie schön, ich sage sofort zu. Später werde ich dann doch wieder etwas mutlos: Bin ich schon gesellschaftsfähig? Es ist etwas anderes, sich allein lächerlich zu machen, als jemanden anderen unschuldig mit hineinzuziehen.

24. September 2014, Mittwoch

Der ‚große' Tag; ich werfe mich wieder einmal ‚in Schale', denn auch Frau Eilers ist eine immer modisch und schick gekleidete Dame. Der Festsaal des Museums; nacheinander betreten mehrere ‚Men in Black' – sprich Honoratioren – die kleine Bühne und halten salbungsvolle Reden. Ich vertreibe mir die Zeit mit dem Studium der Mitgeladenen, interessiere mich vor allem für andere Frauen. Und ich sehe Seltsames: Eine sehr Korpulente trägt eine Art Schlafanzug mit Turban – ein weiblicher Salafist? Eine andere: Orangenhautbeine und Minirock – eine ausgesprochen ästhetische Kombination. Dort, das Kleid – so etwas könnte ich aus meinem Wohnzimmerteppich auch schneidern. Und eine, mit von tiefen Falten zerfurchtem Gesicht, neonroten Haaren und blauschwarz geschminkten Augen, wie die Augenhöhlen eines Totenschädels – richtig gruselig. Frau Eilers ist meinen Blicken gefolgt – das seien eben auch ‚Gesamtkunstwerke', meint sie schmunzelnd. Bei den Herren ist die Modenschau nicht ganz so ergiebig, es gibt die übliche Dreiteilung: die Schicken in dunklen Anzügen, die Truppe in Rentnerbeige und die Jack-Wolfskin-Fraktion.

Dann werden wir auf die Bilder ‚losgelassen' und auch hier wieder die Beschriftung: winzige Buchstaben auf durchsichtigen kleinen Plexiglas-Täfelchen vor grauer Wand, kaum zu lesen. Etwa eine weltweite Museumsverschwörung gegen mich? Vorsichtig blicke ich nach rechts und links – auch andere kneifen die Augen zusammen, stelle ich fest. Man müsste mal in die Gehirne der Ausstellungskuratoren hineingucken können, was würde man da wohl sehen? Aber die meisten größeren Farbbilder von Macke und Marc kenne ich schon …

Meine ‚Bilderbücher': gesammelte Kunstkalenderblätter und Postkarten. Macke und Marc sind meine Lieblingsmaler. Immer wieder schaue ich ihre Bilder an, die leuchtend bunt zusammengesetzten Farbflächen faszinieren mich. Ich bitte meine Eltern tatsächlich um ein Originalgemälde von Macke oder Marc als Weihnachtsgeschenk: ‚Du spinnst wohl!', sagt mein Vater.

Noch etwas wird mir in diesem Augenblick bewusst: die wunderschön farbige Welt, die ich vor knapp einem Jahr in meiner Fast-Todesstunde gesehen hatte. Es war als wäre ein Bild des toten Macke oder Marc zum Leben erwacht, während ich starb.

Die berühmten Ölbilder sind von den Besuchern umlagert. Einige Male gelingt es mir, mich kurz von der Seite an eines von ihnen heranzupirschen – erstmals das ‚begehrte' Original vor Augen zu haben und sogar die Oberflächenstruktur erkennen zu können – wow, was für ein Erlebnis! Ich muss mich sehr zusammenreißen, um sie nicht mit den Fingern zu befühlen. Und etwas völlig Neues: Macke hat auch viele auf seinen zahlreichen Reisen gefertigte kleinformatige Tusche- und Kohleskizzen hinterlassen – das habe ich nicht gewusst. Jetzt sehe ich sie zum ersten Mal und finde, sie zeigen die Genialität des Künstlers noch besser. Einige wenige gekonnte Striche geben eine Straßenszene in Tunis, ein französisches Café oder ein in die Mode der damaligen Zeit gekleidetes elegantes Paar samt kleinem Salonhund wieder, toll!

In einer Filmvorführung werden weitere, hier nicht ausgestellte Werke der beiden Maler gezeigt, darunter ein mir unbekanntes Ölgemälde von Macke. Der Künstler hat wieder einmal in seiner typischen Art eine belebte Straßenszene dargestellt, aber etwas ist anders. Die abgebildeten Menschen stecken die Köpfe zusammen oder eilen wie von Furcht getrieben vorbei. Dazu die Farben – sie haben nichts von der gewohnten bunten Leuchtkraft, sondern sind düster und verhangen. Es sei eines der letzten Bilder von Macke, erklärt der Sprecher, in ihm habe der Künstler die Stimmung in den Tagen der Mobilmachung vor Kriegsbeginn festgehalten. Deswegen war das Gemälde in den Kunstkalendern meiner Kindheit nie abgebildet, seine Aussage passte wohl nicht in die damalige politische Richtung. Um die Zuschauer noch intensiver in die damalige Zeit hineinzuversetzen, sind zwischendurch kurze Filmausschnitte von wohlgeordnet in Krieg und Tod ziehenden Kolonnen deutscher Soldaten eingeblendet – das ist zu viel für die durch schlimme Erlebnisse im letzten Krieg immer noch traumatisierte Frau Eilers, sie verlässt den Raum. Ich will sie nicht allein lassen, folge ihr – und denke: Wie viele Menschen in den heutigen Kriegsgebieten erleben das Gleiche gerade jetzt, in diesem Augenblick und wer weiß, vielleicht ereilt uns dieses Schicksal auch noch einmal.

27. September 2014, Samstag

Vormittags, das Telefon läutet. Eine Männerstimme, ein Vorname. Einen Augenblick bin ich völlig irritiert. Der Professor? Ist wieder etwas passiert? Nein, er würde sich niemals mit seinem Vornamen melden. Etwa der ‚Hausmeister'? Bloß nicht. Mein Zögern fällt am anderen Ende der Leitung auf, der Nachname wird genannt. Das gibt's doch nicht, es ist Felix! Wie lange habe ich mich nach dieser sympathischen, herzlichen Stimme gesehnt und jetzt erkenne ich sie nicht wieder! Vielleicht brauchen inzwischen ja auch meine Ohren ein Training. Er habe erst heute Zeit für einen Rückruf gefunden, es täte ihm leid, sagt Felix, er sei von meinem Brief sehr beeindruckt gewesen. Er schlägt ein nochmaliges Treffen vor, wegen eines Termins würde er sich wieder melden. Ich höre mich ‚Ja, in Ordnung' sagen. Dann starre ich das Telefon an – gefühlte Stunden. Das gibt's doch nicht. Jetzt, wo ich mit allem abgeschlossen habe, nichts mehr erwartete. Aber vielleicht hat er dann doch wieder keine Zeit. Am besten einfach neutral bleiben, abwarten. Diese linke ‚Gefühls'-Gehirnhälfte, ich glaube, ich werde sie besser noch nicht vollständig einschalten!

28. September 2014, Sonntag

Bin ungewöhnlich früh wach. Mist, meine Gefühls-Gehirnhälfte hat sich über Nacht von ganz allein eingeschaltet! Ich rufe mich selbst energisch zur Ordnung: Du hast wohl immer noch nicht genug seelische Tiefs erlebt. Und außerdem, da ist etwas ganz anderes, über das ich mir Sorgen machen sollte: die katastrophale Situation bei ‚Professors'. Was, wenn ich etwas übersehe oder einmal nicht schnell genug reagiere, wenn in meiner Gegenwart etwas passiert? Aber den Professor im Stich lassen – das geht nun einmal nicht.

1. Oktober 2014, Mittwoch

Bei den Sehübungen lässt meine Konzentration mehr als zu wünschen übrig – ich fiebere dem späten Nachmittag entgegen. Frau Eilers hat mich zu einer weiteren Ausstellungseröffnung eingeladen. Ein ausgesprochen ungewöhnliches Thema: die Cillíní. In Irland wurden – teilweise noch bis in die jüngste Vergangenheit – totgeborene, ungetaufte Kinder, bei der Geburt ihres Kindes verstorbene Frauen, ‚gefallene' Mädchen, uneheliche Babys – kurz alles, was vom ‚normalen christlichen' Lebenslauf abwich, außerhalb der geweihten Friedhöfe regelrecht verscharrt (beim Tod der unehelichen Babys wurde bestimmt auch ‚nachgeholfen' – davon bin ich überzeugt). Diese ‚Bestattungen' fanden meist an besonders entlegenen, unwirtlichen Orten wie zum Beispiel nahe der Steilküsten statt. Um eine ‚Wiederkehr' der ‚Unseligen' zu verhindern, wurden auf die Begräbnisstätten kleine oder größere Steinhaufen gelegt – diese ‚Ensembles' heißen auf Gälisch „Cillíní". Die Einheimischen wussten Bescheid, aber man sprach nicht offen darüber.

Heinrich Bölls Sohn René entdeckte die Cillíní schon als Junge im Urlaub bei seinen Streifzügen durch die Umgebung. Die Faszination der geheimnisvollen Steinhaufen ließ ihn nicht mehr los. Als Erwachsener und inzwischen bekannter Maler ist er nach Irland zurückgekehrt und hat zahlreiche dieser Cillíní mit Pinsel und Kamera festgehalten. Tolle Fotos, sie geben das Trostlose und Düstere der Cillíní treffend wieder. Die Gemälde – vage Umrisse wie hinter Schleiern, der Künstler wurde offenbar von der an den Küstenfelsen aufsprühenden Gischt inspiriert. Besonders beeindruckt mich ein Bild mit den Konturen einer gespenstartigen Frau, die den Betrachter aus leeren Augenhöhlen anstarrt – der Geist einer der ‚Weggeschmissenen'?

Unter den Gästen entdecke ich eine bekannte Gestalt: den weiblichen ‚Salafisten' von der Macke/Marc-Ausstellung. ‚Er' entpuppt sich trotz des Wallegewandes als eine nette und auch praktisch veranlagte Dame aus der ‚Kunstszene'. Ausstellungserfahren wie sie ist, hat sie damit gerechnet, dass der anschließende Sekt- (bzw. hier: Wein-) Empfang aus Einsparungsgründen diesmal ‚knabbergebäcklos' sein würde und sich ‚Proviant' mitgebracht, den sie bereitwillig mit uns teilt. Also: Vernissagen demnächst nur noch mit eigenem Pausenbrot und eigener Sektflasche. Auch auf diesem Gebiet muss ich wohl noch einiges lernen.

Abends, wieder zu Hause und richtig stolz: Zum ersten Mal seit Beginn der Augenumstellung habe ich mich auch mit mir unbekannten Menschen unterhalten – ganz normal, ohne jedes Blackout! Mein Handy hatte ich nicht in die Ausstellung mitgenommen, nur aus alter Gewohnheit sehe ich nach, wer sollte mich auch anrufen – und es hat jemand angerufen, sogar zweimal. Felix! Mein Herz stolpert kurz, ich bin dagegen einfach machtlos. Zurückrufen? So spät und halb beschwipst lieber nicht. Morgen früh werde ich ihm eine SMS schicken.

2. Oktober 2014, Donnerstag

Auf meine SMS folgt ein sofortiger Rückruf von Felix. Seine Stimme – mein Herz stolpert wieder. Er lädt mich für abends ein, kündigt eine Überraschung an. Nachmittags ‚Dienst' bei der Fürstin; ich sehe immer wieder verstohlen auf die Uhr. Viel zu langsam kriechen die Zeiger vorwärts. Wie damals. Aber ich darf nicht unaufmerksam sein, jede Sekunde, die ich nicht hinschaue, kann die alte Dame etwas anstellen, sie ist da sehr erfinderisch. Endlich bin ich ‚erlöst'. Die Strecke, die ich vor einem Jahr so oft gefahren bin. In mir wühlt eine seltsame Mischung aus Wehmut und einer Art Lampenfieber, ich kann nichts dagegen tun. In der Eingangshalle seines Hauses kommt Felix mir entgegen. Ich suche verzweifelt den Abstellknopf für Gefühle.

Ein kleines Abendessen, später bekomme ich ein Geschenk: eine Flasche Limoncello, mein geliebter italienischer Zitronenlikör. Dass er das noch weiß! Und dann die Überraschung: Ein netter Typ möchte meine Bekanntschaft machen, erzählt Felix, ob ich einverstanden wäre? Die Überraschung ist gelungen, ich bin völlig perplex. Soll ich etwa an den nächsten Mann weitergereicht werden – wie eine Nutte?

3. Oktober 2014, Freitag, Tag der deutschen Einheit

Ich will Felix nicht verärgern, verspreche, mir seinen Vorschlag zumindest überlegen zu wollen – in seinem Gesicht ehrliche Freude. Er bringt mich nach Hause, durch morgendlich leere Feiertagsstraßen.

5. Oktober 2014, Sonntag

Ich stelle meine Notizen für André zusammen. So, alles ausgedruckt, ich könnte den Laptop jetzt wegräumen, stattdessen starre ich den Bildschirm an. Felix' Vorschlag. Vielleicht habe ich zu schwarz gesehen, vielleicht hat er sich ja etwas ganz anderes dabei gedacht. Und schon verfasse ich noch ein weiteres Schreiben, einen kurzen Brief: einverstanden. Ansehen kann ich mir den Typ mal, vielleicht bekommt meine Sammlung skurriler Dates ja Zuwachs – auf jeden Fall aber ein Nachmittag oder Abend, der schneller vergeht.

6. Oktober 2014, Montag

Abends, nach ‚Dienstschluss': Wieder einmal eine Weiterfahrt zu Felix, den Brief im Gepäck. Der schmale, von Gebüschen und Bäumen gesäumte und von Straßenlaternen spärlich beleuchtete Weg zu seinem Haus. Ich laufe, denn ich will den Gegenbus noch erreichen, blicke unwillkürlich zu einer der Laternen hoch – da flattert doch etwas um den Lampenschirm herum. Für ein Insekt zu groß, für einen Vogel zu klein, das kann ich erstaunlicherweise sofort entscheiden, stoppe, gucke genauer hin: Es ist eine kleine Fledermaus. Ich sehe erstmals in meinem Leben eine Fledermaus in freier Wildbahn! Fasziniert beobachte ich ihr Geflatter eine Weile, dann spurte ich weiter.

Die nächste Überraschung: Felix persönlich steht vor seinem Haus. Er ist gerade von einer abendlichen Fahrrad-Fitnessrunde zurückgekommen und unterhält sich mit Nachbarn. So ein Mist, der Sinn des Schreibens war, dass ich ihn nicht sehen und auch seine Stimme nicht hören wollte, ich will einfach nicht wieder schwach werden. Aber ich kann meinen Laufschritt nicht rechtzeitig stoppen – Felix und die Nachbarn haben mich erspäht, Rückzug unmöglich. Auf einmal werden die Gesichter zu leeren hellen Flecken, ich gerate völlig in Panik. Mit ein paar gestammelten Worten drücke ich Felix den Brief in die Hand und flüchte geradezu.

Der Aufenthalt hat etwas Zeit gekostet, vom Bus sehe ich nur noch die Rücklichter. Warten auf den nächsten, eine andere Linie, ich muss deshalb einmal mehr umsteigen. Felix' Rückruf kommt, als ich noch in der Straßenbahn sitze. Er ist sehr verwundert über mein seltsames Verhalten, aber meine Zustimmung zu seinem Vorschlag scheint ihn etwas zu versöhnen – er werde sich so bald wie möglich wieder melden, verspricht er.

7. Oktober 2014, Dienstag

Die neuen Sehübungen – die erste besteht darin, meine immer wieder auseinanderrutschenden Augen zu bändigen, nachdem ich gestern Abend meine Verzweiflung in ziemlich viel Limoncello ersäuft habe.

Schon vormittags ruft Felix wieder an und lüftet das ‚Geheimnis': Der Herr, mit dem er mich bekannt machen will, ist sein Freund Philipp und sozusagen von Anfang an der ‚Dritte' in meinem ‚Bunde' mit Felix. Philipps tapferer und erfolgreicher Kampf gegen eine besonders gefährliche Krebserkrankung, die ihn vor einigen Jahren heimgesucht hatte – mit dieser Erzählung tröstete mich Felix, als ich ihm meinen gerade entdeckten Brusttumor gestand. Dann der geplante erste gemeinsame Urlaub mit Felix in Portugal – meine bevorstehende Operation hatte ihn ja leider zunichte gemacht. Mein dortiger Gastgeber – auch das wäre Philipp gewesen, der an der Algarve-Küste mit seiner portugiesischen Lebensgefährtin seinen Ruhestand verbringt.

Schließlich mein Sehtraining. Philipp, früher selbst Optiker, ist bestens vertraut mit der Methode, war an ihrer Entwicklung beteiligt. Mir kommt blitzartig ein Gedanke: Das wäre doch die Gelegenheit, mein immer noch in den unmöglichsten Augenblicken zusammenbrechendes Sehvermögen ein wenig ‚trimmen' zu lassen, endlich in Felix' vornehmer Verwandtschaft vorzeigbar sein. Vielleicht – bestimmt – hat Felix das auch beabsichtigt. Wie gut, dass ich meinen ersten bösen Verdacht nicht laut geäußert hatte. Wir könnten vielleicht einiges zusammen unternehmen, bis Philipp Anfang November wieder nach Portugal zurückreist, unterbricht Felix meine Überlegungen. Ich erkläre mich sofort einverstanden, Felix' Freude ist nicht zu überhören.

8. Oktober 2014, Mittwoch

Am liebsten würde ich die Sehübungen ‚schwänzen', so aufgeregt bin ich. Heute Abend werde ich den ‚berühmten' Philipp endlich kennenlernen, Felix will uns einander vorstellen. Aber ich mache sie doch, und zwar besonders sorgfältig, ich will schließlich dem ‚Erfinder des Sehtrainings' guten Gewissens unter die Augen treten.

Seltsamer Treffpunkt: Das gleiche Restaurant, in das Felix mich vor eineinhalb Jahren bei unserem allerersten Treffen eingeladen hatte, und das vor knapp einem Jahr Schauplatz meines verunglückten ‚Geburtstagsessens' mit Felix war. Mein ‚Schicksalsrestaurant'. Auf jeden Fall will ich dem heutigen ‚Desaster' gut angezogen entgegentreten. Um 17 Uhr soll das Treffen stattfinden. Dann ist Berufsverkehr, also lieber ein Bus früher – ich will weder Felix blamieren noch auf Philipp einen schlechten ersten Eindruck machen. Trübes Wetter, Regen ist angekündigt – richtig, ich habe ja wieder ein ‚Date'. Im ersten Stock ist ein Tisch am Fenster frei. Ich setze mich, starre gespannt aus dem Fenster.

Da kommt Felix, neben ihm ein anderer Mann, der sich lebhaft mit ihm unterhält. Das muss der geheimnisvolle Philipp sein.

Sie kommen die Treppe hinauf, zum ersten Mal sehe ich Philipp aus der Nähe: gebräunt, gut aussehend, Felix sogar etwas ähnlich, bis auf die Kleidung. Felix wie immer ganz Geschäftsmann in Hemd, Krawatte und Jackett, Philipp trägt eher legeres ‚Künstleroutfit' mit Schal. Felix gibt mir ein Begrüßungsküsschen auf die Wange, Philipp auch. Philipp nimmt wie selbstverständlich den Platz neben mir ein, Felix bleibt nichts anderes übrig, als sich mir gegenüber zu setzen. Macht er ein etwas unglückliches Gesicht oder spielen mir meine Augen wieder mal einen Streich? Ich habe nicht lange Zeit, darüber nachzudenken, Philipp verwickelt mich auf eine äußerst charmante Art in ein Gespräch. Felix bestellt für sich und Philipp je ein alkoholfreies Bier, mir bietet er einen Prosecco oder Wein an. Ich entscheide mich für eine Cola light. Ich glaube, es ist besser, wenn ich einen klaren Kopf behalte. Felix erhebt sich plötzlich, er müsse los, ein wichtiger Termin. Ich hatte seine Anwesenheit doch tatsächlich fast vergessen, vielleicht hat er das gemerkt.

Die angeregte Unterhaltung mit Philipp geht weiter, er sagt mir auf den Kopf die Stärke meiner Brillengläser zu. Ich staune, habe aber einen Trumpf in der Hinterhand: Er erkennt nicht sofort, dass es sich um Gleitsichtgläser handelt. Das Triumphgefühl ist nicht von langer Dauer. Meine Augen beschließen, dass jetzt der Moment für den täglichen Streich gekommen sei: Ich will nach dem Cola-Glas greifen, sehe es plötzlich nicht mehr und bringe es zum Kippen! O je, denke ich, jetzt ist alles aus, wer will schon mit so einem Tollpatsch etwas zu tun haben. Deswegen hat Felix mir ja auch ‚den Stuhl vor die Tür gestellt'. Aber Philipp fängt mit einer geschickten Handbewegung das Glas auf und verhindert so das ganz große Malheur. Dann wischt er mit der Zitronenscheibe die verschüttete Cola in den Spalt des Doppeltisches. Der materielle Schaden ist ‚rückstandslos' beseitigt, nicht aber das Gefühl, wieder einmal ‚versagt' zu haben.

Philipp sieht mich eigenartig an. Ob er, der ‚Augenspezialist', meine Gedankengänge erraten hat? Aber dann setzt er die Unterhaltung fort, als ob nichts gewesen wäre. Wir quatschen und quatschen. Er glaubt mir mein ‚hohes' Alter nicht, ich zeige meinem Personalausweis vor. Dann entdecken wir ein gemeinsames Hobby: die Geschichte. Ich beginne, mich richtig wohl zu fühlen, wenn nur dieser immer lästiger werdende Hunger nicht wäre. Ich habe nämlich seit 24 Stunden nichts gegessen. Morgens fehlt mir meistens der Appetit und auf das Mittagsmahl hatte ich verzichtet, denn normalerweise bekommt man bei einer Einladung in ein Speiselokal auch etwas zu essen. Normalerweise, heute offenbar nicht. Von den Nachbartischen wehen Essensdüfte in meine Nase, die Bedienungen tragen immer wieder Tabletts mit lecker aussehenden Speisen an uns vorbei. Bilde ich mir das nur ein oder trifft uns der eine oder andere missbilligende Kellnerblick? Philipp merkt nichts, das Gespräch scheint ihn völlig in den Bann gezogen zu haben. Aber von einem Gespräch wird man nicht satt, selbst wenn es noch so spannend ist, und schließlich frage ich schüchtern, ob wir vielleicht etwas bestellen können. Er habe keinen Hunger, sagt Philipp flüchtig und setzt die Unterhaltung fort. Auch ich bin völlig fasziniert von seinem Wissen und seine vielseitigen Interessen. Die Diskussion wird noch lebhafter, irgendwann achte ich nicht mehr auf meinen knurrenden Magen.

Wir reden und reden. Wie schnell die Zeit vergeht, merke ich daran, dass sich der Gastraum allmählich leert. Schließlich ist es fast 22 Uhr, und auch wir beschließen zu gehen. Diesmal guckt uns der Kellner sehr seltsam hinterher, das habe ich deutlich gesehen, so schlecht können meine Augen gar nicht mehr sein. Ich glaube, in diesem Restaurant lasse ich mich für den Rest meines Lebens besser nicht mehr blicken. Philipp bringt mich mit dem Auto nach Hause. Während der Fahrt geht die Diskussion weiter und prompt vergesse ich, ihn auf die richtige Abfahrt aufmerksam zu machen. Wir biegen bei der nächsten sich bietenden Möglichkeit ab und nähern uns daher meiner Wohngegend aus einer für mich ungewohnten Richtung, dazu die Dunkelheit – da ist schon mein nächstes Blackout: Ich weiß plötzlich überhaupt nicht mehr, wo wir sind, in meiner eigenen Geburts- und Heimatstadt! Jetzt habe ich Philipp wohl endgültig in die Flucht geschlagen. Aber nein, er bleibt ganz ruhig, bietet auf seine gelassene Art an, sein normalerweise nicht benutztes Navi hochzufahren, das allerdings würde etwas länger dauern. Wir überqueren eine größere Straße, auf der eine späte Straßenbahn fährt. Dieses ‚Ensemble' ist für mich wohl der ‚Trigger', ich ‚erwache' aus meiner Erstarrung und kann Philipp den Weg zu ‚meinem' Haus weisen – puh, noch mal gut gegangen!

Parkplatz – wir tauschen unsere Telefonnummern aus – und schon geht die Rederei weiter! Wir erzählen uns von unseren Familien. Die meine ist ja inzwischen sehr ‚überschaubar', er hat mehr Verwandtschaft, aber nicht unbedingt mehr Glück: viele schlimme Schicksale. Dann wieder berichtet er aus seiner Berufspraxis, von der Optikerfirma, den bescheidenen Anfängen. Trotz seiner Familie und seiner portugiesischen Lebensgefährtin scheint ihm ein Mensch, mit dem er über das alles reden kann, zu fehlen, denke ich bei mir. Vor den Autofenstern immer wieder heftige Regenschauer (klar, ich habe ja auch ein ‚Date'). Auf einmal ist es sage und schreibe zwei Uhr nachts! Wir müssen uns nun doch verabschieden. Philipp sagt, er wolle mich am frühen Samstagvormittag abholen, werde vorher aber noch anrufen. Dann stehe ich wieder in meiner Wohnung – und vor einer Grundsatzentscheidung: Essen oder Schlaf? Die Müdigkeit siegt, ich falle ins Bett.

9. Oktober 2014, Donnerstag

In meinem Kopf dreht sich ein Karussell, in meinem Mund auch: Ein Zahn grummelt schon seit Wochen und scheint ausgerechnet heute Morgen richtig loslegen zu wollen. Ich mache mich sofort auf den Weg zur Zahnärztin, damit ich als Notfall noch heute Vormittag behandelt werde. Da Wartezimmer – immer wieder habe ich die Halluzination, dass mein knurrender Magen ganz deutlich zu hören ist. Zu meiner großen Erleichterung wird nur eine Zahnfleischentzündung festgestellt und auch gleich behandelt, dann bin ich entlassen. Eine Stunde später – jetzt dürfte ich laut Anordnung der Zahnärztin wieder etwas essen – theoretisch, denn praktisch muss ich mich nun auf den Ein-Stunden-Weg zum ‚Dienst' machen. Dort gibt es immerhin eine Tasse Kaffee und dazu Gebäck – aber auch das wieder nur theoretisch, denn ich muss ja die alte Fürstin im Auge behalten. Ich bringe den ‚Dienst' ohne größere Katastrophe hinter mich, dann der lange Rückweg, und wieder siegt die Müdigkeit über den Hunger.

10. Oktober 2014, Freitag

Die Behandlung hat gewirkt, der Zahn gibt Ruhe. Der Magen nicht, er ist inzwischen völlig leer, mein Kühlschrank auch. Als ich gerade im Lebensmittelmarkt vor den Regalen stehe, läutet das Handy. Es ist Felix – du lieber Himmel, ich hatte ihn ganz vergessen, ich sollte ihm ja schon gestern über den Ausgang des ‚Rendezvous' Bericht erstatten. Ich kann ihn kaum verstehen, im Supermarkt dudelt Reklame. Sobald ich wieder zu Hause bin, werde ich zurückrufen, verspreche ich diesmal hoch und heilig. Als ich von dem ‚Hunger-Date' erzähle, lacht Felix herzlich. „Ein Mädchen will ernährt werden, das musst du Philipp noch beibringen", sagt er, als er wieder sprechen kann. Philipp, ob ich ihn überhaupt noch einmal wiedersehe?

11. Oktober 2014, Samstag:

Den Frühstückskaffee vor mir und die Zeitung in der Hand sitze ich am Küchentisch, auf einmal schellt es. Die Türklingel – das gab's noch nie an einem Samstagmorgen. Brennt es etwa? Ich stürze zur Gegensprechanlage. Es ist Philipp! Was jetzt? Und wie sehe ich überhaupt aus, in meinen bequemen

Hausklamotten? Vielleicht einfach totstellen, geht mir kurz durch den Kopf. Aber die Neugier siegt, ich mache auf. Da steht er vor mir, gibt mir einen Begrüßungskuss und erklärt auf seine freundliche und ruhige Art, dass er mich zu einem kleinen Ausflug abholen will. Dann – mein Herz setzt vor Schreck fast aus – geht er ohne weiteres an mir vorbei in meine Wohnung. Ein Déjà-Vu. Im Sommer 2013 – mein nächtlicher Telefonstreit mit Felix, seine Vorwürfe wegen der schrecklichen Tapeten, der spärlichen Ausstattung. Philipp sieht sich aufmerksam, aber wohlwollend um, keinerlei Kritik in Wort oder Pupille. Geduldig wartet er, bis ich mich umgezogen habe.

Und dann sitze ich wieder neben ihm in seinem Auto, Schauplatz unseres Diskussionsmarathons von vor gut 48 Stunden. „Wir werden zwei Flohmärkte besuchen", verkündet Philipp das Programm des Tages. Jetzt bekomme ich doch ein mulmiges Gefühl. Der bisher einzige Flohmarktbesuch meines Lebens war in Frankreich, auf meiner Abiturfahrt, eingequetscht in der Menschenmenge, fast taub von der Geräuschkulisse. Das soll dann heute wohl der Sprung ins kalte Wasser des realen, unvorhersehbaren Lebens sein. Aber genau das wollte ich ja noch lernen. Und außerdem: Philipp ist doch da. Er, der Augenspezialist, würde mir sicher nichts zumuten, was ich nicht kann. In Wirklichkeit habe er ja den Intelligenzquotienten eines Kohlkopfes, meint er in diesem Augenblick, denn als Kriegs-Halbwaise konnte er nur die Volksschule besuchen und musste sich danach sofort eine eigene Existenz aufbauen. „Ob man Zugang zu einer ‚höheren' Schulbildung hatte oder nicht, hing damals meistens nicht von der Intelligenz, sondern vom elterlichen Geldbeutel ab. Dass ich Abitur machen und studieren konnte, habe ich nur einem Zufall zu verdanken: Zwei Jahre bevor ich aufs Gymnasium kam, wurde das Schulgeld abgeschafft – das hätten meine heimatvertriebenen Eltern auch nicht bezahlen können", sage ich. Das scheint ihm zu gefallen.

Ein großer LKW-Rastplatz in einem Eifelort, auf ihm lange Reihen von Verkaufsständen und Warenkisten, dazwischen dichte Menschentrauben. Und – da ist auch schon die Panik. Wie soll ich mich zurechtfinden, wenn ich in dieser völlig unbekannten Umgebung wieder ein Seh-Blackout habe? Was soll ich tun? Ich werde einfach immer hinter Philipp hergehen, genau! Philipp steuert einen der ersten Stände an, er kennt den Betreiber und begrüßt ihn. Der

Händler – er erinnert mich an einem großen, gutmütigen Bären – lächelt mir aufmunternd zu und erlaubt mir, an seinem Stand etwas auszusuchen. Etwas aussuchen, das klingt einfach, aber ich sehe da unzählige Probleme. Das ‚Geschenk' darf nicht zu wertvoll sein, sonst erwecke ich den Eindruck eines Raffzahns, aber es sollte auch etwas Originelles darstellen, ich will ja nicht als eine Frau ohne jeden Geschmack erscheinen. Lange Reihen von großen Kartons, gefüllt mit unzähligen Geschirrteilen, kleinen Küchengeräten, Nippsachen. Meine Blicke irren hektisch hin und her, wie sollen sie aus einer so großen Menge relativ ähnlicher Dinge ein interessantes Teil ‚herausfiltern'? Philipps Bekannter sieht mich erwartungsvoll an. Und dann ist mir auf einmal, als ob Philipps gelassene Art sich auf meine Augen übertragen hätte. Sie beruhigen sich und bleiben an etwas ‚hängen' – eine kleine Tischuhr mit einem gussstählernen metallicgold gespritzten Gehäuse in Form eines Tetraeders. Natürlich nichts Kostbares, aber ein Hingucker. Ich ziehe das Ührchen aus dem Karton; Philipp, der neben seiner Optikerausbildung auch eine Uhrmacherlehre absolviert hat, nickt anerkennend, und sein Bekannter schaut wohlwollend drein. Puh, ‚Prüfung' bestanden!

Und als ob sich eine Verkrampfung gelöst hätte – neugierig wandern meine Augen jetzt über die in Kartons, auf Tischen und Bodenplanen angebotenen Waren, filtern Objekte, die mir gefallen, heraus. So entdecke ich einen schönen orientalischen Wandteller aus Kupfer und Messing. „Zwar nicht antik, aber hochwertige Materialien und eine aufwändige Handarbeit", sagt Philipp, den ich um Rat frage. Beim Feilschen hilft er mir, das muss ich noch lernen.

Auf einmal werden meine Augen von einem schmuddeligen Kleintransporter geradezu magisch angezogen, denn an seiner Seitenfront hängt eine große Wanduhr mit hölzernem Gehäuse, erkennbar alt, aber wunderschön gestaltet, mit Balustraden, Erkern, Säulen – fast wie die Front eines Barockpalais. Ich betrachte sie genauer; auf dem Zifferblatt ein Freimaurerzeichen – richtig geheimnisvoll. Aber die Uhr steht, außerdem entdecke ich am Gehäuse einige Beschädigungen – also doch nichts? Diesmal ist Philipp mir gefolgt, er begutachtet die Uhr fachmännisch und nickt mir heimlich zu. Dann beginnt die Feilscherei: 100 Euro will der Händler haben. „Teile des Gehäuses fehlen, und außerdem geht die Uhr nicht. Wie finde ich einen Uhrmacher, der sie wieder instand setzt, und woher weiß ich, ob das überhaupt noch möglich ist?" Das aus dem Munde eines gelernten Uhrmachers! Ich kann mir das Lachen kaum verbeißen, bemühe mich verzweifelt um einen gelangweilten Gesichtsausdruck. „Das Ganze kann ein Totalverlust für mich werden. Mehr als 40 Euro zahle ich nicht!", sagt Philipp. Bei 50 Euro wird man sich handelseinig, die Uhr gehört Philipp. „Es ist eine etwa 150 Jahre alte Uhr mit einem guten englischen Uhrwerk. Die kleinen Beschädigungen am Gehäuse – das waren eben die oft unruhigen Zeiten. Ich werde sie für dich herrichten, dann hast du eine schöne Erinnerung an mich", sagt Philipp zu mir, als wir weit genug vom Händler weg sind.

Er trägt die kostbare Neuerwerbung vorsichtig zum geparkten Auto, hüllt sie in eine Decke, dann fahren wir weiter, zum nächsten Flohmarkt. Philipp ist ‚unerbittlich': ‚Lektion' zwei beginnt: „Oft sind die richtig guten Schnäppchen in den chaotischen Kisten unter den Verkaufstischen", sagt er – und zum Beweis zieht er aus einer solchen Kiste zwei englische Kupferstiche von außerordentlicher Qualität hervor, handelt den Preis geschickt herunter und schenkt sie mir. Kurz darauf erspäht er eine ebenfalls sehr gute, schön gerahmte Speckstein-Radierung, ich werfe einen Blick darauf – und fasse es nicht: Die Radierung zeigt tatsächlich das Rest-Gebäude der uralten Burg, an der ich auf meinen Fahrten zu Felix oder den Bertholds nun schon so oft vorbeigekommen bin. Und das hat Philipp, ohne es zu wissen, auf diesem weit entfernten Flohmarkt entdeckt. Zufall, Fügung?

In meinem Magen breitet sich allmählich ein flaues Gefühl aus. Die Kalorien meines Morgenkaffees sind nach dieser stundenlangen Flohmarkt-Safari bestimmt längst verbraucht. Philipp sei nun mal kein großer Esser, hatte mich Felix bei unserem letzten Telefonat noch gewarnt. Ein weiteres ‚Hunger-Date'? Nein, Philipp hat ein Einsehen (oder hat Felix ihm die Leviten gelesen?). Er kauft für uns Mettbrötchen in einem nahegelegenen Einkaufszentrum. „Möchtest du noch etwas?", fragt er mich dann. Ich betrachte sehnsüchtig eine Art ‚Spezial-Leberkäse' mit eingebackenen Käse-, Champignon-, Paprika- und Gurkenstückchen, sieht richtig lecker aus. Wenn es möglich wäre? Philipp ordert auch hiervon zwei Scheiben. Die Verkäuferin sieht einige Male skeptisch zwischen ihm und dem ‚Pizza-Leberkäse' hin und her: „Der ist aber teurer als der einfache Leberkäse“, sagt sie schließlich warnend. „Die hat wohl geglaubt, ich kann das nicht bezahlen“, grollt Philipp später. Ich breche innerlich vor Lachen fast zusammen. Klar, sein ‚Künstleroutfit‘!

Gemütlich im geparkten Auto sitzend verspeisen wir Mettbrötchen und Leberkäse, beides schmeckt sehr gut und – wie ich mit heimlichen Seitenblicken feststelle – sogar der ‚nie sehr hungrige‘ Philipp langt ordentlich zu, erstaunlich. Ich werde übermütig, ziehe Philipp mit dem ‚Hunger-Date‘ vom Mittwoch auf, wir lachen. Wir sind fertig, Philipp wird mich jetzt wieder nach Hause bringen. Dann bin ich wieder allein. Wie schnell man sich an menschliche Gesellschaft gewöhnt, sie als selbstverständlich hinnimmt. Ich gebe mir einen innerlichen Ruck: Alles Schöne geht irgendwann zu Ende, so ist das Leben (vor allem mein Leben), und zumindest liegt ja noch eine etwas längere Fahrt vor uns, eine Galgenfrist. Das Wetter ist schön und warm, das Laub der Bäume grün, absolut nichts Herbstliches in der sonnenbeschienenen Frühnachmittags-Landschaft.

Stichwort Landschaft: Sie kommt mir immer noch völlig unbekannt vor, obwohl wir doch schon einige Zeit gefahren sind und uns allmählich ‚vertrauteren‘ Gefilden nähern müssten. Heute hatte ich noch gar kein richtiges Blackout, dann ist es jetzt bestimmt soweit. Ich wage nicht zu fragen, vielleicht würde ich Philipp damit endgültig verschrecken. Aber auf den Ortsschildern tauchen eigenartige, mir völlig unbekannte Namen auf. Und dann verkündet Philipp, er wolle mir sein Haus zeigen. Dass er viele geschichtlich interessante Sachen gesammelt habe, hatte er mir ‚Hobbyhistorikerin‘ schon bei unserem ‚Gesprächsmarathon‘ erzählt. Aha, die berühmte ‚Schallplattensammlung‘! Aber neugierig auf seine Schätze bin ich wirklich.

Die ‚Entführung‘ endet vor einem kleinen Anwesen, inmitten von Bäumen auf einer Anhöhe. Herrliche Fernsicht und dann die Luft! Wir befänden uns ja auch in einer offiziell ausgewiesenen Urlaubsregion, dem ‚Naherholungsgebiet Rhein-Westerwald‘, belehrt mich Philipp. Muss ich da etwa Kurtaxe zahlen? Durch einen großen verwilderten Garten gehen wir vorbei an kleinen Teichen mit plätschernden Brünnlein zum Haus. Vor dem Haus ein kleiner Anbau: Philipps ‚Uhrmacherwerkstatt‘. Ich sehe mich staunend um: antike Uhren und Uhrgehäuse, an den Wänden alte Stiche, ein gemaltes Poster – eine lustige Karikatur: Zwei Augen mit Armen und Beinen laufen mit einem Brillengestell davon. Philipp setzt sich an seinen Werktisch, um mein Ührchen mit einer neuen Batterie auszustatten.

Plötzlich geht die Tür auf, ein junger Mann, groß, stattlich, gutaussehend, kommt herein – Philipps Sohn. Panik, ich sehe im Geiste den eisigen Blick von Felix‘ Sohn. Aber diesmal ist es so ganz anders. Gelassen stellt Philipp mich vor. Der Blick seines Sohnes ist nicht eisig, sondern freundlich, vielleicht etwas überrascht. Alles ist so wohltuend unverkrampft. Der Sohn muss weiter, auch die Uhr ist fertig, und dann lerne ich das Haus kennen.

Ich komme aus dem Staunen nicht mehr heraus: das reinste Raritätenkabinett! Philipp erklärt mir alles, völlig fasziniert höre ich zu. Ich glaube, hier könnte man mich mehrere Wochen lang einsperren und ich würde immer noch etwas Neues entdecken. Das sage ich Philipp auch, sein Blick wird immer wohlwollender.

Philipps Liebesleben sei sagenhaft, hatte Felix warnend – oder bewundernd – gesagt. Ob wohl seine Freundinnen diese Schätze auch angemessen zu würdigen wussten? Schließlich stehen wir vor einer wunderschönen Jugendstilvitrine. Durch die geschliffenen Facettenscheiben bewundere ich eine riesige Sammlung alter Gläser. Plötzlich öffnet Philipp die Vitrine, holt das allerschönste Glas heraus – einen großen gestielten Kelch mit zartem, farbig eingeschliffenem Blumenmuster und Silberdeckel – und schenkt es mir! Vielleicht hat er ja doch nicht ganz so viele Freundinnen, denn sonst würden seine Bestände schon größere Lücken aufweisen.

Die frühe Dämmerung erinnert jetzt doch an den Herbst, und zum Abschluss des schönen Tages öffnet Philipp eine Flasche guten Weins. Philipp stammt aus einer Winzerfamilie und hat da noch so seine Quellen. Leider darf er selbst nichts trinken, denn er will noch drei seiner Freunde von einem Winzerfest an der Ahr abholen. Das war vereinbart worden noch bevor wir uns kennenlernten. Begleiten kann ich ihn leider nicht, in seinem Auto haben nur vier Personen Platz. Mich vorher nach Hause bringen – geht auch nicht, die Zeit würde zu knapp. Dann warte ich eben hier, bis er wieder zurück ist. Ich habe mir vorgenommen wachzubleiben, aber meine Augen fallen einfach zu.

12. Oktober 2014, Sonntag

„Kaffee", bringe ich mühsam heraus, als Philipp vor mir steht und mich nach meinen Frühstückswünschen fragt. Mann, habe ich tief und fest geschlafen. „Was, du trinkst normalen Kaffee?", sagt Philipp missbilligend, „der ist doch gar nicht gut bekömmlich. Versuch einmal einen Espresso!" Und schon bekomme ich den ersten Morgen-Espresso meines Lebens serviert, ganz stilecht mit Kardamom. „Dieses Gewürz gibt den besonderen Geschmack." Mhm, schmeckt gut – und in der Tat fühlt sich mein Magen danach besser als nach dem üblichen Kaffee. „Wir werden auf den Flohmärkten nach einer Espresso-Maschine für dich Ausschau halten", verspricht Philipp, und zu den Flohmärkten brechen wir dann auch wieder auf, Flohmärkte scheinen keine Sonntagsruhe zu kennen und Philipps besonderes Hobby zu sein.

Heute stehen gleich drei von ihnen auf dem Programm, das ist dann wohl das nächste Trainings-Level. Und dann gehen die interessanten Stunden mit Philipp unwiderruflich zu Ende. Wie schön alles zu zweit ist, wie so viel mehr man sehen, erleben kann. Felix' ständiges Gerede, ich müsse allein etwas unternehmen – es ist in ganz weite Ferne gerückt, so als ob es mich nicht mehr beträfe. Trotzdem, der Alltag hat mich bald wieder, morgen ‚Dienst' bei der alten Fürstin. Ob Philipp mich noch einmal sehen möchte? Er möchte, übermorgen wird er mich wieder abholen, sagt er. Jetzt muss ich nur noch die Zeit bis dahin überleben. Werde nicht melodramatisch, ermahne ich mich selbst, du hast doch jetzt etwas, auf das du dich freuen kannst!

13. Oktober 2014, Montag

Wieder zurück in meiner Wohnung, ich sitze wie üblich bei Morgenkaffee und Morgenzeitung – und stelle fest: Jetzt habe ich doch zwei volle Tage das Sehtraining geschwänzt. Von der Musterschülerin zur ‚Schwänzerin' – na toll! Ich will André nicht enttäuschen, ‚nacharbeiten' ist angesagt!

14. Oktober 2014, Dienstag

Die gestrigen Stunden bei der alten Fürstin waren schlimm – man kann praktisch zugucken, wie ihre Körperfunktionen eine nach der anderen versagen, die Endphase ihrer Erkrankung. Irgendeine auch nur rudimentäre Unterhaltung mit ihr ist kaum noch möglich, und der Professor macht auf mich den Eindruck, als würde er gleich zusammenbrechen. Dazu bei mir die gewohnte Panik, dass ich etwas nicht richtig oder nicht rechtzeitig sehe, ein Unglück passiert. Wie sehr sehne ich mich danach, wieder mit einem normalen Menschen sprechen zu können.

Ob man sehtrainingsmäßig auch ‚vorarbeiten' kann? Ich tue, was ich kann. Trotzdem warte ich schon ungeduldig auf den Nachmittag, muss mich immer wieder zur Konzentration ermahnen. Pünktlich ‚wie ein Maurer' fährt Philipp vor, dann sitze ich wieder neben ihm im Auto. Wir bleiben erst einmal sitzen, denn ich überschütte den Ärmsten mit meinen Ängsten und Sorgen wegen der Fürstin. Philipp hört mir ruhig zu, dann sagt er auf seine gelassene Art einiges Sachlich-Tröstendes. Instinktiv weiß er, was in einer solchen Situation am besten hilft: Ablenkung. „Wir fahren jetzt erst einmal nach Neuwied, die Oma abholen", verkündet er. Das mit der Ablenkung hat funktioniert, ich bin gespannt. In Neuwied war ich noch nie. Na ja, wo war ich schon!

‚Die Oma', seine Ex-Schwiegermutter, verbringt jede Woche einige Tage bei ihm im Westerwald. Sofort wieder diese Angst, die ich durch meine Beziehung zu Felix wohl schon richtig verinnerlicht habe: Wird sie mich mit meinem noch so wackligen Sehvermögen akzeptieren? Aber da ist ja eine 'Galgenfrist': Die Fahrt am rechten Rheinufer entlang – auch das für mich völlig unbekanntes Terrain. Wir nähern uns Neuwied. Bis jetzt hat sich mein Orientierungsvermögen erstaunlich gut gehalten: Der Rhein liegt rechts von uns, also fahren wir in südliche Richtung. Aber nun schieben sich immer mehr Häuser zwischen Straße und Ufer, der Rhein ist nicht mehr zu sehen. Und plötzlich ist auch die Orientierung weg, einfach völlig weg! Ich habe absolut keine Ahnung mehr, ob wir immer noch nach Süden oder vielleicht nach Osten oder gar Westen fahren.

Auf jeden Fall befinden wir uns jetzt in einem von typischen Wohnsiedlungen der 1950er und 1960er Jahre geprägten Stadtteil. Philipp biegt in eine Seitenstraße ein, hupt – wohl das Erkennungszeichen für die Oma – und hält dann. Ich bin inzwischen vor Panik fast völlig erstarrt. Eine bedrohlich fremde Umgebung, ich spüre förmlich, wie vor meinen Augen alles wegrutscht, Leere hinterlässt. Was wird ‚Oma' sagen? Ich rede mir selbst gut zu: Vielleicht hat sie ja ‚Routine', ich bin sicher nicht Philipps erste ‚Kurzzeitfreundin'. Eine flinke kleine Dame kommt auf uns zu. Oma? Das kann nicht sein, dafür sieht sie viel zu jung aus. Doch, sie steuert das Auto an, sie muss es sein. Schnell steige ich aus und biete ihr den Beifahrersitz an. Das ist bestimmt normalerweise ‚ihr' Platz und sie hat schließlich die ‚älteren' Rechte. Ob diese Geste sie milde gestimmt hat? Auf jeden Fall begrüßt sie mich freundlich, lehnt mein Angebot dankend ab und öffnet die hintere Autotür. Das hätte ich gerne für sie getan, bin aber leider einige Sekunden zu spät.

Langsam flaut die Panik bei mir ab und ich kann wieder ‚sehen', kann die wunderschöne Landschaft sehen, durch die wir jetzt fahren. Berge, eine Burgruine. Das Wiedtal, erklärt die Oma. Er habe extra wegen mir diese landschaftlich sehr schöne Strecke gewählt, fügt Philipp hinzu. Die Strecke wird steiler und kurvenreicher, es geht durch ein zwischen hohen Berghängen eingebettetes Tal. „Das Elsbachtal", erläutert Philipp. Es ist dunkler und scheinbar auch kälter geworden – welch Gegensatz zu der sonnenbeschienenen Landschaft von vorhin. Irgendwann sind wir da – und meine Augen sind erstaunlich brav, sie erkennen das Haus wieder. Die Oma richtet sich in ihrem Zimmer ein, dann macht sie das, was Omas so machen: einen Kuchen backen. Leckere Düfte ziehen durchs Haus und locken mich in die Küche. Ich sehe ihr eine Weile zu, ich glaube, auch das gefällt ihr. Für mich ist es ein Bild, das ich bisher nur aus den TV-Weihnachtsspielfilmen kannte. Meine beiden leiblichen Großmütter sind lange vor meiner Geburt gestorben, die Stiefgroßmutter erlebte ich nur schwer krank.

Ein gemütlicher Fernsehabend – die Oma hat ihren eigenen bequemen Fernsehsessel neben der Couch, auf der Philipp und ich sitzen, aber sie hockt in einiger Entfernung auf der Kante des anderen Sofas. Ob sie uns nicht stören will? „Sie können den Bildschirm ja gar nicht richtig sehen, warum setzen Sie sich denn nicht in Ihren schönen Sessel?", sage ich. Zögernd kommt sie meiner Aufforderung nach. Ob Philipps Freundinnen das nicht so gerne hatten.?

Jetzt ist das Eis zwischen der Oma und mir gebrochen, sie wird gesprächiger, fragt mich aus, erzählt von sich. Genau wie meine Eltern musste auch ihre Familie nach dem Krieg die Heimat verlassen, ähnliche Schicksale. Dass ich mein Dasein bis jetzt völlig allein und selbständig gemeistert habe, ja mich zusätzlich immer auch noch um andere kümmern musste, imponiert ihr. Philipp scheint sich zu freuen, dass die Oma und ich uns gut verstehen, er holt wieder einen seiner guten Weine.

15. Oktober 2014, Mittwoch

Zum ‚Morgen-Espresso' gibt es heute Marmeladenbrot, nicht irgendeine Marmelade, sondern Omas Selbstgemachte, von Himbeeren aus Philipps Garten. Ich glaube, das ist das leckerste Marmeladenbrot meines Lebens, was ich der Oma auch sage. Wie sie sich freut. Fast gleichzeitig kommt der Vorschlag von uns beiden: „Wollen wir nicht ‚du' zueinander sagen? Jetzt schluckt die Oma etwas traurig: „Ach, ich hätte auch so gerne noch einmal einen netten Partner, aber die meisten Männer in meinem Alter sterben zu schnell oder werden pflegebedürftig." „Oma, warum muss er denn in deinem Alter sein? Du siehst noch so toll aus, schau dich doch mal unter den etwas jüngeren Herren um", rate ich und frage mich im gleichen Augenblick, wie ich bei meiner ‚umfangreichen Männererfahrung' zu dieser Erkenntnis gekommen bin. Aber ich habe wohl instinktiv das Richtige gesagt, denn Omas Miene hellt sich wieder auf. „Was soll ich denn heute kochen?", fragt sie.

‚Nimm deinen Badeanzug mit', hatte Philipp gestern gesagt, als er mich abholte – warum nur, Swimmingpool habe ich auf seinem Anwesen keinen entdeckt. Jetzt wird das Geheimnis gelüftet: Wir fahren nach Bad Hönningen, ins Thermalbad. Ich müsste mich doch freuen, aber schon wieder diese Angst: eine unbekannte Umgebung. Ich werde ein Seh-Blackout haben, mich nicht zurechtfinden, Philipp blamieren. Im Eingangsfoyer der Therme ist vor den Badespaß ein Drehkreuz gesetzt. Ich verheddere mich prompt und blockiere das Kreuz, Philipp muss die Chipkarte nochmals einführen. Dann in der Umkleidekabine. Meine Arme und Beine sind zu lang, ich stoße überall an – Philipp lächelt milde. Das Armband mit dem Kleiderspind-Schlüssel behält er lieber, wer weiß, was ich damit alles anstellen würde.

Endlich im Wasser, das heißt auf dem Weg zum Becken stolpere ich noch über die neben der Treppe abgestellten Badeschuhe der anderen Badegäste. Schwimmen, wenigstens eine Sache, die ich kann. Philipps beruhigende Nähe, seine Komplimente: „Du hast einen tollen Körper." Ich spüre, wie sich in mir wohlige Entspannung ausbreitet. Wenn es dem Menschen zu wohl ist, fängt er an zu lästern. Ich bin auch nur ein Mensch, und die Versuchung ist groß bzw. dick. Was da bei den meisten anderen Badegästen aus Badehose und Badeanzug – manchmal sogar Bikini – ragt: einfach schlimm. Ich glaube, wenn alle gleichzeitig das Becken verlassen würden, müsste Wasser nachgefüllt werden. Philipp und ich vertreiben uns die Zeit, indem wir uns gegenseitig verstohlen auf die ‚schwersten Fälle' aufmerksam machen.

Kleine Sünden werden sofort bestraft. Wir gehen ins große Außenbecken, diese tolle Aussicht über den Rhein bis zu den gegenüberliegenden Bergrücken. Aber seltsam: Ich weiß doch, dass Bad Hönningen am rechten Rheinufer liegt, der Blick somit nach Westen auf die Berge des linken Rheinufers geht. Wieso zum Teufel habe ich auf einmal das Gefühl, dass wir uns auf dem linken Rheinufer befinden und auf das Bergpanorama des rechten, östlichen Ufers sehen? Irgendetwas scheint sich in meinem Kopf verdreht zu haben.

Heimfahrt, Philipps Haus ist für mich fast schon wie ein vertrauter Rückzugsort. Die Oma hat uns das Essen warmgehalten, gute Hausmannskost – wieder Erinnerung an ferne Kindheitstage. Allmählich scheint sich herumzusprechen, dass Philipp eine ‚Neue' hat – sein Sohn will mich noch einmal genauer in Augenschein nehmen, die Oma möchte ebenfalls mehr von mir wissen – und wir stellen eine weitere Gemeinsamkeit fest: auch sie war vor Jahren an Brustkrebs erkrankt – ich glaube, jetzt habe ich mir endgültig einen Platz in ihrem Herzen erobert. Ich kann die Augen kaum noch offenhalten – das Schwimmen und die kräftige Höhenluft haben ganze Arbeit geleistet. Mein letzter klarer Gedanke: Wahnsinn – vor einer Woche haben Philipp und ich uns kennengelernt, und nun bin ich schon eine Art ‚Familienmitglied'.

16. Oktober 2014, Donnerstag

Ganz leise schleichen Philipp und ich uns in aller Frühe aus dem Haus, er fährt mich nach Hause. Regen, nasse Straßen, zähfließender Berufsverkehr, ab und zu ein kleiner Stau. Worüber andere fluchen, genieße ich, denn so kann ich noch etwas länger in Philipps Nähe sein. Jede Minute ist kostbar, einsam bin ich dann wieder lange genug. Na ja, so lange auch nicht, denn Freitagnachmittag will er mich wieder abholen – wie schön.

Dann stehe ich vor meiner Haustür, da kommt tatsächlich meine ‚Lieblingsnachbarin' des Weges! Diesmal blickt sie mich nur schweigend und eisig an – für sie ist völlig klar: horizontales Gewerbe! Während ich die Treppen zu meiner Wohnung hochgehe, überlege ich, von wie viel verschiedenen Autos ich in den letzten eineinhalb Jahren abgeholt oder gebracht worden bin: Felix mit seinen verschiedenen Wagen, die liebe Frau Ludwig, der Sohn des Professors, jetzt Philipp und während meiner Strahlenbehandlung die Taxis.

17. Oktober 2014, Freitag

Morgens sofort Sehtraining, ich versuche wieder ‚vorzuarbeiten'. Diese so vorhersehbaren Übungen, das Gefühl, auf der Stelle zu treten, nicht weiterzukommen. Das mit den visuellen Blackouts, es wird und wird nicht besser. Ich muss unbedingt mit Philipp reden – nur noch knapp drei Wochen, dann ist er wieder in seinem anderen, portugiesischen Leben. Werde ich den Mut finden?

„Wir haben zwei Einladungen", begrüßt mich Philipp, „eine am Samstag in acht Tagen zu einem Essen und eine in zwei Wochen zu einem Konzert. Ein Konzert, da war ich auch noch nie. „Die Django-Reinhardt-Band spielt", sagt Philipp. Die berühmte ‚Zigeunerjazz'-Kapelle? Ja, sie ist es – kurz geht mir der Gründer Django Reinhardt durch den Kopf, sein Überlebenskampf im nazibesetzten Europa, seine Biografie hatte mich sehr berührt.

Wir sind wieder ‚zu Hause'. Mein Erscheinen habe einige Wellen geschlagen, bemerkt Philipp, seine Ex-Frau sei nicht begeistert gewesen. Klar, seine portugiesische Lebensgefährtin ist weit weg, aber ich bin hier, direkt vor ihrer Nase. Der besorgte Kommentar von Philipps älterer Tochter habe gelautet:

‚Papa, denk an dein Herz!', während die jüngere immer noch auf eine Versöhnung ihrer Eltern hofft und daher beschlossen hat, mich vollständig zu ignorieren. Ach, wenn sie alle wüssten. Aber Philipp scheint seine Rolle als ‚Frauenheld' zu gefallen, und ich muss ihn bei guter Laune halten – um meiner Liebe zu Felix willen.

18. Oktober 2014, Samstag

It's Flohmarkt-Time again. Es geht ganz früh los, unser erstes Ziel ist der wöchentliche Flohmarkt in dem kleinen Eifelort – Schauplatz meiner ‚Flohmarkt-Premiere' vom vergangenen Samstag. Und mein Tages-Blackout findet heute auch ganz früh statt: Ich erkenne den Flohmarktplatz nicht wieder! Sogar als uns Philipps netter Bekannter, der Betreiber des großen Verkaufsstandes, herzlich begrüßt, komme ich nicht auf die Idee, dass wir vorige Woche auch schon hier, an ebendieser Stelle, waren.

Aber Philipp hat bei mir noch ein anderes großes ‚Blackout' festgestellt: In meiner Wohnung gibt es eindeutig zu wenig bzw. überhaupt keine Vasen und Blumenschalen! Ganz bestimmt hat er von Felix Anweisungen erhalten, auch meiner Fähigkeit, eine Wohnung hübsch einzurichten, etwas auf die Sprünge zu helfen. Und schon haben wir die ersten Vasen erstanden.

Der nächste Flohmarkt befindet sich in den Bonner Rheinauen, meine Heimatstadt immerhin erkenne ich wieder. Eine schöne Jugendstil-Tischuhr hat Philipps Aufmerksamkeit auf sich gezogen. Er beginnt mit der Feilscherei. Wieder seine Argumente: Wer weiß, ob er jemanden findet, der die Uhr reparieren kann, eventuell Totalverlust. Der unbewegte Gesichtsausdruck gelingt mir jetzt schon deutlich routinierter. Dann ziehen wir mit unserer ‚Beute' von dannen.

Inzwischen geht es auf Mittag zu, der Flohmarkt ist riesig, das Menschengewimmel wird immer dichter. Ich ‚klebe' fast am armen Philipp, ich glaube, wenn ich ihn aus den Augen verliere, bin ich völlig aufgeschmissen. So ein Schnäppchen wie die Uhr ist leider nicht mehr in Sicht, wir treten den Rückzug an. Wieder zu Hause, Philipp erwartet Besuch. Es ist einer der Freunde, die Philipp voriges Wochenende vom Winzerfest abgeholt hatte. Vielleicht soll ich ja wieder einmal einer Begutachtung unterzogen werden. Ein netter, ruhiger Herr mittleren Alters, er nickt mir wohlwollend zu. Ob ich die Prüfung bestanden habe? Philipp und er vertiefen sich in ein Fachgespräch. Er ist der Seniorchef des größten Elektrobetriebes der Gegend und wird sich um Philipps ‚Wellness-Center' kümmern. Philipp will meinetwegen Sauna und Solarium instand setzen lassen – wie schön!

19. Oktober 2014, Sonntag

Heute – wie jeden Sonntag – öffnen die Flohmärkte erst um elf Uhr. „Die katholische Kirche hat darauf bestanden, denn vorher sind die Sonntagsmessen", erklärt Philipp und macht Handyfotos von mir. Ich sähe der bekannten norddeutschen TV-Moderatorin Ina Müller erstaunlich ähnlich, findet er. Ob er mich heimlich bei einer Double-Agentur anmelden will?

Herrliches Wetter, Sonnenschein und warm – fast wie im Sommer. Das haben auch viele andere Leute gemerkt – das Menschengewimmel auf dem heutigen Flohmarkt ist schon vom Auto aus zu sehen. Langsam werde ich neugieriger, betrachte auch Sachen, die für mich nicht in Frage kommen, aber trotzdem interessant aussehen. Manchmal weiß ich überhaupt nicht, was wofür ist. Ich will Philipp fragen – er ist verschwunden! Ich bleibe abrupt stehen, habe das Gefühl, als würde ich bei jedem weiteren Schritt in einen Abgrund fallen. Jemand prallt von hinten auf mich. Leider habe ich vergessen, meine Bremslichter einzuschalten. Ich blicke in Panik um mich, und dann sehe ich Philipp an einem weit entfernten Stand. Ich kämpfe mich zu ihm durch: „Wo warst du?", frage ich vorwurfsvoll. „Ich habe das gemacht, damit ich dich beobachten kann. Die Männer starren dich nur so an, hast du das nicht gemerkt?", sagt Philipp – ja, ja, der ‚Fachmann' spricht.

Wieder ‚zu Hause', heute hat Philipps ältere Tochter beschlossen, mich zu begutachten. Sie kommt mit ihrem Lebensgefährten und dem gemeinsamen kleinen Sohn. Die junge Frau verwickelt mich sofort in ein Gespräch. Ich glaube, ich bin ihr nicht unsympathisch. Ihr Partner, ein um einiges älterer kräftiger Mann, starrt mich mehr oder weniger wortlos an, während der Kleine bei meinem Anblick in Tränen ausbricht. Er hat gerade das Alter, in dem Kinder anfangen zu fremdeln, ich kenne das von ‚meinen Tierkindern'.

20. Oktober 2014, Montag

Wieder einmal bringt mich Philipp zu meiner Wohnung zurück; nachmittags habe ich ja ‚Dienst'. Bei den Bertholds erwartet mich Schlimmes. Die alte Fürstin hat am Wochenende einen erneuten, diesmal schwereren Schlaganfall erlitten. Ihre rechte Körperhälfte ist gelähmt. Der Professor, fast am Ende seiner Kraft, und ich müssen seine Frau gemeinsam auf die Toilette hieven. Er werde versuchen, eine schnellstmögliche Aufnahme der Fürstin in ein Pflegeheim zu erreichen, sagt der Professor, es handele sich um einen extremen Notfall, das müsse doch berücksichtigt werden. Jetzt zittert seine Stimme. Was ich ihm in einer solchen Situation sagen soll, weiß ich nicht. Etwa ‚viel Glück' wünschen? Ich glaube, das wäre makaber.

21. Oktober 2015, Dienstag

Morgens: Ich sitze herum wie gelähmt – zu schrecklich waren meine gestrigen Erlebnisse. Mein Blick fällt auf die Sehtrainigs-Geräte, aber ich schaffe es nicht, mich zu irgendeinem Tun aufzuraffen. Philipp ‚entführt' mich aus den Sorgen. Wie vor einer Woche holen wir auch heute die Oma in Neuwied ab. Zuvor folge ich Philipp brav in mehrere Bekleidungsläden. Nach meiner Wohnung soll wohl auch ich optisch ein wenig ‚aufgerüstet' werden. Jeden Menschentyp kleiden nur ganz bestimmte Farben, belehrt mich Philipp, die meisten Frauen hätten das im Laufe ihres Lebens herausgefunden und würden ihre Garderobe entsprechend zusammenstellen. Ich hatte im Laufe meines bisherigen Lebens ganz andere Sorgen.

Philipp braucht sich etwas nur kurz anzusehen, und schon weiß er: „Das brauchst du nicht anzuprobieren, es passt dir." Na, ob das stimmt? Aber für eine Anprobe ist keine Zeit, die Oma wartet schon. Ein Anflug von diebischer

Vorfreude, es passt bestimmt nicht, ich kann dem ‚unfehlbaren' Philipp endlich einmal einen Fehler nachweisen.

Dann sind wir bei der Oma – und ich darf ich sogar Omas Wohnung sehen, schön im obersten Stockwerk gelegen, großer, herrlich begrünter Balkon, tolle Aussicht. Ich trage Omas Korb und Tasche zum Auto, dann geht es ‚nach Hause'. Oma besteht auf sofortiger Modenschau, also gut, ich probiere die Neuerwerbungen an – und es passt alles! Oma guckt bewundernd, Philipp grinst in sich hinein, er hat meine skeptischen Gedanken bestimmt geahnt – aber wie um alles in der Welt kann er so etwas auf Anhieb abschätzen?

22. Oktober 2014, Mittwoch

Es geht wieder nach Bad Hönningen; heute sind wir zu dritt, die Oma begleitet uns. Ich finde mich heute schon etwas besser zurecht als vor einer Woche, ohne Unfall schaffe ich es ins Salzwasserbecken. Dann lassen Philipp und ich uns von den Unterwasserdüsen ‚verwöhnen'. Philipp erklärt mir die Funktionsweise des Thermalbades: Gewinnung, Zusammensetzung und Aufbereitung der Sole, Umwälzanlage – ich bin nicht die einzige, die zuhört, das gleiche tut auch ein anderer Badegast. Er stellt sich als Ingenieur vor und diskutiert mit Philipp technische Einzelheiten. Und wie Philipp mir später sagt, war da noch ein weiterer ‚Interessent': ein gut gebauter, noch jüngeren Mann orientalischen Aussehens. Er habe mich die ganze Zeit angestarrt. Tja, wenn ‚Fachmann' Philipp das sagt! Für wie viele Kamele er mich wohl verscherbelt hätte? Nur für eine Ölquelle, meint er.

Abends – heute gibt Philipp mich zur allgemeinen Besichtigung frei, er nimmt mich zu seiner wöchentlichen Abend-Skatrunde in die Dorfkneipe des Nachbarortes mit. Die Skatrunde ist schon in Aktion, wir setzen uns an den Nachbartisch, ein großes Glas Bier ist obligatorisch. Eine Runde strammer Landfrauen versammelt sich am Tisch rechts von uns, ich wage erste verstohlene Blicke in die Gesichter. Wettergegerbte Züge. Weder mein langsam steigender Alkoholpegel noch die vom Zigarettenrauch leicht bläuliche Luft schaffen es, sie etwas weicher zu machen. Einer der Skatspieler fällt mir auf: ein großer, stattlicher Mann; silberweißes, volles Haar. Er muss einmal richtig gut ausgesehen haben, sieht immer noch gut aus. Das kann nur ‚Willi' sein, mit früher pechschwarzen Haaren und an jedem Finger zehn Frauen, wie Philipp mir von ihm, einem seiner besten Freunde, erzählt hat. Jetzt ist Willi ‚gezähmt', in den festen Händen einer Ehegattin. Philipp muss dann wohl den Ansturm an einsamen Frauenherzen der näheren und weiteren Umgebung allein bewältigen.

23. Oktober 2014, Donnerstag

Ich habe damit gerechnet, dass Philipp mich wie immer an meinen ‚Arbeitstagen' vormittags bei meiner Wohnung abliefert, aber die Oma kocht und brutzelt schon seit längerem in der Küche. Ich muss unbedingt zum Mittagessen bleiben, sonst wäre sie gekränkt, sagt Philipp und verspricht, mich danach direkt zum Bertholdschen Haus zu fahren.

Wir sind etwas zu früh da, diskutierend sitzen wir noch einige Minuten im Auto. Wie kostbar ist für mich jede Sekunde Gegenwart eines anderen, normalen Menschen. Ich gebe mir einen inneren Ruck, verabschiede mich, dann steige ich die Treppe hinauf, läute. Nichts. Der auch nicht mehr ganz so bewegliche Professor braucht manchmal etwas länger bis zur Tür, das weiß ich, warte also. Aber das Haus bleibt stumm. Ich läute noch einmal, warte wieder – wieder nichts. Aus meiner Beklommenheit wird Panik; mit zitternden Händen suche ich mein Handy hervor, will den Professor anrufen – und sehe, dass er mich gestern Abend angerufen und nicht erreicht hat (die Kneipe!). Auf dem Anrufbeantworter hat er mir eine Nachricht hinterlassen: Für seine Frau ist kurzfristig ein Pflegeheimplatz freigeworden, er hilft ihr gerade in ihrem neuen ‚Zuhause' bei der Einrichtung und Eingewöhnung. Bei mir große Erleichterung: Es ist nichts noch Schlimmeres passiert. Die alte Fürstin wird jetzt fachmännisch betreut und der Professor hat nun ein zwar nicht sorgenfreies, aber doch zumindest etwas weniger anstrengendes Leben.

Ich informiere Felix per SMS über die neue Entwicklung, er bedankt sich für die Nachricht, wusste es aber schon durch seine Familie. Zurück in meiner Wohnung rufe ich Philipp an. „Ich fahre sofort wieder los und hole dich." Ach, der Gute.

So gut habe ich schon lange nicht mehr geschlafen. Beim Aufwachen fühle ich mich seltsam leicht, als würde ich schweben. Allmählich wird aus der verschwommenen Erinnerung an den gestrigen Tag wieder ein klares Bild: Die ständig im Hintergrund nagende Sorge wegen des Professors und der alten Fürstin – vorbei, endlich vorbei! „Bis zu meiner Abreise nach Portugal bleibst du einfach hier", hatte Philipp am Abend gesagt. Einige schöne Urlaubstage in einer herrlichen Landschaft, einfach mal nur genießen, an nichts denken müssen. Ich nicke noch einmal kurz ein, plötzlich Felix' Gesicht vor mir, er sieht mich erwartungsvoll an – richtig, ich hatte mir ja etwas vorgenommen.

Das Funktionieren beim Zusammenleben mit anderen Menschen – meine Angst vor blamablen Seh-Blackouts scheint diese geradezu herbeizulocken, das hat mir die in den letzten Tagen wieder sprunghaft in die Höhe geschnellte Anzahl meiner kleinen Missgeschicke gezeigt. Dann meine ‚falsche' Körperkoordination, durch die Augenumstellung quasi aus den Fugen geraten. Ich versuche sie in den Griff zu bekommen, aber sobald mich der Alltagstrott ablenkt, fange ich wieder an ‚herumzueiern'. Schließlich mein mir abhanden gekommenes Orientierungsvermögen – ließe sich auch das etwas verbessern? Ich bräuchte jemanden, der mich ‚unerbittlich' für den Alltag ‚trimmt', mich notfalls auch anschreit. Ob Philipp das machen würde? Auch er ist heute Morgen sichtlich gut gelaunt, also nehme ich all meinen Mut zusammen. Philipp hört freundlich zu, an der Stelle mit dem ‚Anschreien' grinst er, und dann macht er mir einen Vorschlag. Seinen Abreisetermin in gut zehn Tagen könne er nicht mehr verschieben, aber Ende Januar sei er wieder ‚im Lande' und würde fast drei Monate bleiben. Ob ich für diese Zeit sein Gast sein wolle? Sofort sage ich zu. Später überlege ich: Meine Bitte war fast unverschämt, so lange kennen wir uns doch noch nicht. Trotzdem hatte Philipp ohne Umschweife zugestimmt – seltsam. Ob Felix? Genau, so muss es sein, Felix, gegenüber dem ich ja meine ‚Probleme' angedeutet hatte, hat seinen Freund gebeten, sich meiner anzunehmen. Ach, wie gerne möchte ich ihn umarmen.

Aber zumindest etwas kann ich ‚für ihn' tun, nämlich bei seinem Verwandten, dem Professor anrufen, vielleicht einige tröstende Worte sagen. Die Stimme des Professors klingt munterer als ich befürchtet hatte. Seine Frau hat den

‚Umzug' ganz gut überstanden und scheint sich in ihrer neuen Umgebung einzuleben, erzählt er.

Nachmittags: Philipp verlässt plötzlich das Haus – nanu? Ich muss nicht lange warten, er kommt zurück – in einer Hand das Gehäuse meiner ‚Freimaureruhr', in der anderen eine Schachtel. Ich betrachte das Gehäuse, Philipp hat es schon behandelt. Die schon etwas graubraun verwitterte Holzoberfläche hat einen schönen seidig-glänzenden dunkelbraunen Farbton bekommen, auch das Ziffernblatt sieht ‚ausdrucksvoller' aus. Philipp freut sich sichtlich, dass ich beides sofort bemerke. Er habe das ursprünglich einfach-flache Uhrglas durch eine leicht gewölbte Scheibe ersetzt, die er noch vorrätig hatte, erklärt er.

Die Schachtel enthält einige schön gedrechselte Holzknäufe, wie sie am Gehäuse fehlen. Geschickt bestreicht Philipp die Zapfen der Ersatzknäufe mit Kleber und passt die Teile ein. In der Schachtel liegt auch noch eine Adlerfigur aus Kunstholz. Zufall? Aber nein, sie ist fest eingeplant: Der Dachaufsatz des Uhrgehäuses fehlt, und der Adler soll es ersetzen. Sieht richtig gut aus, eine originelle Idee! „Dann habe ich jetzt also meinen ganz persönlichen Pleitegeier", sage ich. Philipp lacht.

25. Oktober 2014, Samstag

Seltsam, noch vor 14 Tagen hat mich der bloße Gedanke an einen Flohmarktbesuch in Panik versetzt, und heute sind Flohmärkte für mich so eine Art spannende Wundertüte, auf die ich mich richtig freue. Der erste ist heute ganz in der Nähe, und Philipp wird auch fündig, diesmal an einem Kleiderstand: ein Ensemble aus Longbluse, Häkelüberwurf und Schal, alles in Dunkelsilbergrau. „Das wird dir gut passen", sagt Philipp. Ich habe mich inzwischen diesbezüglich in mein ‚Schicksal' ergeben und das Ensemble wechselt den Besitzer.

Ein leichter, aber stetiger Nieselregen setzt ein. „Das mit dem Flohmarkt in der Eifel bringt bei diesem Wetter nichts", entscheidet Philipp. Ich muss wohl ein sehr enttäuschtes Gesicht gemacht haben, denn er fügt sofort hinzu: „Wir unternehmen etwas anderes! Wir fahren das Ahrtal hinunter bis nach Ahrweiler." Das Ahrtal. Hier war ich voriges Jahr auch mit Felix, sogar zweimal – bei beiden Ausflügen herrlichster Sonnenschein. Heute dagegen: Alles ist düster, die Bergspitzen regenverhangen, aus den Seitentälern wabern Nebenschwaden. Ich erkenne nichts wieder. Warum bin ich nicht in der Lage, eine Gegend auch bei unterschiedlichen Lichtverhältnissen als dieselbe zu erkennen? Die anderen Menschen können das doch anscheinend, ohne groß darüber nachdenken zu müssen. Da, diese Bergnase, um die die Straße eine scharfe Kurve macht – ich glaube, die habe ich schon einmal gesehen. Ein winziges Erfolgserlebnis im Meer meiner Unzulänglichkeiten.

Es ist Mittag, das erste Fast-Food-Restaurant meines Lebens und der erste Hamburger meines Lebens! Er schmeckt erstaunlich gut, aber richtig satt macht er nicht – darf er vielleicht auch gar nicht, denn man soll ja mehr kaufen. Wir schlagen der Hamburgerkette diesbezüglich ein Schnippchen – heute Abend sind wir ja eingeladen.

Philipps Bekannte, Eheleute mittleren Alters, sind schon am Restaurant. Er begrüßt mich freundlich, sie etwas reserviert. Liebe Frau, ich habe keinerlei Absichten auf deinen Mann, sondern genug damit zu tun, das Essen einigermaßen zivil hinter mich zu bringen. Zumindest ‚sehbehindertenfreundlich' scheint das Gasthaus zu sein: An der Wand hängt eine vergrößerte Version der Speisekarte in Form einer Tafel. Gebratener Hirschrücken mit Klößen und Preiselbeeren – auch das ist für mich neu. Philipp und die männliche Hälfte des Ehepaares entscheiden sich ebenfalls für den Hirsch. Und dann steht der Hirschrücken duftend vor uns, und zwar in Form von je drei Bratenscheiben pro Teller. Vorsichtig fange ich an, vom ersten Stück Bissen abzuschneiden. Nur ja aufpassen, dass nichts passiert. Noch ist das Tischtuch um meinen Teller herum jungfräulich weiß. Jetzt das nächste Stück, ich werde etwas mutiger. Aber was ist das? Ich kann es nicht zerschneiden! Haben meine Augen ausgerechnet in diesem Moment ihr heutiges Blackout? Ich fuhrwerke herum, Soßenspritzer landen gerade noch soeben auf dem Tellerrand. Es hat keinen Zweck, ich gebe auf. Die dritte Scheibe – ich traue mich kaum noch, sie vorsichtig anzusäbeln. Aber – der Seh-Blackout scheint vorbei zu sein, sie lässt sich problemlos zerteilen.

Ob die anderen etwas gemerkt haben? Ich glaube nicht, sie unterhalten sich angeregt – mein vorübergehendes Verstummtsein wurde wohl der Tatsache zugutegehalten, dass ich ja in diesem Bekanntenkreis völlig neu bin und daher noch nicht so richtig ‚mitreden' kann. Als wir wieder allein sind, traue ich mich doch zu fragen: Kann ich jetzt nicht einmal mehr richtig essen? Philipp bekommt einen Lachanfall. Nein, nein, sagt er, als er wieder sprechen kann, auch von seinen Bratenstücken sei eines ausgesprochen zäh gewesen. Aha, da hat der Wirt also versucht, einen Hirsch-Methusalem ‚scheibchenweise' und raffiniert getarnt unter die Leute zu bringen!

26. Oktober 2014, Sonntag

Wie konnte ich nur vergessen, dass mein Erscheinen in dieser Gegend offenbar das Großereignis der letzten Monate ist. Es klopft an die Terrassentür: ‚Willi', der berühmte ehemalige Dorfcasanova und Philipps ‚Skatbruder'. Und ich dachte, auf dem Land wären am Sonntagmorgen alle in der Kirche. Philipp springt schnell in Hemd und Hose und öffnet. Dann höre ich, wie sich die beiden Männer im Wohnzimmer unterhalten, während ich hektisch versuche, Fasson in mein verschlafenes Gesicht zu bringen. Zeigen muss ich mich auf jeden Fall, sonst habe ich womöglich noch den Ruf einer hochnäsigen Städterin weg. Willi begrüßt mich freundlich und setzt sein Gespräch mit Philipp fort, aber ich bemerke, dass mich immer wieder seine erstaunten Blicke treffen, so als ob er mit meinem Vorhandensein nicht mehr gerechnet hätte. Was Philipp wohl mit seinen früheren Freundinnen gemacht hat? Sie nach wenigen Tagen wieder ausgesetzt oder gar abgemurkst und im großen Garten verscharrt?

Willi hat sich verabschiedet und ich bin durch einen Espresso wieder einigermaßen auf Spur gebracht. Der heutige Flohmarkt findet am Rheinufer von Bad Hönningen statt. Lautes Gequake auf den Rheinwiesen zieht meine Aufmerksamkeit an. Nilgänse, sagt die unausrottbare Biologin in mir sofort. Dann wundere ich mich über mich selbst: Auf diese Entfernung habe ich die arttypische markante Kopfzeichnung erkannt! Das Quaken wird lauter, nimmt einen empörten Unterton an – ein Hund ist auf die Rheinwiesen gelaufen und jagt hinter den Gänsen her, hinter dem Hund wiederum jagt sein Herrchen her. In Betrachtung dieses lustigen Bildes bleibe ich automatisch stehen. Bumm, gibt es einen ‚Auffahrunfall': Eine hinter mir gehende Frau hat den Sicherheitsabstand zu mir ‚gemeingefährlichem Wesen' nicht eingehalten.

27. Oktober 2014, Montag

Morgendliche Schwerstarbeit – gestern endete die Sommerzeit, und die unzähligen antiken Uhren des Hauses müssen umgestellt werden. Dagegen mein kläglicher Bestand von genau einer Wanduhr und einem Wecker. Aber jetzt werde ich ja bald eine Uhr mehr haben, auch eine antike Uhr. Ihr Uhrwerk will Philipp heute zusammensetzen, und was das Schönste ist: Ich darf ihm dabei zusehen. Zum ersten Mal in meinem Leben werde ich einen richtigen Uhrmacher bei der Arbeit beobachten.

Nach dem Mittagessen ist es soweit: Es geht in die Werkstatt. Gespannt sitze ich neben Philipp an seinem Arbeitstisch und beobachte staunend, wie er mit ruhigen Handbewegungen die unzähligen größeren und kleineren Zahnrädchen in die Halterungsplatten des Uhrwerks einpasst. Schließlich ist jede Bohrung der Platten bestückt, aber da sind ja noch einige Teile übrig! Wieder einmal höre ich mir selbst zu, wie ich frage – ich Laie einen Uhrmacher. Ich glaube, ich spinne! Aber Philipp bleibt auch jetzt gelassen: „Ich mache das immer so, und irgendwann habe ich dann genug Teile zusammen, um daraus eine weitere Uhr bauen zu können." Mein vorlautes Mundwerk, das hast du verdient!

Die ‚vergessenen' Teile sind inzwischen auch untergebracht, und dann höre ich die Uhr erstmals ticken und schlagen: bong, bong. Ein seltsamer, faszinierender Klang, wie ein Echo aus fernen Zeiten. Noch ist Philipp nicht fertig: das Schlagwerk muss mit dem Uhrwerk synchronisiert werden. Immer wieder dreht er die Zeiger, ganz so leicht will die Uralte sich nicht ergeben. Immer wenn wir glauben, jetzt stimmt es, schlägt sie anstelle der vollen nur eine halbe Stunde oder lässt einen Schlag aus. Irgendwann – endlich – klappt es. Philipp trägt die ‚Frischoperierte' behutsam ins Haus, sie muss noch weiter unter Beobachtung bleiben. Er nimmt eine seiner eigenen Uhren von der Wand ab und hängt sie auf: Uhren-Intensivstation sozusagen. Wir feiern die erfolgreiche ‚Operation' mit einem Schatz: einem 35 Jahre alten Beerenauslese-Eiswein und den zu dieser Kostbarkeit passenden Silberbechern.

Nachmittags – wie jeden Dienstag – wird wieder die Oma aus Neuwied abgeholt. Und ebenfalls am Nachmittag soll laut Wetterbericht eine Art Unwetter mit Sturm kommen – o je!

Ein Fortschritt: Ich erkenne diesmal Omas Haus auf Anhieb. Ich steige aus, will zu Omas Wohnung hinaufgehen und ihr beim Tragen ihres Gepäcks helfen. Schon von weitem fixiere ich die Eingangstür, um mich nur ja nicht noch auf den letzten Metern zu verlaufen – die davor stehenden großen Abfallcontainer sehe ich leider nicht. Gut, dass sie eingezäunt sind – so lande ich am Gitter und nicht im Müll.

Es geht zum Supermarkt. Es ist düster geworden, das in Aussicht gestellte Unwetter schickt bereits kurze, aber heftige Sturmböen voraus. Laub und Papier wirbeln über den Parkplatz. Dagegen das Innere des Supermarkts – hell erleuchtet, tröstlich normal. Einkäufe erledigt, wir wollen gerade gehen, da fällt der Oma ein, dass sie etwas vergessen hat. „Wozu noch einmal zu dritt mit den vollen Taschen durchs Geschäft laufen? Ich nehme die Taschen und warte vor der Tür auf euch“, biete ich an. Gesagt, getan. Während die Oma und Philipp wieder zwischen den Lebensmittelregalen verschwinden, gehe ich nach draußen. Die Wolken hängen jetzt fast bis auf die umliegenden Bergrücken herunter und die Abstände zwischen den Windböen werden immer kürzer. Außer mir ist kein Mensch zu sehen. Ich postiere mich im Windschatten des Gebäudes, hinter mir die lange Reihe der angeketteten Einkaufswagen.

Und dann auf einmal – was ist das? Das kann doch nur wieder mal ein Seh-Blackout sein. Ich mache meine Augen zu und wieder auf, aber die Erscheinung bleibt – da fegt doch tatsächlich eine Windhose den schräg vor mir gelegenen Berghang hinunter! Und der haushohe Wirbel aus Staub, Sand, Laub, Ästen, Papieren, Kartons und anderen undefinierbaren Gegenständen kommt geradewegs auf mich zu! Ich sollte weglaufen, kann es aber nicht, meine Beine wollen sich einfach keinen Millimeter bewegen. Die Einkaufswagen rasseln bösartig und zerren an ihren Ketten, ich halte nur noch den Atem an. Die Windhose ändert auf einmal ihre Richtung, vielleicht abgelenkt durch eine Art Thermik des großen Supermarktgebäudes hinter mir. Sie macht einen Bogen zur Seite und verschwindet, nur einige Blätter und Papierstücke haben mich getroffen.

Ganz vorsichtig traue ich mich wieder zu atmen, aber jetzt fangen meine Beine an zu zittern, ich kann mich gerade noch an den Einkaufswagen festhalten. Und dann sind auch die Oma und Philipp wieder da. Soll ich es ihnen erzählen? Besser nicht, sie würden es mir nicht glauben. Jemandem, der wie ich von einem sehtechnischen Missgeschick ins nächste stolpert, kann man so etwas nicht glauben.

Irgendwie hat die vergessliche Oma uns vielleicht sogar das Leben gerettet, überlege ich. Wären sie und Philipp nicht ins Geschäft zurückgekehrt, hätte uns die Windhose auf dem ungeschützten Parkplatz erwischt.

30. Oktober 2014, Donnerstag

Vormittags Besuch bei Philipps Freund, dem ‚gutmütigen Bär' vom Flohmarkt. Er zieht um; Philipp hat ihm einige Möbelstücke abgeluchst und ein Bild, von dem er richtig begeistert ist und das er deshalb mir zugedacht hat – der Gute! Aber leider kann ich mich mit dem Motiv überhaupt nicht anfreunden. Dabei ist die Idee nicht schlecht, sondern im Gegenteil sehr originell: Man sieht ein geöffnetes Postpaket, das mit einem Stück ‚heile, unberührte Welt' gefüllt ist, eine Insel mit saftigem Gras, Büschen, Bäumen, einem kleinen See, darüber strahlend blauer Himmel – per Post ‚frei Haus geliefert' sozusagen. Eine Insel ganz für sich allein zu haben, das sei doch wunderbar, meint Philipp. Er vergisst dabei nur, dass er ja auf seiner Insel zu zweit ist. Zusammen mit einem geliebten Menschen wäre ich auch gerne auf einer ‚einsamen' Insel. Er kann oder will das nicht verstehen.

Ein anderes Bild – ein Motiv aus Paris – fesselt meine Aufmerksamkeit. Eine schmale Straße im Stadtviertel Montmartre an einem verregneten Sommerabend. Erste Lichter spiegeln sich im feuchten Straßenpflaster, rechts und links die hohen alten Stadthäuser, im Hintergrund die berühmte Kirche Sacré Coeur, der Regenschleier lässt ihre Konturen nur schemenhaft erkennen. Einige Passanten mit Regenschirmen huschen vorbei, wollen sicher schnell ins Trockene. Die beginnende Dämmerung taucht alles in ein bläuliches Licht, wohl die berühmte ‚blaue Stunde'. Eine feine Melancholie liegt über dem Ganzen und zieht mich richtig in den Bann, ich habe fast das Gefühl, selbst in der

Straße zu stehen. Wie gerne würde ich dieses Bild gegen die ‚Insel' tauschen, aber ich traue mich nicht, meinen Wunsch auszusprechen.

1. November 2014, Samstag (Allerheiligen)

Heute leider kein Flohmarkt, der Tag ist zu heilig. Auch ‚unser' Konzert ist nur erlaubt, weil es im privaten Rahmen und ohne Tanzerei stattfindet. Die Stunden vergehen mir manchmal zu langsam – die Vorfreude, dann wieder zu schnell – die üblichen Versagensängste. Allmählich müssen wir uns fertig machen – hoffentlich habe ich genug geübt und kriege das mit den Schuhen hin. Die Schuhe – hochhackige Stiefeletten, Philipp hatte sie mir gestern gekauft. Crashkurs Körperkoordination wahrscheinlich. „Nimmst du mich so mit?", ertönt plötzlich hinter mir Philipps Stimme, ich drehe mich um und erblicke Cary Grant: weißes Hemd, schwarze Krawatte, weißer Blazer, schwarze Hosen mit glänzenden Biesen an den Seiten. „Nur, wenn du mich Hinterwäldlerin auch mitnimmst", antworte ich. „Natürlich, aber ohne Brille", sagt Philipp. Mist, das Gehen in den hochhackigen Schuhen unbebrillt zu üben – daran habe ich überhaupt nicht gedacht. Na ja, im Fall eines Falles muss ich eben in Philipps Arme sinken, im Film haben die Damen das mit Cary Grant ja auch immer so gemacht.

Der Konzertraum – die Kellerbar im Luxushaus eines wohlhabenden Geschäftsmanns. O je, meine ‚High Heels', keine Brille und die Treppenstufen! Ich kann es kaum glauben: Irgendwann bin ich unten – und noch am Stück! Man winkt Philipp und mich sofort bis ganz nach vorne durch. Die Zuhörer sind fast alle Mitglieder einer Art Musikliebhaber-Club, nur wenige Einladungen werden an Außenstehende vergeben und heute gehören Philipp und ich zu diesen ‚Auserwählten'. Vorsitzender des Clubs ist der Gastgeber, er veranstaltet einige Male im Jahr ein Privat-Livekonzert und engagiert dazu jeweils eine Band oder ein Musikerensemble, jedes Mal etwas Besonderes – heute also die berühmte Django-Reinhardt-Band. Die Musiker greifen zu den Gitarren – und dann fetzt es los. Der Boden bebt geradezu und man braucht nicht auf dem Tisch zu tanzen, denn der Tisch tanzt selbst. Zuerst werden eigene Kompositionen gespielt, dann bekannte ältere und neuere Hits – Wahnsinn, was die

Musiker mit ihren Gitarren alles anstellen. Kleine Pause, Philipp hat einen Bekannten entdeckt und lässt mich kurz allein. Ich bin also vorübergehend ‚ohne Bewachung', das ist nicht unbemerkt geblieben: Ein Herr mittleren Alters, der bisher gegenüber am Bartresen gesessen hat, kommt auf mich zu: „Gefällt es Ihnen?", fragt er mich. Ich mache den Mund auf, um zu antworten – aber ich kann ihn wieder zumachen: Die Begleiterin des Herrn ist ihm gefolgt, legt die Arme um ihren kostbaren ‚Besitz' und zieht ihn wieder an die Bar zurück. Ich weiß nicht, soll ich staunen oder lachen.

2. November 2014, Sonntag

Morgens großes Gelächter: Ich erzähle Philipp mein gestriges ‚Konzert-Erlebnis', er kriegt sich überhaupt nicht mehr ein. Flohmärkte sind heute wieder erlaubt, wir fahren nach Neuwied. Sehr viele Verkaufsstände auf sehr engem Raum, ich gucke und gucke, auf einmal merke ich, dass ich nicht mehr gerade, sondern im Zickzack gehe. Peng – lande ich fast auf einem Verkaufstisch und wäre fast auf am Boden ausgebreiteten Krimskrams getreten. Was ist das schon wieder für ein Mist, andere können doch auch zur Seite gucken und dabei geradeaus gehen. In meinem ‚Kopfkino' ein lustiger Slapstick-Film: Ich habe den Führerschein (keine Ahnung, wie ich durch die Prüfung gekommen bin), ein eigenes Auto – und fahre auf einmal Zickzack. Bald ist die Polizei mit Blaulicht hinter mir her, hält mich an und zerrt mich aus dem Auto: ‚Wie viel haben Sie getrunken?' – ‚Nichts, ich schwöre!' ‚Laufen Sie mal auf der weißen Linie entlang!'.

3. November 2014, Montag

‚Großkampftag', bevor morgen meine Zeit im Westerwald zu Ende ist: Wir wollen schon mal einige meiner Flohmarkterwerbungen in meiner Wohnung abliefern. Die Bilder, Vasen und auch die Uhr werden ihr neues ‚Zuhause' kennenlernen. Sie sei sein Geburtstagsgeschenk für mich, sagt Philipp. Wie viel Zeit er mit der Wiederherstellung der Uhr verbracht hat! Sicher gibt es kostbarere Geschenke, aber ein mit so viel Sorgfalt selbst ‚hergestelltes' – diesen Wert kann man in Geld überhaupt nicht ermessen. Auch Philipps eigenes ‚Museum' ist um einige Schätze ärmer geworden. Jedes Mal wenn ich ein schönes Stück bewundert habe, hat Philipp es mir einfach geschenkt – zum Schluss habe ich mich überhaupt nicht mehr getraut, etwas zu bewundern.

Aber da ist etwas, das mich nervös macht: Zunächst werden wir einen kleinen Abstecher in Felix' Büro machen. Philipp hat Felix' Sohn ein Buch versprochen und will sich zugleich von Felix verabschieden. Ich glaube, er möchte auch noch etwas anderes, nämlich mich ‚vorführen', seinem Freund zeigen, dass sein vierwöchiges ‚Intensivtraining' schon erste Erfolge gebracht hat. Ich darf beide einfach nicht enttäuschen, muss mein Bestes geben. Das ist auch der Grund für meine aufsteigende Panik: Stress verträgt meine immer noch so wacklige Körperkoordination überhaupt nicht, die Seh-Blackouts dagegen fühlen sich durch ihn richtig ermuntert. Philipp trägt die Sachen ins Auto, ich mit meinen Absatz-Stiefeletten traue mich nicht. Er singt vor sich hin, ist ausgesprochen gut gelaunt. Wegen dem baldigen Wiedersehen mit seiner Lebensgefährtin oder weil er mich so gut ‚hingekriegt hat'?

Dann sind wir da, parken auf Felix' Parkplatz – sein Auto steht auch da. Ach damals, wie Felix und ich ihn in Karlsruhe abgeholt haben. Dann unsere Fahrt die südliche Pfälzer Weinstraße entlang und wie ich in Schloss Ludwigshöhe ‚hineingefallen' bin. Mich durchzuckt eine kuriose Mischung aus Lachreiz und Entsetzen: Was, wenn ich gleich genauso in Felix' Büro ‚hineinfalle'? Mit den Stiefeletten und, auf Philipps Anraten, unbebrillt, dürfte das nicht besonders schwierig sein. Felix steht schon in der offenen Tür, lacht uns entgegen, gibt mir einen Kuss, züchtig, auf die Wange. Ach, wie gerne würde ich ihn umarmen. Dann sitzen wir zu dritt am ‚Konferenztisch', unterhalten uns. Die Tatsache, dass ich es unversehrt bis hierher geschafft habe und nun, bequem im Stuhl sitzend, nicht mehr viel anstellen kann, hat meine innere Verkrampfung gelöst und meine Stimmung gehoben. Oder ist es Felix' Gegenwart? Ich werde übermütig und fange an, Philipp mit seinem ‚Frauenkonsum' aufzuziehen, meine Schätzungen bewegen sich von 400 an aufwärts – die Männer lachen. Aber sieht mich Felix dabei nicht seltsam an? Ach was, da haben meine brillenlosen Augen sicher etwas falsch gesehen.

Die Tür öffnet sich. Felix' Sohn ist der ‚Lärmquelle' nachgegangen, kommt herein, begrüßt Philipp und sogar mich, ohne eisigen Blick und in ganzen Sätzen! Da habe ich verhaltenstechnisch wohl schon enorme Fortschritte gemacht, vielleicht werde ich irgendwann doch noch ‚gesellschaftsfähig'. Philipp gibt Felix' Sohn das versprochene Buch, wir unterhalten uns über seinen Inhalt, dann wieder erzählt Philipp witzige Anekdoten. Inzwischen bemühe ich mich, meine Beine in den Stiefeletten zur Geltung zu bringen, Philipp hat sie mir ja schließlich spendiert – nun soll er auch etwas davon haben, im Konzertkeller war es für solche Effekte leider zu dunkel gewesen. Aber warum rückt Felix schon die ganze Zeit so unruhig auf seinem Stuhl hin und her? Er scheint nicht zu wissen, wohin er gucken soll, dann wieder spielt er mit seinem Tablet, legt es weg, nimmt es erneut in die Hand. Sehr eigenartig. Sein Sohn merkt nichts, ist in das Buch vertieft. Hm, das Ganze muss einfach ein Irrtum meiner Augen sein, ohne Brille kann ich eben doch nicht richtig sehen.

Langsam wird es für Philipp und mich Zeit, aufzubrechen; zum Abschied wieder ein Wangenküsschen von Felix – es scheint mir ungewöhnlich lang zu dauern. Dann sitze ich wieder neben Philipp im Auto, jetzt geht es zu meiner Wohnung. Ich nehme meinen ganzen Mut zusammen und frage: „Was war denn mit Felix los, habe ich wieder mal etwas falsch gemacht?" Philipp antwortet nicht, sondern grinst nur vor sich hin. Wenn er nicht reden will, kann man ihn auch nicht dazu bewegen, so gut kenne ich ihn inzwischen.

Wir sind da. Schnell hole ich die Post aus meinem Briefkasten – Zeitungen, Reklame und ein Brief ohne Absender. Philipp schleppt schon die ersten Tüten herbei, ich lege den Brief zur Seite. Was immer es auch ist, ab morgen habe ich ja genug Zeit, mich darum zu kümmern. Philipp betrachtet etwas erstaunt meine ganz gut sortierte ‚Heimwerkerausrüstung' und hängt das kostbarste Stück, die alte Wanduhr, auf. Es folgen die Bilder, stolz betrachtet er schließlich sein Werk, besonders lange das ‚Insel-Bild'. Dann arrangiert er einige Vasen auf den Fensterbrettern. Ich glaube, das Zimmer sieht jetzt schon etwas ‚vornehmer' aus. Nur noch einen Abend, eine Nacht und knapp einen Tag werde ich in einer ‚Familie' leben dürfen, geht es mir durch den Kopf, während wir im Berufsverkehr stecken.

„Erinnere mich daran, dass wir, wenn ich dich wieder abhole, erst die nächste Abfahrt nehmen, dort kommt man besser durch", sagt Philipp – für mich ein jäher Glücksmoment: Er hat seine Einladung nicht vergessen!

4. November 2014, Dienstag

Beim Aufwachen spüre ich etwas ‚Vertrautes', lang ‚Vermisstes': Kopfschmerzen! Na gut, ich hatte gestern Abend meinen Kummer in verschiedenen Alkoholsorten aus dem Partyvorrat von Philipps Sohn ertränkt. Der Morgenespresso bringt mich wieder etwas auf Trab, die Kopfschmerzen werden weniger. Es klopft – diesmal jedoch nicht in meinem Kopf, sondern an der Terrassentür: Willi erscheint zu einer Art Abschiedsbesuch. Wieder eilt Philipp schnell ins Wohnzimmer und lenkt ihn ab, bis ich einigermaßen salonfähig in Erscheinung treten kann. Irgendwie guckt Willi sehr trübe aus der Wäsche. Ist es, weil Philipp nun wieder weg ist, oder ich, oder wir beide, oder hängt bei ihm der Haussegen schief?

Nachmittags fahren Philipp und ich noch ein letztes Mal nach Neuwied, die Oma abholen; die Gute hatte nicht mehr damit gerechnet, mich noch einmal zu sehen, und freut sich.

Philipps ältere Tochter mit Partner, dessen Tochter aus erster Ehe und dem gemeinsamen Söhnchen kommen auch wieder vorbei – pralles Familienleben. Ob mich das trösten soll? Lebhafte Unterhaltung, sogar der Kleine ist überhaupt nicht mehr scheu, immer wieder wuselt er zu mir und strahlt mich an. Die Rede kommt auf die Reitpferde der Familie, die in einem etwas weiter entfernten Reitstall untergebracht sind. „Möchtest du sie mal sehen?", schlägt Philipps Tochter freundlich vor. Natürlich gern, aber fragend blicke ich den ‚Herrn des Hauses' an. Ich weiß ja nicht, wann er mein Hiersein ‚beenden' will. „Fahr nur mit", sagt Philipp freundlich, „so viel Zeit haben wir noch."

Ich steige zu der netten jungen Frau ins Auto, und los geht's. Völlige Dunkelheit, Kurven – und auf einmal Vollbremsung. Im Licht der Scheinwerfer ein Rehpärchen, wir haben es beim Sex gestört – und das mitten auf der Straße! Sie flüchten, nicht ohne ihre Köpfe noch einige Male zurückzudrehen und uns empörte Blicke zuzuwerfen. Ich sehe ihnen fasziniert nach. Noch lange kann ich in der Dunkelheit ihre wippenden weißen Spiegel erkennen. Und dann kommt mir die Erkenntnis: Das alles habe ich ja selbst gesehen, richtig detailgetreu, trotz des plötzliche Auftauchens und der schnellen Bewegungen der Tiere, ganz zu schweigen von den ziemlich ungünstigen Lichtverhältnissen. Warum immer solche ‚Highlights' und dann wieder diese Blackouts? Die Stimme der jungen Frau reißt mich aus den Gedanken: „Ja, hier gibt es viel Wild", sagt sie. Ich lobe ihr schnelles Reaktionsvermögen. Wir sind da, durch ein großes Tor geht es ins Stallgebäude. Das Pferd meiner Begleiterin steht in der letzten Box, es ist ein kleiner, sehr stämmiger, ‚pfeffer- und salzfarbener' Belgier. „Diese Rasse wird eigens zum Schlachten gezüchtet, wir haben es quasi von der Schlachtbank weggekauft", sagt sie. Das Tier scheint es zu wissen, liebevoll presst es seinen riesigen Schädel gegen ihren Körper. Ich betrachte skeptisch den Pferderücken. Wie kann man darauf sitzen, ohne sich die Beine auszurenken?

Noch eine letzte ‚Knutscherei', dann trennt sich Philipps Tochter von ihrem vierbeinigen Liebling. Rückfahrt – bei mir wieder völliges Orientierungs-Blackout, aber die Rehe sind jetzt offenbar vorsichtiger geworden und betreiben ihren Sex an sichereren Stellen. Im Wohnzimmer sitzen die anderen noch beieinander, es wird endgültig Zeit, mich zu verabschieden. „Wie wirst du diesen plötzlichen Wechsel vom Familienleben zum Alleinsein verkraften", fragt Philipps Tochter besorgt. Gute Frage. „Ich mache ja noch das Sehtraining, da bin ich dann schon beschäftigt.", antworte ich etwas lahm.

Westerwald adé, wir halten vor meinem Haus. Aus dem Kofferraum zaubert Philipp einige Utensilien, die mir ‚allein in der Wildnis Zurückgelassener' das Überleben erleichtern sollen: eine Espressomaschine und ein Paket echt portugiesischen Espresso, eine warme Flausch-Bettdecke – und drei Flaschen von seinem besten Wein: „Eine trinkst du an deinem Geburtstag, eine zu Weihnachten und eine zu Silvester", ordnet er an. Na, ob die Flaschen dann noch existieren?

Und jetzt der endgültige Abschied: „Ich möchte keine Telefonanrufe von dir", hatte ich schon zuvor verkündet, „was sollte das bringen? Du hast an der Algarve mit deiner Lebensgefährtin eine tolle Zeit und ich bin hier völlig allein im kalten, dunklen Winter, zu Weihnachten. Ich kann es nicht ändern, aber daran muss ich ja nicht auch noch ständig erinnert werden." „Du wirst nicht ganz allein sein, das wirst du schon sehen", hatte Philipp geheimnisvoll geantwortet. „Wenigstens eine kurze SMS, dass ich gut angekommen bin?", fragt er jetzt. Ich bin melancholisch und weich gestimmt: „Na gut, in Ordnung." Ich sehe ihm vom Fenster aus nach, aber er dreht sich nicht mehr um, wahrscheinlich hat er gerade den Deutschlandmodus aus- und den Portugalmodus eingeschaltet. Da auf einmal fällt es mir ein: Genau heute vor einem Jahr hatte sich Felix von mir getrennt.

5. November 2014, Mittwoch

Unsanfte Landung im Alltag: das Sehtraining. Ich habe es fast zwei Wochen geschwänzt und morgen ist wieder ein Kontrolltermin bei André! Jetzt aber schnell wenigstens die Tagebuchnotizen aus der ersten Monatshälfte in eine leserliche Form bringen und ausdrucken!

Später Nachmittag. Philipp müsste jetzt schon in Portugal sein. Immer wieder ein Blick zum Handy, keine SMS. Bestimmt hat ihn seine Lebensgefährtin sofort in Beschlag genommen oder er grollt mir, weil ich Telefonkontakte abgelehnt habe. Zumindest abgestürzt ist sein Flugzeug nicht, das wäre sicher in den Nachrichten gebracht worden. Und dann plötzlich – das Handy läutet! Nanu, ist etwas passiert? Aber auf dem Display eine mir unbekannte Nummer. Und eine mir unbekannte Männerstimme, dazu noch eine sehr ärgerliche: Warum ich mich nicht gemeldet hätte? Ich glaube, ich müsste an dieser Stelle einige weitere Fragezeichen machen – so ungefähr habe ich wahrscheinlich ausgesehen. Aber die Erholung im Westerwald hat mir gutgetan und meine Nerven stabilisiert. Ich bleibe ganz ruhig und fange höflich an zu fragen. Der Zusammenhang enthüllt sich schnell: bei dem Anrufer handelt es sich um einen Partnervorschlag von ‚Zu Zweit' (nach vier Monaten haben sie wieder einmal an mich gedacht, Donnerwetter!) Klar, der Brief ohne Absender! Und nun hat der arme Herr seit Tagen vergeblich versucht, mich zu erreichen. Natürlich, ich hätte mich wegen ‚Urlaubs' vorübergehend abmelden müssen, so steht es auch im Vertrag – das hatte ich im Trubel der Ereignisse total verschwitzt. Eigentlich will ich überhaupt keinen Partnervorschlag mehr, mir ist nämlich inzwischen klar geworden, dass ich meine Liebe zu Felix nicht einfach ausknipsen kann wie eine Lampe, um sie bei jemand anderem auf Kommando wieder einzuschalten.

Dass die dialektgefärbte Stimme und die schlichte Ausdrucksweise meines Gesprächspartners wieder einmal auf einen Menschen einfachen Niveaus hindeuten, macht mich trotzdem etwas ärgerlich, und – wie kann es anders sein – auch er wohnt in einer weiter entfernten Stadt. Aber mein schlechtes Gewissen wegen meiner Nachlässigkeit ist größer als die Wut. Warum sollte ich ihn nicht wenigstens mal treffen? Eine lustige Story für mein Tagebuch wird es bestimmt. Der Herr hat sich inzwischen ebenfalls beruhigt, und wenn man sich auf seine schlichte Denk- und Sprechweise hinab begibt, kann man sich mit ihm sogar ganz manierlich unterhalten. Wir vereinbaren ein Treffen an der Rheinpromenade. Nach Beendigung des Telefonats stürze ich sofort zu dem besagten Umschlag. ‚Unternehmer' steht da. Nicht zu fassen, *das* ist ein Unternehmer? Eine lustige Story für mein Tagebuch ist schon so gut wie sicher.

Philipp hat sich nicht gemeldet, aber was soll's, am besten nicht weiter darüber nachdenken.

6. November 2014, Donnerstag

Das erste Mal, dass ich mit einem schlechten Gewissen zum Augen-Kontrolltermin gehe. Schwieriger Spagat: Das ‚Arrangement' mit Philipp will ich nicht verraten. Dass ich das Sehtraining allein für nicht ausreichend halte, könnte André kränken. Andererseits: er überprüft die Erfolge mittels ausgefeilter Messtechniken, er wird merken, dass ich kaum die Hälfte der Übungszeit absolviert habe. Ich erzähle von einem mir spontan angebotenen Urlaub, den ich auch dringend gebraucht hätte – begeistert sieht André nicht aus. Mit dem Versprechen, ab jetzt doppelt brav und fleißig zu sein, scheine ich ihn wieder versöhnt zu haben, denn er kündigt an, demnächst die Sache mit der versprochenen Schlagzeug-Probestunde in die Wege leiten zu wollen.

7. November 2014, Freitag

Der Professor – mit mulmigem Gefühl folge ich seiner Einladung zum Kaffee. Wie hat er die ‚Trennung' von seiner Frau verkraftet? Eine Trennung nach über 60 Jahren gemeinsamen Lebens. Der alte Herr und ich unterhalten uns lange. Auch wenn es zum Schluss sehr schwierig war – die Fürstin hatte mich auf ihre verworrene Art in ihr Herz geschlossen und ich vermisse sie ebenfalls. Unwillkürlich suchen meine Augen den Sessel ab – in seinen Polsterritzen hatte sie oft ihre Tabletten versteckt, die sie partout nicht nehmen wollte. Vorbei, für immer. Und leider habe ich sie niemals so erlebt, wie sie wirklich war. Unwillkürlich habe ich das laut gesagt, der Professor ist sehr bewegt. Der Abschied ist sehr bedrückend. Ich werde die alte Dame auf jeden Fall im Pflegeheim besuchen.

8. November 2014, Samstag

Abends vor dem Fernseher, ich starre auf den Bildschirm und sehe nichts. Aber diesmal sind nicht meine Augen schuld. Heute vor genau einem Monat war mein erstes Treffen mit Philipp, das ‚Hungerdate' – ich muss unwillkürlich lachen, dann seufzen: Jetzt hat er mich bestimmt schon vergessen.

Mein Handy kann offenbar immer noch auf ‚Stichgedanken' reagieren, es läutet. Nicht Philipp, sondern der ‚Unternehmer'. Stimmt, morgen ist ja das Date mit ihm, er will sich vergewissern, ob ich es auch nicht vergessen habe. Verständlich, nach der ‚schlechten' Erfahrung mit mir. Nein, nein, ich komme auf jeden Fall, versichere ich.

9. November 2014, Sonntag

Wieder mal ein ‚Date-Tag' – und, oh Wunder: schönes, für die Jahreszeit richtig warmes Wetter! Aber das macht die Sache auch nicht besser. Pünktlich stehe ich am vereinbarten Treffpunkt, ein Herr kommt auf mich zu, es ist der ‚Unternehmer'. Seine Gesichtszüge, die Frisur – das gibt's doch nicht! Er sieht aus wie eine gewisse (Un)Person der neueren Geschichte. Nur ein kleines Utensil fehlt.

Ein unbändiger Lachreiz packt mich. Mühsam kann ich ihn niederkämpfen und eine höflich-neutrale Miene aufsetzen, die Zeit mit den Kopfschmerzen war da eine gute Lehrmeisterin.

Wir spazieren ein Stück am Rhein entlang und ich erfahre mehr über ihn: Er ist Handwerksmeister und sein Unternehmen ein Einmann-Betrieb. (Dann bin ich auch eine Unternehmerin, denn ich besitze ja einen eigenen Haushalt!) Und mit was für einem Beruf die Partnervermittlung *mich* wohl ausgestattet hat? Wieder mal zu meinem Entsetzen höre ich mich das auch laut fragen, der ‚Diktator' scheint mir die Frage nicht übel zu nehmen: ‚Betreuerin', erfahre ich. Es gelingt mir auch diesmal, meine Gesichtszüge im Zaum zu halten.

Der ‚Diktator' lädt mich in ein Café ein, es wird sogar ein ‚Kaffee-und-Kuchen-Date', immerhin! Das Essen lenkt mich zwar von dem Tiefschlag ‚Betreuerin' ab, aber auch das weitere Gespräch ist nicht sehr erfreulich: Reisen machen, die Welt sehen – das möchte er nicht, historisch und kulturell habe er ebenfalls keinerlei Interesse, sagt er. Wir bleiben höflich. Als wir wieder am Ausgangspunkt unseres Spazierganges angelangt sind, fragt er, ob er mich noch irgendwohin fahren könne. Ich lehne dankend ab und verweise auf die nur wenige Schritte entfernte Straßenbahnhaltestelle, dann verabschieden wir uns – ich bin erleichtert, ich glaube, er auch. Zumindest ist der Sonntagnachmittag schnell vergangen.

13. November 2014, Donnerstag

Ein größerer ‚Ausflug': Ich besuche die Fürstin in der ‚Kreuzung aus Irren- und Narrenanstalt' – so nennt der Professor das Pflegeheim, in dem sie sich jetzt befindet. Mein ehemaliges ‚Pflegekind' sitzt schon an einem Tisch im Aufenthaltsraum, leider im Rollstuhl, aber sonst sieht die alte Dame den Umständen entsprechend ganz gut aus. Ich spreche sie an, sie lächelt vage. Ob sie mich wiedererkannt hat? Schwer zu sagen, sie hatte in den letzten Wochen ja auch mehr neue Eindrücke auf einmal zu verkraften als vielleicht die gesamten letzten Jahre zuvor. Und schon habe ich selbst das allgemeine Interesse erweckt: einige der dementen Frauen kommen, um sich den ‚Neuzugang' zu begucken. Trotz der unschönen Umstände ist die Atmosphäre entspannt, die Pflegekräfte gehen ruhig und gelassen mit den Heimbewohnern um, der Raum ist sauber und hell, mit einem schönen Blick auf den Rhein. Da scheint die Fürstin sich doch an mich zu erinnern, sie strahlt mich an und zeigt mir ein vorüberfahrendes Schiff, hochbeladen mit bunten Frachtcontainern.

Den Heimweg trete ich etwas beruhigter an; ich weiß jetzt, dass es der alten Dame, die mir ans Herz gewachsen ist, den Umständen entsprechend gut geht und sie offensichtlich zufrieden in ihrer eigenen Welt lebt.

17. November 2014, Montag

Es ist soweit, ab heute ‚darf' ich an den Ü-60-Partys teilnehmen. Das für meinen Geburtstag übliche düstere Novemberwetter. Einige Gratulationsanrufe – Frau Eilers meldet sich, dann mein Ex-Chef und schließlich die liebe Frau Ludwig. Auch sie wünscht mir natürlich alles Gute, aber ihre Stimme erscheint mir bedrückt. Ich frage nach, hätte es vielleicht nicht tun sollen. Nach einigem Zögern erzählt sie mir, dass bei ihrer Jugendfreundin, die zur gleichen Zeit wie ich an einem bösartigen Tumor erkrankt war und zunächst erfolgreich behandelt wurde, der Krebs wieder da ist. Noch lange nach diesem Gespräch sitze ich da, starre das Handy an. Und plötzlich starrt das Handy zurück, mit leuchtendem Display, dann der Klingelton. Felix! Seine lebhafte, herzliche Stimme. Scheiße, was ist nur mit mir los? Auf einmal fließen die Tränen, verzweifelt bemühe ich mich um eine wenigstens einigermaßen normale Stimme. Ob er trotzdem etwas gemerkt hat? „Ich hole dich nachher ab", sagt er einfach nur. Ein Teil von mir möchte sich am liebsten in einer dunklen Höhle vergraben, der andere sagt: Los, los, mach dich chic. Kein guter Zeitpunkt, um schizophren zu werden.

Mit seinen Riesenschritten kommt Felix die Treppe hoch. Das ist jetzt wie damals, bloß nicht sentimental werden! Er strahlt mich an, hat ein kleines Geschenk dabei und will mich zum Essen ausführen. Stolz zeige ich ihm das schon etwas ‚vornehmere' Wohnzimmer, die alte Uhr – ich glaube, er betrachtet alles sehr wohlwollend. Aber gefalle *ich* ihm überhaupt, entspreche ich wieder den städtischen Bekleidungssitten, auf dem ‚Land' war ja alles etwas lässiger. Ich frage vorsichtig. „Du siehst toll aus", sagt er.

Montag – kein guter Wochentag für einen Geburtstag, die meisten Gaststätten haben heute Ruhetag. Aber Felix kennt etwas, sogar sehr Gemütliches, mit reichhaltiger Speisekarte. Die Qual der Wahl, er sieht mich erwartungsvoll an. Am liebsten etwas starkes Alkoholisches, um meinen Kummer darin zu ersäufen. Das geht natürlich nicht, aber vielleicht kann man Kummer auch in Fett ersäufen, ich wähle einfach mal Gänsekeule. Wenigstens einmal in meinem Leben eine ‚Martinsgans'. Die Keule schmeckt gut. Mit Prosecco stoßen wir auf meinen Geburtstag an und ich innerlich darauf, dass ich bis jetzt nichts angestellt habe. Kleine Diskussion um die Bezahlung. Ich: „Das ist mein Geburtstag und du bist mein Gast." Er: „Aber die Getränke übernehme ich, die bezahlt immer der Mann." Na schön, wenn das in ‚vornehmen Kreisen' so ist. Heimfahrt; Felix begleitet mich noch in die Wohnung und plötzlich überfällt mich wieder die Erinnerung an das Telefonat. Was, wenn auch bei mir der Krebs wiederkommt? Noch einmal schaffe ich das nicht. Aber wenigstens in diesem Augenblick will ich nicht daran denken.

19. November 2014, Mittwoch

Stimmung heute etwas besser, denn morgen gibt es noch ein verspätetes ‚Geburtstagsgeschenk' vom lieben André: die Schlagzeug-Probestunde! Die Musikschule liegt in einem Nachbarort, und schon bin ich bei meiner ‚Lieblingsbeschäftigung', dem Fahrplanwälzen. Auf jeden Fall wird es wieder ein zeitaufwändiger ‚Anmarsch', aber da muss ich noch führerscheinloses Wesen eben durch.

20. November 2014, Donnerstag

Komme gerade von der Schlagzeug-Probestunde – bin wieder ziemlich geknickt. Mein Rhythmusgefühl ist ganz gut, aber die Rechts-Links-Koordination – einfach desaströs, sogar jetzt, ohne jeden Stress, nur mit dem netten, geduldigen Musiklehrer im Zimmer.

Bei einer so verkorksten Person wie mir reicht eine Schlagzeugstunde offenbar nicht aus. Der ‚Trommelpädagoge' bietet mir zu einem Sonderpreis vier weitere wöchentliche Übungsstunden an. Vielleicht hilft es ja doch, auf jeden Fall habe ich etwas Abwechslung und Ablenkung.

24. November 2014, Montag

Die erste Woche meines Daseins als Sechzigerin ist um – und ich warte immer noch auf den vielbeschworenen ‚Altersschock'. Aber der Schock wegen der wieder ausgebrochenen Krebserkrankung von Frau Ludwigs Freundin war wohl größer. Heute Vormittag habe ich noch einmal einen Termin bei dem Bestattungsinstitut, ich habe einen Weg für mich gefunden und will es nun endgültig festlegen. Die Chefin hat mir mein seinerzeitiges ‚Wegbleiben' offenbar nicht übel genommen, sie kümmert sich persönlich und sehr freundlich um mich und verweist mich zum Schluss an eine Notarskanzlei, um rechtliche Informationen einzuholen.

Warum die Sache nicht direkt in Angriff nehmen? Ich fahre also nachmittags in die Stadt; im Notariat gibt man mir freundlich die erbetene Auskunft. Der ‚Erfolg' verleiht mir geradezu Flügel. Beschwingt eile ich los zu weiteren Besorgungen – und werde abrupt gestoppt: Felix steht vor mir, mitten auf der belebten Einkaufsstraße und wie immer in Eile. Trotzdem freut er sich anscheinend, mich zu sehen, strahlt mich geradezu an. Er müsse zu einem dringenden Termin, sagt er (klar, was sonst). Was ich in der Stadt triebe? Ich komme vom Notar, erkläre ich geradezu fröhlich, habe endlich das mit meiner Beerdigung geregelt. Ich kann förmlich zusehen, wie seine Gesichtszüge entgleisen. Und ich setze noch einen drauf – so blitzartig eine Idee zu entwickeln, das hätte ich früher auch nicht geschafft. „Du wirst mein Testamentsvollstrecker!" Ich glaube, jetzt bricht er gleich zusammen. Nein, er kriegt gerade noch die Kurve, aber einige Passanten weichen uns richtig erschrocken aus. Ich werde immer übermütiger: „Keine Sorge, du wirst mich ja zum Schluss noch mal sehen, handlich in eine Urne verpackt." Er hat wohl inzwischen beschlossen, das Ganze als Witz zu nehmen: „Du bist mir vielleicht ein Herzchen", meint er und gibt mir einen Wangenstüber. „Na, dann bis vielleicht demnächst, vergiss deinen dringenden

Termin nicht!" Mit diesen Worten verabschiede ich mich und eile davon. Auch ich kann auf Kommando zu einer termingehetzten ‚Businessfrau' werden!

25. November 2014, Dienstag

Am späten Nachmittag ein Anruf: das ‚Kontaktbüro', Partnervermittlung II – die hatte ich schon fast vergessen. Frau Wilhelmi unterbreitet mir einen neuen Partnervorschlag. Es handelt sich diesmal um eine Art Pförtner, der noch in einer entfernten Stadt lebt, aber nach seiner demnächst erfolgenden Pensionierung in mein Stadtviertel ziehen wolle und deswegen eine bereits dort wohnende Partnerin sucht (clever, das erspart die Wohnungssuche). Meine Reaktion auf diese eigenartige Konstruktion ist wieder einmal erstaunlich schnell. Die Zeit in Philipps Familie hat geholfen, davon bin ich überzeugt. Ich wollte sowieso um eine vorübergehende Aussetzung des Vertrages bitten, erwidere ich, da ich Anfang nächsten Jahres einige Zeit verreist sein werde. Frau Wilhelmi versucht, mich wenigstens zu einem Kennenlernen des Herrn zu bewegen. Keine Chance! Wenn ich wieder im Lande bin, werde ich mich melden, erwidere ich. Hoffentlich hat sich bis dahin eine andere Frau gefunden, die sich auf so etwas einlässt. Ob sich eine darauf einlässt?

3. Dezember 2014, Mittwoch

Nachmittags die nächste Schlagzeug-Stunde, es klappt heute schon besser, ich habe auf Tischplatte und Schreibtischlampe geübt. Mein Lehrer erhöht den Schwierigkeitsgrad etwas und schon stockt es an einigen Stelle wieder. Rechte und linke Hand werden sich partout nicht einig und irgendwann sitze ich mit völlig verknoteten Armen da. Warum nur führen die Hände nicht einfach meinen Willen aus?

Nicht weit von der Musikschule entfernt wohnt Frau Eilers, meine Vernissagen-Begleiterin. Wir hatten verabredet, dass ich sie besuche. Sie begrüßt mich schon an der Aufzugstür, und dann bin ich in ihrer Wohnung. Schnell die Aussicht aus dem 12. Stock, ehe es dämmrig wird. Die nette Dame empfindet das nicht als komisch, auch sie liebt ihren ‚Luxus-Fernblick'. Tatsächlich, ich kann bis fast zum Horizont alles scharf und dreidimensional sehen, nicht mehr der graue, platte ‚Pfannkuchen' von früher. Dort – Kräne einer Großbaustelle, richtig filigrane Gebilde und – nicht zu fassen – auf einmal ist ein winziges Stückchen Orientierungsvermögen da, ich weiß, aus welcher Richtung ich vorhin gekommen bin.

Bei einigen Gläschen Likör plaudern wir über die ehemaligen Kolleginnen und Kollegen: Wer war in welcher Abteilung, wer hatte welche Macken, wer hat Karriere gemacht? Lustig: Eine, von der ich immer schon den Eindruck hatte, sie sei verrückt, ist wegen Irreseins aus dem Verkehr gezogen worden. Wieder einmal ein Echo aus fernen Zeiten, als meine Welt, mein Leben noch ‚normal' war.

4. Dezember 2014, Donnerstag

Wieder ein Augen-Kontrolltermin. Ich nehme all meinen Mut zusammen und frage: Das Schlagzeugspielen, mein Rechts-Links-Desaster – warum? Gerade diese Koordinationsprobleme sollen durch das Trommeltraining gebessert werden. Ganz wichtig sei das Lernen voneinander unabhängiger Bewegungen mit rechtem und linkem Arm bzw. Bein, erklärt André geduldig. Bei dieser Gelegenheit würde auch die eine oder andere Synapse neu gebildet. Ich fühle mich wieder einmal wie eine der städtischen Dauer-Baustellen.

5. Dezember 2014, Freitag

Nachmittags, das Telefon läutet. Felix lädt mich zu einem Kinoabend ein. Donnerwetter, das hat er noch nie. Allmählich kann man sich mit mir also in der ‚Öffentlichkeit' blicken lassen – das ist ja ein richtiger Fortschritt! Er holt mich ab, ich erzähle ihm von meinem ‚Trommel-Desaster', und er tröstet mich – richtig rührend.

Und dann sitzen wir Arm in Arm in den Plüschsesseln eines kleinen gemütlichen Programmkinos, wieder wie ein Liebespaar. Vom Film bekomme ich nur Bruchstücke mit: Hannelore Elsner spielt eine ehemals berühmte Klezmer-Sängerin, die jetzt in ein Altenheim übersiedeln muss. Immer wieder Klezmer-

Lieder, an die sie sich erinnert. Eine der Melodien setzt sich in meinem Kopf fest. Morgen werde ich mal versuchen, sie ‚schlagzeugmäßig' zu begleiten.

8. Dezember 2014, Montag

Wieder eine Krebs-Kontrolluntersuchung. Ich bin mit zitternden Knien hingegangen, die Sache mit dem wiedergekehrten Krebs bei Frau Ludwigs Freundin hat mich richtig in Panik versetzt. Der Tod ist offensichtlich an mir noch nicht interessiert – alles in Ordnung.

9. Dezember 2014, Dienstag:

Ein Anruf von meiner Rechtsschutzversicherung: Leider nichts zu machen, nichts nachweisbar. Ich muss dazu etwas ausholen: Partnervermittlung ZU ZWEIT, das letzte Date Anfang November. Ich war richtig wütend. Vertrauensvoll hatte ich der Mitarbeiterin beim Vertragsschluss-Termin erzählt, dass ich als einziges Kind mich um meine kranken Eltern kümmern musste und deshalb partnerlos geblieben war – und sie hat als meinen Beruf ‚Betreuerin' angegeben! Von einer Diplombiologin bin ich zu einer Betreuerin degradiert worden, einfach so! Dann brauche ich mich ja über das Niveau meiner Datepartner nicht zu wundern!

Ich hatte also ein Schreiben an die Partnervermittlung verfasst, trotz aller Wut so sachlich und höflich wie möglich. Auf weitere Partnervorschläge hatte ich ab sofort verzichtet. Bezüglich des eingezahlten Honorars bot ich einen Kompromiss an und setzte für die Teilrückzahlung eine Frist, dabei dezent mit meiner Rechtsschutzversicherung ‚winkend'. Die Partnervermittlung hüllte sich in Schweigen. Okay, dann musste es sein, Rechtsberatung meiner Rechtsschutzversicherung. Jetzt also das Ergebnis, leider nicht gut: Aus dem Vertrag herauszukommen wäre schwierig, Unfähigkeit nachzuweisen so gut wie unmöglich. Paradoxerweise bin ich erleichtert, denn meine Wut ist inzwischen verraucht und hat einer Idee Platz gemacht: Vielleicht steckt hinter der seltsamen Partnerauswahl ja eine ganz bestimmte Absicht, nämlich die, dass ich mich doch wieder mit Felix zusammenraufen soll.

11. Dezember 2014, Donnerstag

Am Nachmittag schön und erstaunlich mild. Ich besuche wieder einmal die Fürstin im Pflegeheim und lande in einer Advents-Kaffeestunde. Die alte Dame scheint mich heute sofort zu erkennen. Sie strahlt mich an und fragt mich auf ihre verworrene Art, was ich in letzter Zeit so getrieben hätte. Ich helfe ihr beim Essen und Trinken, aber allmählich verschlechtert sich ihre Laune. Ich habe immer noch kein eigenes Baby, wo sie doch kleine Kinder so gern mag – das nimmt sie mir übel.

Heimweg, ich warte auf die Straßenbahn. Aus Langeweile beobachte ich die gegenüberliegende Straßenseite. Es ist nicht viel los, nur eine jüngere Frau und ein Skelett, die gerade in ein geparktes Auto einsteigen wollen. Moment mal, sehe ich da richtig oder spielen mit meine Augen wieder einen Streich? Es ist ein Skelett, nicht etwa ein kostümierter Mensch, ich bin mir sicher. Die Frau umfasst geradezu liebevoll ‚die Knochentaille' ihres ‚Begleiters', dessen einer Knochenarm wiederum liegt auf ihrer Schulter. Jetzt biegt sie das Skelett vorsichtig etwas zusammen, um es ins Auto schieben zu können. Mit mir stehen noch einige jüngere Leute an der Haltestelle, aber niemand wird aufmerksam. Mein Verstand setzt wieder ein: Bestimmt ein anatomisches Lehrpräparat für die nahen Universitätskliniken – es kann nur so sein. Aber ein beklemmendes Gefühl bleibt.

14. Dezember 2014, Sonntag (3. Advent)

Heute will ich etwas in Angriff nehmen, das ich seit langem vor mir hergeschoben habe: mein Testament. Der Text steht längst fest, allerdings nur in meinem Kopf, das wird das Nachlassgericht wohl kaum akzeptieren. Dann werde ich computerge- und verwöhntes Wesen mal einen Schritt zurück in die kommunikationstechnische Steinzeit machen, Testamente müssen nämlich handschriftlich niedergelegt werden. Du meine Güte, wann habe ich das letzte Mal einen längeren Text mit der Hand geschrieben. Das muss Ewigkeiten her sein.

Dann mal los. Ich bemühe mich um möglichst knappe, aber präzise Formulierungen. Kurz muss ich lächeln: Meine Spontanidee bei der Begegnung mit Felix vor drei Wochen – ich habe sie in die Tat umgesetzt und ihn zu meinem

Testamentsvollstrecker bestimmt! Er ist ein erfahrener Geschäftsmann, aber auch ehrlich und zuverlässig. Dass das mit uns nicht geklappt hat – nun ja, in der Zeit, in der wir zusammen waren, habe ich wirklich alle Krankheiten, die ich vorher nicht hatte, ‚nachgeholt'. Irgendwann konnte er einfach nicht mehr. Ich habe ihm längst verziehen.

15. Dezember 2014, Montag

Auf in die Stadt und in das Landgerichtsgebäude, in dem sich auch das Nachlassgericht befindet und mein Testament hinterlegen. Das Gericht ist sehr belebt, an der Sicherheitsschleuse eine längere Schlange. Sie zieht sich bis ins Treppenhaus. Ich stehe mit beiden Füßen ganz ruhig auf einer der flachen breiten Treppenstufen. Auf einmal habe ich das irrationale Gefühl, zu stolpern, ins Leere zu stürzen. Das Geländer ist zu weit weg, keine Möglichkeit, sich schnell festzuhalten. Schon spüre ich förmlich, wie ich ‚falle', da ‚rette' ich mich, indem ich instinktiv einen Fuß auf die nächsthöhere Stufe setze. Gleichzeitig suche ich mit den Augen an der nächstgelegenen Wand nach einem festen Punkt. Das ist ausgerechnet die Gedenktafel für die im ersten Weltkrieg gefallenen Gerichtsangehörigen – einen anderen Fixpunkt gibt es nicht. Langsam verfliegt der Schwindel. Seltsam, das hatte ich doch schon seit Monaten nicht mehr, und ausgerechnet heute, jetzt, hier. Und das mit der Gedenktafel – ein Gruß aus dem Jenseits?

17. Dezember 2014, Mittwoch

Die letzte Trommelstunde; ich hatte zu Hause zu einem meiner Lieblingssongs auf Töpfen und Tellern eine Schlagfolge eingeübt. Mein Trommellehrer ist überrascht und bringt mir den Swing des Originalsongs bei. Zweidrittel-Triolen – nicht ganz einfach, aber es klappt. Die ‚üblichen' Koordinationsstörungen treten wieder auf, als eine etwas unregelmäßige Begleitung mit der linken Hand hinzukommt.

Während der Heimfahrt in der Bahn habe ich weitergetrommelt. Erstaunlicherweise hat niemand die Irrenanstalt alarmiert.

18. Dezember 2014, Donnerstag

Nun kann ich ja Töpfe und Teller wieder ihrem ursprünglichen Zweck zuführen – heute allerdings lädt Frau Ludwig mich zum Mittagessen ein. Und noch eine Einladung: Felix ruft abends an – schon wieder dieses Herzstolpern. Wir fahren in ein ‚aztekisches' Restaurant, mit dem ich schon länger geliebäugelt habe. Innenausstattung und Wanddekoration: Mayas-Azteken-Inkas – von jedem etwas. Eine tolle Mischung, ich vertreibe mir die Zeit damit, jedes Teil dem (einigermaßen) richtigen Kulturkreis zuzuordnen. Felix scheint es Spaß zu machen, mir dabei zuzusehen und zu -hören.

Das Essen kommt – seit langem wieder einmal ein leichter Anflug von Panik: unzählige Töpfchen mit verschiedenen Saucen und Dressings, in welche man die Tapas tauchen muss. Ich esse besonders langsam – offiziell, damit ja nichts schiefgeht. Aber insgeheim ist jede Minute, die ich mit Felix zusammen sein kann, für mich ein kostbares Geschenk. Ich weiß, das heute waren die Weihnachtsbesuche. An den Festtagen selbst sind sowohl Frau Ludwig als auch Felix bei ihren Familien und ich bin wie üblich allein. Seufz.

20. Dezember 2014, Samstag

Das Schicksal hält mir wegen meiner Wehleidigkeit wieder einmal einen Spiegel vor Augen: Professor Berthold ruft an. Es ist etwas Furchtbares passiert: Seine Frau wurde mit einer plötzlichen Infektion und hohem Fieber ins Krankenhaus eingeliefert, es sieht nicht gut aus. Ich versuche, ihn zu trösten, gleichzeitig muss ich an meinen letzten Besuch im Pflegeheim denken, an die ‚Begegnung' mit dem Skelett auf dem Heimweg. Ich habe ein ganz schlechtes Gefühl. Ich schicke Felix eine SMS, schließlich ist er ja ein weitläufiger Verwandter, dann begebe ich mich ans Sehtraining. Aber ich bin nicht gut, mache ständig Fehler.

25. Dezember 2014, Dienstag (1. Weihnachtsfeiertag)

Weihnachten wäre so gut wie überstanden. Geschenke habe ich natürlich keine bekommen – von wem auch? Ich muss an Philipp denken. Eine SMS mit einem kurzen Weihnachtsgruß, die hätte er mir ja wenigstens schicken können. Aber nichts, gar nichts. An sein Versprechen wird er sich sicher auch nicht mehr erinnern. Und dann, jemand denkt doch an mich: Felix! Er ruft an, leider mit einer traurigen Nachricht: Die alte Fürstin ist gestorben, ausgerechnet zu Weihnachten, wie seinerzeit mein Vater. Heute vor genau 14 Tagen hatte ich sie noch im Pflegeheim besucht. Das Skelett hatte also doch eine Vorbedeutung. Er würde sich gerne morgen Abend mit mir treffen, reißt Felix mich aus meinen Gedanken. Wäre das schön! Wenigstens etwas, worauf ich mich freuen kann.

27. Dezember 2014, Samstag

Felix musste unser Treffen auf heute verschieben. Seine Familie hatte sich gestern anlässlich des Todes der alten Fürstin versammelt. Familie – ob ich selbst einmal zu einer, seiner Familie gehören werde?

Wieder der vertraute Anblick, wie er mit seinen langen Schritten die Treppe hochstürmt. Ein kleines Geschenk hat er auch dabei. Draußen leichter Schneefall: Schuhe oder Stiefel, überlege ich. „Nimm die Schuhe, wir fahren ja“, sagt er. Ich muss lächeln: Wieder mal typisch Felix, er will es immer elegant haben.

Heute ist ein gar nicht so weit entferntes italienisches Restaurant ‚dran‘. Eine Spezialität hat mein Interesse erweckt: Makkaroni im Parmesankäserad zubereitet. Erst als die Teller mit den duftenden Nudeln vor uns stehen, fällt mir siedend heiß ein: Ich kann ja überhaupt keine langen Nudeln essen. Diese trübe Erkenntnis habe ich aus den Italienurlauben mitgebracht. So oft mir Felix auch vorgemacht hat, wie man die Nudeln um die Gabel wickelt, sie rutschten mir immer wieder auseinander. Heute ist Felix gut gelaunt und zeigt mir den ‚Trick‘ noch einmal. Bilde ich mir das nur ein, oder kann ich es tatsächlich schon ein wenig besser?

28. Dezember 2014, Sonntag

Anruf beim Professor, er bricht sofort in Tränen aus. Der Todeskampf sei entsetzlich gewesen, berichtet er mit erstickter Stimme. Auch ich muss weinen. Dass die moderne Medizin da nicht helfen kann! Wir unterhalten uns lange, ich versuche, den alten Herrn zu trösten. Er kann im Moment noch nicht einmal die Beerdigungsformalitäten erledigen, weil das Standesamt zwischen den Feiertagen geschlossen ist. Offiziell wird seine Frau also noch über eine Woche ‚leben'. Makaber!

Felix hatte mir geraten, auch Philipp mal anzurufen. Ich zögere lange. Endlich raffe ich mich auf, eine Computerstimme antwortet. Sie teilt mir mit, dass der Anruf nicht weitergeleitet werden könne und ich mich an meinen Netzbetreiber wenden solle. Wieder Felix anrufen, fragen? Ach was, ich kann so etwas inzwischen selbst regeln. Morgen werde ich in eine der Geschäftsstellen meines Telefonanbieters gehen und mich erkundigen.

29. Dezember 2014, Montag

Der erste richtig kalte Tag dieses Winters. Die Geschäfte haben wieder geöffnet, ich werde mal einen kleinen ‚Rundflug' machen. Erst geht es zur Niederlassung meines Telefonanbieters. Man erklärt mir, dass mein Handy das erste halbe Jahr nach Vertragsschluss für Auslandsgespräche gesperrt sei, um meine ‚Zahlungsmoral' zu testen, und ich danach selbst die ‚Entsperrung' hätte beantragen müssen. Das habe auch so im Vertrag gestanden. Der Vertrag – Anfang Oktober vorigen Jahres. Mein Seh-Blackout, die plötzlich ‚verschwundene' zweite Texthälfte. Da hatte das mit der Entsperrung wohl gestanden.

Der nette Verkäufer unterbricht meine Gedanken: „Wir beantragen die Entsperrung jetzt direkt von hier aus", sagt er, „aber wegen der Feiertage wird die Bearbeitung etwas länger dauern." Im Moment kann ich Philipp also immer noch nicht erreichen. Ich bin eher erleichtert. Er lebt dort mit seiner Lebensgefährtin und seinen Freunden ein buntes Leben, ich bin hier allein. Wieder mal: Warum glauben immer alle, ich sei psychisch unbegrenzt belastbar? Wegen meiner Körperlänge?

Nicht darüber nachdenken, die nächste Erledigung, Felix' Weihnachtsgeschenk einlösen: einen Warengutschein für ein exklusives Modegeschäft, Felix' ‚Hoflieferant'. Auf in die Dessousabteilung – dort der hübsche Spitzen-BH. Er passt und sieht richtig toll aus. An der Kasse werde ich unsanft aus meinen Träumen gerissen: „Ohne Kundenkarte können wir den Gutschein nicht einlösen." O je, daran hat Felix nicht gedacht. Ich kann ihn erst nachmittags erreichen – und der Gute bringt die Karte abends noch vorbei!

30. Dezember 2014, Dienstag:

Zweiter Anlauf in Sachen BH, diesmal *mit* Kundenkarte – stolz trage ich meine ‚Beute' von dannen.

31. Dezember 2014, Mittwoch (Silvester)

Vormittags feierlich die letzten Sehübungen für dieses Jahr. Danach bin ich richtig gut gelaunt – nach dem Tod der alten Fürstin zum ersten Mal. Felix – trotz seiner bestimmt wie immer vielen Termine hatte er vorgestern Abend extra noch die Kundenkarte vorbeigebracht. Eine Beschreibung dessen, was ich mir von seinem Gutschein gekauft habe, hat er einfach verdient. Kurzentschlossen greife ich zum Handy, eine SMS – Felix' Antwort lässt nicht lange auf sich warten: Er käme sofort vorbei, denn er bräuchte die Kundenkarte jetzt selbst. Seltsam – heute, an Silvester Mittag, die Geschäfte schließen doch gleich. Aber schön, es ist schließlich *seine* Karte und wenn er sie eben dringend braucht. Ich lege sie auf der Flurkommode bereit. Und dann ist er da, könnte sich die ‚so dringend gebrauchte' Karte doch einfach nehmen, aber er beachtet sie überhaupt nicht.

Für die Silvesternacht bleibt mir wieder mal nur ein Zimmer in meinem ‚Stammhotel'. Nach dem üblichen Schwimmen lauere ich am Fenster auf das Feuerwerk. Diesmal nicht weinen, nehme ich mir fest vor, vielleicht wird ja doch noch alles gut, es braucht eben nur ein wenig länger. Riesige ‚Chrysanthemenblüten‘ entfalten sich, dann rieselt es winzige bunte ‚Edelsteine‘ herunter und manchmal auch nur ein großer Knall und nix dahinter. Allmählich wird die Sicht schlechter, aber nicht meine Augen versagen, sondern der Pulverdampf der Feuerwerkskörper verdichtet sich zu immer größeren Schwaden. Ich habe nicht geweint, denke ich in einer Mischung aus Stolz und Wehmut.

2. Januar 2015, Freitag

Nachmittags – das alljährliche ‚Neujahrstelefonat‘ mit dem in Berlin lebenden Ex-Chef, wir quatschen ziemlich lange. Ich will das Handy gerade weglegen, da läutet es erneut. Nanu, etwas vergessen? Aber nein, es ist Philipp – ich muss richtig nach Luft schnappen. Dann gehen die Vorwürfe auf beiden Seiten los: Warum hast du nichts von dir hören lassen? Es stellt sich heraus, dass Philipp mir mehrfach eine SMS geschickt hat, auch versucht hatte, mich anzurufen – bei mir ist absolut nichts angekommen, ich schwöre es. Ob er mir glaubt? Schließlich habe er in seiner Verzweiflung meine alte Festnetznummer gewählt und das hat endlich funktioniert, warum auch immer. Ich wiederum erzähle von meinem ‚Gespräch‘ mit dem Computer. Langsam dämmert‘s: Philipps portugiesisches Telefon läuft über eine Internetfirma, das übersteigt die Möglichkeiten meines nicht internetfähiges Handys. „Noch 19 Tage“, sagt Philipp zum Abschied. Unsere Vereinbarung, er hat sie nicht vergessen!

8. Januar 2015, Donnerstag

Die erste Krebs-Kontrolluntersuchung des Jahres, alles okay. Im Prinzip lebe ich von Halbjahr zu Halbjahr. Die Wanddekoration des Wartezimmers trägt auch nicht gerade zu meiner Erheiterung bei: moderne Porträtbilder berühmter Frauen der ferneren und näheren Vergangenheit, alles Brustkrebs-Opfer – das weiß ich als ‚Hobbyhistorikerin‘. Was wollen die Inhaber des Radiologie-Institutes damit erreichen? Brustkrebspatientinnen zum regelmäßigen Einhalten der Kontrolluntersuchungen animieren? Ob das der richtige Weg ist? Wer diese Krankheit durchmacht oder durchgemacht hat, ist doch auch psychisch angeschlagen. Soll dieser Anblick etwa aufbauend wirken? Ich beobachte die mit mir Wartenden, sie interessieren sich nicht für die Bilder, kennen den Zusammenhang bestimmt auch gar nicht. Unwissenheit kann manchmal auch gut sein.

9. Januar 2015, Freitag

Ein noch schlimmerer Termin: die Beerdigung der alten Fürstin. Auf dem Sargdeckel ein großes Bukett roter Rosen – bestimmt ein Symbol der über 60-jährigen Verbundenheit des nun auseinandergerissenen Ehepaares. Im Sarg liegt ein Mensch, mit dem ich fast ein Jahr lang jede Woche mehrere Stunden verbracht habe, mit dem ich vor drei Wochen noch gesprochen habe. Ich darf nicht weinen! Am besten, ich zähle die Rosen, das lenkt ab.

Der Pfarrer spricht wohltuend schlicht, erzählt einfach das bewegte Leben der Verstorbenen –ein Spiegelbild der letzten knapp hundert Jahre Zeitgeschichte. Am meisten berührt mich, dass die Eheleute vor fast 60 Jahren auch in dieser Kirche geheiratet haben. Ob heute wohl noch einmal eine Ehe geschlossen wird, die so lange hält? Wenn ich da an Felix denke und an Philipp …

Am Grab wirft jeder eine Rose und drei Schaufeln Erde auf den Sarg. Als ich dran bin, sage ich leise – so wie früher immer – ‚tschüss bis nächsten Montag'. Der Professor steht neben dem Grab. Er hat es gehört und ihm kommen die Tränen.

Auch zum Leichenschmaus bin ich geladen, der Festsaal ist schon gut gefüllt, als ich eintreffe. Eine summende Menschenmenge, die Gesichter scheinen sich immer ähnlicher zu werden, das Summen wird zu einem bedrohlichen Brummen, die Menschen verschmelzen zu einer bedrohlichen Masse. Ich spüre das Herannahen eines Seh-Blackouts – wie damals, als Felix mit mehreren mir unbekannten Nachbarn vor seinem Haus gestanden hatte. Und wieder dieser irrationale Weglauftrieb, wie damals.

Aber diesmal hat das Schicksal Erbarmen mit mir, jemand spricht mich freundlich an – eine Nachbarin des Professors. „Ihr Gesicht kenne ich doch", sagt sie. Ihre Stimme hat meine Augen wieder ‚zurechtgerückt' und auch die Panik fällt in sich zusammen wie ein Kartenhaus. Sie und ihr Sohn nehmen sich meiner an und mich mit an ihren Tisch. Mein Erscheinen hatte wohl Aufsehen erregt, wahrscheinlich können die Trauergäste mich nicht so recht einordnen. Allmählich kommt der eine und die andere an unseren Tisch, um sich vorzustellen und mit Sicherheit, um zu erfahren, wer die geheimnisvolle Blondine ist. Die nette Nachbarin macht sozusagen den ‚Zeremonienmeister', sie klopft zwar nicht wie bei Hofe mit einem Stab auf den Boden, aber flüstert mir freundlicherweise jedes Mal vorher Namen und Verwandtschaftsgrad bzw. Art der Bekanntschaft zu.

Später Nachmittag, der Festsaal leert sich. Der Professor drückt mir noch einmal herzlich die Hände. „Wir bleiben doch in Verbindung?", sagt er. Wieder wird die Nachbarin zu meiner Retterin: Der vom Wetterbericht angekündigte Regen setzt jetzt ein, aber die nette Dame und ihr Sohn nehmen mich in ihrem Wagen zur U-Bahn-Station mit.

11. Januar 2015, Sonntag

Der traditionelle Tatort-Fernsehabend. Nanu, das Handy läutet. Wer wagt es, zu so ‚heiliger Stunde' zu stören? Es ist Felix, er springt mir vor Begeisterung fast aus dem Telefon entgegen: „Du hast bei der Beerdigung eine gute Figur gemacht!", sagt er. Wenn er wüsste, wie knapp ich ‚die Kurve gekriegt' habe. Wie hat er es überhaupt erfahren, er selbst war nicht dort. Wir unterhalten uns lange, es ist fast so wie damals, ganz am Anfang. Und für mein ‚gutes Benehmen' bekomme ich sogar eine ‚Belohnung': Er will morgen Abend mit mir essen gehen! Sollte ich jetzt doch einen entscheidenden Schritt in Richtung Gesellschaftsfähigkeit getan haben?

12. Januar 2015, Montag

Heute, meine ‚Belohnung für Wohlverhalten': das Abendessen – sozusagen der Knochen für den braven Fiffi. Der kurze Weg vom Parkplatz zum Restaurant, wir scherzen und ich stolpere fast über eine Bordsteinkante. Vorsicht, warnt Felix und hält mich gerade noch rechtzeitig fest. Auch positiver ‚Stress' kann also Seh-Blackouts auslösen. Das mit der Gesellschaftsfähigkeit wird wohl doch noch etwas dauern.

16. Januar 2015, Freitag

Die Pflegeheime scheinen mich nicht loslassen zu wollen – Emmi, die alte Dame, die ich immer zum Einkaufen begleitet hatte, ist jetzt auch dort gelandet. Im Sommer 2013, an ihrem Geburtstag, hatten wir uns zum letzten Mal gesehen. Mein ‚Kaffeedesaster', ihre Aufkündigung unserer Freundschaft – ich bin ihr nicht böse, denn auch sie zeigte damals schon erste Symptome der Alzheimerkrankheit. Heute möchte ich sie in ihrem neuen ‚Zuhause' einmal besuchen.

Das Pflegeheim liegt in einem mir bis jetzt unbekannten Stadtteil. Ein Blick in den Stadtplan, eigentlich ganz einfach zu finden. Dann die Realität – ich kann den Stadtplan nicht in die Realität umsetzen! Auch an dieser Stelle scheint in meinem Gehirn eine Verbindung unterbrochen zu sein. Demütigend, aber ich muss nach dem Weg fragen.

Emmi sitzt auf einem Stuhl in ihrem Zimmer und beobachtet interessiert das Treiben auf dem Gang. Ich scheine ihr bekannt vorzukommen, es arbeitet sichtlich in ihrem Kopf. Dass wir einmal per Du waren, hat sie natürlich vergessen, und unser Zerwürfnis erst recht. Sie möchte mir gerne ihre (1940 verstorbene) Mutter vorstellen, die auch mit im Zimmer wohnt, nur jetzt gerade nicht da sei. Zum Abschied winkt sie mir vom Balkon ihres Zimmers aus nach.

21. Januar 2015, Mittwoch

Vormittags wieder die Sehübungen, alles klappt prima. Dieser verdammte Unterschied zwischen der überschaubaren ‚heilen' Welt des Sehtrainings und der rauen Wirklichkeit. Philipp wollte mich ja für diese raue Wirklichkeit etwas trimmen. Die 19 Tage, von denen er bei unserem Telefonat gesprochen hatte, wären heute um.

Es wird dämmrig, ein ganz normaler Winterabend – und dann auf einmal das Telefon: Philipp! In einer halben Stunde komme er mich abholen, erklärt er kurz und bündig. Das ist dann wohl die erste Übung für die ‚raue Wirklichkeit': Wie packe ich in einer halben Stunde einen Koffer, ohne allzu viel zu vergessen? Pünktlich wie die Feuerwehr ist Philipp da. Habe ich auch den Laptop nicht vergessen? Das Tagebuch will ich auf jeden Fall weiterführen. Herd aus, Wasser abgestellt, Heizung herunter gedreht. Noch der Mantel und dann: Aufbruch zum größten Abenteuer meines bisherigen Lebens. Es muss kaum erwähnt werden, dass meine Orientierung in der Dunkelheit wieder einmal so gut wie weg ist. Immerhin funktioniert mein Gedächtnis; Philipp hatte doch damals, an unserem letzten Abend gesagt, ich solle ihn daran erinnern, eine bestimmte, nicht so ‚stauanfällige' Auffahrt zu nehmen – nur wann kommt diese nächste Ausfahrt? Lichter huschen vorbei. Ich kann sie nicht zu einem Gesamtbild zusammensetzen. Von der Fahrtzeit her müsste es irgendwann jetzt sein. Und dann, sind wir nun schon über den Rhein gefahren oder nicht? Die Lichter werden spärlicher und da, Schneereste an den Straßenrändern. Jetzt sind wir eindeutig im Westerwald.

Der Gartenweg zum Haus – bin ich ihn wirklich schon vor zweieinhalb Monaten oder erst gestern entlanggegangen? Die Oma ist schon da, wir umarmen uns, Philipp sieht lächelnd zu.

22. Januar 2015, Donnerstag

Morgens: Meine Seh-Blackouts kommen immer im ungeeignetsten Augenblick – die Seh-Highlights leider auch. Und das schon am ersten Tag meines Gastaufenthaltes! Vom Fenster meines Zimmers aus kann ich in Philipps heißgeliebte Werkstatt sehen – und ich sehe einen von oben kommenden feinen Wasserstrahl! Das kann doch nicht normal sein. Ich muss Philipp Bescheid sagen. Er steht zwar gerade unter der Dusche, aber egal. Sofort kommt er aus der Duschkabine geschossen, springt in Hemd und Hose und verschwindet in Richtung Werkstatt. Die Oma ist auch schon wach; ich mache uns einen Morgen-Espresso, sie hat mir von ihrer gestrigen Bäckerei ein Stück Kuchen aufgehoben. Wir plaudern etwas, dann erste Beratungen bezüglich des Mittagessens: „Ich werde Philipp fragen, mal gucken, wo er steckt", sage ich. Ich finde ihn, auf der Wohnzimmercouch sitzend, den Kopf in den Händen, ein Bild der

Verzweiflung. So habe ich ihn, den immer gelassenen, mit allen Schwierigkeiten fertigwerdenden Typ, noch nie gesehen. Ich versuche, ihn zu trösten, das will er nicht, möchte wahrscheinlich trotz allem den starken Mann spielen. So nach und nach bekomme ich heraus, was passiert ist: In einem Laubhaufen auf dem Werkstattdach hatte sich Tau-und Regenwasser gesammelt und dann weiter seinen Weg durch die Kittfugen der Glasscheiben gebahnt. Kurz und gut, die Werkstatt steht unter Wasser. „Alles ruiniert“, sagt Philipp düster.

23. Januar 2015, Freitag

Ein ‚Ausflug‘ ist angesagt: Es geht in die Nähe von Köln zu Philipps ‚persönlichem Zahnarzt‘, Stammtisch-Freund ‚Willi‘ wird uns begleiten. Willi ist inzwischen in den hohen Adelsstand aufgestiegen, ist sowohl amtierender Schützenkönig als auch diesjähriger Karnevalsprinz. Mit der kleinen ‚Reise‘ verfolgt Philipp drei verschiedene Aspekte: zunächst natürlich eine kleine Reparatur an seinen Zähnen, dann soll ich dem noch unverheirateten (allerdings lose liierten) ‚Zahnprofessor‘ vorgestellt werden und zum Schluss winkt ein Essen in einem gegenüber der Praxis gelegenen kroatischen Restaurant.

Während Philipp behandelt wird, sitzen Willi und ich im Wartebereich. Wir bekommen Gesellschaft: eine Dame, nicht mehr ganz jung, aber sehr gut ‚erhalten‘. Ich sehe sofort, dass die Augen des ehemaligen ‚Frauenschwarms‘ Willi etwas größer werden. Willi bemüht sich auch sofort, ein Gespräch in Gang zu bringen. Die Dame bleibt höflich, aber zurückhaltend. Es muss etwas geschehen, denke ich und verrate Willis ‚hohen adeligen Stand‘. Das Interesse der Dame nimmt spürbar zu, und zwischen den beiden kommt eine angeregte Unterhaltung zustande. Der ‚Prinzkönig‘ ist sichtlich erfreut, dass sein Flirtversuch Erfolg hat.

Ich selbst gehe leer aus: Philipps Zahnklempner ist absolut nicht mein Typ und macht außerdem den Eindruck eines bindungsunfähigen Junggesellen. Zu meiner Erleichterung zeigt auch er keinerlei Interesse. Im Gegenteil, ich bin ihm wohl nicht ganz geheuer, denn – wie Philipp mir später erzählt – habe er ihn vor mir ‚gewarnt‘: „Die ist doch viel zu groß für dich.“ (Philipp und ich sind ungefähr gleich groß.) Zumindest eine rege Fantasie hat er ja, der ‚Zahnprofessor‘! Und für die angebotene Essenseinladung keine Zeit – beim kroatischen Mittagessen sind wir nur zu dritt, ich bin irgendwie erleichtert. Als wir den ‚Prinz' wieder in seiner ‚Hofburg' abliefern, bekomme ich für meine ‚Kupplerdienste' den höchsten weiblichen Karnevalsorden der Region verliehen. Vielleicht wird das mit meinem Aufstieg in die ‚bessere Gesellschaft' doch noch etwas.

24. Januar 2015, Samstag

„Oh du schöner Westerwald, neun Monate Winter und drei Monate kalt." Kalt ist es ja, aber erstaunlicherweise liegt kaum Schnee. Das wird sich heute ändern, hat der Wetterbericht versprochen. Trotzdem machen wir uns vormittags zum ersten Flohmarktbesuch auf. Ich erkenne den Flohmarktplatz nicht wieder! Im Oktober noch belaubte Bäume, jetzt alles kahl. Damals ein buntes Gewimmel von Menschen und Waren, heute nur wenige Händler und noch weniger Besucher. Von den Windböen geschoben drehen wir rasch eine Runde, dann fängt Frau Holle an die Wolken zu schütteln, dichte Schneeflocken fallen. Die wenigen anderen Besucher flüchten, die Händler packen hastig ihre Waren zusammen. Auch wir eilen zum Parkplatz. Auf einmal stoppt Philipp und bekommt einen starren Blick: Auf dem Boden eine schon fast leergeräumte Plastikplane und auf ihr steht einsam im heftiger werdenden Schneegestöber ein uralter Telefonapparat mit dem preußischen Adlerwappen! Die Feilscherei beginnt. Der Händler scheint den Wert des ‚Schätzchens' zu kennen, andererseits möchte auch er dem ungemütlichen Wetter schnellstens entfliehen. Philipp gelingt es, den Preis von 200 Euro auf 150 Euro herunterzuhandeln. Aber mit so einem ‚Glückstreffer' hat er einfach nicht gerechnet und nicht genug Bargeld dabei. Keine Frage, dass ich ihm den Betrag vorstrecke. Aber in diesem Augenblick, mitten in Kälte und Schneegestöber, hat mein im Oktober noch so rudimentäres Verhandlungsgeschick offenbar sein ‚Coming Out' beschlossen: Ich höre mich selbst auf einmal bühnenreif klagen: „Das ist mein letztes Geld. Wovon soll ich jetzt Essen fürs Wochenende kaufen?" Und ich fasse es nicht: Der Händler begnügt sich mit 120 Euro!

Eine ‚Belohnung' für mich gibt es auch: Ich darf Philipp zur Karnevals-Prunksitzung der Verbandsgemeinde begleiten. Die Veranstaltung beginnt stilgerecht um 19. 11 Uhr. Prinz Willi I. hat seinen großen Auftritt. In seiner Prinzenmontur sieht er majestätisch aus – und majestätisch bewegt er sich auch – tja: ‚Kleider machen Leute'. Dann die erste große Rede, aller Augen wenden sich ihm zu und ihm versagt vor Rührung doch tatsächlich die Stimme! Ich finde das so menschlich, mein erster Impuls ist, ihm das Reden abzunehmen. In Sachen Mundwerk hat mich die Natur ja nicht so spärlich bedacht wie in punkto Sehvermögen. Aber da springt schon ein anderer in die Bresche, sein ‚Hofmarschall' – ein kleines, quirliges Männchen, das sich ordentlich strecken muss, um seinem ‚Herrn' das Mikrofon abnehmen zu können. Mit einer riesigen Pfauenfeder auf dem Hut versucht er wohl, dieses Manko der Natur auszugleichen – die Feder ist fast länger als die ganze Person!

Es folgen einige Sketche, viel Gelächter im Saal. Neue Gruppen, tolle Kostüme und die Tänze: professionell. Dabei sind alle Mitwirkenden Amateure. Ich stelle mir vor, wie die Mitwirkenden das ganze Jahr über ihre Freizeit opfern, an den Kostümen nähen, die Schritte und Figuren einüben. Alles für diesen einen großen Tag. Solche Überlegungen – das kann nur die neu zugeschalteten ‚Gefühls- Gehirnhälfte' sein.

Philipp lässt mich kurz allein, er will eine der Darbietungen mit dem Handy filmen. Schon sprechen mich zwei Männer an – welch eine Steigerung, bei dem Konzert im November war es nur einer. Und da kommt auch schon der Dritte, seine Majestät Willi I. fragt, wie es mir gefallen hätte. Ich versichere ihm, welch staatstragenden Eindruck er auf mich gemacht habe und dass die ganze ländliche Amateurveranstaltung auf mich so professionell und qualitativ hochwertig gewirkt habe, wie die im Fernsehen übertragenen Karnevalssitzungen. Er strahlt übers ganze Gesicht wie ein Honigkuchenpferd.

Vorm Einschlafen Gedanken. Eigentlich die erste Vergnügungsveranstaltung, die ich jemals erlebt habe. Wann hätte ich früher auch dafür Zeit haben sollen: die Berufstätigkeit, die Kranken, die Tiere. Vielleicht hatte ich ja auch Einladungen bekommen, musste sie aber absagen. Irgendwann kamen dann keine Einladungen mehr. Und jetzt – ich habe mich richtig wohlgefühlt und andererseits auch mehrere Stunden lang nichts, gar nichts angestellt, kein volles

Glas umgestoßen, niemanden über den Haufen gerannt, Philipp brauchte mir nicht zu Hilfe eilen. Ob die Seh-Blackouts mit der Zeit doch seltener werden oder ob es daran liegt, dass ich erstmals in meinem Leben in Begleitung war, mich ‚beschützt' und dadurch ruhiger, entspannter fühlte?

25. Januar 2015, Sonntag

Ab heute Nachmittag bin ich ‚Strohwitwe'; Philipp fährt mit seiner Familie zur Prunksitzung seines eigenen Karnevalsvereins. Was kann eine Strohwitwe denn so alles anstellen? Per SMS teile ich Felix meine karnevalistischen ‚Erlebnisse' mit, er antwortet sehr herzlich. Vielleicht tue ich aufs ‚primitive Land' Verschlagene ihm ja leid.

27. Januar 2015, Dienstag

Schon seit fast einer ganzen Woche kein Seh-Blackout mehr – dann wird es aber Zeit: Ich schrotte Philipps Duschkabine! Rums, stoße ich gegen eine der Kabinentüren, ihre unteren Rädchen springen aus den Laufschienen. Ich versuche, die Tür wieder einzurichten. Hektik, Panik – meine Augen versagen völlig und ich greife daneben. Jetzt springt die Tür auch oben aus den Schienen und verkantet sich, nichts geht mehr. Der zu Hilfe geholte Philipp schüttelt milde den Kopf: „Das ist in diesem Haus noch niemandem gelungen, wie hast du das nur hingekriegt?" Später höre ich ihn im Badezimmer rumoren, vorsichtig gucke ich um die Ecke: Er baut gerade eine Ersatztür in die Duschkabine ein. Gott sei Dank hatte er so etwas vorrätig. Wer weiß, was ich wandelnde Katastrophe hier noch so alles anstellen werde. Elf Wochen sind eine lange Zeit! Ob Philipp auch ein Ersatz*haus* hat?

29. Januar 2015, Donnerstag

Die tägliche Fleischbeilage fehlt – eine komplette Ernährungsumstellung ist unumgänglich! Ja, wir haben kleine Untermieter: Spitzmäuse! Ich wusste überhaupt nicht, dass Mäuse so niedlich aussehen können, die winzigen Pfötchen, das schokoladenbraune samtige Fell – und das Schnäuzchen ist wirklich unwahrscheinlich spitz, ganz vorne der kleine Nasenknubbel, und wie die Tasthärchen zittern. Hat in diesem Mini-Mäulchen überhaupt ein Gebiss Platz? „Zeig mal deine Zähne", beschwor ich eine. Ob man sie als Haustierchen …? Nichts da, sagt Philipp, die müssen weg, und deshalb steht in der Küche eine Falle – eine Lebendfalle, das hatte die Freundin von Philipps Sohn ausbedungen. Mit schöner Regelmäßigkeit sitzt auch jeden Morgen eine Maus in der Falle – Philipp kündigt ihr dann frist- und erbarmungslos die warme Wohnung und quartiert sie in den verschneiten Garten um. „Ihre dünnen Pfötchen frieren doch jetzt bestimmt ganz schrecklich", hatte ich einmal gewagt einzuwenden. Philipp guckte mich seltsam an. Wahrscheinlich überlegte er, welche geistigen Schäden meine Augenumstellung wohl sonst noch hinterlassen hat.

Und heute früh war die Falle zum ersten Mal leer! Philipp kommt von seinem morgendlichen Kontrollgang zurück: „Kein Fleisch", sagt er mit düsterer Miene. Vielleicht sind die Mäuse ja gerade bei der Mäuse-Mieterberatung.

30. Januar 2015, Freitag

Neuer Schneefall, die ganze Nacht. Morgens eine Bilderbuch-Schneelandschaft. Ich stehe vor den großen Panoramafenstern des Wohnzimmers und sehe in den verschneiten Wald. Riesige Schneehauben auch auf den feinsten Ästen, ein filigranes Gitterwerk.

„Du gehst immer so krumm." Mit diesen Worten holt mich Philipp aus dem Wintermärchen in die Wirklichkeit zurück. Aha, meine ‚Schonfrist' scheint heute vorbei zu sein, die versprochene ‚Umerziehung' zur Alltagstauglichkeit beginnt. Natürlich hat Philipp recht, auch André hatte ja Anomalien in meiner Körperhaltung festgestellt – aber warum ist es so schwer, die aus den Fugen geratene Körperkoordination wieder in den Griff zu bekommen? Verhaltensautomatismen zu ändern *ist* schwer, sagt Philipp und fragt dann: „Auf welcher Mundseite kaust du?" Ich überlege. Vor einiger Zeit hatte ich auf der rechten Seite Zahnprobleme und mir deshalb angewöhnt, mit links zu kauen. Zahnmäßig ist längst wieder alles in Ordnung, aber ich kaue immer noch verstärkt auf der linken Seite. „Versuche einfach mal, zunächst nur auf der rechten Seite zu kauen“, bekomme ich nun als erste Übungsaufgabe, „das hat zwar mit der Körperkoordination nichts zu tun, aber es wird dir helfen, einmal eingeschliffene Gewohnheiten zu durchbrechen.“

Ich probiere es, so schwer kann das doch nicht sein. Von wegen! Immer wieder wandert das Essen wie von allein auf die linke Seite; dann spreche ich inwendig ein Machtwort. Jetzt kaue ich zwar ‚mit rechts‘, aber ich brauche ewig, bis ich einen Bissen ‚verarbeitet‘ habe. Die anderen sind schon längst mit dem Essen fertig, nur ich kaue und kaue.

3. Februar 2015, Dienstag

‚Grübeltag‘: Morgen ist der nächste Termin bei André, und ich muss ihm etwas für ihn bestimmt sehr Überraschendes mitteilen: Ich möchte das Sehtraining vorerst beenden. Leicht habe ich mir diese Entscheidung nicht gemacht, immer wieder hin und her überlegt, denn ohne Andrés ‚Behandlung‘ wäre ich ja überhaupt nicht erst so weit gekommen, wie ich jetzt bin. Aber jetzt, dieses ‚Rund-um-die Uhr-Training‘ meines koordinationsmäßig so aus der Spur gebrachten Körpers im ‚harten‘ Alltag unter Philipps Aufsicht – das ist mir im Augenblick einfach wichtiger als eine nochmalige geringfügige Verbesserung der Sehschärfe. Felix soll mich nie wieder als hilflos herumeiende Begleiterin erleben. Philipp ist einverstanden. Natürlich werde ich meine Augen regelmäßig kontrollieren lassen und mich, sollten irgendwelche Sehprobleme auftauchen, sofort wieder an André wenden, das verspreche ich ganz fest. Etwas wehmütig ist mir doch zumute. Andrés herzliche Art, die interessanten Gespräche mit ihm – das wird mir fehlen. Aber unser Kontakt muss ja nicht völlig beendet werden, das Leben macht oft die überraschendsten Wendungen – auch das habe ich inzwischen gelernt. Vielleicht komme ich ja irgendwann in eine Situation, wo ich noch einige spezielle Trainingseinheiten gebrauchen kann, wer weiß.

4. Februar, Mittwoch

Um zehn Uhr betrete ich Andrés Geschäft – es ist für mich schon geradezu zum Symbol meines ‚neuen' Lebens geworden. Eine nette Mitarbeiterin führt mich ins ‚Gerätezimmer'. Und da ist er auch schon, der ‚Chef'; sein kluges Gesicht, das vertraute freundliche Lächeln. Wann habe ich zuletzt solches Lampenfieber gehabt wie in diesem Augenblick? Ich spreche mir innerlich Mut zu. Die ersten Worte fallen mir sehr schwer. André guckt völlig überrascht, macht einige Versuche, mich umzustimmen, erkennt aber bald, dass mein Entschluss feststeht. Mein Tagebuch werde ich weiterführen, verspreche ich, außerdem hat er sich eine Einladung zum Essen oder Kaffee mehr als verdient. Jetzt sieht er schon nicht mehr ganz so erschrocken aus und wir verabschieden uns herzlich.

Während ich bei André war, hat Philipp seinen Freund Felix in dessen Büro besucht, dort warten beide auf mich. Der vertraute Weg von Andrés Geschäft zu Felix' Büro. Vor fast zwei Jahren bin ich ihn zum ersten Mal gegangen, nach meinem allerersten Termin bei André – und nun gehe ich ihn das letzte Mal, denn Felix hat das Büro verkauft und wird es demnächst räumen. Der Begrüßungskuss fällt etwas zurückhaltender aus – klar, Philipp steht grinsend daneben. Ich zeige ihm die ‚historische' Stelle vor dem einen Bild; hier hatte ich damals meine Brille zum ersten Mal aufgesetzt, hier war für mich die visuelle Welt ‚entgleist'. Vielleicht sollte man eine Gedenkplakette anbringen. Felix hat nicht viel Zeit, natürlich ein wichtiger Termin, aber das klingt diesmal nach Ausrede. Ob er mich nicht gerne in Philipps Begleitung sieht?

6. Februar 2015, Freitag

Meine Umerziehung tritt in die nächste Phase. Mein Verhalten sei immer noch zu demütig, zu wenig selbstbewusst, befindet Philipp. Schon mehrfach hatte er mir gesagt, ich könne mich in seinem Haus völlig ungezwungen bewegen, dürfe mir nehmen, was ich wolle. Aber nein, bei allem, was ich in seinem Haus tue, bitte ich um Erlaubnis oder kündige es zumindest vorher an. Ich bin eben ein Opfer der Erziehung meiner Zeit: Wenn man irgendwo zu Gast ist, habe man bescheiden zu sein, darf sich nicht einfach ungefragt bedienen, wurde uns

Kindern damals eingebläut. Aber Philipp hat da schon einen Plan ausgeheckt: Ihm ist längst aufgefallen, dass ich mir erstaunlicherweise trotz allem einen relativ starken Widerspruchsgeist bewahrt habe, und darauf baut er seine Umerziehungsmaßnahme: Er beantwortet von jetzt an jede meiner Bitten oder Ankündigungen mit einem lauten ‚Nee'. Das weckt unwillkürlich meinen Trotz, und ich wiederum sage mir: Nun gerade!

12. Februar 2015, Donnerstag (Weiberfastnacht)

Philipp ist offenbar der Ansicht, dass ich den untersten Grad der Gesellschaftsfähigkeit inzwischen erreicht habe – ich darf eine Straßenveranstaltung seines Karnevalsvereins zumindest aus einiger Entfernung beobachten. Und die Kulisse für dieses Debüt – wie kann es auch anders sein: Andrés Optikergeschäft – seit nun fast zwei Jahren der Dreh- und Angelpunkt meines ‚neuen' Lebens. Aber Philipp wäre nicht Philipp, wenn er sich nicht noch einen besonderen Gag hätte einfallen lassen: Er gibt mir seinen Vereinsschal, den normalerweise nur Vorstandsmitglieder tragen dürfen. Und dann stehe ich brav und ‚unauffällig' in sicherer Entfernung und beobachte den Aufmarsch des Musikkorps und des Elferrats. Wie beabsichtigt wird das mit der völligen ‚Unauffälligkeit' nichts, verdutzte Vorstandsmitglieder drehen sich nach mir oder eher ‚meinem' Schal um. Einer der besonders überrascht schaut, ist André. Philipp scheint mit meinem ‚Debütantinnenauftritt' zufrieden zu sein, denn anschließend spendiert er mir einen kleinen Einkaufsbummel. Ich finde einen hübschen Winterpullover – sogar preisreduziert – und trage ihn zur Kasse, während sich Philipp noch umsieht. Die junge Verkäuferin tippt den Preis ein, in diesem Moment kommt auch Philipp – gerade noch rechtzeitig, um zu erkennen, dass die Verkäuferin versehentlich den alten Preis eingegeben hat. Sie korrigiert ihren Irrtum, aber: „Warum hast *du* das nicht bemerkt?", will Philipp später von mir wissen. Stimmt, inzwischen kann ich die Zahlen auch kleingedruckter Kassenbelege einwandfrei lesen. Ich erkenne und unterscheide ihre Zeichen, aber sie sagen mir absolut nichts, ich verbinde sie einfach nicht mit dem entsprechenden oder mit überhaupt einem Wert. Was stimmt da schon wieder nicht mit mir? Philipp wechselt das Thema, aber ich kenne ihn inzwischen gut genug und merke, dass es in seinem Kopf arbeitet.

14. Februar 2015, Karnevalssamstag

Der karnevalistische Endspurt beginnt. Heute ist Willis großer Tag: sein Karnevalszug. Für Philipp und mich besteht natürlich Anwesenheitspflicht. Philipp drückt mir eine Tasche in die Hand: „Sammle möglichst viele Kamellen", beauftragt er mich. Er selbst legt sich mit seiner Handykamera auf die Lauer.

Dann ‚kütt dr Zoch' und das gleich zweimal, auf diese Weise soll er wohl länger wirken. Die geringe Anzahl der Motivwagen wird durch besonders liebevolle Ausgestaltung mehr als wettgemacht. Es kommt eine Art rollendes Kloster: Die Mönche lassen sich fahren, die Nonnen müssen hinterherlaufen – ganz wie im wirklichen Leben. ‚Prinz' Willi hält gern einen ausgiebigen Mittagsschlaf, das ist bekannt. Deshalb wird auf einem anderen Wagen sicherheitshalber ein gemachtes Bett mitgeführt, mit einer Willi-Puppe darin und einer an den Bettpfosten gelehnten Flinte. Ob letztere sich auf seine ‚Frauenheld-Vergangenheit' bezieht? ‚Kamelle' gibt es auch reichlich, aber leider nicht für mich. Verzweifelt versuche ich eine der von den Wagen herabregnenden Süßigkeiten zu erhaschen, aber wie sehr ich mich auch bemühe, ich greife ins Leere. Warum? Ich sehe sie doch. Aber dann sind sie auf einmal ‚weg'. Kommt der Zug noch ein drittes Mal? Nein, das dann doch nicht. Wir machen uns auf zum ‚Dorfgemeinschaftshaus', wo der Ausklang dieses großen Ereignisses gefeiert wird. Philipp blickt in meine leere Tasche, schüttelt milde lächelnd den Kopf. Auch karnevalistisch bin ich für ihn wohl eine große Enttäuschung. Gut, dass ich meinen Kummer sofort in viel Alkohol ersäufen kann, denn fast jeder Mann, der an unserem Tisch vorbeikommt, gibt mir ein Bier aus. Philipp begrüßt verschiedene Bekannte. Zwei ‚männerlose', ziemlich verbittert aussehende Frauen meines Alters werfen ihm verlangende Blicke zu. Oder habe ich schon zu viele Biere intus und meine Augen spinnen?

Irgendwann verabschieden Philipp und ich uns. An die Heimfahrt kann ich mich nur noch ganz verschwommen erinnern. ‚Zu Hause' stelle ich betrübt fest, dass sogar mein Winteranorak besser sieht als ich: Er hat mit seiner Kapuze einige Kamelle ‚gefangen'.

Karnevalszug im Stadtteil von Andrés Geschäft – der größte Veedelszoch der Stadt. Natürlich weiß ich längst, dass André auf dem großen Prunkwagen seines – und Philipps früherem – Karnevalsvereins mitfährt, aber um ihn und die anderen Mitglieder des Vereinsvorstandes gemeinsam mit Philipp zu begrüßen – so weit ist meine Gesellschaftsfähigkeit denn doch noch nicht gediehen. Philipp schickt mich also erst einmal alleine zum Prunkwagen. André hat sich offenbar inzwischen daran gewöhnt, mich neuerdings an den seltsamsten Stellen und zu den ungewöhnlichsten Zeitpunkten auftauchen zu sehen – er bleibt gefasst und lächelt höflich.

Dann gehe ich, Philipps Wunsch entsprechend, ‚sittsam alleine' weiter und mische mich unter die wartenden Zuschauer. Ich beobachte, dass nun auch Philipp an den Prunkwagen herantritt und sich mit André und seinen anderen ehemaligen Vereinskameraden unterhält. Nach einer Weile steht er auf einmal hinter mir. Und wieder: ‚Dr Zoch kütt'.

Auch heute hat mir Philipp eine Tasche für die zu erwartende Kamellen-Ausbeute mitgegeben. Ich bin voll guter Vorsätze, will es besser machen, darf ihn nicht wieder so enttäuschen. Ich muss ja nur die in hohem Bogen geworfenen Süßigkeiten genauer fixieren, ihre Flugbahn exakt verfolgen, dann wird es schon funktionieren. Und es funktioniert schon etwas ‚besser', die Kamelle ‚verschwinden' diesmal erst ganz kurz bevor ich sie ergreifen will. Mir bleibt nur das ‚demütigende' Zusammensuchen auf dem Boden.

Der Zug ist zu Ende, wir wenden uns zum Gehen, da durchzuckt mich die Erkenntnis: Wir haben die ganze Zeit an einer Stelle gestanden, die ich ausgesprochen gut kenne: Die Bushaltestelle , wo der Bus hält, mit dem ich schon unzählige Male zu Felix und zu den Bertholds gefahren bin. Aber die Menschenmenge, die ballon- und luftschlangengeschmückten Hausfassaden – ich habe die Straße nicht wiedererkannt, hatte sogar eine ganz andere Himmelsrichtung im Kopf!

16. Februar 2015, Rosenmontag

Wir fahren nach Koblenz. Morgen hat Philipp einen Untersuchungstermin bei einem dortigen Lungenarzt – die Ursache für einen Husten, der ihn hartnäckig quält, muss endlich festgestellt werden. Der immer vorausplanende Philipp will sich schon mal über die Lage der Praxis informieren. Aber kein guter Termin für einen Besuch der Karnevalsstadt ‚Kowwelenz' per Auto: Überall Absperrungen, wir ‚müssen' uns den Rosenmontagszug ansehen.
Mein dritter Karnevalszug – und diesmal habe ich mir vorgenommen, die für mich offensichtlich zu schwierige Kamellenjagd aufzugeben und mich ganz der Betrachtung des Zuges zu widmen. Das Wetter ist heute leider nicht so gut wie gestern: trüber Himmel und unangenehm kalt. Um wieder warm zu werden, hasche ich nach einzelnen ‚Kamellen' und auf einmal klappt es – ‚nicht immer, aber immer öfter'. Vielleicht würde ich ja nach dem hundertsten Karnevalszug richtig gut!

17. Februar 2015, Dienstag

Selbstverständlich begleite ich Philipp auch zum Arztbesuch. Ich mache mir richtig Sorgen um ihn, lasse mir aber nichts anmerken – ich habe den Eindruck, dass er das nicht will. Der Arzt ordnet weitere Untersuchungen an. Auf dem Heimweg macht Philipp wieder seine üblichen Witze – dann scheint es ihm doch nicht ganz so schlecht zu gehen, Gott sei Dank!

19. Februar 2015, Donnerstag

Seit gestern ist das TV-Programm wieder ‚normal' – keine Karnevalssitzung mehr. Und jetzt bezieht Philipp auch das Fernsehen in mein ‚Trainingsprogramm' mit ein: „Warum schaltest du eigentlich die Sender ständig um? Kaum habe ich mich an ein Bild gewöhnt – zack, ändert es sich schon wieder.", beschwere ich mich. „Du musst eben lernen, schneller zu fixieren!" Aha.

22. Februar 2015, Sonntag

Ich schlüpfe wieder mal in meine ‚Flohmarktmontur': doppelte Socken, doppelte Hosen, doppelter Pullover. Der gutmütige Bär – der mit Philipp befreundete Flohmarkthändler – harrt trotz der Kälte tapfer an seinem Stand aus – und gegen ein Küsschen als Bezahlung darf ich mir etwas aussuchen. Auf Philipps Rat wähle ich ein hübsches altes Porzellanväschen.

Ein weiterer Stand; der Verkäufer ist ebenfalls mit Philipp bekannt. Wo ich schöne Frau so einen wie Philipp aufgegabelt habe, fragt er. „Natürlich auf dem Flohmarkt", antworte ich, „ich habe den Preis aber ganz ordentlich heruntergehandelt!" Alle, sogar die Verkäufer an den Nachbarständen, lachen.

23. Februar 2015, Montag

Die ganze Nacht Schneesturm, morgens über 20 cm weiße Pracht und es schneit weiter. Das bedeutet für uns ‚Hausarrest', die abschüssigen Straßen sind nicht passierbar.

Philipp hat sich über die Sache mit dem Kassenbon, den ich nicht lesen konnte, Gedanken gemacht. Er ist überzeugt, ich hätte eine Rechenschwäche. Mein erster Impuls – Widerspruch: ‚Das kann überhaupt nicht sein, ich habe doch ein sehr gutes Abitur gemacht'. Aber dann, ich überlege. Da muss auch etwas ‚verschütt gegangen' sein. Meine neue lange Telefonnummer – ich kann und kann sie mir nicht merken.

Philipp hat sich auch schon eine ‚Behandlungsmethode' ausgedacht: „Du musst Sudokus machen!" Sudokus, das ist doch primitiv, damit verschwende ich doch nicht meine Zeit, ich habe einfach keine Lust. Philipp hält mir die Rätselseite der Tageszeitung vor die Nase: „Du machst jetzt eines. Wenn das so einfach ist, schaffst du es ja ganz schnell, und dann lasse ich dich in Ruhe, versprochen!" Also gut, ich will mich nicht streiten – dann los! Ich knobele und knobele. Wenn ich an einem Ende einer Zahlenzeile oder -spalte brüte, habe ich die Zahlen an deren anderen Ende längst vergessen. Dann endlich sind einige Reihen vervollständigt. Verflixt, jetzt komme ich überhaupt nicht mehr weiter. „Du hast da und da zweimal dieselbe Zahl in einer Reihe, das ist falsch", korrigiert Philipp milde. Wieso, ich habe doch aufgepasst. Wieder längeres Brüten, und dann entdecke ich meinen Fehler: Ich habe, wenn die richtige Zahl nicht gleich zu finden war, einfach die nächsthöhere oder nächstniedrigere eingesetzt, nach dem Motto: Der Unterschied ist ja nicht so groß und es funktioniert bestimmt auch. Dass jeder Zahl ein eindeutiger Wert zugeordnet ist – die dafür zuständige Stelle scheint in meinem Gehirn nicht mehr zu existieren.

Ich bin den Tränen nahe. Philipp hat Erbarmen: „Mach für heute Schluss. Die Fehler alle wieder auseinanderzuklamüsern ist zu frustrierend, dann verlierst du womöglich für immer den Spaß daran".

24. Februar 2015, Dienstag

Wieder die geistige Morgengymnastik: das Tageszeitungs-Sudoku. Ich will nicht, bin ja offensichtlich doch zu doof dafür, Philipp zwingt mich geradezu, droht mit Entzug des Morgenespressos. Und ein winzig kleiner Fortschritt: Ich kann immerhin einige wenige Zeilen, Spalten und Kästchen richtig ausfüllen, aber es dauert ewig.

Der Schnee ist fast weg, wir können uns wieder hinunter ins ‚Flachland' wagen. Erst geht es zu meiner nun schon seit über einem Monat ‚verwaisten' Wohnung, dann weiter Richtung Koblenz. Da, die Abfahrt, die zu Felix' Straße führt, die vertraute Gegend, ein sehnsuchtsvolles Ziehen in meinem Herzen – nein, in meiner Magengrube – aber ich muss noch so viel lernen, um die Partnerin zu werden, die er braucht.

Nun sind wir schon in Rolandseck, fahren am berühmten Museumsbahnhof vorbei, dahinter auf halber Höhe das ultramoderne Arp-Museum. Am bewaldeten Berghang das Eingangsgebäude zu einem Freizeitpark namens ‚Märchenwald', die Fachwerkhäuser kleiner Städtchen, eine alte Kirche. Komisch, mit Felix bin ich doch auch schon öfters hier entlang gefahren – dass mir davon so überhaupt nichts im Gedächtnis geblieben ist. Diese ununterbrochenen rasenden Kopfschmerzen damals. Ich wollte Philipp immer schon einmal fragen, was das überhaupt war. Es scheint ihm heute gut zu gehen, die Gelegenheit ist günstig. „Hattest du unmittelbar vor Beginn eines solchen Schmerzanfalls einen flimmernden Bereich im Blickfeld, der sich immer weiter auseinanderzog", lautet die Gegenfrage. Ich überlege. Stimmt genau. Woher weiß Philipp das, er kannte mich doch damals überhaupt noch nicht? „Du hattest eine Dauermigräne", sagt er. „Das völlig überforderte Visualsystem hat sie ausgelöst."

Zum Abschluss des Einkaufsbummels spendiert Philipp einen Kaffee. Wir unterhalten uns – das nutzt mein Kaffeebecher, um still und leise aus meiner visuellen Wahrnehmung zu entschwinden. Dann habe ich ja freie Bahn für eine meiner lebhaften Gesten. Genau in diesem Augenblick ist der Kaffeebecher wieder da, in umgestürztem Zustand und von einer hässlichen Kaffeepfütze umgeben. Philipps Hose hat zu meiner großen Erleichterung nichts abbekommen. Aber trotzdem. Schon wieder so ein Seh-Blackout. Was ist das, werde ich verrückt?

26. Februar 2015, Donnerstag

Vormittags wieder eine Fahrt nach Koblenz. Diesmal steht ein Besuch beim Kardiologen auf dem Programm. Das Ergebnis: Die Behandlung der vor Jahren überstandenen Krebserkrankung hat Philipps Herz geschädigt, und im Laufe der Zeit ist daraus unerkannt ein ziemlich schwerer Herzfehler geworden. Seine gesunde Lebensweise hat bisher das Schlimmste verhütet, aber im Prinzip kann er jederzeit tot umfallen. Und da jammere ich wegen meiner Sehprobleme. Philipp nimmt es mit der ihm eigenen Gelassenheit und seinem trockenen Humor. Wieder zu Hause, sitzt er auf dem Sofa und kämpft sich tapfer durch die Beipackzettel zahlreicher Medikamente.

27. Februar 2015, Freitag

Philipp hat sich etwas erholt, die neuen Medikamente helfen offenbar. Und schon geht er seiner ‚Lehrverpflichtung' wieder nach: „Mach das Sudoku!" „Nein, ich will nicht, das bringt doch nichts!" „Du weißt ja, wenn du das Sudoku nicht machst, gibt es keinen Morgenespresso!" „Das ist Erpressung!" Ich beuge mich der brutalen Gewalt und fange an. Heute schaffe ich immerhin schon über die Hälfte, bis ich mich hoffnungslos verfranse.

Abends. Ich möchte doch zu gerne einmal wissen, warum das Wohnzimmer immer so spärlich beleuchtet ist. Ich tappe mühsam im Halbdunkel herum, bin ständig in Panik, irgendetwas umzurennen, umzustoßen, irgendwelche Katastrophen zu verursachen. Einmal ist so eine Katastrophe schon passiert: Ich bin dem armen Philipp aus Versehen heftig auf den kleinen Zeh getreten. Ob er die Stromrechnung nicht bezahlen kann? „Wenn ich wollte, könnte ich das Wohnzimmer taghell ausleuchten“, sagt Philipp, „aber das ist Teil deines Sehtrainings. Du musst lernen, dich auch bei ungünstigen Lichtverhältnissen zurechtzufinden.“ Natürlich, da hat er recht. Ich wollte ja an die schwierigen Alltagsbedingungen gewöhnt werden.

5. März 2015, Donnerstag

Ha, erstmals ein Sudoku der Kategorie ‚einfach‘ komplett geschafft! Das schreit nach einer Belohnung. Einen neuen Lippenstift könnte ich gebrauchen, und Nagellack. „Mir gefällst du am besten ungeschminkt“, sagt Philipp. Aber Felix hat da ‚höhere Ansprüche‘ (das sage ich natürlich nicht laut, ich will niemanden beleidigen). „Du bist doch ‚Farbspezialist‘, gibt es auch bestimmte Lippenstift- und Nagellackfarben, die gut oder nicht so gut zu mir passen?“, frage ich stattdessen. Philipp ergibt sich in sein Schicksal, wir fahren zu einem Kosmetikmarkt. Philipp unterzieht die zahllosen Lippenstiftfarben einer eingehenden Überprüfung. „Mir gefallen die mit einem Metallic-Schimmer“, schlage ich zaghaft vor. „Das ist nichts für dich, der Glitzereffekt zusammen mit den Reflektionen der Brillengläser – dein Gesicht würde völlig überladen wirken“, werde ich belehrt. Klingt logisch, und Philipp sucht eine tolle rote Farbe aus, dazu den passenden Nagellack. Ob er weiß oder ahnt, dass es für Felix ist?

8. März, Sonntag

Herrliches Wetter, sonnig und warm – der erste Frühlingstag. Das muss ausgenutzt werden – wir gehen auf ‚große Fahrt', zunächst in die Eifelstadt Mayen, dann auf die andere Rheinseite, zur Marksburg. Das imposante Gebäude ist schon von weitem sichtbar, in hell-cremefarbenem Outfit. Das, was ich vor eineinhalb Jahren gesehen hatte, damals, mit Felix auf der Rückfahrt von unserer kurzen Pfalzreise – es stimmt also. Die Restauratoren haben ganze Arbeit geleistet, keine Romantik düsteren Verfalls mehr. Philipp kennt die Burg von bereits mehreren Besuchen, er bleibt im Auto auf dem in halber Höhe gelegenen Parkplatz zurück. Ich bin jetzt also auf mich allein gestellt. Das ist dann wohl eine Sehübung für Fortgeschrittene. Und das ‚Trainingsgelände' ist geschickt gewählt: Auf einer Bergspitze kann man auch als ‚Orientierungslegastheniker' nicht verloren gehen. Dann mal los und schon die erste Entscheidung: der kürzere, steilere Weg hinauf zur Burg oder der längere, bequemere über eine asphaltierte Serpentine? Ach was, ein bisschen Anstrengung wird den Muskeln meiner verwöhnten Beifahrerbeine schon nicht schaden. Das ‚bisschen Anstrengung' entpuppt sich als unzählige steile Stufen. Ich keuche, meine Nase nähert sich dem Boden.

Irgendwann bin ich oben. Steil ragt die Burgmauer vor mir auf, von hohen Bäumen verdüstert – jetzt doch ein bisschen Ritterromantik. Als sich meine Beine wieder von Götterspeise in festeren Pudding verwandelt haben, folge ich den Markierungspfeilen zum Vorhof der Burg. Ich habe Glück, die nächste Führung beginnt in zehn Minuten. Was bis dahin tun? Ach ja, der gute Philipp hat an alles gedacht, mir sogar ein Fernglas mitgegeben. Schräg gegenüber auf der anderen Rheinseite kann ich etwas erkennen, dass müsste Schloss Stolzenfels sein. Also Fernglas her, und mir geht es wieder wie vor einem halben Jahr im Zoologischen Museum: ein Gewirr verzerrter Linien und Flächen, mehr kann ich einfach nicht sehen. In Selbstmitleid zu versinken, dazu komme ich nicht mehr – die Führung beginnt.

Eine junge Dame stellt sich als Burgführerin vor, bittet uns, ihr zu folgen. ‚Folgen' – schon wieder eine Sache, die für andere so einfach ist. Die Pflastersteine des Torweges waren vielleicht zu Ritterzeiten einigermaßen bequem zu beschreiten, jetzt sind sie infolge jahrhundertelanger Abnutzung, Verwitterung und Auswaschung weicherer Gesteinsschichten nur noch eine Ansammlung scharfkantiger Grate. ‚Genau fixieren', höre ich im Geiste Philipps Stimme. Mir bleibt auch nichts anderes übrig, ansonsten drohen zwei gebrochene Beine. Nach einer gefühlten Ewigkeit ist das Tor zum Innenhof erreicht. Ich hatte gehofft, das schlimmste Wegstück hinter mir zu haben, aber das ‚Messerschneidenpflaster' erreicht den nächsten Schwierigkeitsgrad: steile und teilweise völlig schiefe Stufen, dazu unter dem hohen Torbogen Dämmerlicht. Dann werden wir durch die ‚Zimmer' der Burg geführt: Weinkeller, Küche, Kemenate, Rittersaal, Burgkapelle, Waffenkammer. Schließlich die Folterkammer – die Augen der Kinder leuchten. Da, das ‚berühmte' Rad. Der damit ‚Behandelte' fühlte sich danach vermutlich wie gerädert. Eine Streckbank – nun, die brauche ich wirklich nicht. Aber auch für mich ist etwas dabei: Menschen, die sich daneben benommen hatten, bekamen eine schweinekopfförmige Eisenkonstruktion über den Kopf gestülpt. Vorne, am ‚Rüssel', hing eine schwere Eisenbirne, die es dem Delinquenten unmöglich machte, aufrecht zu gehen. Er konnte sich nur noch auf allen Vieren bewegen, den Kopf zu Boden gezogen – eben wie ein Schwein, das im Dreck wühlt. ‚Jemanden zur Sau machen' – daher kommt das also. Wie gut, dass ich nicht im Mittelalter gelebt habe. Bei meinem sehumstellungsbedingt komischen Verhalten wäre ich aus dem eisernen Schweinekopf überhaupt nicht mehr herausgekommen.

Die Führung ist zu Ende, jetzt beginnt *meine* ganz spezielle Folter, das Messergrat-Pflaster des Torwegs. Diesmal die höchste Schwierigkeitsstufe: Es geht bergab. Aber mir kommt eine geniale Idee: Ich folge einfach einem der kleineren Kinder, die auch noch nicht so ganz standfest sind, aber instinktiv die trittsichersten Steine wählen. Und diese Strategie bewährt sich. Alle Achtung, denke ich, noch vor nicht allzu langer Zeit wäre ich überhaupt nicht in der Lage gewesen, angesichts eines bedrohlichen sehtechnischen Problems so gelassen und überlegt zu reagieren, sondern in Panik erstarrt. Das ist doch ein großer Fortschritt!

„Na, wie war's", fragt Philipp, als ich wieder neben ihm sitze. „Einfach toll", und nun überschütte ich den Ärmsten mit meinen neuen ‚Erkenntnissen' über die Ritterzeit. Dass er nach mehreren Marksburg-Besuchen das alles längst weiß, daran denke ich im Eifer des Gefechts überhaupt nicht. Geduldig und mit mildem Lächeln lässt er meinen Redeschwall über sich ergehen.

9. März 2015, Montag

Wir bekommen ‚vornehmen' Besuch: Seine Majestät Willi I. hat sich von seinen karnevalistischen Aktivitäten erholt und macht einen ‚Kontrollgang'. Die Kontrolle verläuft erfolgreich: 1. Ich bin noch da. 2. Ich werde offenbar ausreichend ernährt. Und 3. Philipp hat den Kamin geheizt, damit ich nicht friere. Die Männer verschwinden für einige Zeit in der Werkstatt, denn als Vorwand für seinen Besuch hat Willi die reparaturbedürftigen Gewichte einer alten Uhr mitgebracht. Ich begebe mich unterdessen an meine Tagebuchaufzeichnungen. „Sie schreibt ein Buch über uns", sagt Philipp zu Willi, als sie zurückkommen und mich ganz vertieft über meinem Laptop finden.

11. März 2015, Mittwoch

Philipps Abreisetermin rückt immer näher – es muss vorangehen mit meinen Augen. „Guck seitlich aus dem Autofenster und versuche immer abwechselnd Nahes und weiter Entferntes schnell zu fixieren und zu erfassen", lautet die Anweisung auf der Rückfahrt von einer Stippvisite bei mir zu Hause. Au weia, das ist richtig anstrengend, Augen und Kopf fangen an zu schmerzen. Ach, war das bis jetzt angenehm, so einfach nach vorne, auf die vor uns liegende Straße zu starren. Aber nichts da, Philipp ist unerbittlich: „Was vor uns auf der Straße passiert, darum kümmere *ich* mich, ich bin der Fahrer. *Du* hast aus dem Seitenfenster zu sehen und das Nah-Fern-Fixieren zu üben!" Also weiter: nah-fern-nah-fern. Um mir das Unangenehme zu versüßen, wählt er eine Fahrstrecke durch eine interessante Gegend, mit fantastischen Fernblicken. Unermüdlich macht er mich auf markante Bergformationen und idyllische Taleinschnitte aufmerksam, nennt die Namen der näher oder weiter entfernt liegenden kleinen Westerwald-Ortschaften.

Sein Plan geht auf: Die interessanten Ausblicke lenken mich von dem unangenehmem Gefühl ab – und tatsächlich: Nach einiger Zeit geht es mir wieder besser, das ‚Nah-Fern-Fixieren' klappt immer anstrengungsloser. Philipp hat sicher auch das vorausgesehen, denn er hält mich jetzt reif für den nächsten ‚Schwierigkeitsgrad': In der kleinen Stadt Waldbreitbach gibt es eine Art ‚Imperium' von medizinischen Versorgungseinrichtungen: Das Krankenhaus eines Brüderordens, ein von Nonnen des Franziskanerinnenordens geführtes Alten- und Pflegeheim, ein Reha-Zentrum und auch für seelische Probleme ist etwas dabei: das so genannte Antoniushaus, eine psychiatrische Klinik. Philipp erklärt und erklärt, aber wenn wir jetzt aus einer anderen Richtung wieder hierher kämen, ob ich etwas wiedererkennen würde?

Die Gegend hat noch mehr zu bieten, eine Art Westerwald-Schilda: ein kleines Dorf – wie viele dieser abgelegenen Orte durch eine einzige größere Straße mit den Nachbardörfern verbunden. Vor einigen Jahren gewann die Grünen-Fraktion im Gemeinderat die Oberhand und ließ die Straße wegen zu viel umweltschädlichen Verkehrs kurzerhand sperren. Die übergeordnete Landesbehörde akzeptierte den Mehrheitsbeschluss. Aber bald merkten die Dorfbewohner, dass sie sich dadurch selbst vom Rest der Welt abgenabelt hatten – der Ort war nunmehr per Auto fast nicht mehr zu erreichen! Immer mehr Einwohner ergriffen frustriert die Flucht, ihre wertlos gewordenen Häuser blieben leer oder sozial schwache Familien zogen ein. Allmählich begann es den Dorfoberen zu dämmern, dass hier etwas gewaltig schieflief. Gerne hätten sie ihre Entscheidung wieder rückgängig gemacht, aber jetzt stellte sich die Landesbehörde stur: Der Beschluss sei nun einmal gefasst worden und damit gültig, ein ständiges Hin und her – das gäbe es nicht. Auf einem Schleichweg sind wir ins Ortszentrum gelangt: verödeter Dorfplatz, mit Brettern zugenagelte Dorfdisco, verwahrloste Häuser, Vorgärten voller Müll. Das Dorf stirbt. Wir fahren weiter, der deprimierende Eindruck lässt mich nicht los. „Siehst du, was für Feinheiten du jetzt schon erkennen kannst", sagt Philipp.

12. März 2015, Donnerstag

Unser wöchentlicher ‚Badetag' in Bad Hönningen. Die Oma turnt wieder eifrig bei der Wassergymnastik mit – vielleicht winkt ja heute endlich ein Fleißkärtchen. Philipp und ich sitzen in unserem ‚Stamm-Whirlpool' und das Sehtraining geht weiter, diesmal müssen sogar meine ‚unbebrillten' Augen ‚ran: „Kannst du das Ziffernblatt der Uhr an der gegenüberliegenden Wand erkennen?", fragt er. Ich fixiere es, konzentriere mich. Die Stundenzahlen kann ich lesen und den Minutenzeiger sehe ich sofort. Zur Wahrnehmung des kürzeren Stundenzeigers brauche ich noch mehr Konzentration, aber dann schaffe ich es auch. Der Schwierigkeitsgrad wird noch einmal gesteigert: „Versuch jetzt, die Punkte zwischen den Stundenzahlen zu erkennen!" Ich tue mein bestes, fixiere verzweifelt – leider keine Chance. Philipp verrät mir einen Trick: Man kann sich selbst eine bildverschärfende Lochblende schaffen, indem man mit Zeigefinger und Daumen ein kleines Loch formt. Ich versuche es, aber an meiner Hand sind lauter Wassertropfen, das Licht bricht sich in ihnen und aus dem scharfen Durchblick wird leider nichts.

15. März 2015, Sonntag

Bekannte von Philipp haben uns zum Essen eingeladen. Wir fahren in ein Eifelstädtchen, wo es ein sehr gutes Restaurant geben soll, und setzen uns an den reservierten, vornehm gedeckten Tisch. Das Restaurant hat einen seltsamen Namen: ‚Arosa'. Klingt fast wie der einer gewissen Art von Etablissements, sage ich unter allgemeinem Gelächter, bezieht sich aber wohl eher auf den roséfarbenen Verputz des ehemaligen alten Bauernhofes, fahre ich fort. Diesmal sind alle Augenpaare erstaunt auf mich gerichtet! Tatsächlich hatte das außer mir niemand bemerkt. Hoffentlich folgt auf dieses ‚Highlight' meiner Augen nicht wieder das ‚übliche' Blackout.

Später gibt es Kaffee, diesmal im Haus der Gastgeber. Die Hausfrau betreibt ein ungewöhnliches Hobby, sie züchtet bunte Zier-Zwerggarnelen. Stolz führt sie ihre Aquarien vor: wunderschön gestaltete ‚Unterwasser-Gärten'. Aber wo sind die tierischen Bewohner? Ich gucke und gucke – und auf einmal: Da hat sich etwas bewegt, ich bin sicher, und dort wackeln doch zwei winzige Antennen. Ich entdecke immer mehr der zentimetergroßen schwarzen, blauen, blauweiß gepunkteten oder rotweiß gestreiften Mini-Krebschen. Eine bessere Augentrainings-Übung hätte sich selbst der erfindungsreiche Philipp nicht einfallen lassen können! Der höchste Schwierigkeitsgrad: ein Aquarium mit bräunlichem Bodensand enthält dunkle Garnelen mit weißen Scheren. Und ich kann nicht nur die Tierchen selbst sehen, sondern sogar diese winzigen Scherchen – sie klappen sie auf und zu! Philipp guckt neben mir durch die Scheiben des Beckens, bemerkt die Krebschen nicht sofort – ich lenke seinen Blick auf eines der Tiere – ich, die Sehschwache!

19. März 2015, Donnerstag

Schreck in der Morgenstunde: Ich löse gerade das Zeitungs-Kreuzworträtsel – aber warum kann ich den in einem der Kästchen angegebenen Suchbegriff plötzlich nicht mehr lesen? Das gibt es doch nicht. Ich gehe mit den Augen ganz nahe heran, kneife sie zu, versuche zu fixieren – aber auf einmal kann ich auch die umliegende Schrift nicht mehr lesen, die ganze Zeitungsseite nicht mehr. Ich sehe mich im Zimmer um – alles unscharf! Panik. Ich werde blind! Unwillkürlich schließe ich die Augen. Nach einiger Zeit wage ich vorsichtig, sie wieder aufzumachen. Erleichterung, alles normal! Aber was war mit der Zeitungsseite los? Ich untersuche sie und stelle fest, dass die kleine Schrift in einer Kästchenreihe des Kreuzworträtsels durch einen Druckfehler längenverzerrt war. Nur, warum konnte ich plötzlich auch alles andere nicht mehr richtig sehen? Ich renne zu Philipp, frage ihn aufgeregt. Das sei durch das angestrengte Fokussieren gekommen und gäbe sich fast immer schnell wieder, beruhigt er mich. Langsam legt sich mein Schreck. Den Blindenhund brauche ich also nicht bestellen!

20. März 2015, Freitag

In allen Medien war es angekündigt: Heute Vormittag findet eine Sonnenfinsternis statt. Der Mond wird die Sonnenscheibe zwar nicht ganz, aber doch zu einem sehr großen Teil bedecken. Trotzdem hätten Philipp und ich fast verschlafen. Philipps Sohn holt uns aus den Betten: „Kommt schnell, das ist etwas Einmaliges, so etwas werdet ihr nie wieder sehen!“, ruft er ganz aufgeregt. Ich greife hastig nach Bademantel und Brille, dann sind wir auch schon alle vor der Haustür. Geradezu perfekte Wetterbedingungen, wie für dieses Ereignis gemacht: wolkenloser Himmel, aber eine leichte Dunstschicht dämpft die Leuchtkraft der Sonne etwas; eine Schutzbrille ist nicht nötig. Trotzdem kann man die schon zur Sichel geschrumpfte Sonne gut sehen. Auf einmal spüre ich einen eigenartigen Zauber: Wie die Sonnensichel am Himmel schwebt – so ruhig und gelassen, wie ein goldenes Schiff.

Langsam wird die Sichel wieder breiter, die anderen gehen ins Haus zurück. Ich muss den Zauber fast mit Gewalt abschütteln, um ihnen folgen zu können. Dann schlägt meine Stimmung in Wehmut um: „So etwas werdet ihr nie wieder sehen!“, hatte Philipps Sohn in seiner jugendlichen Begeisterung gesagt, sicher ohne nachzudenken. Aber er hat recht. Philipp und ich, beide durch Krankheit gezeichnet – wir werden es vielleicht tatsächlich nie wieder sehen.

22. März 2015, Sonntag

Heute gleich drei Flohmärkte. Man merkt, es wird doch allmählich Frühling. Nachdem Philipp meinen Blumenvasenmangel beseitigt hat, nimmt er sich jetzt meines ebenfalls bestehenden Kerzenleuchtermangels an. Auch so etwas gehört wahrscheinlich in einen ‚vornehmen‘ Haushalt. Philipp entdeckt einen sehr schönen fünfarmigen Leuchter. Die versilberte Oberfläche ist angelaufen, deswegen wurde sein wahrer Wert wohl nicht erkannt. Er werde ihn für mich reinigen, verspricht Philipp – ich bin gerührt. Und ich bin noch mehr gerührt, als der Gute auf der Heimfahrt einen Umweg wählt – wieder mal extra meinetwegen, um mir eine landschaftlich besonders schöne Strecke zu zeigen.

23. März 2015, Montag

‚Wir' haben einen weiteren Termin bei Philipps Koblenzer Herzspezialisten. Den Rückweg gestaltet der liebe Philipp mir zuliebe auch heute zu einem kleinen Ausflug – je interessanter die Gegend ist, um so mehr Mühe gebe ich mir beim Fixieren, das hat er mit seiner Berufs- und Lebenserfahrung bestimmt längst gemerkt.

24. März 2015, Dienstag

Kurz vor dem Schlafengehen entdecke ich auf meinem Handy eine eingegangene SMS – von Felix! Er erkundigt sich sehr herzlich nach meinem Befinden. Mein erster Impuls: sofort antworten, dann überlege ich: Philipp mit seinen Röntgenaugen, seinen Radarohren und seinem achten Sinn – ihm entgeht absolut nichts, was im Haus geschieht, das habe ich schon verschiedentlich gemerkt. Felix ist sein Freund, aber ich weiß nicht. Männer sind manchmal komisch und ich verstehe von Männern immer noch zu wenig. Aber morgen geht Philipp wahrscheinlich wieder zu seinem Skatabend, dann ist die Luft rein!

25. März 2015, Mittwoch

Abends wirklich ‚sturmfreie Bude'; ich kann in aller Ruhe Felix' SMS beantworten. Später hänge ich vor dem Pantoffelkino herum, bin aber mit den Gedanken nicht so recht bei der Sache. Warum hat Felix mir ausgerechnet gestern eine SMS geschickt? Ich kenne ihn ja nun schon eine Weile und weiß, dass er nichts ohne Grund tut. Und dann auf einmal schlägt der Blitz der Erkenntnis bei mir ein, ich zucke richtig zusammen: das Datum! Gestern vor zwei Jahren – unsere erste gemeinsame Nacht! *Er* hat daran gedacht, ich nicht – so ein Mist! Vielleicht war das ja auch ein Test – dann bin ich in der Tat mit Pauken und Trompeten durchgefallen. Seltsam, normalerweise pflegen doch die Männer Hochzeitstage, Kennenlerntage und ähnliches zu vergessen. Ich bin offenbar wirklich eine völlig abartige Frau!

Nachmittags heute ein ‚omaloser' Badebesuch in Bad Hönningen – die Gute macht Urlaub auf Gran Canaria. Vielleicht muss sie sich ja auch von mir erholen. Wir schwimmen gerade im großen Außenbecken des Thermalbades, als hoch über uns ein Schwarm Störche hinweg fliegt – ich sehe zum ersten Mal in meinem Leben fliegende Störche! Störche. Damals, auf der zweiten Fahrt mit Felix nach Italien, die riesige Storchenversammlung auf einer Wiese im Oberrheintal. Damals wurde es Herbst, jetzt wird es Frühjahr.

Abends. Wieder denke ich an Felix, seine SMS von vorgestern. Er muss immer noch Gefühle für mich haben, sonst hätte er das doch längst vergessen. Manchmal gibt einem das Leben noch eine letzte Chance, vielleicht auch mir, jetzt, wo ich durch Philipps Hilfe schon um so viel ‚alltagstauglicher' geworden bin. Aber wenn ich noch etwas Anderes, Wichtiges falsch mache, Felix wieder in die Flucht schlage. Philipp, der Mann mit den über 400 Frauen – genau, ihn werde ich fragen, wenn einer so etwas weiß, dann ja wohl er. Und außerdem: Felix ist sein bester Freund, wie er mir immer wieder vorgeschwärmt hat – er wird sicher nichts Kompromittierendes verbreiten, da bin ich mir sicher. Die Gelegenheit ist günstig: Wir sind allein, Philipp geht es nach Einnahme der Medikamente schon seit Tagen besser und er ist heute ausgesprochen gut gelaunt.

Und auf einmal bricht alles aus mir heraus, wie ich Felix kennengelernt habe, unsere schöne gemeinsame Zeit, dann die so plötzliche Trennung, mein Beinahe-Tod. Ich habe das so ausführlich noch niemandem erzählt, nur meinem Tagebuch anvertraut. Als ich zu Ende bin, sehe ich Philipp an. Er kämpft mit den Tränen, das habe ich bei ihm noch nie gesehen, nicht einmal beim Wassereinbruch in seine Werkstatt im Januar oder als er die schlimme Diagnose seiner Herzerkrankung entgegennehmen musste. O je, hätte ich doch besser nicht … War es noch zu früh, ist er doch noch nicht ganz fit? Aber dann fängt Philipp seinerseits an zu erzählen. Auch er musste die Behandlung seiner Krebserkrankung ganz allein durchstehen, seine Frau hatte sich schon nach einem ‚Nachfolger' umgesehen und die Kinder lebten ihr eigenes Leben. Es kam wie bei mir: Er fing sich einen Erreger ein und sein geschädigtes Immunsystem wurde damit nicht fertig. Genau wie ich wurde er immer schwächer und sein

Zusammenbruch kam ausgerechnet am Heiligen Abend. Die Familie war bei einer Weihnachtsfeier und hatte ihn allein zurückgelassen, sonstige Hilfe gab es nicht – wie auch, in der tiefverschneiten, abgelegenen Gegend. Durch das Fieber war Philipp schweißgebadet, er schleppte sich unter die Dusche und schaffte es gerade noch, den Kaltwasserhahn aufzudrehen, dann brach er bewusstlos zusammen.

Am Weihnachtsmorgen früh wachte er wieder auf, er lebte erstaunlicherweise noch. Die ganze Nacht war das eiskalte Wasser über ihn gelaufen – das hatte das Fieber etwas heruntergedrückt und ihm das Leben gerettet. „Sie haben mich zum Sterben zurückgelassen." Mit diesen düsteren Worten beendet er seine Erzählung – jetzt kommen mir die Tränen. Später überlege ich: Meine eigentliche Frage ist unbeantwortet geblieben, was ich falsch gemacht habe, weiß ich im Prinzip immer noch nicht – noch mal fragen? Im Moment besser nicht, Philipp ist zu aufgewühlt, sein geschädigtes Herz. Bestimmt ergibt sich noch mal eine andere Gelegenheit.

27. März 2015, Freitag

Philipp hat wieder einen Zahnarzttermin. ‚Majestät' Willi, dessen Frau, die Prinzessin, ihr Enkelchen und meine Wenigkeit begleiten ihn. Die ‚Prinzessin' verlässt uns allerdings kurz vor Köln, sie bringt den Kleinen zu dessen anderen Großeltern.

Nach der Behandlung lädt Philipp Willi und mich wieder zum Kroaten ein, heute ist auch der ‚Zahnprof' dabei. Philipp hat sein Projekt, mich mit dem Zahnklempner zu ‚verkuppeln', noch nicht ganz aufgegeben. Er erwähnt sogar meine Französisch-Kenntnisse, das soll bestimmt meinen Wert steigern. Diesmal aber kommt die endgültige Absage: Einzelkinder mag er nicht, erklärt der Zahnprof, sie seien zu verwöhnt, er habe da schon einmal eine schlimme Erfahrung gemacht …

Heimfahrt: wir nehmen einen Umweg, wollen sowohl den freitagnachmittäglichen Stau bei Köln umgehen als auch Willis Frau wieder ‚aufsammeln'. Sie wartet am vereinbarten Treffpunkt, die Fahrt geht weiter. Wie immer mache ich aus dem Autofenster heraus eifrig die mir von Philipp aufgetragenen Nah-Weit-

Fixierübungen – um so eifriger, als meine ‚Trainingstage' ja inzwischen mehr als gezählt sind. Auf der Herfahrt war die ‚Prinzessin' mit ihrem Enkelchen beschäftigt, aber jetzt beobachtet sie mich erstaunt. Ich glaube, ich muss nun doch eine Begründung liefern, sonst denken sie noch, ich wäre geistesgestört.

Ich erzähle von meiner ‚Sehbehinderung' und ihrer Behandlung, von der ‚Trainingsvereinbarung' mit Philipp. „Dann wird er dich also nicht mit nach Portugal nehmen?" Willis Frau wirkt jetzt leicht verstört, und in diesem Augenblick wird mir klar, dass man denkt, Philipp und ich … Dass ich das nicht schon früher gemerkt habe. Ich war eben zu sehr mit meinen ‚Augenproblemen' beschäftigt. „Nein", sage ich, „in zweieinhalb Wochen bin ich wieder allein. Aber Philipp hat viel für mich – eine ihm zunächst fast völlig Unbekannte – getan, das werde ich ihm nie vergessen." Willi und Philipp schweigen, die ‚Prinzessin' wechselt sofort das Thema, zeigt und erklärt mir die Gegend. Bestimmt Mitleid.

Für heute Abend habe ich ein großes Besäufnis beschlossen. Da war doch noch der Fruchtwein von dem einen Flohmarkt. Ein erstes Glas, süß und kräftig, dann ein zweites. Auf einmal sehe ich den ‚Zahnklempner' wieder vor mir, höre ihn sagen: „Ein Einzelkind will ich nicht." Seine Gesichtszüge verändern sich, jetzt ist es Felix, damals, als er mich abserviert: „die Einzelkindproblematik". Und dann sehe ich mich ‚verwöhntes Einzelkind' vor mir, jahrelang zwischen Arbeitsplatz und Angehörigenpflege hin- und herhetzend, schwere Einkaufstaschen schleppend, meine ‚20-Stunden-Tage' – ich glaube, ich brauche noch viel, viel mehr Wein.

28. März 2015, Samstag

Mein Sehsystem hat den gestrigen tiefen Blick in die Weinflasche erstaunlich gut überstanden. Philipp und ich schrecken wieder die Flohmärkte der Region auf. Und dann plötzlich – das Highlight des Tages: In einer weit entfernten Kiste entdecke ich von ganz allein inmitten von Gerümpel ein kleines, wunderschönes Körbchen aus geflochtenem weißem Porzellan, verziert mit hauchzart ausgeführten Rosenblüten, sogar jedes einzelne Staubfädchen ist fein ausgearbeitet. Ich frage nach dem Preis. Zwei Euro soll das kleine Kunstwerk kosten. Ich ziehe ein bedenkliches Gesicht. Das ist doch viel mehr wert. Oder doch nur wertloser Tinnef? Ich weiß nicht. Die Verkäuferin deutet meinen Gesichtsausdruck völlig falsch: „Ein Euro fünfzig", sagt sie. Ich sehe mich nach Philipp um. Er hat mich wie gewohnt nicht aus den Augen gelassen und auch diese Szene beobachtet. Jetzt sagt er leise zu mir: „Nimm es schnell!" Ich kenne ihn inzwischen gut genug um zu wissen, dass er so etwas nicht ohne Grund sagt. Ich bezahle, stecke meinen Neuerwerb in die Tasche und habe überhaupt nicht mitbekommen, was um mich herum passiert war: Ein Mann wollte das Porzellankörbchen auch haben, steuerte auf mich zu, Philipp stellte sich ihm in den Weg und ‚rettete' so das porzellanene Schätzchen für mich. Und es *ist* ein Schätzchen, wie Philipp mir später erklärt: Handarbeit, ein kostbares Einzelstück. „Und wenn du vorsichtig mit den Fingern über die Ränder der Blütenblätter reibst, hörst du ein metallenes Summen – daran erkennt man das besonders wertvolle Porzellan und die feine Verarbeitung." In meinem Kopf wieder ein Seh-Roman. Wie mag das Porzellankörbchen in die Gerümpelkiste eines Flohmarkthändlers gelangt sein? Was hat es wohl erlebt?

29. März 2015, Sonntag

Vor den heutigen Flohmarktbesuchen wieder mal Kontrollvisite in meiner Wohnung und dann Fahrt am Rhein entlang. Philipp macht mich auf weitere landschaftliche Details aufmerksam, ich kann sie richtig gut erkennen und manchmal sogar schon wiedererkennen. Ich bekomme ein Lob, etwa 80 % der normalen Sehfähigkeit hätte ich schon erreicht, sagt Philipp. Aber warum dann nur immer das Hin und Her zwischen ganz fantastischen Durchblicken und totalen Blackouts, klage ich – so, nun ist es ‚raus. „Das Visualsystem der Wirbeltiere und des Menschen ist von Natur aus darauf eingestellt, dass die Augen in der Jugend gut sind und mit zunehmendem Alter schlechter werden", sagt Philipp, „es kompensiert diese Verschlechterung bis zu einem gewissen Grad, ohne dass wir es merken. Bei dir ist nun der umgekehrte Fall eingetreten, dass nämlich das Sehvermögen zunächst sehr schlecht war und dann besser wurde. Dieses Phänomen ist in der Natur so nicht vorgesehen – die entsprechenden Nervenstrukturen des Gehirns sind darauf einfach nicht eingerichtet und produzieren deshalb Chaos. Mit der Zeit wird es weniger", fährt Philipp fort, „auch wirst du dich daran gewöhnen und damit besser umgehen können. Aber ganz wird es nicht aufhören, vor allem bei körperlichen Belastungen, Stress und dergleichen ist das Seh-Chaos plötzlich wieder da." Ich glaube, um das verdauen zu können, brauche ich einige Zeit.

30. März 2015, Montag

Auf einem der gestrigen Flohmärkte hatte Philipp eine defekte, aber qualitativ hochwertige Armbanduhr erworben. Sie sieht gut aus, sagte ich später und schon hatte er sie repariert und mir geschenkt. Seit einigen Tagen ist er besonders freundlich zu mir, liest mir jeden Wunsch von den Augen ab. Ach, er freut sich bestimmt schon auf das Ende seiner ‚Lehrverpflichtung', auf einen schönen Sommer in Portugal mit seiner Lebensgefährtin. Noch hat die Uhr kein Armband, jetzt geht Philipp in seine Werkstatt und sucht in seinen Vorräten eines aus. Er kommt ins Wohnzimmer zurück und wirft mir aus Spaß, ohne jede Vorankündigung, die Uhr einfach zu und ich, ich fange sie reflexartig. „Sogar mit der linken Hand! Das hättest du vor drei Monaten niemals gekonnt!", sagt er anerkennend. Stimmt, wenn ich da so an mein damaliges karnevalistisches ‚Kamellendesaster' denke.

Und da wird mir auf einmal bewusst, was Philipp mir alles beigebracht hat, manchmal sogar auch etwas gegen meinen Willen – von der Existenz einiger meiner ‚Baustellen' hatte ich ja überhaupt keine Ahnung. Seine vielen nützlichen Ratschläge und seine nie erlahmende Geduld – ich sage ihm das jetzt mal einfach. Er lenkt ab, hält es vielleicht für unmännlich. Lachend erinnert er mich daran, dass er mich ja noch einer anderen Umschulung unterzogen habe, nämlich der von der Ungern-Wein-Trinkerin zur Wein-Liebhaberin, ja fast schon -Kennerin. Und das ‚Lehrgeld' hat auch noch er bezahlt; sein ‚Weinkeller' ist jetzt um einige Spitzenweine, Beerenauslesen und Eisweine ärmer.

2. April 2015, Gründonnerstag

Im Fernsehen ein Bericht über eine Familie, die per Wohnmobil die Welt erkundet; „So etwas möchte ich auch so gerne machen, ich habe ja fast noch nichts von der Welt gesehen.“, seufze ich. „Dazu müssten aber beide Partner den Führerschein haben“, bemerkt Philipp. Er hat vollkommen recht, das bestätige ich ihm auch sofort. Der Fahrer muss ja mal abgelöst werden. Und plötzlich gähnt vor mir ein schwarzes Loch, saugt mich geradezu an. Was Philipp mir vor einigen Tagen über mein Visualsystem gesagt hat – jetzt erfasse ich die volle Tragweite. Seh-Fehlleistungen können bei mir ja jederzeit auftreten, vor allem unter Stress. Und wenn es etwas gibt, das Stress bedeutet, dann ja wohl der heutige Verkehr. So hat Philipp die günstige Gelegenheit genutzt und mir behutsam beigebracht, dass ich wohl nie autofahren können werde.

Im Prinzip war damit alles umsonst. Als führerscheinlos bleibende Frau habe ich bei Felix und seiner vornehmen Verwandtschaft endgültig keine Chance mehr. Ich sehe ihn vor mir, wie er mich zur Augenumschulung regelrecht gedrängt, den ersten Termin über meinen Kopf hinweg vereinbart hatte, ihm alles nicht schnell genug gehen konnte. Immer wieder seine Fragen, wann ich mich endlich bei einer Fahrschule anmelden würde. Irgendwann hatte er nicht mehr danach gefragt und noch irgendwann später sich von mir getrennt. Seine lahmen Ausreden, die mich seinerzeit so erbost hatten. Den wahren Grund wollte er mir nicht vorwerfen, dass ich dafür nichts kann, war ihm ja klar geworden. Und genau das ist mein ‚Fehler‘, den ich so lange gesucht habe und leider nicht ändern kann, es ist zum Verzweifeln. Bestimmt hatte Felix gehofft, dass Philipp mich auch oder vor allem in dieser Hinsicht ‚zurechtbasteln‘ würde, sozusagen der letzte Versuch.

Ich weine fast die ganze Nacht – möglichst leise, damit Philipp es nicht hört.

3. April 2015, Karfreitag

Der wöchentliche Ausflug nach Bad Hönningen – erstaunlicherweise hat das Thermalbad heute geöffnet. Das Schwimmen und anschließend ein leckeres Mittagessen beim Chinesen besänftigen meine Psyche etwas, und auf der Heimfahrt durch einen herrlich milden und sonnigen Nachmittag fühle ich mich entspannt wie schon lange nicht mehr. Warum eigentlich? Von einem gemeinsamen Glück mit Felix bin ich doch weiter entfernt als jemals zuvor. Aber ich glaube, die mir von Philipp vermittelte Erkenntnis, dass ich nicht zum ‚normalen' Sehen zu doof, sondern ‚Opfer' besonders außergewöhnlicher Lebensumstände bin, hat bei mir eine seit Monaten bestehende Verkrampfung gelöst. Ich erfreue mich an dem, was ich sehe, und grübele nicht mehr ständig darüber nach, was ich nicht sehe.

Der Fernblick vom Westhang des Westerwaldes aus bis hinüber zum Drachenfelser Ländchen jenseits des Rheines ist einfach fantastisch – das sehe sogar ich wegen des Schwimmens vorübergehend wieder mal unbebrilltes Wesen. Und da ist doch noch etwas ganz Bestimmtes zu erkennen, kein Zweifel. „Ich kann sogar die weiße ‚Lauschkugel' bei Berkum sehen – „ohne Augen!", rufe ich in spontaner Begeisterung. Philipp fällt vor Lachen fast das Steuer aus der Hand. „Du kannst ‚ohne Augen' sehen", sagt er, „wo nimmst du immer diese Klöpse her? Ich brauche Tage, um mir einen neuen Witz auszudenken und du schüttelst die Pointen nur so aus dem Ärmel!" Sein Lachen ist so ansteckend, ich muss einfach mitlachen. Aber ich glaube, ich habe da eher einen Freudschen Versprecher getan: Die Brillengläser sind ja ‚meine Augen'.

5. April 2015, Ostersonntag

Erstaunlicherweise gibt es auch heute Flohmärkte. Interessante Sachen und gute Schnäppchen kann ich inzwischen auf Anhieb von Schund und Massenware unterscheiden, und das mir von Philipp eingebläute Selbstbewusstsein hat auch meine ‚Feilsch-Künste' verbessert. Meine Panik vor einem Flohmarkt – ist das Jahrzehnte oder Jahrhunderte her?

Heimfahrt: Philipp lobt wieder einmal meine sehtechnischen Fortschritte. Im Grunde habe ich noch nie so richtig erfahren, warum ich mit dem rechten Auge nicht richtig sehen konnte, als Kind wurde vom Augenarzt ja eine nicht korrigierbare Schwachsichtigkeit diagnostiziert. Ich glaube, ich habe gerade wieder einmal laut gedacht, denn: „Schwachsichtigkeit, so ein Quatsch", grummelt Philipp. „Dein Auge war ganz in Ordnung, konnte aber infolge einer wahrscheinlich vorgeburtlichen neuronalen Entwicklungsstörung das Bild nicht richtig auf die normale Fovea, also die Stelle der höchsten Sehzellenkonzentration und damit des schärfsten Sehens, fokussieren. An der Netzhaut-Stelle, wo das Bild jahrzehntelang auftraf, hatte sich im Laufe der Zeit eine Art Zweit-Fovea gebildet, die eine weitere Abbildung produziert hat. Beide Bilder waren aber untereinander nicht in Einklang zu bringen und konnten daher vom Sehzentrum auch nicht richtig ausgewertet werden. Durch die Brille und die Behandlung wurde das Auge wieder an die ‚Haupt-Fovea' gewöhnt." Warum weiß ein Augenarzt so etwas nicht?

9. April 2015, Donnerstag

Bisher hatten Philipp und ich der Familie verschwiegen, dass ich mit Felix – der natürlich hier auch bekannt ist – eine Beziehung hatte und Philipp erst durch ihn kennengelernt habe. Der Vorschlag stammte von Philipp, aber meine Gedanken waren in die gleiche Richtung gegangen – warum soll ich Felix in ein schlechtes Licht setzen? Etwa die Rache der verlassenen Frau? Das ist einfach unter meiner Würde. Jetzt aber hat Philipp den Entschluss gefasst, dass ich seinen Freund endlich einmal ‚kennenlernen' soll – und zwar genau heute, anlässlich seines traditionellen Abschiedsbesuches bei Felix. Wenn etwas in der Familie bekannt werden soll, braucht man es nur einer zu erzählen: der Oma. Alles andere geht dann von selbst. Und deswegen passt Philipp einen Moment ab, als die Oma gerade im Wohnzimmer ist, dann sagt er zu mir: „Zieh dich hübsch an, in einer halben Stunde fahren wir los. Ich will dich einem meiner besten Freunde vorstellen!" Ich eile pflichteifrig in Richtung Kleiderschrank, aber wie die Oma sofort ihre Antennen ausgefahren hat – das habe ich ganz genau ‚gesehen'.

Felix begrüßt uns schon vor dem Haus – am liebsten hätte ich zu ihm gesagt: ‚Gestatten, Neumann, Sie dürfen aber auch du und Monika zu mir sagen'. Aber er sieht müde und gestresst aus, bestimmt wieder die übliche Terminhetze. Ich will ihn nicht ärgern. Wir gehen durchs Haus in den Garten, Felix bietet mir den Liegestuhl auf der oberen Terrasse an. Ich lasse mich auf der Liege nieder und beobachte die beiden Männer, wie sie sich unterhalten. Irgendwie scheint mir Philipp zurückhaltender zu sein als vor einem halben Jahr bei unserem Treffen in Felix' Büro, und wo bleiben seine zahllosen Witze? Vielleicht ist er ja immer noch nicht ganz fit.

Philipp verabschiedet uns ungewöhnlich früh – verständlich, denn wieder wollen wir bei dieser Gelegenheit schon mal einen Teil des Gepäcks und meiner Flohmarkt-Neuerwerbungen in meiner Wohnung abliefern. Während die Westerwälder Bäume gerade ihr erstes zartes Grün bekommen, ist die Baumblüte hier schon fast vorbei. Und dann passiert etwas sehr Seltsames: Wir fahren durch eine schmale Zierpflaumen-Allee, der Boden ist mit heruntergefallenen Blütenblättern bedeckt, plötzlich sagt Felix zu mir: „Schade, jetzt hast du die Baumblüte verpasst." Felix?? Ich sitze doch neben Philipp! Breitet sich mein Gehirn-Chaos jetzt auch noch auf den Hörsinn aus? Nein, nur die Erinnerung hat einen kleinen Kurzschluss: Als ich vor fast genau zwei Jahren nach der Operation aus dem Krankenhaus entlassen worden war, hatte Felix am Nachmittag mit mir einen kleinen Ausflug gemacht. Auf dem Rückweg kamen wir auch durch diese Pflaumenallee. Ohne davon zu wissen hat jetzt Philipp *an der gleichen Stelle* wie damals Felix *die genau gleichen Worte* gesagt – vielleicht ist ja ein solcher Zufall im menschlichen Erinnerungsvermögen gar nicht vorgesehen!

10. April 2015, Freitag

Die ‚Abschiedsrunde' beginnt: Heute letzter Schwimmtag in Bad Hönningen. Ich denke an meine ersten Male hier, an meine Orientierungslosigkeit, meine Panik. Jetzt weiß ich ja warum, und dadurch ist es zu einer milden Erinnerung geschrumpft.

11. April 2015, Samstag

Abschiedsrunde zweiter Teil: Die letzten Samstagsflohmärkte – morgen ist meine ‚Westerwälder Zeit' beendet. Philipp reist zwar erst am Mittwoch ab, aber er hat die letzten Tage noch viel zu erledigen. Ich finde das völlig in Ordnung; nachdem er mir drei Monate lang fast jeden Tag von morgens bis abends gewidmet hat, soll er auch etwas Zeit für sich haben. Direkt auf dem ersten Flohmarkt ein vertrautes Gesicht: Willi, auch er ein Flohmarkt-Freund. „Schön, dich noch einmal zu treffen, ab morgen bin ich dann weg“, sage ich. Er guckt mich an wie ein waidwundes Reh, dann entdeckt er plötzlich am anderen Ende des Flohmarkts einen Bekannten, den er schon lange nicht mehr gesehen hat. Abschiede scheinen nicht so sein Ding zu sein. Auf einem anderen Flohmarkt erhandelt Philipp noch einmal ein Schnäppchen für mich, diesmal ein Gemälde – die abstrakte Darstellung einer Frau. „Die Frau ist ja ganz verdreht“, sagt Philipp zu der Händlerin, die antwortet lachend: „Für vier Euro können Sie die verdrehte Frau haben.“ Darauf Philipp: „Nein, dafür ist sie mir zu verdreht!“ Bei zwei Euro wird man sich einig. Ach, seine unnachahmliche Verhandlungstaktik – ich glaube, ich werde sie vermissen. Und dann, auch zum letzten Mal, unser gewohntes Samstags-Mittagessen: die leckeren Mettbrötchen im Koblenzer Einkaufszentrum. Und es gelingt mir sogar, ohne größere Katastrophe den Kaffee zu trinken!

Was fehlt noch zu einem ‚perfekten‘ Tag? Richtig, mein ‚Flop des Tages‘. Ich fabriziere ihn am Nachmittag. Mir kommt die glorreiche Idee, noch einmal die Zimmer durchzusaugen, will ja ‚Klarschiff‘ hinterlassen. Also los, vorsichtig umkurve ich mit der Saugbürste die antiken Möbel, achte auf die kostbaren Perserteppiche. Dass der Staubsauger an einem Türrahmen hängenbleibt, sehe ich natürlich nicht. Ein kurzer Ruck, und der Verbindungsschlauch reißt! Wie immer bleibt Philipp ganz ruhig. Er verschwindet mit dem Corpus delicti in seiner Werkstatt. Der Arme – wie sehr muss er sich nach seiner sicher völlig unkomplizierten Lebensgefährtin sehnen.

12. April 2015, Sonntag

Der letzte Morgen, Flohmarkt-Countdown – und dann der Abschied vom mir in den vergangenen drei Monaten so vertraut gewordenen Haus. Ich will mich gar nicht mehr umsehen, sonst kommen mir doch die Tränen. Aber ich trete doch noch einmal an das große Wohnzimmer-Panoramafenster heran. Meine Augen werden von der herrlichen Fernsicht geradezu angezogen. Und ein letztes Wunder geschieht: Die Windräder am Horizont, von denen mir Philipps Tochter vor einem halben Jahr erzählt hatte – ich kann sie im hellen Licht der Nachmittagssonne auf einmal selbst sehen – zum ersten Mal! Dünne weiße ‚Spargelspitzen' und daneben noch etwas Viereckigeres, Buntes. „Der Reklamemast des Einkaufszentrums", sagt Philipp. Aber auch das liegt doch viele Kilometer weit weg. Ich bin geplättet!

Fahrt zu meiner Wohnung durch einen warmen, sonnenbeschienenen Nachmittag. Wir sprechen nicht viel, Philipp ist wahrscheinlich mit seinen Gedanken schon in Portugal. Ich übe noch einmal vom Autofenster aus in der weiten Westerwald-Landschaft das schnelle Fixieren, wie Philipp es mir beigebracht hat: weit – nah – weit – nah. Die Gegend wird vertrauter, das Siebengebirge kommt in Sicht, hoch ragt der Oelberg auf. Melancholisch blicke ich zu seinem Gipfel mit der riesigen Funkantenne hinauf. Ach ja, damals, ziemlich genau vor zwei Jahren. Wenn ich gewusst hätte, was mich erwartet, ob ich alles genau so gemacht hätte? War nicht doch alles umsonst?

Wie schnell man sich an das Leben in einer ‚Familie' gewöhnen kann. Ob ich die Umstellung noch einmal hinbekomme? Ich muss an die beiden alleinstehenden Frauen auf der Westerwälder Karnevalsfeier denken, beide in meinem Alter, ihre Gesichter, vergrämt und verkniffen. Wie lange wird es wohl dauern, bis ich auch so aussehe? Philipp scheint Gedanken lesen zu können: „Du musst mir versprechen, dass du deine hübschen und freundlichen Gesichtszüge behältst", sagt er plötzlich. Als ob das in meiner Macht stünde. Wir sind da. Philipp hat mir den Abschied ‚versüßt': Im Kofferraum des Autos liegt ein halber Weinkeller; er schleppt die schweren Kartons teils treppauf in meine Wohnung, teils treppab in den Keller. Ich gucke etwas ängstlich zu. Wenn das sein Kardiologe wüsste.

Der Abschied; ich begleite Philipp zu seinem Auto, er umarmt mich, sagt: „Ich mag dich wirklich gern", dann winke ich seinem Auto nach. Werde ich ihn noch einmal wiedersehen? Und werde ich Felix noch einmal sehen? Diesmal hat Philipp nichts davon gesagt, dass ich nicht ganz allein sein würde. Er hatte Felix in den letzten Wochen kaum noch erwähnt. Zu Beginn meines Aufenthaltes schwärmte er ständig von dem ‚tollen Typ', seinem besten Freund, sehr seltsam. Ich wende mich um und gehe zurück in meine Weinhandlung, äh meine Wohnung. Überall Weinflaschen und -kisten. Ich muss mir da etwas einfallen lassen, um sie unsichtbar zu verstauen, sonst hält mich jeder Besucher für eine Alkoholikerin im Endstadium.

Der sonnige Spätnachmittag ist allmählich in den Abend übergegangen; mit einer halben ‚Übungsflasche' Wein lasse ich mich im Fernsehsessel nieder, schalte das TV-Gerät ein – und kann das Bild nicht mehr richtig erkennen! Kurzer Moment Panik – ich bin doch noch gar nicht besoffen, wollte ja gerade erst anfangen! Aber dann fallen mir Philipps Worte wieder ein: „Du sitzt zu nahe vor dem Bildschirm", hatte er gesagt, „das ist auch noch so eine Gewohnheit aus deiner ‚halbblinden' Zeit, die du ändern musst!" Ich habe ihm nicht widersprochen, aber dass es so schlimm ist, hätte ich nicht gedacht. Ausgerechnet jetzt, wo ich hundemüde bin und mich nur noch pantoffelkinomäßig berieseln lassen möchte! Es hilft nichts; ich quäle mich wieder hoch, schiebe mühsam das Gerät auf seinem Eck-Unterschrank nach hinten und ziehe auch den Sessel weiter weg – sofort ist das Bild besser zu sehen. Ich schicke Philipp eine SMS, erzähle ihm, wie schnell sich seine Prophezeiung bewahrheitet hat. Keine Antwort, er ist endgültig wieder in seinem ‚Portugal-Modus'.

13. April 2015, Montag

Augen und Mund fühlen sich wie an die Kette gelegt: Der nun so fernsichtgewohnte Blick prallt an den umliegenden Häusern ab, der Mund möchte sprechen – aber mit wem? Was andere als lästig empfinden, ist für mich jetzt Trost: Dinge, die nach fast drei Monaten Abwesenheit dringend erledigt werden müssen, die Post durchsehen, Kontoauszüge holen. Bei Tageslicht sehe ich auch: Das mit der Weinhandlung stimmt nicht so ganz, es sieht eher nach Bombeneinschlag aus. Nicht nur die Weinflaschen, auch meine Flohmarkt-Erwerbungen, die mit Philipps Beratung neu gekauften Kleidungsstücke, die Koffer und Taschen liegen kreuz und quer herum. Ich würde etwa vier Wochen brauchen, bis das Chaos beseitigt wäre, hatte Philipp vorausgesagt. Da kennt er mich nicht richtig. Wer jahrzehntelang so viele menschliche und tierische Pfleglinge versorgt hat wie ich, schafft das schneller. Maximal zehn Tage gebe ich mir. Ich krempele im Geiste die Ärmel hoch, und los geht's.

Unter den in meiner Abwesenheit eingegangenen Briefen die Trauerfall-Danksagungskarte des Professors. „Niemand aus dem großen Freundeskreis ist meiner Frau in den letzten Monaten so nahe gewesen wie Sie. Dafür bin ich Ihnen unendlich dankbar.“, hat er dem vorgedruckten Text handschriftlich hinzugefügt. Ich fühle mich tief berührt, rufe ihn an. Und er freut sich sehr. Inzwischen scheint er etwas gefasster zu sein, aber gut geht es ihm immer noch nicht. Ich erinnere mich an Felix‘ Trennung von mir. Wir waren nur wenige Monate zusammen und trotzdem: Das war ein richtiger körperlicher Schmerz. Er hat über 60 Jahre mit seiner Frau glücklich zusammengelebt – wie weh mag das wohl tun?

14. April 2015, Dienstag

Noch ein wichtiger Anruf: ein Termin bei André: Ich brauche dringend eine Zweitbrille. Wenn ich mein ‚Nasenfahrrad‘ beschädige oder gar verliere, bin ich aufgeschmissen. Ich freue mich sehr, André wiederzusehen. Ohne seine ‚Vorarbeit‘ hätte ich die ‚Westerwald-Wildnis‘ wahrscheinlich nicht überlebt.

Ach ja, Philipp. Er hatte heute seine letzte Herzuntersuchung vor der Abreise. Auf die Idee, mich vielleicht anzurufen, mir das Ergebnis zu sagen, kommt er nicht. Dass jemand an seinem Befinden Interesse hat, sich vielleicht Sorgen macht – das ist ihm völlig fremd. Ich bin natürlich enttäuscht, kann ihn aber nach den bitteren Erfahrungen während seiner schweren Krebserkrankung auch verstehen.

15. April 2015, Mittwoch

Heute Vormittag ist Philipp abgereist. Mir seine gute Ankunft mitzuteilen – ebenfalls Fehlanzeige. Da ist wohl eine ganz dicke Narbe auf seiner Seele.

Das Chaos in meiner Wohnung lichtet sich allmählich. Die Weinflaschen sind inzwischen fast unsichtbar verstaut, jetzt fange ich an, die Flohmarkt-Mitbringsel möglichst wirkungsvoll zu drapieren. Plötzlich halte ich inne. So etwas habe ich doch noch nie gemacht und auch als Kind nie bei meiner Mutter beobachtet. Eben unser ‚Krankenpflege-Haushalt'. Wieso ‚kann' ich das auf einmal und habe fast so eine Art Spaß daran? Eigenartig.

18. April 2015, Samstag

Großer Flohmarkt im Rheinauenpark, soll ich hingehen oder nicht? Allein ist es bestimmt langweilig, aber andererseits: tolles Wetter, schönster Sonnenschein und ich bin doch neugierig, ob ich es auch allein schaffe, ein Schnäppchen zu finden. Wenn nicht, ist es auf jeden Fall eine gute Gelegenheit, das Fixiervermögen etwas aufzufrischen.

Der Flohmarkt ist schon in vollem Gang, Panik: Er ist riesig. War er im vergangenen Oktober auch schon so groß? Keine Ahnung – ich bin damals einfach blind hinter Philipp hergedackelt. Was hat er immer gesagt: „Nicht hektisch hin- und herlaufen, sondern erst die eine Seite absuchen, dann die andere." Bei den kleinen Landflohmärkten war das auch einfach, aber hier? Die Verkaufsstände sind zu beiden Seiten der verzweigten Parkwege aufgebaut, ich komme mir vor wie in einem Labyrinth. Da! Diese riesige schaurig-schöne Vase kenne ich doch, daneben die Messinglampe. Also war ich hier schon einmal. Ich fange an, auffällige Gegenstände in meinem visuellen Gedächtnis festzuhalten und bei Bedarf wieder ‚abzurufen'! Habe ich das bei meinen Flohmarktbesuchen mit Philipp jemals getan – ich glaube nicht, ich brauchte es ja auch nicht, Philipp war ja da. Panik ist offenbar auch ein guter Lernantrieb.

Der Weg zurück zum Ausgang – ohne mich zu verlaufen erreiche ich wieder das Eingangsrondell. Stolz, dass alles hervorragend gelaufen ist, aber: Wo ist die Bushaltestelle? Ich suche und suche, laufe die Straße entlang. Keine Haltestelle, auch nicht hinter Bäumen oder parkenden Autos verborgen. Das ist aber sehr weit, denke ich. Nichtsdestoweniger gehe ich immer weiter, wie in einem Zwang gefangen. Aber da, ein Fortschritt: Der noch vernünftig gebliebene Teil meines Gehirns meldet sich diesmal von ganz allein und gibt meinen Füßen das Signal zum Rückzug und dem – nun schon ziemlich langen – Rückweg. Am Eingang hatte ich vorhin Ordnungskräfte gesehen, die werde ich fragen. Das brauche ich dann doch nicht, denn – ich fasse es nicht: die Haltestelle! Da ist sie auf einmal, nur wenige Meter entfernt vom Eingang! Und ich habe sie einfach nicht gesehen, eine ganze Bushaltestelle in ihrer vollen Größe nicht gesehen! Tja, das war dann wieder mal das ‚Seh-Blackout' des Tages.

19. April 2015, Sonntag

Die Nachmittagssonne leuchtet mein Wohnzimmer richtig gut aus, ich stelle einige Kleinigkeiten auf, die ich gestern gekauft habe. Jetzt sieht es bei mir schon richtig vornehm aus, nur ist es jetzt vermutlich leider zu spät. Abends, mein Handy läutet. Etwa Philipp, hat er sich doch noch an mich erinnert? Nein, die Oma! Wie es mir geht, wieder so als Single, will sie wissen. Ich gebe mich gut gelaunt, wir plaudern über dies und jenes, lachen. Auch sie kann Philipps Verhalten nicht so recht verstehen. Richtig rührend: Extra um mich noch einmal zu sehen, hatte sie sich am Montag in den Westerwald bringen lassen. Leider war ich ja bereits am Sonntag ‚ausquartiert' worden. Oma macht aus ihrer Enttäuschung keinen Hehl. Ich habe da einen gewissen leisen Verdacht: Will sie uns etwa auch verkuppeln? Wahrscheinlich mit Hilfe meiner ‚Gehirnerweiterung' um die ‚Gefühlshälfte' habe ich aus ihren Erzählungen längst herausgehört, wie sehr sie unter der Spaltung der Familie und der überwiegenden Abwesenheit Philipps leidet, wie sie sich trotzdem bemüht, alle zusammenzuhalten. Hoffentlich hat mein Gastaufenthalt die Situation nicht noch verschlimmert, das wäre schrecklich.

Mir bleibt nicht lange Zeit, darüber nachzugrübeln, die zweite ‚Angriffswelle' erfolgt: „Ihr wart doch vorigen Donnerstag bei Felix", sagt die Oma. "Ja, aber nicht sehr lange. Philipp hat sich nur von ihm verabschiedet", antworte ich wahrheitsgemäß. Ob sie etwas ahnt? Zumindest scheint sie in Felix instinktiv einen ‚Konkurrenten' zu Philipp zu wittern, der ihre ‚Pläne' durchkreuzen könnte. „Dieser Felix, das ist auch so einer, hat eine Freundin nach der anderen. Klar, er ist reich, lädt sie auf Reisen ein – das imponiert den Frauen natürlich" Ich glaube, ich muss Omas Fantasie mal etwas bremsen: „Ich kenne Felix ja noch nicht so gut, aber *den* Eindruck macht er nicht." (Ein bisschen Verteidigung hat der Ärmste schon verdient, trotz allem.) „Aber wenn Philipp aus Portugal zurück ist, kommst du doch auch wieder?" Das klingt schon fast flehend. „Oma, mein Sehtraining ist jetzt beendet, und du weißt doch, dass Philipp eine

Frau *und* eine Lebensgefährtin hat. Was soll ich denn da überhaupt? Etwa die Drittbesetzung spielen?“ Ach Oma. Ich glaube, ich gebe dem Gespräch lieber eine andere Wendung. Hoffentlich ist sie jetzt nicht beleidigt.

20. April 2015, Montag

Fast ein Vierteljahr lang standen meine Augen im Mittelpunkt. Mein Ex-Krebs fühlt sich zu wenig beachtet und meldet sich: Heute ist eine weitere Kontrolluntersuchung. Gerade als ich ins Untersuchungszimmer gerufen werde, scheint mein Rucksack ein seltsames Geräusch von sich zu geben. Die Ärztin stellt nichts Besorgniserregendes fest, aber das ‚dicke Ende‘ kommt womöglich in knapp drei Monaten: das MRT. Damit werden auch kleinste Krebs-Neubildungen aufgespürt. Angeblich sollen Personen mit stabilem Privatleben und somit ausgeglichener psychischer Verfassung deutlich seltener einen Rückfall bekommen. Wenn ich da an meine nun schon zweijährige unfreiwillige seelische Achterbahnpartie denke, bin ich im Prinzip so gut wie todgeweiht.

Wieder an der Bushaltestelle – das komische Geräusch aus meinem Rucksack. Vielleicht das Handy, ich hatte es während des Arztbesuches auf lautlos gestellt. Und tatsächlich, eine SMS ist eingegangen, eine ‚Geheimbotschaft von der NSA‘: eine Ansammlung kryptischer Buchstaben und Zeichen, nicht zu entziffern. Der Absender ist Philipp! Immerhin, er lebt und ist gut angekommen. Aber seltsam – hat er völlig vergessen, dass unsere Telefonanbieter nicht kompatibel sind und somit auch das gegenseitige SMS-Zuschicken nicht möglich? Na ja, sein ‚Portugalmodus‘.

24. April 2015, Freitag

Doch noch ein kleiner Erinnerungsschalter im ‚Portugalmodus‘: Philipp ruft an. „Du treulose Tomate“, sage ich, „du hast mir nicht einmal gesagt, wie die Untersuchung ausgegangen ist!“ „Nö, habe ich nicht.“ „Auf die Idee, dass sich jemand Sorgen um dich macht, bist du wohl überhaupt nicht gekommen?“ „Nö, nicht wirklich.“ (Au weia, der Typ ist ja noch schlimmer gestört als ich dachte. Was hat man ihm nur angetan?) Wohl um mich zu trösten, erzählt Philipp, dass das Wetter bei ihm zurzeit sehr schlecht sei und er müde und abgeschlagen herumhänge (vielleicht hat ihn ja auch seine Lebensgefährtin so fertig gemacht, er ist schließlich herzkrank). Ich berichte von meinem Flohmarktbesuch, erzähle dann, dass ich die vielen Weinflaschen inzwischen verstaut habe, damit mich ein eventueller Besuch nicht für eine hochgradige Säuferin hält. Er lacht und meint, in meine Wohnung käme ja sowieso niemand. Rache ist süß, denke ich und beschließe, ihn auch etwas zu ärgern: „Wenn du dich da mal nicht täuschst. In nächster Zeit wird mich sehr wohl jemand besuchen, und es ist sogar ein Mann!“ „Wer, wer?“ (Ist da nicht eine Spur Eifersucht zu hören? Na, ich will ja nicht schuld an einer Herzattacke sein.) „Der Schornsteinfeger. Jedes Jahr im Mai überprüft er in unserer Siedlung die Heizthermen. Ich kenne ihn schon seit Jahren, und im Übrigen ist er glücklich verheiratet!“ „Ach so“, (ich glaube, das klingt doch etwas erleichtert). „Na, dann soll er dir mal aufs Dach steigen!“ Viel Zeit scheint Philipp nicht zu haben, vielleicht wird seine Lebensgefährtin schon ungeduldig: „Wir bleiben in Verbindung“, sagt er noch. Mein Gefühl sagt mir, dass das nur eine Höflichkeitsfloskel war. Aber was soll's, er hat unsere ‚Abmachung‘ mehr als erfüllt. Also keine bösen Gedanken!

26. April 2015, Sonntag

Die Flohmarktsucht ist noch nicht ganz abgeklungen, es gibt wieder einen – diesmal in einem südlichen Stadtteil. Ein ‚vornehmes‘ Viertel, man merkt es sofort an den Preisen – aber zumindest gucken darf man kostenlos. Mit dem festen Vorsatz ‚nichts kaufen‘ gehe ich an den Ständen vorbei und werde dann doch rückfällig: ein schicker Sommeroverall für 4,50 Euro. Da muss ich einfach zugreifen – und ein Geständnis machen: Meine Augen bekamen ‚Hilfe‘ von einer anderen Kundin sie hatte sich das Kleidungsstück herausgesucht, aber wegen falscher Größe wieder zurückgelegt. Immerhin kann ich schnelles Reaktionsvermögen für mich verbuchen und auch mein Schätzvermögen bekommt eine Chance, denn ich glaube, der Overall könnte mir passen.

Jetzt nicht in einen Kaufrausch verfallen, du hast nur eine Zwei-Zimmer-Wohnung – ermahne ich mich selbst und gehe an den Verkaufstischen vorbei.

Und an einem Stand zieht ein unscheinbarer und undefinierbarer Gegenstand aus dunkel angelaufenem Metall meine Aufmerksamkeit auf sich. Donnerwetter, jetzt kann ich sogar schon Unauffälliges aus einen größeren bunten Warenangebot ‚herausfiltern' – eine Fähigkeit, die ich bei Philipp immer so bestaunt hatte. Ich wiederum habe die Aufmerksamkeit des Händlers erregt: „Es ist ein Zigarettenetui", sagt er. Ein etwas großes Zigarettenetui, denke ich, nehme es in die Hand, drehe es – und auf einmal fängt es leise an zu ticken. Und auch in meinem Kopf fängt etwas an zu ticken: ich habe so etwas schon einmal gesehen, in einer TV-Antiquitätensendung. „Was soll denn dieses Zigarettenetui kosten?", frage ich. „Zehn Euro!" „Es ist aber sehr dreckig. Ob ich das überhaupt sauber bekomme?" Bei sieben Euro werden wir uns handelseinig. Als ich weit genug weg bin, öffne ich das ‚Zigarettenetui': Es ist ein englischer Reisewecker aus den 1920/1930er Jahren und er geht sogar noch!

Wieder zu Hause; dem alten Wecker rücke ich sofort mit Poliermittel aufs Fell. Unter der graubraunen Patina kommt goldglänzendes Metall zum Vorschein. Ich halte schließlich ein kleines ‚Messingschränkchen' in der Hand, das beim Auseinanderziehen der mit winzigen Griffen versehenen Türen den Blick auf das Ziffernblatt freigibt. Ich ziehe das Uhrwerk auf, es tickt eifrig, geht nur geringfügig nach. Und der Overall passt – na ja, eine kleine Rolle ‚Westerwälder Kummerspeck' muss noch weg.

Die Flohmarkt-Rennerei ist doch etwas in die Beine gegangen, ich schlafe sofort ein. Irgendwann mitten in der Nacht erhebt sich auf einmal ein fürchterliches, schepperndes Getöse, es hört und hört nicht auf. Ich stehe fast senkrecht im Bett. Zum Teufel, wie kann ich es stoppen und was ist das überhaupt? Es dauert eine Weile, bis meine einzelnen Gehirnteile wieder zu gemeinsamer Arbeit fähig sind und einen vernünftigen Gedanken entwickeln: am besten wäre es, die Quelle des Geräusches zu suchen. Ich schleppe mich aus dem Bett, schlurfe dem Lärm nach und stehe schließlich in der Küche vor dem englischen Reisewecker. Dass bei diesem alten Ührchen auch noch der Weckalarm funktioniert – damit habe ich nicht gerechnet. Schlaftrunken taste ich auf der Rückseite der Uhr herum und finde schließlich das Abstellhebelchen. Himmlische Ruhe breitet sich aus.

28. April 2015, Dienstag

Abends ruft mich der Professor an. Der Arme ist noch immer sehr geknickt, berichtet mit tränenerstickter Stimme von den alltäglichen Schwierigkeiten, die die Umstellung auf ein ‚Single-Leben' so mit sich bringt. Dazu immer noch die ständigen Gedanken an seine Frau. Alles im Haus erinnert ihn an sie. Ich muss ihn unbedingt etwas aufheitern, denke ich und erzähle die Geschichte von meinem mitternächtlichen ‚Klingelschreck'. Er lacht! Das erste Mal seit der Einlieferung seiner Frau ins Pflegeheim vor einem halben Jahr, dass ich ihn lachen höre! Er möchte mich unbedingt sehen und lädt mich zu einem Besuch ein.

29. April 2015, Mittwoch

Heute ist der Termin bei André. Wird er mir ‚Abtrünniger' grollen? Nein, offenbar nicht, mit seinem freundlichen Lächeln kommt er auf mich zu. Und ich habe ihn doch vermisst, denke ich im Stillen. Meinen Wunsch nach einer neuen Brille findet er in Ordnung, auch meine Bitte, den Nahbereich vielleicht etwas ‚schärfer zu stellen'. Ich versichere, dass ich ansonsten keinerlei Sehschwierigkeiten mehr habe, keine plötzlichen Doppelbilder oder Verzerrungen. Das mit den gelegentlichen totalen ‚Blackouts' erwähne ich besser nicht, ich glaube, so etwas kommt in seinen Computersimulationen nicht vor. Ob ich mein Schlagzeugtraining fortsetzen würde, fragt André. Ich würde gerne, aber der Weg zu der weit außerhalb gelegenen Privatschule ist ohne Auto auf Dauer doch etwas weit und umständlich. In der nahegelegenen städtischen Musikschule – leider keine Chance: extrem lange Wartezeiten, und Kinder werden bevorzugt. Aber ich versichere nochmals, wie viel Spaß mir das Trommeln gemacht hat, und lade André zum Essen ein. Er hat sich mit mir so viel Mühe gegeben und auch einen ganz tollen Erfolg erzielt – das hat doch eine ‚Belohnung' verdient. Er ist sofort einverstanden und scheint sich zu freuen. Die ‚Terminmodalitäten' dauern etwas länger, schließlich ist André vielbeschäftigter Chef eines gutgehenden Unternehmens. Leider klappt es erst in fünf Wochen, wir bedauern beide.

1. Mai 2015, Freitag

Wehmütige Gefühle: Vor zwei Jahren, die romantische Mainacht mit Felix. Und – ich glaube es nicht – auch er hat sie nicht vergessen, schickt mir eine liebe SMS. Warum verdammt nochmal, schlägt mein Herz immer noch schneller?

2. Mai 2015, Samstag

Wieder ein anderer Flohmarkt, diesmal im Norden der Stadt. Der Platz ist ziemlich groß und bei dem sonnigen Wetter auch gut gefüllt. Ich bummele durch die Reihen der angebotenen Waren, fixiere Interessantes – aber verflixt: Jedes Mal wenn ich meinen Blick von der einen Warenauslage abwende, um zum nächsten Stand zu schlendern, habe ich das Gefühl, völlig schräg zu gehen. Oder gehen die anderen Flohmarktbesucher schräg? Zum Teufel, was ist jetzt schon wieder los?

Nicht in Panik geraten, versuche ganz ruhig, die Situation zu analysieren, sage ich zu mir selbst. Irgendetwas ist bei diesem Flohmarkt anders, aber was? Es sind doch ganz normale Flohmarktstände mit dem üblichen Krimskrams. Und dann wird es mir klar: Der Flohmarkt ist ziemlich ‚ärmlich', der ärmlichste, den ich je gesehen habe, na ja, das Stadtviertel ist ja auch alles andere als vornehm. Der ‚Verkaufstisch' ist hier in den meisten Fällen eine einfache, auf dem Boden ausgebreitete Plane. Ich habe also die ganze Zeit auf den Boden geblickt – und dabei unbeabsichtigt durch den Nahbereich meiner Gleitsicht-Brillengläser! Der Versuch, das Bild trotzdem scharf zu stellen, hat meine Augen wahrscheinlich überanstrengt und die zuständigen Synapsen zum Glühen gebracht. Es gab wieder einmal eine Fehlzündung. Also gut, Lektion gelernt: Ich muss mich hier eben beim Fixieren der Waren etwas vorbeugen. Aber so ganz sachlich, ohne Panik, einem beunruhigenden Phänomen auf den Grund zu gehen, vor allem erstmals ohne irgendjemand Vertrautes in der Nähe, nur umgeben von fremden Menschen – das ist meine Glanzleistung des Tages!

4. Mai 2015, Montag

Heute Nachmittag ist die Einladung bei Professor Berthold. Ich habe es Felix per SMS mitgeteilt, schließlich ist er ja ein weitläufiger Verwandter. Ich solle mich schick anziehen, schreibt er zurück, vielleicht bekäme ich ja einen Antrag. Aha, er fängt schon wieder an zu ‚kuppeln'. Ob ihm seine eigene Firma nicht ausreicht und er zusätzlich noch eine Partnervermittlung eröffnen will? Und das mit dem schick Anziehen hätte ich sowieso gemacht, auch der Professor ist immer tadellos gekleidet. Die lange Busfahrt – mit welch mulmigen Gefühlen hatte ich sie voriges Jahr immer zurückgelegt, ich wusste ja nie, was mich erwartete, wie die ‚Tagesform' der alten Fürstin war. Dann stehe ich wie damals vor der Villa, steige die vertrauten Stufen hinauf – ist es schon über ein halbes Jahr her, seit ich hier zum letzten Mal stand. Niemand öffnete, ich wusste nicht, was passiert war. Heute steht mein Gastgeber lächelnd in der Tür – er scheint sich von dem schweren Schicksalsschlag inzwischen doch etwas erholt zu haben, stelle ich erleichtert fest.

Gespannt betrete ich das Wohnzimmer: der wunderschöne Blick vom großen Panoramafenster aus auf die gegenüberliegenden Berge – auf einmal ‚ertappe' ich mich dabei, wie ich die herrliche Silhouette betrachte und mich gleichzeitig mit meinem Gastgeber unterhalte. Das ist ja ein für meine Verhältnisse geradezu phänomenaler Fortschritt in Richtung ‚Multitasking'! Ein kurzer stummer Dank an Philipp, denn er hatte auch diese Schwachstelle bei mir entdeckt und ‚bekämpft', indem er ständig Fernsehen und Autoradio, und zwar absichtlich ziemlich laut, laufen ließ.

Natürlich wird die Verstorbene in unserem Gespräch immer noch erwähnt, aber der Professor nimmt auch schon andere Themen auf, erzählt von seiner Familie, dann wieder diskutieren wir über Historisches und Politisches – und trotz der immer noch traurigen Situation etwas Erheiterndes: Die Damenwelt scheint den nunmehrigen Witwer auch schon als ‚Frischfleisch' auf dem Partnermarkt zu betrachten. Einen ersten Annäherungsversuch konnte er, wie er erzählt, mit ‚diplomatischem Geschick' abwenden. Die Zeit vergeht wie im Flug, mit einem aus dem Garten frischgeschnittenen Lilienstrauß werde ich ‚entlassen'. Ihm haben diese Stunden bestimmt gut getan, aber auch mir. Warum soll ich das nicht zugeben? Seit über drei Wochen bin ich ja nun schon wieder ohne niveauvollen Gesprächspartner. Na gut, nicht ganz, da war doch der Termin bei André. Wieder zu Hause rufe ich Felix an, ich hatte ihm einen Bericht versprochen. „Nein, ich bin noch nicht verheiratet“, sage ich. Er lacht. Klingt es enttäuscht oder erleichtert?

8. Mai 2015, Freitag

Nachmittags: schönes Wetter, aber trüber Blick in die TV-Zeitschrift. Nein, diesmal sind nicht meine Augen schuld, sondern das Fernsehprogramm: Das Ende des 2. Weltkrieges hat heute 70-jähriges ‚Jubiläum‘ – und auf allen Kanälen für eine inflationäre Vermehrung von Kriegsfilmen und -dokumentationen gesorgt. Na, das kann ja ein ‚heiterer‘ Abend werden! Meine Blicke gehen immer häufiger in Richtung Weinvorrat. ‚Ping-ping‘ sagt das Handy. Warum nur stockt mir sofort der Atem? Und der Atem hatte den richtigen ‚Riecher‘: eine SMS von Felix. Er lädt mich in einen Biergarten ein, holt mich am frühen Abend ab! In Windeseile durchforste ich die Wohnung: hier noch etwas aufräumen, dort noch einmal mit dem Staubsauger drüber gehen. Dann wieder die weibliche Standard-Frage: Was ziehe ich an?

Felix stürmt die Treppe hinauf, wie immer zwei Stufen auf einmal. Sein liebes Gesicht, er strahlt mich an: „Hier kommt der Schornsteinfeger.“ (Die Heizungsüberprüfung ist nächste Woche und der Hinweiszettel hängt schon unten an der Haustür). „Du hast ja überhaupt keine Leiter dabei, wie willst du mir denn dann aufs Dach steigen?“, antworte ich. Dann zeige ich Felix die mit den Flohmarkt-Schätzchen dekorierte Wohnung, er betrachtet alles ausgesprochen wohlwollend.

Es geht los, seit Monaten hält mir wieder einmal ein Kavalier alter Schule die Autotür auf – wie ich das genieße.

Der Biergarten entpuppt sich als das Gartenrestaurant auf der Insel Grafenwerth, in dem wir im Spätsommer vor zwei Jahren schon einmal waren. Ob Felix sich überhaupt noch daran erinnert – bei seinem von der Oma diagnostizierten Frauenverschleiß? Aber ich erinnere mich noch gut – an die schrecklichen Kopfschmerzen, an meine verzweifelten Versuche, mir nichts anmerken zu lassen. Da ist wieder die Silhouette aus Wasserfläche, altem Museums-Fischkutter, buschbestandenen Ufern und Siebengebirgspanorama im Abendlicht, die mich damals in ihren knallig-bunten Farben und den unscharfen, wabernden Umrissen so an die berühmten Bilder des englischen Landschaftsmalers William Turner erinnert hatte. Heute ist alles schärfer, ruhiger, von ‚kälterer', aber natürlicherer Farbe – und auch kleiner, nicht mehr so auseinandergezerrt. So ‚nüchtern' und ‚normal' sieht die Welt wohl in Wirklichkeit aus. Soll ich mich freuen oder es bedauern?

Wir steuern den Biergarten an. Ich sehe das Gasthaus schon von weitem und übersehe eine flache Stufe. Felix warnt mich gerade noch rechtzeitig und stützt meinen Arm. Wieder habe ich Philipps Stimme im Ohr: ‚Zum Ausgleich für die gelegentlichen Seh-Blackouts musst du lernen, vor allem in der Nähe schnell zu fixieren' – leichter gesagt als getan.

Romantik pur; um unseren Tisch herum blühende Kastanien, gegenüber die Insel Nonnenwerth und am anderen Ufer der Rolandsbogen, schmerzvernebelt hatte ich ihn beim letzten Mal überhaupt nicht gesehen. Während des Essens sprechen wir über Philipps plötzliche schwere Erkrankung. „Du hast mich vor zwei Jahren auch nicht im Stich gelassen, obwohl du angesichts unserer damals erst so kurzen Bekanntschaft zu nichts verpflichtet gewesen wärst. Jetzt war ich in der gleichen Situation: jemand, den ich gerade erst kennengelernt hatte, wurde krank. Ich habe einfach nur das Gute weitergegeben, was du damals für mich getan hast", sage ich. In Felix' Gesicht zeichnet sich tiefe Betroffenheit und Rührung ab.

In Felix' Haus wollen wir noch einen Absacker trinken. Während der Fahrt bin ich wieder ganz in meine Fixierübungen versunken: nah – fern – kleine Veränderungen erkennen. Als wir der tiefstehenden Abendsonne entgegen über die Rheinbrücke fahren, sehe ich am Horizont ein kurzes dickes Stück Regenbogen. Ich zeige es Felix. Er macht einen neuen Vorstoß in Richtung Führerschein: „Es gibt doch inzwischen Autos mit Einparkassistent, die erledigen das Einparken von ganz alleine." Ich bräuchte vor allem einen Assistenten gegen unvorhersehbare Seh-Blackouts. Wahrscheinlich ist jetzt meine allerletzte Chance eines Eintritts in Felix' vornehme Gesellschaft entschwunden.

Felix öffnet eine Flasche Wein, während ich meine Westerwälder Erlebnisse und ‚Abenteuer' erzähle. „Das ist ja eine richtige ‚Soap'", meint er – genau, die ‚Westerwald-Soap'.

Ich bekomme langsam Mut, der Wein wirkt. Wie ist das mit den vielen Frauen, hat die Oma etwa recht? „Das ist ja schon fast Rufschädigung“, sagt Felix halb ärgerlich, halb lachend. Ich werde melancholisch, wohl die nächste Stufe des Schwipses: „Im Juli habe ich ja die MRT-Untersuchung. Wenn der Krebs wieder da ist, mag ich nicht mehr, dann spende ich Philipp mein Herz – Blutgruppe und Rhesusfaktor sind bei uns gleich, das haben wir schon festgestellt.“ Felix ist gerührt: „Geht das denn überhaupt, dass man einem Mann das Herz einer Frau übertragen kann?“, fragt er. Ich glaube, es geht.

9. Mai 2015, Samstag

Frühstück im neuen schönen Wintergarten – Felix hat ihn wie auch sein neues Büro im Haus selbst entworfen. Er freut sich wieder sehr über mein Lob. Sein räumliches Vorstellungsvermögen – ach, wenn ich nur einen Bruchteil davon hätte. Meine Scheiß-Augen! Aber das sage ich natürlich nicht laut; Felix mit seinen exzellenten Umgangsformen. Morgendliche Zeitungslektüre, wir diskutieren über politische Themen – wie früher. Mir ist, als ob die Zeit stehengeblieben wäre. Und der Gute, er hat sogar wieder an das ‚übliche‘ Geschenk für mich gedacht: eine Flasche original-italienischer Limoncello, mein ‚Lieblingsgetränk‘. Dann, er lässt es sich nicht nehmen, mich mit dem Wagen zur U-Bahn zu bringen, obwohl ich ihm versichere, dass meine ‚Führerscheinlosigkeit‘ mein Problem ist und ich mich eben auch in Zukunft per Bus und Bahn durchschlagen werde.

Ich sitze wieder in der U-Bahn, meine ‚Schicksalsstrecke‘. Ich starre auf die Bäume am Rand des Gleisbettes. Gleich müsste er kommen, der Baum mit der herzförmigen Narbe. Da ist er schon, aber er will sein ‚Herz‘ nicht so recht zeigen: Frühjahrs-Grünausschläge bedecken den Stamm.

10. Mai 2015, Sonntag

Wieder der ‚vornehme‘ südliche Flohmarkt – die Ankündigungsplakate hatte ich am Freitag während der Fahrt mit Felix zu seinem Haus entdeckt. Das

Wetter ist schön – also nichts wie hin. Und gleich am ersten Stand fällt mir etwas auf: zwei schwere, gusseiserne Gebilde. „Waffeleisen“, sagt die Verkäuferin, die sie aus einer Haushaltsauflösung übernommen hat und jetzt zu Geld machen will. Aber Philipp war ein guter Lehrmeister, ich sehe sofort: es handelt sich um zwei so genannte ‚Ladenmännchen‘, das sind gusseiserne, oft kunstvoll gestaltete Vorrichtungen, mit denen bei ganz alten Häusern die Fensterläden festgestellt wurden. Nicht mehr viele von ihnen haben sich erhalten, die meisten verschwanden beim Abbruch der Häuser – und diese beiden Exemplare sind besonders reich verziert, mit Rocaillen und Engelsköpfen. 20 Euro möchte die schon etwas ältere Frau für die ‚Waffeleisen‘ haben. „Sie sind aber ziemlich verrostet. So kann man keine Waffeln darin backen, und ich weiß ja nicht, ob ich den Rost überhaupt abbekomme.“, sage ich. Der Preis fällt auf 15 Euro. Ich könnte jetzt zahlen, die beiden Kostbarkeiten mitnehmen und hätte bestimmt ein tolles Schnäppchen gemacht, aber mich reitet der ‚Spielteufel‘: Die ‚rostigen Waffeleisen‘ werden keinen anderen Käufer finden, weiß ich auf einmal. „Ich überlege es mir“, sage ich höflich – verärgern will ich die Verkäuferin ja auch nicht – und gehe weiter.

Entspannt schlendere ich eine Weile herum, das übliche visuelle Chaos bleibt aus, dann ist die Frau mit den ‚Ladenmännchen‘ fällig. Wie ich vorausgesehen hatte: Die ‚rostigen Waffeleisen‘ sind noch da und die Verkäuferin ist mürbe geworden. Bei sieben Euro werden wir handelseinig. Ich werde die Ladenmännchen Philipp schenken, nehme ich mir vor. Er suchte so etwas, das weiß ich, und er hat viel für mich getan.

14. Mai 2015, Donnerstag, Christi Himmelfahrt

Ein toller Erfolg, zumindest für mich – heute ist es mir zum ersten Mal gelungen, das ganz schwere Tageszeitungs-Sudoku zu lösen. Wenn ich so an meine Sudoku-Anfänge denke …

16. Mai 2015, Samstag

Wieder der riesige Flohmarkt im Freizeitpark am Rhein, ich bin auch wieder da. An einem Stand wird ein großes Sudoku-Spielbrett angeboten, auf welchem man sich seine Sudokus mit Spielsteinen nach Vorlage selbst gestalten kann. Ich sehe es, präge es mir genau ein – und reagiere einfach nicht! Erst einige Zeit später – und viele Meter weiter – kommt mir der Gedanke, das wäre doch genau das richtige für mich gewesen! Aber wo war jetzt gleich der Stand? Ich finde das Sudokubrett einfach nicht wieder.

Bei Umherlaufen komme ich an unendlich vielen typischen Flohmarkt-Wühlkisten unter den Verkaufstischen vorbei. Eine zieht aus mir unerfindlichen Gründen meinen Blick magisch an. Ich wühle ein wenig in ihr herum, ein kleines Holzbrettchen fällt mir in die Hand. Nanu, das ist doch … Ich frage nach dem Preis, es sei ja auch schon etwas abgeschabt: „Ein Euro", sagt der Händler flüchtig, er ist mit einem anderen Kunden in Verkaufsverhandlungen über ein größeres Objekt verwickelt. Diesmal feilsche ich nicht, sondern zahle sofort und gehe unauffällig weiter. Als ich außer Sichtweite des Standes bin, lege ich an Tempo zu, laufe fast. Nichts wie nach Hause, ehe mich die Polizei sucht. Beim Warten auf den Bus kann ich nicht widerstehen, ziehe das abgewetzte Holzbrettchen heraus und betrachte es. Es ist, was ich sofort vermutet hatte: eine uralte Rechenmaschine!

19. Mai 2015, Dienstag

Ich habe mich inzwischen getraut, Felix um mein ‚Schicksalbild' zu bitten, das Bild, vor dem damals, 2013, für mich die Welt ‚entgleiste'. Er war sofort einverstanden und hat mich heute zu sich eingeladen. Ich erkenne es sofort wieder. Jetzt wird es bald mir gehören. Und – zum ersten Mal sehe ich es ‚richtig': Aus Dalís ‚zerfließender Zeit' ist ein schönes Aquarell ‚geworden', bewaldete Bergrücken sind dargestellt, davor ein kleiner Ort mit alten Festungsanlagen – das hatte ich damals überhaupt nicht bemerkt. Kunstkenner Felix sieht mich erwartungsvoll an, irgendetwas muss ich jetzt sagen. „Ein tolles Aquarell; Aquarelle sind ja die künstlerisch wertvollsten Bilder: Bei ihnen muss jeder Pinselstrich gekonnt sitzen, während man Öl- oder Acrylfarbe notfalls übermalen kann", sage ich. Felix nickt zufrieden. Im großzügigen Geschenk sind noch einige Runden im Swimmingpool und ein Abendessen, vom Chef persönlich kreiert, inbegriffen. Es wird richtig lustig: Nachdem ja nun leider aus mir und dem Professor nichts geworden ist, hat Felix schon einen anderen ‚Bräutigam' für mich in Aussicht: den Sohn der Nachbarin des Professors. Der neue ‚Zukünftige' ist zur Abwechslung 20 Jahre jünger als ich – in Felix' Augen absolut kein Hindernis. Ich glaube, für sein neues Firmenprojekt, das Partnervermittlungsinstitut, muss er noch viel üben. Felix nimmt die ‚Enttäuschung' sportlich und bringt das Bild und mich persönlich bis in meine Wohnung.

2. Juni 2015, Dienstag

Meine Essenseinladung an André – heute Mittag ist es endlich soweit. Ich freue mich richtig, meinen lieben ‚Ex-Sehtrainer' wiederzusehen, ich glaube, er sich auch auf mich. Wir treffen uns in seinem Geschäft und gehen in ein nahe gelegenes Restaurant – die Mittagspause des vielbeschäftigten André ist leider nicht sehr großzügig bemessen. Ich berichte von meinen zwischenzeitlichen ‚Erlebnissen', spiele die gelegentlichen visuellen ‚Totalausfälle' zu ‚kleinen Missgeschicken' herunter. Er scheint herausgehört zu haben, dass mich das trotzdem etwas deprimiert, denn er sagt: „Das wird mit der Zeit von alleine besser." Genau in diesem Moment ‚entschwindet' die Gabel meiner visuellen Wahrnehmung, ich greife daneben und sie fällt zu Boden. Aber zumindest mein Selbstbewusstsein hat eindeutig erkennbare Fortschritte gemacht. Ich gehe zur Bedienungstheke und bitte höflich um eine neue Gabel. André verliert kein Wort, bleibt freundlich – was er wohl denkt?

11. Juni 2015, Donnerstag

Sagenhafte fast 30° – wehmütige Erinnerung: An solch warmen Tagen hatte mich Felix immer zu einigen Runden in seinem Swimmingpool eingeladen, damals, in dem schönen Sommer vor zwei Jahren. Und, ich fasse es nicht, die ‚Schwimm-Connection' funktioniert immer noch!

13. Juni 2015, Samstag

Geburtstag meiner ehemaligen ‚Einkaufsbegleiterin' Emmi, der jetzt 95ste. Da möchte ich sie noch einmal besuchen. Ihr Zimmer – immer noch der gleiche, kahle, mit zwei einfachen Stühlen möblierte Raum wie vor fast einem halben Jahr. Die alte Dame sitzt auf einem der beiden ‚Küchenstühle' und ist ganz in die Betrachtung des Tisches versunken, auf dem sich erstaunlicherweise einige Glückwunschkarten und sogar ein Geschenk befinden. Diese Veränderung kann sie wohl nicht so recht einordnen. Mich kann sie inzwischen auch nicht mehr einordnen, das sehe ich ihr an, aber sie begrüßt mich höflich. Die Gratulationskarten stammen von einigen Betreuern und Betreuerinnen der Pflegestation, der Heimleitung – und sogar ein Schreiben des Bezirksbürgermeisters. Letzteres lese ich Emmi vor, erkläre ihr das mit dem 95. Geburtstag und für einen Augenblick kommt ein winziges Restchen Einsichtsfähigkeit zurück. Sie scheint es zu verstehen und sich über die ‚hohe Ehre' zu freuen. Dann betrachtet sie mich – und auch bezüglich meiner Person scheint sich in ihrem armen Gehirn etwas zu tun, sie grübelt ersichtlich – leider wohl ohne klares Ergebnis, denn sie wird immer unruhiger, ihr Gesicht verzerrt sich. Ich glaube, es ist besser, wenn ich mich jetzt zurückziehe. Es wird wahrscheinlich das letzte Mal sein, dass ich sie sehe. Heimfahrt in trauriger Stimmung. Wie wird wohl mein Ende aussehen? Mein letzter Geburtstag? Auf einem Küchenstuhl?

27. Juni 2015, Samstag

Felix möchte morgen einen kleinen Ausflug in die schöne Eifelstadt Monschau mit mir machen. Ach, wie freue ich mich. Kleine Orte, Felder, Wiesen, Baumgruppen, hinter denen die Dächer alter Gutshöfe hervor lugen – ich nutze die Gelegenheit und übe das Nah- und Fernfixieren während der Fahrt. Felix guckt erstaunt, ich erkläre es ihm. Als wir durch die Straßen eines Städtchens fahren, sagt er gutmütig-ironisch: „Das ist ein Haus, das dort ein Balkon, das eine Satellitenschüssel." Wir müssen beide lachen.

Im Stadtzentrum, am Ufer der Rur ein größerer Platz mit mehreren Restaurants. Wir wollen zunächst zu Mittag essen. Uns gegenüber, am anderen Ufer des Flüsschens, eine besonders malerische Zeile alter Häuser. Manche Fassaden ragen sogar, von Balken gestützt, über das Wasser, einige restauriert, andere im Zustand malerischen Verfalls. Nach dem Essen stehen wir Hand in Hand auf einer romantischen Bogenbrücke und blicken in die glasklaren Wellen, die sich den Weg durch viele kleinere und größere Geröllbrocken bahnen – Zeugen dafür, dass das Flüsschen nicht immer so zahm ist. Ein besonders großer Stein in der Flussmitte zieht unwillkürlich meinen Blick an, fast schon ein Fels. Wie mag er dorthin gekommen sein? Da bewegt sich doch etwas. Auf dem graubraunen Stein sitzt ein Vogel – eine Wasseramsel, sagt die unausrottbare Biologin in mir sofort. Trotz der ebenfalls graubraunen Tarnfärbung der Rückenfedern kann ich das Tierchen ganz deutlich sehen, es dreht und wendet sich, manchmal blitzt das hellere Brustgefieder hervor. Ich mache Felix darauf aufmerksam, er sieht nichts. Ich versuche, den Standort des Vogels zu beschreiben. Umsonst. Das gibt es doch nicht, jetzt kann ich schon besser sehen als der ‚scharfäugige' Felix.

Wir erkunden den historischen Stadtkern – das heißt ich erkunde, Felix kennt ihn schon. Dann geht es weiter, Felix will mir den Rursee zeigen, den größten der Nordeifel-Stauseen, und anschließend Stadt und Burg Nideggen. Ich stehe in der wohl größten Burgruine meines bisherigen Lebens. Allein das, was vom Rittersaal übrig geblieben ist – fast so groß wie eine Fußballarena. Und die Stümpfe der Säulen, die einst das Dach trugen – riesig. Heimfahrt durch den nun strahlenden Sonnenschein des Spätnachmittags, ich grübele. Warum wollte Felix mir ausgerechnet dieses Burg zeigen? Ich hatte ihm ja von meiner Fahrt mit Philipp zur Marksburg erzählt, von der Burgbesichtigung geschwärmt. Ob er mir beweisen wollte, dass er mir die ‚bessere' Burg bieten kann? Etwa ein Anflug von Eifersucht? Aber wahr ist es schon, in Burg Nideggen passt die Marksburg mindestens zwei Mal hinein – diesen ‚Wettstreit' hat Felix eindeutig gewonnen.

3. Juli 2015, Freitag

Nur wenige schöne Sonnentage – bereits heute ist es unerträglich heiß und schwül. Wochenendeinkäufe, ich gehe – nein, schleppe mich – zum nahen Supermarkt. Ping-ping – das Handy reißt mich aus den Gedanken: Felix! Er lädt mich für abends zu sich ein – seine telepathischen Fähigkeiten hat er immer noch nicht verloren, gerade waren meine Gedanken in Richtung seines Swimmingpools gewandert.

Im Laufe des Nachmittags wird der Himmel immer dunstiger, von Westen nähert sich schnell eine dunkle Wolkenwand. Auf einmal fangen die Bäume der Umgebung an ihre Kronen eigenartig zu drehen. So etwas habe ich noch nie gesehen, fasziniert betrachte ich das Schauspiel – und dort hinten scheint sich ein Baum zu spalten, fast die Hälfte seiner Krone stürzt zu Boden. So schnell wie der Spuk gekommen war, ist er auch schon vorbei, es folgt ein kurzer, heftiger Regenschauer, dann zieht die Wolkenwand nach Osten ab, weiteren Untaten entgegen. Ping-ping – wieder das Handy: ob er mich angesichts des Wetters lieber abholen solle, fragt Felix. Hier ist schon alles vorbei, antworte ich. Die unselbstständige Jammergestalt – das möchte ich nie wieder sein. Und meine ‚Selbstständigkeit' wird auch sofort auf die Probe gestellt.

Ich mache mich auf den Weg. Der Weg, das ist ein Hindernisparcours über armdicke Äste und riesige Haufen Zweigwerks. Die Straßenbahn fährt überhaupt nicht, der Bus verspätet. Er hätte mich doch abholen sollen, sagt Felix später besorgt – über Bäume und dicke Äste hätte dein Auto auch nicht fliegen können, antworte ich. Er staunt, außer einem heftigen Regenschauer ist in seinem Stadtviertel nichts passiert. Dann hat in meinem wohl ein Minitornado gewütet. Felix guckt etwas ungläubig. Aber jetzt endlich der Swimmingpool.

Später sitzen wir bei weit geöffneten Türen im Wintergarten. Es ist schon fast dunkel, kleine Lampions verbreiten romantisches Licht, Felix serviert Champagner. In der Ferne schon wieder Wetterleuchten und leises Donnern.

4. Juli 2015, Samstag

Es ist deutlich kühler geworden, dazu trüber Himmel und leichter Regen – Felix lässt es sich nicht nehmen, mich nach Hause zu bringen. Wir nähern uns ‚meinem' Stadtviertel', aber was ist das? Die noch relativ jungen Bäume der Mittelrabatte zwischen den Fahrspuren – jeder zweite oder dritte hat keine Krone mehr! Und die Stammenden sind seltsam verdreht und zerfranst – jetzt muss Felix mir das mit dem Minitornado wohl glauben. Auch meine Straße sieht noch ziemlich wüst aus, der schwere Geländewagen arbeitet sich über die Äste hinweg.

Später, ich überlege – wir sind ja auch an dem Baum mit der ‚Herznarbe' vorbeigekommen, aber ich habe ihn überhaupt nicht gesehen. Ob er womöglich ein Opfer des Tornados geworden ist? Aber er hatte doch einen ziemlich kräftigen Stamm. Ich habe ihn bestimmt nur nicht gesehen, weil ich abgelenkt war, tröste ich mich. Beim nächsten Mal werde ich besser aufpassen.

25. Juli 2015, Samstag

Bad Ems, das berühmte Bad der gekrönten Häupter und sonstiger Prominenter des 19. Jahrhunderts – Felix und ich besuchen es heute. Zur Feier meiner gut überstandenen MRT-Untersuchung wollte ich ihn zum Essen einladen, er hat den Ort ausgesucht. Das Stadtzentrum wird vom riesigen alten Kurhaus und großen Hotels beherrscht, alles im ‚Zuckerbäckerstil' des 19. Jahrhunderts. Wir betreten das Grand Hotel – dort soll wohl das feudale Abendessen stattfinden. Na, hoffentlich reicht mein Geld. Ich sehe mich schon die feudalen Marmorböden schrubben. Felix spricht kurz mit dem Rezeptionisten und erhält einen verschlossenen Umschlag, der wohl schon bereitlag, er bedankt sich. Seltsam!

Wir kehren zum Auto zurück. Bis zum Abendessen ist noch viel Zeit und Felix will einen Abstecher lahnaufwärts machen. Am Ortsausgang von Bad Ems ein unbeschrankter Bahnübergang, kein rotes Warnlicht. Felix fährt also langsam weiter. Wir befinden uns gerade mitten auf den Gleisen, als plötzlich zwei Streckenwärter in neongelben Signalwesten gelaufen kommen, einer mit einem Handy am Ohr – und, ich fasse es nicht, sie sperren jeweils vor und hinter uns den Bahnübergang mit Seilen ab, sperren uns auf den Gleisen ein! Sie müssen uns doch sehen, Felix' schwerer Geländewagen ist doch nun wirklich nicht zu übersehen! Felix tippt sich an den Kopf und ‚überfährt' einfach das vor uns gespannte Seil – wir sind befreit! Wahrscheinlich war das Signallicht kaputt, meint Felix, und ich fange an zu begreifen, wieso immer wieder Autos auf Bahnübergängen vom Zug erfasst werden. Eine Personenbeschreibung der beiden ‚Bahnmitarbeiter des Monats' würde wahrscheinlich der Zensur zum Opfer fallen.

Hoch über dem Lahntal taucht ein gewaltiger Turm auf: der Bergfried von Burg Nassau. Eine steile Gasse führt hinauf zur Burg, Hand in Hand gehen wir in den Burghof. Außer uns ist niemand zu sehen, aber Hinweisschildern zufolge hat hier gestern ein ‚Ritterfest' stattgefunden, in einem riesigen Grill hängen verkohlte Knochen und ein ganzer Schweinekopf, an der Mauer lehnen einige fahnengeschmückte Lanzen. Wir besteigen den riesigen Bergfried, machen dann einen kurzen Rundgang durch das Städtchen Nassau. Außer der Burg hat es noch ein richtiges Schloss zu bieten, leider hinter Schloss und Riegel eines hohen schmiedeeisernen Zaunes, dafür aber mit einem gräflichen Verwalter, wie auf einer Hinweistafel steht – Adelsfanatiker Felix ist entzückt.

Nun aber geht es zurück Richtung Abendessen – und meines so gut wie sicheren Einsatzes als Putzfrau. Das Grand Hotel, Luxus-Aufzug zum Prunk-Speisesaal, dann schöne Fensterplätze – und der gesellschaftserfahrene Felix stellt das mehrgängige Menü mit zwischen uns aufgeteilten Vorspeisen so geschickt zusammen, dass ich es – zumindest soweit ich ‚Zahlenlegasthenikerin' es überblicken kann – ohne Putzeinsatz bezahlen kann. Die Getränke übernimmt wieder der Mann – ich kenne das schon. Das Essen ist feudal, die ersten Jakobsmuscheln meines Lebens. Ich sage das besser nicht laut.

Eine milde Abendsonne scheint – wir kehren Bad Ems den Rücken, fahren zu der romantischen Lahninsel Oberau. Hand in Hand wandern wir ein Stück am Ufer entlang. Dann geht es endgültig Richtung Heimat. An der Lahnmündung ein wunderschöner Blick auf die abendsonnenvergoldete Burg Lahneck. Damals, auf dem Ausflug mit Philipp zur Marksburg, konnte ich sie nicht gut sehen, sage ich, wir fuhren zu nahe vorbei und das Autodach hat die Sicht nach oben versperrt. Felix scheint richtig stolz zu sein, dass er mir etwas ‚Besseres' bieten kann. Männer.

26. Juli 2015, Sonntag

Felix lässt es sich wieder mal nicht nehmen, mich zur U-Bahn-Station zu bringen; dann sitze ich gespannt im Zug. Der Baum mit der ‚Herznarbe', das Symbol meiner Liebe zu Felix – heute muss ich ganz genau aufpassen. Ich starre aus dem Fenster, dass mir fast die Augen weh tun, ich sehe ihn nicht!

Ich kann ihn einfach nicht entdecken – etwa wieder ein Seh-Blackout? Das wird es sein, das muss es einfach sein.

18. August 2015, Dienstag

Philipp hat sich nicht mehr gemeldet. Durch Felix hatte ich ihm Glückwünsche zu seinem Geburtstag im Juli ausrichten lassen, Felix hat das sicher auch gemacht, ich habe ihn in solchen Dingen immer als zuverlässig erlebt – kein Dankeswort, keine Reaktion. Auch von der Oma nichts. Vor noch einem Jahr hätte mich so etwas in einen seelischen Abgrund stürzen lassen – aber diesmal nicht, ich darf mich nicht ablenken lassen, habe ja eine Aufgabe – erstmals in meinem Leben eine richtige, einzigartige Aufgabe, möchte mein Tagebuch fertigstellen, anderen Mut machen, auch in höherem Alter noch Veränderungen zu wagen. Ich scheine mich nicht nur körperlich, sondern auch psychisch wieder völlig erholt zu haben. Ein kleiner, schmerzloser Knoten in der Brust, und zwei Jahre lang ist man krank! Trotzdem, ich muss mal vom Laptop weg, raus, einfach so durch die Geschäfte bummeln. Einen neuen Regenmantel könnte ich auch brauchen – dieser Hinweis kommt vom heutigen Wetter: trüb und kühl. Wieder einmal geht ein Sommer zu Ende.

26. August 2015, Mittwoch

Der Sommer gibt sich noch nicht ganz geschlagen, warmes, herrliches Wetter – und das Schönste: Felix hat mir eine SMS geschickt! Schon vor einiger Zeit hatte er mir noch einen weiteren Ausflug versprochen, das Ziel könne ich mir aussuchen. Ich würde gerne einmal die berühmte Burg Eltz besichtigen, hatte ich vorgeschlagen. Kommendes Wochenende ist es soweit. Bei mir totale Hochstimmung – das muss ich nutzen, denn ich will endlich das Rätsel um den verschwundenen ‚Herzbaum' lösen. Vielleicht hilft mir die Hochstimmung ja über eine eventuelle Enttäuschung hinweg. Also nachmittags eine Bahnfahrt, wieder lauere ich gespannt am Fenster. Ich habe Glück: An der bewussten Stelle fährt die Bahn etwas langsamer. Und ich habe Pech: Zwischen zwei Alleebäumen ist der Abstand doppelt so groß wie zwischen den anderen. Und da, im hellen Sonnenschein eindeutig erkennbar: genau in der Mitte eine flache Kuhle! Hier stand der ‚Herzbaum' – er ist also wirklich dem Mini-Tornado von Anfang Juli zum Opfer gefallen. Ein Schwall sanfter Melancholie, dann gebe ich mir innerlich einen Ruck: Der Baum war schon alt, irgendwann einmal geht alles zu Ende. Aber gerade jetzt scheint meine Beziehung zu Felix wieder zu erstarken, bestimmt kümmert sich der ‚Herzbaum' vom ‚Baumhimmel' herab um mich!

29. August 2015, Samstag

Heute also Burg Eltz. Ein gemütliches Frühstück zu zweit – dann geht es los. Ich fühle mich richtig gut, das Wetter kann nicht besser sein, die knapp eineinhalb Kilometer vom Parkplatz zur Burg schaffe ich zu Fuß. Felix guckt anerkennend. Schließlich stehen wir vor dem Bauwerk, ein Ensemble aus bis zu zehn Stockwerken hohen, aneinandergeklebten Wohntürmen, verschachtelten Erkern. Wir haben Glück, eine Führung beginnt gerade, und wie zum Abschluss meiner diesjährigen Burgentour lerne ich jetzt ein wahres ‚Luxusexemplar' kennen: die meisten Räume mit Kamin versehen, bereits im Mittelalter butzenscheiben-verglaste Fenster, erstaunlich komfortable Toiletten. Die Schatzkammer – das Familiensilber, das berühmte Madonnenbild von Lukas Cranach, und eine Vitrine – aber was ist das? In ihr – ich fasse es nicht – zwei Exemplare meiner uralten Rechenmaschine – hinter alarmgesichertem Panzerglas! Tolle Vorstellung: Rechenmaschine – ein Euro, Hochsicherheitsvitrine dazu – über 1.000 Euro.

Es ist fast Mittag, aber laut Speisekarte hat sich das Burgrestaurant auf Pommes und Wiener Schnitzel spezialisiert. Wir essen woanders, entscheidet Felix. Es geht nun Richtung Mosel, in Kobern-Gondorf gäbe es ein gutes Restaurant, sagt Felix. Es befindet sich in einer Nebenstraße und entpuppt sich als ehemalige Mühle, ein unwahrscheinlich verschachteltes Inneres, Burg Eltz im Kleinen. Ein uriger Gastraum nach dem anderen, tiefe Balkendecken, noch erhaltene frühere Mühlengerätschaften, edel gedeckte Tische mit Kerzen – bei dem schönen Wetter jetzt natürlich leer, für ein abendliches romantisches Dinner zu zweit jedoch geradezu ideal. Das scheint auch Felix zu finden, er beguckt sich alles auffallend genau, fragt sogar bei einem Kellner nach. Ob er etwas plant? Aber heute machen wir es wie die anderen Gäste und nehmen einen Tisch im lauschigen Hof.

Später, Heimfahrt durch die sonnenbeschienene Eifellandschaft, fast noch richtiges Hochsommerfeeling – mir geht plötzlich etwas durch den Kopf. Das gibt es doch nicht, ich hatte den ganzen Tag absolut kein einziges Seh-Blackout! Und die Angst vor Unbekanntem, mit meinen so ‚unzuverlässig' gewordenen Augen nicht zu Bewältigendem, die sich in den letzten gut zwei Jahren geradezu in mich eingefressen hat – weg, völlig weg! Ich habe den ganzen schönen Tag einfach nur genossen. Und der liebe Felix, vielleicht nimmt er das mit meiner Führerscheinlosigkeit nicht mehr so tragisch, jetzt, wo ich bis auf diese Kleinigkeit doch noch ein völlig ‚normaler' Mensch geworden bin. Würde er denn sonst so schöne Ausflüge mit mir machen? Wir sind inzwischen bei meiner Wohnung angekommen, er küsst mich zum Abschied geradezu zärtlich – und das auf offener Straße. Das ist ja fast schon der Ritterschlag für meine Gesellschaftsfähigkeit! Und was mögen jetzt die Nachbarn denken. ‚Sie treibt es immer schamloser', wahrscheinlich.

1. September 2015, Dienstag

Nach einem nächtlichen Gewitter ein Temperatursturz und Nieselregen – es hilft nichts, ich muss einkaufen. Ich stehe an der Bushaltestelle – seltsam, das ungemütliche Wetter macht mir absolut nichts aus, die Wärme vom wunderschönen Wochenende, überhaupt vom ganzen Sommer, dem ersten seit Jahren, den ich wieder richtig gesund erleben durfte, scheint immer noch in mir zu sein. Aus Langeweile sehe ich mich um und entdecke unter den anderen Wartenden ein junges Pärchen. Sie, in einem leichten Sommerkleid, friert sichtlich. Der junge Mann trägt einen dickeren Pullover. Aber wenn er ihn ausziehen und seiner Partnerin geben würde, stünde er wohl selbst im Unterhemd da. Also legt er die Arme um die junge Frau, drückt sie ganz fest an sich und wärmt sie auf diese Weise. Ganz ruhig, in sich versunken, stehen die beiden da. Ich beobachte fasziniert diese rührende Szene. Wieder so ein ‚Seh-Roman'. Und etwas ganz Neues: Ich verspüre den unwiderstehlichen Drang, das Gesehene nicht nur im Kopf festzuhalten, sondern ganz konkret zu Papier zu bringen. Da war doch der Einkaufszettel, die Rückseite ist unbeschriftet – und in meinem Rucksack fliegt für alle Fälle immer ein einfacher Kuli herum.

4. September 2015, Freitag

Seit vorgestern ist Philipp wieder im Lande – aber kein Anruf, nichts. Auch Felix ist über Philipps Verhalten sehr verwundert. Von der Oma habe ich ebenfalls nichts mehr gehört – ob da etwas passiert ist? Sie ist schließlich 84 und körperlich nicht mehr ganz fit. Kurzentschlossen greife ich zum Handy. Sie meldet sich, lebt also noch, Gott sei Dank! „Kannst du dich noch dunkel an mich erinnern", frage ich. Sie kann und springt mir vor Freude fast aus dem Handy entgegen. Mit dem ‚etwas passiert' habe ich nicht so ganz falsch gelegen: Sie war wegen unklarer Beschwerden einige Zeit im Krankenhaus gewesen, „Ganz allein musste ich dann nach meiner Entlassung mit meinem Rollköfferchen zur weit entfernten Bushaltestelle zuckeln. Da hat man nun Familie, aber keiner hat Zeit", schnieft sie. Das ist ja noch schlimmer als wenn man alleine ist, denke ich. Die Gute redet und redet – wer weiß, wie lange sie schon keinen Gesprächspartner mehr hatte. Und im Westerwald hat sich während des Sommers auch einiges ereignet: Philipps Sohn und seine Freundin haben sich getrennt – schade, mir war die junge Frau sehr sympathisch gewesen. Und die Oma wird zum zweiten Mal Uroma, ich gratuliere herzlich. Nach über zwei Stunden zeigen die Akkus unserer Handys erste Ermüdungserscheinungen. „Wir bleiben auf jeden Fall in Kontakt", versprechen wir uns ganz fest.

7. September 2015, Montag

So viele Leinwände in so vielen verschiedenen Größen und Preislagen – etwas verzweifelt stehe ich im führenden Hobbymarkt der Stadt vor der Malabteilung. Das junge Pärchen, mein ‚Seh-Roman' von voriger Woche, hat mich nicht mehr losgelassen. Ich habe die Skizze etwas überarbeitet und dann beschlossen, mich mal in das Abenteuer ‚Malerei' zu stürzen. Für jemanden, der so etwas noch nie gemacht hat, ist das ein Abenteuer. Aber seit 2 ½ Jahren erlebe ich sowieso ein Abenteuer nach dem anderen. ‚Beschlossen' ist eigentlich nicht das richtige Wort, das war eher wie ein innerer Zwang. Da ist geradezu eine Aufbruchsstimmung in mir. Ich bin wieder völlig gesund, das Leben hat mir sozusagen noch einmal eine zweite Chance gegeben. Und Felix scheint das Gleiche zu tun.

‚Bleib auf dem Boden der Tatsachen! Vielleicht, bestimmt wird nichts draus, du hast doch nicht die geringsten Malkenntnisse!' Das ist die Stimme der Vernunft, sie schiebt mich sanft in Richtung der etwas preiswerteren Leinwände. Pinsel brauche ich auch, o je, gefühlte hunderte Sorten. Die Farbwahl ist etwas einfacher: Ich habe nämlich einen anderen ‚Seh-Roman' nicht vergessen, eines der Gemälde, die ich damals in Italien gesehen hatte, einen liegenden Frauenakt in warmen Braun- und Goldtönen, das Bild hatte eine Aura edler Ruhe ausgestrahlt, mich richtig in seinen Bann gezogen – genau, diese Farben werde ich nehmen!

11. September 2015, Freitag

Die kleine Skizze ist inzwischen vergrößert auf die Leinwand übertragen – und ich gucke etwas fassungslos – zwei Gesichter gucken zurück! Ich glaube, daran muss ich mich noch gewöhnen. Hier wäre noch etwas zu verbessern, dort vielleicht auch. Ich bin wie im Rausch, kann überhaupt nicht mehr aufhören. Dabei hatte ich mir für morgen schon einen Besuch der Therme von Bad Hönningen vorgenommen. Malen oder schwimmen, das ist hier die Frage.

12. September 2015, Samstag

Nachmittags: sitze wohlig müde im Zug nach Hause – und erleichtert: Sowohl das Thermalbad als auch ich haben unbeschädigt überlebt! Zuerst wollte ich doch nicht fahren – ungemütliches, kühles Schauerwetter. Die Gesichter auf der Leinwand sagten: Kümmere dich lieber um uns. Aber ich schwimme eben auch gerne. Dann das warme Wasser und die solegesättigte Luft, die meiner Lunge so guttut, schmunzelnde Erinnerung an meine Himmelsrichtungs-Schwierigkeiten. Ist das erst knapp ein Jahr her? Das muss eine andere Monika gewesen sein. Und ein Anflug von Melancholie: Damals zu zweit oder zu dritt – jetzt niemand, mit dem ich mich unterhalten kann. Aber das wird bestimmt nicht so bleiben, das mit Felix ist diesmal endgültig auf einem guten Weg, jetzt, wo ich völlig gesund bin!

18. September 2015, Freitag

Bin immer noch versunken in die Malerei; die Skizze ist fertig, jetzt die Farben – ob ich diese Atmosphäre des ‚italienischen' Bildes hinbekomme? Die Tage sind viel zu schnell vergangen, auch heute ist es schon wieder Abend – ein Anruf reißt mich aus den Gedanken: die Oma! Übermorgen ist in Koblenz der so genannte Schängelmarkt, das allherbstliche Altstadtfest, sie besucht es jedes Jahr – und diesmal würde sie mich gerne mitnehmen. Die Oma kennt mein manchmal immer noch wackliges Sehvermögen, hatte genau beobachtet, wie sehr ich auf Philipps ‚Schutz' angewiesen war. Und, wie rührend, sie versucht jetzt, Philipp zu ersetzen, mir quasi seinen Schutz zu bieten: Sie hat die gesamte Fahrtroute ausgeknobelt, gibt mir Abfahrtszeiten, Busnummer, eine genaue Beschreibung des Bahnhofs von Neuwied und der Haltestelle des Anschlussbusses. Ein beruhigend narren- bzw. ‚sehbehinderten'-sicheres System. Um das ins Wanken zu bringen, bräuchte es schon ein besonders großes Seh-Blackout.

20. September 2015, Sonntag

Nein, es braucht bloß die Deutsche Bahn. Pünktlich zur von der Oma berechneten Zeit stehe ich auf dem Bahnsteig – und starre entsetzt auf die Zug-Anzeigentafel: zehn Minuten Verspätung! Damit ist Omas narrensicherer Plan gescheitert, ich werde in Neuwied den Anschlussbus nicht mehr bekommen, der nächste fährt erst wieder in zwei Stunden, dann lohnt sich die Fahrt nach Koblenz überhaupt nicht mehr. Das Handy hatte ich sicherheitshalber mitgenommen, ich rufe die Oma an: Falls ich den Bus verpasse, soll sie nicht meinetwegen auf einen schönen Nachmittag in Koblenz verzichten, sondern allein fahren. Vielleicht klappt es ja doch noch, hofft die Oma.

Immerhin, die zehn Minuten später hält der Zug genau ein – und er fährt ziemlich schnell. Als wir uns Neuwied nähern, ist laut den Anzeigetafeln der Zwischenstationen die Verspätung auf fünf Minuten geschrumpft. Ob das reicht? Einfahrt in Neuwied – schon vom Zugfenster aus sehe ich den Bus abfahrtbereit an der Haltestelle stehen. Ich springe aus dem Zug, renne um mein Leben. Der Bus startet, ich winke verzweifelt – und, o Wunder, der Fahrer sieht mich und hält noch einmal. Gerettet! Wie verabredet steigt die Oma an der nächsten Haltestelle zu, strahlt erleichtert über das ganze Gesicht, als sie mich sieht, ich kann gerade wieder einigermaßen normal sprechen. Das war dann wohl der Härtetest für meine wiedererlangte Gesundheit – und ich habe ihn bestanden!

Die Koblenzer Altstadt: Oma ist jetzt mein ‚Blindenhund', so wie es Philipp fast drei Monate lang war. Wir erreichen einen großen Platz. An seiner Stirnseite ist eine Bühne aufgebaut, eine Band gibt in ohrenbetäubender Lautstärke ein Medley bekannter Hits zum Besten. Obwohl es recht kühl ist, stehen vor allen Restaurants und Cafés Tische und Stühle, fast alles ist besetzt. Halt, da geht jemand, wir stürzen uns geradezu auf die freien Plätze.

Die Oma erzählt, ich wundere mich unterdessen, dass ich inmitten dieser Menschenmassen weder ein Seh-Blackout noch auch nur das kleinste bisschen Panik habe. ‚Felix' höre ich auf einmal, und ich schalte meine Ohren wieder auf Empfang – gerade noch rechtzeitig, um zu hören, dass die Oma mich vor ihm warnt, wirklich warnt: „Er lässt sich immer von gewissen Agenturen Kataloge mit Frauenangeboten schicken, er hat da so spezielle Vorlieben." Gut, dass in diesem Augenblick die Band auf der Bühne zu einem krachend lauten Rocksong ansetzt. Das Problem ‚Antwort' hat sich damit erledigt.

Allmählich wird uns etwas kalt, wir reihen uns wieder in den Menschenstrom ein und gehen weiter. Es geht durch schmale Gassen, vorbei an historischen Häusern. Ich kann sogar einige Renaissance-Giebel entdecken. Torbögen führen durch begehbare, wunderschön gestaltete und begrünte Hinterhöfe zur nächsten Gasse. In dieser malerischen Umgebung müsste man wohnen können, aber wahrscheinlich unbezahlbar, seufze ich – und bestimmt auch ohne Aufzug, sagt die praktische Oma mit skeptischem Blick auf die erstaunlich zahlreichen Stockwerke der alten Häuser. Eine weitere Spezialität des Altstadtviertels sind Brunnen. Die meist gusseisernen Brunnenskulpturen stellen oft Szenen aus dem früheren Alltagsleben der einfachen Leute dar. Besonders häufig tauchen halbwüchsige Jungen auf, eben die so genannten ‚Schängel', das hiesige Dialektwort für Lausebengel.

Wieder im Zug, ich sehe aus dem Fenster in die leicht dämmrig werdende Landschaft. Ein wohliges Hochgefühl breitet sich in mir aus. Was wird Felix sagen, wenn ich ihm von meinen heutigen Erlebnissen erzähle? Aber da ist die Sache mit den Frauenkatalogen und den ‚speziellen Vorlieben'. Ach, die Oma guckt wahrscheinlich zu viele TV-Soaps – oder verfolgt sie immer noch Pläne mit mir und Philipp?

23. September 2015, Mittwoch

Felix holt mich abends ab. Über meinen Koblenz-Ausflug staunt er und noch mehr über das halbfertige Bild. „Das musst du unbedingt weitermachen", sagt er. Als Hilfe für mich malerisch noch so ungeübtes Wesen hatte ich zum Vergrößern der Skizze ein Kästchengitter angelegt, das gebe ich ganz offen zu. Viele große Maler haben das auch gemacht, tröstet mich Felix. Wie rührend, er muss es ja wissen, hat schließlich auch Kunstgeschichte studiert. Sein Zuspruch gibt mir Mut.

28. September 2015, Montag

Mein erstes Bild ist fertig! Und ich habe schon Pläne für ein neues, Felix' ermutigende Worte haben mich geradezu beflügelt. Diese Aufbruchsstimmung! Eine spannende, positive Zukunft wartet. Endlich, endlich werde auch ich einmal Glück haben.

3. Oktober 2015, Samstag (Wiedervereinigungstag)

Ein weiterer Schwimm-Ausflug nach Bad Hönningen, ich stehe auf dem Hönninger Bahnhof, die fahrplanmäßige Ankunft des Rückzuges in wenigen Minuten ist bereits angezeigt. Entspannt blicke ich so vor mich hin, auf die sonnenbeschienenen Schottersteine im Gleisbett – aber was ist das? Der eine Stein, er sieht seltsam aus. Schnelle Blicke nach links und rechts, kein Zug in Sicht – und schon bin ich ins Gleisbett gesprungen und hole den Stein heraus. Die wenigen Mitwartenden gucken komisch, und auf einmal wird mir bewusst, dass man mir das auch als Selbstmordabsicht hätte auslegen können. Später, im Zug – ich öffne die Hand, mit der ich den Stein bis jetzt umklammert halte. Es ist tatsächlich eine Versteinerung, der Abdruck eines kleinen Seesterns!

5. Oktober 2015, Montag

Ich hatte Felix über die Fertigstellung des Bildes informiert. Sein lieber Zuspruch – das war ich ihm einfach schuldig. Und nun lädt er mich für heute Abend wieder zu sich ein, kommt mich sogar abholen. Das mit meiner Malerei scheint ihn zu interessieren. Mein Erstlingswerk hängt schon an der Wand, er betrachtet es aufmerksam, es gefällt ihm offensichtlich. Nur die Farben, warme Braun- und Goldtöne, wie auf dem ‚italienischen' Gemälde, findet er etwas zu gedämpft. Auch die Versteinerung bestaunt er, ihre ‚Beschaffung' allerdings scheint ihn zu beunruhigen. „Sei bloß vorsichtig", mahnt er. Wenn die Oma recht hat, könnte er sich ja aus dem Katalog sofort eine neue Frau bestellen.

Wunderschöne Stunden – und von seiner Geschäftsreise wenige Tage zuvor hat Felix mir sogar wieder meinen geliebten Limoncello mitgebracht. Ach, wenn ich den Comer See noch einmal wiedersehen könnte, und diesmal, zum ersten Mal, als völlig gesunder Mensch, seufze ich.

7. Oktober 2015, Mittwoch

Schon seit dem Morgen brüte ich über der Skizze zu einem neuen Gemälde. Trübes, regnerisches Herbstwetter, die Dämmerung kommt früh – auf einmal ping-ping – das Handy: Felix! Und ich traue meinen Augen nicht: „Pack schnell deine Zahnbürste und ein Höschen ein und komm her, wir fahren morgen für einige Tage an den Comer See!“, ist da zu lesen. Einige Sekunden bin ich wie gelähmt. Das kann nur ein Traum sein, gleich werde ich aufwachen. Nein, das ist kein Traum, die Nachricht steht immer noch da. Dann wirbele ich durch die Wohnung. Etwas mehr als Zahnbürste und Höschen brauche ich doch, aber wie ist das Wetter am Comer See um diese Jahreszeit? Im Herbst war ich noch nicht dort. Egal, wird schon schiefgehen. Die Zeitung kann ich jetzt nicht mehr abbestellen, zu spät – das muss ich morgen telefonisch während der Fahrt machen, schnell noch die Abo-Nummer notiert. Gas, Wasser, Licht – alles aus, und schon renne ich zur Straßenbahnhaltestelle. Im regenfeuchten Asphalt spiegeln sich die Lichter. Ob in Italien noch Sommer ist? Zumindest noch ein ganz klein bisschen?

Während der langen Fahrt die üblichen Zweifel: Kommt bei Felix wieder ein anderer Termin dazwischen, war die Vorfreude umsonst? Nein, er begrüßt mich herzlich, leider ein wenig heiser – nur eine kleine Erkältung, sagt er. Und er habe kommenden Mittwoch eine überraschende nochmalige geschäftliche Besprechung in Italien. Weil ihn mein Wunsch, den Comer See noch einmal sehen zu wollen, gerührt habe, hätte er sich bis dahin ein paar Tage frei genommen. In meinem Kopf ganz hinten ein winziges rotes Warnlämpchen: ‚Den Comer See noch einmal sehen‘ – klingt das nicht nach: ‚zum allerletzten Mal‘? Ich knipse das Warnlämpchen sofort aus, der von Felix servierte Prosecco hilft dabei.

8. Oktober 2015, Donnerstag

Viel schneller als ich es in Erinnerung hatte, sind wir da. Was ein einigermaßen wiederhergestellter Körper doch ausmacht. Wieder das kleine romantische Ferienhäuschen vom ersten Mal, der etwas steile Zugang – aber so steil ist er doch nun auch wieder nicht, ich muss damals einfach gesponnen haben. Und waren die Gartenanlagen nicht viel ungepflegter? Das stimmt ausnahmsweise. „Sie haben einen neuen Gärtner“, weiß Felix und freut sich über mein Interesse.

Wir haben die Jahreszeit wirklich etwas zurückgedreht – keine Spur von Herbst. Sonnenschein, spätsommerlich warm – geradezu leichtfüßig folge ich

Felix den Berghang hinauf zum herrlichen Comer-See-Blick. Das erste Mal, dass ich ihn so richtig genießen kann – na, bis auf ein lästiges Kratzen im Hals, das mich seit heute Morgen belästigt. Aber da habe ich schon Schlimmeres überlebt. Die seidige Luft, dazu Felix' Nähe – ich glaube, der Hals tut überhaupt nicht mehr weh.

9. Oktober 2015, Freitag

Ich will Felix ‚guten Morgen' wünschen, es geht nicht so recht: Die Halsschmerzen sind zwar fast weg, dafür bin ich jetzt etwas heiser. Aber nicht schlimm, reden brauche ich im Moment sowieso nicht so viel. ‚Mein' perfekter Hausmann zaubert ein perfektes Frühstück, das Wetter scheint noch wärmer als gestern zu werden. Er habe versprochen, bei der Olivenernte zu helfen, sagt Felix, für mich wäre das sicher zu anstrengend, ich könne ja zusehen. Aber nein, die Jammerlappen-Zeiten von vor zwei Jahren sind endgültig vorbei, ich helfe natürlich mit. Das ist doch auch wieder eine ganz neue Erfahrung. Der Olivenhain ist ziemlich steil, aber ein herrliches Gefühl, inmitten der silbrig beblätterten Olivenbäume, als stünde man in einer Silberwolke. Manche Bäume müssen schon sehr alt sein, die Stämme abenteuerlich verdreht und verknorpelt. Den oberen Ästen rückt Felix mit einer Leiter zu Leibe, ich halte ihn fest. Es wird immer wärmer, fast schon wie im Hochsommer. Die Ernte fällt nicht ganz so üppig aus wie erwartet – „ein Olivenschädling", sagt Felix etwas betrübt. Für mich gibt es eine ‚Belohnung': Ich finde ein leeres, großes Schneckenhaus, völlig intakt, wunderschöne Bernsteinfarbe. Felix staunt.

Später Nachmittag; Felix ist zum Verwalter gegangen, will etwas besprechen. Auf einigen Bäumen hatte ich vorhin doch so richtig große, schöne Zitronen gesehen, ich könnte eine oder zwei pflücken und mir daraus heiße Limonade gegen meine Heiserkeit machen. Gesagt, getan – aber den Zitronen lässt sich nicht das geringste bisschen Saft entlocken. Was habe ich jetzt schon wieder falsch gemacht? Felix kommt zurück, sieht meine verzweifelten Bemühungen und bricht vor Lachen fast zusammen. „Das sind Zier-Zitronen", sagt er, als er wieder Luft bekommt.

10. Oktober 2015, Samstag

Morgens: Die Heiserkeit ist auch ohne heiße Zitronenlimonade fast verschwunden – leider unter Hinterlassung eines gelegentlichen fiesen Hustens. Felix gelingt es, ihn vorübergehend ganz verschwinden zu lassen. Und dann beginnt der erste Teil eines richtigen Sight-Seeing-Programms: „Wir fahren heute nach Portofino", verkündet der liebe Felix. Portofino. Das klingt nach Luxus-Urlaub, nach einem Treffpunkt der Reichen und Schönen. Zunächst geht es Richtung Como, letzte Morgennebel wabern malerisch um die Berge der gegenüberliegenden Seeseite. Einige der kleinen Ortschaften erkenne ich sogar wieder – und da, diese charakteristische Straßenkurve auch. Jetzt kann ich alles erstmals ganz ohne Erschöpfung, ohne Panik, ohne Schmerzen sehen! Immer wieder rufe ich mir das ins Gedächtnis, ermahne mich, es nicht als selbstverständlich hinzunehmen.

Wir durchqueren heute nur die Außenbezirke von Como, dann geht's weiter nach Süden. Die kurvenreiche Straße führt durch tief eingeschnittene Täler. Ich bestaune die Laubbäume – nicht das geringste Anzeichen einer herbstlichen Gelbfärbung. Wieder eine Kurve – und da, zwischen zwei Felsen – das Mittelmeer! Ich sehe zum ersten Mal in meinem Leben das Mittelmeer! Ein neuer Felsen, das Meer verschwindet. Eine größere Lücke zwischen den Felsen, es wird wieder sichtbar. Blau ist es nicht, eher silbriggrau gleißend im Sonnenschein. Noch eine Kurve, es geht abwärts – und jetzt führt die Straße direkt an einer riesigen, gebogenen Landzunge entlang – eine natürliche Meeresbucht, an der sich kleine malerische Städtchen aneinanderreihen. Dann sind wir in Portofino. Die Häuser – eine erstaunliche Farbenpalette, von hellgrün bis zu kräftigen Rottönen ist fast alles vorhanden, blau seltsamerweise nicht, die dunkelgrünen Fensterläden sind fast alle geschlossen. „Vermutlich Ferienwohnungen, die Urlaubssaison ist nun mal fast vorüber", erklärt Felix.

Wir umrunden das Hafenbecken. Neben großen Luxusjachten (aha, doch die Reichen und Schönen) kleine, hölzerne Fischerboote in der traditionellen Bauweise – und diesmal ausgiebig mit leuchtend-hellblauer Farbe verziert. Wir sind fast am Ende der Bucht angelangt, neben der Straße ein steiler, gebüschbewachsener Abhang – und aus dem Grün hängt ein lebensgroßes Nashorn! Die Sache klärt sich sofort: Das Tier ist laut Hinweisschild ein Kunstobjekt und

Teil einer Kunstausstellung. Jetzt sehe ich hier und dort noch andere seltsame Objekte aus dem Grün lugen. Ein steiler Berghang – der bisher eigenartigste Ort für eine Kunstausstellung, den ich je gesehen habe. Na ja, so viele habe ich ja auch noch nicht gesehen.

Einige der Cafés sind noch in Betrieb, in einem essen wir eine Kleinigkeit. Bevor wir wieder zum Auto zurückkehren, möchte ich noch einmal ganz nahe ‚ans Meer', vielleicht sogar etwas ‚hinein'. Ich gehe die breiten Stufen der Hafenbefestigung hinunter, die kleinen Kiesel des schmalen Strandes werden von flachen Wellen überspült, ich stelle vorsichtig meinen Fuß hinein. Ich schaue auf das Wasser und auf einmal sehe ich die zerfallenden Leichen hunderter, tausender Flüchtlinge in genau demselben Wasser liegen, sehe andere, die gerade mit letzter Kraft gegen den Ertrinkungstod kämpfen, auch in diesem Wasser. Ich ziehe den Fuß zurück und steige die Treppe wieder hoch. „Na, zu kalt?", fragt Felix.

Heimfahrt; wir lassen die Berge hinter uns. Die große Ebene, durch die wir auch am Morgen gekommen sind: Im Licht der milden Spätnachmittagssonne sehe ich, dass der Boden mit einer Art Gras bewachsen ist, dazwischen immer wieder Wasserläufe. Irgendwo habe ich dieses Bild schon einmal gesehen, aber auch anders, seltsam. Dann fällt es mir ein: Das sind die Reisfelder der Poebene, und gesehen habe ich sie im berühmten alten italienischen Spielfilm: ‚Bitterer Reis', dort natürlich in Schwarz-weiß. Es Felix sagen? Lieber nicht, das mit dem Reis wird er bestimmt wissen und der Kultfilm – den hat er vielleicht überhaupt noch nicht gesehen, bei seinem bisherigen Workaholicer-Leben. Ich will den Guten auf keinen Fall in Verlegenheit bringen, das hat er nicht verdient.

11. Oktober 2015, Sonntag

Beim Frühstück unterbreitet mir der unermüdliche Felix den zweiten Punkt seines Sight-Seeing-Programms: Es geht wieder in den ligurischen Apennin, diesmal in die so genannten Cinque Terre, fünf weiter südlich gelegene malerische Küstenörtchen, die sich zu einer Touristenregion zusammengeschlossen haben. Im Städtchen Chiavari stellen wir das Auto ab. Die Fahrt mit dem Zug von Ort zu Ort an der Felsküste entlang sei schöner, sagt Felix. Ich lauere gespannt am Abteilfenster. Nach einigen Minuten wird zwischen zwei dramatischen Felsformationen das Mittelmeer sichtbar. Was für ein toller Anblick, nur leider auch sehr kurz: zack, ein Tunnel. Ungeduldig warten wir, dann ist der Tunnel zu Ende, wieder ein herrlicher Ausblick auf eine Meeresbucht, aber: zack, der nächste Tunnel. So eine Gemeinheit – das könnte sich auch Philipp als Schnellfixier-Übung ausgedacht haben! Wieder ein Stück Meer, wieder ein Tunnel – und ich fange an, die Sache zu durchschauen: Felszungen des Küstengebirges ragen ins Meer, bilden Buchten – und die Bahnstrecke fährt abkürzend per Tunnel durch die Bergausläufer hindurch anstatt um sie herum. Felix scheint sehr enttäuscht zu sein, ich natürlich auch etwas, aber andererseits habe ich gerade einen ganz tollen Sehfortschritt gemacht, konnte mich erstmals seit der Augenumschulung wieder in einem großen räumlichen System orientieren, es sogar ‚analysieren' – vielleicht sogar besser als jemals zuvor!

Dann taucht der Zug überhaupt nicht mehr aus den Tunneln auf, sogar der Bahnhof des Cinque-Terre-Örtchens, das wir gerade erreichen, liegt unterirdisch, ein unendlich langer Fußgängertunnel führt hinauf in den Ort. Wände und Decke sind mit modernen Mosaiken aus Kacheln und Marmorsteinen dekoriert, tolle Farbkombinationen, ich ‚ertappe' mich dabei, wie ich versuche, mir die Farben einzuprägen. Die ‚Landseite' des Dörfchens besteht aus einer steil ansteigenden Straße, an den Berghängen zu beiden Seiten ‚stapeln' sich die Häuser in mehreren Schichten übereinander. Kleine Nebengässchen führen durch das Häuserlabyrinth. Wir nehmen eines und steigen hinauf, bis wir ziemlich hoch am Berghang stehen, das Häusergewirr und die felsige Meeresbucht tief unter uns – ein toller Ausblick bis weit aufs Meer hinaus. Seltsam, das Steigen hat mir überhaupt nichts ausgemacht, keine zitternden Knie, nichts.

Zurück in Chiavari. Da, ein antiker Säulentempel – nein, eine Kirche, ich schleppe Felix hinein. „Machen deine anderen Freundinnen so etwas auch?", frage ich zum Spaß. „Nein, sie schleppen mich in Dessous-Läden", antwortet er lachend. In Chiavari scheint eine Art Stadtfest zu sein, die meisten Geschäfte haben offen, Marktstände sind aufgebaut – und da, sogar ein Antikmarkt. Wir drehen eine Runde an den mehr oder weniger antiken Antiquitäten vorbei. „Das wäre etwas für Philipp", sage ich spontan und ohne weiteren Hintergedanken. Seltsam, Felix scheint seinen Schritt zu beschleunigen.

Heimfahrt über die Autostrada: „Könntest du auf die Hinweisschilder achten, damit wir die richtige Ausfahrt nach Como nicht verpassen?“, bittet mich Felix. Selbstverständlich! Ich halte angestrengt nach den Hinweistafeln Ausschau. Da, wieder eine Ausfahrt und eine besonders große Tafel, zwei Spalten Städtenamen. Ich starre auf das Schild – und auf einmal ist die Beschriftung weg, völlig weg! Ich mache die Augen kurz zu und dann wieder auf, die Schrift ist wieder da, das letzte Wort in der zweiten Spalte lautet ‚Como‘. Eine Sekunde zu spät, wir sind schon vorbeigefahren.

Und nun sitzen wir in der Falle, sind ins Netz der ‚Autobahnspinne‘ Mailand gegangen. Felix zeigt auch jetzt wieder wahre Größe, er schimpft nicht, sagt nur: „Es war eben zu schnell.“ Weitere Hinweisschilder, die ich jetzt, wo es passiert ist, auch gut lesen kann – aber keine eindeutige Abfahrtsmöglichkeit mehr, die Spinne Mailand saugt uns regelrecht an, jetzt fahren wir schon durch Vorortstraßen, es wird Abend, der Verkehr dichter, unzählige rote Ampeln. Endlich scheinen wir uns wieder stadtauswärts zu bewegen, die Bebauung zu beiden Seiten der Straße wird spärlicher, aber wir müssen weitere Umwege machen, es ist inzwischen völlig dunkel und dann endlich: das Ortsschild von Como. Das letzte Stück am Comer See entlang – und ein kleiner Trost: Jetzt, bei Nacht, sehe ich erstmals die große, beleuchtete Wasserfontäne im Hafen von Como.

Nachts; ich kann nicht einschlafen. Mein Husten ist etwas schlimmer geworden, vielleicht die Aufregung. Ich versuche, ihn so gut es geht, zu unterdrücken, will Felix nicht aufwecken. Der Ärmste, was hat er wieder einmal meinetwegen klaglos durchgemacht. Meine Gedanken verselbständigen sich. Warum heute wieder dieses Seh-Blackout? Ich war doch mit einem geliebten Menschen zusammen, habe mich ausgesprochen wohl gefühlt, wollte einer freundlichen Bitte nachkommen, kein Zwang, nichts. Den Zwang habe ich mir wahrscheinlich selbst bereitet, weil ich perfekt funktionieren wollte. Aber es gibt doch im Leben immer Situationen, wo man einfach perfekt funktionieren muss, weil es anders nicht geht. Wird mein Sehvermögen dann jedes Mal zusammenbrechen? Jetzt muss ich auch noch Tränen unterdrücken.

12. Oktober 2015, Montag

Heute ist der Lago Maggiore dran. In Stresa nehmen wir das Fährschiff zu den Borromäischen Inseln. Die berühmte Isola Bella kommt in Sicht, sie soll den Maler Arnold Böcklin zu seinem bekannten Bild ‚Die Toteninsel' inspiriert haben. Halb hinter Pflanzen verborgene Terrassen und Arkadengänge, das Marmorweiß von Statuen und Säulen vor dem ernsten Dunkelgrün der Zypressen – doch, das könnte sein. Wir fahren an der Insel vorbei, sie hat schon ‚geschlossen', wie Felix sagt. Unser Ziel ist die Isola Pescatori, sozusagen die ‚Schöne Insel für Arme' – ein Fischerdorf mitten im Wasser.

Um meinen gestrigen Augen-Faux-pas wieder gutzumachen, hatte ich Felix eine Beteiligung an den Benzinkosten angeboten. Benzin sei so etwas Profanes, hatte er erwidert, dann solle ich ihn lieber zum Essen einladen – und das will ich jetzt. Wir finden ein Restaurant mit einem freien Zweiertisch ganz vorne am Wasser, mit tollem Ausblick auf den See. Wenn wir schon auf der ‚Insel der Fischer' sind, möchte ich auch Fisch essen. Felix stellt wieder ein tolles abwechslungsreiches Menü mit geteilten Vorspeisen zusammen – mein Hauptgang ist eine Felchen-Art, die es nur im Lago Maggiore gibt. Ich glaube, der beste Fisch, den ich jemals gegessen habe. Das mit den Gräten – kurze Erinnerung an den Seeteufel vor eineinhalb Jahren. Ich glaube, damals sah das Schlachtfeld wesentlich wüster aus. Es war ja auch ein ‚Teufel'. Felix spendiert noch etwas Wein. Den bezahlt der Mann, ich weiß.

Bis zur Abfahrt der Fähre bummeln wir noch ein wenig umher, dann geht es zurück nach Stresa. Ein letztes Mal grüßt die ‚Schöne Insel', Felix grüßt mit der Handykamera zurück. Auch andere Touristen fotografieren, Felix versteckt schnell sein Gesicht, er möchte wohl nicht aus Versehen mit auf eines der Fotos kommen. Aber er lacht, also bestimmt nur ein Spaß.

Nachmittags sind wir wieder ‚zu Hause', aber ich habe noch eine Bitte: Die Gemälde, die in dem vornehmen Hotel des Nachbarortes ausgestellt waren, die mich damals so in ihren Bann gezogen haben – ob sie noch da sind? Ob das Hotel überhaupt geöffnet hat, die benachbarte Eisdiele? Der liebe Felix setzt sich wieder ans Steuer, wir fahren hin. Das Hotel ist offen und die Bilder haben offenbar auch noch keinen Käufer gefunden. Doch halt, ich kann den goldbraunen Frauenakt nicht mehr finden, ausgerechnet mein Lieblingsbild, schade. Es war ja auch das einzige Gemälde mit einer positiven Ausstrahlung und ist deshalb bestimmt auch als einziges verkauft worden. Da, ein neues Gemälde, ein Mädchenkopf mit zugenähtem Mund. Bei einem großen Becher Eis beschließe, ich, nur Positives zu malen, der Betrachter soll sich wohl fühlen. Das Leben ist schwierig genug.

13. Oktober 2015, Dienstag

Trübes, kühles Wetter, immer wieder leichtes Nieseln. Felix hatte einen Ausflug zum Gardasee in Erwägung gezogen, entscheidet sich jetzt aber für Mailand – ich bin einverstanden. Die fast schon vertraute Fahrt am See entlang nach Como – heute für mich erstmals in herbstlichem Ambiente, Regenschleier verhüllen die Gipfel der gegenüberliegenden Berge. Trotzdem habe ich den Eindruck, die so ‚veränderte' Gegend zu kennen – auch das für mich zum ersten Mal. Da, die vorspringende Bergnase, dort die Bucht und das Dörfchen mit den hoch in den steilen Berghang geklebten Häusern.

Ein Park-and-Ride-Parkplatz bei Como – von hier aus soll es mit dem Zug weitergehen. Der Parkplatz ist riesig und fast voll. „Warte einen Augenblick", sagt Felix, „ich suche nur einen Parkscheinautomaten", und er verschwindet zwischen den geparkten Autos. Ich gehe hin und her, versuche mich warmzuhalten. Felix müsste doch längst wieder zurück sein, so weit ist der nächste Parkscheinautomat doch bestimmt nicht entfernt. Mich fröstelt, ich entferne mich etwas weiter vom Auto, halte Ausschau nach Felix' unübersehbarer Gestalt. Kein Felix! Ich drehe mich um, will zum Auto zurückgehen, aber ich finde es nicht mehr – die langen Autoreihen, alle sehen gleich aus. Nicht nur kein Felix, sondern auch sonst kein einziges menschliches Wesen in Sicht, absolut nichts bewegt sich, nur stehende Autos. Hunderte. Tausende. Da ist er wieder, der eiskalte Klammergriff der Panik, ich bleibe wie gelähmt stehen, unfähig, mich zu rühren, die Masse der Autos scheint zu wabern, sich immer weiter auszudehnen. Der Krankenhausparkplatz – ich liege zwischen den Autos, sterbend.

Wie lange ich so da stehe – Minuten, Stunden? Ich weiß es nicht. Auf einmal, dort, in der Ferne – eine Bewegung. Das ist doch ein Zug, er reißt mich gleichsam aus der Erstarrung. Und er fährt in ein langgestrecktes Gebäude am Ende des Parkplatzes. Das muss der Bahnhof sein. Er zieht mich magisch an, ich setze mich in Bewegung, erst langsam, dann schneller. Als ich den Bahnhof erreicht habe, bin ich auch wieder in der Wirklichkeit angekommen – in einer sehr unschönen Wirklichkeit: Der Zug ist längst wieder abgefahren und in der Wartehalle steht ein schimpfender Felix: „Was treibst du, wo hast du gesteckt? Jetzt müssen wir eine Stunde auf den nächsten Zug warten!" Er war direkt vom Parkscheinautomaten zum Bahnhof gegangen. Sie wird es schon merken und nachkommen, hat er sich gedacht. Jemand ‚Normales' hätte das auch getan, ich ‚Zwischenweltwesen' natürlich nicht. Jetzt ist alles aus, mit so einer komischen Frau wird Felix bestimmt nichts mehr zu tun haben wollen. Hier also endet es, auf einem italienischen Vorortparkplatz. Ich versuche Felix mein seltsames Verhalten zu erklären, er beruhigt sich langsam. Vielleicht hatte er damit gerechnet, dass ich zurückschimpfe, und meine stille Verzweiflung hat ihn wieder etwas versöhnt.

Der um eine Stunde verspätete Ausflug wird dann doch noch schön. Der beeindruckende Mailänder Dom, dann die Innenstadt, die berühmten glasüberdachten Einkaufsgalerien; über Marmormosaik-Böden gehen wir vorbei an der Crème de la Crème der Mode- und Schmuckläden – dagegen ist die Frankfurter Goethestraße ein Arme-Leute-Viertel! Um uns herum trotz des schlechten Wetters zahlreiche Touristen – und auf einmal bekommt Felix Stielaugen: eine asiatisch aussehende Touristin, nicht mehr ganz jung, aber zierliche, tolle Figur. Sie trägt ein knallorangenes Ensemble aus engem Oberteil und Rüschen-Extrem-Minirock, dazu schwarze Netzstrümpfe und in der einen Hand eine volle Sektflasche. Die Flasche schwenkend hüpft sie durch die Menschen. Die bleiben stehen, bilden einen Kreis um sie, sie merkt es, dreht sich nach allen Seiten und fängt an zu tanzen. Fotoapparate werden gezückt, auch Felix hat sein Handy längst bereit.

Noch etwas Bummelei durch die Straßen, dann machen wir uns an die Rückfahrt. Wieder der Parkplatz – komisch, in Felix' Begleitung kommt er mir überhaupt nicht mehr bedrohlich vor, ich erkenne sogar das Bahnhofsgebäude wieder – schon sitzen wir im Auto. Mein ‚Sieg' über das erlittene ‚Trauma' hat mich mutig gemacht. Heute ist ja unser letzter Urlaubstag und ich würde doch so gerne noch einmal George Clooneys ‚Orgienzentrale' sehen. Obwohl – das mit den Orgien ist jetzt wahrscheinlich vorbei, denn im Sommer hatte Clooney hier geheiratet. Felix zeigt mir einen Weg auf einer Mole, von der aus man eine gute Sicht auf den Palazzo hat. Ich gehe auf der Mole entlang – und das nächste ‚Seh-Blackout': Der Weg ist breit genug, um bequem darauf gehen zu können. Trotzdem habe ich auf einmal das unerklärliche Gefühl, gleich von der Mole zu stürzen. Es hilft nichts, ich muss stehen bleiben. Felix, der inzwischen den Wagen geparkt hat und mir gefolgt ist, scheint diesmal Gottseidank nichts gemerkt zu haben. Er denkt bestimmt, ich betrachte andächtig die ‚Orgienzentrale'. Leider sind alle Fensterläden geschlossen, George Clooney scheint etwas geahnt zu haben.

Ein gemütlicher letzter Abend ‚bei uns', Felix hat im Haus eine halbe Flasche Cream Whiskey entdeckt.

14. Oktober 2015, Mittwoch

Ein gemütlicher letzter Morgen – Felix' Geschäftstermin ist erst am späten Vormittag, unmittelbar danach werden wir aufbrechen. Während der Besprechung gehe ich noch einmal auf der Uferpromenade spazieren, heute scheint wieder die Sonne. Ich setze mich auf eine Bank, beobachte die Fähre beim An- und Ablegen – milde Luft, letztes Sommerfeeling. Aber das ist trügerisch, von Norden soll sich eine Kaltfront nähern und einen Temperatursturz bringen. Im Fernsehen waren gestern abends bereits Bilder von verschneiten deutschen Autobahnen zu sehen. Wenn Felix' Termin beendet ist, will er mich anrufen, damit ich zum Auto komme. Ich schalte also nach Tagen erstmals mein Handy wieder ein: Gleich drei verpasste Anrufe – Oma! O je, die Gute hatte ich im Trubel des Aufbruchs ganz vergessen, da ist morgen auf jeden Fall ein ausführliches Telefonat fällig. Ich schlendere noch ein Stückchen weiter, aber nicht zu weit weg – und dann Felix' Anruf, es geht los.

Wieder der übliche letzte Blick auf den Comer See – aber merkwürdig, diesmal ist da bei mir so ein inneres Gefühl, es wird nicht der letzte Blick sein. Ich werde noch einmal, öfter hierher kommen. Das Hochgefühl begleitet mich während der ganzen Fahrt, ich unterhalte Felix mit lustigen Begebenheiten aus meinem Berufsalltag, bringe ihn zum Lachen. Erinnerungen an meine bisherigen Autofahrten mit ihm, erschöpft oder schmerzgeplagt hing ich im Sitz. Der arme Felix versuchte unermüdlich, mich mit Erzählungen aus seinem Geschäftsleben abzulenken. Auch in dieser Beziehung habe ich etwas wieder gutzumachen.

Wir fahren durch die Pfalz, hier irgendwo liegt Philipps Heimatort, sage ich unwillkürlich. Stimmt, wir kommen gleich an der zugehörigen Ausfahrt vorbei, meint Felix. Es sei in Deutschland das Dorf mit der höchsten Einwohnerzahl, hatte Philipp gesagt. Ja, ja, bei Philipp ist immer alles am größten, erwidert Felix. Klang das nicht leicht pikiert?

Am späten Abend sind wir da. Ich sehe Felix an, wie erschöpft er nach der langen Fahrt ist, will schon für mich eine Weiterfahrt per U-Bahn vorschlagen. Nein, er bringt mich nach Hause! Ich muss ihm einfach etwas Gutes tun, mich für die schönen Urlaubstage bedanken – spontan schenke ich ihm einen auf dem Flohmarkt erworbenen schönen Stahlstich. Ich weiß, dass er Darstellungen dieser Landschaft sammelt. Er freut sich, küsst mich.

21. Oktober 2015, Mittwoch

Wieder sieht mich von der Leinwand ein Gesicht an, diesmal das einer selig lachenden Frau, sie sitzt nackt auf den Knien eines Mannes, wird von ihm umarmt – ich habe wie im Rausch gemalt, glühend rote Farben. Diese Frau ist ich und ich bin diese Frau.

24. Oktober 2015, Samstag

Sitze wohlig erschöpft im Zug nach Hause – der erste Schwimm-Ausflug nach Bad Hönningen seit drei Wochen. Voriges Wochenende konnte ich mich einfach nicht von der Malerei losreißen. Das monotone Geratter des Zuges, die Augen fallen mir zu, das ist doch überhaupt kein monotones Geratter, sondern der Rhythmus ausgelassener Partymusik, junge Leute in leichter Sommerbekleidung tanzen, ein junges Paar, sie schmiegt sich an seine Schultern – natürlich, der französische Spielfilm im Fernsehen, vor einigen Tagen! Ich muss einfach versuchen, das darzustellen, sonst explodiert meine Gefühls-Gehirnhälfte.

27. Oktober 2015, Dienstag

SMS von Felix, er lädt mich zu sich ein – und holt mich wieder persönlich ab, meine vage Beschreibung des neuen Bildes hat ihn neugierig gemacht. Da muss ich schnell meine Wohnung auf Vordermann bringen – von wegen ‚verwahrloster Künstlerhaushalt'. Und dann ist Felix da, küsst mich liebevoll und an der Hand führe ich ihn zum neuen Bild – er ist begeistert! Ob ich ihm sagen soll, dass es meine Gefühle für ihn sind, die mich inspiriert haben. Vielleicht ist es dafür noch zu früh, ich muss die Sache, mich selbst, noch etwas beobachten.

4. November 2015, Mittwoch

Wieder einmal ein gewisser Termin – und, wie ich beschlossen habe, der endgültig letzte dieser Art. Nach meiner Rückkehr aus dem Westerwald vor einem halben Jahr hatte ich mich vereinbarungsgemäß bei Partnervermittlung II, dem Kontakthof – äh, dem ‚Kontaktbüro' – zurückgemeldet und seitdem nichts mehr von ihr gehört. Aber ich war fast erleichtert. Meine Stimmung im Sommer 2014, als ich den Vertrag geschlossen hatte – erst jetzt, im Rückblick, erkenne ich, dass es mir zu jener Zeit alles andere als gut ging: die psychischen Nachwirkungen der Krebserkrankung, das anstrengende Sehtraining, die Betreuung der immer kränker werdenden alten Fürstin. Die ganze Aktion war eher ein Hilferuf als eine Partnersuche, denn dass ich Liebe nicht auf Kommando reproduzieren kann, wusste oder ahnte ich damals schon. Für einen Fehler muss man eben Lehrgeld bezahlen, so ist das Leben. Wenn ich inzwischen aber eines im Umgang mit Partnervermittlungen gelernt habe, dann dass sie immer ganz unerwartet ‚zuschlagen'. Um einer weiteren peinlichen Situation zuvorzukommen, hatte ich noch einmal um ein persönliches Gespräch gebeten und heute einen Termin bekommen.

Frau Wilhelmi ist höflich-freundlich wie immer. Ich erkläre meinen freiwilligen Verzicht auf alle Ansprüche, zumal ich ja auch seit Monaten nichts mehr von ihr gehört hätte. Auf diese kleine, in sehr dezenter Form vorgetragene Spitze wollte ich doch nicht ganz verzichten. Und nun erfahre ich höchst Erstaunliches: Sie habe die ganze Zeit für mich weitergesucht, sagt Frau Wilhelmi, und sogar jemanden wirklich Passenden gefunden, nur – der Herr kannte mich bereits! Ich bin wie elektrisiert. Das kann nur Felix gewesen sein, geht es mir in Windeseile durch den Kopf. Oder es hat einer der anderen Partnervorschläge von ZU ZWEIT auch hier sein Glück versucht. Aber die kennen mich ja so gut wie nicht. Ich bringe kein Wort heraus. Wie auch immer Frau Wilhelmi mein Schweigen deutet, sie fragt nach: „Empfinden Sie denn noch etwas für den Herrn?“ Es *muss* Felix gewesen sein. Immer noch dieser Kloß im Hals, ich nicke nur. „Er hat mir in einer schlimmen Zeit sehr geholfen“, lässt mich der Kloß dann mühsam sagen. Frau Wilhelmi nickt, offensichtlich ist sie mit der Antwort zufrieden. Der Herr müsse nur noch in seiner Familie einiges in Ordnung bringen, sagt sie.

Die Situation ist so irrwitzig – ich glaube, ich muss gleich laut lachen, oder weinen, oder beides. Nein, ich muss einfach das Thema wechseln. Schon die ganze Zeit war mir Frau Wilhelmis schicke Handtasche aufgefallen, die hinter ihr auf einem Regalbrett steht, jetzt bringe ich das Gespräch darauf. Ich mache richtig Small Talk und noch dazu in einer solchen seelischen Ausnahmesituation. Donnerwetter! Wieder zu Hause, ich sitze vor dem halbfertigen Bild mit dem tanzenden Paar aus der französischen Liebeskomödie. Was ich gerade erlebt habe, ist ja im Prinzip auch eine Komödie, Stoff für einen Film. Zwei verschiedene Partnervermittlungsinstitute versuchen unabhängig voneinander, dieselben Partner miteinander bekannt zu machen. Ob ein Filmautor schon einmal auf so eine Idee gekommen ist? Erstaunlicherweise bin ich Felix wegen seiner weiteren Partnersuche nicht böse, ich habe es ja auch gemacht, gleiches Recht für alle.

Und da war doch noch etwas, es hing mit dem heutigen Datum zusammen. Richtig, genau heute vor zwei Jahren hatte Felix sich von mir getrennt und heute vor einem Jahr war Philipp das erste Mal wieder nach Portugal zurückgekehrt. Noch mehr Filmreifes, das gibt’s einfach nicht.

8. November 2015, Sonntag

Das Malen, diese überraschende Wendung, ich möchte sie am liebsten all denjenigen, die an den Anfängen der Entwicklung mitgewirkt haben, mitteilen. Felix weiß es ja schon, aber André und Philipp. Von beiden habe ich überhaupt nichts mehr gehört. Bei Philipp finde ich das sehr seltsam, er hat doch Zeit – aber nichts, nicht einmal ein kurzer Anruf. Und was noch seltsamer ist, er hat offenbar auch zu Felix den Kontakt weitgehend abgebrochen. Mich kannte er ja noch nicht so lange, aber Felix, sein bester und ältester Freund, wie er immer betont hatte. Obwohl – in den letzten Wochen meines Westerwald-Aufenthaltes hatte er ihn kaum noch erwähnt, das fällt mir jetzt wieder ein. Ob ich unbeabsichtigt doch etwas angestellt habe? Aber was? Mein gelegentliches Seh-Chaos im Kopf, das wusste Philipp doch. Felix meidet das Thema. Wenn ich vorsichtig einmal die Sprache darauf bringe, gibt er sich vorwurfslos-gelassen. Aber ich meine, doch ganz versteckt Unverständnis, Verletztheit und leisen Trotz herauszuhören.

André kann ich eher verstehen, er ist nun mal ein vielbeschäftigter Augenspezialist. Wenn er zu jedem seiner ehemaligen ‚Patienten' die Verbindung aufrecht halten würde, käme er ja zu nichts anderem mehr. Deshalb ist es auch besser, wenn ich ihn nicht persönlich belästige, sondern ihm einen kurzen Brief schreibe und ihn im Geschäft abgebe – genau, so werde ich es machen. Es wird ihn sicher freuen.

12. November 2015, Donnerstag

Regnerisches, trübes Wetter – nachmittags klart es überraschend auf: Felix lädt mich für abends zu sich ein! Mein ‚Schönheitsprogramm' für diesen Fall hat inzwischen noch einige Punkte mehr bekommen: Die Farbe muss von den Händen gekratzt werden – und in den Haaren ist auch noch etwas. Mist, wie bekomme ich das jetzt raus? Ich male mit Acrylfarben, Ölfarbe trocknet für mich ungeduldigen Menschen viel zu langsam. Aber wenn Acrylfarbe einmal fest geworden ist, ist sie nur schwer zu entfernen. Es hilft nichts, ich muss eine Haarsträhne abschneiden, hoffentlich merkt es Felix nicht.

13. November 2015, Freitag:

Felix bringt eines seiner Oldtimer-Schätzchen in eine Spezialwerkstatt und ich darf mitfahren. Mit dem Oldtimer quer durch die Stadt; die Leute gucken. Ob ich huldvoll winken soll? Aber dann geht's vom VIP-Leben wieder in die graue Normalität, den restlichen Heimweg lege ich ganz bescheiden per Bus zurück. Melancholische Stimmung: Das war mein ‚Geburtstag' mit Felix, mein eigentlicher Geburtstag ist auch der seiner Enkelin, und in dieser vornehmen Familie bin ich natürlich immer noch nicht vorzeigbar. Ich verstehe das inzwischen: Die Tochter hat hohe akademische Würden, auch der Schwiegersohn ist beruflich in sehr gehobener Position tätig. Was kann ich bieten? Meine guten Schul- und Hochschulabschlüsse – Ewigkeiten her. Danach die völlig unspektakuläre ‚Zwangs-Berufstätigkeit' – damit kann man in solchen Kreisen einfach keinen Staat machen. Und Angehörigenpflege ist zwar edel, trägt aber auch nicht zu einem höheren gesellschaftlichen Niveau bei. Aber seltsam, die übliche richtige Geburtsdepression – heute will sie einfach nicht kommen, stattdessen in mir eine Art vager freudiger Erwartung, als ob sich bald etwas ändern könnte.

Wieder zu Hause – und im Radio erste Meldungen über einen furchtbaren Terroranschlag in Paris, die Zahl der Toten steigt und steigt. Etwas Schlimmeres gibt es doch nicht, trotzdem dringt es nicht so richtig bis in mein Bewusstsein durch.

16. November 2015, Montag

Ach heute, vor zwei Jahren – mein Fast-Tod. In meinem Kopf schon wieder ein ‚Seh-Roman', etwas das länger her ist, schon fast ein halbes Jahrhundert – so als ob durch meine Gefühle für Felix der Bodensatz meines Gehirns aufgeschüttelt worden wäre.

Meine Abiturfahrt in die Bourgogne; die uns begleitende Französischlehrerin scheucht uns von Kirche zu Kirche – und zu fast allen dieser alten Kathedralen gehören alte Kirchhöfe mit alten Gräbern. Wir kommen an einem rührenden Ensemble vorbei: Auf einem verwitterten Steinsarkophag die ebenfalls teilweise verwitterte Skulptur eines schlafenden jungen Mädchens – wahrscheinlich ein Abbild der Verstorbenen – und in ihrem Arm liegt eine frische, weiße Rose! Ein Zeichen der Liebe aus unserer Gegenwart über so viele Jahre, Jahrhunderte hinweg, für eine längst Tote! Hat es außer mir jemand wahrgenommen? Ich habe meinen kleinen, billigen aber unverwüstlichen Fotoapparat dabei und mache schnell ein Foto, dann eile ich den anderen nach. Das Bild, ein Schnappschuss, ist erstaunlich gut geworden. Ich hebe es noch lange auf.

17. November 2015, Dienstag

Die liebe Frau Ludwig will mich zum Essen abholen! Ich hatte ihr von meinen Malversuchen erzählt, und ich glaube, auch sie ist neugierig geworden. Und dann steht sie staunend vor den Bildern, vor allem der Ausdruck der Gesichter scheint sie zu faszinieren. Ich solle unbedingt weitermachen, sagt sie. Beim Essen bei unseren ‚Fast-schon-Stammchinesen' erzählt sie etwas zwar Erwartetes, aber in seiner nunmehrigen Endgültigkeit dennoch sehr Trauriges: Ihre krebskranke Freundin ist tot. Die nochmaligen Behandlungen brachten keine Besserung mehr, und die letzten Wochen hatte sie in einem Sterbehospiz verbracht. Genau heute vor einem Jahr erfuhr ich erstmals von der wieder ausgebrochenen Krankheit. So schnell ging es zu Ende – oder ein so langes Sterben.

24. November 2015, Dienstag

Rückweg vom Einkaufen; vor meinem inneren Auge das Bild von der Grabskulptur. Irgendetwas stimmt nicht, aber was? Jetzt hab ich's: die damalige Rose war weiß, sollte wohl die Reinheit der so jung Verstorbenen symbolisieren. Aber auch die Skulptur war weiß, aus weißem Marmor mit einigen grünen Moos- und Algenflecken. Die Rose fällt vor diesem Hintergrund zu wenig auf. Ich muss die Rose rot malen. Genau! Rot ist ja auch die Farbe der Liebe. „Sie reden wohl nicht mehr mit jedem?" Die humorvoll-pikierte Stimme eines

Nachbarn. O je, jetzt kommen zu meinen Seh-Blackouts noch geistige Abwesenheiten dazu, ich glaube, meine Gesellschaftsfähigkeit hat durch die Malerei wieder einen empfindlichen Rückschlag erlitten.

3. Dezember 2015, Donnerstag

Heute Nachmittag wieder mal eine nur allzu gut bekannte Busfahrt: Der Professor hat mich eingeladen. Die Haustür steht bereits einladend offen, ein kostbarer Moment: Ich werde erwartet, bin willkommen. Wir besuchen das Grab seiner Frau. Um uns herum viele leere Grabstellen – erstaunlich für den Friedhof eines großen, dichtbesiedelten Stadtteils. Es werde immer leerer, beklagt der Professor, ich denke an die horrenden Friedhofsgebühren.

Die Stammkonditorei ist nicht weit entfernt, der Professor und seine Frau hatten hier einen ‚Stamm'-Zweiertisch, jetzt sitze ich auf dem Stuhl der alten Fürstin. Ob ihn das vielleicht stört? Es sieht nicht so aus. Wir unterhalten uns angeregt, die Zeit vergeht wie im Flug und auf einmal sehe ich, dass außer uns niemand mehr im Café ist. O je, sie haben schon längst Ladenschluss, aber man wollte uns nicht stören.

5. Dezember 2015, Samstag

Die Oma ist wieder im Lande, zurück von ihrem alljährlichen Herbsturlaub auf Gran Canaria. Sie hat mich angerufen, gestern Abend, und würde sich gerne heute mit mir zum Schwimmen in Bad Hönningen treffen, sie habe mir so viel zu erzählen.

Die Gute wartet schon am Bahnsteig auf mich, ihr Bus war etwas früher da als mein Zug. Wann bin ich zum letzten Mal vom Bahnhof abgeholt worden? Wieder einmal: für andere eine Selbstverständlichkeit, für mich so kostbar. Nach dem Schwimmen spendiere ich uns in der Cafeteria Cappuccino, die Oma packt ihre Urlaubsfotos aus.

13. Dezember 2015, Sonntag (3. Advent)

Bin von der Oma nach Neuwied eingeladen worden, der dortige Weihnachtsmarkt sei sehr schön, sagte sie. Anschließend wolle sie mit mir einen Adventsgottesdienst besuchen, auch etwas Besonderes, sogar mit Abendessen. Sie meint sicher Abendmahl? Nein, Abendessen, sagte die Oma. Na, dann bin ich mal gespannt. Oma und ich bummeln an den wahlweise nach Braten, Fisch, Reibekuchen oder Glühwein duftenden Buden des Weihnachtsmarktes vorbei – die Fressmeile, sagt die Oma lachend. Frühe Dämmerung, wir machen uns auf den Weg zum Gottesdienst; die Kirche groß, alt, evangelisch-schlicht. An der Tür bekommt jeder Besucher eine kleine Kerze in die Hand. Das mit dem Abendessen scheint sich herumgesprochen zu haben: Die Bankreihen sind bereits gut gefüllt. Und da, an der Seite, lange Tafeln, für eine rustikale Brotzeit gedeckt. Die praktische Oma bugsiert mich und sich in eine strategisch günstig gelegene Kirchenbank.

Ein schöner Gottesdienst; keine feierliche Predigt, sondern eine Art normaler Gespräche. Szenen aus dem Alltag werden geschildert, dazwischen Lieder eines Gospel-Jugendchors – und zum Schluss erlischt auf einmal das gesamte Licht in der Kirche. Dann gehen Kinder durch die Bankreihen und zünden die Kerzen der Gottesdienstbesucher mit dem aus Bethlehem mitgebrachten heiligen Weihnachtslicht an. Je mehr Kerzen brennen, umso heller wird es wieder – eine schlichtere und ergreifendere Darstellung des Geburt-Christi-Motivs habe ich noch nicht erlebt. Dass mich eingefleischte Atheistin das noch so berühren kann!

Aber jetzt geht's ans große Fressen: Es gibt ganz frisches, leckeres Brot, Aufschnitt, Obst, Weihnachtsgebäck, Saft, Kinderpunsch. Einige Damen gehen durch die Reihen der Schmausenden, wechseln mit dem einen oder anderen einige Worte. „Sie sind vom Gemeindepresbyterium", flüstert mir die Oma zu. Eine der Damen steuert mich an. „Oh, ein unbekanntes Gesicht", sagt sie und fragt, wie es mir gefallen hätte. Ich bin immer noch ganz hin und weg, antworte ich ehrlich. Sie freut sich ersichtlich. Bis zum Bahnhof von Neuwied kann ich sogar noch die ‚heilige' Flamme meines Kerzchens am Leben erhalten, dann macht ihr der Luftsog eines vorbeifahrenden Güterzuges den Garaus.

14. Dezember 2015, Montag

Einkäufe in der Stadt, Slalom um den Weihnachtsmarkt herum – und ich komme an einem bekannten Spielwarengeschäft vorbei, in dessen großem Schaufenster wie jedes Jahr in der Adventszeit eine riesige Modelleisenbahnanlage aufgebaut ist. Mein flüchtiger Blick auf die Miniaturlandschaft bleibt kurz an etwas hängen: Auf einer Bank sitzen zwei alte Leutchen, eng aneinandergeschmiegt. Er hat den Arm um sie gelegt und küsst sie liebevoll, sie lächelt selig. Schon muss ich weiter. Aber in meinem Kopf ist wieder der Schalter zu einem ‚Seh-Roman' umgelegt worden. Wie unwahrscheinlich detailgetreu die Figürchen gearbeitet waren, die typische ‚Rentnerkleidung'. Wer das so hingekriegt hat, ist ein Künstler. Noch seltsamer, dass ich auch die feinsten Einzelheiten in diesem kurzen Augenblick visuell erfassen konnte. Zwei Menschen, die noch im Alter aufrichtige Gefühle füreinander haben – ich muss das einfach in einem Bild darstellen. Ob ich mich damit eines Plagiats schuldig mache?

16. Dezember 2015, Mittwoch

Felix kommt vorbei, ist wohl neugierig auf meine Bilder. (Vielleicht sollte ich langsam Eintritt nehmen.) Vor allem von der ‚lachenden Frau' kann er seine Augen nicht abwenden.

Ich zeige ihm auch den Zuwachs, den meine Versteinerung aus dem Gleisbett von Bad Hönningen bekommen hat: ein Ginkgo-Blatt, verzweigte Pflanzenstängel und sogar die Beinknochen eines kleinen Tieres. Der Schotter muss aus einer fossilienreichen Gesteinsschicht stammen. Jetzt, wo ich das weiß, halte ich beim Warten gezielt Ausschau – und vor jedem Sprung ins Gleisbett natürlich ein genauer Blick das Gleis entlang, Gottseidank ein gerader, weithin überschaubarer Streckenabschnitt. Aber einmal hatte ich im Jagdfieber nicht an das Gegengleis gedacht, ein Güterzug kam, die Lokomotive hupte bösartig. Vor Schreck wäre ich jetzt fast wirklich vor den Zug gefallen. Kann ich da auf Felix' Stirn eine besorgte Falte entdecken?

Dann, in Felix' Haus, ein gemütliches Abendessen – ich plaudere aus unserer Familiengeschichte. Das mit dem plötzlichen Ausbruch einer ‚Malbegabung' hatte es in meiner Familie schon einmal gegeben, bei einem Großonkel meiner Mutter, auf dem Bergbauernhof. Der zu diesem Zeitpunkt noch junge Mann ließ sich daraufhin sein Erbe auszahlen und gründete in der Stadt ein Atelier. Die Geschäfte liefen gut, vornehme Leute bevorzugten damals noch gemalte Porträts und Familienbilder. Die Fotografie galt in diesen Kreisen eher als billige Jahrmarktsattraktion. Meine Eltern hatten diese Geschichte oft erzählt, aber ich – damals noch Kind – fand es langweilig. Orte, die ich nicht kannte, Menschen, die ich auch nicht kannte – ich hatte einfach nicht hingehört. Leider, denn mehr als diese wenigen Erinnerungen habe ich nicht. In meiner Familie herrschte eine andere Kunst vor: die Musik.

Das Klavier im Wohnzimmer: Wenn Musik gewünscht wird, greift mein Vater höchstpersönlich in die Tasten. Er ist ein guter Pianist, hatte sogar eine musikalische Karriere erwogen. Aber der frühe Tod seines Vaters vereitelte diese Pläne. Meine Mutter war vor ihrer Heirat einige Jahre lang Orchestermusikerin. Verständlicherweise gehen meine Eltern davon aus, dass ich von ihrer eigenen Begabung etwas geerbt habe, ich bekomme schon früh Klavierunterricht. Leider gelingt es mir von Anfang an nicht, irgendein innigeres Verhältnis zur Musik zu entwickeln. Immer wieder die gleichen Tonleitern, Etüden, Stücke, um sie schließlich perfekt zu beherrschen – das macht die Sache nicht besser. Ich langweile mich dabei, meine Gedanken schweifen ab und die Fehler werden nicht weniger, sondern mehr.

Ein weiteres Handicap: Ich habe zwar lange, schlanke ‚Klavierspielerhände', aber schwache Gelenke, die schnell ermüden und dann schmerzen. Ein Teufelskreis: Ich spiele schlecht, muss noch mehr üben, die Hände tun noch mehr weh. „Sie ist einfach nur faul", sagt die Klavierlehrerin. Ich muss noch mehr üben.

Und dann mein abrupter Abschied aus der Welt der Musik kurz vor meinem 14. Geburtstag. Mir schmerzen die Gelenke wieder einmal besonders – ein Wachstumsschub. Ich spiele nicht gut. Da schlägt die Klavierlehrerin mir mit einem Lineal auf die Finger – mehrmals und richtig fest! Ich sitze zuerst wie erstarrt, dann springe ich auf und laufe weg. Zu Hause erkläre ich, niemals wieder mit dem Klavierspielen und mit Musik überhaupt etwas zu tun haben zu wollen. Das Geschrei ist groß: „Du undankbares Kind, jetzt haben wir die ganzen Jahre den Unterricht bezahlt. Kommt überhaupt nicht in Frage, dass du aufhörst!" Die typischen Elternsprüche. „Freiwillig gehe ich nie mehr in die Klavierstunde, da müsst ihr mich dann schon hintragen", gebe ich zurück. Irgendwann gewöhnen sie sich daran, eine künstlerisch völlig unbegabte Tochter zu haben, nehmen es hin wie einen Schicksalsschlag.

Tja, und jetzt scheint sich da doch eine Begabung zu entwickeln, aber eine ganz andere, unerwartete, seit Generationen verschüttete. Schade, dass meine Eltern das nicht mehr erleben können. Ob sie sich gefreut hätten? Felix hat mir aufmerksam und staunend zugehört, und jetzt erfahre ich auch etwas über ihn, was ich noch nicht wusste: Sein Vater war Kunstmaler! Irgendwie scheint auf einmal alles perfekt zusammenzupassen, sich nach einigen Umwegen doch noch zusammenzufügen.

22. Dezember 2015, Dienstag

Nachmittags: Die wenigen Weihnachtsgrüße sind geschrieben, Karten und Briefmarken aufgebraucht. Niemand vergessen? Ich glaube nicht. Aber o Schreck: In der Post ein Brief von fast am anderen Ende Mitteleuropas wohnenden Fast-Verwandten. Der Kontakt war in den letzten Jahren so ziemlich eingeschlafen. Ich muss unbedingt schnell antworten. Das Handy unterbricht: Felix! Er würde mich heute Abend gerne sehen. Ach, ich ihn auch. Da heißt es: einen Zahn zulegen! Trab durch die beginnende Dämmerung zum Schreibwarengeschäft, eine ganz hübsch aussehende Weihnachtskarte ist sogar noch vorhanden – da hatte ich schon mal Glück. Weniger Glück habe ich bei der Postfiliale – eine Menschenschlange windet sich mehrmals durch den Kassenraum, also wegen einer Briefmarke warten, warten. Endlich ziehe ich mit dem so mühevoll erworbenen Stückchen Papier von dannen, schnell nach Hause, Text schreiben, Briefumschlag, Briefmarke – dann die Briefkastensuche – puh, geschafft! Und auch ich bin geschafft. Aber nicht einmal dazu habe ich Zeit, ich möchte mich ja für Felix hübsch machen.

Die lange Busfahrt zu Felix‘ Haus – heute brauche ich sie dringend, um wieder zu Atem zu kommen. Der liebe Felix hat sogar ein Weihnachtsgeschenk für mich, ich leider keines für ihn. Er lacht nur, scheint es mir nicht übel zu nehmen, ist richtig gut gelaunt. Klar, schöne Festtage im Kreis seiner Familie liegen vor ihm, während ich wieder … Aber halt, da hat er etwas gesagt: „Deine Bilder sind so toll, da wird etwas daraus. Mal weiter, du brauchst noch mehr Material zum Vorzeigen!“ Mir wird richtig schwindlig vor Glück, so viel Hoffnung auf eine gemeinsame Zukunft war noch nie.

23. Dezember 2015, Mittwoch

Heiligabend ist erst morgen, trotzdem mache ich Felix‘ Geschenk schon heute auf, bin einfach zu neugierig – und dann völlig hin und weg: Es ist eine teure Parfümkreation – mit dem Namen „In Love“! Ein Griff zum Telefon: Ich storniere kurzentschlossen das wie üblich bestellte Hotelzimmer. Dieses Jahr werde ich mich alleine nicht langweilen.

Ich habe Felix‘ Blick nicht vergessen, mit dem er das eine meiner Bilder betrachtet hatte, die nackte, lustvoll lachende Frau, und ich habe beschlossen, dass er es als verspätetes Weihnachtsgeschenk bekommen soll. Meine Gefühle für ihn – ich muss ihnen Ausdruck verschaffen. In meinem Kopf hat sich längst wieder ein ‚Seh-Roman‘ festgesetzt, eine erotische Szene aus einem französischen Filmklassiker mit Michel Piccoli.

25. Dezember 2015, Freitag

Das Thermalbad hat heute erstaunlicherweise offen, also auf nach Bad Hönningen. Am ersten Weihnachtsfeiertag schwimmen – das konnte ich noch nie, das ist ein besonderer ‚Kick‘. Ich sitze im fast leeren Hin-Zug, das Handy klingelt – nanu? Es ist der Professor! Trotz der sicher schmerzvollen Erinnerung an seine gestern vor genau einem Jahr gestorbene Frau hat er an mich gedacht! Wir unterhalten uns lange. Ich kann nicht anders, ich sage ihm das mit meinen Malversuchen. Er scheint sehr interessiert, will alles genau wissen.

Später beim Schwimmen denke ich über den Professor und die alte Fürstin nach, ich sehe sie wieder vor mir, wie sie händchenhaltend nebeneinander in ihren Sesseln saßen. Diese Hände, das möchte ich unbedingt darstellen, die Altersspuren, die auf die so lange Verbundenheit hindeuten. Die Fürstin trug immer einen schönen Diamantring, aber der durchsichtige Diamant würde zu wenig auffallen, ich werde ihn durch einen Rubin ‚ersetzen', rot wie die Rosen damals auf dem Sarg der toten Fürstin, rot wie die Liebe. Rums, da bin ich doch in jemanden hinein geschwommen, sozusagen ein Auffahrunfall. Das Unfallopfer, eine ältere, aber noch sportlich aussehende Dame, nimmt meine Entschuldigung lächelnd und ohne jeden Vorwurf an. „Das nächste Mal werde ich mein Warn-Blinklicht einschalten", versichere ich. Sie lacht.

1. Januar 2016, Freitag (Neujahr)

Wieder ein Schwimm-Ausflug mit ‚Feiertagskick', wieder überdenke ich beim Schwimmen meine Malerei: Das erotische Bild ist fast fertig, die beiden Hände nehmen in meinem Kopf langsam Gestalt an. Später – das letzte Stück Heimweg von der Straßenbahnhaltestelle: Nach einer ziemlich kalten Nacht waren die Scheiben der geparkten Autos etwas vereist, jetzt taut es. Da, auf die feuchte Rückscheibe des einen Autos, hat jemand ein Herz gemalt. Sieht so rührend aus, setzt sich in meinem Kopf fest.

6. Januar 2016, Mittwoch

Felix ist aus der Familienweihnacht wieder aufgetaucht und will mal gucken, was die ‚Jungmalerin' Neues zu bieten hat. Die ‚Hände' und das auf die beschlagene Scheibe ‚gemalte' Herz sind fertig. Vor dem erotischen Bild bleibt Felix besonders lange stehen – und als ich ihm die ‚lachende Frau' als verspätetes Weihnachtsgeschenk überreiche, wehrt er zunächst anstandshalber höflich ab, freut sich aber sehr, das merke ich ganz deutlich. Mit gleich zwei Bildern ‚beladen' fahren wir dann zu Felix' Haus. Wo die ‚lachende Frau' aufgehängt wird, möchte ich persönlich ‚kontrollieren'. Das andere kleinere Gemälde ist für André, ich werde es für ihn auf dem morgigen Heimweg in seinem Geschäft abgeben. Er hat auch ein Recht, an meiner neuen, positiven Entwicklung teilzunehmen. Felix ist gerührt.

7. Januar 2016, Donnerstag

Vormittags in Andrés Geschäft, ich übergebe das verpackte Bild zwei freundlichen Mitarbeitern. Ich muss es auspacken, sie wollen es auch sehen. „Und Sie haben wirklich keinen Malkurs besucht?“, fragen sie.

10. Januar 2016, Sonntag

Die Oma hat mich für heute Nachmittag zu sich nach Neuwied eingeladen. Die Gute wartet schon an der Haltestelle vor ihrem Haus auf mich, damit ich, die sie ja als so orientierungsloses Wesen kennengelernt hat, mich auf dem kurzen Weg nur ja nicht verlaufe. Bei Kaffee und Kuchen, und später einem Gläschen Sekt, vergeht die Zeit wie im Flug. Was hat die Oma für ein interessantes Leben gehabt, und wie lustig und spannend sie erzählt. Auch über die Schwierigkeiten klagt sie nicht, sondern versucht, allem etwas Positives abzugewinnen. Wie schade, dass sie keinen netten Partner hat. Ich bin so glücklich, und dieses Glück wünsche ich auch allen anderen. Die Oma ist jetzt zu einem detaillierten Lagebericht über ihre ‚Weihnachten im Westerwald‘ übergegangen – zum Schreien komisch.

11. Januar 2016, Montag

Ich hatte es bis jetzt erfolgreich verdrängt, aber jetzt lässt es sich nicht mehr verdrängen: Heute ist wieder eine Ultraschall-Kontrolluntersuchung, und ich habe mehr Angst als jemals zuvor. Vor einigen Tagen ist eine bekannte deutsche Schauspielerin an Brustkrebs gestorben, Maja Maranow, eine hübsche Frau, sieben Jahre jünger als ich. Ich habe sie gern gesehen. Außerdem meine eigene

Lebenskonstellation, dieser Aufbruch in eine neue, interessante Zukunft – so war es doch auch damals gewesen, vor fast drei Jahren, als ich mich zur Partnersuche entschlossen hatte – und dann so schwer ‚bestraft' wurde. Werde ich jetzt wieder bestraft? Nein, ich habe Glück. Ich muss an das Kettchen mit dem kleinen goldenen Glückselefanten denken, das mir Felix vor drei Jahren, als wir uns kennenlernten, geschenkt hatte. Elefanten haben ja eines der am höchsten entwickeltes Sozialsysteme in der Tierwelt, sie erkennen und unterscheiden die einzelnen Individuen ihrer Gruppe, mögen sie oder nicht. Wenn sich zwei Elefanten sympathisch sind, legen sie ihre Rüssel umeinander. Genau, das werde ich malen, sozusagen Glückselefanten als Dank an das noch einmal gnädige Schicksal.

26. Januar 2016, Dienstag

Zwei neue erotische Bilder; zu dem einen hat mich ein Bericht über den in Jet-Set-Kreisen bekannten – mir also unbekannten – Schuh-Designer Manolo Blahnik angeregt. Das Markenzeichen seiner Schuhe sind rote Sohlen. Dann wollte ich mal versuchen, Erotik mit etwas Ironie zu verbinden. Felix scheint das geahnt zu haben, er kündigt sich wieder einmal an. Das Elefantenbild scheint ihn sehr zu bewegen, bei dem einen erotischen Bild bekommt er die üblichen Stielaugen und zu dem anderen, noch nicht ganz fertigen, gibt er mir einen Tipp – vom ‚Fachmann' sozusagen. Und in Felix' Haus wartet eine Überraschung auf mich: Er schenkt mir armen, ‚notleidenden' Künstlerin zwei Leinwände! Dass ich nicht Felix' einzige ‚Künstlerfreundin' bin, weiß ich schon längst. Außer der Malerin, die wir im Sommer 2013 besucht haben, wäre da noch Karin, eine Keramikkünstlerin. Eines ihrer Objekte hatte ich schon einige Male in Felix' Haus bewundert, eine kleine abstrakte Skulptur, aber von eigenartiger Form, irgendwie erotisch. Ach, dreidimensionale Kunstwerke schaffen, das wird mir ‚Seh-Chaot' wohl für immer verwehrt bleiben. Wie sieht jemand aus, der so etwas Originelles zustande bringt? Ob ich sie denn vielleicht einmal kennenlernen könnte?

Ich darf; Felix ruft an, er möchte heute Abend Karin besuchen und mich mitnehmen! In meine Vorfreude mischt sich da doch etwas lange ‚Vermisstes' – Panik! Mein erster winziger Schritt in Künstlerkreise sozusagen. Aber wenn mich wieder ein Seh-Blackout ereilt, ich mich abartig benehme, gar etwas anstelle. Andererseits – seit ich angefangen habe zu malen, hat mich überhaupt kein größeres Seh-Blackout mehr ereilt, das wird mir erst jetzt bewusst. Ob das ‚zu-Leinwand-Bringen' meiner ‚Seh-Romane', dieser Momente intensivster Wahrnehmung, eine Art Blitzableiter für mein Nervenchaos geworden ist?

Felix' Wagen hält vor mir, ich und mein Bild steigen ein. Auf Felix' Rat hin habe ich eines meiner Gemälde mitgenommen, natürlich eines der etwas kleineren, transportableren. Wird es Gnade vor den Augen einer richtigen Künstlerin finden? Allein schon diese bangen Zweifel müssten meinen Stress-Level in Richtung Seh-Blackout treiben, aber nichts. Seltsam. Wir sind da, Karin steht in der Tür, eine – zu meiner Erleichterung – auch nicht mehr ganz junge, aber patent und lebensklug aussehende Dame mit modischem Kurzhaarschnitt. Sie begrüßt uns beide mit Küsschen. Aha, das ist also in Künstlerkreisen offenbar so üblich, auch die Malerin von damals hatte es ja so gemacht. Ein großzügiges modernes Wohnzimmer und ein erstes Kunstwerk: eine tolle, einmalige Kombination aus Holz und Eisen. Ich bestaune es – und Karin bestaunt mein Bild, kann es einfach nicht glauben, dass ich erst seit einem halben Jahr male. Felix bestätigt es, ob sie es jetzt glaubt? Ich weiß nicht.

Nach einem kurzen Plausch im Wohnzimmer ins Atelier im Keller – unzählige fertige und halbfertige Kunstobjekte, kreatives Chaos pur! So also sieht die Umgebung eines richtigen Künstlers aus. Ach, meine langweilig-normalen Künstler-Utensilien Leinwand und Farbe – Karin dagegen scheint aus allem etwas Originelles machen zu können, kombiniert ihre Keramik mit Steinen, Flaschen, Drähten, sogar Küchengeräten. Und da, eine Blume, ihre Blütenblätter bestehen aus – Gabeln und Löffeln! Jetzt verwandelt sich auch Felix in einen Künstler und formt aus einem Klumpen Ton in atemberaubender Geschwindigkeit eine kleine Plastik. In seinem Haus hatte ich schon solche Werke gesehen, aber nicht so recht geglaubt, dass er sie selbst geschaffen hat. Jetzt komme ich mir wie ein zweidimensionaler Dilettant vor.

‚Künstler' Felix bringt mich nach Hause. Trotz der faszinierenden Eindrücke leise Enttäuschung, ich habe etwas vermisst, nur was? Kurz vor dem Einschlafen fällt es mir ein: Karins kleine abstrakt-erotische Plastik in Felix' Haus, die Skulptur im Wohnzimmer, ein Baumstamm, aus dem sich ausdrucksvolle Gesichter ihren Weg bahnen. Ein weiteres ähnliches Werk, ein Werk, das Gefühle ausdrückt – so etwas hatte ich in Karins Atelier nicht gesehen.

16. Februar 2016, Dienstag

Felix kommt wieder einmal gucken, wie sich das mit meinem ‚Künstlerleben' so entwickelt – und steht staunend vor einem neuen erotischen Bild; „Hattest du denn schon mal eine Freundin, die alles direkt malerisch verwertet hat?", frage ich. Felix verneint lachend. Und auf dem Weg zu einem ‚kreativen Künstlerchaos' habe ich auch schon Fortschritte gemacht: Die Wände werden langsam knapp. Vor einigen Tagen hatte ich daher eine Grundsatzentscheidung gefällt: Philipps Uhr muss weg. Sie hatte sich, nachdem ich vor knapp einem Jahr aus dem Westerwald zurückgekommen war, nicht mehr in Gang setzen lassen – vielleicht eine geheime Instruktion ihres ‚Herrn', der ja auch den Kontakt zu mir völlig abgebrochen hat. Wieder die Frage: Warum?

20. Februar 2016, Samstag

Sonnenschein und frühlingshaft milde Temperaturen, toller Schwimmspaß mit der Oma, fast wie ein Urlaubstag im Süden, sagt sie. Zum Abschluss des schönen Nachmittags spendiere ich uns wieder Omas Leib- und Magengetränk, einen Cappuccino. Ich wollte sie vorsichtig nach Philipp fragen, hatte mir von ihr Aufschluss über sein rätselhaftes Verhalten erhofft. Doch als sie mir so gegenübersitzt, lasse ich es doch bleiben. Ich habe längst bemerkt, dass ihr die Sache zu schaffen macht. Zwei Menschen, die sie beide sehr mag und von denen sich der eine dem anderen gegenüber so unerklärlich verhält. Warum soll ich uns den schönen Tag verderben – und würde das etwas ändern?

26. Februar 2016, Freitag

Die ‚Künstlerin' braucht mal eine kleine Luftveränderung, hat sich Felix vermutlich gedacht und für heute einen kleinen Ausflug angekündigt – es geht nach Aachen! Ob ich schon einmal dort war, hat er gar nicht mehr gefragt, die Antwort kann er sich ja denken. Wir haben die Vororte von Aachen erreicht, da rückt Felix mit einer Überraschung heraus: Wir werden in einem modernen Vorstadthotel der gehobenen Klasse übernachten. Während Felix an der Rezeption eincheckt, sehe ich mich in der Empfangshalle um – lauter Bilder und Skulpturen, in dem Hotel wird tatsächlich auch Kunst ausgestellt. Ob Felix es deshalb ausgesucht hat? Das Zimmer – eine richtige kleine Suite, ein tolles Bett. Nein, wir wollen jetzt erst mal Aachen besichtigen.

Der berühmte Dom – ein Dom mit Sollbruchstelle sozusagen: Ein Riss zieht sich durch den ganzen Bau. Der Teufel, wie im Mittelalter ‚üblich', mit der schnellen und kostenlosen Fertigstellung des Domes beauftragt und um seinen Seelenlohn betrogen, habe das Kirchentor wütend zugeknallt – die Sage. Ein Erdbeben kurz nach Errichten des Bauwerks – die Realität. Und da, ganz oben am Oktagon, Mauereisenklammern – ich kann sie sehen! Dann das historische Stadtzentrum, ich bestaune prächtige Patrizierhäuser. Händchenhaltend und lachend gehen wir gerade durch ein schmales Gässchen – da kommt uns ein Mann entgegen, nicht mehr ganz nüchtern (die Karnevalssaison war ihm vielleicht zu kurz gewesen). „Ach, muss Liebe schön sein", singt er mit erstaunlich wohlklingender Stimme, als er uns sieht.

27. Februar 2016, Samstag

Ein gemütlicher Morgen, ein opulentes spätes Frühstück am Hotelbuffet – der liebe Felix bedient mich geradezu, holt mir nochmal Spiegelei mit Speck. Und jetzt sehe ich mir die im Foyer ausgestellten Kunstwerke an, aber ich kann mich mit ihnen nicht so recht befreunden. Überwiegend abstrakte Malereien, dann die Plastik eines der Länge nach zerrissenen Frauentorsos. Die wenigen ‚gegenständlichen' Gemälde zeigen Frauenköpfe – seltsam starre Gesichtsausdrücke. Die Darstellung von Gefühlen scheint wohl nicht mehr modern zu sein. Ach ja, dann bin eben auch ich hoffnungslos unmodern, aber anders kann ich nun einmal nicht malen.

7. März 2016, Montag

In meinem Kopf hat sich wieder ein ‚Seh-Roman' festgesetzt: Letzter Freitag, Flüchtlinge in einem Aachener Einkaufspalast, sie saßen einfach nur da, starrten wie paralysiert vor sich hin, schienen den sie umgebenden Luxus, die um sie herum wuselnden Menschen mit den Shopping-Tüten überhaupt nicht zu bemerken. Dann ein Bild, aus dem Fernsehen oder der Zeitung, so genau weiß ich nicht mehr: ein Flüchtlingslager in Griechenland, die Menschen, auch Kinder – der gleiche Blick, wie paralysiert.

16. März 2016, Mittwoch

Felix ist von einer kurzen Geschäftsreise zurück. Als er kommt, hat er eine geheimnisvolle Tüte dabei und zaubert aus ihr einen kleinen Blumentopf mit einem echten, blühenden Wildveilchen! In dem Blumentopf steckt noch ein Zweig eines anderen Gewächses. Ich bin wohl wieder einmal etwas langsam von Begriff, denn er erinnert mich an den ‚unanständigen' Spruch von damals, vor fast drei Jahren. Das weiß er noch! Ich bin geplättet.

Zumindest kann ich mich revanchieren, ein neues Bild ist fertig, die Gesichter zweier Flüchtlingskinder, die ängstlich-fragend in die grausame, für sie so unverständliche Welt blicken. Nur positive Gefühle darzustellen – das hatte ich mir vorgenommen. Deswegen hatte ich lange mit mir gekämpft, ob ich etwas so Trauriges überhaupt wiedergeben soll, aber der ‚Seh-Roman' hat es mir quasi ‚befohlen', und ich habe einen positiven Aspekt in das Bild gebracht: Das ältere Kind hält das jüngere schützend umfangen. Innige Verbundenheit, das ist doch auch etwas Gutes. Felix betrachtet das Gemälde lange. Als ich ihm sage, dass eben nicht alle Kinder in der Geborgenheit einer luxuriösen Reiche-Leute-Welt aufwachsen können wie seine Enkel, wirkt er sehr bewegt.

In Felix‘ Haus wartet noch eine Überraschung auf mich: Er hat das Gemälde ‚Die lachende Frau‘ rahmen lassen, ein moderner, schmaler Goldrahmen – das Bild wird dadurch richtig veredelt. Ich bewundere seinen Geschmack, er erzählt mir, dass man in der Rahmenmacher-Werkstatt meine ‚Kunst‘ höchst erstaunt und begeistert betrachtet habe. Gut, dass wieder eine Flasche Limoncello im Haus ist. Darauf einen Schluck!

19. März 2016, Samstag

Heute ‚omaloses‘ Schwimmen; die Gute weilt für die nächsten zwei Wochen wieder in ihrem ‚Urlaubsparadies‘. Ich liege auf dem Rücken, lasse mich durch das wohlig warme Wasser treiben. Ach ja Felix, damals, vor jetzt fast drei Jahren, unsere erste Nacht … er hat mir gesagt und im Spiegel gezeigt, wie schön mein Körper ist. Diese zauberhafte Szene bei Kerzenschein, sie erscheint plötzlich auf meiner Kopf-Kinoleinwand, setzt sich fest, ich muss einfach versuchen, das darzustellen. Der Heimweg per Zug und Straßenbahn, war er immer schon so lang?

29. März 2016, Dienstag

Ich müsse erst noch etwas malen, mir einen gewissen Bestand an Bildern schaffen, hatte Felix gesagt. Er hat recht. Besser muss ich auch noch werden. Bisher habe ich mich etwas schwer damit getan, Männergesichter zu malen. Die typischen Merkmale eines Frauengesichtes – die sind mir vertraut. Mein bisheriges Leben habe ich fast nur unter Frauen verbracht: Mädchengymnasium, die Universität, die vielen Lehramtsstudentinnen meines Fachbereichs, schließlich mein Behördenarbeitsplatz – auch hier fast nur Kolleginnen. Die wenigen Männer: Lehrer, Professoren, Chefs – unerreichbar, zu alt, vergeben. Ich hatte mich bis jetzt aus dem Dilemma gezogen, indem ich die Männergesichter im Hintergrund, verschattet, kaum sichtbar dargestellt habe. Das will ich jetzt ändern, und das erste ‚richtig‘ gemalte Männergesicht soll Felix‘ Züge tragen, genau!

10. April 2016, Sonntag

Mein persönlicher ‚Kunstagent' Felix beginnt langsam, mich an die Kunstszene heranzuführen: Per SMS scheucht er mich zu einer Vorort-Ausstellung, auf der auch Karin ihre Werke zeigt. Nasskaltes Wetter, ein unangenehmer Wind – ich wäre lieber zu Hause geblieben und hätte gemalt, aber ‚Public Relations' gehören auch zum Künstlerdasein, das sehe ich ein. Mit besten Vorsätzen, die gezeigten Werke auf mich wirken zu lassen, die eine oder andere Anregung aufzunehmen und vielleicht sogar erstmals in Kontakt zu Künstlern zu kommen, betrete ich den Ausstellungsraum, drehe eine erste Runde – und muss leider feststellen, dass das Ganze einfach nicht zu mir passt. Oder ich nicht hierher passe.

Die Gemälde, fast alle abstrakt, die wenigen gegenständlichen: düstere Stimmung. Positive Gefühle, Liebe, Erotik – das scheint völlig aus der Mode gekommen zu sein. Vielleicht kennen die Künstler so etwas ja selbst auch nicht mehr, denn sie sind anwesend, jeder sitzt bei seinen Werken, viele nicht mehr ganz junge Frauen, faltenzerknitterte Gesichter mit Verbiesterungsspuren. Und die Besucher – eindeutig ländlich: bieder gekleidete ältere Paare. Die Ausstellung ist für sie bestimmt nur eine kleine Abwechslung auf ihrem gewohnten Sonntagnachmittags-Spaziergang. Und dort, eine Frauen-Wandergruppe, Laufstöcke, stramme Waden. Aber auch wenn ich mich unter ihnen wie ein Fremdkörper fühle, etwas haben wir doch gemeinsam: Sie können mit den gezeigten Werken genauso wenig anfangen wie ich. Mit höflich-verständnislosen Mienen gehen sie vorbei.

Karin sollte doch auch hier sein – und dort ist sie, inmitten ihrer Keramikobjekte, originell und mit großem Geschick gemacht, das kann ich jetzt, bei guter Beleuchtung, noch besser sehen als damals in ihrem Atelier – aber ist das Kunst oder nicht doch eher Kunsthandwerk? Immerhin ist ihr Stand der einzige, an dem die Besucher stehenbleiben, die Sachen einer eingehenderen Betrachtung unterziehen, sich mit der Schöpferin unterhalten – vielleicht sogar Verkaufsgespräche? Ich will nicht stören, begrüße Karin nur kurz – und sie erkennt mich wieder! Ein erster Schritt in die mir unverständlicher denn je erscheinenden Künstlerkreise?

Jetzt drehe ich schon die zweite Runde durch den Ausstellungssaal – ein mich beeindruckendes Werk kann ich immer noch nicht entdecken. Aber schon gehen? Keine gute Idee. Vielleicht beobachtet Karin mich ja, vielleicht soll sie Felix Bericht über mein ‚Verhalten' erstatten. Aus Langeweile fange wiederum ich an, anderes zu beobachten, und ich sehe, dass auf Tischen Ringbücher ausliegen. Jedes gehört zu einem der Künstler und in ihm stellt der jeweilige Besitzer seinen künstlerischen Werdegang da und zeigt Fotos weiterer Werke. Aha, das also sind bestimmt die Künstlermappen, die Felix einmal erwähnt hatte mit der Bemerkung, auch ich müsse mir irgendwann so etwas zulegen. Aber warum? Beachtung scheinen sie hier nicht zu finden, kaum jemand blättert in ihnen. Ich fasse den heroischen Entschluss, das einmal zu tun und bereue es sofort: beeindruckende lange künstlerische Lebensläufe, Abschlüsse bekannter Kunstschulen, Ausstellungen, Stipendien, Preise. Ich mit meinem jetzt halben Jahr Maltätigkeit schrumpfe gleichsam zu einem Nichts zusammen.

Aber das genügt dem Schicksal noch nicht, der nächste Tiefschlag folgt: fast alle Künstler haben mit mehr oder weniger gegenständlicher Malerei begonnen, und die zur Dokumentation beigefügten Abbildungen – es sind die ersten Werke der ganzen Ausstellung, die mich berühren, die ich interessant, ja oft sogar richtig ausdrucksvoll finde. Das fanden die Künstler selbst offenbar jedoch nicht. Geradezu stolz beschreiben sie, wie sie sich bemühten, schnellstmöglich diesen künstlerischen ‚Niederungen' zu entkommen und jetzt die ‚Krone der Kunst', die Gegenstandslosigkeit, erreicht haben. Ich bin völlig verwirrt. Ach wenn Felix da wäre, er wüsste bestimmt eine Antwort. Aber wenn er da wäre, würden ihn wahrscheinlich sofort die ganzen vertrockneten Künstlerinnen anhimmeln.

18. April 2016, Dienstag

Ich sitze wieder einmal neben Felix im Auto, auf der Fahrt zu seinem Haus, und klage ihm das Leid der ‚unmodern-gegenständlich-gefühlvollen Künstlerin'. Felix tröstet mich, jeder Künstler, der etwas Neues wagt, stoße erst einmal auf Unverständnis. Ich glaube, er hat recht. Wir sind da, tragen drei weitere meiner Bilder ins Haus, Felix will auch sie rahmen lassen. Auf einer antiken

Kommode im Foyer entdecke ich ein Kunst-Bonsai-Bäumchen, Wurzeln und Stamm aus Halbedelstein geschnitzt, echte rosa Perlen als Blätter – sieht aus wie die noch bis vor kurzem blühenden Bäume, wunderschön. „Gefällt es dir? Du kannst es haben", sagt Felix. „Aber nur, wenn ich dir auch etwas schenken darf", antworte ich, und ich weiß schon was das sein wird: das in Erinnerung an unseren ‚Jahrestag' gemaltes Bild.

Und endlich eine Gelegenheit, mich für Felix' lieben Zuspruch, seine unermüdlichen Ermunterungen zu bedanken: Sein Wintergarten braucht Sonnenschutz-Stores und einige Gardinen in den großen Zimmern müssten neu gesäumt werden. Natürlich biete ich meine Hilfe und Näh-Fähigkeiten an, er freut sich. Ein sehnsüchtiger Blick zum Swimmingpool – noch ist das Wasser zu kalt, aber in der Erinnerung ist es warm und in meinem Kopf hat sich schon wieder ein ‚Seh-Roman' eingenistet.

3. Mai 2016, Dienstag

Es ist soweit, meine Nähdienste werden gewünscht. Natürlich müssen die Gardinen zuerst gekauft werden. Felix holt mich und meine Nähmaschine am frühen Abend ab und wir fahren zu Ikea. Auch das sehe ich zum ersten Mal als gesunder und einigermaßen normal sehender Mensch. Wie anders die Welt aussieht, wenn man keine Schmerzen hat, nicht erschöpft ist. Felix hat die ihm geeignet erscheinenden Stores gefunden und wir bummeln noch durch die anderen Abteilungen, da erspäht mein ‚Künstlerauge' etwas: kostenlose Bleistifte! An fast jeder Ecke stehen Behälter mit ihnen. Gedacht sind sie wohl zum Notieren von Maßen – und bestimmt pro Kunde nur ein Stift. Aber ich könnte sie für meine Skizzen so gut brauchen. Kurzerhand stelle ich den verblüfften Felix als Sichtschutz auf und räume hinter seinem breiten Rücken schnell einen Bleistiftbehälter leer.

Nachdem ich auch an der Kasse nicht verhaftet worden bin, lädt Felix mich zum Essen ins Restaurant ein. Dann geht es ‚nach Hause'. Dort hat er eine Überraschung für mich: Er zeigt mir ein Zimmer, das ich bis jetzt überhaupt noch nicht kannte, darin ein großer geschnitzter Bauernschrank, eine ebenfalls große Truhe. „Die Möbel werden in einigen Wochen abgeholt, dann werde ich es für deine Bilder einrichten", sagt er. Wow, mir wird schwindlig, aber das ist jetzt mit Sicherheit kein Seh-Blackout.

4. Mai 2016, Mittwoch

Ein gemütliches Frühstück, danach geht es an die Arbeit: Felix hängt die neu zu säumenden Gardinen der großen Fensterfronten ab und dann kommt für meine Nähmaschine, eine zwar solide, aber schon etwas betagte Dame, die Stunde der Bewährung: „Lass mich nicht im Stich", flehe ich sie inwendig an, „ich darf jetzt nicht versagen, das ist bestimmt der entscheidende Test meiner Tauglichkeit als Hausfrau." Sie gibt ihr Bestes.

Am frühen Nachmittag sind die Gardinen fertig. Wir verpacken die Wintergarten-Stores in einen leeren Koffer, ich werde sie bei mir zu Hause zurechtschneiden und nähen. Da, ein Stapel Bücher, Foto- und Kunstbände. „Wenn du möchtest, such dir welche aus", bietet Felix an. Ich will nicht unbescheiden sein und wähle nur einen Band mit schönen Tier- und Naturfotografien. Die Heimfahrt, Sonnenschein, herrlich warmes Wetter, das erste Mal in diesem Jahr. Blätter, Blumen, alles sprießt. Doch, ich habe den ‚Hausfrauen-Test' bestanden, da bin ich mir auf einmal ganz sicher.

8. Mai 2016, Sonntag

Sie habe diesen Sommer einiges mit mir vor, hatte die Oma schon verkündet – und das scheint sie jetzt in Angriff nehmen zu wollen: Sie hat mich nach Neuwied eingeladen. Von meiner Malerei weiß sie inzwischen, und auch sie will künstlerisch etwas für mich tun: In Neuwied gäbe es an diesem Wochenende eine Kunstausstellung, die sie sich mit mir ansehen wolle. Bei mir zwiespältige Gefühle, die ungute Erinnerung an meinen ersten Ausstellungsbesuch. Aber diesmal bin ich ja nicht allein. Wenn man mit jemandem über die Eindrücke reden kann, erscheint manches nicht mehr so unverständlich oder vielleicht auch in einem ganz anderen Blickwinkel, und die Oma hat über vieles vernünftige, manchmal auch originelle Ansichten.

Ihre Anwesenheit beruhigt mich, unauffällig bugsiert sie mich an Hindernissen vorbei, ich weiß, dass nichts passieren wird. Wann habe ich mich das letzte Mal so ‚beschützt' gefühlt? Richtig, bei Philipp, und ich bin mir inzwischen sicher, die Oma hat genau beobachtet, wie er, der ‚Sehspezialist', mit mir umgegangen ist und macht es jetzt genauso. In einem der ‚Kunsthöfe' stolpern wir beide fast über einen Stapel Pappmaché-Säcke, einer hat ein Loch, Sand rieselt heraus – vielleicht gehört das zum Kunstwerk dazu, sage ich inzwischen ‚Abstrakte-Kunst-Gestählte' halblaut zur Oma. Die Künstlerin hat es gehört, „Nein, nein", versichert sie lachend, „das war einer meiner Hunde, auf der Jagd nach Ratten, die es hier in den alten Häusern leider gibt." Auch sie nicht mehr ganz jung, aber ein freundliches, offenes Gesicht, keine Spur von Verbiesterung. Auf diese Weise präsentiert macht die ‚gefühllose' abstrakte Kunst Spaß, und Spaß ist doch auch ein Gefühl.

Es wird allmählich Zeit für das Highlight des Tages: Die Oma hat Karten für eine Musical-Revue im Schlosstheater besorgt! Wir haben Plätze auf der Empore, leider nicht neben-, sondern schräg hintereinander, aber der tolle Ausblick auf das Bühnengeschehen entschädigt. In der Pause überreiche ich der Oma eine kleine Überraschung zum heutigen Muttertag – und löse damit bei ihr fast Tränen aus, denn offenbar habe ich als einzige daran gedacht. „Du bist jetzt meine neue Tochter", schnieft sie.

16. Mai 2016, Pfingstmontag

Die Oma hat mir schon so viel Gutes getan, heute ist sie mein Gast. Wir sind da, der Kuchen steht bereit, aber die Oma will zuerst die Bilder sehen – und dann kommt sie aus dem Staunen nicht mehr heraus. „Du wirst noch berühmt", prophezeit sie. Ach Oma, wenn das so leicht wäre, vor allem, wo ich ja auch sooo viele Beziehungen habe. „Wenigstens warst du über Pfingsten nicht ganz allein", sagt die Oma beim Abschied und erzählt, sie hätte, um heute für mich Zeit zu haben, den unerwartet angekündigten Besuch einer Enkelin mit List und Tücke abgewendet. Nicht nur bei Philipp selbst, sondern auch bei seiner Familie scheine ich also aus unerfindlichen Gründen in Ungnade gefallen zu sein. „Jaja, ich bin eben das ‚räudige Schaf vom Dienst'", antworte ich, die Oma lacht.

31. Mai 2016, Dienstag

Hochsommerlich warm; am späten Nachmittag kommt Felix. Am meisten interessieren ihn wahrscheinlich seine Gardinen, dann meine neuen Bilder, dann lange nichts, und dann irgendwann ich, ziehe ich ihn auf. Er lacht herzlich. Wir fahren zu ihm, hängen die Gardinen auf. Meine erste richtige ‚Hausfrauentätigkeit' in diesem Haus, denke ich, bestimmt wird es nicht die letzte sein. Und heute winkt als Belohnung endlich der Swimmingpool. Aber die Abdeckplane – wie sieht sie nur aus? Ein Baum aus dem Nachbargarten war unsachgemäß gefällt worden, in die falsche Richtung gestürzt und hat sie zerrissen, sagt Felix betrübt. Man müsste den Riss nähen, bräuchte dazu aber ein besonders festes Garn. Und wieder kann ich helfen, solches Garn habe ich in dem von meiner Mutter geerbten, gut bestückten Nähkasten. Ich werde dir ein Stück abwickeln, verspreche ich.

Später stehen wir Arm in Arm im Garten und beobachten einen riesigen Fast-Vollmond am Himmel.

8. Juni 2016, Mittwoch

Gestern ein Anruf von meiner lieben Ex-Kollegin, Frau Eilers. Sie hat wieder eine Einladung zur Eröffnung einer Museums-Ausstellung und mich nicht vergessen, wie schön! Die heutige Ausstellung befasst sich mit dem Thema Schmuck und Kosmetik im Wandel der Jahrtausende. Unzählige Exponate – aber meine Augen sind inzwischen schon so gut erzogen, dass sie ohne Weiteres das Interessanteste herausfiltern: Über 10 000 Jahre alte Schmuck-Muschelschalen und Schneckengehäuse; unter vielen Haarnadeln eine mit einem körbchenartigen, unwahrscheinlich filigran gestalteten Kopf, eine Gewandfibel dicht mit glühend-dunkelroten Granatsteinen besetzt, ein Fabergé-Ei mit zwei winzigen Parfüm-Fläschchen in seinem Inneren, ein Dauerwellenapparat aus den 1920ern, das reinste Folterinstrument.

Meinem Orientierungsvermögen traue ich offenbar noch nicht so ganz, denn ich ertappe mich dabei, dass ich mich immer in der Nähe von Frau Eilers aufhalte, natürlich inzwischen nicht mehr hündchenartig, sondern routiniertunauffällig. Im Foyer sind die Reproduktionen der berühmtesten Frauendarstellungen der Menschheitsgeschichte zu sehen, gleichsam die Vertreter des jeweils herrschenden Frauenideals: Die Venus von Willendorf, Nofretete, die Venus von Milo, Uta von Naumburg und das so genannte ‚frierende Mädchen', eine im 19. Jahrhundert sehr bekannte französische Frauenplastik. Ich kenne diese Darstellungen natürlich, aber etwas fällt mir jetzt zum ersten Mal auf: Jahrhunderte klassisch-strenger Gesichtszüge scheinen sich mit solchen weicherer Formen abzuwechseln. Für die ersteren stehen die Ägypterin und Uta, für letztere die griechische Venus und das ‚französische' Mädchen (na ja, die ‚Steinzeit-Venus' läuft außer Konkurrenz). Ob mich das Malen auch für solche Details sensibler gemacht hat?

9. Juni 2016, Donnerstag

Ein neues Auto, gerade vom Händler geholt, und Felix möchte mit mir die erste Spritztour machen! Wenigstens ist die Mittelkonsole nicht mehr so breit, dann waren meine Beschwerden ja doch erfolgreich, sage ich, Felix lacht. Wir fahren durch den Kottenforst, herrliche sommergrüne Laubwälder. Im Biergarten des Bahnhofs Kottenforst machen wir eine kleine Rast, dann geht es weiter durchs Drachenfelser Ländchen.

Später, in Felix' Haus – Felix scheint meine ‚Künstlerkarriere' am Herzen zu liegen: Ich solle fleißig weitermalen, noch mehr Routine gewinnen, sagt er, in einigen Monaten könne sich da vielleicht etwas ergeben. Und noch etwas: Ich müsse mir endlich die ‚berühmte' Künstlermappe mit Fotos meiner Bilder zulegen. Wie, ohne jeden künstlerischen Lebenslauf? Das sage ich natürlich nicht laut, ich finde seine Bemühungen so rührend.

29. Juni 2016, Mittwoch

Der Juni ist fast um und gleich mehrere neue Bilder sind fertig. Felix' Ankündigung von neulich hat mich richtig beflügelt. Meine Werke einmal zeigen zu können, einfach nur zu sehen, wie sie auf andere wirken – das wäre toll.

5. Juli 2016, Dienstag

Felix will das mit meiner Künstlermappe jetzt selbst in Angriff nehmen und meine Gemälde fotografieren, heute sei ideales helles Wetter. Schon hat er sich eine geeignete Stelle an der einen Wand ausgesucht. Folgsam und eifrig schleppe ich die Bilder herbei. Dass es schon so viele sind, wird mir erst jetzt so richtig bewusst. Als ich gerade mit weiteren aus dem Nebenzimmer komme, sehe ich, dass Felix auch mein Wohnzimmer fotografiert, gleich aus mehreren Blickwinkeln. „Warum?“, frage ich, „So toll sehen meine Möbel nicht aus und dann die schreckliche Blümchentapete.“ „Das ist jetzt eben das Künstleratelier“, sagt Felix. Mir fällt nichts mehr ein.

14. Juli 2016, Donnerstag

Wieder einmal ein Brust-Kontrolltermin – vor der Tastuntersuchung habe ich inzwischen schon weniger Angst, und heute will ich die nette Gynäkologin etwas fragen. Vor drei Jahren, im Krankenhaus: Uns brustkrebskranken Frauen war eine Maltherapie angeboten worden! Die ehrenamtlich tätige Künstlerin ging von Zimmer zu Zimmer, um sich vorzustellen und kam natürlich auch zu mir – ich kann mich noch an ihre ruhige, freundliche Art und ihre tröstenden Worte erinnern, aber leider weder an ihren Namen noch an ihr genaues Aussehen. Damals kamen so viele, ständig wechselnde Ärzte und Schwestern. Interessierten Patientinnen wurden kleine Leinwände zum Bemalen zur Verfügung gestellt und die Bildchen dann im Eingangsbereich der Station an eine Wand geheftet. Ich bin mehrmals an dieser Wand vorbeigegangen und habe die Motive betrachtet, an eines kann ich mich sogar noch gut erinnern: eine weibliche Brust, auf die gerade mit Nadel und Faden ein bunter Flicken gesetzt wurde. Verzweiflung, mit Humor ausgedrückt. Ich glaube – nein, bin mir jetzt sicher, die Schöpferin war auch eine unentdeckte Künstlerin.

Mit mir selbst und dem Malen hatte es damals nicht geklappt, die Malstunden wurden jeweils dienstags und donnerstags angeboten. Dienstags fanden meine vielen Voruntersuchungen statt, donnerstags, am Tag nach der Operation, war ich noch zu schlapp und am folgenden Dienstag wiederum schon entlassen. Aber die nette Malerin – das wäre bestimmt eine Anlaufstelle, jemand, der mir objektiv sagen könnte, ob meine Bilder etwas taugen. Wenn Felix sich für mich einsetzt und sich dann blamieren würde, das wäre furchtbar, das darf einfach nicht sein. Hoffentlich ist die Malerin überhaupt noch da, ganz jung war sie auch nicht mehr, das habe ich noch in vager Erinnerung. Meine Gynäkologin arbeitete damals noch im Krankenhaus und müsste sie kennen. Sie kann sich auch genau an die Person erinnern, nur – den Namen weiß sie leider auch nicht mehr. Aber sie gibt mir Namen und Telefonnummer der Stationsschwester, die könne mir ganz bestimmt weiterhelfen.

20. Juli 2016, Mittwoch

Der Tag der ‚Hinrichtung', die gefürchtete jährliche MRT-Untersuchung, nähert sich unerbittlich. Ich hatte Felix den Termin bei unserem letzten Zusammensein gesagt, danach aber jeden auch nur telefonischen Kontakt vermieden. Ich fürchtete, mich nicht genug zusammenreißen zu können und doch wieder herumzujammern. Das wollte ich ihm nicht antun. Ping-ping, das Handy – er! Das kann kein Zufall sein, bei Felix ist nichts Zufall. Er hat den Termin nicht vergessen und jetzt lädt mich der Gute zu einem romantischen Abend zu sich ein, damit ich abgelenkt bin, die Angst vergesse! Ich mache mich besonders hübsch zurecht, das hat er verdient und das sehr warme Wetter erlaubt Gottseidank ein schickes Sommerkleid. Die vertraute lange Fahrt; ich unterbreche sie, um eine Flasche guten Weins zu kaufen, dann geht es weiter. Der Weg von der Bushaltestelle zu Felix' Haus – in der Ferne leises Donnern.

Ich finde Felix schlafend auf der Wohnzimmercouch, küsse ihn behutsam wach. Erste Erfrischungsrunden im Swimmingpool, dann ein vom Chef persönlich kreiertes leichtes Abendessen. Felix hat noch etwas für mich: die Fotoabzüge meiner Bilder. Sie sehen toll aus, fast wie Miniatur-Originale – Felix ist stolz über mein Lob. Dann ein Blick in ‚mein Bilderzimmer'. Die alten Möbel würden jetzt bald abgeholt, sagt er. Das Bild für die Tür ist auch bald fertig, verspreche ich (wenn ich weiterleben darf, das sage ich aber nicht laut, ich muss mich zusammennehmen).

Die Gewitterwolken haben sich verzogen, vom Nachthimmel scheint ein romantischer Vollmond, kleine Lampions leuchten und am Swimmingpool steht ein Champagnerkübel bereit – eine Szene wie aus einem alten Hollywood-Film. Und morgen, war da überhaupt was?

21. Juli 2016, Donnerstag

Ich gehe – nein, ich schwebe zur Untersuchung. Gestern – es war so schön. Das Schicksal wird mich wieder bestrafen, da bin ich mir sicher, es war einfach *zu* schön. Aber es macht mir überhaupt nichts mehr aus. Dem Schicksal macht es offenbar keinen Spaß, jemanden zu bestrafen, dem das nichts mehr ausmacht – alles in Ordnung! Und weil es ja nichts Konkretes zu besprechen gibt, frage ich den diensthabenden Arzt mal so allgemein nach meinen Überlebensaussichten, ohne das Antikrebsmittel. Und warum sterben so viele jüngere Frauen an Brustkrebs? Anfang des Jahres die Schauspielerin, inzwischen noch einige weitere Prominente, sie hatten doch sicher alle Möglichkeiten einer optimalen medizinischen Versorgung, warum ging es bei ihnen so schnell? Jüngere hätten aufgrund ihres noch höheren Hormonstatus meist aggressivere Krebsformen, erklärt der nette Arzt, dann malt er zwei Sterbekurven auf, die *ohne* ist geringfügig steiler. Ich solle das Leben auf jeden Fall genießen, alles das tun, was ich tun möchte, rät er mir. Ist das nicht ein typischer Ratschlag für Todeskandidaten?

Na ja, ein halbes Jahr darf ich zumindest wieder weiterleben. Noch im Foyer des Ärztehauses schreibe ich Felix eine SMS, er schickt die herzlichsten Glückwünsche zurück.

24. Juli 2016, Sonntag

Die Oma hat mich voller Freude spontan zu sich eingeladen und ich bringe ein Geschenk mit: den Tretroller, den ich mir vor über zwei Jahren als ersten Schritt zum Führerscheinerwerb gekauft hatte. Mit dem Führerschein wird es ja nun doch nichts. Seh-Blackouts können jederzeit auftreten, die in hunderttausenden Jahren bewährten Funktionsmechanismen des Gehirns lassen sich für meinen Einzelfall nun mal nicht umkehren. Was, wenn ich am Steuer eines Autos mitten im heutigen Verkehrsgewühl bin und auf einmal eine Minute lang überhaupt nichts mehr ‚sehe'? Zurück zum Tretroller – Omas Urenkel kann ihn sicher schon fahren, die Urenkelin bald auch. So hat er doch eine gute Verwendung gefunden und ich kann der Oma einen Teil von dem zurückgeben, was sie für mich getan hat.

Die Zugfahrt mit Tretroller klappt problemlos, auch der Anschluss-Bus in Neuwied ist pünktlich, nur – die Straßen, durch die er fährt, kommen mir unbekannt vor. Bahnt sich da etwa ein Seh-Blackout an? Das kann nicht sein, es geht es mir doch gut, kein Stress, ich freue mich auf die Oma. Sie werde mich wieder an der Haltestelle abholen, hatte sie gesagt. Da, die Siedlungshäuser, dann muss ich jetzt aussteigen. Und dann stehe ich da, keine Oma an der Haltestelle, und auch anderes fehlt, die gegenüberliegende Tankstelle zum Beispiel. Jetzt wird mir klar, das Seh-Blackout hatte diesmal nicht ich, sondern der Busfahrer, er hat, wahrscheinlich ortsunkundig und von den vielen gleich aussehenden Wohnblocks der großen Siedlung irritiert, eine falsche Strecke gewählt!

Mein eigenes Seh-Blackout lässt aber nicht auf sich warten: Wie unter Zwang gehe ich einfach weiter in die Richtung, in die der Bus entschwunden ist! Ich laufe und laufe, manchmal auch unter Zuhilfenahme des Tretrollers, bis etwas meinen Aktivitätsschub abrupt stoppt: das Ortsausgangsschild von Neuwied! Ein erster vernünftiger Gedanke durchbricht den Blackout-Nebel: Ich muss umdrehen. Dann erstaunlicherweise ein Ansatz von Orientierungssinn: Ich muss mich etwas weiter östlich halten. Also los! Zur Entschädigung führt der Weg diesmal durch ein parkartiges Wäldchen, seine Kühle tut gut, mir ist inzwischen ziemlich warm geworden. Das Wäldchen nimmt kein Ende. Bin ich etwa wieder falsch? Niemand da, den ich fragen könnte. Doch, dort hinten kommt ein junges Paar, der junge Mann kennt sich etwas aus. Die Richtung zumindest stimmt, nur müsse ich bald abbiegen. Puh, gerade noch rechtzeitig gefragt! Ich spüre, wie sich das durch die Anspannung gleichsam zu einem Tunnel zusammengequetschte Gesichtsfeld wieder weitet, und da – über den sonnenbeschienenen Weg huscht doch tatsächlich eine Smaragdeidechse! Habe ich schon einmal eine Smaragdeidechse auf freier Wildbahn gesehen? Ich glaube nicht.

Und das ist jetzt wirklich ‚Omas' Straße. Erstaunlicherweise erkenne ich sie sofort wieder, obwohl ich diesmal aus der anderen Richtung komme. Ich gehe an Omas Haus vorbei, die Bushaltestelle liegt um die Ecke, und dort steht eine inzwischen schon leicht panische Oma! Kein Bus, keine Monika. Andere Menschen können also auch in Panik geraten, wie tröstlich! Und wenn ich jetzt auch noch ‚von hinten' komme, hoffentlich kippt die Ärmste nicht aus den Pantinen. Nein, sie erweist sich trotz allem als standfest, ich erkläre mein Missgeschick, abwechselnd schimpft sie auf den Busfahrer und freut sich über mein wohlbehaltenes Erscheinen. Und das Tretrollerchen probiert sie natürlich sofort aus, typisch Oma!

29. Juli 2016, Freitag

Felix hat für Anfang kommender Woche einen kleinen Ausflug in Aussicht gestellt, wie schön! Ich war auch fleißig, neue Bilder sind fertig. Ich bitte ihn, mich einmal in ein Fotogeschäft zu begleiten und beim Aussuchen eines eigenen kleinen Fotoapparates zu beraten. Auch ‚fotomäßig' möchte die ‚Künstlerin' allmählich selbstständiger werden. Er findet das gut und ist einverstanden.

1. August 2016, Montag

Der kleine Ausflug geht an die Sieg. Im Restaurant an der Fähre wollen wir zu Abend essen – leider hat das Restaurant zu: Montag! Wir sind nicht die einzigen vor verschlossenen Türen. Dass sich die Inhaber während der Saison ein solches Geschäft entgehen lassen, grummelt Felix, während ich wieder einmal ganz in wehmütigen Erinnerungen gefangen bin. Damals, kurz nach meiner Operation, waren wir schon einmal hier, und ich glaube, ich erkenne sogar etwas wieder: die großen Zitterpappeln am Wasser. Aber es hilft nichts, wir fahren zurück. Immerhin bleibt es beim Wasser, das Essen findet auf der Uferterrasse eines Restaurants am Rhein statt. Noch scheint die Sonne, aber Schleierwolken ziehen auf, werden dichter. Für den späteren Abend ist Regen angesagt, er soll gefälligst noch etwas warten. Ich blicke über den breiten Fluss:

Am gegenüberliegenden Ufer ragt ein Hochhauskomplex in den Abendhimmel. Für seinen Bau wurden damals die Flüchtlings-Behelfshäuser abgerissen, in denen wir wohnten. Dort, im Rhein, hatte ich schwimmen gelernt. Wenn ich damals gewusst hätte, wie viele eintönig-graue Lebens-, nein Arbeitsjahre vor mir lagen. Und jetzt sitze ich hier, jemand sieht mich liebevoll an. Ganz zum Schluss doch noch das große Glück.

21. August 2016, Sonntag

Auf heute habe ich mich schon lange gefreut. Wieder einmal ein Treffen mit meinem netten ‚Ex-Chef' aus Berlin und der lieben ehemaligen Kollegin, Frau Eilers, diesmal in Köln. Die Hinfahrt, immer wieder Regen, auch auf dem Weg zum Treffpunkt nahe des Domes. Dort steht schon jemand, eine eisige, böse Stimme sagt: „Wo bleiben Sie denn?" In meinem Magen scheint sich eine Faust zu drehen, ich kann die Füße kaum noch vom Boden heben, gleichzeitig rotiert alles um mich. „Hallo Frau Neumann!" Eine bekannte, vertraute Stimme. Mein netter Ex-Chef steht vor mir, strahlt mich an. Dort vorne könnten wir uns unterstellen, meint er, aber ich kann doch überhaupt nicht mehr gehen, falle bestimmt gleich um. Quatsch, ganz normal gehe ich neben ihm her. Was war das eben für ein Alptraum? Schon vergessen, und da ist auch Frau Eilers. Wir gehen in ein Restaurant. Ein schöner Außenplatz – gegen die ziemlich kühlen Temperaturen gibt es Infrarot-Strahler, gegen den von dunklen Wolken angekündigten nächsten Schauer eine breite Markise. Es wird richtig gemütlich. Wir haben uns wieder einmal so viel zu erzählen – und dann packe ich meine ‚Künstlermappe' aus. Erst Staunen, dann Begeisterung, und ich glaube, die Begeisterung ist echt, so gut kenne ich meine ehemaligen Kollegen.

Die Schauer werden seltener, wir wagen einen Spaziergang. Es geht in den Kölner Dom. Wann war ich hier zum letzten Mal? Die neuen, so umstrittenen Kirchenfenster des Künstlers Gerhard Richter habe ich überhaupt noch nicht in Natura gesehen: Die Scheiben sind aus kleinen bunten Glas-Quadraten mosaikartig zusammengesetzt. Als genialisch-künstlerische Idee habe Richter die Farben von einem Zufallsgenerator wählen lassen, hatte ich einmal gelesen. Ist das dann überhaupt noch Kunst? Setzt der Begriff ‚Kunst' nicht voraus, dass es zumindest menschengemacht ist? Aber damals, vor Jahrhunderten, als dieser Begriff entstand, gab es ja noch keine anderen Möglichkeiten. Zwischen zwei Schauern scheint gerade wieder einmal die Sonne – auch durch die Kirchenfenster. Gegen die grellen, stechenden Farben des Richterschen ‚Kunstwerks' wirken die anderen, älteren Fenster dunkel, düster. Eine ‚Kunstvernichtung durch Kunst'?

Frau Eilers scheint mit meiner skeptischen Reaktion zufrieden zu sein und startet den zweiten Teil ihres ‚Kunstunterrichts': „Moderne Kirchenfenster können auch schön sein, mit ihren älteren ‚Kollegen' eine harmonische Einheit bilden", sagt sie und führt uns in eine andere Kirche. Auch hier hat ein Künstler der Gegenwart verlorengegangene Fenster neu gestaltet, aber die ‚Neuen' sind auf den ersten Blick von den anderen nicht zu unterscheiden. Erst beim näheren Hinsehen löst sich das, was ich zunächst für Heiligen-Darstellungen gehalten hatte, in abstrakte Formen auf – eine geniale Lösung des ewigen Konfliktes alt-modern. Auch die Farben: genau mit den bereits vorherrschenden abgestimmt. Der Künstler will seinen ‚Vorgängern' nicht die Schau stehlen, sondern erweist ihnen Respekt. Auch wenn ich selbst einen ganz anderen Malstil habe – dieser Künstler hat *meinen* Respekt.

Heimfahrt am frühen Abend. Ein schöner Nachmittag, ich fühle mich einfach rundum wohl – und das Blackout ganz zu Anfang? Kurz vor dem Einschlafen die ‚Erleuchtung': Damals, vor gut zwei Jahren, dieses völlig verkorkste Date mit dem eiskalten Typ! Das gleiche Wetter und fast der gleiche Treffpunkt – da ist in meinem Kopf wieder einmal etwas durcheinandergekommen. Im Geiste höre ich Philipps Stimme: ‚Es hört nie ganz auf'.

26. August 2016, Freitag

Anruf von der Oma: Sie lädt mich für übermorgen zu sich ein. Sie musste sich einer kleine Operation unterziehen, jetzt geht es ihr wieder besser. Oder doch nicht? Ihre Stimme klingt bedrückt. Und dann erzählt sie mir die Ursache ihres Kummers: Ein ganzer Fotofilm ist verdorben. Ihr Fotoapparat hatte klammheimlich den Geist aufgegeben und den Film überhaupt nicht belichtet. Jetzt weint die Ärmste fast. Die Erinnerungen vom letzten schönen Urlaub, die ersten Fotos der neugeborenen Urenkelin, dann die Schnappschüsse von unseren Ausflügen – alles unwiederbringlich verloren. Ich tröste sie, so gut ich kann, verspreche eine kleine Überraschung.

27. August 2016, Samstag

Herrliches hochsommerliches Wetter – und noch eine Einladung: von Felix! Ich hatte angedeutet, dass dieses Wochenende das vielleicht letzte richtig warme des Jahres werden würde und dass ich ja noch einmal überprüfen müsse, ob meine Darstellung des Swimmingpool-Motivs auch anatomisch korrekt sei. Und dann hatte ich mir doch vor einigen Tagen diesen schicken Sommer-Overall gekauft, auch dessen Wirkung muss dringend getestet werden. Das hat er sofort ‚eingesehen'. Wieder mein ‚Lauer-Platz' auf der Fensterbank, und dann ist er da, betrachtet staunend erst mich, dann meine neuen Bildern, vor allem eines. „Da muss ich ja direkt meine Sonnenbrille aufsetzen", sagt er lachend. „Besser nicht, vielleicht zersplittern die Gläser", antworte ich.

Felix hat noch nicht zu Abend gegessen. Wir fahren wieder einmal an die Sieg – das mit dem ‚unflexiblen' Restaurantbetreiber an der Siegfähre, der seine Pläne neulich so unerwartet durchkreuzt hatte, hat ihm offenbar keine Ruhe gelassen. Heute kann man den Hochbetrieb schon von weitem sehen und hören, aber das Glück ist mit den Liebenden – wir finden einen freien Zweiertisch mit herrlichem Ausblick auf die Sieg. Die Ufer sind dicht bevölkert, auch im Wasser zahlreiche Badende – und auf einmal drehen sich alle Köpfe ruckartig in eine Richtung. Ein Anblick wie auf einem alten Gemälde: Am gegenüberliegenden Ufer werden zwei Pferde zur Schwemme geritten! Die jungen Reiterinnen gewöhnen ihre Tiere vorsichtig ans kühle Nass, die Beine werden besprengt, dann geht es langsam ins Wasser. Das eine Pferd überlegt, ob es scheuen soll, überlegt es sich dann aber doch anders. Schließlich haben sie die Sieg durchquert und stehen jetzt gar nicht weit von uns entfernt – natürlich pitschnass. Felix fürchtet um seinen guten Anzug, ich sage zum Spaß: „Komm her, Pferdchen, komm zu Felix, und dann schüttel dich mal!"

Der Anzug bleibt unversehrt, die Pferde durchqueren wieder den Fluss – jetzt scheinen sie das richtig zu mögen. Auch wir brechen auf. Ich gehe kurz zur alten Seilfähre. Die habe ich damals, vor dreieinhalb Jahren, überhaupt nicht gesehen. So klein ist sie doch nicht. Ach ja, mein damaliger Tunnelblick aus Liebe und Todesangst. In der beginnenden Dämmerung fahren wir zu Felix, er hat eine schöne Nebenstrecke durch dörfliche Stadtteile gewählt, wie romantisch. Und in seinem Haus wird es noch romantischer: Die alten Möbel aus dem ‚Bilderzimmer' sind verschwunden, an ihrer Stelle ein französisches Bett und ein wunderschönes antikes Nachttischchen. Auch meine Bilder hat er schon aufgehängt, geradezu kunstvoll drapiert. Er ist eben doch ein Künstler. Und dann wieder: Lampions, Champagner, der Swimmingpool – Hollywood.

28. August 2016, Sonntag

Auf dem Weg zur Oma. „Du musst mich nicht an der Bushaltestelle abholen, so viel Treppensteigen ist nach der Operation sicher nicht gut für dich", hatte ich ihr telefonisch gesagt. „Wenn der Bus wieder falsch abbiegt, werde ich diesmal energisch protestieren." Mit Ersterem war sie einverstanden, bei Letzterem hatte sie gelacht. Liebe kann zwar angeblich Berge versetzen, offenbar aber nicht das visuelle Chaos in meinem Kopf. Oder verstärkt sie es vielleicht sogar? Wie dem auch sei – diesmal verfährt sich nicht der Bus, sondern ich verlaufe mich! Ich bringe es tatsächlich fertig, mich auf dem kurzen Weg von der Haltestelle zu Omas Haus zu verlaufen! Genauso wie den armen Busfahrer, auf den wir neulich so geschimpft hatten, haben mich die vielen fast gleich aussehenden Wohnblocks der Siedlung irritiert. Ich biege eine Seitenstraße zu früh ab. Wieder gehe ich trotz wachsender Zweifel erst einmal mechanisch weiter, bevor ich kehrt mache. Immerhin diesmal bedeutend früher als neulich. Ein visuell so verkorkstes Wesen wie ich muss eben auch schon mit kleinen Erfolgen zufrieden sein. Jetzt, endlich die richtige Straße – und eine schon sehr beunruhigte Oma läuft auf dem Balkon hin und her.

Trotz des Schrecks wird es ein schöner Nachmittag. Die Oma hat ein schickes Sommerkleid für mich, das ihr zu lang ist. Es passt wie angegossen – die Oma strahlt. Ich habe auch eine Überraschung – eine Kamera. Felix hatte die wunderbare Idee, mir seine alte Digitalkamera zu geben: „Wir fotografieren uns gleich mal gegenseitig, am besten in deinem grünen ‚Balkonien'. Dann haben wir an heute eine schöne Erinnerung." Ich glaube, nun hat sie den Kummer über ihren defekten Fotoapparat und die vernichteten Bilder vergessen. Sie bestaunt die teure Kamera. Jetzt muss ich ihr das mit Felix einfach erzählen. Na ja, zumindest die so hoffnungsvolle Entwicklung der letzten Monate. „Siehst du, du hast ihn völlig falsch eingeschätzt", sage ich. „Ich gönne dir das Glück von ganzem Herzen, du hast es mehr als verdient", sagt sie unter verdächtigem Schniefen.

Den Rückweg von Omas Haus zur Gegen-Bushaltestelle schaffe ich ganz ohne Katastrophe und sogar mit einem Gläschen Sekt intus! Sicherheitshalber behält mich die Oma vom Balkon aus scharf im Auge.

1. September 2016, Donnerstag

Heute vor genau einem Jahr hatte ich in der prosaischen Umgebung einer Bushaltestelle das rührend-romantische Pärchen gesehen und zum ersten Mal den unwiderstehlichen Drang gehabt, diesen unwahrscheinlich intensiven visuellen Eindruck festzuhalten, wiederzugeben. Ein Jubiläum! Irgendetwas Besonderes müsste ich auch heute tun, und da ist wirklich etwas. Ich wollte ja zu der ‚Krankenhausmalerin' Kontakt aufnehmen, hatte diesen guten Vorsatz jedoch in den vergangenen Wochen etwas aus den Augen verloren. Aber jetzt werde ich das in Angriff nehmen, das Datum wird mir sicher Glück bringen, und sogar das Wetter ist ähnlich wie vor einem Jahr, nach dem hochsommerlichen Wochenende ein Temperatursturz, trüb, nasskalt. Wo war doch gleich der Zettel mit Namen und Telefonnummer der ‚Brustschwester'? Da ist er – anrufen? Aber von damals weiß ich noch, dass im Stationszimmer oft Hektik und fürs Telefonieren keine Zeit ist, ich mache mich am besten persönlich auf die Socken.

Das Krankenhaus. Ich bin auf eine längere Wartezeit eingerichtet, aber ich habe Glück und laufe der ‚Brustschwester' quasi in die Arme. Die Malerin sei gerade in ihrem ‚Atelier', einem großen Raum im Untergeschoss. Bei mir sofort düstere Erinnerung an die labyrinthartig verschachtelten Gänge, in denen ich mich damals mehrmals verlaufen hatte. So labyrinthartig sind sie überhaupt nicht, ich finde den Atelierraum fast auf Anhieb.

Die Malerin ist gerade allein, jetzt nehme ich auch erstmals bewusst ihr Gesicht wahr, ein ausdrucksvolles und sensibles Gesicht. Ein kurzes Zögern, es verfliegt und ich spreche sie an, erkläre, wer ich bin und wie die Umstände damals ein näheres Kennenlernen ‚verhindert' hatten. Sie ist erstaunt, vermutlich hat sich noch nie eine Patientin nach so langer Zeit an sie erinnert , antwortet dann aber sehr freundlich, erzählt über sich und zeigt mir einige ihrer eigenen Werke. Das nimmt mir die letzte Scheu und ich breite meine ‚Künstlermappe' aus. Jetzt ist sie richtig erstaunt, die übliche Frage nach einer künstlerischen Ausbildung – ich kenne das inzwischen, sie kann es nicht fassen. Also sind meine Bilder wohl doch nicht ganz so schlecht. Ich werde noch mutiger und frage nach eventuellen Kontaktmöglichkeiten zu anderen Künstlern, vielleicht jemandem, der mich blutige Anfängerin etwas unter die Fittiche nehmen könnte. Aber da verfinstert sich ihr Gesicht, ich habe offenbar etwas falsch gemacht. Nur was? Meine Bilder schienen ihr doch gefallen zu haben.

Ich habe nichts falsch gemacht, nur in meiner Unwissenheit einen wunden Punkt berührt: Sie hätte den Kontakt zur Kunstszene dieser Stadt völlig abgebrochen und wohne inzwischen in einer Nachbargemeinde, erzählt die Malerin. Es habe da eine schlimme Intrige gegen sie gegeben, aber die krebskranken Frauen wollte sie nicht im Stich lassen und mache ihre Arbeit weiter, das gäbe ihr Befriedigung. Auch für mich hat sie einen Ratschlag: Ihr Ex-Mann sei ebenfalls Künstler, er habe in der Stadt ein eigenes Atelier. Nach Rücksprache mit ihm würde sie mir seine Telefonnummer geben, dann könne ich mit ihm einen Besuchstermin ausmachen, vielleicht ergäbe sich auf diese Weise etwas. Zum Abschied schenkt sie mir eine Kunstpostkarte, ein Selbstporträt – eine ähnliche Malweise wie ich, naturalistisch-verfremdet. Wie sie mit wenigen Strichen die Feinheiten der Mimik erfasst hat, einfach großartig!

Sie zeigt mir noch einen abkürzenden Weg aus dem Gebäude, dann stehe ich wieder an der Bushaltestelle – genau wie damals, nach der Brustoperation, und genau wie damals dieses Glücksgefühl. Damals war ich gerade dem Schlimmsten entronnen und hatte eine schöne Zukunft zu zweit vor mir. Heute habe ich meine erste richtige künstlerische Anerkennung erlebt.

Wieder zu Hause; das Glücksgefühl ist verschwunden und hat einem schalen Nachgeschmack Platz gemacht: Die Sache mit der Intrige in der hiesigen

Kunstszene. Es geht in der ‚Kunstszene' also zu wie an irgendeinem Arbeitsplatz. Und ich dachte, Kunst würde über so etwas Niederem stehen.

8. September 2016, Donnerstag

Wieder hochsommerlich warmes Wetter, nur die schon deutlich kürzeren Tage erinnern an den nicht mehr fernen Herbst. Ich denke an Felix' Swimmingpool, vielleicht die letzte Gelegenheit des Jahres – und ping-ping, er hatte die gleiche Idee. Aber jetzt bin ich ja eine angehende ‚Künstlerin', und da ist vor das Vergnügen die ‚Arbeit' gesetzt: Wir würden vorher noch zwei Ausstellungseröffnungen besuchen, sagt er. Da muss ich mich ja besonders schick machen. Begeistert erzähle ich ihm von meinem künstlerischen ‚Erfolgserlebnis', meine negativen Gedanken lasse ich weg, vielleicht habe ich da doch zu schwarz gesehen. Es ist ja alles noch so neu für mich. Er freut sich ersichtlich, scheint sogar richtig stolz zu sein. Die Veranstalter der ersten Ausstellung kenne ich sogar vage, es ist das nette Künstlerpaar, das wir im Sommer vor drei Jahren besucht hatten. Wie schlecht es mir damals ging, aber an ihre Kunstwerke kann ich mich noch dunkel erinnern: Er schuf Holzplastiken, sie malte abstrakte Pflanzenbilder. Das Paar hat inzwischen in der Stadt eine eigene Galerie eröffnet, und bei ihnen ist Nachwuchs angekommen! Spontan nehme ich als Geschenk ein kleines Bild von mir mit, ein junges Paar küsst zärtlich sein Kind. Meine Vorfreude bekommt einen kleinen Dämpfer, als Felix mir während der Fahrt behutsam beibringt, dass die Malerin meine Bildermappe heute nicht sehen wolle, angeblich keine Zeit. Sie hatten offenbar meinetwegen miteinander telefoniert.

Dann stehe ich allein in der Galerie, Felix muss noch einen Parkplatz suchen. An der Wand Reihen von Drahtkleiderbügeln, von der Decke hängen an Vinylfäden mit aufgeblasenen Luftballons gefüllte Schraubdeckelgläser – und wieder einmal sagt mir etwas in meinem Inneren, dass ich einfach nicht hierher passe. Natürlich darf ich mir das auf keinen Fall anmerken lassen. Dort die junge Frau, ganz versunken mit einem winzigen Baby – das muss die Künstlerin-Galeristin sein. Sie begrüßt mich freundlich, aber ist da nicht eine leichte Spur von Verlegenheit? Ihre Künstlerfreundin, deren Werke heute gezeigt werden, nimmt für sie mein Geschenk, das kleine Bild entgegen, betrachtet es. Dass sie nicht viel sagt, wäre zu verstehen, sie ist Ausländerin, aber wieder ein verlegener Blick, oder bilde ich mir das nur ein? Schließlich tritt der ‚Holzbildhauer' zu uns, der erste, der mein Bild mit einem gewissen Interesse ansieht. Er stellt die übliche Frage nach meiner künstlerischen Ausbildung, aber nach meiner Antwort scheint sein Anfangsinteresse geschwunden zu sein, er wendet sich anderen Besuchern zu. Und die sind inzwischen eingetrudelt: die übliche ältere-faltige-Frauen-Fraktion in Funktionsklamotten, die wenigen Männer – ungepflegte lange graue Haare, über verwaschene Jeans flatternde zerknitterte Hemden, Jesuslatschen. Ich fühle mich völlig overdressed. Vielleicht gehört ja verwahrlostes Aussehen zu einem wirklichen Künstler dazu.

Gerade noch rechtzeitig vor den Eröffnungsansprachen kommt Felix – ha, auch er ist overdressed. Aber er ist ja auch kein aktiver Künstler. Die Galeristin-Jungmutter übergibt das Baby dem stolzen Vater und spricht etwas Einleitendes, dann ist die Schöpferin der ‚Kunstwerke' dran. Die Reden hören sich für mich an, als ob die Worte von einem Zufallsgenerator beliebig ausgewählt worden wären, fast so wie die Farben des modernen Kirchenfensters im Kölner Dom. Felix verschwindet wieder, sein Handy hatte geklingelt. Will er sich aus der Affäre ziehen oder mich an das Ertragen der modernen Kunst gewöhnen? Die Reden sind beendet, wir betrachten die ‚Kunstwerke', das heißt, zunächst betrachte nur ich, die anderen sind sofort in einen hinteren Raum gestürzt. Später sehe ich, dass es dort Sekt, Saft und Knabbergebäck gibt. Aber ein Herdentier war ich noch nie, ich bleibe tapfer bei den ‚Kunstwerken'. Die Ballons in den Gläsern sollen irgendetwas mit Luft symbolisieren, habe ich noch von der Einführungsrede im Ohr, die Kleiderbügel dagegen seien Soldaten. Ich glaube, jetzt brauche ich doch etwas Sekt.

Felix ist inzwischen wieder aufgetaucht und wir verabschieden uns, da ist ja noch die andere Ausstellung. Während der Fahrt – ob mir der Sekt auf ziemlich nüchternen Magen nicht so gut bekommen ist? Ich muss plötzlich an mein armes, mit so viel Gefühl gemaltes Bildchen denken, dass sich jetzt in so einer Umgebung befindet. Vielleicht werfen sie es ja noch heute Abend weg. Und die ‚Kunstwerke' – „so was haben wir als Kinder gemacht, Sandhaufen waren für uns Kuchen, Wäscheklammern Menschen", sage ich etwas erbost. Felix erträgt es tapfer.

Das nächste ‚Kunsterlebnis‘: Immerhin, das bekommen Kinder eindeutig so nicht hin. Der Künstler hat Wohnzimmerschränke an die Wand genagelt! Und ganz fertig scheinen die Galeristen mit dem Einrichten der Ausstellung nicht geworden zu sein: In einer Ecke stehen Leiter, Eimer, Putzlappen und leere Wasserflaschen. Aber nein, das ist auch ein Kunstwerk! Vielleicht sollte ich ja meine Wohnung mal ein halbes Jahr lang nicht putzen und sie dann zum Kunstwerk erklären. Da, es gibt etwas zu essen, Schüsseln mit richtig gutaussehenden Nudelsalaten, diesmal eindeutig keine Kunstwerke. Ich fange an, dem Ganzen eine originelle Seite abzugewinnen. Wie viel Prozent der Ausstellungsbesucher sind wohl nur wegen des Essens gekommen?

‚Sommer-Abschiedsschwimmen‘ in Felix‘ Swimmingpool. Ich versuche, mir alles noch einmal genau einzuprägen – vielleicht lebe ich ja nächstes Jahr überhaupt nicht mehr. Meine bis jetzt nicht so ganz geglückte ‚Einführung‘ in die Kunstszene hat mich melancholisch gemacht. Aber bestimmt war das noch gar keine Einführung, bestimmt war das nur als Übung für Verständnis und Toleranz auch anderen Kunstrichtungen gegenüber gedacht. Ich glaube, daran muss ich noch etwas arbeiten.

13. September 2016, Dienstag

Meine Einführung in die Kunstszene geht weiter, jetzt muss Karin ran. Felix will sie heute Abend mit mir besuchen und ihr meine Werke zeigen. Vorher wird noch ein weiteres meiner Bilder in sein Auto verladen, die Einrichtung ‚meines Bilderzimmers‘ in seinem Haus geht offenbar in die Endphase. Zu Karins Haus gehört ein großer Garten, den kenne ich noch nicht, ebenfalls nicht ihren Bekannten, einen älteren, netten Herrn. Der Garten ist sozusagen Karins Haupt-Ausstellungsraum, sie führt uns herum, überall Skulpturen aus Keramik, Glas, Holz und Metall. Ihre Einfügung in die Natur macht sie interessant. Manchmal denkt man: ein Baumstumpf, eine Wurzel – nein, eine Plastik! Sogar meine ewige Suche nach Kunstwerken, die Gefühle ausstrahlen, wird belohnt: eine große helle Keramikskulptur, weiche, ausladende Formen, sieht aus wie ein Frauenhintern, man möchte mit den Händen darüberfahren, ihn streicheln. Aber ich sage nichts, vielleicht ist ja etwas ganz anderes damit gemeint.

Stattdessen bewundere ich originelle Windspiele in den Bäumen, Felix kauft drei gläserne Totempfähle (so habe ich diese Objekte im Stillen getauft). Weil Karin Objektkünstlerin ist, habe ich als Gastgeschenk das eine meiner Bilder gewählt, welches ich in den fensterartigen Rahmen eines alten Spiegels hinein gemalt habe – sie scheint sich sehr zu freuen. Auf einem Gartentisch ist ein kleiner Imbiss angerichtet, wir setzen uns – und jetzt zeige ich auf Felix' Wink hin Karin meine ‚Künstlermappe'. Sie staunt, ihr Freund auch. Wieder die übliche Frage nach meiner ‚Kunstausbildung', ich erzähle von meiner ‚Augenumschulung', stelle Felix als Urheber dieser ganzen Entwicklung heraus, sie gucken ihn anerkennend an. Ich glaube, das freut ihn. Und jetzt bekomme ich eine Einladung zu meiner ersten eigenen ‚Ausstellung': Kommendes Wochenende gibt Karin im Rahmen eines ‚Tags der offenen Gartenpforte' ihren ‚Skulpturengarten' zur allgemeinen Besichtigung frei – und ich darf teilnehmen, eines meiner Gemälde zeigen! Ich will niemanden enttäuschen, gebe mich freudig überrascht und dankbar. Wir verabschieden uns herzlich.

In Wirklichkeit glaube ich nicht an einen Erfolg. Ich sehe wieder die Besucher von ‚Karins' Ausstellung im April vor mir, rustikale Landbevölkerung, Wandergruppen. „Das ist nicht das richtige Ambiente für meine Bilder", sage ich zu Felix, der mich noch nach Hause bringt. Er kann meine Enttäuschung nicht verstehen. Ob ich etwa schon Künstlerallüren an den Tag lege? Aber kränken will ich ihn auf keinen Fall. „Ich gehe hin", verspreche ich.

17. September 2016, Samstag

Mühsam schleppe ich das Bild zu meiner Ein-Bild-Ausstellung bei Karin. Es ist ein ziemlich großes Bild. Die ‚Landbevölkerung' vor meinem inneren Auge habe ich ein ‚unverfängliches' Motiv gewählt. Als ich das vor Monaten gemalt hatte, wusste ich ja nicht, dass ich damit auf Reisen würde gehen müssen, sonst hätte ich es vielleicht etwas kleiner gemacht. Verflixt, in Felix' Auto war der Weg so kurz, jetzt per Bus, Bahn und dann per pedes ist er so lang und ihre Straße – eine seltsame Hausnummerierung. Ganze Zahlenfolgen fehlen, die Reihenhäuser tragen auch nicht zur Orientierung bei, sie sehen sich zum Verwechseln ähnlich. No Seh-Blackout, count to ten, and then – Seh-Blackout!

Davor bewahrt mich noch gerade im letzten Moment ein Hinweisschild zu Karins Gartenausstellung.

Ich werde freundlich begrüßt, mein Bild in einer Ecke der Terrasse aufgestellt und auch meine ‚Künstlermappe', die ich auf Felix' Anraten ebenfalls mitgebracht hatte, ausgelegt. Auf dem Gartentisch steht wieder ein kleiner Imbiss bereit. Die Damen aus Karins Künstlerinnenkreis sind sehr nett zu mir, blättern interessiert in meiner ‚Künstlermappe ohne Lebenslauf'. Dann werden sie neugierig, wollen wissen, wie meine Bekanntschaft zu Karin entstanden ist. „Durch einen gemeinsamen Freund", halte ich mich vage, will niemandem Schwierigkeiten machen. Aber Karin nimmt kein Blatt vor den Mund: „Ja, ja", sagt sie, „Felix, der Lebenskünstler." Zum Nachdenken bleibt mir keine Zeit, ich werde nach meinem Alter gefragt. Sie scheinen fast von den Stühlen zu kippen: „Wir hätten gedacht, Sie seien Mitte dreißig." Jetzt muss ich meinen ‚Lebenslauf' erzählen. Ich glaube, sie sind sehr bewegt.

Eine der Künstlerinnen hat ihr Atelier neben dem von Karin, sie gibt mir eine Privatführung. Tolle Seidenmalereien, abstrakt mit ausdrucksstarken Farbkombinationen. Ich versuche, mir die eine oder andere einzuprägen. „Wenn ich sie verwende, wie viel muss ich dann fürs Urheberrecht bezahlen?", frage ich. Sie lacht. Die Künstlerinnen unterhalten sich jetzt untereinander über ihre neuesten Projekte, zeigen sich und mir Fotos von Kunst-Auslandsaufenthalten. Ach, ob ich zu so etwas auch einmal eingeladen werde?

Der Höhepunkt des Nachmittags: Eine Saxophonspielerin tritt auf. Von so nahem habe ich ein Saxophon noch nie gesehen. Sie spielt ein modern arrangiertes Medley aus bekannten Oldies und Filmmelodien. Ich musikalisches ‚Untalent' versuche zusammen mit den anderen die Titel zu erraten, erstaunlicherweise habe ich die meisten ‚Treffer'. Schließlich wenden sich nach jedem Stück die Köpfe der Runde automatisch mir zu. Sie spielt sehr gut, wir klatschen begeistert Beifall. Und dann wage ich ganz schüchtern einen Musikwunsch: ‚Nights in White Satin', diese süße Erinnerung. Und sie tut mir den Gefallen, spielt es, obwohl es ein für Saxophon besonders schweres Stück sei, wie sie sagt. Ich bin hin und weg.

Aus dem Nachmittag ist inzwischen früher Abend geworden. Karin gibt den letzten Besuchern eine ‚Führung' durch ihren Skulpturengarten, auch ich schließe mich an. Sie erzählt interessante Details über die Entstehung der einzelnen Kunstwerke. Und da ist wieder diese gefühlvoll-'erotische' Skulptur. Sie sei schon vor langer Zeit, während ihres Keramikkunst-Studiums entstanden, erklärt Karin. Immer wieder dasselbe, die Künstler beginnen mit ‚gefühlvollen' Werken, aber dann scheinen ihnen die Gefühle abhanden zu kommen. Die Kunsttechniken werden besser, origineller, nur die Gefühle sind weg. Etwas reißt mich aus den Gedanken – ein Regentropfen, und da noch einer. Über uns auf einmal eine graue Wolkenschicht – die Künstlerinnen beschließen aufzubrechen. Ich lasse mein Bild und die Künstlermappe für eventuelle morgige Interessenten bei Karin zurück und habe ganz großes Glück: Eine der Künstlerinnen nimmt mich im Auto mit bis zu meiner Wohnung. Ich habe eine richtige Künstlerin als Chauffeur, nicht zu fassen, und wie Felix staunen wird, wenn ich ihm das erzähle!

18. September 2016, Sonntag

Wieder der Koblenzer Schängelmarkt. Heute klappt alles, Oma lacht mir entgegen und ich erkenne sogar die Umgebung der Bushaltestelle wieder. Das Malen hat diese Fortschritte bewirkt, davon bin ich überzeugter denn je. Jetzt aber will ich nicht malen, sondern fotografieren. Ich habe Felix' Fotoapparat dabei. Ich renne hin und her, die Oma folgt mir tapfer und geduldig, „Kannst du noch?", frage ich besorgt. Und dann wird mir bewusst, dass ich jetzt vorneweg laufe und die Oma hinterher, so als ob der Fotoapparat wieder ein Stück meiner ‚Verhaltensstörungen' beseitigt hätte.

Auf dem Rückweg zur Bushaltestelle bummeln wir noch etwas durch die Altstadt, begegnen einem Mann, der sein Rad schiebt, im Einkaufskorb hinter dem Sattel eine Pelzjacke aus orangebraunem Fell. Auf einmal ragt aus dem Fell eine kleine rosa Zunge – keine Jacke, ein Hund! „Nanu, was hat der denn da geladen", sagt die Oma lachend. Von diesem lustigen Ensemble ein Foto zu machen, das fällt mir leider zu spät ein. An meiner Reaktionsfähigkeit muss ich eindeutig noch arbeiten.

Rückfahrt, ich bin so froh und beschwingt. Das Fotografieren hat mich auf dem Weg zurück zum normalen Menschen wieder etwas weiter gebracht, ganz eindeutig, und Felix hat indirekt den Anstoß dazu gegeben. Ich muss ihm die entwickelten Bilder unbedingt zeigen.

25. September 2016, Sonntag

Die Oma nimmt ihren neuen Beruf als mein ‚Chefanimateur' sehr ernst, auch für heute hat sie etwas geplant: Es geht nach Andernach, dort ist anlässlich des Michaelismarkts Stadtfest. Schönes Wetter, noch einmal fast hochsommerlich warm. Straßen voller Menschen und Verkaufsstände. Mich fasziniert ein altes Eckhaus mit holzgeschnitztem mehrstöckigen Giebel, es sieht fast so aus wie das berühmte New Yorker Ironflat-Building. Ich muss es unbedingt fotografieren. In der Innenstadt; überall Reste der alten Befestigungsmauern. An einem Mauerstück, ganz hoch, ein altes Kruzifix; gotischer Baldachin, davor ein Gestell für Votivkerzen, und es sind auch wirklich welche in den Haltern. Da müssen die um Fürbitte Ersuchenden ja eine Leiter dabei haben, ich stelle mir das vor. Wieder so ein Seh-Roman.

Wir gehen durch eine Allee hoher Bäume, ein verwelktes Blatt liegt auf dem Asphalt, ich sehe es sofort und auch, dass es von einem Ginkgo-Baum stammt. Die Allee besteht aus lauter großen Ginkgo-Bäumen, bemerke ich dann. Die Oma, die Andernach schon seit langem und ziemlich gut kennt, staunt: „Dass es sich bei diesen Bäumen um Ginkgos handelt, ist mir noch nie aufgefallen. Zu zweit sieht man eben mehr als alleine." Damit hat sie auf ihre praktische Art mit wenigen Worten das umrissen, wonach ich suche und was mir alle – vor allem diejenigen, die selbst nicht allein sind – ausreden wollen.

Allmählicher Rückweg zur Bushaltestelle – da hatte ich doch auf dem Herweg in einer Seitenstraße zwei wunderschöne Jugendstilhäuser gesehen, die sind in Bonn sehr selten, dort herrscht Gründerzeit vor – die will ich noch fotografieren. „Bleib hier stehen, du bist sicher schon müde", sage ich zur Oma und laufe schnell zu den Häusern hin. Ich eile zurück zur Oma. „Wo bist du denn so plötzlich hin verschwunden?", fragt sie. Sie ahnt es wohl nicht, aber das ist das erste Mal seit meiner Augenumschulung, dass *ich* weggelaufen bin und *andere* sich ‚Sorgen' machten und nicht umgekehrt!

Für die arme Oma zum Schluss noch ein Wermutstropfen: Unser Bus kommt an einem Hotel nahe des Rheinufers vorbei, mit dem sie viele schöne Erinnerungen verbinden, Kaffee-Einladungen, Tanzabende … Jetzt ist es leer, steht zum Abriss, sie schluckt. Aber sie berappelt sich schnell, erinnert sich und mich an die ‚Ausbeute' des Tages. Wieder einmal imponiert mir Omas unverdrossene, optimistische Art, mit der sie alle Widrigkeiten des Lebens wegsteckt, allem etwas Positives abgewinnt. Darin könnte ich auch noch besser werden.

27. September 2016, Dienstag

Felix kündigt wieder einmal sein Erscheinen an – er bringt von Karin meine ‚Künstlermappe' wieder mit, auch mein Bild. Es hat leider keinen Interessenten gefunden. Er hat noch ein Bild dabei, mein Geschenk an Karin. Sie wollte es doch nicht, angeblich habe sie schon zu viele Kunstwerke in ihrem Haus. Erste Bewährungsprobe meines Vorsatzes: Wie die Oma allem immer etwas Positives abgewinnen. Felix scheint das zu imponieren, er lädt mich zu sich ein. Sogar der Swimmingpool ist noch benutzbar. Später ein romantisches Abendessen, ich habe die Fotos von meinen letzten Ausflügen dabei, sie gefallen ihm offenbar, er gibt mir noch einige Tipps. Zu einem Bild mit mir vor dem Andernacher Wehrturm sagt er lachend: „Das Burgfräulein mit den langen blonden Haaren vor seiner Burg." Wie süß.

30. September 2016, Freitag

Der nächste ‚Termin': eine Einladung beim Professor. Ich habe ihm das Bild mit den beiden Händen als Geschenk mitgebracht. Dazu war ich ja durch ihn und seine Frau inspiriert worden. Ich denke, hier ist es an der richtigen Stelle. Er kann seine Ergriffenheit kaum verbergen – und ich bin mir sicher, sie ist echt.

Nach einer ‚Kuchenschlacht' zeige ich ihm meine ‚Künstlermappe'. Natürlich habe ich ihn vorgewarnt, falls ihm der Anblick der erotischen Bilder unangenehm ist – er brauche sie sich nicht anzusehen. Die Betrachter meiner Bilder sollen sich einfach nur wohlfühlen, und wobei sie sich nicht wohlfühlen – das muss nicht sein. Aber erstaunlicherweise sieht sich der alte Herr alles ‚tapfer' an und ist begeistert. Und wie rührend – er macht sogar Vorschläge, wie ich Kontakte zur hiesigen Kunstszene knüpfen könnte. Dass mich meine bisherigen ‚Erlebnisse' mit der Kunstszene geradezu geschockt haben und ich mit ihr im Moment überhaupt nichts zu tun haben möchte, mir selbst erst einmal klar werden muss, wie es weitergehen soll – ich bringe es einfach nicht übers Herz, ihm das zu sagen.

4. Oktober 2016, Dienstags

Mit der Kunstszene nichts zu tun haben zu wollen – so ganz bin ich diesem Vorsatz doch nicht treu geblieben. Heute ist der vereinbarte Termin mit dem früheren Mann der ‚Krankenhausmalerin', einem Kunstprofessor und Künstler. Ein großes, prächtiges Gründerzeit-Haus, über Parterre und erstem Stock erstreckt sich ein riesiges Atelier und, zum wohl ersten Mal, sehe ich ‚richtige' Bilder. Bilder, mit denen ich etwas anfangen kann. Natürlich ein anderes Thema als das meinige, er nimmt Historisches und politische Missstände in gegenständlich-surrealistischer Art aufs Korn. So zum Beispiel eine ziemlich detailgetreue ‚Kopie' des berühmten Rembrandtschen Gemäldes „Die Anatomie des Dr. Tulp." Ich gehe näher heran. Abzukupfern – das hat er doch überhaupt nicht nötig, aber dann sehe ich: Es sind alles Frauen! Was damals völlig undenkbar gewesen wäre: Eine Gruppe Frauen umsteht die zu sezierende Leiche! Ein anderes Bild, eine ergreifende Szene: An einem vornehm gedeckten Tisch sitzen 1.-Weltkriegs-Generäle, sie heben kostbare, geschliffene Sektgläser und prosten sich zu. In den Gläsern ist aber kein Sekt, sondern eine milchiggelbe Flüssigkeit – Symbol für den damaligen grausamen Giftgaskrieg. Eines dieser Gase hieß wegen seiner gelblich-nebligen Farbe Gelbkreuz.

Und dann der Künstler selbst, ein interessanter Typ, der die Höhen und Tiefen des Lebens kennengelernt hat. Ich merke sofort – er hat es nicht mehr nötig, allen möglichen Schnickschnack mitzumachen, nur um aufzufallen, er, der ehemalige Beuys-Schüler und langjährige Vorsitzende des bedeutendsten Künstler-Dachverbandes, ist bereits arriviert. Dass ich aufgrund meiner historischen Kenntnisse die Aussagen seiner Gemälde fast sofort entdecke, gefällt ihm offensichtlich. Eine Stunde ‚Audienz' war vorgesehen, es werden über zwei

Stunden angeregten Gespräches daraus! Die Fotos meine Bilder betrachtet er sehr interessiert – aber leider wieder das bekannte Problem: Meine Versicherung, erst seit einem Jahr zu malen und zuvor noch niemals irgendetwas in dieser Richtung gemacht zu haben, nimmt er höflich entgegen, aber an seinem Blick erkennt *mein* darin inzwischen ‚geschulter' Blick, dass auch er mir nicht so recht glaubt. Ich überlege: Im Prinzip ist Felix ja mein einziger Zeuge dafür. Zum nächsten ‚Künstler-Gespräch' muss ich ihn einfangen, fesseln, knebeln und als lebendes Beweisstück mitschleppen.

Meine große Hoffnung, dass der Künstler mich vielleicht etwas unter seine Fittiche nehmen könnte, nur für den Anfang, zerschlägt sich jedoch leider. Unter seinen Fittichen befinden sich bereits einige Jungmaler und noch etwas Schlimmeres: Er hat ebenfalls Krebs, schon zum zweiten Mal. Einen neuen Schützling angesichts seiner so unsicheren Zukunft – das möchte er nicht. Ich verstehe das vollkommen, auch ich lebe ja praktisch von Halbjahr zu Halbjahr, kann nichts Längerfristiges planen. Aber ganz ohne ‚Ergebnis' lässt er mich nicht gehen: Wenn ich möchte, könne ich ihn wieder besuchen, bietet er an, und schenkt mir einige Kunst-Bildbände.

23. Oktober 2016, Sonntag

Ich hatte Felix über meine ‚Künstler-Audienz' berichtet und über noch etwas sehr Erfreuliches: Ich habe meine erste Auftragsarbeit! Der lieben Frau Ludwig gefällt meine Malweise sehr gut, das hatte sie schon öfters gesagt. Jetzt hat sie als Geburtstagsgeschenk für ihre Tochter ein Bild bei mir bestellt, will sich in der kommenden Woche mit mir treffen und die Einzelheiten besprechen. Felix war gerade auf einer kurzen Geschäftsreise, aber er hatte mir sofort eine Glückwunsch-SMS geschickt. Und jetzt, abends, kaum dass er wieder zurück ist, ruft er an. Morgen habe er noch einiges während seiner Abwesenheit Liegengebliebene zu erledigen, aber er möchte mich gerne sehen, lädt mich für übermorgen ein!

25. Oktober 2016, Dienstag

Wieder ist ein schönes Bild fertig geworden, gerade rechtzeitig für Felix. Ich würde immer besser, findet er und möchte das Bild direkt für ‚mein Bilderzimmer' behalten, gegen ein anderes tauschen – natürlich darf er. Anerkennend blättert er in den mir vom Künstler geschenkten Bänden. Ich glaube – nein, ich bin mir sicher – er betrachtet mich jetzt erstmals als eine ihm ebenbürtige Partnerin. Später, in seinem Haus: Feierlich trage ich das Bild ins ‚Bilderzimmer', es ist schon fast fertig, noch einige Kleinigkeiten, sagt Felix. Ach, ich bin schon so gespannt. Und – ich fasse es nicht – er hat an meine ‚Limoncello-Sucht' gedacht, mir eine Flasche mitgebracht! Flüssiges Malerhonorar, sage ich lachend, er küsst mich zärtlich.

27. Oktober 2016, Donnerstag

Der Herbst ist jetzt da, aber er macht mir dieses Jahr überhaupt keine Angst mehr. Trübes, unangenehm kaltes Wetter, auch das spüre ich gar nicht – heute ist mein erstes ‚Geschäftsgespräch' als ‚Künstlerin'! Frau Ludwig holt mich ab und wir suchen eine ihren Vorstellungen entsprechende Leinwand aus. Auch bezüglich des Motivs hat sie bestimmte Vorstellungen und bringt mir eine Vorlage mit, sichert mir jedoch jede künstlerische Freiheit zu. Ich weiß nicht, wie andere Künstler das sehen, aber ich finde es in Ordnung: Wer bezahlt, darf bestimmen, solange es nicht völlig gegen meine Auffassung und meine Darstellungsweise geht. Der Geburtstag von Frau Ludwigs Tochter ist Anfang Dezember. „Werden Sie es bis dahin schaffen?", fragt sie etwas bang. Wenn ich vorher nicht tot umfalle, bestimmt. In meinem Kopf geht da schon etwas herum, das Motiv der Vorlage verändert sich, seine Farben setzen sich neu zusammen.

4. November 2016, Freitag

Mein ‚Schicksalstag'. Heute vor drei Jahren glaubte ich, alles sei aus, mein Leben zu Ende, aber meine Liebe war nie ganz erloschen und hatte immer ein Fünkchen Hoffnung genährt. Jetzt ist daraus wieder eine strahlende Flamme geworden. Schluss mit dem poetischen Kram, die Auftragsarbeit wartet. Inspiriert durch mein Bild „Zwei balzende Flamingos“ hatte Frau Ludwig ebenfalls einen Flamingo gewünscht. Ihre Tochter mag diese Vögel, aber es solle nur *ein* Flamingo aufs Bild. Nun ist gerade das ‚Markenzeichen‘ meiner Malerei die Darstellung zweier Liebender oder einander Verbundener. Ein wirkliches Dilemma: Die liebe Frau Ludwig enttäuschen – das geht einfach nicht. Von meinem Malkonzept abweichen aber möchte ich auch nicht. Heute die zündende Idee: Ich werde wunschgemäß einen Flamingo malen, er wird aber – wie für diese Vögel typisch – in seichtem Wasser stehen und sich darin spiegeln, auf diese Weise habe ich einen zweiten Flamingo ins Bild geschmuggelt – genial, oder?

7. November 2016, Montag

Ein wahrer Unglückstag – und ein guter Ausgang. Nach einer spätnachmittäglichen Einkaufsrunde warte ich auf die Straßenbahn nach Hause, schon mal ein Griff zum Schlüssel – der Schlüssel ist nicht da! Das kann doch nicht sein, ich habe ihn doch bestimmt eingesteckt, ich stecke ihn doch immer ein. Ich durchsuche alle Manteltaschen, den Rucksack – kein Schlüssel! Wie war das, vorhin, beim Verlassen der Wohnung? Ich hatte noch einige Mülltüten dabei, die Hände voll. Genau, ich habe die Wohnungstür einfach zugezogen und vergessen, vorher den Schlüssel von seinem Haken zu nehmen! Und ausgerechnet heute, wo es schon seit morgens ununterbrochen regnet! Möglichkeiten, einen Ersatzschlüssel zu deponieren, habe ich keine mehr; die Nachbarn, junge Leute, wechseln häufig, sind auch oft nicht da, und vor einiger Zeit ist bei einer Keller-Renovierung mein bisheriges Notfallversteck, eine Mauerritze, zugespachtelt worden.

Am besten, ich fahre erst einmal nach Hause, vielleicht sind ja doch schon Nachbarn da und können mich wenigstens ins Treppenhaus einlassen. Murphys Gesetz: Ich steige aus der Straßenbahn, will den Regenschirm öffnen – er geht nicht mehr auf! Ich rüttle und schüttle – nichts. Natürlich war der Schirm auch nicht mehr ganz neu, aber ausgerechnet heute. Strömender Regen, kein Schirm, kein Schlüssel und von den Hausnachbarn ist auch niemand da, vergeblich läute ich. Verzweiflung – aber trotzdem: Die ‚Nähe' des vertrauten Hauses gibt mir eine gewisse Grundsicherheit, ein Seh-Blackout bleibt aus, stattdessen fange ich an zu überlegen. Wir haben doch einen Hausverwalter, seine Telefonnummer steht im Treppenhaus am Schwarzen Brett – für mich jetzt unerreichbar – aber im Nachbareingang ist Licht in einigen Fenstern, da müsste jemand sein. Wirklich, man öffnet mir, und auch dort steht die Nummer der Verwaltung am Schwarzen Brett. Das Handy habe ich Gottseidank dabei, ich rufe an. Das erste Glück an diesem Tag: Der Hausverwalter ist noch im Dienst – und sehr freundlich. Er habe noch woanders etwas zu tun, käme dann aber sofort, versichert er.

Und auch in meinem Haus tut sich etwas. Eine Nachbarin ist von der Arbeit zurück, sie lässt mich ins Treppenhaus und gewährt mir sogar Asyl in ihrer Wohnung. Lange brauche ich das Asyl nicht in Anspruch zu nehmen, der Hausverwalter kommt – und dann stehen wir vor meiner Wohnungstür. Ein Witz: einige Zentimeter Holz und Glas trennen mich von meinem Zuhause, aber die erweisen sich als sehr hartnäckig. Auf meine Versicherung hin, die Tür nur zugezogen und nicht abgeschlossen zu haben, versucht der Verwalter, das Schloss mit einer Scheckkarte zu öffnen. Im Krimi klappt das immer, in Natura leider nicht, irgendetwas scheint zu klemmen. Der nette Typ versucht es wieder und wieder, über eine halbe Stunde lang plagt er sich – und da, gerade als ich resigniert doch einen der Halsabschneider-Schlüsseldienste anrufen will, schafft er es. Am liebsten würde ich ihn umarmen! Das tue ich natürlich nicht, sondern biete ihm eine Tasse Kaffee an. Er ist einverstanden, viel Zeit habe er allerdings nicht. Also schnell die Kaffeemaschine angeworfen – und da sieht er die ersten Bilder im Flur, möchte die anderen auch sehen und ist begeistert. Aus der schnellen Tasse Kaffee wird eine längere Diskussion. Auch in seiner Familie gibt es eine künstlerische Begabung, seine kleine Tochter erhält Mal-Förderunterricht. Er zeigt mir auf dem Handy ein Bild von ihr, für das Alter – ich bin einfach geplättet. Er muss jetzt gehen, wir verabschieden uns herzlich – wenn ich ihn zu meiner ersten Ausstellung nicht einladen würde, wäre er mir sehr böse, sagt er.

10. November 2016, Donnerstag

Bei Felix' ‚Jungmutter-Galeristin' findet wieder eine Ausstellungseröffnung statt. Er hat es sich nun mal in den Kopf gesetzt, sie und mich zusammenzubringen und mich gestern per SMS ‚hinbeordert'. Zu meiner großen Erleichterung kann ich eine gute Ausrede präsentieren: Die Vernissage ist ausgerechnet während des großen Stadt-Martinszuges, der Bus- und Bahnverkehr zeitweise eingestellt, für mich keine Möglichkeit hinzukommen. Für Autos ist die Innenstadt übrigens auch gesperrt. Wie wohl die anderen Besucher die Galerie erreichen? Irgendwie tut mir Felix fast leid, da hat er nun gleich drei ‚Künstlerfreundinnen' und keine passt zur anderen, denn irgendeinen Kontakt zwischen der ‚Jungmutter-Galeristin' und Karin scheint es ebenfalls nicht zu geben. Apropos Karin, auch zu ihr hat er mich gescheucht, am Wochenende würde sie wieder an einer ihrer Vorort-Ausstellungen teilnehmen. Samstags bin ich mit der Oma zum Schwimmen verabredet, das möchte ich auf keinen Fall absagen, aber sonntags – ich glaube, da muss ich mich opfern. Meine Beziehung zu Felix deswegen gefährden kommt nicht in Frage und ein, zwei Stunden ‚rustikales Landleben' werde ich schon überstehen. Ich teile Felix meinen ‚heroischen' Entschluss mit, er lobt mich.

13. November 2016, Sonntag

Schauer, eisiger Wind; wie damals im April wäre ich lieber zu Hause geblieben und hätte gemalt, aber ich habe es Felix nun einmal versprochen. Also auf zur ‚ländlichen Ausstellung', ein richtiges Déjà-Vu. Ich glaube, viele Werke sind tatsächlich dieselben. Wie damals sind auch hier Karins lustige Keramik-Objekte der (einzige) Publikumsmagnet. Sie begrüßt mich freundlich und schenkt mir eine ihrer fantasievoll gestalteten Keramikbroschen. Hat sie etwa wegen der Ablehnung meines Bildgeschenks ein schlechtes Gewissen? Ich lasse mir nichts anmerken, bedanke mich höflich.

Wieder drehe ich eine Runde durch den Ausstellungssaal. Da, in einer Ecke des Foyers endlich, endlich etwas, das Gefühl ausstrahlt, mich anspricht – das Bild eines sich liebevoll küssenden älteren Paares, und – der rührend-witzige

Hingucker – ihre Brillen haben sich ineinander verhakt! Noch einige andere Bilder des Künstlers stehen und hängen da, darunter leicht surrealistisch-verfremdete Tierdarstellungen. Und dann spricht mich der Künstler an, ein netter Herr ungefähr meines Alters. Er ist mir auf Anhieb sympathisch, ich fasse mir ein Herz und zeige ihm meine ‚Künstlermappe' – natürlich in der für die ‚Landbevölkerung' entschärften Version. Er staunt, stellt dann die üblichen Fragen: Kunstausbildung, Künstlerkarriere usw., aber meine Antworten schrecken ihn nicht ab. Er unterhält sich ziemlich lange mit mir. Beim Abschied gibt er mir seine Karte.

15. November 2016, Dienstag

Nachmittags – ganz versunken stehe ich vor dem Pinselregal des Hobbymarktes, auf einmal spricht mich jemand an. Nanu, ich fasse es nicht: der Künstler von vorgestern! Ihn hat es ‚vom Land' ausgerechnet zur gleichen Zeit wie mich hierher verschlagen. Er erklärt mir noch einmal, wie sehr ihn meine Werke beeindruckt hätten, dann muss er weiter, er begleitet seine Familie zum Einkaufen. Wenn ich meine erste Ausstellung hätte, müsse ich ihm unbedingt Bescheid sagen, schärft er mir noch ein – ob ich seine Karte hätte? Natürlich, sage ich, dann verabschieden wir uns. Tja, Besucher für eine Ausstellung hätte ich allmählich genug, nur die Ausstellung selbst bzw. eine geeignete Räumlichkeit dafür fehlt noch. Aber vielleicht – bestimmt wird Felix bald etwas für mich tun, er hat ja Verbindungen.

17. November 2016, Donnerstag

Geburtstag – schon lange habe ich an diesem Tag nicht mehr so zuversichtlich in eine interessante, glänzende Zukunft geblickt. Mein gestriger ‚Todestag' – ich hatte überhaupt nicht daran gedacht, gefesselt von meinem Auftragswerk, allerletzte Kleinigkeiten mussten noch erledigt werden. Jetzt ist es fertig! Hoffentlich wird es gefallen.

Und dann steht Frau Ludwig vor dem Bild, ist begeistert! Ich habe schon die Idee für ein neues Bild, ein Bericht in einem Zeitschriftenmagazin hat in meinem Kopf wieder einen ‚Seh-Roman' ausgelöst.

Felix hatte mir schon ganz frühmorgens eine Glückwunsch-SMS geschickt. Heute ist er natürlich wieder bei seiner Enkelin, aber morgen will er mit mir essen gehen. Ich bin ganz fest überzeugt, dass es mein aller-allerletzter Geburtstag ohne ihn sein wird.

23. November 2016, Mittwoch

Felix meldet sich: ‚Mein Bilderzimmer' ist fertig! Abends kommt er mich abholen – ich bin schon ganz aufgeregt. Mein neuestes Bild hat schon etwas Gestalt angenommen. „Das wird eines deiner Hauptwerke", sagt er bewundernd. Mit meinem Malerhonorar ist er nicht ganz zufrieden: „Du hättest mehr nehmen sollen", tadelt er – aber immerhin: „Dein erstes als Künstlerin verdientes Geld", meint er schließlich anerkennend. Wir fahren los, die so vertraute Strecke – und diesmal fahre ich sie als gesunder, selbstbewusster Mensch, der dabei ist, etwas zu erreichen. Ich bin dem geliebtem Menschen, neben dem ich sitze, endlich, endlich ebenbürtig. Ein Wahnsinnsgefühl.

Dann in Felix' Haus, wir kochen ein leichtes Abendessen – und jetzt der große Augenblick: das ‚Bilderzimmer'! Der Raum sieht selbst aus wie ein altes, geheimnisvolles Gemälde, Felix hat einen wunderschönen Baldachin gekauft. Kerzen brennen, bei ihrem Schein wirken meine Gemälde, als seien sie lebendig, die Farben leuchten geheimnisvoll. Ich bin wie verzaubert, spüre Felix' Arme, seine Lippen.

„Ich habe einen Auftrag für dich", sagt Felix. Ach, ich würde alles, alles für ihn tun. „Du musst nächste Woche wieder zu ZU ZWEIT gehen und dir einen Partner besorgen, am besten würde ein kleiner, dicker, einfacher Mann zu dir passen." Mein Herz stolpert, scheint einige Schläge auszusetzen. Das kann nur wieder eines dieser fiesen Blackouts sein, mein Visualsystem verträgt extreme Freude offenbar auch nicht. Immer im unpassendsten Moment. Nein, er meint es ernst, jetzt sehe ich sein Gesicht: Aus Dr. Jekyll ist wieder Mr. Hyde geworden, einfach so, als ob man auf einen Knopf gedrückt hätte, diese eiskalten Gesichtszüge eines abgebrühten Geschäftsmannes – und auch die dazu passende geschäftsmäßige Stimme: „Ich habe dich eben nur ausprobiert." „Aber du hast doch auch die Zusatzvereinbarung unterschrieben, dass du kein Abenteuer suchst, sondern eine ehrliche Partnerschaft", stottere ich. „Wenn ich das nicht unterschrieben hätte, würde ich ja keine Dates bekommen" und dann, mit einem leichten Unterton von Ungeduld: „Ich bringe dich jetzt sofort nach Hause. Die Zeit wird knapp, morgen habe ich wichtige Termine."

Mechanisch suche ich meine Sachen zusammen. Ein letzter Blick auf ‚meine' Bilder, ‚die lachende Frau', sie lacht überhaupt nicht, sie grinst mich höhnisch an. Dann stolpere ich hinter Felix her, zu seinem Wagen. Die Fahrt – ich bekomme nichts davon mit, denn in meinem Kopf spielt sich wieder ein ‚Seh-Roman' ab. Ich sehe erstaunlicherweise das Mikrofilm-Lesegerät aus dem Stadtarchiv vor mir. Wenn man eine Filmrolle bis zu ihrem Ende durchgesehen hat, drückt man auf den ‚Reset'-Knopf, die Rolle spult sich automatisch in rasender Geschwindigkeit zum Anfang zurück und man kann erneut mit der Suche beginnen, den Film vorlaufen lassen, anhalten. Und das gleiche passiert gerade in meinem Gehirn: Mein ganzes Leben der letzten dreieinhalb Jahre spult sich in rasender Geschwindigkeit rückwärts bis zum Anfang ab. Es ist wieder der 4. März 2013, ich stehe wieder vor dem Klingelschild mit der Aufschrift ZU ZWEIT. Dann läuft der Lebensfilm wieder an.

Der erste Stopp: Das Besucherzimmer der Partnervermittlung. Eine Mitarbeiterin bringt mir das ‚Gästebuch'. Die Dankes-Eintragungen der vielen ‚erfolgreich vermittelten Paare' in goldener Tinte – auf einmal ‚sehe' ich, was nicht stimmte: Es waren nur zwei unterschiedliche Handschriften, immer abwechselnd.

Der nächste Stopp: Das Vertragsgespräch, die ZU-ZWEIT-Mitarbeiterin. Ich erzählte ihr, dass ich als einziges Kind ‚zwangsweise' meine Eltern betreuen musste. Ihre mitfühlenden Worte, aber ihre seltsam unbewegte, nicht zu diesen Worten passende Miene. Sie versuchte, mühsam ihre Freude zu verbergen. Eine ‚Betreuerin' saß da vor ihr, und noch dazu eine in Sachen Männer völlig unerfahrene! Die könnte ihr bestimmt einen besonders schwierigen, wegen seiner körperlichen und psychischen ‚Abartigkeit' kaum vermittelbaren Fall abnehmen!

Stopp – 10. März 2013: Das erste Date. Ich hatte mich jugendlich-schick zurechtgemacht, aber so sehen ‚Betreuerinnen' nun mal nicht aus, das merkte sogar der ‚abartige' Typ. Dann, der Film hakt kurz, trat etwas Unvorhergesehenes ein, meine Erkrankung. Ich wollte den Vertrag auflösen.

Stopp – 12. März 2013: Mein Gespräch mit Frau Nielsson. Der Kündigungsgrund hatte sie sichtbar irritiert. Wenn andere Frauen ‚Zicken' machen, ihr Geld wiederhaben wollen, dann wahrscheinlich wegen der grauenvollen Partnervorschläge. Aber für solche Fälle sind immer einige gutaussehende, ‚niveauvolle' Herren in Bereitschaft, die aus privaten Gründen keine feste Partnerschaft eingehen können oder einfach die Abwechslung lieben. Einer von denen, der wohl gerade ‚frei' war, war eben Felix, ‚der tolle Typ, der mich umhauen würde'. Dass er mich ziemlich schnell ‚umhauen' würde, bei meiner nicht vorhandenen Erfahrung und in meiner damaligen verzweifelten Situation, war natürlich Teil des Plans.

Stopp – 17. März 2013: Unser erstes Date, das Restaurant. Das mit Felix offenbar bekannte Paar, das beim Grüßen so komisch guckte – mit wie viel unterschiedlichen Frauen sie ihn wohl schon gesehen haben? Sein Gesicht, das eines ertappten Jungen. Dann die mir zu routiniert erscheinende Antwort auf meine Frage nach der noch bestehenden Ehe – sie *war* routiniert.

Stopp – Ende März 2013: Die ersten gemeinsamen Ausflüge. Felix schleppte mich, eine Kranke, bei eisigem Schauerwetter auf den Drachenfels, auf den Oelberg. Natürlich, bei der Witterung war außer uns dort kaum jemand unterwegs. Nochmal ertappt werden – das konnte er sich nicht leisten.

Stopp – Ostersonntag 2013: Das lustige Hasenpärchen aus Marzipan. Ich schenkte es Felix, er guckte es seltsam an. Ein zu bescheidenes Geschenk, dachte ich. Nein, es wies auf eine gemeinsame Zukunft hin – nur die war von seiner Seite aus nie vorgesehen gewesen.

Stopp – Ostermontag 2013: Felix' Distanz. Er verbrachte den Tag mit Freunden, ohne mich. Okay, wir kannten uns ja erst kurz. Seine Begründung: Ich müsse lernen, allein etwas zu unternehmen. Klar, ich durfte mich nicht zu sehr an ihn gewöhnen!

Stopp – Anfang April 2013: Die ‚Ausladung' vom Portugal-Urlaub. Die Einladung hatte einfach zu den wohl üblichen ‚Rumkriege-Versprechen' gehört. Dass sein Freund, dessen Lebensgefährtin und andere uns gemeinsam sehen, war nie geplant.

Stopp – 20. April 2013: Meine Entlassung aus der Klinik. Geschwächt, wie ich war, musste ich mich allein von der Klinik nach Hause schleppen. Felix hatte wichtige geschäftliche Termine, und die konnte er natürlich nicht absagen, das wäre aufgefallen.

Stopp – 9. Mai 2013: Die erste gemeinsame Reise an den Comer See, unser Besuch des romantischen Örtchens am gegenüberliegenden Seeufer. Felix' Bemerkung „Damit du ein schönes ‚Andenken' an mich hast", als er mich vor den blühenden Azaleenbüschen fotografierte.

Stopp – Anfang Juni 2013: Die schlimme Zeit meiner Strahlenbehandlung. Ich war oft so geschwächt, dass ich dachte, ich würde den Tag nicht überleben – und ich sollte meine Wohnung renovieren! Klar, sie war als heimliches, unverbindliches Liebesnest vorgesehen, einen gemeinsamen Neubeginn in einer von Erinnerungen unbelasteten Umgebung würde es für mich nicht geben.

Stopp – Mitte Juni 2013: Die Spezialbrillen. Schon die erste war teuer, die nächsten kosteten pro Stück fast 1. 500 Euro. Felix wusste, dass ich die Augenbehandlung seinetwegen auf mich genommen habe – nicht auch nur das geringste Angebot von ihm, dem wohlhabenden Geschäftsmann, sich vielleicht etwas an den Kosten zu beteiligen.

Stopp – Anfang Juli 2013: Felix Überredungsversuche. Ich solle eine Kur machen, er würde mich auch gelegentlich besuchen. Seine Enttäuschung, als ich ablehnte – das war keine Besorgnis sondern Nervosität; er wurde mich einfach nicht los.

Stopp – Ende September 2013: Seine ‚Abnabelungsmaßnahmen'. Von der Bestrahlung hatte ich mich erholt, mit der Dauermigräne und den Seh-Blackouts lernte ich zu leben. Es ging mir allmählich besser. Ich fing an, Felix damit aufzuziehen, dass er immer tage- oder gar wochenweise verschwunden war, sagte zum Spaß, „du hast bestimmt noch mehrere andere Geliebte." Wie richtig hatte ich damit wahrscheinlich gelegen! Und da setzten auch ‚Abnabelungssprüche' ein: „Am besten würde ein kleiner, dicker, einfacher Mann zu dir passen", sagte er immer öfter. Ich nahm es nicht ernst, hielt es für eine verdiente Retourkutsche auf meine Hänseleien. Es *war* ernst gemeint, das weiß ich jetzt.

Stopp – 13. Oktober 2013: Der Tag des Konzertes. Felix hatte bei der Oldtimer-Show Freikarten dafür gewonnen. Er sei sehr erkältet und müsse zuhause bleiben, hatte er mir am Telefon gesagt. Etwas war seltsam: Seine Stimme klang überhaupt nicht erkältet!

Stopp – Anfang November 2013: Mein Nahtod-Erlebnis. Ich hatte noch niemanden aus Felix' Familie und seinem Freundeskreis kennengelernt, führte das zunächst auf unsere zu kurze Bekanntschaft zurück. Dann glaubte ich an Rücksichtnahme auf meinen schlechten Gesundheitszustand. Aber allmählich fand ich es doch seltsam, machte kleine Bemerkungen. Es wurde brenzlich, ich musste endgültig weg. Fatalerweise wohne ich auch noch in derselben Stadt, da läuft man sich eventuell doch mal über den Weg. Felix ist nicht dumm, er hatte das Informationsblatt der Strahlenklinik noch genau im Kopf und wusste, wenn er mich in dieser Situation allein lassen würde – das könnte meinen Tod bedeuten. Wäre ich auf dem Krankenhausparkplatz gestorben – nichts, absolut nichts hätte auf eine Verbindung zwischen uns schließen lassen. Felix hatte alles Derartige äußerst sorgfältig vermieden, er hat darin ja ausreichend Routine. Frau Nielsson hätte bestimmt geleugnet, und sonst hatte ich niemandem etwas erzählt.

Stopp – Ende November 2013: Der nächste Partnervorschlag (und auch die folgenden). Die üblichen ungeeigneten Typen, die zudem noch sehr weit außerhalb wohnten. Vor allem Letzteres verstand ich nicht, ungeeignete Typen hätte es doch auch in meiner eigenen, nicht gerade kleinen Stadt gegeben. Natürlich, nachdem ich ja leider immer noch lebte, sollte ich auf diese Weise entfernt werden – und als autoloses Wesen wäre ich dann auch von der für mich überlebenswichtigen medizinischen Versorgung abgeschnitten gewesen.

Stopp – Dezember 2013: Mein erneutes Auftauchen bei ZU ZWEIT, Frau Nielssons seltsames Verhalten. Vielleicht sind die anderen Frauen in meiner Situation wie gelähmt, nicht mehr fähig, Ansprüche zu stellen – und ausgerechnet ich, die ein so leichtes Opfer zu sein schien, war so hartnäckig.

Stopp – Weihnachten 2013: Mein kurzer Besuch in Felix' Büro. Sein Sohn kam unerwartet ins Zimmer. Dieser Blick, mit dem er mich ansah – so sieht jemand ein giftiges Insekt an. Vielleicht hat er geahnt, dass da etwas anders ist als normalerweise, vielleicht hatte sich Felix doch etwas länger und mehr mit mir befasst als mit den anderen Frauen.

Ich kann es mir zusammenreimen: Felix' vornehme Familie hat die Trennung von seiner Frau akzeptiert – unter einer Bedingung: heimliche Liebschaften – okay (sie sind ja auch nicht von gestern), offizielle neue Partnerin – nein (diese Blamage in den ‚hohen' Kreisen – undenkbar). Das war der Deal – und der geniale Geschäftsmann Felix hat sich mittels eines genialen Tricks darin eingerichtet. Schnell fand er heraus, dass fast alle Partnervermittlungsinstitute an einem Überschuss älterer, aber gebildeter und entsprechend anspruchsvoller Frauen ‚leiden'. Diese Frauen nimmt er den Partnervermittlerinnen ab. Bestimmt bekommt er sie sogar ‚geschenkt', benutzt sie eine Weile als Geliebte und ‚reitet' sie als Gegenleistung für die primitiven Schrott-Typen, die wohl den üblichen Männerbestand einer Partnervermittlung darstellen, ein. Die ihm entgegengebrachten Gefühle dieser Frauen, ihre Hoffnung auf eine gemeinsame Zukunft, dann ihre bittere Enttäuschung und Verzweiflung – das ist wohl noch ein zusätzlicher Kick für ihn. Und dann wartet ja auch schon wieder eine Neue.

Stopp – Januar 2014: Die Betreuungstätigkeit bei den Bertholds. Sie war wirklich nur als Betreuungstätigkeit gedacht gewesen, keine Spur eines ersten Versuchs, mich in die vornehme Familie zu integrieren. Von ZU ZWEIT war ich ja zur ‚Betreuerin' gemacht worden, und Felix hat mir im Prinzip einfach nur eine Arbeitsstelle in meinem ‚Beruf' vermittelt. Die Demenz der alten Fürstin hatte schon zu Beginn meiner Tätigkeit ein Stadium erreicht, in dem professionelle Pflege vonnöten gewesen wäre – aber natürlich, ich war billiger. Wenn etwas passiert wäre – ich als ‚Schwarzarbeiterin' ohne Qualifikation wäre haftbar gemacht worden, Felix hätte sich aus allem herausgehalten, wie immer.

Stopp – Frühjahr 2014: Unsere Wiederannäherung. Felix hatte in dieser Zeit bestimmt ausnahmsweise einmal ‚Leerlauf'. Im Frühsommer kam dann die Nächste. Er fühle sich überfordert, hatte er mir damals als Begründung für unsere zweite Trennung gesagt. Wie diese Überforderung aussah, kann ich mir jetzt denken. Aber seine sorgfältige Tarnung hatte ein winziges Loch bekommen – die Oma (die ich damals noch nicht kannte) hatte ihn zufällig mit dieser anderen Frau gesehen, sie hatte es mir später erzählt, als sie mich vor ihm gewarnt hat – und ich glaubte, sie sieht zu viele TV-Soaps! Ich muss ihr Abbitte leisten.

Stopp – 11. Juni 2014: Mein neuer Versuch bei Frau Nielsson. Auch die langen Monate, in denen ich nichts mehr von ZU ZWEIT gehört hatte, hatten mich noch nicht ‚verscheucht'. Ich tauchte schon wieder bei Frau Nielsson auf. Meine Bitte, sich bei Felix nach dem Trennungsgrund zu erkundigen – wie hat sie wahrscheinlich innerlich darüber gelacht.

Stopp – Anfang Oktober 2014: Meine Bekanntschaft mit Philipp. Meine allererste instinktive Vermutung war genau richtig gewesen: Philipp hatte seinen Freund Felix nach einer Kurzzeit-Geliebten für seinen Deutschlandaufenthalt gefragt und Felix hat mich an ihn weitergereicht, wie man eben eine Nutte weiterreicht. Dass die Sache dann einen etwas anderen Verlauf nahm, dass der in dieser Hinsicht ebenfalls ziemlich abgebrühte Philipp von meiner Liebe zu Felix gerührt wurde, war nicht voraussehbar.

Stopp – 3. November 2014: Der Besuch in Felix‘ Büro. Philipp und ich besuchten ihn, Felix‘ Sohn war auch anwesend und sah mich zum ersten Mal an wie einen normalen Menschen, nicht wie ein giftiges Insekt. Ich gehöre jetzt zu Philipp, hatte er gedacht, war also keine ‚Gefahr‘ mehr.

Stopp – November 2014: Immer wieder ZU ZWEIT. Sie ist ja immer noch in der Kartei, wird Frau Nielsson festgestellt haben; vielleicht durchschaut sie das System ja doch irgendwann. Womit könnten wir sie denn endgültig verschrecken. Ah ja, da ist ja ein neuer Typ gekommen, der schafft es bestimmt. Nach diesem Horror-Date mein erboster Brief an ZU ZWEIT. Sollten meine bisherigen Vermutungen nicht zutreffen, hätte Frau Nielsson spätestens jetzt einmal nachfragen müssen, was los sei – aber nichts. Für sie war der Fall damit endlich zu einem positiven Abschluss gelangt: Sie hatte mein Geld und war mich los, vielleicht hat sie ja zur Feier des Tages ein Glas Sekt getrunken.

Stopp – Dezember 2014 bis Januar 2015: Die gelegentlichen Treffen. Philipp, von meiner Situation und meiner verzweifelten Liebe zu Felix bewegt, hatte ihn darum gebeten – bis zu seiner Rückkehr. „Du wirst nicht ganz allein sein“, hatte er mir ja zum Abschied gesagt, und Felix hat seinem alten Freund einfach nur einen Freundschaftsdienst getan. Na ja, etwas Vergnügen hatte er sicher auch dabei.

Stopp – Januar bis April 2015: Mein zweiter Aufenthalt als Philipps Gast. Ich war immer noch der festen Überzeugung, gegenüber Felix einen ganz schlimmen Unerfahrenheitsfehler gemacht zu haben, an dem schließlich unsere Beziehung zerbrochen war. Unter diesem Aspekt hatte ich Philipp alles, auch die Umstände der Trennung, erzählt. Ich wollte einfach nur wissen, wie ich mich bessern könnte. Philipps Rührung, trotz seiner ‚Abgebrühtheit‘ – es war in Wirklichkeit eher Entsetzen, zu so etwas wäre selbst er nicht fähig gewesen.

Dann sein Dilemma: Er wollte weder mir einen psychischen Schock versetzen noch – trotz allem – seinen alten Freund verraten. Er zog sich aus der Affäre, indem er sein eigenes, ähnliches Erlebnis schilderte, auch er war damals allen im Weg gewesen, sollte ‚verschwinden‘. Das kalte Wasser aus der Dusche, das die ganze Nacht über ihn lief, sein Fieber senkte und ihm das Leben rettete – mich ‚rettete' der Parkplatzasphalt, dessen Kälte in meinen Körper gedrungen war.

Stopp – Sommer 2015: Wieder gelegentliche Treffen und Ausflüge mit Felix. Wahrscheinlich auch diesmal ein Freundschaftsdienst für Philipp; der würde mich im Herbst ja wieder ‚übernehmen' und er selbst könnte sich anderem, bzw. anderen, zuwenden. Dass Philipp kaum noch etwas von sich hören ließ ärgerte ihn zwar ein wenig, aber auch nur ein ganz klein wenig. Seine vornehme Verwandtschaft, seine Frauen – er hatte andere Prioritäten.

Stopp – 25. Juli 2015: Unser Ausflug nach Bad Ems. Der geheimnisvolle Umschlag, der Felix vom Pförtner des Grand Hotels übergeben wurde – er enthielt bestimmt zuvor telefonisch oder per Internet bestelltes Informationsmaterial für einen Kurzurlaub mit seiner diesjährigen ‚Haupt-Sommergeliebten'. Ich war nur die Ersatzbegleitung für den ‚Probelauf'.

Stopp – 29. August 2015: Ausflug zur Burg Eltz, unser Essen in dem ‚Mühlen-Gasthof' von Kobern-Gondorf. Felix hatte nach einer Buchung eines der kleinen romantischen ‚Séparées' gefragt. Für wen, ist jetzt klar.

Stopp – September 2015: Philipps Abtauchen. Er war wieder im Lande, aber auch bei mir meldete er sich nicht mehr. Felix war jetzt doch etwas ärgerlicher geworden: Keine Anzeichen, dass Philipp mich ihm wieder ‚abnehmen' würde, er sah wohl sein ganzes für den Herbst geplantes Liebesleben in Gefahr. Felix wieder ‚abgenommen werden', das hätte ich selbst zwar auf keinen Fall gewollt, dennoch wäre ich gerne mit Philipp in gelegentlichem Kontakt geblieben. Aber ich verstehe es jetzt: Philipp mochte mich auf seine Weise auch. Dass mir von einem Menschen, der ihm ebenfalls einmal nahe stand, so etwas angetan worden war – diese Situation überforderte ihn einfach, Komplikationen will er nicht, die hatte er selbst schon genug. Er zog sich aus der Affäre, indem er einfach zu uns beiden den Kontakt abbrach.

Stopp – Oktober 2015: Reise mit Felix nach Italien. Sicher als eine Art ‚Entschädigung' für das ihm unverständliche Verhalten seines Freundes gedacht, er hatte uns schließlich bekannt gemacht und fühlte sich jetzt verantwortlich. Aber damit war das dann auch abgegolten. „Damit du den Comer See *noch mal* siehst", hatte er ja auch gesagt.

Stopp – 12. Oktober 2015: Das Fährschiff über den Lago Maggiore. Wie ängstlich Felix sein Gesicht vor den Kameras der anderen Touristen versteckt hatte. Nur ja nicht zufällig auf ein Foto kommen.

Stopp – 4. November 2015: Mein ‚Abschiedstermin' bei der zweiten Partnervermittlung. Ich erfuhr, dass Felix auch dort gesucht hatte – und bestimmt nicht nur dort.

Stopp – Winter 2015/16: Felix wiedererwachtes Interesse. Meine endlich wieder völlig hergestellte Gesundheit, das sich ebenfalls spürbar verbessernde Sehen, die schönen Sommerausflüge und dann der Italienurlaub mit Felix – in dieser hoffnungsvollen Aufbruchsstimmung hatte sich bei mir ein Talent Bahn gebrochen, welches bisher von den arbeitsreichen Lebensumständen und dann von den Krankheiten verschüttet worden war: Ich hatte angefangen zu malen. Das war für Felix etwas Neues. Ich wurde dadurch zu einer anderen, neuen Frau, war wieder interessant.

Stopp – Sommer 2016: ‚Künstleragent' Felix. Der Reiz des Neuen verflog schnell, es gab längst die nächste Liebschaft, da bin ich mir sicher, so selten, wie unsere gemeinsamen Stunden wieder wurden. Aber da waren noch die mir im Rausch einer nochmaligen kurzen Verliebtheit gemachten Versprechen. ‚Mein Bilderzimmer'. Er wolle mich in die Kunstszene einführen.

Seine Versprechen hält Felix immer, bei seinen ‚abservierten' Frauen allerdings auf eine sehr minimalistische Weise: ‚Mein Bilderzimmer' war nur für eine einzige schöne Stunde ‚meins', und das mit der ‚Einführung in die Kunstszene' – dafür hatte er auf die Schnelle zwei am Rande der Kunstszene agierende Künstlerinnen ausgesucht, die ihm wohl noch einen Gefallen schuldig waren. Aber sich um seine abgelegte offensichtliche Geliebte kümmern, das wollten beide nicht so recht, und das hatte ich trotz meiner auch diesbezüglichen Unerfahrenheit instinktiv gespürt.

Stopp: 17. September 2016: Mein Nachmittag bei Karin und ihren Künstlerfreundinnen. Karins Bemerkung: „Ja, ja – Felix, der Lebenskünstler", dazu ihr etwas spöttisches Lächeln in meine Richtung. Karin, du bist schon etwas älter und auch etwas altmodisch – heutzutage nennt man so jemanden einen Date-Hopper!

Der Film ist wieder am Ende angelangt, wieder der ‚Reset'-Knopf, schneller Rücklauf, die Spule muss nun endgültig ins Archiv zurückgebracht werden. Was ist das, sie klemmt, bleibt stehen, eine Szene erscheint auf dem Monitor: Ich stehe vor Felix' Wohnzimmer-Panoramafenster und kann erstmals die Einzelheiten der gegenüberliegenden Berge erkennen. Felix neben mir, tiefe Rührung im Gesicht, fast Tränen. Es ruckelt, dann dreht sich die Spule weiter – und schon wieder klemmt sie. Auf dem Bildschirm eine andere Szene: Meine strahlenverbrannte Brust, die fast schwarze Brustwarze – Felix liebkost sie, küsst sie zärtlich …